डॉ. आंबेडकर
व्यक्ति दर्शन

डॉ. आंबेडकर
व्यक्ति दर्शन

संपादन

किशोर मकवाणा

प्रभात
प्रकाशन

प्रकाशक

प्रभात प्रकाशन प्रा. लि.

4/19 आसफ अली रोड, नई दिल्ली–110002

फोन : 011–23289777 • हेल्पलाइन नं. : 7827007777

इ–मेल : prabhatbooks@gmail.com ❖ वेब ठिकाना : www.prabhatbooks.com

संस्करण

2026

पेपरबैक मूल्य

पाँच सौ रुपए

मुद्रक

नरुला प्रिंटर्स, दिल्ली

DR. AMBEDKAR : VYAKTI DARSHAN

Ed. Shri Kishor Makwana

Published by **PRABHAT PRAKASHAN PVT. LTD.**

4/19 Asaf Ali Road, New Delhi-110002

ISBN 978-93-5322-166-9

₹ 500.00 (PB)

समता···

स्वतंत्रता···

और

बंधुता की

नींव पर

अपनी राष्ट्रभावना को

सुदृढ करते हुए

'पहले भी राष्ट्र और अंत में भी राष्ट्र'

जैसे प्रेरक मंत्र के उद्गाता

महामानव **डॉ. भीमराव रामजी आंबेडकर**

के पावन चरणों में···

अपनी बात

भीमराव रामजी आंबेडकर केवल भारतीय संविधान के निर्माता एवं करोड़ों शोषित-पीड़ित भारतीयों के मसीहा ही नहीं थे, वे उत्तम समाज-सुधारक, श्रेष्ठ विचारक, तत्त्वचिंतक, अर्थशास्त्री, शिक्षाशास्त्री, पत्रकार, धर्म के ज्ञाता, कानून एवं नीति-निर्माता और महान् राष्ट्रभक्त थे। उन्होंने समाज और राष्ट्र-जीवन के हर पहलू पर अपनी अमिट छाप छोड़ी है। सामाजिक समता और बंधुता के आधार पर एक नूतन भारत के निर्माण की नींव उन्होंने रखी। उनका व्यक्तित्व एक विराट् सागर और कृतित्व उत्तुंग हिमालय जैसा था।

डॉ. बाबासाहब के जाज्वल्यमान जीवनदर्शन, विचार और कृतित्व पर अंग्रेजी सहित भारतीय भाषाओं में अब तक सैकड़ों ग्रंथ लिखे जा चुके हैं। भारत एवं विदेश में ऐसे बहुत कम महापुरुष होंगे, जिनके ऊपर इतनी विशाल संख्या में पुस्तकों का लेखन हुआ है। ऐसे में पाठकों के मन में एक प्रश्न जरूर उठ सकता है कि तो फिर पुनः और वह भी चार खंडों में पुस्तक तैयार करने की क्या आवश्यकता थी? यह सवाल अपने आप में सही भी है, मगर एक सत्य यह भी है कि आज भी इस महामानव के व्यक्तित्व के अनेक आयाम अनछुए रह गए हैं।

गत अनेक वर्षों से वैचारिक अस्पृश्यता और राजनीतिक स्वार्थ के लगातार बढ़ते जा रहे विस्तार ने हमारे जिन राष्ट्रनायकों के बारे में अनेक भ्रांतियुक्त धारणाओं को जनमानस में मजबूत करने का दूषित प्रयत्न किया है, उनमें डॉ. बाबासाहब आंबेडकर प्रमुख हैं। उन्हें किसी जाति या वर्ग विशेष अथवा दल विशेष तक सीमित कर दिए जाने के कारण सामाजिक समता-समरसता ही नहीं, राष्ट्रीय एकता की भी अक्षम्य क्षति हो रही है। डॉ. बाबासाहब को कुछ लोगों द्वारा एक चौखट में बंद कर देने से उनके महान् व्यक्तित्व को अक्षम्य नुकसान हुआ। आज कुछ राष्ट्र विरोधी ताकतों द्वारा अपने निजी स्वार्थ हेतु डॉ. बाबासाहब को एक गलत रास्ते

पर ले जाने की कुचेष्टा हो रही है। ऐसे माहौल में डॉ. बाबासाहब का सही रूप भारतीयों के समक्ष आना बहुत जरूरी है। डॉ. बाबासाहब आंबेडकर पर अब तक जितनी पुस्तकें अथवा ग्रंथ प्रकाशित हुए हैं, उनमें से एक-दो को छोड़कर प्राय: सभी एकांगी या एकपक्षीय होने के कारण उनके व्यक्तित्व एवं कृतित्व का सही आकलन करने में भारत के लोग समर्थ सिद्ध नहीं हुए हैं। इस दृष्टि से चार खंडों में खंड एक—'जीवन दर्शन', खंड दो—'व्यक्ति दर्शन', खंड तीन—'आयाम दर्शन' और खंड चार—'राष्ट्र दर्शन', प्रसिद्ध पुस्तक—'डॉ. बाबासाहब आंबेडकर : एक नाम विविध आयाम' डॉ. बाबासाहब भीमराव आंबेडकर को समग्रता में प्रस्तुत करनेवाला एक ऐसा अनन्यतम दस्तावेज है, जो डॉ.बाबासाहब आंबेडकर के बारे में फैले या फैलाए गए सारे भ्रमों के निवारण में तो समर्थ है ही, साथ ही उन्हें एक चरम कोटि के दृष्टापुरुष तथा राष्ट्रनायक के रूप में प्रस्थापित करने में भी समर्थ सिद्ध होगा। पुस्तक के चार खंडों में पहली बार बाबासाहब के व्यक्तित्व के हर आयाम को स्पर्श करने का प्रयत्न किया गया है।

बाबासाहब के विराट् व्यक्तित्व और राष्ट्रभाव से अभिभूत अंत:करण एवं जीवनदर्शन और विचार-तथ्यों को पुस्तक के इन चार खंडों द्वारा प्रकाश में लाने का प्रयत्न किया गया है। इनमें कई ऐसी बातें हैं, जिनके बारे में ज्यादा चर्चा अथवा लेखन नहीं हुआ है। आपको यह पुस्तक डॉ. बाबासाहब के व्यक्तित्व के अनेक नए आयामों का परिचय जरूर कराएगी। बाबासाहब का व्यक्तित्व विविधायामी है। उन्होंने अभावों, अपमानों और अड़चनों के पहाड़ों को चीरकर अपने सामर्थ्य और मेधावी शक्ति से सर्वोच्चता प्राप्त की थी। विपरीत धारा को पार कर शताब्दियों से अन्याय सह रहे और अधिकारों से वंचित बंधु-बांधवों के लिए अपना जीवन समर्पित कर दिया। उन्होंने अपने 65 वर्षीय जीवन में वह मुकाम हासिल करवाने की ठान ली थी, जिनसे अस्पृश्य समाज वंचित था।

डॉ. बाबासाहब आंबेडकर ने अनेक संघर्षों के बीच भी अपनी भारत भक्ति को हृदय से दूर नहीं किया। सामाजिक संघर्षों में भी केंद्रबिंदु एवं अंतिम लक्ष्य राष्ट्रीय हित ही रहा। डॉ. बाबासाहब आंबेडकर का जीवनदर्शन और महान् कार्य अनगिनत शताब्दियों तक प्रेरणा देते रहेंगे। भारतरत्न पूज्य डॉ. बाबासाहब आंबेडकर ने सालों पहले वर्तमान समय के राष्ट्र निर्माण के विभिन्न क्षेत्रों में भी कितना अधिक योगदान दिया है यह स्मरण करना समीचीन होगा। उनका मूल मंत्र कहें या सूत्र; यह है कि 'जब तक समाज के निचले तबके का मनुष्य आत्मगौरव से खड़ा नहीं हो पाएगा, जब तक यह देश भी खड़ा नहीं होगा।'

इस दृष्टि से देखें तो डॉ. बाबासाहब के अविस्मरणीय योगदान को दो अलग-अलग दृष्टिकोण से देखा जा सकता है। पहला, समाज और देश के लिए वे कैसे जिए? दूसरा, देश की एकता, विकास, देश के प्राकृतिक संसाधनों और देश की सुरक्षा का विचार उन्होंने कैसे किया? बाबासाहेब ने अपने जीवन-यज्ञ को धधकते अग्निकुंड में तपाया था। सामान्य व्यक्ति को अगर ऊपर उठाना है तो शिक्षा की अत्यंत आवश्यकता है। इसलिए बाबासाहेब जब कहते थे, 'जीवन में आत्मविश्वास और शक्ति से ही आप सफल होंगे', तब यह उनका कोरा उपदेश नहीं होता था। अनेक प्रकार के अपमानजनक व्यवहार को झेलकर भी उनके मन में द्वेष नहीं आया, कलुषता भी नहीं आई। राष्ट्र और समाज को वे एक अच्छा दर्शन देने के लिए निरंतर प्रवृत्त रहे।

आर्थिक मुश्किलों के बावजूद विदेश में जाकर अनेक प्रकार की डिग्रियाँ उन्होंने प्राप्त कीं। आश्चर्य की बात यह है कि एक ऐसे गरीब परिवार में जन्म लेनेवाले, समाज में किसी भी प्रकार का सम्मान न प्राप्त करनेवाले युवा बाबासाहब कोलंबिया विश्वविद्यालय से एम.एस-सी. करते हैं। वे लंदन में जाकर लंदन स्कूल ऑफ इकोनॉमिक्स से एम.ए. करते हैं, पी-एच.डी. करते हैं और चार बड़ी-बड़ी डिग्री लेकर आते हैं। इस तरह वे असंभव को संभव करके दिखाते हैं। वे एम.ए. हैं, वे पी-एच.डी. हैं, वे एम.एस-सी. हैं, वे डी.एस-सी. हैं; परंतु ये चारों डिग्रियाँ जो हैं, सभी अर्थशास्त्र की ही हैं। उन्होंने बड़े-बड़े शोध-पत्र भी लिखे थे। क्या हमारा देश डॉ. बाबासाहब आंबेडकर के गुणों और उनके शोध शास्त्रों के बारे में जानता है? वे शोध में लिखते हैं कि हमारा देश कैसा महान् देश है। मेरे देश का भूगोल कैसा है? वे लिखते हैं कि मेरे देश का सारा उत्तरी भारत हिमालय से आच्छादित है, सुरक्षित है। मेरे देश का दक्षिणी भाग समुद्र से घिरा है। मेरे देश में कितने जीव-जंतु रहते हैं? मेरे देश में कितनी वनस्पतियाँ हैं? मेरे देश में कितने नेचुरल रिसोर्सेज हैं?' ये सारी बातें कोई देशभक्त ही लिख सकता है और डॉ. आंबेडकरजी ने यह सब लिखा है। 'पहले भी देश, बाद में भी देश और अंत में भी देश…' उनके ये शब्द प्रत्येक भारतीय के लिए राष्ट्रसूत्र सरीखे हैं।

साहित्यकार श्रीनेत्र पांडेय ने उचित ही कहा है—"शोषित-शूद्र-कुलोत्पन्न, दरिद्रता में पले, अस्पृश्यता के अभिशाप के भुक्तभोगी, दलितों के कर्णधार, दीन-दुखियों के दर्दनाक दुखों से द्रवीभूत होनेवाले पीड़ितों के आशा-प्रदीप एवं अधिवक्ता, भारत के महान् मनीषी, गंभीर ग्रंथकार, अप्रतिहत समाज-सुधारक, राजनीति तथा विधि-विधान के प्रकांड-पंडित, महान् विचारक एवं तत्त्व-चिंतक,

घनघोर बुद्धिवादी, महान् मानवतावादी, भारतीय संविधान के प्रधान शिल्पी, हिंदू कोड बिल के प्रणेता, बौद्ध धर्म के पुनरावर्तक तथा विश्वबंधुत्व के उपदेशक डॉ. भीमराव बाबासाहब आंबेडकर के व्यक्तित्व में आक्रोश तथा आर्द्रता, विद्रोह तथा विराम, क्रांति तथा शांति, सहयोग तथा असहयोग, कठोरता तथा कोमलता, संकीर्णता तथा व्यापकता, जातीयता तथा राष्ट्रीयता, देशप्रेम तथा विश्वबंधुत्व का सुंदर समीकरण तथा समन्वयकारी चित्र दृष्टिगोचर होता है।''

सामाजिक संदर्भ में देखा जाए तो, उनका जन्म पूर्व की सभी सामाजिक क्रांतियों की विफलताओं को सफल बनाने के लिए ही हुआ था। उनका जीवन हिंदू धर्म पर सदियों से काबिज वर्णभेद, जातिभेद तथा अस्पृश्यता जैसी सामाजिक विकृतियों के विरुद्ध सशक्त विद्रोह तथा सतत संघर्ष की रोचक, रोमांचक, विचारोत्तेजक एवं प्रेरणादायी अमरगाथा है। वास्तव में देखा जाए तो डॉ. बाबासाहब का राष्ट्र-निर्माण में सबसे बड़ा योगदान तो है यही कि उन्होंने समाज के निचले तबके के मनुष्य को जगाया। हजारों सालों से हिंदू समाज में पिछड़ी मानी गई जातियों को सामान्य नागरिक अधिकार, सामाजिक अधिकार, राजनीतिक अधिकार तक न थे। वे सामाजिक दासता से भी भयानक-बर्बरता में जी रहे थे। इस दासता को धर्म की मनगढ़ंत व्याख्या कर खड़ा किया गया था। इस कारण यह दासता धार्मिक दृष्टि से भी अपरिवर्तनीय बन गई थी। विषमता का शास्त्र खड़ा किया गया। अस्पृश्यता सामाजिक पाप है, इस बात की बाबासाहब के जन्म के पूर्व अस्पृश्य समाज को कोई जानकारी न थी।

बाबासाहब आंबेडकर के व्यक्तित्व एवं कृतित्व का मूल्यांकन करते हुए हिंदी जगत् के मूर्धन्य साहित्यकार क्रांतदर्शी मन्मथनाथ गुप्त ने एक स्थान पर अपने निबंध 'भारतीय समाज और डॉ.आंबेडकर' में कुछ वर्ष पूर्व लिखा था—''भारत का कुछ ऐसा दुर्भाग्य रहा है कि जब-जब यहाँ कोई क्रांतिकारी विचारों वाला व्यक्ति उत्पन्न हुआ है तो या तो उस पर कोई ध्यान ही नहीं दिया गया, या यदि वह ऐसा व्यक्ति हुआ कि उसके व्यक्तित्व को किसी तरह अस्वीकार नहीं किया जा सका, यदि उसका व्यक्तित्व ऐसा रहा कि वह जादू की तरह सिर पर चढ़कर बोला, तो उसके साथ यह चालाकी की गई कि उसके व्यक्तित्व को सम्मान तो दिया गया, उसे पूजा तो गया, उसे अवतार तो बना दिया गया, पर उसके विचारों को भुला दिया गया। भारत के इसी दुर्भाग्य के कारण भारत उस प्रकार से प्रगति नहीं कर पाया, जैसी कि उसे करनी चाहिए था। नतीजा यह हुआ कि भारत पिछड़ गया। वह सैकड़ों वर्षों तक पराधीन रहा और आज हम संसार के सबसे पिछड़े हुए देशों में हैं।''

डॉ. बाबासाहब के सार्वजनिक जीवन में उदय होने से पूर्व साधारणत: ऐसी परिस्थिति थी। सामाजिक दासता में जीनेवाले मनुष्य को सैकड़ों सालों की सामाजिक दासता की बेड़ियाँ तोड़ने हेतु प्रेरित करना, उसे संघर्ष के लिए खड़ा करना, यह साधारण बात नहीं है। बाबासाहब की यह सबसे बड़ी राष्ट्रसेवा है। बाबासाहब ने जो किया, उसे संक्षेप में इस प्रकार बताया जा सकता है—

1. उन्होंने निचले तबके के मनुष्य को सोचने के लिए प्रवृत्त किया, अन्यायी सामाजिक व्यवस्था को तोड़ने के लिए उन्हें विद्रोही बनाया।

2. आत्मसम्मान की ज्योति जगाई। इज्जत रक्षा की प्रेरणा जगाई और मूल्यों के लिए जीना-मरना सिखाया।

उनके जीवन के स्वाभाविक रूप से जो चार कालखंड बनते हैं, उसका भी उल्लेख करना आवश्यक है। उनके जीवन का प्रथम कालखंड सामान्यत: 1920 से 1935 तक माना जाता है। इस कालखंड की प्रमुख घटनाएँ हैं—महाड, कालाराम मंदिर, पार्वती सत्याग्रह, गोलमेज परिषद्, साइमन कमीशन के आगे निवेदन और पूना पैक्ट। इस कालखंड में बाबासाहब की वैचारिक भूमिका—अस्पृश्यता की समाप्ति, हिंदू समाज में जाति निर्मूलन और स्वतंत्रता, समता और बंधुता—इन तत्त्वत्रयी पर समाज की पुनर्रचना की रही है। महाड चवदार तालाब सत्याग्रह के समय उन्होंने जो घोषणा-पत्र प्रकाशित किया था, उसका शीर्षक था—'हिंदू मात्र के जन्मसिद्ध अधिकारों का घोषणा-पत्र।' गोलमेज परिषद् के समय के उनके घोषणा-पत्र का भी बहुत सा हिस्सा संविधान में है। साइमन कमीशन के सामने गवाही देते समय उन्होंने कुछ बातें कही थीं, जैसे 'हम हिंदू समाज का अंग नहीं हैं, हमें आप प्रोटेस्टेंट हिंदू अथवा नॉन कॉन्फार्मिस्ट हिंदू कहिए।' उनके इस कथन को हमें ठीक से समझना चाहिए। भारत पर मुसलिम आक्रमणों और गुलामी के कारणों पर डॉ. बाबासाहब की अलग मीमांसा है। उन्होंने कहा था, "अस्पृश्यों के हाथों से अगर शस्त्र नहीं निकाले गए होते तो यह देश कभी गुलाम नहीं हो पाता।"

उनके जीवन का दूसरा कालखंड 1935 से 1947 तक का था। 1935 में उन्होंने येवला में घोषणा की थी, "मैं हिंदू के रूप में जन्मा अवश्य हूँ, लेकिन हिंदू के रूप में मरूँगा नहीं।" इसी कालखंड में उन्होंने इंडिपेंडेंट लेबर पार्टी की स्थापना की। 1942 में उसे बरखास्त करके 'शेड्यूल्ड कास्ट फेडरेशन' की स्थापना की। कारण था कि भारत की आजादी निकट आ रही थी। क्रिप्स कमीशन भारत से लौट गया था। संविधान सभा निर्माण की प्रक्रिया आरंभ हो गई थी। मुसलमानों को पाकिस्तान और हिंदुओं को खंडित भारत मिलने वाला था। बननेवाला हिंदुस्थान

एक मायने में हिंदू राज्य ही होना था, यानी बहुसंख्यक हिंदुओं का राज्य। लेकिन ध्यान रहे, बाबासाहब वैसा नहीं मानते थे। देश की राजनीतिक परिस्थिति में तेजी से आते बदलाव को ध्यान में रखकर ही बाबासाहब ने शेड्यूल कास्ट फेडरेशन की स्थापना की। केवल अनुसूचित जातियों का दल बाबासाहब को इसलिए स्थापित करना पड़ा, क्योंकि उस दल के बिना इस वर्ग का स्वतंत्र प्रतिनिधित्व नहीं हो पाता। नागपुर में ऑल इंडिया डिप्रेस्ड क्लासेस की परिषद् हुई। इसमें 70,000 प्रतिनिधि आए। तीन प्रस्ताव पारित हुए। बाबासाहब का मानना था, मुसलमानों की तरह अनुसूचित जातियों को भी अल्पसंख्यक मानकर उनको अलग और संरक्षित राजनीतिक अधिकार मिलने चाहिए।

उनके जीवन का तीसरा कालखंड संविधान निर्माण का और चौथा कालखंड 1949 से 1956 का है। इस कालखंड में हम डॉ. बाबासाहब आंबेडकर को एक राष्ट्र निर्माता और धम्म पुरुष के रूप में देख सकते हैं। राष्ट्र के प्रति उनका समर्पण भाव कितना अनन्य और अनुपम है, यह दिखाई देता है। राष्ट्र का विचार अर्थात् जन का विचार, भूमि का विचार, संस्कृति का विचार है। इस संदर्भ में डॉ. बाबासाहब का योगदान क्या है? जन का विचार करते समय बाबासाहेब ने 'शूद्र पहले कौन थे?' नामक पुस्तक में आर्य आक्रमण सिद्धांत को अस्वीकृत किया है। बाबासाहब ने बताया है, "वैदिक आर्यों का मूलस्थान हिंदुस्थान में ही होगा, इस बात के सबूत वैदिक साहित्य में ही प्राप्त होते हैं।" डॉ. बाबासाहब का यह प्रतिपादन भारतीय राष्ट्रवाद के संदर्भ में अत्यंत मौलिक है।

बाबासाहब ने जन की संस्कृति की ही तरह इस भूमि का भी विचार किया है। 'एनशिएंट इंडियन कॉमर्स' लेख में भारत का वर्णन उनके ही शब्दों में इस प्रकार है—"भारतभूमि समृद्ध भूमि थी। इसलिए वह अनेक आक्रांताओं के हमलों की शिकार बन गई।" प्राकृतिक संसाधनों के बारे में बाबासाहेब का स्वतंत्र दृष्टिकोण था। खेती का राष्ट्रीयकरण होना चाहिए। उस पर निजी अधिकार समाप्त करने चाहिए। खेती की उत्पादकता उसके आकार पर नहीं, बल्कि उर्वरक, मानव संसाधन, जन आदि पर निर्भर करती है। खेती पर निर्भर अतिरिक्त संख्या को कम करने हेतु भारत का तेजी से औद्योगीकरण करना आवश्यक है। अतिरिक्त मानव संसाधन उद्योग में लगाना चाहिए, ऐसा उनका मानना था।

डॉ. बाबासाहब आंबेडकर वायसराय के कार्यकारी मंडल में 1942 से 1946 तक श्रम मंत्री थे। जलसंपदा विभाग का कार्यभार भी उन पर था। बाबासाहब जब केंद्रीय मंत्री बने तब उनके कार्यकाल में दामोदर नदी पर हीराकुड बाँध परियोजना

शुरू हुई थी। उनका कहना था, पानी का अभाव दूर करना है तो उसे जमा करना चाहिए। सबसे पहले बाबासाहब ने ही 'नदी जोड़' विषय रखा था। आज हम नदी जोड़ परियोजना पर बहस करते हैं, लेकिन इस बात को भूल जाते हैं कि यह अवधारणा बाबासाहब ने 1944 में ही रखी थी। महान् अर्थशास्त्री होने के कारण आज अमली भारत की सुवर्ण नीति और आर.बी.आई. की संकल्पना भी उनके ही विचारों की देन है।

25 नवंबर, 1949 को संविधान सभा के आखिरी भाषण में उन्होंने कहा, "जातियाँ राष्ट्र विघातक हैं। जल्दी हमें उनसे मुक्त होना चाहिए। एक अन्य भाषण में उन्होंने कहा, "मेरे विचार में जाति-रहित संघ बनकर हिंदू समाज आत्मरक्षा हेतु अधिक शक्तिशाली बन जाता है तो ही उससे कुछ आशा कर सकते हैं। अन्यथा हिंदुओं का स्वराज गुलामी के गर्त में उतरने का एक पायदान सिद्ध होगा।"

एक राष्ट्र की भावना कैसी निर्मित हो पाएगी, यह डॉ. बाबासाहब के चिंतन का अत्यंत महत्त्वपूर्ण पहलू था। बाबासाहब के शब्दों में बताएँ तो इससे 'सह अस्तित्व की भावना' निर्मित नहीं होती है। एक तरफ सांस्कृतिक एकता है, भौगोलिक अखंडता है, इसके साथ ही यहाँ लोगों को एक-दूसरे से विभक्त करनेवाले वंश और पंथ हैं। जन, भूमि और संस्कृति, ये तीन घटक राष्ट्रवाद की जगमान्य त्रिमिति हैं। मगर उनसे ही राष्ट्र नहीं बनता है। यह बाबासाहेब ने अलग तरीके से समझाया है। उन्होंने कहा, चौथी मिति है सर्वत्र बंधुभाव, यानी कि हम सब एक ही परमात्मा की संतान हैं अथवा एक ही आत्मतत्त्व हम सब में विद्यमान है, इस तरह का भाव।

बाबासाहब लोकतंत्र के परम उपासक थे। लोकतांत्रिक व्यवस्था में उनकी प्रगाढ़ आस्था थी। उनकी लोकतंत्र की अवधारणा तीन तत्त्वों पर आधारित थी—समता, स्वतंत्रता और बंधुता। भारत जब आजाद हो रहा था तब 565 रजवाड़ों को भारत में शामिल करने का अत्यंत कठिन कार्य सरदार पटेल ने कर दिखाया। यह एक राज्य-एक राष्ट्र की अवधारणा थी। कठिन कार्य था भारत को 'नेशन-स्टेट' अर्थात् 'राष्ट्र-राज्य' के रूप में खड़ा करना। बाबासाहब ने मूर्त रूप में राष्ट्र-राज्य की अवधारणा रखी।

बाबासाहब हमारे सामने सामाजिक न्याय पर आधारित संविधानमूलक लोकतांत्रिक राष्ट्रवाद की संकल्पना रखते हैं। राष्ट्रनिर्माण में डॉ. बाबासाहब आंबेडकर का यह योगदान अलौकिक है। डॉ. बाबासाहब की नजर में राष्ट्रवाद और सामाजिक न्याय एक ही सिक्के के दो पहलू हैं। राष्ट्र का अर्थ होता है जन,

भूमि और संस्कृति। जन, भूमि के आधार पर संस्कृति का विकास होता है और यह संस्कृति राष्ट्र को जोड़ने का काम करती है। डॉ. बाबासाहब ने 1916 में कोलंबिया यूनिवर्सिटी में 'कास्ट इन इंडिया' शोध निबंध प्रस्तुत किया, जिसमें उन्होंने लिखा है—''भारत में सर्वव्यापी सांस्कृतिक एकता है। यद्यपि समाज अनगित जातियों में बँटा है, फिर भी वह एक संस्कृति से बँधा हुआ है।'' बाबासाहब का कहना है कि राष्ट्र केवल एक संस्कृति से खड़ा नहीं होता। राष्ट्र के खड़े होने के लिए सांस्कृतिक एकता के साथ -साथ सामाजिक एकता का भी इतना ही महत्त्व है। जब समाज विभिन्न जातियों में आपस में बँट जाता है, तब उसके आदर्श अलग-अलग होते हैं और वे एक-दूसरे से टकराते हैं। समाज का एक एकवर्णीय होना बहुत महत्त्वपूर्ण है।

आगे 50 वर्ष बाद बाबासाहब इसी बात को अपने जीवन के अंतिम ग्रंथ 'भगवान् बुद्ध और उनका धम्म' के पृष्ठ 236 पर अलग शब्दों में कहते हैं—''धर्म को सधर्म का स्वरूप देने के लिए धर्म में सामाजिक भेद से उत्पन्न सभी कानून नष्ट कर देने चाहिए। ब्राह्मण सबसे श्रेष्ठ और शूद्र सबसे कनिष्ठ, इस प्रकार की बात से राष्ट्र खड़ा नहीं होगा। राष्ट्र के खड़े होने के लिए 'जैसे दूसरे वैसा ही मैं, जैसे हम वैसे ही दूसरे...। इस विचार से दूसरों के साथ समरस हो जाओ' इस विचार को खूले दिल से अपनाना होगा।''

सामाजिक एवं राष्ट्र-निर्माण में महत्त्वपूर्ण भूमिका अदा करनेवाले महानायक डॉ. बाबासाहब आंबेडकर के पहलू के दर्शन पर आधारित चार खंड एक—'डॉ. आंबेडकर : जीवन दर्शन', खंड दो—'डॉ. आंबेडकर : व्यक्ति दर्शन', खंड तीन—'डॉ. आंबेडकर : आयाम दर्शन' और खंड चार—'डॉ. आंबेडकर : राष्ट्र दर्शन' प्रकाशित पुस्तकों द्वारा भारतीय जनों को यथार्थ में डॉ. भीमराव बाबासाहब आंबेडकर के दर्शन होंगे, ऐसा मेरा विश्वास है।

डॉ. भीमराव आंबेडकर की इस जीवन और विचारयात्रा में मुझे सहयोग करनेवाली अनीता परमार (संपादक 'संवेदना समाज' पत्रिका-गुजराती) का हृदयपूर्वक धन्यवाद।

आज और भविष्य की पीढ़ी को डॉ. बाबासाहब आंबेडकर के व्यक्तित्व के सभी पहलुओं को समझने में और उस पर संशोधन करने में ये चार खंड सहायक होंगे तो मेरा परिश्रम व्यर्थ नहीं जाएँगा...

—किशोर मकवाणा

अनुक्रम

बाबासाहब के सपनों का भारत मतलब जातिवाद मुक्त भारत...

—रामनाथ कोविंद

हम सब जानते हैं कि जय भीम का मतलब है—'डॉ. आंबेडकर की जय'! 'डॉ. आंबेडकर की जय' का मतलब है—उनकी विरासत तथा आदर्शों और उनके द्वारा देश को दिए गए संविधान—इन सबकी जय हो।

डॉ. आंबेडकर के नेतृत्व में बना हमारा संविधान सभी देशवासियों को समता या समानता का मूल अधिकार देता है। इस मूल अधिकार के कारण हरेक भारतवासी, गरिमापूर्ण जीवन जी सकता है। इसी संविधान द्वारा दिया गया दूसरा बहुत ही महत्त्वपूर्ण अधिकार है प्रत्येक व्यक्ति को मिला हुआ मतदान का अधिकार, जो कि हमारे लोकतंत्र का आधार है। देश के गरीब, पिछड़े और वंचित वर्गों के लिए इन दोनों अधिकारों का विशेष महत्त्व है। यही संविधान शिक्षा का अधिकार भी देता है। नागरिकों को मिले सभी अधिकारों का समुचित उपयोग करने के लिए शिक्षा का होना जरूरी है। बाबासाहब के अनुसार मनुष्य के हर प्रकार के विकास के लिए शिक्षा एक आधारभूत जरूरत होती है। इसलिए उन्होंने इन वर्गों को जो नारा दिया था कि 'शिक्षित बनो, संगठित रहो और संघर्ष करो', उसमें भी बाबासाहब ने शिक्षा को ही प्राथमिकता दी थी।

बाबासाहब के मुताबिक शिक्षा का अर्थ केवल किताबी ज्ञान तक सीमित होना नहीं था। उनका कहना था कि शिक्षा मनुष्य की प्रगति की कसौटी है। बाबासाहब के अनुसार जिस इनसान में इतनी समझदारी नहीं है कि वह अपने भले और बुरे के बारे में समझ सके, ऐसी शिक्षा पानेवाले व्यक्ति को शिक्षित नहीं कहा जा सकता, अर्थात् उसकी शिक्षा बिना समझदारी के अधूरी होती है।

मैंने इस बात का उल्लेख इसलिए किया कि हमारा देश लोकतांत्रिक परंपराओं के आधार पर संचालित हो रहा है; जहाँ चुनाव होते हैं, सरकारें बनती हैं और देश के नागरिकों के भविष्य की रूपरेखा तैयार की जाती है। आज जरूरत यह है कि इन लोकतांत्रिक अधिकारों का प्रयोग करते हुए, लोकतांत्रिक प्रक्रियाओं से गुजरते हुए तथा अपनी सक्रिय भूमिका निभाते हुए, अपने भले और बुरे की पहचान करने के लिए सदैव जागरूक रहना होगा; समझदारी से आगे बढ़ना होगा।

हम सब जानते हैं कि नेहरूजी के प्रथम मंत्रिमंडल में बाबासाहब को विधि मंत्री के रूप में जिम्मेदारी मिली थी। अगर हम लोग कभी ध्यान से देखें तो पता चलता है कि उस पूरे मंत्रिमंडल में उच्च शिक्षा की दृष्टि से डॉ. आंबेडकर के पास देश और विदेश के विश्वविद्यालयों से प्राप्त जितनी डिग्रियाँ और उपाधियाँ थीं, उतनी मंत्रिमंडल के किसी अन्य सदस्य के पास नहीं थीं। संभवत: इसका एक प्रमुख कारण यह रहा होगा कि वे अपने विद्यार्थी जीवन में सदैव अपना सारा ध्यान और अपनी सारी ऊर्जा केवल और केवल शिक्षा पर ही लगाते रहे। बाबासाहब यदि ऐसा न करते और भटक गए होते, तो वे इतने बड़े विद्वान् न बने होते।

बाबासाहब के जीवन के बारे में जानकर सभी को, खासकर युवाओं को, बहुत प्रेरणा मिलती है। कदम-कदम पर अभाव, अपमान और अड़चनों का सामना करते हुए वंचित समाज के एक बालक ने दुनिया के सबसे सम्मानित विश्वविद्यालयों में असाधारण विद्यार्थी के रूप में सम्मान अर्जित किया। जब वे केवल 27 वर्ष के थे, तब उनका एक महत्त्वपूर्ण लेख प्रकाशित हुआ था, जिसका शीर्षक है 'स्माल होल्डिंग्स इन इंडिया एंड देयर रेमेडी'। उस लेख के द्वारा डॉ.आंबेडकर एक अर्थशास्त्री के रूप में स्थापित हो गए।

बाबासाहब के जीवन का एक और महत्त्वपूर्ण पहलू यह है कि उन्होंने अपने सार्वजनिक जीवन में सदैव अहिंसा और करुणा का मार्ग चुना। जिन मुद्दों पर बाबासाहब को आम जनता का हित दिखता था, उन मुद्दों को वे हमेशा अहिंसा के रास्ते पर चलकर आगे बढ़ाते रहे और अंततोगत्वा उन्हें सफलता भी मिली।

देश की महिलाओं को संपत्ति में बराबरी का दर्जा दिलाने के लिए उन्होंने केंद्रीय मंत्रिमंडल से इस्तीफा तक दे दिया था। उन्होंने समाज के कमजोर वर्गों, अनुसूचित जाति, अनुसूचित जनजाति और पिछड़ों के कल्याण की बात की, लेकिन इसके लिए उनका रास्ता हमेशा अहिंसात्मक ही रहा। संवाद के द्वारा, चर्चा के द्वारा लोगों के सामने अपनी बात रखकर वे सहमति बनाते थे; क्योंकि बाबासाहब का कहना था कि यह देश अपना है, यहाँ के सब लोग अपने हैं और समाज के कमजोर

वर्गों को न्याय दिलाने हेतु जो भी करना है, वह सब सदैव अहिंसात्मक तरीकों से ही व्यापक हित में हासिल किया जा सकता है, ताकि समाज में हमेशा सौहार्द का वातावरण बना रहे। संविधान सभा में दिए गए अपने अंतिम भाषण में उन्होंने कहा था कि अब हमारे पास विरोध व्यक्त करने के संवैधानिक तरीके मौजूद हैं, इसलिए हमें अराजकता से बचना चाहिए।

देश की हर समस्या के बारे में, चाहे वह समस्या समाज के किसी भी वर्ग से संबंधित हो, उन सभी विचारों में वे सदैव महात्मा गौतम बुद्ध के उपदेशों का विशेष रूप से अहिंसा एवं करुणा का, अक्षरश: पालन करते रहे।

बाबासाहब बहु–आयामी व्यक्तित्व के धनी थे। वे एक असाधारण अर्थशास्त्री, विधिवेत्ता, सजग पत्रकार और विद्वान् समाजशास्त्री थे। साथ ही वे महिला सशक्तीकरण के प्रबल पक्षधर और कर्मठ समाज–सुधारक थे। अपने 'मूक–नायक' नाम के अखबार के द्वारा उन्होंने सदियों से चुप करा दिए गए लोगों की भावनाओं को अभिव्यक्ति दी।

भारत के रिजर्व बैंक की स्थापना में उनकी अहम भूमिका थी। सिंचाई और बिजली के उत्पादन की दामोदर वैली और हीराकुंड जैसी बड़ी परियोजनाओं के निर्माण के मूल में भी उनके ही विचार थे। हमारे देश की बिजली की व्यवस्था के विकास में उनका मौलिक योगदान रहा है। हमारे घरों की रोशनी और खेतों की हरियाली बहुत कुछ उनकी नीतियों और विचारों की वजह से ही हैं। मजदूरों के रोज काम करने की अवधि को 12 घंटों से घटाकर 8 घंटे कराने में भी उनकी प्रमुख भूमिका थी।

हम सभी जानते हैं कि हमारा संविधान बाबासाहब के नेतृत्व में लिखा गया आधुनिक भारत का एक पवित्र ग्रंथ है। इस संविधान ने ही हमारे लोकतंत्र को यह ताकत दी है कि पिछड़े और वंचित वर्गों के लोग देश के सर्वोच्च पदों तक पहुँच सकते हैं। यह भारतीय समाज को सुधारने के उनके प्रयासों का ही परिणाम है कि आज उन वर्गों के लोग आधुनिक भारत के निर्माण में महत्त्वपूर्ण योगदान दे रहे हैं। मैं अपना सौभाग्य मानता हूँ कि आज राष्ट्रपति के रूप में मुझे उसी संविधान के परिरक्षण, संरक्षण और प्रतिरक्षण करने की जिम्मेदारी मिली है, जिसके प्रमुख निर्माता स्वयं बाबासाहब थे।

बाबासाहब के जीवन और व्यक्तित्व का एक प्रमुख पहलु, जिसको मैं देखता हूँ, वह यह है कि जब देश आजादी की लड़ाई के दौर से गुजर रहा था, उस समय भी देश को हिंदू–मुसलिम, अगड़ा–पिछड़ा, ऊँचा–नीचा जैसे मुद्दों पर बाँटने

की चर्चा होती थी। उस समय हमारे बहुत सारे नेतागण तथा समाज-सुधारक यह बात करते थे कि पहले भारत की बात करिए, बाद में हिंदू-मुसलिम इन सबकी बात करते हैं। बाबासाहब की इससे भी बड़ी एक सोच थी। वे कहते थे कि यह जो बाँटनेवाली बातें और प्रवृत्तियाँ हैं, उनको समाप्त करना है। केवल आजादी हासिल करने के लिए नहीं, बल्कि आजादी हासिल करने के बाद में हमारा देश स्वतंत्र होगा, हम आजाद होंगे, उस समय इन्हीं की जरूरत है और इसलिए वह कहते थे कि जब हम लोगों के बीच में जाकर कहते हैं कि पहले हम भारतीय हैं, बाद में हिंदू-मुसलिम हैं। पहले हम भारतीय हैं, बाद में कहो हम अगड़े हैं, पिछड़े हैं, पहले हम भारतीय हैं, बाद में कहो कि मैं उत्तर भारतीय हूँ। मैं दक्षिण भारतीय हूँ, पहले कहो कि मैं भारतीय हूँ, बाद में कहो कि मैं अमीर हूँ, गरीब हूँ, पूँजीपति हूँ या मजदूर हूँ। बाबासाहब इन सब सोच से ऊपर थे। उनका बार-बार अपने शुभचिंतकों और देश को कहना था कि यह जो आप कहते हैं कि मैं पहले भारतीय हूँ बाद में ये...ये... इन सब बातों को छोड़िए। हमको एक ही अवधारणा पर जीना है, चलना है, आगे बढ़ना है और वह अवधारणा है—'पहले भी हम भारतीय थे, बाद में भी भारतीय हैं और अंत में भी भारतीय हैं।' शायद यह अवधारणा हमारे राष्ट्र की अखंडता को कभी विखंडित नहीं होने देगी। हमारा राष्ट्र एक रहे, उसी में हम सब की भलाई है, देश की भलाई है, यहाँ तक कि विश्व की भलाई है।

बाबासाहब केवल वंचितों के नेता नहीं हैं। उनकी विरासत के साथ न्याय करना भी जरूरी है। इस दिशा में बहुत सारे प्रयास हो रहे हैं। मार्टिन लूथर किंग की तरह बाबासाहब भी एक विश्व-मानव है। सौ से भी अधिक देशों ने सन् 2016 में संयुक्त राष्ट्र संघ में उनकी जयंती मनाई थी।

आज समर की नहीं, बल्कि देश में समरसता की जरूरत है। सामाजिक मुद्दों पर राजनीति करने से समाज का अहित होता है। स्वार्थ की राजनीति में समाज को समर-भूमि बनाने की नुकसानदेह प्रवृत्ति पाई जाती है। जोड़ने के बजाय तोड़ने की मानसिकता काम करने लगती है। बाबासाहब के सपनों का भारत बनाने के लिए जातिवाद से मुक्त होना ही पड़ेगा, क्योंकि जातिवाद तोड़ने का काम करता है। आर्थिक विकास के लिए ही नहीं, बल्कि हर प्रकार की सुख-शांति के लिए सोशल हारमोनी, यानी सामाजिक सौहार्द जरूरी है।

आज इसी गर्व के साथ उनके समरसता के संदेश को जीवन में ढालने की जरूरत है। सम-भाव अर्थात् बराबरी का भाव और मम-भाव अर्थात् अपनेपन के

भाव को जोड़ देने से समरसता का भाव पैदा होता है। आज समर की नहीं, समरसता की जरूरत है; अहिंसा और शांति की जरूरत है। यही रास्ता बंधुता, समता, ममता और समरसता की भावना को मजबूत बनाता है।

मैं सभी देशवासियों, विशेषकर युवाओं से यह अपील करता हूँ कि बाबासाहब के बताए हुए शांति, अहिंसा और बंधुता के रास्ते पर चलें। आइए, हम सब पूरे सौहार्द के साथ, एकजुट होकर, बाबासाहब के सपनों का भारत बनाने के लिए आगे बढ़ने का संकल्प करें!

□

समता और समरसता के पथदर्शक

—दत्तोपंत ठेंगड़ी

दिनांक 14 अप्रैल, 1983 के दिन 'सामाजिक समरसता मंच' की स्थापना हुई। इसके कई कारण थे। हम देख रहे हैं पिछले कई वर्षों में देश की परिस्थिति बिगड़ती जा रही है। अनेक नए प्रश्न उत्पन्न हो रहे हैं। मूल बीमारी पर ध्यान दिए बिना तात्कालिक इलाज किया जा रहा है। इस मरहमपट्‌टी से एक घाव तो ठीक हो जाएगा, लेकिन दूसरा पैदा हो सकता है, जिसकी पुनः मरहमपट्‌टी करनी होगी। यह बात सत्य है कि मरहमपट्‌टी करना एवं उसे ठीक करना तात्कालिक आवश्यकता है। उसे अनदेखा नहीं किया जा सकता, परंतु साथ ही मूल बीमारी क्या है, मूल रोग क्या है, इसका निदान कर रक्तशुद्धि के लिए दवा लेना भी आवश्यक है। यही स्थायी उपचार है। आज पंजाब सुलग रहा है, कल असम अधोगति को प्राप्त हो रहा है, परसो तमिलनाडु गायब हो गया है, इस प्रकार के विचार हमारे मन में आते हैं। क्या इन सभी प्रश्नों का किसी ने गहनता एवं गंभीरता से विचार किया है ? अगर किया है तो क्या इस बीमारी का कुछ निदान किया गया है ? जब हम इसकी छानबीन करने लगे तो ध्यान में आया कि कुछ श्रेष्ठ पुरुषों को समाज को उस समय जितनी देनी चाहिए, उतनी मान्यता नहीं दी है, परंतु आनेवाला समय उन्हें मान्यता दिए बिना नहीं रहेगा। ऐसे कुछ श्रेष्ठ पुरुष हमारी आँखों के सामने इस देश में हो चुके हैं, जिन्होंने इस प्रकार के कुछ निदान किए हैं एवं उसके लिए कुछ उपाय सुझाए हैं और उन पर अमल भी किया है। पिछले साल संयोग से ऐसे दो श्रेष्ठ पुरुषों—अंग्रेजी कालगणना के अनुसार पूजनीय बाबासाहब और हिंदू कालगणना के अनुसार पूजनीय हेडगेवारजी का जन्मदिवस एक ही दिन 14 अप्रैल को पड़ा। इस शुभ मुहूर्त पर 'सामाजिक समरसता मंच' की स्थापना की गई। इस सामाजिक समरसता मंच से कोई बड़ा कार्य अपेक्षित न होने के बावजूद सामाजिक चिंतन

करनेवाले लोगों को हमेशा एकत्रित कर, उनके चिंतन को गति देकर उनमें समन्वय स्थापित करने का छोटा सा काम किया जाए, इस कल्पना से इसका गठन हुआ।

उस समय प्रेरणादायकों के रूप में इन दो डॉक्टरों का आपके समक्ष उल्लेख हुआ था। उनमें से पू. डॉ. बाबासाहब आंबेडकरजी के जन्मदिन के अवसर पर आज हम एकत्रित हुए हैं। यद्यपि यहाँ उनके जीवन के विषय में हम विचार नहीं करनेवाले हैं, फिर भी मुझे लगता है, कि भविष्य में जो उनके कार्य का मूल्यांकन होने ही वाला है, उसको ध्यान में रखकर आज उन्हें जो चाहिए था, वह सामने लाने के क्या मार्ग हैं ? इस विषय में संक्षेप में विचार करना अप्रासंगिक नहीं होगा।

डॉ. आंबेडकर के प्रति आकर्षण

विषय प्रारंभ करने के पूर्व ऐसा प्रतीत हो रहा है कि यहाँ यह बात स्पष्ट करना उचित होगा कि मैं व्यक्तिगत रूप से बाबासाहब के प्रति क्यों आकृष्ट हुआ ? मेरा और उनका अच्छा संबंध था। यह संबंध समान स्तर का नहीं था। मैं एक छोटा, युवा कार्यकर्ता और वे एक ज्येष्ठ, श्रेष्ठ भारतीय (राष्ट्रीय) स्तर के नेता, इनके बीच जैसा संबंध होता है, वैसा यह संबंध था।

1950 तक पू. बाबासाहब का केवल नाम ही सुना था। किंतु उनके विषय में मेरी धारणा एक वर्गविशेष के नेता की थी। उनसे व्यक्तिगत संबंध नहीं था। जीवन-चरित्र के विषय में जानकारी नहीं थी। कार्य के विषय में भी जानकारी नहीं थी। प्रथमत: 1950 के आसपास हम कुछ तरुण इस व्यक्तित्व के प्रति आकृष्ट हुए। इसका एक कारण यह था कि मेरे जीवन के तीन वर्ष राजनैतिक कार्य में व्यतीत हुए। उस समय दो बड़े नेता, दोनों डॉक्टर उनके एक कार्य के कारण से हम तरुण उनकी ओर आकर्षित हुए थे। एक डॉ. बाबासाहब आंबेडकर, दूसरे डॉ. श्यामाप्रसाद मुखर्जी ! दोनों को पं. जवाहरलालजी ने प्रथम मंत्रिमंडल में स्थान दिया था, परंतु दोनों ने मंत्रिमंडल से त्यागपत्र दे दिया। हम लोगों को यह बात बड़ी असाधारण लगी। इन दोनों डॉक्टरों में व्यावहारिक विवेक का पूर्ण अभाव देखकर बड़ी श्रद्धा उत्पन्न हुई, क्योंकि सच मानें तो व्यावहारिक विवेक यही है कि हम मंत्री हैं, मंत्रिमंडल में रहें, ज्यादा हलचल न करें, यही ठीक है। डॉ. बाबासाहब से जवाहरलालजी ने कहा था कि हम आपको वित्त विभाग देंगे, किंतु आगे चलकर वह नहीं दिया। ऐसा होने पर भी गाड़ी में बैठे रहें, गाड़ी आगे जाएगी, कभी तो टर्मिनस, स्टेशन आए, 'को काल: फलदायक: ' कभी-न-कभी अपना भविष्य

उज्ज्वल हो सकता है, आज नहीं तो कल, यह सरल विचार छोड़कर या आज सभी लोगों में सत्ता की प्राप्ति के लिए सिद्धांतों का उपयेाग करने का एक उन्नतिशील विचार है। सत्ता की प्राप्ति हो, सत्ता में अपना सहभाग हो, इसलिए सिद्धांतों की घोषण करने का जो एक उन्नतिशील व्यवहारिक विचार है, वह न अपनाते हुए, सिद्धांतों के लिए सत्ता का उपयोग, सत्ता में रहकर भी सिद्धांतों की सेवा न होते देख सत्ता को ठुकराकर बाहर आना, यह जो पागलपन इन दोनों डॉक्टरों ने दिखाया, उसकी वजह से उनके प्रति युवाओं में एक श्रद्धा उत्पन्न हुई और उसके बाद धीरें-धीरे उनका सान्निध्य प्राप्त करने का योग बना।

प्रथम चुनाव के पूर्व पू. बाबासाहब नागपुर आए थे। सभा के बाद प्रेस कॉन्फ्रेंस हुई। प्रेस कॉन्फ्रेंस में उन्होंने कुछ प्रश्नों के उत्तर दिए। नागपुर टाइम्स के एक प्रेस संवाददाता श्री शरद शेवडे, जो कि मेरे मित्र भी थे, बाद में रुके हुए थे, बाबा से बोले, 'बाबासाहब मुझे एक प्रश्न पूछना है। मैं वह खुलेआम नहीं पूछ सकता था।' पू. बाबासाहब बोले, 'क्या है ?' "आपने ऐसा कहा है कि हमने जो शेड्यूल कास्ट फेडरेशन चुनावी अखाड़े में उतारा है, वह केवल सरकार का विरोध करने के लिए नहीं, अपितु हमारी सरकार बनाने की भी भूमिका है, आकांक्षा है। यह आप बताइए कि आपको कितने वर्षों में लग रहा है कि आप सरकार बना सकते हैं ?" इस पर पू. बाबासाहबजी ने कहा, 'मैं कोई ज्योतिषी नहीं हूँ। किसी ज्योतिषी से पूछो।' उनके बोलने का अंदाज ऐसा ही था। श्री शेवडे ने कहा, "ऐसे नहीं, लेकिन एक सामान्य अनुमान ?" उसपर बाबा ने कहा, "देखो तुम जरा इंग्लैंड का इतिहास पढ़ो। ब्रिटिश लेबर पार्टी की स्थापना कब हुई और ब्रिटिश लेबर पार्टी को पहली बार स्पष्ट बहुत किस वर्ष मिला, यह तुम पढ़ो। जिससे तुम अनुमान लगा पाओगे।"

परंतु उस समय पू. बाबासाहब की उम्र को ध्यान में रखते हुए यह स्पष्ट था कि शेड्यूल्ड कास्ट फेडरेशन पार्टी को साधन या माध्यम के तौर पर उपयोग में लाने के बाद अपने जीवनकाल में वे प्रधानमंत्री हो सकें, ऐसी क्षमता उनके जैसे बुद्धिमान व्यक्ति ने नहीं सोची होगी। यह बात हमें समझ में आ रही थी।

तत्त्वनिष्ठ व्यवहार

इसके बाद दूसरा ऐसा ही एक प्रसंग उपस्थित हुआ। मई, 1954 के पहले सप्ताह में भंडारा में उपचुनाव थे। उस वक्त उस आरक्षित चुनाव-क्षेत्र में कांग्रेस के दो-एक आरक्षित और एक सामान्य उम्मीदवार खड़े थे। विरोध में आरक्षित के

लिए बाबासाहब, सामान्य के लिए एक दूसरी अखिल भारतीय पार्टी के एक बड़े उम्मीदवार थे। दल का नाम लेने की आवश्यकता नहीं है, क्योंकि आज वह दल महाराष्ट्र में अस्तित्व में नहीं है। उस श्रेष्ठ पुरुष का नाम लेने का कोई कारण नहीं है, क्योंकि वे आज राजनीति में नहीं है। संक्षेप में स्थिति ऐसी थी कि शेड्यूल्ड कास्ट फेडरेशन के लोगों ने दूसरा वोट कांग्रेस के अतिरिक्त किसी को भी दिया तो यह दूसरा व्यक्ति चुनकर आएगा, किंतु आरक्षित से बाबासाहब चुनकर नहीं आएँगे। जिस पार्टी के वे उम्मीदवार थे, उस पार्टी की प्रसिद्धि के लिए दूसरे से समझौता होने के बाद दूसरे के वोट अपने बक्से में डालना, यह कला उन्हें पता थी, लेकिन अपने वोट दूसरों के पक्ष में करने का जोखिम वे नहीं उठाना चाहते थे। मुंबई में एक बार यह अनुभव होने के बाद सबके मन में था कि यहाँ वोट देने में कोई लाभ नहीं है।

विचार-विमर्श के लिए बैठक की गई। उस समय एक छोटे कार्यकर्ता के रूप में मैं उपस्थित था। कार्यकर्ताओं ने बड़े ताव में आकर अपने सुझाव सामने रखे। उन्होंने प्रस्ताव रखा, 'देखिए दूसरा वोट इन्हें दें तो कांग्रेस के वे श्री चुनकर आएँगे। बाबासाहब हार जाएँगे। इसलिए अपना दूसरा वोट जलाना होगा।' (उस समय हमारे विदर्भ नें एक उक्ति थी—किसी को भी वोट न देना यानी उसे जलाना) इसी बात की चर्चा चल रही थी। बाबासाहब ने उसे सुना। वे बैठक में आकर बैठ गए। उन्होंने पूछा, 'क्या चर्चा हो रही है ?' सभी ने कहा, 'दूसरा वोट जलाना होगा। उसे जलाया नहीं तो आप हार जाएँगे।'

यह समय अत्यंत निश्चलता से उन्होंने कहा, ''देखिए, संविधान मैंने तैयार किया है। मैं यह कह नहीं सकता और सह नहीं सकता कि मेरे अनुयायियों द्वारा संविधान का उल्लंघन किया जाए। आप दूसरा वोट जला दें, यह मैं नहीं कहूँगा। मैं इसकी अनुमति नहीं दूँगा। मैं संविधान का उल्लंघन सहन नहीं करूँगा। ऐसा न करने पर यदि मैं चुनाव हार गया, तब भी ठीक है, परंतु दूसरा वोट जलाने की अनुमति मैं आपको नहीं दूँगा।'' और सच में परिणाम ऐसा ही आया। वे दूसरे महानुभाव जीत गए। बाबा हार गए। चुनाव जीतने का इतना सरल रास्ता होते हुए भी उन्होंने यह स्थिति स्वीकार की। इतना ही नहीं, उनमें एक लगन भी थी। उनमें जो तत्त्वनिष्ठा थी, उस तत्त्वनिष्ठा के कारण उनका कुछ पृथक् व्यक्तित्व है, ऐसा हमें लगने लगा था।

दूरदर्शी कल्पना

तीसरी घटना धर्मचक्र-प्रवर्तन के समय घटी। उस समय होटल 'शाम' में कार्यकर्ताओं की बैठक हुई। भारतीय बौद्धजन समिति के शाखा कार्यवाह श्री वानराव गोडबोले औपचारिक रूप से इस बैठक में आमंत्रित थे, किंतु वास्तव में यह बाबासाहब के सभी प्रमुख कार्यकर्ताओं की बैठक थी। धर्मांतरण के पिछले दिन अर्थात् 13 अक्टूबर, 1956 की रात का यह प्रसंग है—जिस समय चर्चा हुई, उस समय, उस जगह चाय और पोहा की प्लेट देनेवाले कार्यकर्ता के रूप में मैं वहाँ उपस्थित था। डॉ. आंबेडकर ने कार्यकर्ताओं से कहा, 'हम धर्मपरिवर्तन कर रहे हैं; किंतु हमारी पूरी योजना क्या है, वह समझना आवश्यक है।' उन्होंने कहा, "जो हमारे सिद्धांत हैं, उनके लिए बहुत विस्तृत आधार तैयार होना आवश्यक है।" स्पष्ट है कि उस बैठक में उन्होंने सिद्धांत आदि कुछ नहीं बताया, यह स्वाभाविक भी था, क्योंकि वहाँ बैठे हुए सब लोग उनके साथी थे और वर्षों से, दशकों से उनके अनुयायी थे, लेकिन बाबा ने कहा, "हमारे जो सिद्धांत हैं, उन सिद्धांतों के लिए हमें आधार तैयार करना होगा। इसके लिए हमें अपनी भावी व्यूहरचना ध्यान में रखनी होगी।" यह कैसी व्यूहचना ? इस पर वे बोले, "जो भाग शेड्यूल्ड कास्ट का है, वह सामाजिक दृष्टि से हमारा है ही। अब हम बौद्ध मत को स्वीकार करनेवाले हैं। शेड्यूल्ड कास्ट में से कुछ लोग बौद्ध हो जाएँगे। बौद्ध शेड्यूल कास्ट हमारे रहेंगे और जो बौद्ध मत नहीं ग्रहण करेंगे, ऐसे शेड्यूल कास्ट के लोग भी पहले से हमारे हैं ही; किंतु बौद्धमत को सिर्फ शेड्यूल्ड कास्ट तक सीमित नहीं रखना है, अपितु शेड्यूल कास्ट के बाहर भी उसका प्रचार करना है। इसके कारण वे लोग भी हमारे पास आएँगे, जो शेड्यूल्ड कास्ट नहीं हैं, किंतु उनका बौद्ध मत के विषय में विश्वास है और 'नॉन शेड्यूल्ड कास्ट बुद्धिस्ट' वर्ग हमारे पास तैयार होगा अर्थात् 1. बुद्धिस्ट शेड्यूल्ड कास्ट, 2. शेड्यूल्ड कास्ट नॉन बुद्धिस्ट, 3. नॉन शेड्यूल्ड कास्ट बुद्धिस्ट। इस प्रकार के वर्ग उत्पन्न होंगे। हम नई पार्टी की भी स्थापना कर रहे हैं। इस पार्टी के कुछ सिद्धांत हैं। प्राच्य एवं पाश्चात्य लोकशाही के सिद्धांत जिनका आधार है।"

"मुझे पता है कि तुम्हारा धर्म की अपेक्षा राजनीति के प्रति अधिक उत्साह है, परंतु मुझे राजनीति की अपेक्षा धर्म में विशेष रस मिलता है। शेड्यूल्ड कास्ट फेडरेशन ने दलित वर्ग में स्वाभिमान और आत्मप्रतिष्ठा का निर्माण किया है। किंतु दलित-वर्गीय लोगों ने अपने और अन्य समाज के मध्य एक बड़ी दीवार खड़ी की है। स्थिति यह हो गई है कि अस्पृश्य वर्ग के उम्मीदवार को अन्य लोग वोट नहीं देते

हैं और वे स्वयं भी दूसरे पक्ष के लोगों को वोट नहीं देते। इसलिए जिन्हें दलितों के प्रश्नों के विषय में सहानुभूति है, उनकी सहायता से एक राजकीय पक्ष की स्थापना करें और दूसरे पक्षों के नेताओं के साथ कार्य करने का प्रयत्न करें। वस्तुस्थिति का अवलोकन करने का समय अब आ गया है। हमारे इस नए पक्ष के सिद्धांत जिन्हें स्वीकार हैं, ऐसे लोग भी हमारे पास आएँगे। उसमें से कुछ शेड्यूल्ड कास्ट के बाहर के भी होंगे। कुछ बौद्धमत माननेवाले होंगे, कुछ बौद्धमत न माननेवाले होंगे। अर्थात हमारे पास ऐसे भी गुट और तैयार हो जाएँगे, जो नॉन शेड्यूल्ड कास्ट नॉन बुद्धिस्ट रिपब्लिकंस हैं। ऐसे भी गुट होंगे जो नॉन शेड्यूल्ड कास्ट, नॉन-रिपब्लिकन बुद्धिस्ट है। तो एक धर्ममत, एक राजनैतिक मत और एक सामाजिक गुट, इन तीनों की जितनी भी अलग-अलग श्रेणियाँ हो सकती हैं, उन सभी को मिलाकर भिन्न-भिन्न प्रकार के लोग हमारे पास आएँगे। इससे कम अथवा अधिक परिमाण में हमारे सिद्धांतों के अनुकूल एक सामाजिक आधार तैयार हो जाएगा।''

यह अक्टूबर, 1956 की बात है। उस समय उनकी प्रकृति, उनकी आयु और उनकी बताई हुई यह व्यूहरचना सुनकर ऐसे लग रहा था कि यह इतनी लंबी व्यूहरचना और उससे जो फलप्राप्ति होनेवाली है, उसे देखने के लिए वे स्वयं (जीवित) रहनेवाले नहीं हैं, यह उन्हें ज्ञात होगा ही, परंतु यह सब ज्ञात होते हुए भी एक दृष्टि सामने होने से, एक ध्येय सामने होने से एवं उसका फल देखने के लिए जीवित रहें या न रहें, किंतु वह ध्येय सिद्ध होना ही चाहिए, इस भाव से यह वृद्ध व्यक्ति इतनी जी तोड़ मेहनत कर रहा है, सुखी जीवन छोड़कर कष्ट सहन कर रहा है। इस व्यावहारिक सूझबूझ का मार्ग छोड़कर ढलती आयु में प्रकृति का साथ न होने के बाद भी यह व्यक्ति इतनी कठिनाइयाँ उठा रहा है, क्यों? वह भी एक दीर्घकालीन दृष्टि सामने रखकर। यह उनके श्रेष्ठ व्यक्तित्व का प्रतीत्व है। बाबासाहब के प्रति आत्मीयता और आदर में वृद्धि होने का एक और कारण था—उनका संगठनात्मक विचार।

संगठनात्मक व्यवहार की ओर ध्यान

पूज्य बाबासाहब की विशेषता यह थी कि अत्यंत उच्च स्तर के सिद्धांतों का प्रतिपादन करते समय व्यवहार के छोटे-छोटे संगठनात्मक ज्ञान पर भी उनका पूर्ण ध्यान होता था। उदाहरण के लिए—दि. 14.7.1952 को मुंबई के दामोदर हॉल में हुई सभा में बिल्डिंग-फंड के पैसों के विषय में बोलते हुए उन्होंने कहा, ''हमारे लोगों ने जो रकम दी है, उसमें से अलग-अलग स्थानों के लोगों ने, संस्थाओं ने

और व्यक्तियों ने 25 रु. या उससे अधिक की रकम दी है। ऐसी कुल रकम 25,709 रु. 4 आना है। 25 रुपयों से कम रकम देनेवालों की रकम 1000 रुपए है और जिसकी कोई जानकारी नहीं मिली, ऐसी रकम 5000 रुपए की है। इन पाँच हजार रुपयों की जानकारी क्यों नहीं मिली ? लोगों ने ली हुई रसीद बुक वापस नहीं की है, इसलिए इसकी जानकारी नहीं मिली है। इन रसीद-बुकों में और भी पैसे जमा होने की संभावना है और यह अधिक जमा हुए पैसे लोगों द्वारा खाए गए हों, यह संदेह उत्पन्न होना स्वाभाविक है। इसलिए यह संदेह मिटाने के लिए लोगों द्वारा ली गई सभी रसीद-बुक शेष पैसों के साथ लौटा दी जानी चाहिए। बुक न लौटाना या जमा किए गए पैसे न देना धोखा है और कानून द्वारा ऐसी धोखाधड़ी को अपराध कहा गया है। इस बात को सभी ध्यान में रखें।''

कार्यकर्ताओं में वार्त्तालाप

कार्यकर्ताओं से बाबासाहब द्वारा किए गए वार्त्तालाप का कुछ अंश केवल उदाहरणस्वरूप प्रस्तुत कर रहा हूँ।

''अपना घर छोड़कर दूसरे की हवेली में घुसना बड़ी मूर्खता है। अपनी झोंपड़ी सुरक्षित रखिए। ऐसा न करने पर हमारी स्थिति भी ब्राह्मणेत्तर पक्षों की तरह हो जाएगी। ब्राह्मणेत्तर पक्षों की क्या दुर्दशा हुई है ? 1932 तक हम साथ मिलकर काम कर रहे थे, उस समय ब्राह्मणेत्तर नेताओं को यद्यपि कांग्रेस से बाहर रहकर कोई फायदा नहीं हुआ और अंदर जाकर, कांग्रेस का किला अंदर से खोखला कर सकेंगे, बाहर से ऐसा नहीं कर पाएँगे, इस भ्रम में वे कांग्रेस में गए। मैंने उन्हें कई बार समझाया, परंतु उन्होंने मेरी नहीं मानी। बाद में उन्हें अनुभव हुआ कि हम अंदर आए, यह भयंकर गलती हो गई। स्थिति को वे फिर से कितना संवार सकेंगे, इस विषय में मुझे आशंका है। हम झोंपड़ी तोड़कर समझौता करें, यह मुझे बिल्कुल मान्य नहीं। झोंपड़ी तोड़कर हम कुछ नहीं करेंगे।''

''किसी भी पक्ष के साथ सहयोग करते समय, चाहे वह पक्ष कांग्रेस हो, सोशलिस्ट हो या शेतकरी कामगार पक्ष हो, हमें अपनी संघटना नहीं तोड़नी चाहिए। व्यक्तिगत दृष्टि से मनुष्य का कोई मूल्य नहीं है। आज मेरा कांग्रेस-दल में और राजनीति में जो सम्मान है, उसका एकमेव कारण यह है कि मेरे साथ शेड्यूल्ड कास्ट फेडरेशन संगठन है। जिस दिन संस्था का यह आधार नष्ट हो जाएगा, उस दिन राजनीति में मेरा कोई मूल्य नहीं होगा। इसलिए देशरक्षा की भावना को मन में रखकर भविष्य की राजनीति में शत्रु और मित्रों का संबंध जानकर, स्वत्व बरकरार रखते

हुए सावधानी से शेड्यूल्ड कास्ट फेडरेशन के नेतृत्व में हमें मार्ग बनाना होगा।''

''अब हमें अपना मन पवित्र करना होगा। सद्गुणों की ओर हमारा आकर्षण होना चाहिए। इस प्रकार हमें धार्मिक बनना होगा। ऐसा नहीं है कि हम शिक्षा ग्रहण करते हैं तो सब कार्य संपन्न हो गया। इसमें कोई शंका नहीं कि शिक्षा का महत्त्व है, किंतु शिक्षा के साथ मनुष्य का शील भी सुधरना चाहिए। शील के बिना शिक्षा का मूल्य शून्य है। ज्ञान तलवार की तरह है। सोचिए एक आदमी के हाथ में तलवार है, उसका सदुपयोग करना है या दुरुपयोग, यह उस मनुष्य के शील पर निर्भर करता है। वह उस तलवार से किसी की हत्या भी कर सकता है तथा किसी की रक्षा भी कर सकता है। ज्ञान भी ऐसा ही है। एक शिक्षित व्यक्ति, उसका शील अगर अच्छा हो तो अपने ज्ञान का उपयोग लोक-कल्याण के लिए करेगा, किंतु उसका शील अच्छा नहीं होगा तो वह अपने ज्ञान का उपयोग लोक के अहित के लिए करेगा। शील धर्म का महत्त्वपूर्ण अंग है। शिक्षित व्यक्ति केवल स्वार्थी होकर नहीं रह सकता। जिन्हें स्वार्थ के अतिरिक्त और कुछ नहीं दिखाई देता और उन्हें थोड़ा सा भी परमार्थ करना नहीं आता। वे मनुष्य केवल शिक्षित हैं तो क्या हुआ? उनका दूसरा को क्या लाभ? 'जैसे कड़ाही घिस-घिसकर दर्पण जैसे चमक उठती है, वैसे ही शिक्षा का उपयोग होना चाहिए।''

''कार्यकर्ताओं की यह भावना हो गई है कि चुनाव ही राजनीति है। चुनाव से पृथक् राजनीति का दूसरा कोई अर्थ नहीं। इसलिए चुनाव के समय टिकट पाने के लिए सभी संघर्ष करते हैं और चुनाव समाप्त होते ही सब अपने घर में बैठ जाते हैं, परंतु समाज-जीवन के लिए राजनीति एक गौण कारण है, राजनीति ही सर्वस्व नहीं है। समाज की जो उन्नति होती है, वह केवल राजनीति से नहीं होती। समाज-उन्नति के अनेक कारण हैं। समाज के सामाजिक, आर्थिक पहलू कुछ कम महत्त्व के नहीं हैं। राजनीति ही महत्त्वपूर्ण है, ऐसी भावना होने के कारण ही चुनाव के समय टिकट पाने के लिए संघर्ष करना, टिकट न मिलने पर समाज में विभाजन करना, चुनाव में हार जाने के बाद निराश होकर घर में बैठना और जीतने के बाद असेंबली में जाकर मुँह बंद करके बैठना, यही कार्य है। कार्यकर्ताओं की यही भावना होती है।

''मैं व्यक्तिगत रूप से किसी भी कार्यकर्ता से प्रेम नहीं करता। प्रेम केवल कार्य से होता है। जो कार्य करता है, वही मुझे प्रिय है।

''मेरी इच्छा से अगर व्यवस्था चलेगी तो ही मैं संस्था में रहूँगा, यह प्रवृत्ति गलत है।

''हमारी फेडरेशन में भी ऐसे बाजारवादी लोग सम्मिलित हो गए हैं। उन्हें

अगर अब फेडरेशन तोड़नी हो तो वे अभी यहाँ से चलते बनें। उनके लिए इसमें जगह नहीं है। दो मार्गों पर पाँव न रखें। फेडरेशन का यह वृक्ष शीघ्र फल नहीं देगा, उसके फल विलंब से प्राप्त होंगे, किंतु वे चिरकाल तक स्थायी रूप से रहेंगे। जो पेड़ शीघ्र उगता है और शीघ्र फल देता है, वह पेड़ शीघ्र ही समाप्त हो जाता है। ऐसा पेड़ हमारे किसी उपयोग का नहीं। जिन्हें शीघ्र फल की आशा है, वे वहाँ जाएँ।

"जिनके पास धैर्य नहीं हो, वे नेता नहीं बन सकते। जो मनुष्य मरने के लिए तैयार होता है, वह कभी भी मरता नहीं और जो मृत्यु से डरता है, वह पहले से ही मरा हुआ होता है, ऐसा समझना चाहिए।

"किसी को राजनीति की करनी हो तो उसे राजनीति का अच्छी तरह अभ्यास करना चाहिए। अभ्यास के बिना विश्व में किसी के लिए कुछ भी प्राप्त करना संभव नहीं है। हमारे समाज के प्रत्येक कार्यकर्ता को राजनैतिक, धार्मिक और आर्थिक; सभी प्रश्नों का सूक्ष्मता से अभ्यास करना आवश्यक है। जिन्हें नेता बनना है, उन्हें नेता के कर्त्तव्य-कर्म, नेता का उत्तरदायित्व क्या है, इस बातों का ध्यान रखना होगा, क्योंकि हमारे समाज के नेताओं पर अत्यंत बड़ी जिम्मेदारी है। अन्य समाज के नेताओं की तरह हमारे समाज के नेताओं की स्थिति नहीं है। अन्य समाज में नेताओं का सभा में जाना, बड़े-बड़े भाषण देना, तालियाँ पाना और अंत में गले में हार पहन कर घर आना, इतना ही काम होता है। हमारे समाज के नेताओं का यह करके निर्वहन नहीं होगा। विधिवत् अभ्यास करना, विचार करना, समाज की उन्नति के लिए स्वयं दिन-रात परिश्रम हमारे नेताओं को करना होगा। तभी वे लोगों का थोड़ा भला कर पाएँगे। तभी वे नेता बन पाएँगे। आपको लगता है नेता बनना सरल है, लेकिन मेरे विचार से नेता बनना बहुत कठिन काम है। मुझे स्वयं नेतागीरी कठिन लगती है, क्योंकि अन्य लोगों की तरह नेतागीरी का गुण मुझ में नहीं है। मैंने जब आंदोलन शुरू किया, तब कोई संघटना नहीं थी। सबकुछ मुझे ही करना पड़ता था। संघटना करनी हो तो मुझे स्वयं ही करनी पड़ती थी। अखबार निकालना हो तो मुझे ही निकालना पड़ता था। इसीलिए 'मूक नायक', 'बहिष्कृत भारत जनता' इत्यादि अखबार मुझे स्वयं ही निकालने पड़े। प्रेस चलाने के लिए मुझे स्वयं ही प्रेस का काम करना पड़ता था।

"क्रोध दो प्रकार के होते हैं। एक द्वेषमूलक, दूसरा प्रेममूलक। कसाई जब कुल्हाड़ी लेकर जाता है, तब उसका जो क्रोध होता है, वह क्रोध द्वेषमूलक होता है। माँ बच्चे को थप्पड़ मारती है, तो उसे कोई क्या कहेगा? उसका क्रोध प्रेममूलक होता है। बेटा सदाचारी हो, इसलिए माँ उसे मारती है। मेरा क्रोध भी प्रेममूलक

है। आपका आचरण समतापूर्वक हो, इसलिए मैं राजनीति को गालियाँ देता हूँ।''

भारत के संविधान-निर्माता द्वारा कार्यकर्ताओं की मनःस्थिति का सूक्ष्मता से अवलोकनकर इतना विस्तृत मार्गदर्शन अत्यंत सराहनीय है। बाबासाहब द्वारा कार्यकर्ताओं का यह मार्गदर्शन सभी समूहों के कार्यकर्ताओं के लिए उपयुक्त है। मैं स्वयं संघ का प्रचारक होने के कारण इस प्रकार के मार्गदर्शन की महत्ता अच्छी तरह समझ सकता हूँ।

स्तर के अनुसार व्यवहार

जिन लोगों को साथ लेकर आगे जाना है, उनका स्तर ध्यान में रखकर उनसे बात करना एवं आचरण करना आवश्यक है। प्रारंभिक काल में शेड्यूल्ड कास्ट फेडरेशन के नागपुर के अध्यक्ष श्री दशरथ पाटिल के साथ पू. बाबासाहब के स्नेह-संवाद के समय मुझे वहाँ उपस्थित रहने का अवसर प्राप्त हुआ। 'लाडवण' शब्द की व्युत्पत्ति के विषय में चर्चा हो रही थी। बाबासाहब ने अपने विचार प्रकट करते समय कुछ ऐसे खास वर्हाडी शब्दों का प्रयोग किया कि मुझे अचरज हुआ। संविधान-समिति में उनके विद्वत्तापूर्ण भाषणों की प्रशंसा मैंने सुनी थी; परंतु वही सज्जन वर्हाडी के विशेष शब्दों का प्रयोग भी उतनी ही सफाई से कर सकते हैं, यह देखकर मुझे आनंद हुआ। जिन लोगों को जोड़ना है, उनके स्तर पर जाकर बोलने एवं आचरण करने के अतिरिक्त उनको जोड़ना कैसे संभव होगा?

दूसरी बात यह है कि उनके विचार इतने सुस्पष्ट और मौलिक होते थे कि उनका उचित प्रकटीकरण करने पर निर्भीकता और प्रसंगवश शत्रुता मोल लेना अपरिहार्य था। एक प्रसंग में उन्हें अनुभव हुआ कि स्पष्टीकरण आवश्यक है, ''मेरा स्वभाव आक्रामक है और सत्ताधारी लोगों के लिए अनेक बार नोक-झोंक होती रहती है, इसलिए मैं परदेस में भारत के विषय में कुछ कटु शब्द बोलूँगा, ऐसी गलत धारणा वे न रखें। मैंने कभी भी देश के साथ विद्रोह नहीं किया। हृदय में सदैव देश का हित ही सोचा है। गोलमेज-सम्मेलन के समय देशहित की दृष्टि से गांधीजी से 20 मील आगे था।''

अन्य एक प्रसंग में उन्होंने कहा, ''बहुत से हिंदू मुझे अपना शत्रु समझते हैं; किंतु मेरे कुछ वैयक्तिक मित्र उस ब्राह्मण समाज से हैं, जो ब्राह्मण मेरे समाज के लोगों को कुत्ते-बिल्ली से भी हीन दर्जा देते हैं, उनके इस समाजद्रोही कृत्य का विरोध करना मेरे भाग्य में है। यह परिस्थिति मेरे वश में नहीं।''

वस्तुत: उनके सभी कार्यों में ब्राह्मण और अन्य उच्चवर्णीय लोगों ने बहुत सहायता है और बाबासाहब ने उनके प्रति समय-समय पर सार्वजनिक रूप से कृतज्ञता भी व्यक्त की है।

मुसलिमों के विषय में मत

उनके 'थाट्स ऑन पाकिस्तान' ग्रंथ के कारण उठा बवंडर सभी को स्मरण है। हिंदुत्व के समर्थकों को इस ग्रंथ से बड़ा झटका लगा था। तत्कालीन भावनापूर्ण स्थिति में उनके विचारों के पीछे भी कुछ तर्क हो सकते हैं, यह बात ध्यान में रखना किसी के लिए भी संभव नहीं हुआ। ग्रंथ में बाबासाहब के निष्कर्ष से मैं पूर्णत: असहमत हूँ, किंतु उनके द्वारा दी गई तर्क-परंपरा सबके लिए और विशेषत: हिंदुत्व-समर्थकों के लिए ध्यान देने योग्य है। ''मुसलिमों के मन पर लोकशाही का प्रभाव नहीं पड़ता। अगर मुसलिमों को किसी वस्तु से अत्यंत आस्था है तो वह है धर्म। उनकी राजनीति मुख्यत: धर्मनिष्ठ होती है। मुसलिम समाज अच्छी धारणाओं का विरोधी है। पूरे विश्व में वह प्रतिगामी प्रवृत्ति का प्रतीत होता है। मुसलमान समझते हैं कि मुसलिम धर्म जागतिक धर्म है, लेकिन 'इसलाम' का बंधुत्व सर्वव्यापक नहीं है, सार्वत्रिक नहीं है। यह बंधुत्व मुसलमान समाज के अनुयायियों तक ही सीमित होता है। मुसलमान से इतर लोगों के विषय में उनमें तिरस्कार और शत्रुत्व ही होता है। जिस देश पर मुसलमान शासन नहीं करते, वह उनके लिए शत्रुभूमि होती है। इसलिए इसलाम सच्चे मुसलमान के मन में हिंदुस्तान अपनी मातृभूमि है और हिंदू अपना इष्टमित्र है, यह विचार भी आने नहीं देगा।'' ऐसा बाबासाहब का स्पष्ट मत है।

हिंदुओं की सहनशीलता

पू. बाबासाहब के मन में सदैव यह विचार रहता था कि हम मुसलमानों को आत्मसात नहीं कर पाएँगे। इसलिए एक विदेशी तत्त्व राष्ट्र-शरीर में रखने की अपेक्षा उसे अलग रखना अच्छा है। आगे चलकर कश्मीर घाटी के विषय में उनके द्वारा ऐसा ही एक प्रश्न उपस्थित होने के बाद इस विषय पर उनसे बातचीत करने का सुयोग प्राप्त हुआ। उस समय पू. बाबा आवेश के साथ बोले, ''देशभक्ति में मैं तुम लोगों से तिनका भर भी कम नहीं हूँ; किंतु अंतर इतना ही है कि 'जूता काट रहा है' इसका भी ध्यान नहीं है। 'कश्मीर घाटी' हिंदुस्तान में रखनी हो तो वहाँ के सभी मुसलमानों को हिंदूसमाज को आत्मसात करना होगा। अगर ऐसा नहीं हुआ

तो यह अपने सिर पर निरंतर तलवार टँगी रखनेवाली अवस्था होगी। वस्तुतः आपके अपने ही होने के बावजूद आज तक आप हमें पचा नहीं पाए। क्या कश्मीर-घाटी के सभी मुसलमानों को हिंदू समाज में पचाने की शक्ति सवर्ण हिंदुओं में है? आपकी पाचनशक्ति का अनुमान करके ही मैंने कहा है कि इस विदेशी तत्त्व का देश के अंदर रहने की अपेक्षा देश के बाहर रहना अच्छा है।''

जो भी हो, उनका वह निष्कर्ष मेरे गले उतरना असंभव था। मैंने यह बात उन्हें बता भी दी। मेरे उस मत को उन्होंने एक मासूम बच्चे की बात जैसा ही महत्त्व दिया। पू. बाबा द्वारा निकाला गया निष्कर्ष, हिंदू समाज की वर्तमान पाचन शक्ति पर दुःखद भाष्य था।''

फरवरी, 1942 में मुंबई में वागले हॉल में 'थाट्स ऑन पाकिस्तान' के संदर्भ में बाबासाहब ने कहा, ''जिन्हें पाकिस्तान चर्चा का विषय नहीं लगता, उनसे वाद-विवाद करने में कोई लाभ नहीं है। जिन लोगों को पाकिस्तान का कठिन अन्याय लगता है, उन्हें गठित होनेवाला पाकिस्तान एक अत्यंत भयंकर वस्तु प्रतीत होगा। लोगों से यह कहना गलत है कि इतिहास भूल जाओ। जो इतिहास भूल जाते हैं, वे इतिहास का निर्माण नहीं कर सकते। भारतीय सेना में मुसलमानों का वर्चस्व कम करने के लिए सेना का एक संघ बनाकर उसे निष्ठावान करना समझदारी है, हमारी मातृभूमि का रक्षण हम ही करेंगे! पाकिस्तान मिलने के बाद मुसलमान हिंदुस्तान पर अपना साम्राज्य फैलाएँगे, ऐसी भावना न बनाएँ। हिंदू उन्हें धूल चटा देंगे। मैं स्वीकार करता हूँ कि स्पृश्य हिंदुओं से कुछ मुद्दों पर मेरा विवाद है, लेकिन मैं आपके सामने यह प्रतिज्ञा करता हूँ कि अपने देश के स्वातंत्र्य की रक्षा के लिए मैं अपने प्राण भी अर्पण करूँगा।''

पू. बाबा के कुछ लाक्षणिक निषेधात्मक कार्यों के कारण सनातनी लोगों को दुःख पहुँचना और क्रोध आना स्वभाविक ही है, किंतु उन्हें भी बाबा की मनोवृत्ति को समझने का प्रयास करना चाहिए।

विशुद्ध ध्येयवादी

किसी भी कलाकार को अपने कलाकृति से, साहित्यकार को अपने साहित्य से आत्यंतिक प्रेम होना स्वाभाविक ही है। पू. बाबासाहब ने संविधान का निर्माण किया है। विश्व ने उनको 'आधुनिक भारत का मनु' उपाधि से गौरवान्वित किया। यह उनके जीवन की सबसे बड़ी उपलब्धि थी, जिसका उन्को कभी अहंकार नहीं

हुआ, क्योंकि वे पक्के ध्येयवादी थे। संविधान-निर्माण का कार्य भी उन्होंने इसी दृष्टि से किया कि उससे उनके मूल उद्‌देश्य की सहायता हो और उसे मान्यता मिले, किंतु अगर ऐसा नहीं हो तो 'आधुनिक मनु' की उपाधि से उनका समाधान नहीं होनेवाला था। स्वयं द्वारा निर्मित संविधान से भी उन्हें अंधा असीम प्रेम नहीं था। उसकी न्यूनताओं की उन्हें पूर्णत: जानकारी थी। उदाहरण के लिए, उनका प्रस्तुत निरीक्षण देखए 'दि. 26 जनवरी, 1950' को हम एक परस्परविरोधी तनावपूर्ण जीवन में प्रवेश करनेवाले हैं। हमारे पास राजनीति में समता होगी और सामाजिक एवं आर्थिक जीवन में असमानता देखी जाएगी। राजनीति में हर व्यक्ति का एक मत और उसका एक ही मूल्य, यह बात हम स्वीकार करेंगे, किंतु हमारे सामाजिक और आर्थिक जीवन में हमारे सामाजिक ढाँचे के कारण एक व्यक्ति, एक मूल्य यह तत्त्व हम अस्वीकार करते रहेंगे। ऐसा विसंगति से भरा जीवन हम कब तक जीते रहेंगे, हमारे सामाजिक और आर्थिक जीवन की समानता की हम कब तक अनदेखी करते रहेंगे? अगर हम समानता की अधिक देर तक अनदेखी करते रहे तो हमारी राजनैतिक लोकशाही खतरे में पड़ जाएगी। इसीलिए यह विसंगति हमें शीघ्रातिशीघ्र दूर करनी होगी, अन्यथा इस संविधान-समिति के द्वारा बड़े परिश्रम से निर्माण किया हुआ लोकतंत्र का यह ढाँचा विषमता के शिकार लोग ध्वस्त कर देंगे।"

दि. 2.9.53 को विधिमंडल में हुए भाषण में उन्होंने कहा, "बहुमत में आई सरकार की विनती पर मैंने संविधान बनाया। यह मेरी विवशता थी। लोकमत के अनुसार मुझे संविधान बनाना पड़ा। भारत के संविधान में अस्पृश्यों के संरक्षण के विशेष-अधिकार राज्यपाल के पास न होने से उनका योग्य संरक्षण नहीं हुआ है और हो भी नहीं सकता। इसलिए मैं ही सर्वप्रथम यह संविधान जला दूँगा।"

जो मानदंड उन्होंने मनुस्मृति के लिए अपनाया, वहीं स्वयं द्वारा लिखी गई 'भीमस्मृति' पर भी लागू किया।

धर्म ही विचारों का आधार

पूज्य बाबासाहब के समस्त विचारों का आधार धर्म ही था अर्थात् इस धर्म के नाम पर ब्राह्मणों ने बहुजन समाज का शोषण किया। उन्हें ज्ञान और प्रतिष्ठा प्राप्त करने के अवसर से वंचित रखा गया और उन्हें अखंड धार्मिक परतंत्रता में रखकर ब्राह्मणों का निहित स्वार्थ सदैव सुरक्षित रहे, यह व्यवस्था बनाई गई। उनकी यह ब्राह्मणों के और 'ब्राह्मणी धर्म' के विरुद्ध कटु टीका बरकरार थी, किंतु यह भी वे

स्पष्ट करते थे कि दोष ब्राह्मणों का है, धर्म की मूल कल्पना का नहीं। वे कहते थे, "विश्व के कुछ कम्युनिस्टों को छोड़कर एक भी ऐसा मनुष्य नहीं मिलेगा जिसे धर्म नहीं चाहिए। वैसे ही हमें भी धर्म की रक्षा करनी होगी, लेकिन वह सद्धर्म हो। ऐसा सद्धर्म, जहाँ लोग समानता से रहें। सब को समान अवसर मिले, यही सच्चा धर्म है; शेष सब अधर्म ही है।"

"हिंदूधर्म की शिक्षा के अनुसार अगर सर्वत्र बृहत् तत्त्व है, तब तो वह अस्पृश्यों में भी होना चाहिए। फिर हिंदूधर्म में असमानता क्यों है? भगवान् बुद्ध का महापरिनिर्वाण हुए दो हजार वर्ष बीत गए हैं, लेकिन वह धर्म आज भी पनप रहा है। उसका कोई शासनकर्त्ता नहीं है या सर्वाधिकारी नहीं है। अंत समय पर भगवान् से उनके एक शिष्य ने पूछा, "भगवन् आपके जाने के बाद इस धर्म का क्या होगा?" तब भगवान् ने उत्तर दिया, "मेरे जाने के बाद धर्म ही तुम्हारा शासक है। अगर तुम उसका अनुगमन नहीं करते हो तो उसका क्या उपयोग? विशुद्ध मन से अपनाया हुआ धर्म ही तुम्हारा शासक है।"

'एक बार बुद्ध से विशाख नाम के शिष्य ने प्रश्न पूछा कि धर्म क्या है?' 'मलिन मन को स्वच्छ करना धर्म है।' यह उत्तर मिला। अस्पृश्यता मार्ग पर गिरा हुआ पत्थर नहीं है, जो समाजसुधारक उठाकर हटा सकें। जब हमारा मनोधर्म बदलेगाा, तब ही धर्म बदलेगा।

चरित्र की महत्ता

नि:संदेह शिक्षा का महत्त्व है। किंतु उससे भी महत्त्वपूर्ण है चारित्र्य शील। अगर वह नहीं होगा तो शिक्षा भी आत्मघाती हो सकती है। चारित्र्यशील का उद्‍गम स्थान धर्म ही है।

दिनांक 6.2.1954 को श्री अत्रे के 'महात्मा फुले' सिनेमा के उद्‍घाटन के अवसर पर बाबासाहब ने कहा, 'आज देश में चारित्र्य ही नहीं है और जिस देश में नैतिकता नहीं है, उस देश का भविष्य अत्यंत दुष्कर है। आपके प्रधानमंत्री जवाहरलाल नेहरू हों या मोरारजी देसाई, आपके भविष्य में अंधेरा ही छाया हुआ है। देश के मंत्री देश का उद्धार नहीं कर सकते। जिसने धर्म अच्छी तरह से समझा है, वही देश को बचा सकता है। महात्मा फुले ऐसे धर्मसुधारकों में से एक थे। विद्या, प्रज्ञा, करुणा, शील और मैत्री; इन धर्म तत्त्वों के अनुसार हर एक व्यक्ति को अपना चरित्र-निर्माण करना चाहिए। करुणा के बिना विद्या प्राप्त करनेवाले को मैं

कसाई समझता हूँ। करुणा का अर्थ है मनुष्य-मनुष्य के बीच का प्रेम, मनुष्य को इससे भी आगे जाना चाहिए।''

दिनांक 13.6.1953 को वरली कैंप, मुंबई में महिला मंडल के समक्ष भाषण के समय बाबासाहब ने कहा, ''शिक्षा के साथ मनुष्य का शील भी सुधारना चाहिए। शील के बिना शिक्षा का मूल्य शून्य है। शील धर्म का महत्त्वपूर्ण अंग है।''

दुराचार पर नियंत्रण

''धर्म दुराचार पर नियंत्रण रखता है। यहाँ उदाहरण के लिए आपकी भाषा में ही एक कहानी सुनाता हूँ। बैलगाड़ी में दो पहिए, दो बैल, गाड़ी और चलानेवाला व्यक्ति इत्यादि सब होता है। गाड़ी को स्नेहक लगाया जाता है, परंतु पहियों में कील होगी, तभी बैल गाड़ी खीचेंगे। वैसे ही मनुष्य के पापी, दुराचारी व्यवहार में बंधन का अर्थ है धर्म। धर्म के बंधन के बिना कार्य टिक नहीं सकता।

उनका कहना था कि पददलितों के लिए तो धर्म अधिक आवश्यक है। ''विश्व में धर्म की आवश्यकता का अनुभव प्रथमतः निचले स्तर के लोगों को ही हुआ। रोमन, इटालियन साम्राज्य में सर्वप्रथम गरीब लोगों ने ईसाई धर्म को स्वीकार किया।''

स्वतंत्रता रक्षण को प्राथमिकता

वस्तुतः सैकड़ों वर्ष पददलित रहकर अब जाग्रत् हो रहे समाज की स्वाभाविक प्रतिक्रिया जागृति, विदोह, प्रतिकार और आक्रमण के रूप में होती है। इससे देश की एकात्मा को तो ठेस पहुँचती ही है और सामान्य शांति एवं सुव्यवस्था भी भंग होती है। बाबासाहब के अनुयायियों में भी ऐसे लोग थे, परंतु बाबा उन्हें समझाते थे, ''यह आत्मघात का मार्ग है। कुछ लोग कहते हैं कि दलित फेडरेशन विद्रोह नहीं करेगा। विद्रोह का अर्थ क्या है, विद्रोह की राजनीति हमें पचेगी क्या? हमने विद्रोह किया तो आपको कष्ट होगा। हम जेल में जाकर बैठ गए तो वे लोग आपको कष्ट देंगे। 'तुम आंबेडकर की क्या सहायता करते हो? देखते हैं तुम्हें ऐसे कहकर कष्ट देंगे। उससे अच्छा है आप परिश्रम करो…। अपना मन निर्मल होना चाहिए, उससे आपस के मतभेद दूर होते हैं।''

दिनांक 11 जनवरी, 1950 को मुंबई में नरे पार्क में आयोजित सम्मान को स्वीकारते हुए उन्होंने उत्तर दिया, ''आज की राजनीति में प्रवेश करने की मेरी इच्छा नहीं है, परंतु कुछ बातें बताना आवश्यक लगता है।''

''पहले हमारी राजनीति शत्रुता के आधार पर चल रही थी। मेरी दृष्टि में अस्पृश्य वर्ग के नेता पहले थोड़ी संकुचित दृष्टि से देख रहे थे और उनका आचरण भी वैसा ही था। इस दोष के लिए मैं भी थोड़ा-बहुत उत्तरदायी था, किंतु राजनीति का यह रुख अब बदलना होगा।''

''अब हमें एक बात विधिवत् ध्यान में रखनी होगी कि हम अपने लोगों का, अपने समाज का जो हित देख रहे थे, वह तो निरंतर जारी रखना है, किंतु उसके साथ-साथ अपने देश को प्राप्त स्वतंत्रता किस तरह अक्षुण्ण रखनी है, इसका भी विचार करना होगा। इस देश को स्वतंत्रता मिलने के बाद परतंत्रता में रहना पड़ा है। स्वतंत्रता की आवश्यकता जितनी उच्च वर्ग को है, उतनी ही निचले वर्ग को भी है। अंग्रेजों की गुलामी से हम मुक्त हो गए हैं, किंतु अब फिर से परकीय गुलामी में रहने का प्रसंग हमारे ऊपर आया तो वह दुर्दैव होगा। इसलिए इस देश की स्वतंत्रता की रक्षा करना भी प्रत्येक व्यक्ति को अपना परम कर्तव्य समझना चाहिए।''

साम्यवाद का विरोध

साम्यवादियों की सफलता देखकर भारत के दलितों की आँखों में चकाचौंध की संभावना देखते हुए उनको बाबासाहब बताते हैं, ''साम्यवाद की सफलता से पलभर भी फिसल मत जाना। मुझे पूरा विश्वास है कि भगवान् बुद्ध को मिले हुए ज्ञान के प्रकाश का दसवाँ भाग भी यदि हमें प्राप्त हुआ तो वही परिणाम हम प्रेम, न्याय और सद्भावना के मार्ग से प्राप्त कर सकते हैं।''

पूजनीय बाबासाहब लोकतंत्र के प्रबल समर्थक थे। वे कहते थे, ''जिस सरकारी पद्धति में लोगों के आर्थिक और सामाजिक जीवन में क्रांतिकारी परिवर्तन बिना किसी रक्तपात से किया जाता है, वही लोकतंत्र है।'' साम्यवाद से उनका विरोध होने का यह भी एक कारण था। विशुद्ध भौतिकवाद से उनको चिढ़ थी।

भौतिक सुखों में डूबे हुए समाज एवं व्यक्ति से वह धीरे से कहते हैं कि ''भौतिक सुख ही व्यक्ति का सब कुछ नहीं है, उससे मनुष्य के दुःखों का निवारण नहीं होगा। मनुष्य केवल रोटी पर नहीं जीवित रहता, उसे सुसंस्कृति की आवश्यकता है।'' मार्क्सवादियों से वे कहते हैं, ''मनुष्य केवल रोटी पर नहीं जीवित रहता, उसके हृदय है। उस हृदय को विचारों का भोजन चाहिए। धर्म मनुष्य के हृदय में आशा उत्पन्न करता है। उससे वह अपने कार्य के प्रति प्रेरित होता है। दलितों के उत्साह पर हिंदू धर्म ने पानी फेरा है। इसी वजह से धर्म-परिवर्तन की आवश्यकता

मुझे अनुभव हुई और मैंने बौद्ध-धर्म स्वीकार किया। बौद्ध-धर्म में काल और समय का बंधन नहीं है। वह किसी भी देश में समृद्धि प्राप्त सकता है। जिस देश के लोग मानसिक संस्कारों से अधिक स्वामित्व को महत्त्व देते हैं, उस देश से मैं संबंध नहीं रखूँगा। अगर हिंदू धर्म ने दलित वर्ग को शस्त्र उठाने की स्वतंत्रता दी होती तो यह देश कभी भी परतंत्र नहीं होता।''

सिंतबर, 1937 में उनकी अध्यक्षता में मैसूर में दलित वर्ग की जिला परिषद् हुई। उसमें भाषण देते हुए उन्होंने कहा, ''मेरी कम्युनिस्टों से जाकर मिलने की तनिक सी भी संभावना नहीं है। अपने राजनैतिक स्वार्थ के लिए मजदूरों का शोषण करनेवाले साम्यवादियों का मैं कट्टर शत्रु हूँ।''

किताबी कम्युनिस्ट इस देश की नब्ज नहीं पहचान पाया। यह कहते हुए वह पूछते हैं, ''भारत का मजदूर-वर्ग गरीब हुआ तो भी गरीब होने बावजूद अमीर और गरीब इसके अतिरिक्त अन्य कोई भी अंतर नहीं मानता। क्या ऐसा कह सकते हैं ? भारत के गरीब लोग जाति अथवा पंथ, उच्च और हीन, ऐसा भेद बिल्कुल नहीं मानते, क्या हम ऐसा कह सकते हैं ? वर्ग भेद के अतिरिक्त अन्य भेद वे मानते हैं। यदि ऐसी स्थिति है तो ऐसे श्रमजीवी-वर्ग को पूँजीपति-वर्ग के विरुद्ध संघर्ष में एक साथ मिलाकर कैसे खड़ा किया जाएगा, अगर श्रमजीवी वर्ग एक संगठन नहीं बना पाया तों क्रांति कैसे होगी ?''

बाबासाहब के तत्त्वज्ञान का मूलस्रोत धर्म में था। संवैधानिकता एवं लोकतंत्र उनका स्वभाव बन चुका था। भगवान् बुद्ध, महात्मा कबीर और महात्मा ज्योतिबा फुले, ये तीनों उनके गुरु थे।

अकारण मिथ्याधारणा

डॉ. आंबेडकर के अनेक प्रचलित पहलुओं के प्रति अनेक मिथ्याधारणाएँ निराधार प्रतीत होती हैं। उदाहरण के लिए दो घटनाओं का उल्लेख करता हूँ।

महाराष्ट्र में आगरकर और दूसरे व्यक्तियों ने समाज को सुधारने पर पूरा बल दिया था और समाज-सुधार को राजनैतिक कार्य से अधिक महत्त्व दिया था। इसका अर्थ यह नहीं था कि उनकी स्वराज में रुचि नहीं थी, परंतु यह न समझकर ऐसे सुधारों के प्रति कुछ समय मिथ्याधारणाएँ प्रचारित की गई थीं। बाबासाहब के संदर्भ में भी यही कह सकते हैं।

डॉ. आंबेडकर स्वराज के विरोधी थे, ऐसा कहना गलत है। उनका स्पष्ट विचार था, ''स्वराज के संविधान के अनुसार राजनैतिक सत्ता प्राप्त करने की कुछ संभावना

आपको है। सत्ता प्राप्त किए बिना अपने लोगों का उद्धार किया नहीं जा सकता। अधिक-से-अधिक अपने कल्याण के विषय में सोचो और मैं आपको आश्वस्त करता हूँ कि स्वराज ही अपना उद्देश्य है, इस बात को आप स्वीकार करेंगे।''

स्वराज ही उनका ध्येय था, परंतु उस स्वराज में और स्वराज और संविधान में दलितों का क्या स्थान रहेगा, इस प्रश्न को वो प्रथम स्थान देते थे।

समरसता पर बल

अपने सार्वजनिक जीवन के प्रारंभिक समय में बाबासाहब ने समरसता पर बल दिया था। केवल उच्च वर्ग विरोधी द्वेषभावना से लाभ नहीं होगा, इस बात से वे पूर्णतः परिचित थे। आर्यसमाज, प्रार्थना समाज, ब्रह्मसमाज, सत्यशोधक समाज, थियोसोफिकल सोसाइटी आदि संस्थाओं के नेताओं और कार्यकर्ताओं द्वारा दलितों के उद्धार में किए हुए कार्यों से वे परिचित थे। उच्च जाति के सार्वजनिक नेताओं ने अस्पृश्यता हटाने के विषय में जो घोषणा की थी, उसके विषय में भी वे जानते थे। इसी कारण से 20 जुलाई, 1924 के दिन मुंबई में बहिष्कृत हितकारणी सभा की स्थापना करते समय उन्होंने अध्यक्ष और उपाध्यक्ष के स्थान पर चिमणलाल सेटलवाड, रंगलर परांजपे, श्री बालासाहब खेर आदि तथाकथित उच्चवर्णियों को रखा था। अन्य उच्च जातीय हिंदुओं का भी समावेश उन्होंने इस संस्था में किया था। इस विषय में पूजनीय बाबासाहब ने यह स्पष्टीकरण दिया था, ''जिस वर्ग का सुधार करने हेतु संस्था की स्थापना की गई है, उस वर्ग और इस तरह की परिस्थिति से व्यथित वर्गों के कार्यकर्ताओं को संस्था में बिना सम्मिलित किए संस्था के ध्येय का सफल होना संभव नहीं है। यही बाबासाहब की मूल भूमिका थी, परंतु स्वयं को धर्म का ठेकेदार समझनेवाले हठी लोगों की हठधर्मिता के कारण उन्हें बाद में दूसरी भूमिका स्वीकार करनी पड़ी।

धर्मांरण के बीस-पच्चीस वर्ष पहले ही जब धर्मांतरण के विषय में चर्चा हो रही थी, उसी समय डॉ. बाबासाहब ने सावरकर, डॉ. मुंजे, कुर्तकोटि शंकराचार्य आदि हिंदुत्ववादी नेताओं के आग्रह के कारण धर्मांतरण के लिए सिख धर्म का चयन किया था। यदि इसलाम और ईसाई धर्म को स्वीकार किया तो सब धर्मांतरित लोग राष्ट्र-विरोधी बन जाएँगे, यह उन्होंने स्पष्ट रूप से कहा था। हिंदू सभा के नेताओं से उनके व्यक्तिगत संबंध अच्छे थे, परंतु रूढ़िवादी समाज के ऊपर इन नेताओं की पकड़ नहीं है और जिनकी पकड़ है, वे इन नेताओं जैसा दृष्टिकोण नहीं रखते, इस बात से बाबासाहब की शिकायत थी। उन्हें इस बात का बहुत दुःख होता था

कि उच्च वर्णीय लोगों का हृदय परिवर्तन करने में हमें सफलता नहीं मिल रही है।

यह सच है कि रूढ़िवादी लोगों के हठी, दुराग्रही रवैये के कारण अंतिम दिनों में बाबासाहब को प्रतिक्रियावादी भूमिका अपनानी पड़ी थी, परंतु उनकी भूमिका मूलतः समन्वयवादी थी। स्पष्ट है कि यदि रूढ़िवादियों ने बाबासाहब को निराश नहीं किया होता तो, उनकी बुद्धि और क्षमता का अधिक रचनात्मक लाभ देश को प्राप्त हो सकता था।

सामाजिक समता की समस्या

भारतीय परिस्थिति में सामाजिक समता का प्रश्न बहुत जटिल और बहुमुखी हो गया है। इसकी गहरी अवधारणा न होने के कारण सतही राजनेता अपने दिखावटीपन और ऊपरी प्रचार के कारण समस्याओं को और जटिल बनाते जा रहे हैं, तथापि इस नई परिस्थिति को देखकर जब कोई भी नया बुद्धिजीवी इस समस्या के विषय में चिंतन करने लगता है, तब उसके द्वारा निकाले गए निष्कर्ष पूजनीय डॉक्टरों के विचारों के अनुकूल होते हैं। हाल ही में प्रकाशित 'कंपीटिंग इक्वालिटीज' पुस्तक में श्री मार्क गलेंटर ने भारत में हुए सामाजिक अन्याय और उसके विरुद्ध किए गए विद्रोह और संविधान के निर्दिष्ट उद्देश्यों को प्राप्त करने के लिए अब तक किए गए कानूनी प्रयत्नों का इतिहास और उसी विषय में उपस्थित हुए हाईकोर्ट और सुप्रीम कोर्ट के निर्णयों का विवरण प्रस्तुत किया है।

पुस्तक के आरंभ में ही गलेंटर कहते हैं, "भूतकाल के समाज के जो वर्ग शोषित रहे हैं, उनको विशेष छूट करवाने की जो भारतीय पद्धति तथा उसका व्यापक विस्तार है, वह अभूतपूर्व है। सुस्पष्ट, मूल्यात्मक और विस्तृत रूढ़िवादी विषमताओं की पृष्ठभूमि होने पर भी भारत ने समानता का प्रधान मूल्य स्वीकारा है। समाज के विभिन्न वर्गों में विषमता की भावना दूर करने हेतु भारत के संविधान का जन्म हुआ है। परिणामस्वरूप ऐसी योजनाएँ बनाई गईं, जिन्हें मैं मुआवजा देनेवाली भेदभाव नीति मानता हूँ। निचले तबकों के लोगों के प्रति उपेक्षा करने की राष्ट्रीय प्रवृत्ति को देखते हुए ऐसा कहना उचित होगा कि पिछले 30 वर्षों में मुआवजे की भेदभाववाली नीति लगातार और उदार तरीके से लागू की जा रही है, परंतु यह नीति सदैव कठोर और परिणामकारक सिद्ध हुई थी। हम संभवतः ऐसा नहीं कह सकते।"

एक विदेशी विद्वान भारत की इतनी जटिल आंतरिक समस्याओं पर परिश्रमपूर्वक अध्ययन कर रहा है, यह बात बहुत प्रशंसनीय और सराहनीय है।

इन प्रयासों के लिए भारतीय उसके आभारी हैं, परंतु वे इस देश के जनता की नब्ज पता न होने के कारण और अश्वेतों (नीग्रो) के प्रयासों का इतिहास मन में होने के कारण इस प्रश्न की जड़ तक नहीं पहुँच सके। ऐसा होने पर भी पूरे अध्ययन के साथ जो निष्कर्ष उनके मन में आया, वह भी सराहनीय है।

नौकरी, शिक्षा और सरकारी पद में आरक्षण के कारण जो देशव्यापी आँधी आई है, उससे अदा करने की कीमत और परिणामशून्यता की समस्या, कितनी गंभीर और बड़ी समस्या है, इसकी कल्पना उत्पन्न होती है। संविधान, कानून, न्यायालय द्वारा सामाजिक और उसके पश्चात् सामाजिक समता की समस्या का हल नहीं हो सकता, यह इस पुस्तक से स्पष्ट होता है।

हाल ही में और एक पुस्तक प्रकाशित हुई है, जिसका नाम 'क्वालिटी एंड इनइक्वालिटी : थ्योरी एंड प्रैक्टिस' है। इसका संपादन आंद्रे एटेले ने किया है। यह पुस्तक सुप्रसिद्ध बुद्धिजीवियों के लेखों का संग्रह है, जिसमें शैक्षणिक, सामाजिक आर्थिक आदि सभी पहलुओं पर प्रकाश डालने का प्रयत्न किया गया है। केवल कानून और संविधान से समता सिद्ध होनेवाली नहीं है, यह बात इससे भी स्पष्ट होती है। इस पुस्तक का निष्कर्ष है कि कानून सार्वजनिक शिक्षा की कमियों की भरपाई नहीं कर सकता।

जो इस प्रश्न को निष्पक्ष और बौद्धिक दृष्टि से देखते हैं, ऐसे कुछ विद्वानों में से एक विद्वान की प्रतिक्रिया आप लोगों के समक्ष रखता हूँ। डॉ. शिवरामय्या कहते हैं, "बाधाएँ और भी बढ़ गई हैं, क्योंकि मूलभूत प्रावधानों में मौलिक अधिकार और निदेशात्मक सिद्धांतों में आपस में विरोध और अंतर्विरोध है। यह अंतर्विरोध संसाधनों की कमी से उत्पन्न हुआ है। इसी कमी के कारण एक ओर कमजारे वर्गों के प्रति उत्तरदायित्वों की पूर्ति और दूसरी ओर उनमें गुणवत्तावृद्धि सरकार द्वारा संभव नहीं हो पा रही है। ऐसी स्थिति में निदेशात्मक सिद्धांत निर्धनों का केवल मजाक बना रहे हैं। जिनके पास काम नहीं है, उनको काम का अधिकार कैसे मिलेगा और निराधारों को कानून की मुफ्त सहायता के बिना कैसे न्याय मिलेगा? इसका उत्तर समझ से परे है।"

दूरगामी कार्ययोजना

इस चर्चा से यह स्पष्ट होने में कोई समस्या नहीं आनी चाहिए कि यह प्रश्न राजकीय विधियों से हल होनेवाला नहीं है। वास्तविक परिस्थिति में अगर ऐसे

सुझाव फलदायी लगते हैं, लेकिन फिर भी समता का लक्ष्य प्राप्त करने के लिए वे पूरे नहीं हैं और पूरे भी नहीं पड़ेंगे। लक्ष्य की प्राप्ति के लिए गहरे मौलिक चिंतन और व्यावहारिक योजनाओं की आवश्यकता है। इनके अभाव से आपको मत तो प्राप्त होंगे, लेकिन समस्याएँ हल नहीं होंगी।

संवैधानिक मार्ग का अवलंबन

मेरे भाषण में मैंने जो अनेक उदाहरण दिए हैं, उससे आपको यह स्पष्ट होगा कि पूजनीय बाबासाहब का मन किस तरह से काम कर रहा था। एक विशिष्ट परिस्थिति में उन्होंने समता की उद्घोषणा की थी। यह जितना सच है, उतना ही जैसे मैंने प्रारंभ में कहा था, अत्यंत उत्तेजक भी कि ऐसी स्थिति में भी जब उनके ऊपर शारीरिक आक्रमण हुए और ऐसे आक्रमणों का प्रत्युत्तर देने के लिए उनके अनुयायी कटिबद्ध थे एवं जिसके कारण से भीषण दंगा हो सकता था, उन्होंने समता की उद्घोषणा की। इन सब बातों के मध्य उनके मन में जो अंतिम चित्र था, वह संयुक्त भारत का था। उनके मन में अंतिम चित्र सौ प्रतिशत देशभक्ति का ही था। उन्होंने उच्च जाति के लोगों को समझाने का प्रयास किया, लेकिन उनके समझाने में ये लोग समझनेवाले नहीं थे, जिसके कारण अंत में उन्हें कुछ अन्य मार्ग अपनाने पड़े। धर्मऔर संवैधानिकता पर आधारित मार्ग ही उन्होंने चुने थे। उनका संतुलन देखकर उनके मन में कौन सा चित्र स्थित था, यह हमें समझ में आएगा।

ऐसी परिस्थितियों में अगर कोई समाधान निकालना है और अस्थायी रूप से मरहम-पट्टी करनी पड़े तथा राजनैतिक हल यदि निकालने पड़ें तो भी यह जानना आवश्यक है कि रोग क्या है? और इसके विषय में बाबासाहब की दवा क्या थी, यह भी देखना आवश्यक है। उनकी भूमिका स्पष्ट थी कि उन्हें यहाँ वर्ग-संघर्ष उत्पन्न नहीं होने देना है। संपूर्ण समाज में एकता होनी चाहिए। इस प्रकार की एकता अगर उत्पन्न हुई तो दूसरी सब बातें सम्यक् रूप से बनी रह पाएँगी। यह भावना उन्होंने बार-बार व्यक्त की थी।

डॉ. हेडगेवार का सकारात्मक दृष्टिकोण

सत्य के दूसरे पक्ष पर अत्यधिक बल देकर दूसरे एक श्रेष्ठ व्यक्ति—डॉ. हेडगेवारजी ने काम किया था और दूसरी विधि से इस समस्या को हल करने

का प्रयत्न किया। जाति भेद, वर्ग भेद और उससे उत्पन्न होनेवाली समस्याओं के विषय में डॉक्टर साहब की कल्पना थी कि हमें यह सब नहीं चाहिए, परंतु इन सबको समाप्त करने के लिए क्या मार्ग है? यह कि सबको बताओ कि यह खराब है और इसे छोड़ दीजिए, लेकिन मनोविज्ञान पर आधारित उनका यह मत था कि नकारात्मक दृष्टिकोण अनेक बार अनुत्पादक होता है। 'भेद भूल जाओ' यह एक दृष्टिकोण है और हम सब एक हैं यह दूसरा दृष्टिकोण है। दोनों में निहित बात एक ही है, परंतु उनके महत्त्व में अंतर है और तथा प्रस्तुतीकरण में अंतर एवं भेद है। यह भेद सब लोगों को विस्मृत कर देना चाहिए। भेद भूल जाओ, हम सब एक हैं, ये दोनों दृष्टिकोण स्थूल रूप से भिन्न लगते हैं। इन दोनों दृष्टिकोणों में अंतर करने से उनकी भाषा संरचना भी परिवर्तित होती है, जिसके कारण मनोविज्ञान में परिवर्तन होता है। सकारात्मक दृष्टिकोण को लेकर एक नया प्रयोग बिना किसी गाजे-बाजे के साथ डॉ. हेडगेवारजी ने प्रारंभ किया। इसमें कहा गया है कि जाति नहीं है। हमने यह कहा कि हम सब हिंदू एक हैं और हम अस्पृश्यता को स्वीकार नहीं करते हैं, कहाँ है अस्पृश्यता? हम सब हिंदू हैं।'' इस प्रकार का दृष्टिकोण अपनाकर डॉक्टरजी ने अपना कार्य प्रारंभ किया। डॉक्टरजी का दृष्टिकोण भगवान् बुद्ध की उक्ति का स्मरण करवाता है।

अवधारणा में भेद

भिक्षु-संघ के भिक्षुओं से भगवान बुद्ध कहते हैं, ''हे भिक्खु! आप भिन्न-भिन्न देशों और जातियों से आए हैं। हमारे यहाँ जो नदियाँ बहती हैं, वे अलग-अलग हैं, परंतु जब वे सागर में मिलती हैं, तब वे पृथक्-पृथक् नहीं रहती, अपितु एक हो जाती हैं। बौद्ध-संघ सागर की तरह है। इस संघ में सब एक जैसे और समान हैं। संघ भी ऐसे ही सागर के समान है। इस दृष्टि से सामाजिक और राष्ट्रीय समस्याओं को देखने का उन दोनों का अंतिम ध्येय एवं लक्ष्य एक ही है, परंतु जिन परिस्थितियों में ये दोनों थे, वे परिस्थितियाँ भिन्न-भिन्न थीं। इसी कारण उनकी समस्या-समाधान की अवधारणा में अंतर है। एक ने किसी एक बात पर बल दिया तो दूसरे ने किसी अन्य बात, परंतु अंतिम लक्ष्य एवं भावना दोनों की एक ही थी। सन् 1934 में हमारे संघ का वर्धा शिविर पूज्य महात्माजी के आश्रम के समीप आयोजित हुआ था। गांधीजी ने शिविर से भेंट करने की इच्छा व्यक्त की थी। माननीय अप्पाजी जोशी ने गांधीजी का

स्वागत किया और महात्माजी ने शिविर की पूरी व्यवस्था का निरीक्षण किया। इसके बाद उन्होंने पूछा, 'इस शिविर में कितने हरिजन हैं?' अप्पाजी जोशी ने कहा, 'मुझे पता नहीं, क्योंकि हम किसी की जाति नहीं पूछते।' गांधीजी ने कहा, 'मुझे हरिजन लोगों की संख्या बताओ।' अप्पाजी जोशी ने कहा, 'मैं ऐसा नहीं कर सकता, जब तक हमारा संबंध है, ये सब हिंदू हैं और यह हमारे लिए पर्याप्त है।' महात्माजी ने कहा, 'तो फिर मैं क्या पूछूँ?' अप्पाजी जोशी ने कहा, 'वह आपकी इच्छा पर निर्भर है।' गांधीजी ने अनेक स्वयंसेवकों से उनकी जाति पूछी, पूछताछ के बाद उनको ज्ञात हुआ कि हमारे शिविर में बहुत से हरिजन थे और वह सबके साथ काम कर रहे थे तथा साथ में भोजन भी कर रहे थे। दूसरे दिन पूजनीय डॉक्टर साहब उनसे मिलने गए। उस समय गांधीजी ने उनसे पूछा, 'आपके संघ में आप अस्पृश्यता निवारण का प्रचार किस प्रकार करते हैं?' डॉक्टरजी ने कहा, ''हम लोग अस्पृश्यता का पालन मत कीजिए, यह प्रचार नहीं करते। हम कहते हैं कि हम सब हिंदू एक कुटुंब की ही तरह हैं, जिसके कारण भेदभाव की भावना स्व्यंसेवकों के मन से निकल जाती है।''

राष्ट्रीय स्वयंसेवक संघ की धारणा

राष्ट्रीय स्वयंसेवक संघ की यह सोच है कि संपूर्ण हिंदू समाज एक कुटुंब की भाँति है। हाल ही में श्री गुरुजी के एक वक्तव्य पर जानबूझकर मिथ्यावधारणा फैलाई जा रही थी। तृतीय सरसंघचालक बालासाहब देवरसने पुणे की वसंत व्याख्यानमाला के मंच से जो भाषण दिया था, उसके बाद ये मिथ्याधारणाएँ दूर हो गईं। गुरुजी कहते थे कि उच्च-वर्णीय हृदय में जो क्षुद्रता घर कर रही है, उसी के कारण यह समस्या उत्पन्न हुई है। नव-जाग्रत् अस्पृश्य वर्गों का क्रोधित होना स्वाभाविक है, परंतु जब तक स्पृश्य लोगों के हृदय से अस्पृश्यता का भाव नहीं जाता, तब तक इस समस्या का हल नहीं संभव होगा। इस प्रश्न का समाधान सकारात्मक पारिवारिक-भाव से ही हो सकता है। श्री गुरुजी कहते थे, 'आज कोई भी वर्ण अस्तित्व में नहीं है, कोई भी जाति अस्तित्व में नहीं है, हम सभी का एक ही वर्ण और एक ही जाति है और वह वर्ण एवं जाति है हिंदू।''

यह सच है कि अन्य समाज सुधारकों जैसा समाज-सुधार के प्रयत्नों का नेतृत्व पूजनीय डॉक्टर साहब और श्री गुरुजी ने अपने स्वभाव के कारण नहीं किया। यह उन दोनों का आग्रह था कि धर्माचार्य वह नेतृत्व स्वीकार करें। इसी

उद्देश्य से सन् 1969 में श्री गुरुजी ने विश्व हिंदू परिषद् के सम्मेलन में एक ही मंच पर भिन्न-भिन्न और एक-दूसरे से न मिलनेवाले धर्माचारियों को एकजुट किया। बाबासाहब आंबेडकर कहते थे कि अगर किसी सामाजिक या धार्मिक समस्या के विषय में गोलवलकर और शंकराचार्य इन दोनों ने भिन्न-भिन्न निर्णय दिया तो सामान्य सनातनी उच्च हिंदू किसका निर्णय स्वीकार करेंगे, निःसंदेह शंकराचार्य के निर्णय को। शंकराचार्य को कौन मानता है? 'यह प्रश्न करनेवालों से श्री गुरुजी शांति से कहते थे, 'शंकराचार्य को मैं या आप मानते हैं कि नहीं, यह प्रश्न नहीं है। जिन स्पृश्य लोगों को हम अस्पृश्यता को न मानने के लिए कहते हैं हीं वे किसको मानते हैं' यह वास्तविक प्रश्न है। वे लोग आपको भी नहीं मानते और मुझे भी नहीं मानते। वे शंकराचार्य को मानते हैं। अतः इन लोगों का हृदय परिवर्तन करना है तो धर्माचारियों द्वारा आदेशपूर्वक उनको समझाना ही सबसे अधिक फलदायी होगा।' इसी कारण से विश्व हिंदू परिषद् का कार्य सुधारकों की तरह नहीं है, फिर भी अत्यधिक मूलभूत है। यह किसी भी बुद्धिजीवी और निष्पक्ष व्यक्ति को मानना पड़ेगा। इस प्रकार हेडगेवारजी के विषय में हमें सब ज्ञात है। डॉ. आंबेडकर के मन में किस प्रकार की भावना थी, यह कुछ उदाहरण देकर मैंने आपको बताया है। अब भारत स्वतंत्र हो गया है। इसलिए बार-बार आपस के जो भेद पहले जाति के कारण और अब राजनैतिक पक्षों के परस्पर मतभेदों के कारण हैं, इन सबकी मुझे चिंता है। इसी कारण हमें अपनी राष्ट्रीय एकता बनाए रखनी चाहिए, यह बात बाबासाहब ने अपने समापन भाषण में कही थी। इनके हृदय की इस भावना के विषय में अगर हम विचारें तो एक भावना, एक लक्ष्य, परंतु अलग अवधारणाओं से यह पता चलता है कि इन दोनों श्रेष्ठ महापुरुषों का कार्य कैसा था? सामाजिक एकात्मता के बिना समता संभव नहीं है, बाबासाहब को इस बात का स्पष्ट ज्ञान था। हम सब भारतीय लोग एक-दूसरे के भाई हैं और हम सब भारतीय जनता भ्रातृभाव से एक हैं। यह भावना जब हृदय में होती है तो वह बंधुत्व-भावना के नाम से जानी जाती है। सामाजिक जीवन में एकता की अमृत-वर्षा यदि कोई कर रहा है तो वह बंधुभाव है। इस सिद्धांत को अपनी दिनचर्या में लाना कठिन कार्य है। भारत में अनेक जातियाँ देश विरोधी हैं। इसका पहला कारण यह है कि जाति समाज-जीवन को तोड़ती है। दूसरा कारण यह है जाति अपने आप में तिरस्कार उत्पन्न करती हैं।

यदि हमारी सच्चे अर्थों में 'राष्ट्र' बनने की इच्छा है तो इन सब बाधाओं

को हमारे मार्ग से दूर हटाना चाहिए, क्योंकि जहाँ पर राष्ट्र है, वहीं पर बंधुत्व-भाव उत्पन्न हो सकता है। बंधुत्व-भाव अस्तित्व में नहीं होगा तो समता और स्वातंत्र्य के अस्तित्व का क्या अर्थ रहेगा? बाबासाहब को हिंदू समाज की आंतरिक एकात्मता और उसमें निहित दरारों की पूर्ण जानकारी थी, जिसके कारण उनका हृदय बहुत दु:खी होता था। उनकी तीव्र इच्छा थी कि सामाजिक एकात्मता पुन: स्थापित हो, उन्होंने सामाजिक एकात्मता की व्याख्या और उसका वर्णन इस प्रकार किया है, 'सामाजिक एकात्मता के लिए किसी भी कार्य में सबका सम्मिलित होना आवश्यक है, क्योंकि इससे कार्य करने की भावना का स्पंदन हर व्यक्ति तक जाता है। व्यक्ति यह समझने लगता है कि मैं इस कार्य का हिस्सा हूँ। वह कार्य की सफलता और असफलता का अनुभव प्राप्त कर सकता है। यह व्यक्ति को परस्पर बाँधे रखनेवाली सबसे बड़ी बात है। इससे ही समाज खड़ा हो पाता है। जाति व्यवस्था के कारण समान कार्यों में सभी लोगों के सम्मिलित होने में व्यवधान आया है। परिणामस्वरूप हिंदू लोग एकात्म-जीवन और अस्मिता के प्रति अचेत रहे और कभी एकजुट नहीं हुए।''

आदरणीय बाबासाहब के मन में हिंदू समाज के प्रति जो तीव्र उत्कंठा थी, वह आदरणीय डॉ. हेडगेवार की तीव्र उत्कंठा से भिन्न थी, यह कहना बौद्धिक प्रमाणविहीनता का लक्षण होगा।

समरसता से समता

आदरणीय डॉक्टरजी की विशेषता समरसता, विशेषता समता पर बात होनी ही चाहिए। समता समरसता के बिना नहीं रह सकती। मानवजाति की जो मानसिकता या मनोविज्ञान है, उसमें अगर समरसता नहीं है तो समरसता के अभाव से विषमता का निर्माण होना ही है। पूरे समाज के प्रति समरसता नहीं है तो सबल को निर्बल का, धनी को गरीबों का शोषण क्यों नहीं करना चाहिए? इसका कोई समर्थन या औचित्य नहीं है। मेरे पास अन्य लोगों का शोषण करने की क्षमता होने पर भी मैं किसी का शोषण न करते हुए, अपनी कर्तृत्व-शक्ति का उपयोग दूसरों के हित के लिए करूँगा। यह भाव केवल सामाजिक समरसता से ही उत्पन्न हो सकता है। इस बात की वास्तविक प्रतिभूति (गारंटी) यदि कुछ है तो वह समरसता ही है। पारिवारिक भावना ऐसी भावना है, जिसमें पूरा समाज एक परिवार है। इसी तरह समाज के प्रति समरसता हो तो इससे समता

की भावना का स्वाभाविक उदय हो सकता है। यद्यपि विषमता को छोड़कर समता-निर्माण होना सही है, किंतु समता ही अंतिम लक्ष्य नहीं हो सकता, यह बीच का पड़ाव है। अंतिम लक्ष्य समरसता है।

समरसता ही बंधुत्व है

"मेरे तत्त्वज्ञान का मूल धर्म में है। राजनीति शास्त्र में नहीं। मेरे गुरु बुद्ध के विचार और ज्ञान से मैं यह प्राप्त कर सका हूँ। मेरे तत्त्वज्ञान में में स्वातंत्र्य और समता का स्थान है, किंतु अपरिमित स्वतंत्रता से समता का विनाश होता है। निर्भीक समानता स्वतंत्रता को स्थान नहीं देती। मेरी दृष्टि में स्वतंत्रता और समता का उल्लंघन नहीं होना चाहिए, इसीलिए केवल निर्बाध संरक्षण के लिए स्थान है। मेरे तत्त्वज्ञान में बंधुत्व की भावना का सबसे उच्च स्थान है। स्वतंत्रता और समता के विरोध इस संरक्षण केवल बंधुत्व-भावना से होता है। इसका दूसरा नाम बंधुता अथवा मानवता है और मानवता ही धर्म का दूसरा नाम है। इसी भाईचारे, इसी बंधुत्वभावना का ही दूसरा नाम सामाजिक समरसता है। यही मानवता है, यही धम है। भगवान बुद्ध की मैत्री और करुणा से समरसता का परिपोषण होता है। इसी से समता का निर्माण और विकास होता है। जिन प्रगतिवादी, उदारवादी, परिवर्तनवादी और क्रांतिकारी लोगों का मानना है कि समता ही अंतिम लक्ष्य या गंतव्य स्थान है। उन लोगों को मैं चुनौती देकर कहता हूँ कि दुनिया के इतिहास में ऐसा एक उदाहरण दिखाइए, जिसने मात्र समता के आग्रह से समता का निर्माण या स्थापना की है। हर क्रांति के समय ऐसा अनुभव हुआ है कि जो शोषित या पीड़ित है, उन्होंने विद्रोह शोषकों के विरोध में किया है। यह बात सही है, किंतु एक महान् आलोचक श्री फ्रायर का कहना है कि 'जब-जब शोषित वर्ग शोषक वर्ग के विरोध में विद्रोह करता है, तब क्रांति को नेतृत्व देनेवाले नेताओं में दो प्रकार के नेता होते हैं। दोनों प्रकार के नेता कैसे होते हैं? उन्होंने ऐसा कहा कि शोषक वर्ग के विरुद्ध घृणा तो सामान्य बात है, परंतु इस शोषक वर्ग के विरोध में घृणा का निर्माण करनेवालों में दो प्रकार के लोग होते हैं। शोषक वर्ग नहीं होना चाहिए, जिनको ऐसा लगता है, उनका भी जीवन-मूल्य इन शोषक वर्गों के नेताओं जैसा है। उनकी भावना है कि यह शोषक वर्ग हमें नहीं चाहिए, उनको निकालकर बाहर फेंकना चाहिए और उनके स्थान पर हमें आना चाहिए, परंतु जीवन के प्रति उनकी निष्ठा और जीवन-मूल्य तो शोषक वर्गों का ही है। तब

वे यह कहते हैं कि क्रांति हो सकती है और यही क्रांति सफल हो सकती है। इससे शोषक वर्ग का अंत हो सकता है। शोषित वर्ग के नेता सत्ता में आ सकते हैं, परंतु उनका जीवन-मूल्य वही है जो शोषक वर्ग का होता है। तब यही नए नेता सत्ता में आने के बाद दोनों दृष्टियों से उसी प्रकार व्यवहार करते हैं, जैसा व्यवहार पहले के शोषक वर्गों द्वारा किया जाता था। इससे जनता की स्थिति 'जैसे सांपनाथ वैसे नागनाथ' जैसी ही रहती है।

माओ का सिद्धांत

परंतु दूसरा एक वर्ग ऐसा हो सकता है, जिसका जीवन-मूल्य भिन्न होता है। शोषक वर्ग को हटाना है। क्रांति और परिवर्तन लाना है। परंतु ये जो क्रांति करवाना चाहते हैं, वह भिन्न जीवन-मूल्यों के लिए है। इसलिए इनके हाथों में सत्ता आने से ये लोग मात्र सत्ता के लालच से ग्रसित न होते हुए नए तरीके से समाज की स्थापना करते हैं। ऐसा एक वर्ग हो सकता है, परंतु फ्रायर ने यह कहा है कि, "अब तक सारी भिन्न-भिन्न क्रांतियों से यही अनुभव मिलता है कि शोषक वर्ग के प्रति पृथक् जीवन-मूल्य, जीवन के प्रति अलग निष्ठा रखनेवाले इस प्रकार क्रांतिकारियों ने नेता अपवादस्वरूप या असाधारण होते हैं। शोषक वर्ग की जीवन के प्रति निष्ठा का पोषण करनेवाले नेता होते हैं और उससे क्रांति करके एक शोषक वर्ग को हटाकर नए शोषण की प्रक्रिया को नए नेतृत्व में शुरू किया जाता है और फिर से क्रांति की आवश्यकता उत्पन्न होती है। यही बात माओत्से तुंग जैसे विचारकों ने कही है।" उन्होंने कहा, "सन् 1949 में हमारे यहाँ क्रांति हुई थी, क्रांतिकारी लोगों के हाथ में शासन प्रणाली की बागडोर दी गई, परंतु शासन-प्रणाली देने के बाद हमें यह ज्ञात हुआ है कि कल के क्रांतिकारी आज के प्रति-क्रांतिकारी (विरोधी) बन गए। उन क्रांतिकारियों को हटाने के लिए फिर से सांस्कृतिक क्रांति की आवश्यकता का अनुभव हुआ। इस बात की सफाई उन्होंने सांस्कृतिक क्रांति का सूत्रपात करते समय दी है, परंतु स्वयं ईमानदार होने के कारण उन्होंने एक अन्य स्थान पर कहा कि फिर से एक बार क्रांति करके और पुराना क्रांतिकारी नेतृत्व बदलने से यह काम नहीं होगा, क्योंकि ये नए नेता फिर से शासन में सम्मिलित हो जाएँगे और फिर से प्रति-क्रांतिकारी बन जाएँगे, उनको हटाने के लिए फिर से पुनः क्रांति करनी पड़ेगी।

समस्या का समाधान

जब-जब, जिस-जिस समय इस तरह के शोषक बनाम शोषित नवजाग्रत् समाज में विद्रोह, प्रतिक्रिया या प्रतिकार निर्माण होता है, तब ध्यान देने योग्य है कि इसमें मात्र मन के आवेश, मन की घृणा अनियंत्रित होने से कई स्थानों पर तोड़-फोड़, बदले की भावना आदि बातें साधारणतः लोगों तथा शोषित वर्ग के मन में आ सकती हैं। इस सब से पूरे समाज को साथ लेकर चलने के लिए कोई नया मार्ग नहीं मिल सकता। दलितों का भी इससे कल्याण नहीं हो सकता, क्योंकि क्रांति का नेतृत्व करनेवाले जो दलित नेता होंगे, वे स्वयं सफलता के बाद शोषक वर्ग में बदल जाते हैं। यह हर क्रांति का अनुभव है। नाम गिनाने की आवश्यकता नहीं है। एक बार जिन्होंने प्रतिष्ठित वर्ग और वर्ण के विरुद्ध विद्रोह किया था, विद्रोह का नेतृत्व जिन्होंने किया था, वही आज प्रतिष्ठा प्राप्त करने के बाद अपने ही लोगों के खिलाफ विद्रोह के लिए खड़े हो रहे हैं। ऐसा भारत के अलग-अलग प्रदेशों में हमें दिखाई देता है। विद्रोह करना स्वाभाविक होने के बावजूद इससे समस्या का निराकरण नहीं हो सकता। अगर समस्या का सच में हल निकालना है तो दो प्रकार की अप्रिय बातें स्वीकारनी पड़ेगी, ऐसे निहित स्वार्थी, रुचिहीन व्यक्ति, जिनके हाथ में नई क्रांति के कारण अधिकार जानेवाले हैं, उन सभी की नाराजगी स्वीकार करके और जो शोषित होने से, आवेग में आकर अतिवादी बनकर स्थिति में बदलाव चाहते हैं, उन लोगों की भी नाराजगी स्वीकार करके और जो शोषित होने से, आवेग में आकर अतिवादी बनकर स्थिति में बदलाव चाहते हैं, उन लोगों की भी नाराजगी स्वीकार करके संवैधानिक विधि से, संतुलित रहकर शोषित वर्ग का नेतृत्व करने की आवश्यकता है। ऐसा करते समय यह भाव होना चाहिए कि शोषक हों या शोषित, हम सब एक ही समाज के अंग हैं। पूरा परिवार मिलकर एक-एक इकाई बनाता है। संपूर्ण समाज को एक परिवार मानकर उस परिवार में सामाजिक एवं आर्थिक दृष्टि से जो कमजोर लोग हैं, उनकी चिंता करने की स्वाभाविक प्रवृत्ति होनी चाहिए। इस विषय में महात्मा फुले द्वारा बताया गया मार्ग मननीय है। ''इस (समाजरूपी) बलि-स्थल के अंदर समस्त शूद्रातिशूद्र, भील, कोली आदि सभी लोग जब विद्वान होकर विचार करने योग्य हो जाएँगे, तब भी इन सबको समान धरातल पर लाए बिना 'नेशन' नहीं बन सकता है।''

यह बात भिन्न तरीके से बताने की कोई आवश्यकता नहीं है। इसमें से एकमयता को ही हम सामाजिक समरसता के नाम से अभिहित करते हैं।

हिंदू समाज में अछूत-सवर्ण का विभाजन अमेरिका के काले-गोरे और प्राचीन यूनान के दास-नागरिकों के विभाजन के समकक्ष और समतुल्य नहीं है। ऐतिहासिक काल के विभिन्न घटनाक्रम दुर्भाग्यपूर्ण हैं, क्योंकि यह सत्य है कि ये सब एक ही राष्ट्र के अविभाज्य अवयव हैं। ज्योतिबा की बातों का वीभत्स और भयानक सत्य सबको विचार प्रवर्तक लगता है। वे कहते हैं, "भारत में जब अलग-अलग समाज है, यहाँ पर एक-दूसरे के साथ रहने की कोई संकल्पना नहीं है, तब यहाँ पर कैसी राष्ट्रीयता होगी?" इससे यह ज्ञात होता है कि राष्ट्रवादी और राष्ट्र-निर्माता समूह को सामाजिक उत्तरदायित्व का स्पष्ट बोध होता है। 'अलग-अलग समाज' का अंत करके एक-दूसरे के साथ मिल-जुलकर रहने का संकल्प सबके मन में दृढ करने का नाम ही सामाजिक समरसता है और इसके बल पर सामाजिक विषमता को दूर करके सुदृढ विशुद्ध राष्ट्रीयता को जाग्रत् करना संभव होगा।

परस्पर संपर्क द्वारा परिवर्तन

समता का अग्रह करके समता को स्थिर करने से यदि सच में किसी को हानि होगी तो वह सामाजिक समरसता को ही होगी। इस प्रकार के विचार के साथ 'आर्टिकल ऑफ फेथ' 'सामाजिक समरसता मंच' नामक यह मंच स्थापित किया गया है। प्रथम स्थापना दिवस होने के कारण यह पहली सभा हो रही है। इस सामाजिक समरसता मंच की स्थापना किसी महान् कार्य के लिए नहीं की गई है, क्योंकि जब-जब कोई महान् कार्य की घोषणा करता है, तब-तब उसके संदर्भ में हमारे मन में संदेह-निर्माण होता है। फिर भी धीमी गति से, शांतिप्रिय मार्ग से, हमारी तरह आपकी जो संपर्क की पद्धति है, उस पद्धति को लेकर छोटा उपक्रम करते हुए एक नई जागृति लाने में थोड़ा समय तो लगता ही है। केवल लोगों की भावनाओं को भड़काकर मतों को प्राप्त करने के लिए कि वे अछूत हैं या सवर्ण हैं, तथाकथित उच्चवर्णीय है या निम्नवर्णीय हैं, इस मंच की स्थापना नहीं हुई है। यह सस्ती लोकप्रियता का रास्ता अपनाकर अतिवादी बनकर गाली-गलौज करने की भी कोई आवश्यकता नहीं है। यदि इस समस्या का हल निकालना है तो शांतिप्रिय, आयुर्वेदिक विधि से निकालना चाहिए।

हमें इस बात का ध्यान रखना चाहिए कि अगर सही मार्ग है तो अपनी गति को बढ़ाने के लिए प्रयास करना चाहिए। यह जो सभी प्रयास हो रहे हैं,

यह इस बात का परिणाम है। यह कार्य संपन्न होने में थोड़ा समय लगेगा। उदाहरणार्थ जिन लोगों के विषय में (जनता की) अब तक यह धारणा थी कि अपनी धार्मिक संस्थाओं में रुचि के कारण वे सुधारक नहीं हो सकते हैं, उन लोगों ने भी परिस्थितियों का ध्यान रखते हुए जो कुछ निर्णय लिया है, उसके विषय में अगर सोचे तो (पूजनीय डॉक्टरजी का प्रयास हो या महामानव बाबासाहब का प्रयास) सभी प्रयासों का संकलित प्रभाव निश्चित रूप से होता दिखाई दे रहा है। यह प्रभाव शीघ्र दिखाई नहीं देता, परंतु प्रभाव पड़ता है, हमें पता चलता है। किस तरह से यह परिणाम होता है, इसका एक छोटा सा उदाहरण देता हूँ। पिछले सप्ताह में 7-8 तारीख को विश्व हिंदू परिषद् की ओर से जो धर्म-संसद हुई, उसका पाँचवाँ सूत्र है, ''समाज में श्रम के प्रति प्रतिष्ठा का भाव जाग्रत् करते हुए उपेक्षित एवं पिछड़े हुए बंधुओं को समता एवं एकात्मकता की अनुभूति कराना यहाँ पर यह ध्यातत्व है कि इसमें, 'समता एवं एकात्मता' ये दो शब्द आए हैं और उन्होंने दूसरे सूत्र में ऐसा कहा, ''समाज का दुर्बल वर्ग कहीं भी अस्पृश्य एवं घृणा की दृष्टि से प्रसारित किया जाता है तो उसका पूर्ण परिमार्जन करते हुए सब के बीच सौहार्द पैदा करने की दृष्टि से पदयात्रा के आयोजन से कृतार्थ करें, यह धर्माचार्यों से प्रार्थना है।'' आपको सिर्फ नमूना पढ़कर दिखा रहा हूँ। जिन उतावले लोगों को इसमें निराशा लगती है, उन्हें किसी प्रकार की जल्दबाजी न करते हुए सभी कार्यों के परिणाम होते हैं, इस दृष्टि से सोचना चाहिए। धीरे-धीरे गति बढ़ाओ, यह आदरणीय गुरुजी का हमारे लिए संदेश है।

मानवतावाद का आधार—समरसता

सामाजिक समता एवं सामाजिक समरसता के परस्पर संबंध के विषय में इतना सारा परिश्रम पर्याप्त है। अब तक की हमारी सभी बातों का निष्कर्ष यह है कि हम सामाजिक समरसता को अंतिम लक्ष्य मानते हैं। समता मार्ग में मिलनेवाला एक महत्त्वपूर्ण पड़ाव है। केवल समता ही अंतिम गंतव्य नहीं हो सकती, क्योंकि मात्र समता के प्रतिपादन में समता की स्थापना और उसको विकसित करने का आश्वासन नहीं हो सकता। सामाजिक समरसता स्थापित होती है तो सामाजिक समता स्वत: स्थापित हो जाती है।

पूर्व में जैसा मैंने बताया भिन्न-भिन्न स्थान से होने पर भी वास्तविक दिशा और मार्ग एक ही है। समता और समरसता दोनों के समर्थक एक ही पथ

के पथिक हैं। असीमित समता की भाषा बोलनेवालों के अंतर्मन में सामाजिक समरसता स्वयं स्पष्ट न समझते हुए उसके विचारों में वास करती है और सामाजिक समरसता के ऊपर पूर्ण आग्रह रखनेवालों के मन में सामाजिक समता अध्याहृत होतीहै। अंतर यह है कि यह कैसे प्रतिपादित किया जाए। कुछ समतावादी, जिसको सामाजिक अभिसरण कहते हैं, उसका ही आत्यंतिक, व्यावहारिक और प्रयोजनमूलक उपयोग सामाजिक समरसता स्थापित करने की ओर होता है। सामाजिक समता की ओर जाने का अप्रत्यक्ष प्रकार सामाजिक समरसता के प्रभाव से ही बनता है। आज के शुभ और मंगलमय अवसर पर इन दो तथ्यों पर विचार समान-पद्धति से करना ही बाबासाहब और आदरणीय डॉ. हेडगेवार को श्रद्धांजलि अर्पण करने का उपयुक्त मार्ग है। इस समय मैं यहाँ उपस्थित हूँ, यही मेरे लिए परम् सौभाग्य की बात है। वास्तविक रूप से इस समय ऐसा कहकर मैं अपनी ओर से श्रद्धांजलि अर्पित कर रहा हूँ। किंतु महान् मानव को समझने और श्रद्धांजलि अर्पित करने में जो योग्यता, जो ऊँचाई होनी चाहिए, वह मेरे पास नहीं है, इस बात का मुझे पूरा भान है। इसीलिए अपने विचारों के अनुसार मैं स्वयं अनधिकृत प्रयास न करते हुए हिंदू राष्ट्र के प्रति एक दृष्टि से आदरणीय बाबासाहब के पचासवें जन्मदिन के शुभ अवसर पर भेजा हुआ यह संदेश और हिंदू राष्ट्र की दूसरी दृष्टि से उनको अर्पित की हुई श्रद्धांजलि यहाँ पर प्रस्तुत करने के बाद अपना अभिभाषण समाप्त करता हूँ।

डॉ. आंबेडकर की दृष्टि

अपने संदेश में स्व. वीर सावरकर कहते हैं, ''आंबेडकर के व्यक्तित्व, उनकी विद्वत्ता, उनकी संगठन कुशलता और नेतृत्व करने का सामर्थ्य आदि विशेषताओं को मिलाने के बाद वे देश के सबसे बड़े महान् व्यक्तियों में गिने जाने लगे हैं। अस्पृश्यता-उन्मूलन में और लाखों अछूत वर्ग के लोगों में मजबूत आत्मविश्वास एवं चैतन्य-निर्माण में उन्होंने सफलता पाई है। उन्होंने भारत को बहुमूल्य सेवा प्रदान करने का कार्य किया है। उनके कार्य चिरस्थायी हैं। उनके हृदय में देश के प्रति अभिमान है और वे मानवतावाद के प्रमुख प्रचारक हैं। आंबेडकर जैसे महान् व्यक्तित्व के तथाकथित अछूत और दलित जाति में जन्म लेने एवं अछूत लोगों के हृदयों में निराशा को समाप्त करने और तथाकथित सवर्ण और छूत के अधिराज्य और वर्चस्व को चुनौती देने की स्फूर्ति उनके जीवन से

मिलती है। आंबेडकर के व्यक्तित्व और कार्य के प्रति मैं उनका आदर करते हुए उनके आयु-आरोग्य और महान् कार्य के लिए जीवनभर चिंतन करता हूँ।

सन् 1962 में डॉ. आंबेडकर के अनुयायियों द्वारा उनकी 71वें जयंती के अवसर पर निकाले गए 'गौरव विशेषांक' हेतु श्री गुरुजी ने लघु, परंतु मार्मिक लेख लिखकर भेजा था। इसमें श्री गुरुजी लिखते हैं, ''वंदनीय डॉ. आंबेडकर की पावन स्मृति को अभिवादन करना मेरा स्वाभाविक कर्तव्य है। भारत के दिव्य संदेश की गर्जना से जिन्होंने संपूर्ण विश्व को दोलायमान किया, ऐसे श्री स्वामी विवेकानंद ने कहा है कि दीन, दुर्बल, दरिद्र, अज्ञान और निरक्षरता से पीड़ित भारतवासी ही मेरे ईश्वर हैं, उनकी सेवा करना और उनके जीवन में सुप्त चैतन्य को जगाकर, उनका संपूर्ण जीवन सुखमय और प्रगतिशील बनाना ही ईश्वर की सेवा है। उन्होंने अपने समाज में से 'छू न लेना और स्पर्श मत करना' इस अनिष्ट प्रवृत्ति को जानकर, उस प्रवृत्ति के विरुद्ध एवं तत्संबंधी सभी रूढ़ियों पर जोरदार प्रहार किया। संपूर्ण समाज की पुनर्रचना हेतु सबका आह्वान किया। इसी आह्वान का प्रत्यक्ष पुरस्कार भिन्न शब्दों में, भिन्न मार्ग से, राजनैतिक एवं सामाजिक उत्पीड़न से क्षुब्ध होकर डॉ. बाबासाहब आंबेडकर ने वेग के साथ किया है। अज्ञानी, दुःख से पीड़ित और अपमानित हमारे समाज के एक बड़े एवं अत्यंत महत्त्वपूर्ण अंग को आत्मसम्मानपूर्वक खड़ा किया। यही उनका असाधारण कार्य है। हमारे राष्ट्र पर उन्होंने अपार उपकार किया है। वे इतने महान् थे कि उनके ऋण से उऋण होना समाज के लिए बहुत ही कठिन है।

श्रीमान् स्वामी विवेकानंद ने श्रीमान् शंकराचार्य की कुशाग्र बुद्धि और भगवान् बुद्ध के परम् करुणामय विशाल हृदय को मिलाकर सही दिशा में भारत का विकास होगा, इस विषय में मार्गदर्शन किया है। बौद्ध धर्म के विचारों को स्वीकार कर और उसे आगे बढ़ाकर उन्होंने मार्गदर्शनकर बहुत ही महत्त्वपूर्ण भाग पूरा किया और विषय को समापन की ओर ले जाने के कार्य में डॉ. आंबेडकर को बहुत बड़ी प्रेरणा दी है। उनके विवेचक एवं कुशल बौद्धिक को दार्शनिक दृष्टि से बौद्ध विचारों में न्यूनता की कल्पना दिखाई देती थी और उसका उन्होंने उल्लेख किया है। व्यवहार की समानता, शुचिता एवं आपसी संबंध, करुणामय अपनापन आदि सभी विशेषताओं से मिलनेवाली मानव सेवा की विशुद्ध प्रेरणा, बौद्ध मतों में श्रद्धा-निर्माण से होनेवाला लाभ राष्ट्र एवं मानव के विकास एवं वृद्धि के लिए बहुत महत्त्वपूर्ण है। यह जानकर ऐसा दिखाई देता है कि उन्होंने बहुत ही आग्रह से इन मतों को आगे बढ़ाया। पूर्व में समाज-सुधार हेतु और

धर्म के विशिष्ट-स्वरूप के स्थापन हेतु भगवान् बुद्ध ने तत्कालीन समाज की धारणाओं की कड़ी आलोचना की है। यह आलोचना समाज से अलग होन के लिए नहीं की गई। वर्तमान समय में डॉ. आंबेडकर ने भी समाज की अच्छाई, धर्म के हित के लिए अपना चिरंजीवी समाज निर्दोष एवं शुद्ध होना चाहिए, इस दृष्टि से कार्य किया है। इसीलिए इस युग के भगवान् बुद्ध के उत्तराधिकारी होने की वजह से मैं उनकी पवित्र एवं पावन स्मृति का हार्दिक अभिवादन करता हूँ।''

□

डॉ. बाबासाहब व्यक्ति नहीं संकल्प

—नरेंद्र मोदी

राष्ट्र और समाज के विषय में हम भारतीय लोग बहुत ही भाग्यशाली हैं। हमारे पास हजारों वर्षों का इतिहास, संस्कृति एवं मानव सभ्यता की भव्य विरासत है। भारतीय संस्कृति के पोषकों की एक सुदीर्घ परंपरा चिरकाल से भारतीय संस्कृति को अनवरत गतिमान बनाए हुए है। हमारी इस महान् विरासत को समझने-देखने की हममें कितनी क्षमता और योग्यता है, परिणाम का आधार उस पर निहित है। हमें एक बात तो स्वीकारनी चाहिए कि प्रत्येक युग में मानव-विकास की अवस्था में समाज के अनेक स्तरों का अस्तित्व था। प्रत्येक समाज को विकास के लिए समान अवसर प्राप्त होने के बावजूद कुछ उदाहरण में हमें परिणाम सुखद नहीं मिल पाए हैं। ऐसी विविधता और विरोधाभास के मध्य भी मानवजाति को प्रेरणा दे सके, ऐसी घटनाओं की शृंखला आज भी समाज में नई शक्ति का संचार करती है। हम अपने पुराणों, अपने इतिहास और अपने महापुरुषों की ओर दृष्टि करें तो एक बात स्पष्ट रूप से दिखाई देती है कि उस युग की सिद्धि के मूल में, उस समय के युगपुरुषों ने समाज के सामान्य-से-सामान्य व्यक्ति को साथ लेने का जाग्रत् प्रयास किया था, उसके बाद ही उनको अपने सामाजिक-राष्ट्रीय कार्य में सफलता मिली थी।

लेकिन आज हम अपने समाज की स्थिति को देखें तो कितनी पीड़ा होती है। हमें अपने अंतर्मन को झकझोरने की आवश्यकता है। आज हमारे समाज में जो मजदूरी करता है, वह निम्न स्तर का है, ऐसी मानसिक बुराई घर कर गई है। इस बुराई को जब तक जड़-मूल से उखाड़कर फेंक नहीं देंगे, तब तक स्थिति बदलनेवाली नहीं हैं। हमारे समाज-सुधारकों ने इस विषय में निरंतर चिंता की है।

दुनिया के किसी भी समाज में जितने भी समाज-सुधारकों ने जन्म लिया

होगा, उससे कई गुना अधिक समाज-सुधारकों ने हिंदू समाज में जन्म लिया है। इन समाज-सुधारकों ने अपने समाज में फैली विकृतियों को सुधारा। समाज के द्वारा बनाए गए कुछ गलत नियमों व परंपराओं का विरोध करने कोई राजा राममोहन राय खड़ा हो गया और कहने लगा कि विधवा-विवाह अवकार्य है। दो सौ वर्ष पूर्व इस प्रकार की बात करना कोई कम साहस की बात नहीं थी।

अस्पृश्यता के विरुद्ध संघर्ष

गुलामी के कालखंड ने इस समाज में छुआछूत और ऊँच-नीच के भेदभाव की भयंकर विकृति पैदा कर दी है। दुर्भाग्य से इसे धार्मिक अनुमोदन भी मिल गया। इसे तथाकथित संतों-महात्माओं का आशीर्वाद मिलने लगा। समाज की यह कितनी विकृत अवस्था रही होगी। जब समाज में ऐसी विकृति पराकाष्ठा पर थी, ऐसे वातावरण में रामानुजाचार्य ने जातिवाद और अस्पृश्यता के विरुद्ध खड़े हो गए, नागर परिवार में कोई नरसिंह मेहता, गांधी परिवार में कोई मोहनदास, कोई ठक्करबापा, हिंदुस्तान के किसी कोने में दयानंद सरस्वती, स्वामी विवेकानंद, नानाजी देशमुख व स्वामी श्रद्धानंद जैसे कितने ही महापुरुष जनमे, जिन्होंने तीन सौ, चार सौ बरसों में कालखंड के दौरान सामाजिक जीवन में व्याप्त अस्पृश्यता के कलंक को मिटाने में अपना सबकुछ न्योछावर कर दिया। सामाजिक जीवन के घोर विरोधों से जूझते रहे, इस सामाजिक विकृति से लड़ते रहे। यह हिंदू समाज की ही विशेषता है कि वह रामानुजाचार्य, नरसिंह मेहता, दयानंद, विवेकानंद, गांधी जैसे सपूतों को जन्म दे सकता है। जिस समय अस्पृश्यता अपने चरम पर थी, तब एक नागर का बेटा नरसैया जूनागढ़ के अंत्यजवास में भजन गाकर अस्पृश्यता का खंडन करता था। गुजरात की यह हिंदूसमाज को एक बड़ी देन है। नागर उच्च श्रेणी के ब्राह्मण माने जाते हैं। ऐसे कुल में जन्म लेनेवाले नरसैया ने विकृत सामाजिक व्यवस्था को तोड़-फोड़ डाला और समाज में अस्पृश्यता का कलंक मिटाने का संकल्प लेकर निकल पड़ा। एक वैश्यसमाज के लड़के मोहनदास ने स्वयं को हरिजन कहलाने में गौरव का अनुभव किया। भीमराव हों या नरसैया, महात्मा गांधी हों या सरदार पटेल, स्वामी विवेकानंद हों या स्वामी दयानंद सरस्वती, सभी एक ही माला के मोती थे। समाज के अंदर उन्होंने एक ऐसे वातावरण बनाने का प्रयास किया था, जो आनेवाले कल के समाज की चिंता करे।

'दलित' गांधीजी के द्वारा दिया गया हरिजन शब्द का पर्याय मात्र नहीं है

बल्कि दलित ऐसा मानवसमाज है, जो सामाजिक दृष्टि से दुत्कारे हुए, अछूत, गरीब, कंगालों का वर्ग माना जाता है। इस समाज की अपनी जीवन-शैली और संस्कार हैं, अपनी अलग सभ्यता और अस्मिता है। उनके पास उनकी अपनी पसंद-नापसंद, लगाव, प्रेम, संवेदना और जीवन-मूल्य हैं। इस समाज के दुःख-दर्द शेष समाज की अपेक्षा अलग प्रकार के हैं। मैं इतिहास और समाजशास्त्र का छात्र था, तब पढ़ने में आता था कि बरसों पूर्व इस देश में ऐसी विकृत परंपरा थी कि गाँव में किसी वाल्मीकि परिवार के व्यक्ति को अपने घर से बाहर निकलना होता था तो उसे अपनी पीठ के पीछे झाड़ू बाँधकर चलना पड़ता था, जिससे उसके पाँव के निशान उस रस्ते पर छूट न जाएँ। ऐसे अत्याचार हमारे पूर्वजों ने अपने ही भाइयों के ऊपर किए थे। इन दलित, पीड़ित और शोषित लोगों की संवेदनाएँ आहत हुईं और उनमें से विद्रोह की अग्नि प्रकट हुई है। समाज की रूढ़िवादी मान्यताओं, परंपराओं और बरसों से समाज में विषमताओं व विसंवादिता फैलानेवाले लोगों के प्रति इस समाज का भारी आक्रोश है। बहुत से महापुरुषों ने दलित समाज की भावना और उसके आक्रोश को अभिव्यक्त करने का प्रयत्न किया है। अर्वाचीन युग में भी आधुनिक भारत के निर्माण में इस समाज ने कितने ही समाज-सुधारक दिए हैं। इन क्रांतिकारी समाज-सुधारकों में डॉ. बाबासाहब आंबेडकर का नाम सर्वोपरि है।

डॉ. बाबासाहब आंबेडकर से पहले भी दलित समाज में अनेक समाज-सुधारक हुए हैं। इस शृंखला के पुरुष वीर मेघमाया भी थे। वीर मेघमाया ने समाज में सामाजिक क्रांति की प्रेरणा-जागरूकता फैलाने और लोगों की चेतना को जगाने का कार्य किया। वे केवल दलित समाज के श्रद्धा केंद्र बने, ऐसा नहीं था। उनके दायित्व से उस समय की, उस युग की समग्र राज्यव्यवस्था प्रभावित हुई थी। इस बत्तीस लक्षणा महापुरुष वीर मेघमाया ने समाज के कल्याण हेतु अपने प्राणों की आहुति देकर समस्त समाज में नवचेतना जगाई थी। अस्पृश्य समाज में छुआछूत के कलंक की संवेदना कितनी तीव्र थी, यह मेघमाया से जाना जा सकता है। उन्होंने राजसत्ता के समक्ष अपनी अंतिम इच्छा प्रगट करते हुए था, "हमें तुलसी और पीपल की पूजा करने का अवसर मिले। मेरा समाज, जो नगर और गाँव की बाकी बस्ती से दूर बसता है, उसे नगर और गाँव में बसने का अधिकार मिले तथा उसकी जाति की पहचान दरशाते अलग कपड़े पहनने से उसे मुक्ति मिले। राजा ने वीर मेघमाया की इस अंतिम इच्छा का स्वीकार किया। उस महान् युवक ने अपने व्यक्तिगत कल्याण का विचार न करते हुए समग्र

अस्पृश्य समाज का कल्याण देखा। समाज के प्रति ऐसा समर्पण भाव शायद ही दुनिया में कहीं और देखने को मिले। वीर मेघमाया की माँग में चिरकालीन और स्थायी सामाजिक परिवर्तन की दिशा थी, दर्शन था। नहीं तो ऐसा विचार किसे आता है ? हमें तो इतना ही विचार आता है कि दो एकड़ जमीन मिल जाए तो बच्चे सुखी हो जाएँगे। वीर मेघमाया ने ऐसे भौतिक सुख या व्यक्तिगत स्वार्थ की कोई माँग नहीं की। उन्होंने समस्त समाज के सुख की कल्पना की। इस दलित समाज में कैसे-कैसे रत्नों ने जन्म लिया है, इसका यह एक दृष्टांत मात्र है। संपूर्ण हिंदूसमाज को समरस करने की उनकी हार्दिक इच्छा थी। जो डर डॉ. बाबासाहब आंबेडकर को उन्नीसवीं सदी में लगा, वही डर बरसों पूर्व वीर मेघमाया को लगा था कि मेरा समाज भारत की मुख्य सांस्कृतिक धारा से कहीं दूर न चला जाए! सारे संसार को यह पता चलना चाहिए कि महात्मा गांधी या डॉ. बाबासाहब आंबेडकर से भारतीय सामाजिक क्रांति का इतिहास संपूर्ण नहीं हो जाता है। इस महान् वीरमाया का गौरवगान बाबासाहब ने भी अपनी पत्रिका 'मूकनायक' में किया है। क्रांति के इतिहास में एक स्वर्णिम पृष्ठ हमारे वीर मेघमाया का भी है। इस क्रांति के विचार को जन-जन के मन तक पहुँचाने के लिए समाज के अंदर चेतना जगाने की आवश्यकता है।

डॉ. आंबेडकर और उनका जीवन-संघर्ष

बाबासाहब भी ऐसे ही एक महापुरुष थे, जिन्होंने अछूत और निम्न वर्ग के समाज की समता के लिए समाज में एक चिनगारी प्रकटाई थी। बाबासाहब आंबेडकर एक व्यक्ति नहीं, संकल्प का पर्याय थे। बाबासाहब आंबेडकर जीवन जीते नहीं थे, वे जीवन को संघर्ष में जोड़ देते थे, जोत देते थे। बाबासाहब आंबेडकर अपने मान-सम्मान, मर्यादाओं के लिए नहीं, लेकिन समाज की बुराइयों के खिलाफ संघर्ष करते थे। आखिरी छोर पर बैठा हुआ दलित हो, पीड़ित हो, शोषित हो, वंचित हो, उनको बराबरी का हक मिले, उनको सम्मान मिले, इसके लिए अपमानित हो करके भी वे अपने मार्ग से कभी विचलित नहीं हुए।

डॉ. बाबासाहब अत्यंत प्रतिभाशाली थे और बड़ौदा के महाराजा द्वारा तेजस्वी युवाओं को विदेश में अध्ययन करने हेतु दी जानेवाली छात्रवृत्ति प्राप्त कर उन्होंने विदेश में अध्ययन किया और वहाँ से वापस आकर बड़ौदा में रहे। सामाजिक समता-समरसता में बड़ौदा के महाराजा सयाजीराव गायकवाड़ का मूल्य समझना

एक महत्त्वपूर्ण बात है। बड़ौदा नगरी में नवरत्नों की आवश्यकता थी। महर्षि अरविंद जैसे रत्नों की सेवा लेने का काम सयाजीराव गायकवाड़ द्वारा हुआ। डॉ. बाबासाहब इन नवरत्नों में से एक थे। डॉ. बाबासाहब बड़ौदा में शासकीय प्रबंधन की सेवा के लिए आए थे, परंतु इसी बड़ौदा की धरती पर हुए कड़वे अनुभवों ने बाबासाहब के अंदर समभाव के लिए संघर्ष की चिनगारी उत्पन्न की। इस संघर्ष के कारण ही आगे चलकर बाबासाहब वंचितों के तारणहार बने। इस महापुरुष के पास इतनी बड़ी ज्ञान-संपदा थी, उनके पास उस युग के विश्व की गण्यमान्य विश्वविद्यालयों की अनेक डिग्रियाँ थीं, उस महापुरुष के समक्ष उस कालखंड में अपने व्यक्तिगत जीवन में लेने, पाने, बनने के लिए सारी दुनिया के अवसर खुले पड़े थे, लेकिन इस देश के दलित, पीड़ित, शोषित, वंचितों के लिए उनके दिल में जो आग थी, जो उनके दिल में कुछ कर गुजरने का इरादा था, संकल्प था, उसके लिए उन्होंने इन सारे अवसरों को छोड़ दिया और भारत की मिट्टी से अपना नाता जोड़ करके राष्ट्रहित में अपने आपको समाजसेवा में समर्पित कर दिया।

तत्कालीन परिस्थितियों में दलितों पर हो रहे अत्याचारों ने बाबासाहब के जीवन का लक्ष्य ही बदल दिया था। वे ज्ञानमार्गी, विद्रोही बन गए। ऊँची जाति के लोग विशेष अधिकारों का भोग व उपयोग करें तथा नीची जाति के लोग जीवन भर गरीबी के अभिशाप में गंदगी में सड़ते रहें, पशु से भी बदतर स्थिति में अपमानित जीवन गुजारें, ऐसी अमानवीय परिस्थिति देख वे काँप उठे थे। उन्होंने इस परिस्थिति को बदलने के लिए कानून और राजनीति का मार्ग अपनाया। दलितों, पीड़ितों और शोषितों के सामाजिक व आर्थिक जीवन में परिवर्तन लाने के लिए उन्होंने संकल्प किया। यह संघर्ष था—समाज में व्याप्त असमानताओं और विषमताओं के विरुद्ध। उन्होंने अस्पृश्यता का कलंक अपने आप पर लगा कलंक माना और उस कलंक को मिटाने के लिए समाज को जगाया, पीड़ित समाज में स्वाभिमान और संघर्ष का मंत्र फूँका। उनके संघर्ष में समाज के वंचित वर्गों की पीड़ा थी, दर्द था। डॉ. आंबेडकर के जीवन का लक्ष्य सामाजिक क्रांति बनते ही वे एक व्यक्ति न रहकर समष्टि बन गए।

डॉ. आंबेडकर द्वारा सामाजिक उत्थान

बाबासाहब आंबेडकर निर्भय क्रांतिवीर थे। उनकी व्यथा अपार थी।

तथाकथित उच्च जाति के अत्याचारों से उन्हें दलित समाज को ऊपर उठाना था, परंतु किसी बदले की भावना से नहीं। उन्होंने दूसरों को मार-काटकर बड़ा होने की बात कभी नहीं की। 'अपने सत्य को, अपने अस्तित्व को पूरी शक्ति से समाज के सामने रखने की मैं प्रेरणा दूँगा।' ऐसा भाव उनके समग्र चिंतन में रहा है।

डॉ. बाबासाहब आंबेडकर एक ऐसे व्यक्तित्व के धनी थे, जो दलितों के बीच बैठकर उन्हें कड़वी-से-कड़वी और कठोर-से-कठोर बात भी कह सकता था, जिसके लिए बहुत बड़ी हिम्मत चाहिए। वह हिम्मत उनमें थी। जिन्होंने डॉ. बाबासाहब आंबेडकर के बारे में अध्ययन किया होगा, उन्हें इस बात का ज्ञान अवश्य होगा। दलित माता-बहनों के मन में ऐसा विचार आता होगा कि ऊँची जाति के लोग अच्छे जेवर पहनकर बाहर निकलते हैं, इसलिए बड़े लगते हैं। हम भी उनके जैसे जेवर पहनें तो उनके जैसे लगेंगे। आज से डेढ़ सौ, दो सौ साल पूर्व दलित समाज के लोग सोना न हो तो चाँदी, चाँदी न हो तो कोई अन्य धातु पर पॉलिश से चमकाए हुए बनावटी गहने पहनकर बड़े ठाठ से निकलते थे। बाबासाहब आंबेडकर ने कहा, 'यह सब बंद करो।' बाबासाहब के शब्द थे, "कोई जरूरत नहीं है दिखावा करने की। अरे, तुम जैसे हो वैसे ही दिखो। हृदय में आत्मविश्वास भरकर आँख-में-आँख मिलाकर खड़े रहो। तुम भी महान् बनोगे।" ऐसी बात कहने की ताकत डॉ. बाबासाहब आंबेडकर में थी।

समाज-परिवर्तन में नारी कितना योगदान दे सकती है, यह भी बाबासाहब अच्छी तरह से जानते थे। इसलिए उन्होंने सन् 1942 में शिड्यूल्ड कास्ट फेडरेशन (अनुसूचित जाति संघ) के अधिवेशन में 20 हजार अस्पृश्य महिलाओं का आह्वान किया था, "आप स्वच्छ रहिए, दुर्गुणों से दूर रहिए, अपनी संतानों को अच्छी तरह पढ़ाइए और शिक्षित कीजिए। उनकी लघुताग्रंथि को दूर कीजिए। मेरी इस सलाह को मानकर आप सब अपनी भी उन्नति करोगी और समाज को भी प्रगति के मार्ग पर ले जा सकोगी।" डॉ. बाबासाहब मात्र इतना कहकर रुक नहीं गए। वे आगे कहते हैं, "आप तो घर की लक्ष्मी हैं, घर में कोई भी अमंगल बात न हो जाए, उसकी सावधानी भी आपको ही बरतनी है।" बाबासाहब दलितों से कहते थे, "बाकी सब बातें बाद में, पहले तुम पढ़ो और संघर्ष करो।"

बाबासाहब आंबेडकर द्वारा दलितों के उत्थान के लिए चलाए गए अभियान के अनेक महत्त्वपूर्ण पहलू थे। उनमें से एक था 'व्यक्तित्व का प्रकटीकरण'। दलितमाता की कोख से जनमी संतान मन से मजबूत हो, शरीर सक्षम हो, जीवन शिक्षित हो, आत्मविश्वास से भरा हुआ हो और वह सारी दुनिया के सामने

आँख-में-आँख मिलाकर बोलने की शक्ति रखता हो, ऐसा स्वप्न बाबासाहब आंबेडकर ने देखा था। मुझे लगता है, घर-परिवार को सुखी करना है तो डॉ. आंबेडकर की यह बात केवल दलितों को ही नहीं, बल्कि भारतवर्ष की समस्त जनता को स्वीकार करनी चाहिए।

शिक्षा और समरसता

डॉ. बाबासाहब आंबेडकर ने इस देश को बहुत कुछ दिया, लेकिन एक बात जो इस देश के भविष्य के लिए अनिवार्य है और जिसके लिए बाबासाहब समर्पित थे, एक प्रकार से उसके लिए ही वे जिए थे और उसके लिए वे सारा जीवन जूझते रहे थे, वह बात थी शिक्षा। वे हर किसी को यही बात बताते थे कि जीवन में कठिनाइयों से मुक्ति का अगर कोई रास्ता है तो वह शिक्षा है। जीवन में अगर संघर्ष का अवसर आया है तो संघर्ष से विजयी होकर निकलने का रास्ता भी शिक्षा ही है और उनका मंत्र था—'शिक्षित बनो, संगठित बनो, संघर्ष करो।' यह संघर्ष अपने आप के साथ भी करना होता है। अपनों के साथ भी करना होता है और अपने आस-पास भी करना पड़ता है, लेकिन यह तब संभव होता है, जब हम शिक्षित हों। उन्होंने अपने सफलता मंत्र का पहला शब्द भी 'शिक्षित बनो' ही कहा था। उन्होंने अपने तीन देवता बताए थे, उनमें एक विद्या, दूसरा स्वाभिमान और तीसरा शील को अपना देवता माना और उसकी पूरे जीवन पूजा की, इन तीन देवताओं की पूजा करके बाबासाहब महान् बने।

शिक्षा की दिशा में आगे बढ़ने के लिए बाबासाहब से बड़ी कोई प्रेरणा नहीं हो सकती है। एक विद्यार्थी के स्वरूप में बाबासाहब आंबेडकर ने जैसा संघर्ष जीवन में किया, ऐसा संघर्ष हम लोगों को नहीं करना पड़ा है। बाबासाहब ने जितने कष्ट उठाए थे, ऐसे कष्ट तो शायद ही दुर्भाग्य से किसी ने उठाए हों। कितनी विपरीत परिस्थितियों में उन्होंने यह ऊँचाई प्राप्त की थी, कितने संघर्ष किए थे। बाबासाहब की एक दूसरी विशिष्टता भी समझने जैसी है। वे कहते थे—शिक्षित बनो; परंतु जब तक वे स्वयं शिक्षित नहीं हुए, तब तक उन्होंने यह उपदेश किसी को नहीं दिया था। शिक्षित होने के बाद ही उन्होंने कहा कि शिक्षित बनो। यही एकमात्र सही मार्ग है बाबासाहब के जीवन को जानने का, पढ़ने का, अभ्यास-अध्ययन करने का, मनन-चिंतन करने का, संकल्प करो। आप देखोगे कि इस महामानव के जीवन में से आपको जीने की एक नई दिशा

प्राप्त होगी, जीवन के सामने जूझने की एक नई प्रेरणा मिलेगी। मुझे बाबासाहब को पढ़ने का, अध्ययन करने का सौभाग्य प्राप्त हुआ है। मैं भी तो एक छोटे व पिछड़े परिवार में जन्म लेकर बड़ा हुआ हूँ। इसलिए अनुभव करता हूँ कि यह वेदना क्या होती है, यह पीड़ा क्या है, इसकी मुझे जानकारी है और इस कारण अंतर में एक आग सुलगती है।

डॉ. बाबासाहब आंबेडकर ने अपने दलित भाइयों को शिक्षा के साथ-साथ सद्‌गुण और शील की भी प्रेरणा दी है। उन्होंने एक प्रसंग में कहा है, ''अपना मन पवित्र बनाना चाहिए। सद्‌गुणों के प्रति हमें आकर्षित होना चाहिए। हम पढ़ें तो सबकुछ हो गया, ऐसा नहीं है। शिक्षा के साथ मनुष्य के शील में भी सुधार होना चाहिए। शील के बिना शिक्षा का मूल्य शून्य होता है। चरित्र धर्म का एक महत्त्वपूर्ण अंग है।''

हिंदू समाज बहुत ही परिवर्तनशील रहा है और यह परिवर्तनशील समाज बुराइयों के विरुद्ध लड़ता भी रहा है—छुआछूत बुराई है, अस्पृश्यता बुराई है, ऊँच-नीच एक बुराई है। इनके सामने खड़े होकर सबको लड़ना पड़ेगा; पूरी शक्ति से, निश्चय के साथ, दृढ़ता के साथ लड़ना पड़ेगा। मात्र नौकरियाँ या आर्थिक स्थिति समग्र परिस्थिति को नहीं बदल सकती है। इसके लिए तो अपनेपन का भाव चाहिए। जो ईश्वर तुझमें बैठा है, वही ईश्वर मुझमें भी बैठा है, 'तू ही मैं हूँ और मैं ही तू है', यह शास्त्रों ने हमें सिखाया है और इसको ही आज फिर से स्वीकार करने की आवश्यकता है। मैं जब किसी को 'नमस्ते' करता हूँ, तब नमस्ते का अर्थ है—मैं तेरे भीतर बैठे हुए परमात्मा को नमन करता हूँ। वही परमात्मा मेरे भीतर भी बैठा है, मैं उसे भी नमन करता हूँ। हमारी विरासत में हमें यह 'नमस्ते' प्राप्त हुआ है, हमारे भीतर यह गहराई तक उतरा हुआ है। अत: समाज के लिए कटुता का भाव, समाज के लिए वैर-वृत्ति का भाव, समाज के लिए किसी को दुत्कारने का भाव—इस प्रकार की जो परंपरा है, उसे बदलना चाहिए। इस कुरीति के खिलाफ हमें लड़ना होगा। डॉ. बाबासाहब आंबेडकर का भी सपना यही था और बंधुत्व द्वारा ही राष्ट्र में एकता-एकात्मता आ सकती है, यह सीख हमें दी है। देश में समरसता होगी तो एकता और एकात्मकता आएगी। महत्त्वपूर्ण प्रश्न यह है कि समता महत्त्वपूर्ण है या समरसता? अथवा दलित समाज के विकास की दिशा क्या होनी चाहिए—समता या समरसता? यह प्रश्न बहुत ही महत्त्वपूर्ण है। मुझे लगता है कि इस देश के अंदर मजबूती तभी आएगी, जब समरसता के वातावरण का निर्माण होगा। मात्र समता ही काफी नहीं

है। समरसता के बिना समता असंभव है। एक दलित समाज का पुत्र डॉक्टर बन जाए, इतने से समस्या हल नहीं हो जाती है। जब तक दलित डॉक्टर को सवर्ण डॉक्टर के समान प्रेम व आदर नहीं मिलेगा, तब तक परिस्थिति में कोई बदलाव नहीं आएगा। नौकरी और शिक्षा ही काफी नहीं है। हमें इससे आगे जाना है और यही बात डॉ. बाबासाहब ने भी कही है। उन्होंने कहा, ''अच्छी पढ़ाई करना, अच्छे विचार रखना, समाज की उन्नति के लिए रात-दिन स्वयं परिश्रम करोगे तो ही समाज का भला होगा।''

उन्होंने यह भी कहा, ''सौ-डेढ़ सौ करोड़ रुपए शायद तुम सबको धंधा-रोजगार दिला देंगे। इतने ही रुपए शायद तुम्हारे मकान बनाने के लिए भी मिल जाएँ, परंतु हमारे समाज में जातिभेद का जो रोग फैला है, इसमें चाहे मकान बन गया हो, धंधा बहुत ही अच्छा चलता हो, कपड़े भी साफ-सुथरे पहने हों और अंग्रेजी भी फर्राटे से बोलते हों, तो भी समाज की मानसिकता नहीं बदल जाएगी। समाज की मानसिकता बदलने के लिए परिश्रम करना पड़ेगा।''

सामाजिक विषमताओं से देश टूटता जा रहा है और इससे बचाव का एक ही उपाय है—समभाव के साथ ममभाव जब तक मैं तुम्हें अपना भाई नहीं मानूँ और जब तक तुम्हारे मन और जीवन में समानता न आए, तब तक अंतिम लक्ष्य की पूर्ति नहीं होगी। इसके लिए आवश्यकता है समभाव के साथ ममभाव की; क्योंकि इनमें से ही समरसता का अमृत निकलता है।

केवल समभाव काफी नहीं है। समभाव में ममभाव को जोड़ना चाहिए। समभाव+ममभाव=समरसता। ऐसी समरसता ही समाज के रोग की रामबाण दवाई बन सकती है। सभी इनकम टैक्स ऑफिसर बन जाएँ, सभी शिक्षक बन जाएँ, सब व्यापारी बन जाएँ तो शायद इतने से समता आए; परंतु एक सवर्ण की लड़की नर्स हो और एक दलित की लड़की भी नर्स हो, एक सवर्ण का लड़का शिक्षक हो और एक दलित का लड़का भी शिक्षक हो तो समभाव आए; परंतु जब तक ममभाव नहीं आएगा, तब तक समरसता नहीं आएगी और इस ममभाव का दायित्व इस देश के समरसता-धारकों पर है। समाज की चिंता करने का उत्तरादायित्व हम सब लोगों पर समान रूप से है, जो आनेवाली सदियों तक इस राष्ट्र का मार्गदर्शन करनेवाला है। संविधान के निर्माता ने समाज के लिए बहुत कुछ न्योछावर करने का दायित्व अनेक लोगों को सौंपा है।

डॉ. आंबेडकर के कार्य एवं चिंतन

बाबासाहब आंबेडकर के सपनों की जो अर्थव्यवस्था है, उस अर्थव्यवस्था के बिना यह देश आर्थिक प्रगति नहीं कर सकता है। बाबासाहब आंबेडकर ने जो आर्थिक विकास के सपने देखे थे, उन सपनों की पूर्ति करनी है तो निजी क्षेत्र का अत्यंत महत्त्व है और मैं निजी क्षेत्र कहता हूँ, मतलब मेरी परिभाषा अलग है। हर व्यक्ति अपने पैरों पर कैसे खड़ा रहे। मेरे देश का नौजवान व्यवसाय खोजी न बने, मेरे देश का नौजवान व्यवसाय सर्जक बने।

बाबासाहब आंबेडकर कहते थे कि शिक्षित बनो, संगठित बनो, संघर्ष करो, साथ-साथ उनका सपना यह भी था कि भारत आर्थिक रूप से समृद्ध हो, सामाजिक रूप से सशक्त हो और तकनीकी रूप से समुन्नत हो। वे सामाजिक समता, सामाजिक न्याय के पक्षकार थे। वे आर्थिक समृद्धि के पक्षकार थे और वे आधुनिक विज्ञान के पक्षकार थे। आधुनिक तकनीक के पक्षकार थे और इसलिए हमने बाबासाहब आंबेडकर से सामाजिक-आर्थिक कल्याण का संदेश लेते हुए गाँव-गाँव जा करके गाँव के सशक्तीकरण का निर्णय लिया है।

भारत में बाबासाहब आंबेडकर पहले व्यक्ति थे, जिन्होंने सामुद्रिक (MARITIME), मार्गनिर्देशन (NAVIGATION), जल का प्रयोग (USE OF WATER)पर दीर्घदृष्टि से उन्होंने दृष्टिकोण (VISION)रखा था। उन्होंने ऐसी संस्थाओं का निर्माण किया था उस समय, जब वे सरकार में थे, जिसके आधार पर आज भी हिंदुस्तान में पानीवाली, सामुद्रिक (MARITIME), मार्गनिर्देशन (NAVIGATION) संस्थाएँ काम कर रही हैं, लेकिन बाबासाहब आंबेडकर को भुला दिया गया।

हम श्रद्धा और दृढ़ निश्चय से मानते हैं कि बाबासाहब आंबेडकर ने सामाजिक एकता के लिए बहुत उच्च मूल्यों का प्रस्थापन किया है। सामाजिक एकता, सामाजिक न्याय, सामाजिक समरसता, बाबासाहब आंबेडकर ने जो रास्ता दिखाया है, उसी से प्राप्त हो सकती है। इसलिए हम बाबासाहब आंबेडकर के चरणों में बैठकर के काम करने में गर्व अनुभव करते हैं।

डॉ. बाबासाहब आंबेडकर ने कठोर परिश्रम से भारतीय संविधान का निर्माण किया था। उन्होंने जीवन भर अपमान झेला था, फिर भी संविधान का निर्माण करते समय उन्होंने देशहित को सर्वोपरि रखकर देश के लिए जो सर्वश्रेष्ठ थीं, वही बातें संविधान में शामिल कीं। अपमान का जहर पीकर देश को श्रेष्ठ दिया। सरल भाषा में कहूँ तो हमारे संविधान का मूल भाव 'डिग्निटी फॉर इंडियन, यूनिटी फॉर इंडियन' है।

एक बार मुझे दलित उद्यमियों के सम्मेलन में जाने का अवसर मिला। एक अलग वाणिज्य मंडल (CHAMBER OF COMMERCE) चलता है, जिसमें सारे दलित उद्यमी हैं। मुझे वह दृश्य देखकर के इतना आनंद हुआ। वहाँ मुझे बाबासाहब आंबेडकर का सपना साकार होता हुआ नजर आया।

रिजर्ब बैंक की कल्पना बाबासाहब की है। उनके ही कारण देश के सबसे बड़े बैंक रिजर्व बैंक की रचना हो पाई है, लेकिन दुःख तब होता है, जब बैंक में किसी दलित को ऋण चाहिए तो लोहे के चने चबाने पड़ते हैं। इस स्थिति में परिवर्तन लाना है। इस देश का इतना बड़ा वर्ग और यह कसौटियों से निखरा हुआ वर्ग है। समाज का एक वर्ग है, जिसे ठंडी क्या होती है, गरमी क्या होती है, खुले पैर चलने से कंकड़ कैसे चुभता है, इसका पता तक नहीं है। वह तो बनी-बनाई व्यवस्था में चल पड़ा है, लेकिन ये वे लोग हैं, जिन्होंने जिंदगी के सारे कष्ट झेले हैं, सब अपमान झेले हैं, मुसीबतों का सामना किया है। एक प्रकार से कसौटी से कसते-कसते, अपनी जिंदगी को बनाते-बनाते उभर करके आए हैं। उनकी ताकत कितनी होगी, उसका अंदाज मुझे भलीभाँति है। लोहे का मूल्य होता है, लेकिन स्टील का ज्यादा होता है, क्योंकि वह प्रक्रिया से निकला हुआ होता है।

आज समाज में जागृति का वातावरण सर्वव्यापक बन गया है। लोगों के मन-मस्तिष्क की गहराई तक पहुँच गया है। यह इस बात को दरशाता है कि सामान्य जीवन में एक परिवर्तन आकार ले रहा है। दुर्भाग्य से हमारे देश में एक ऐसी विकृति पैदा हुई है, जिसके कारण समाज के सर्वांगीण विकास और चिंतन के बदले समाज को टुकड़ों में बाँटने की परंपरा प्रचलित हो गई है। इस विकृति ने समाज को अलग-अलग खंडों में बाँट दिया है। जब कोई समाज महापुरुषों को, अपनी विरासत को, अस्मिता को खंडों में बाँट दे तो समझ लेना चाहिए कि वह समाज आत्मघात की ओर आगे बढ़ रहा है। समय की माँग है कि विचारधारा या मान्यता चाहे जो भी हो, परंतु जो कोई भी देशहित के लिए आगे आते हैं, उन्हें प्रोत्साहित करना चाहिए। देश के लिए जीने-मरनेवाले सब महापुरुष हमारे अपने हैं।

डॉ. आंबेडकर ने देश के लिए काम किया, इस कारण वे पूजनीय हैं, परंतु बाबासाहब को मात्र दलितों का तारणहार मानकर उन्हें एक सीमा में बाँध दिया गया है। बाबासाहब तो सभी पिछड़े व उपेक्षित लोगों के तारणहार थे। उन्हें मात्र दलितों का तारणहार बनाकर छोटा दिखाने का पाप भूल से भी नहीं होना

चाहिए। इस विश्वमानव को एक छोटे से वृत्त में बंद न करें।

हमे अपने मानकों की तुलना पाश्चात्य मानकों से करना अच्छा लगता है। हमें अपना हमेशा सबकुछ खराब ही लगता है। यह हमारा स्वभाव बन गया है। हमें तुलसीदास का परिचय देना हो तो कहते हैं कि वे मेरे हिंदुस्तान के शेक्सपीयर हैं। हममें यह लघुताग्रंथि गुलामी के कारण आई है। हमें तुलसीदास याद आएँ, इसके पूर्व शेक्सपीयर याद आते हैं। आज भी हमारे अंदर गुलामी की मानसिकता इतनी मजबूत है कि हमारी श्रेष्ठ बातों के बजाय पश्चिमी देशों से आए शब्द ही हमें श्रेष्ठ लगते हैं। स्वामी विवेकानंद को हमने अमेरिका के माध्यम से ही पहचाना, स्वीकार किया। हमारी योग-साधना की महामूल्य विरासत धूल खा रही थी, परंतु पश्चिम द्वारा योग भारत में फिर से आया तो हम देर से ही सही, उसे अपनाने लगे। एक समाज के रूप में श्रेष्ठत्व को लेकर जीने के स्वभाव का अभ्यास करेंगे तो विदेशी बुराई को छोड़ने की हमारी वृत्ति अपने आप जागने लगेगी। हमारी इस मानसिक दुर्बलता का कारण है—हमारी स्वीकार की हुई आयातित विचारधारा, गुलामी का मानस। ये सब विकृतियाँ किस सीमा तक फैली हुई थीं? अंग्रेजों ने इस देश को टुकड़ों में विभाजित करने के लिए एक जघन्य विचार ऐसा फैलाया कि भारत कभी भी अखंड राष्ट्र था ही नहीं। उन्होंने कभी द्रविड़ों और आर्यों के भ्रमपूर्ण सिद्धांत का दुष्प्रचार किया, कभी आर्य इस देश में बाहर से आए थे, ऐसा वितंडवाद किया, तो कभी भारत की मूल कोई जाति ही नहीं थी, ऐसा भ्रम फैलाया। ऐसे भ्रामक वातावरण में बाबासाहब ने गहन संशोधन के आधार पर सत्य उजागर किया और अंग्रेजों की जूठी आर्यन थ्योरी को नकार दिया। साथ-साथ पश्चिमी चश्मे से देखनेवाले भारत के इतिहासकारों को भी झूठा साबित कर दिया।

बाबासाहब हमें समता-ममता का संदेश देते हैं। उनका स्वप्न था—'जाति विहीन समाजरचना'। अर्थात् समग्र समाज एकात्म और समरस बने, कोई ऊँचा नहीं, कोई नीचा नहीं। हमने अपनी लघुताग्रंथि के कारण बाबासाहब जैसे विरल व्यक्तित्व को एक छोटे से दायरे में रख दिया है। बाबासाहब को विश्वमानव के रूप में, वंचितों के लिए जूझनेवाले महामानव के रूप में आत्मविश्वास के साथ पहचाना जाना चाहिए।

विश्व के कोने-कोने में मानवजाति के बीच भेदभाव देखने को मिला है। इस भेदभाव से जूझनेवाले वर्ग भी दिखाई देते हैं। विश्व में अश्वेतों के लिए लड़नेवालों का नाम आज भी दुनिया की जुबान पर है, परंतु भारत का कोई सपूत

दबे-कुचले लोगों के लिए लड़ता है तो विश्व में उनको कोई पहचानता नहीं है। दुनिया के किसी देश के कवि या लेखक ने वहाँ के समाज की बुराइयों के विरोध में कभी कोई आवाज उठाई, तो वह विश्वमानव बनकर पूजा जाता है। हमारे यहाँ विश्व के किसी भी समाज की तुलना में अधिकतर ऐसे कार्य हुए हैं, तो भी ऐसे जननायक विश्व-इतिहास के झरोखे में दिखाई नहीं देते।

वंचित के लिए लड़ते विगत सदी के दो महामानव इसके उदाहरण हैं। अमेरिका में मार्टिन लूथर किंग और भारत में डॉ. बाबासाहब आंबेडकर। इन दोनों ने अपना जीवन दबे-कुचले हुए समाज को न्याय दिलवाने में खपा दिया था। मार्टिन लूथर किंग ने अमेरिका में अश्वेत लोगों के अधिकार के लिए जीवन भर संघर्ष किया। बाबासाहब आंबेडकर और मार्टिन लूथर किंग के पालन-पोषण में अद्भुत साम्य है। दोनों अभावों के बीच जनमे और पले। दोनों अपने लिए नहीं, बल्कि वंचितों के लिए लड़ते रहे। सामाजिक असमानता और विषमता की खाई भरने के लिए जीवन भर जूझते रहे। दोनों ने अधिकार की लड़ाई-लड़ते शिक्षित होने पर जोर दिया। मार्टिन लूथर किंग और बाबासाहब एक ही दिशा में एक ही मार्ग पर चलते रहे, ऐसा लगता है। दीपक के समान यह सत्य होने पर भी बाबासाहब विश्व के फलक पर दृष्टिगोचर नहीं होते हैं! इसके लिए हमें मंथन करने की आवश्यकता है।

समय की माँग है कि अपने समाज के ऐसे महामानवों को हमें विश्व-फलक पर लाना है। विश्व जो भाषा समझे, उस भाषा में इन महामानवों का परिचय विश्व को कराने का उत्तरदायित्व एक राष्ट्र के रूप में, एक समाज के रूप में हमारा है और यह तभी संभव होगा, जब हम मानसिक गुलामी से बाहर आएँगे। हमारा जो भी श्रेष्ठ है, उस पर गौरव करने का अभ्यास हमें विकसित करना पड़ेगा। हमारीं जो भी कमजोरी है, उससे बाहर आकर सशक्त बनने के लिए सतत प्रयत्न करना पड़ेगा। डॉ. बाबासाहब की 'संगठित बनो, संघर्ष करो और शिक्षित बनो' सीख को आचरण में लाना पड़ेगा। एक समाज के रूप में हम सभी के लिए यह पीड़ा देनेवाली बात है। हम सबका यह सामूहिक उत्तरदायित्व है कि हमारे ये जननायक विश्व के अन्य समाजों के लिए भी प्रेरणाबिंदु बनें। यदि यह भाव सभी लोग अपने अंदर विकसित करें तो समाज को हम कहाँ-से-कहाँ ले जा सकते हैं! महापुरुषों के नामवाले भवनों ने भी पीढ़ी-दर-पीढ़ी हमें प्रेरणा प्रदान की है। हम अपने महापुरुषों को भूल न जाएँ, यही याद दिलाना है।

हमने आंबेडकरजी के लिए क्या किया?

आज राजनीति से प्रेरित कुछ लोगों द्वारा संविधान बदलाव को लेकर भ्रम फैलाया जा रहा है, मगर संविधान बदलाव आत्महत्या जैसा होगा। मेरा और मेरी सरकार का एक ही धर्म है—'इंडिया फर्स्ट'। एक ही धर्मग्रंथ है—'भारत का संविधान'। संविधान निर्माण के 60 वर्ष पूरे होने पर गुजरात में 'संविधान' की हाथी पर शोभायात्रा निकलवाई गई थी। मैंने स्वयं पैदल चलते हुए उसकी अगुआई की थी।

हमारा संविधान बाबासाहब आंबेडकर ने बनाया, नई आचार-संहिता दी, इस कारण से बाबासाहब आंबेडकर का योगदान समग्र देश को स्वीकार करना ही चाहिए। केंद्र में बहुत सरकारें आईं और गईं, लेकिन डॉ. बाबासाहब आंबेडकर ने जिस भवन में अपनी अंतिम साँसें लीं, दिल्ली के उस '26, अलीपुर भवन' का पुनर्निर्माण किसी ने नहीं करवाया। बाबासाहब आंबेडकर के देहावसान के 60 साल के पश्चात् उस भवन को स्मारक बनाने का सौभाग्य हमें मिला। 60 साल तक यहाँ स्मारक क्यों नहीं बना, इन सरकारों को किसने रोका था? आज हम कर रहे हैं तो कुछ लोगों को परेशानी हो रही है। पश्चात्ताप होना चाहिए कि आज तक हमने किया क्यों नहीं! परेशान होने की जरूरत नहीं है, आनेवाली पीढ़ियों को प्रेरणा देने के लिए यही तो सामाजिक आंदोलन काम आनेवाला है और इसलिए एक श्रद्धा के साथ और बड़े गर्व के साथ कहता हूँ कि ऐसा व्यक्ति, जिसकी माँ बचपन में अड़ोस-पड़ोस के घरों में बरतन साफ करती हो, पानी भरती हो, उसका बेटा आज प्रधानमंत्री बन पाया, उसका यश अगर किसी को जाता है तो वह बाबासाहब आंबेडकर को जाता है, इस संविधान को जाता है और इसलिए श्रद्धा के साथ, एक अपार, अटूट श्रद्धा के साथ इस काम को हम करने लगे हैं। और आज से कर रहे हैं, ऐसा नहीं, हमने तो ऐसे महापुरुषों के जीवन उद्‌देश्यों को पूरा करने के लिए अपने आपको पूर्णतः समर्पित कर दिया है।

हम सब जानते हैं, लेकिन मेरे मन की पीड़ा मैं कहे बिना नहीं रह सकता हूँ—क्या कारण है कि संसद् में, जिस महापुरुष ने संविधान दिया, उस महापुरुष बाबासाहब आंबेडकर का तैलचित्र रखने के लिए कांग्रेसी सरकारें सहमत नहीं थीं। 1990 में जब गैर-कांग्रेसी सरकार बनी, भारतीय जनता पार्टी के समर्थन से बनी, तब जा करके बाबासाहब आंबेडकर का तैलचित्र हिंदुस्तान की संसद् में लगा।

उस समय पूर्ण रूप से कांग्रेस बाबासाहब आंबेडकर के सामने खड़ी थी। आंबेडकरवादी होना अर्थात् अपराधी होना, ऐसा माना जाता था। कांग्रेस का

संपूर्ण संघर्ष आंबेडकरवादी लोगों के सामने था। पूरे देश पर कांग्रेस का ध्वज फहराता था, तब देश में लोग बाबासाहब को कम-से-कम पहचानें, ऐसा कार्यक्रम योजनापूर्वक बनाया गया था। कांग्रेस ने खूब योजनाबद्ध तरीके से दो महामानवों के प्रति अन्याय किया था। एक थे सरदार पटेल और दूसरे बाबासाहब आंबेडकर। पूरे देश से इनका संपूर्ण परिचय ही नहीं होने दिया। वे सामर्थ्यवान, शक्तिमान और जनता के साथ जुड़े हुए थे। उनके जीवन का मूल इस धरती के साथ जुड़ा हुआ था। यही कारण है कि आज भी समाज के अंदर सरदार पटेल और डॉ. आंबेडकर की कमी महसूस होती है। वे संपूर्ण राष्ट्र के लिए बहुत कुछ कर सकते थे, परंतु तब उन्हें अवसर ही नहीं दिया गया। उनके मार्ग में अवरोध पैदा किए गए। समाज की तासीर को पहचानकर उसके लिए काम करने की शक्ति इन महापुरुषों में थी। मानवता के हित में उस शक्ति का जितना उपयोग किया जाना चाहिए था, उसको उपयोग में न लेकर उनके साथ-साथ समग्र समाज के प्रति बहुत अन्याय किया गया था। आज जब दुनिया में डंके की चोट पर इस सच्चाई को स्वीकार किया जाता है, तब कैसा चित्र उपस्थित होता है, इसके लिए कौन उत्तरदायी है? बाबासाहब को 'भारत रत्न' पुरस्कार मिले, इसके लिए हमें आंदोलन करना पड़ा, इससे बड़ा कोई दुर्भाग्य हो सकता है? दलितों को अखंडधारा के रूप में समाज में स्थान मिलना चाहिए। इन सबको सतत अपनी गौरवशाली विरासत के साथ जोड़ने की आवश्यकता है।

इसलिए मैं कहता हूँ कि देश में कुछ सामंतवादी मानसिकतावाले लोग हैं, जो एक दलित के बेटे को स्वीकार करने के लिए कभी तैयार नहीं। जिन्होंने अपना जीवन बाबासाहब आंबेडकर के विचारों के पीछे खपा दिया है, मैं उनको कहना चाहता हूँ, मेरी बात शायद कड़वी लगेगी, लेकिन यह बात करने का मैं साहस करता हूँ, अगर हम दीर्घ दृष्टि के अभाव में बाबासाहब को अगर सिर्फ दलितों का बाबासाहब बना देंगे तो उससे बड़ा बाबासाहब का और कोई अपमान नहीं होगा, कोई अन्याय नहीं होगा। बाबासाहब न सिर्फ भारत के, बल्कि विश्व के दलित, पीड़ित, शोषित, वंचितों की प्रेरणा का नाम बाबासाहब आंबेडकर है।

बाबासाहब आंबेडकर, उन पर जो बीती थी, शिक्षा में उनके साथ अपमान, जीवन के हर कदम पर अपमान, कितना जहर पिया होगा इस महापुरुष ने! और जब संविधान लिखने की नौबत आई तो! अगर वे सामान्य मानव होते तो क्या करते! हम जैसे सामान्य मानव होते तो अपनी कलम से संविधान के भीतर कहीं-न-कहीं तो उस जहर की एकाध बूँद तो डाल ही देते, लेकिन वे ऐसे महापुरुष

थे, जिन्होंने उस जहर को पचा लिया था। अपमानों को झेलने के बाद भी जब संविधान बनाया तो किसी के प्रति कटुता का नामोनिशान नहीं था। बदले का भाव नहीं था। बैर भाव नहीं था। इससे बड़ी महानता क्या हो सकती है ? उन्होंने केवल देशहित का विचार किया था, क्योंकि बाबासाहब के लिए पहले भी देश था, बाद में भी देश था और अंत में भी देश ही था। लेकिन दुर्भाग्य से देश के सामने से इस महापुरुष की महानताओं को ओझल कर दिया गया है। तब ऐसे महापुरुष के चरणों में बैठकर के कुछ अच्छा करने का इरादा जो रखते हैं, उनके लिए यही रास्ता है। उस रास्ते पर जाने के लिए हम आए हैं।

बाबासाहब आंबेडकर के माता-पिता रत्नागिरी जिले के अंबावडे (AMBAVADE) गाँव में रहते थे, हमारे एक सांसद ने उस आदर्श गाँव के लिए चिह्नित किया और महाराष्ट्र सरकार भी उसमें मदद कर रही है। जहाँ बाबासाहब आंबेडकर के माता-पिता रहे, वह भी एक तीर्थक्षेत्र के रूप में विकसित हो रहा है। हमने बाबासाहब के जीवन से जुड़े पाँच श्रद्धास्थान, महू में स्मारक— डॉ. आंबेडकर की जन्मस्थली, नागपुर में दीक्षा स्थल पर स्मारक, चैतन्य भूमि में स्मारक, अलीपुर रोड पर आंबेडकर मेमोरियल और लंदन में जहाँ रहकर पढ़ाई की, उस घर के स्मारक का भव्य निर्माण करने का संकल्प किया है और उसे पूरा भी कर रहे हैं। हमारा सौभाग्य है कि लगातार प्रयासों के बाद बाबासाहब से जुड़े तीर्थस्थलों को पंचतीर्थ के रूप में विकसित करने में हमें सफलता मिल रही है। अब हिंदुस्तान से कोई लंदन जाएगा, तो वह प्रेरणा का केंद्रबिंदु बनेगा। विश्व के लोगों को भारत के आर्थिक चिंतन को समझने के लिए लंदन में जहाँ बाबासाहब रहते थे, उस मकान के अंदर आ करके, अध्ययन करके, भारत के संबंध में समझ ले करके, अपनी बात बताने का अवसर मिलेगा। ये पंचतीर्थ निर्माण भी सिर्फ और सिर्फ भारतीय जनता पार्टी के नेतृत्व की सरकार के समय में ही हुआ है।

बाबासाहब आंबेडकर का नाम आज पूरे विश्व में बड़े आदर से लिया जाता है। कई लोगों का नाम इतना बड़ा है कि कोई उनका नाम ले या नहीं, उनका नाम अमर है, वह मिट नहीं सकता। बाबासाहब आंबेडकर का नाम-समरण होते ही समाज में एक चेतना की अनुभूति होती है। बाबासाहब ने मन में निश्चय किया था कि मैं हिंदू के रूप में जन्मा हूँ, परंतु हिंदू रहकर मुझे मरना मंजूर नहीं। उन्होंने जब हिंदू धर्म छोड़ने का निश्चय किया तो दुनिया भर के लोग उन्हें अपनी ओर लेने के लिए कतार बनाकर खड़े हो गए थे। सारी दुनिया के चर्च, समग्र ईसाई

जगत् ने बाबासाहब आंबेडकर ईसाई धर्म स्वीकार करें, इसलिए ढेरों धन-दौलत का लालच दिया था। दूसरी ओर समग्र इसलामी जगत् उन्हें मुसलमान बनाने के लिए उतावला हो रहा था। हैदराबाद के निजाम डॉ. बाबासाहब के चरणों में स्वर्ण-मुहरों का ढेर लगा देने को तैयार थे। उस समय बाबासाहब ने जो बात कही, वह बहुत महत्त्वपूर्ण थी। आनेवाले दिनों में हिंदुस्तान की एकता और अखंडता के लिए बाबासाहब के इन शब्दों को स्वर्णाक्षरों में लिखा जाना है। आज इसका कोई मूल्यांकन करे या न करे, परंतु बाबासाहब का उस समय का किया गया निर्णय और उस निर्णय के पीछे निहित भावना बहुत ही श्रेष्ठ थी। उनका चिंतन था, "मैं हिंदू धर्म छोड़ दूँगा। हिंदू समाज में जो विकृतियाँ आ गई हैं, उन विकृतियों के लिए ही मेरा विरोध है; परंतु मैं हिंदुस्तान से प्रेम करता हूँ। मैं जिऊँगा तो हिंदुस्तान के लिए और मरूँगा तो हिंदुस्तान के लिए। मेरे शरीर का प्रत्येक कण, मेरे जीवन का प्रत्येक क्षण हिंदुस्तान के लिए काम आए, इसीलिए मैं जनमा हूँ। मैं हिंदू धर्म छोड़ दूँगा, परंतु मैं ऐसे धर्म को अंगीकार करूँगा, जो हिंदुस्तान की धरती पर ही जनमा हो। मुझे ऐसा ही धर्म स्वीकार है, जो विदेशों से आयात किया हुआ न हो। इसी कारण मैं बौद्ध धर्म अंगीकार करता हूँ।"

इसके बाद उन्होंने भारतमाता की कोख में जनमे बौद्ध धर्म को स्वीकार किया। देशभक्ति की यह कितनी उच्च पराकाष्ठा है। समाज की विकृतियों के सामने लड़ना था, परंतु समाज के सम्मुख हमेशा के लिए ऐसी परिस्थिति पैदा नहीं करनी थी, जिसके कारण उनके बाद दलित समाज ठोकर खाता फिरे। कितना गहन चिंतन था। कल्पना कीजिए, उनकी कैसी दिव्य दृष्टि थी। जो लोग धर्मांतरण की प्रक्रिया से जुड़े हैं, उन्हें तो बाबासाहब आंबेडकर का यह संदेश अहर्निश स्वीकार करने जैसा है। बाबासाहब ने दलितों को अस्पृश्यता की यातनाओं से मुक्ति दिलवाने के लिए जिस प्रकार से राष्ट्रद्रोह नहीं किया, उसी प्रकार धर्मद्रोह भी नहीं किया। बाबासाहब धर्म को जीवन का प्रमुख अंग मानते थे। धर्म मनुष्य को जीने की शक्ति देता है, ऐसी उनकी मान्यता थी।

अप्प दीपो भवः—बाबासाहब के मार्ग पर चलो

बाबासाहब आंबेडकर भगवान् बुद्ध की परंपरा से प्रेरित थे। भगवान् बुद्ध का यही संदेश था—अप्प दीपो भवः। अपने आप को शिक्षित करो, पर-प्रकाशित जिंदगी अँधेरे का साया लेकर के आती है और स्व-प्रकाशित होना चाहिए, स्वयं प्रकाशित होना चाहिए। उसका मार्ग भी शिक्षा से ही गुजरता है, लेकिन कभी-

कभार बाबासाहब आंबेडकर को समझने में बहुत छोटे पड़ते हैं। वह ऐसा विराट् व्यक्तित्व था, वह ऐसा वैश्विक व्यक्तित्व था, वह युग-युगांतर तक प्रभाव पैदा करनेवाला व्यक्तित्व था, जिसको समझना हमारी क्षमता के दायरे से बाहर है, लेकिन जितना हम समझ पाते हैं, वह संदेश यही है कि उन्होंने अपने जीवन में कभी भी अंधकार को अपने पास फटकने नहीं दिया। समाज की प्रगति करनी है तो स्वयं प्रकाशित हुए बिना कोई अन्य मार्ग नहीं है। पर-प्रकाशित जिंदगी बहुत ही अल्पजीवी होती है। स्वयं-प्रकाशित जिंदगी सदैव प्रकाश-पुंज को जीवित रखती है। हम कल्पना करें कि हमारे जीवन में कुछ कठिनाई हो, कुछ कमी हो और उससे निजात पाने का इरादा हो तो हम कितने छटपटाते हैं! सबसे पहले शिकायत से शुरू करते हैं या कहीं से माँगने के इंतजार में रहते हैं। बाबासाहब आंबेडकर का जीवन देखिए। हर प्रकार की कठिनाइयाँ, हर प्रकार की उपेक्षा, हर प्रकार का अपमान। न विशेष पारिवारिक पृष्ठभूमि थी कि जिसमें शिक्षा संभव हो, न सामाजिक रचना की अवस्था थी कि इस कोख से जनमे हुए व्यक्ति को शिक्षा का अवसर प्राप्त हो, संकट अपार थे, लेकिन इस महापुरुष के भीतर वह ज्योति थी, वह तड़पन थी, वह सामर्थ्य था। उन्होंने शिकायत में समय नहीं गँवाया। रोते-बैठना पसंद नहीं किया। उन्होंने राह चुनी; संकटों में सामना करने की, सारे अवरोधों को पार करने की, उपेक्षा के बीच भी, अपमान के बीच भी अपने भीतर जो संकल्पशक्ति थी, उसको विचलित नहीं होने दिया और आखिर तक उन्होंने अपना कार्य करके दिखाया। एक बात तो निश्चित है कि जीवन में प्रगति करनी है तो डॉ. आंबेडकर ने जो रास्ता बताया है, उसी पर चलना पड़ेगा।

बाबासाहब की एक विशिष्टता थी। वे सत्य के लिए लड़ते थे, परंतु उनके जीवन में नफरत का कहीं कोई स्थान नहीं था। वे समाज को तोड़ना नहीं, जोड़ना चाहते थे। उन्होंने समाज को हमेशा टोका है, चेतावनी दी है, पर तोड़ा नहीं। समता-ममता के लिए जीवन भर उनका मंथन चलता रहा। कालाराम मंदिर में प्रवेश की बात हो या चवदार तालाब का पानी पीने का प्रश्न हो, उनके कार्यक्रमों और आंदोलनों का केंद्रबिंदु समाज की एकता थी। समाज के प्रति ममता से ही यह आंदोलन उपजा था। सूक्ष्म रूप से डॉ. बाबासाहब के कार्यों का अध्ययन किया जाए तो उसमें समभाव के ही दर्शन होंगे। उनका आक्रोश इस समभाव को प्राप्त करने के लिए ही था। उन्होंने लोकतंत्र और अहिंसा का रास्ता चुना था। जीवन भर लोकतंत्र और अहिंसा में विश्वास रखा, उनकी ये दो बातें आज भी प्रासंगिक हैं।

चतुर लोग मालामाल हो जाते हैं, लेकिन जिनमें समाज-हित के कार्य करने का जुनून सवार हो जाता है, वे दीवाने लोग ही समाज को सबकुछ दे सकते हैं। इस देश में बहुत से लोग राष्ट्रपति पद पर आरूढ़ हो गए। पहला कौन था, दूसरा कौन हो गया, यह बहुत कम लोगों को याद होगा; परंतु महात्मा गांधी सबको याद हैं। उन्होंने कभी कोई चुनाव नहीं लड़ा था। वे राष्ट्रपति के पद पर भी आरूढ़ नहीं हुए थे। वह दीवानों का जमाना था। उन पर दीवानापन सवार था। वे भी चाहते तो उस समय की दुनिया में कमाई कर ऐशो-आराम की जिंदगी जी सकते थे, परंतु वे देश के लिए दीवाने हो गए थे। इसी कारण वे दुनिया में अमर हो गए और बहुतों को दीवाना भी बना गए।

सिद्धार्थ के जीवन में क्या कमी थी, राजमहल था, सांसारिक जीवन में राजरानी यशोधरा थी, सुंदर संतान थी। सिद्धार्थ के पास क्या नहीं था? सबकुछ तो था, परंतु उन पर दीवानापन सवार हो गया था। एक रात पत्नी, पुत्र, राजमहल, राजपरिवार को छोड़कर वे वन में चले गए। इसके पश्चात् सिद्धार्थ भगवान् बुद्ध होकर पूजनीय बन गए।

ठीक इसी प्रकार से बाबासाहब आंबेडकर ने इंग्लैंड की धरती पर रहकर बड़ी-बड़ी डिग्रियाँ प्राप्त कर ली थीं। इन डिग्रियों के आधार पर वे चाहते तो जिंदगी की सर्वश्रेष्ठ सिद्धियाँ प्राप्त कर सकते थे। रुपयों का ढेर लग जाता, परंतु उन्होंने यह सब छोड़ दिया। वे बैरिस्टर बने थे, उसके बाद भी उन्होंने कहा, ''मैं तो अपने समाज और देशवासियों की सेवा में जीवन अर्पित कर दूँगा।'' इसी को दीवानापन कहते हैं। स्व की नहीं, समाज की चिंता थी। यही दीवानापन उनके जीवन में अमृत बन गया। बाबासाहब आंबेडकर पं. नेहरू के मंत्रिमंडल में कानून मंत्री थे, परंतु उनके हृदय में तो समाज-हित की अखंडधारा प्रवाहित थी, इसी कारण वे मंत्रिपद का त्यागकर निकल पड़े। यह त्याग और समाज के प्रति समर्पण की भावना तो महामानवों में ही देखने को मिलती है।

डॉ. बाबासाहब आंबेडकर के समग्र व्यक्तित्व में से समाज को समर्पित करने की बहुत बड़ी नैतिक शक्ति मिलती है।

मैं तो खुद के लिए कभी सोचता था, कभी-कभी मेरे मन में विचार आता था कि बाबासाहब आंबेडकर न होते तो मोदी कहाँ होता, हम जैसे सामान्य लोगों को कौन पूछता? ये बाबासाहब आंबेडकर हैं, जिसके कारण ये बातें संभव हुई हैं और इसलिए मैं कहता हूँ, हम जो कर रहे हैं, वह तो सिर्फ कर्ज चुकाने का एक प्रामाणिक प्रयास कर रहे हैं। इस महापुरुष ने हमारे लिए बहुत कुछ किया

है और इसलिए हम सबका दायित्व बनता है कि उनके सपनों को साकार करने का साहस दिखाइए, उनका सपना था, एक समरस, स्वाभिमानी, उन्नत, जातिमुक्त और समतामय भारत का निर्माण।

बाबासाहब ने जो हमें कहा है, उससे हम अगर हटेंगे तो बाबासाहब के साथ घोर अन्याय होगा। बाबासाहब ने हमें कहा, शिक्षित बनो। दलित हो, शोषित हो, वंचित हो, गरीब हो, शिक्षा उसके जीवन का सबसे प्रमुख धर्म बनना चाहिए। बाबासाहब ने हमें सिखाया—संगठित बनो। बाबासाहब को सबसे बड़ी श्रद्धांजलि यही है कि हम संगठित बनें, हम एक बनें और अन्याय के खिलाफ जब संघर्ष की बात आए तो उसके लिए भी हम तैयार रहें, यही मार्ग डॉ. बाबासाहब आंबेडकर ने हमें दिखाया है।

□

ध्येयनिष्ठ जीवन के धनी

—डॉ. अशोक मोडक

पिछले तीन दशकों में देश में मध्यवर्गीय नागरिकों की संख्या लगभग पच्चीस करोड़ हो गई है और सन् 2015 तक यह संख्या पचास करोड़ से ज्यादा होगी, यह अनुमान एशियन डेवलपमेंट बैंक ने निकाला है। दुर्भाग्य से इसी कालावधि में उपभोगिता, स्वच्छंता और संस्कृतिहीनता की विकृतियाँ हम सबको अस्वस्थ कर रही है। मध्यवर्गीय समाज इन विकृतियों का गुलाम हो रहा है। इस वातावरण में डॉ. आंबेडकरजी की ध्येयवादिता से भूले-भटके नागरिकों को रास्ते पर लाने का, उनकी घरवापसी का मार्गदर्शन होता है। आंबेडकरजी ने तो भारत के दलितों और पीड़ितों के उद्धार का ध्येय अपनी आँखों के सामने रखा था। उन्होंने अथक परिश्रम से अपने जीवन में इस ध्येय की पूर्ति भी की। यदि हम इसी आदर्श की निजी और सार्वजनिक व्यवहार में निरपेक्ष पूजा करेंगे तो खुद को भी कृतार्थ करेंगे तथा समाज को भी समृद्ध करेंगे।

वैश्वीकरण के कारण दुनिया के भिन्न-भिन्न देशों की हर तरह की चीजें अपने देश के छोटे गाँव में भी विपुल मात्रा में उपलब्ध हैं। इन चीजों के उत्पादन और प्रभावी विज्ञापन करने में एक-दूसरे से स्पर्धा है। साधारण मध्यवर्गीय समाज पड़ोसी को अपना वैभव दिखने की तम्मना रखता है। किसी विचारक ने लिखा है—जो पड़ोसी मुझे अप्रिय है, उसे प्रभावित करना यही मेरी तमन्ना है और इसी उद्देश्य से वे चीजें खरीदना मेरी चाह है, जिनकी मेरे लिए जरूरत नहीं है। नतीजतन उपभोगप्रियता बेहद बढ़ रही है यानी स्वच्छंदता भी असीम मात्रा में बढ़ रही है। कोई छात्र आईटीआई की परीक्षा में पास होने के बाद किसी फैक्ट्री में अप्रेंटिस बनता है। उससे सुबह नौ से शाम छह बजे तक प्रामाणिक काम करने की अपेक्षा की जाती है। वह सुबह ग्यारह बजे कारखाने में आता है और दोपहर

दो-तीन बजे घर वापस लौटता है। आश्चर्य इस बात का है कि जो चार घंटे वह कारखाने में बिताता है, तब भी अधिकांश समय कैंटीन में होता है और आधा घंटा मशीन के इर्द-गिर्द गपशप लगाता है और विस्मय की बात यह है कि दो साल का अप्रेंटिसशिप समय समाप्त होने के पूर्व वह मैनेजर महोदय से कैरेक्टर सर्टिफिकेट देने की प्रार्थना करता है। विडंबना यह कि मैनेजर साहब सर्टिफिकेट दे देते हैं।

संस्कृतिहीनता भ्रष्टाचार, महिलाओं पर बलात्कार और करुणाहीन, लज्जाहीन स्वैरता के रूप में प्रकट हो रही है। खाओ, पिओ, ऐशोआराम, मौज-मस्ती करो—यही मानव जीवनदृष्टि बनी है। डॉ. आंबेडकरजी के ध्येयवादी जीवन के बारे में चिंतन-मंथन करने से वर्तमान विकृतियों को मात देने का उचित मार्ग प्राप्त होता है। किसी ने लिखा है—उदात्त ध्येयपूर्ति के लिए जीवनभर स्वयंप्रेरणा से कठोर साधना करनेवाले बाबासाहब आंबेडकर इस परिस्थिति में शाश्वत मार्गदर्शन कर सकते हैं।

इस ध्येय साधना के बीज बाबासाहब के बाल्य जीवन में ही बोए गए थे। विदेश यात्रा पर जाने से पहले, सन् 1893 में बड़ौदा के महाराजा सयाजीराव गायकवाड़ से उनकी मुलाकात हुई। सयाजीरावजी ने भीमराव से पूछा—क्यों जाना चाहते हैं विदेश? भीमराव ने उत्तर दिया कि अमेरिका और ब्रिटेन जाने का मेरा हेतु केवल उच्च शिक्षा प्राप्त करने तक सीमित नहीं है। जीवन में मेरे दलित भाई-बहनों का उत्थान करने के व्यापक हेतु की पूर्ति के लिए आवश्यक अर्हता प्राप्त करना ही विदेश जाने का मेरा उद्देश्य है। सन् 1952 में यानी अपनी मृत्यु से चार साल पूर्व बाबासाहब ने मुंबई में भाषण देते समय श्रोताओं को जानकारी दी कि सन् 1893 में मैंने सयाजीराव महाराज को जो वचन दिया था, उसे मैंने पर्याप्त मात्रा में पूरा किया है। एक हिंदी पद की पंक्ति हमें कंठस्थ है। 'शपथ लेना तो सरल है, पर निभाना कठिन है।' वचन देना तो सरल होता है, पर निभाना कठिन होता है। यह पंक्ति भी इस संदर्भ में उपयुक्त है।

बाबासाहब मानो बीसवीं सदी के राजा हरिश्चंद्र थे। वचनपूर्ति करने के लिए उनको कितनी और कैसी यातनाओं से जूझना पड़ा, उसका हिसाब असंभव है। उन दिनों दलित परिवारों की अवस्था पूर्णरूपेण क्लेशदायक थी। हर तरह की प्रतिकूलता थी। वीर सावरकरजी के शब्दों में हिंदू समाज ने खुद के पैरों में सात शृंखलाएँ जकड़कर बाँधी थीं। वेदाक्तबंदी, व्यवसायबंदी, स्पर्शबंदी, रोटीबंदी, बेटीबंदी, शुद्धिबंदी और सिंधुबंदी—ये थी सप्त शृंखलाएँ। दलित बहनों और भाइयों को हर बेड़ी की भीषण यातनाएँ भुगतनी पड़ती थीं। भीमराव आंबेडकर ने नन्ही-मुन्नी उम्र में तो ये यातनाएँ बर्दाश्त कीं ही, किंतु सर्वोच्च शिक्षा पाकर, विदेश से लौटकर

और महत्त्वपूर्ण पदों पर बैठकर भी इन यातनाओं से उन्हें मुक्ति नहीं मिली। हमेशा उपेक्षा और उपहास, लेकिन वे इन विपत्तियों से जूझते रहे। महाभारत के कर्ण ने नियति को बताया था, 'स्वदेशे पूज्यते राजा विद्वान् सर्वत्र पूज्यते।' अर्थात् विद्वत्व हासिल करके मैं पूजनीय और सम्मानीय बनूँगा, यह संकुचित इच्छा-आकांक्षा नहीं थी। मेरा विद्वत्व दलितों के उत्थान के लिए उपकरण साबित होगा। मेरी पूजनीयता सवर्णों को इनसाफ और इनसानियत के रास्ते पर चलने की प्रेरणा देगी और फलतः जो दलित, इनसाफ और इनसानियत के धनी होंगे, तो वे भी दलितोत्थान के यज्ञ में सहभागी होंगे, यह विश्वास आंबेडकरजी के हृदय में था।

आंबेडकरजी ने केवल छात्र अवस्था में नहीं, अपितु संपूर्ण जीवन कठोर अध्ययन किया, चिंतन और लेखन किया। उनका हरेक लेख हमें बताता है कि वहाँ तर्क शुद्ध विवेक है। पूर्वाग्रहों और आग्रहों से ऊपर उठकर सप्रमाण निष्कर्ष निकालने का दृढ निश्चय कर लेख और पुस्तक में प्रतिबिंबित है। सन् 1943 में न्यायमूर्ति रानाडेजी जन्मशती के अवसर पर आंबेडकर जी ने जो मार्मिक भाषण दिया, उसमें उन्होंने रानाडे, तिलक, गोखले आदि पूर्वजों के प्रति भावभीनी भक्ति व्यक्त की और वर्तमान में कितनी गिरावट आई है, यह व्यथा भी मुखरित की। वह पीढ़ी तो चली गई, जो सार्वजनिक कार्य करते समय निजी अध्ययन के पथ पर डटकर चलती थी। अध्ययन-चिंतन उनका स्थायी भाव था।

छात्र अवस्था में भीमरावजी न चित्रपट देख सके, न साइट सीइंग कर सके। न किसी के साथ फालतू गप-शप कर सके। वीर अर्जुन के एकाग्र चित्त की तरह भीमराव जी भी एकाग्र बुद्धि से, निष्ठा से अध्ययन कार्य में जुटे रहे। उनके लिए सामान्य जरूरतों की पूर्ति भी संभवनीय नहीं थी। उनको जो छात्रवृत्ति मिलती थी, उसी धनराशि में से पत्नी के लिए कुछ हिस्सा नियमित भेजना अपरिहार्य था। परिणामतः दिनभर में चाय या काफी का एक कप मिला तो भी पढ़ाई चालू रखते थे। रोज अट्ठारह-उन्नीस घंटे पढ़ाई में व्यतीत करना, भूखे पेट दिन गुजारना। यह साधना दो साल बाद फलदायी हुई, लेकिन अल्पतुष्ट होकर विश्राम लेना उन्हें नापसंद था। इसीलिए 'नेशनल डिवाइंट ऑफ इंडिया' इस नाम का रिसर्च प्रोजेक्ट कुछ महीनों में ही पूर्ण करके और उसे कोलंबिया विश्वविद्यालय में प्रस्तुत करके आंबेडकर ने नया साहस दिखाया। यही रिसर्च प्रोजेक्ट सन् 1924 में इसी नाम की पुस्तक के रूप में प्रकाशित हुआ। भारत स्वतंत्र हुआ और इसी पुस्तक की नींव पर आज तक फाइनांस कमीशन गठित हुए हैं।

आंबेडकर इस साधना में अमेरिका में डूबे थे। तब लाला लाजपतराय ने इस

मेधावी छात्र को राजनीति में आपने का निमंत्रण दिया, तो भारतमंत्री मांटेग्यू ने इस छात्र को मुंबई आने का प्रस्ताव दिया, लेकिन आंबेडकर ने दोनों प्रस्ताव नामंजूर कर दिए। कोल्हापुर के राजा शाहू छत्रपति भी बड़ौदा के राजा सयाजीराव गायकवाड़ की तरह आंबेडकरजी को भरसक सहायता देनेवाले शुभचिंतक थे। उनको लिखे हुए पत्र में आंबेडकरजी ने जानकारी दी कि व्यक्तिगत कीर्ति प्राप्त करने के बजाय अधिकाधिक ज्ञान ग्रहण करना ही मेरी तमन्ना है और इसीलिए अन्य दिशा में मार्गक्रमण मुझे मंजूर नहीं है। भारत लौटने के पश्चात् सन् 1933 में एक सम्मान समारोह में भाषण करते समय डॉ. साहेब ने श्रोता समुदाय के समक्ष अपनी छात्रदशा का लेखा-जोखा प्रस्तुत किया, ''मैं विदेश में पढ़ाई कर रहा था, लेकिन भारत के दलित बाँधवों का स्मरण मुझे चुभता था, उनके कल्याण की दृष्टि मुझे बेचैन करती थी और पूरी ताकत तथा लगन से अध्ययन पूर्ण करने की प्रेरणा देती थी।''

सन् 1924 में बाबासाहब भारत लौटे। उन्होंने जो वृत्तपत्र संपादित किए उनमें से हरेक का नाम अर्थपूर्ण था। 'मूकनायक', 'बहिष्कृत भारत', 'समता' और 'जनता'। इस साधक का संकल्प था कि जनसेवा करने के लिए खुद का तन, मन और धन न्यौछावर करना चाहिए। इस संकल्पपूर्ति का प्रारंभ 'मूकनायक' वृत्तपत्र से हुआ, किंतु सांगता समारोह जनता जर्नादन के चरणों में हुआ। भारत के दरिद्र नारायण ने आंबेडकरजी के रूप में अपने तारणहार के दर्शन किए। हजारों स्थानों पर आंबेडकरजी के सम्मान में समारोह संपन्न हुए। हर समारोह में आंबेडकरजी ने कृतज्ञता प्रकट की, बल्कि यह विनम्रता भी जताई कि मैं भगवान् के हाथों का सामान्य उपकरण हूँ, उसी की इच्छा साकार करने के लिए मैं कुछ न कुछ कार्य कर रहा हूँ। वर्तमान काल में जब उपभोगमयता बढ़ रही है, तब आंबेडकर ने पूजनीय समझकर जिस उपकरण भाव की निरंतर पूजा की, वह उपकरण भाव ही भूले-भटके युवक-युवतियों को ठीक रास्ते पर चलने की स्फूर्ति देगा।

डॉ. बाबासाहब आंबेडकर की जीवनयात्रा कई संस्कृत सुभाषितों को चरितार्थ करती है। ऐसा लगता है कि सुभाषित निर्माताओं ने इस ध्येयवादी साधक को आँखों के सामने रखकर ही यह विचारधन शब्दबद्ध किया है—

1. न ऋते श्रान्तस्य संख्याय देवा:
2. उद्यम, साहस, धैर्य, बुद्धि, शक्ति: पराक्रम॥
   षडेते यत्र वर्तन्ते तत्र देव सहायक: ॥
   उद्यमशीलता, साहस, धैर्य, बुद्धि, शक्ति और पराक्रम ऐसे छह गुणों से संपन्न इनसान की ईश्वर सहायता करता है।

3. विद्यया विवादाय धनं मदाय। शक्तिः परेषां परपीडनाय।
   खलस्य सार्धो विपर्रीतमेतत। ज्ञानाय दानाय च रक्षणाय॥
   (विद्या, धन और शक्ति ऐसे गुणों का उपयोग दुर्जनों द्वारा, विवाद छोड़ने के लिए, मदमत्त होने के लिए और औरों को तकलीफ देने के लिए होता है, जबकि सज्जन व्यक्ति इसी गुणसंपदा को ज्ञान, दाम और रक्षण देता है।)
4. प्राब्धभुत्तभजनाः न परित्यजंति। (अत्युतम मनुष्य हाथ में लिया हुआ कार्य अधूरा नहीं छोड़ता।)

डॉ. आंबेडकर भारत की इस परंपरा को समृद्ध करके भारतरत्न हुए, यह निर्विवाद सत्य है। जो मनुष्य दुर्बल और अनाड़ी है, खुद की शक्ति खो बैठा है, फलतः यातनाएँ भुगत रहा है, उसमें आत्मविश्वास जगाना, उसे खुद के पैरों पर खड़ा करना और भारत के स्वतंत्रता संग्राम को सर्वसमावेशक बनाकर नवभारत का निर्माण करना, यही उनके जीवन का उद्देश्य था। मैनचेस्टर गार्डियन के एक प्रतिनिधि सन् 1945 में भारत आए। उनका उद्देश्य महात्मा गांधी, मुहम्मद अली जिन्ना और डॉ. आंबेडकर आदि नेताओं का साक्षात्कार लेना था। रात को नौ बजे वे गांधीजी से मिलने पहुँचे। गांधीजी सो रहे हैं। प्रतिनिधि महाशय तत्पश्चात् मुहम्मद अली जिन्ना के निवास स्थान गए। उन्हें वहाँ जिन्ना के बारे में यही जानकारी मिली। अंत में वे डॉ. बाबासाहब के घर गए। उनको आश्चर्य हुआ, तब उन्होंने देखा कि बाबासाहब अपने घर के अध्ययन रूम में चिंतन कर रहे हैं। गांधीजी और जिन्नाजी सो गए हैं, लेकिन आप तो नींद छोड़कर पढ़ाई कर रहे हैं—मैनचेस्टर गार्डियन के प्रतिनिधि ने बाबासाहब से वही सवाल पूछा। बाबासाहब का जवाब बहुत ही अर्थगर्भ था, अरे भाइ, वो दोनों नेता जिनका नेतृत्व कर रहे हैं, वे समाज जाग्रत् है, लेकिन मुझे जिनका नेतृत्व करना है, वह निंद्राधीन हैं। श्रीमद्भगवद्गीता में स्थितप्रज्ञ साधु का वर्णन किया हुआ है—यस्यां जाग्रति संयमी।

आंबेडकर ने दलित भाई-बहनों को उपदेश दिया, समाज जागरण करो। इस उद्देश्य की पूर्ति के मार्ग पर पड़ाव थे—अध्ययन, आंदोलन और संगठन, लेकिन शील-संपन्न जीवन बिताना यह अत्यावश्यक सत्कर्म था। बाबासाहब महाराष्ट्र के एक छोटे से देहात में दलित महिलाओं को संबोधित करने के लिए जा पहुँचे। अपने सारगर्भित भाषण में उन्होंने उपेदश दिया, "आप में से कोई बहन यदि वेश्या बनकर देहविक्रय करने लगे तो शायद वह ज्यादा अर्जित करेगी। दूसरी बहन उच्चवर्गीय इनसान के घर में बरतन माँजने का, कपड़ों की धुलाई करने का काम करेगी। यह दूसरी बहन पहली की तुलना में दरिद्र रहेगी, लेकिन मेरी दृष्टि में यह दूसरी बहन

ही सराहनीय, प्रशंसनीय रहेगी। शीतल परम् भूषणम्।''

डॉ. बाबासाहब मानते थे कि भारत के सर्वसाधारण मनुष्य पर धर्म का प्रभाव है। इसी प्रभाव के कारण गरीब घर की महिला अमीरों के घर में जाकर मजदूर के नाते पसीना बहाती है, परंतु कभी चोरी नहीं करती। डॉ. साहब की प्रिय परिभाषा थी—धर्म का मतलब उदात्त जीवन मूल्यों को निजी और सार्वजनिक व्यवहार में अमल में लाना।

अपने दलित भाई-बहनों को केवल फलानी जाति-उपजाति के कल्याण का ही ख्याल करना चाहिए, व्यवहार करना चाहिए, इस आशय की क्षुद्रता बाबासाहब को पूर्णतः नामंजूर थी। उनकी पत्रकारिता 'मूकनायक' वृत्तपत्र से शुरू हुई और 'जनता' नामक पत्र से इस यात्रा की पूर्णता हुई। जीवन भर संघर्ष करनेवाले ये महापुरुष जीवन के अंतिम पर्व में प्रजा, शील और करुणा के मंत्रों का उच्चारण और आचरण करनेवाले भगवान् बुद्ध की शरण में गए।

डॉ. आंबेडकर ने जिस ध्येयवाद के प्रकाश में अपना पूरा जीवन व्यतीत किया, वह भी बहुआयामी था। केवल किसी जाति विशेष का पंथ विशेष का ही भला हो, यह सोच गलत है। इस ध्येयवाद का पहला आयाम था संपूर्ण भारत वर्ष का, संपूर्ण मानवता का चिंतन करना। द्वेष, मत्सर, विद्रोह आदि वृत्ति-प्रवृत्तियाँ मनुष्य को गलत विषयों की ओर जाने की प्रेरणा देती हैं। अतएव प्रेम, बंधुता, विशालता आदि सत्प्रवृत्तियों को प्रोत्साहन देना चाहिए, यह इस ध्येयवाद का दूसरा आयाम है।

आंबेडकरजी का प्रिय मंत्र था बंधुता। वैयक्तिक तथा सार्वजनिक जीवन में नैतिकता की जड़ें गहराई तक जाएँ, यह आंबेडकर के ध्येयवाद का तीसरा आयाम है। बाबासाहब जब लंदन में पढ़ाई करते थे, तब फ्रांसिस्का फिटजेराल्ड नामक किसी आयरिश युवती के साथ उनका परिचय हुआ, लेकिन बाबासाहब को इन बंधनों का ख्याल था कि मैं विवाहित हूँ, मेरी पतिव्रता पत्नी भारत में नैष्ठिक जीवन बिता रही है और मुझे भी शीलसंपन्न जीवन बिताना चाहिए। फलस्वरूप फ्रांसिस्का फिटजेराल्ड के साथ जो परिचय वृद्धिगत हुआ, वह संयमित और निष्पाप रहा। चांगदेव खैरमोडे, जिनके साथ बाबसाहब दिल खोलकर चर्चा, विमर्श करते थे, आंबेडकर के चरित्र लेखक हैं। खैरमोडे जी ने लिखा कि आंबेडकरजी और फ्रांसिस्का की मित्रता विशुद्ध थी, किसी तरह से विकारवश नहीं थी। आंबेडकर ने चांगदेव खैरमोडे को फ्रांसिस्का के बारे में जानकारी दी—

वैयक्तिक जीवन में नैतिकता ही इस संदर्भ में हमारा उचित मार्गदर्शन करती है। भारतरत्न डॉ. बाबासाहब आंबेडकरजी ने शाश्वत जीवनमूल्यों की हमेशा

उपासना की। इस कारण वे उदात्त, ध्येयनिष्ठ जीवन के धनी थे। उनका पुण्यस्मरण हम सबको निरंतर सत्कर्म करने की प्रेरणा देगा। उनको विनम्र अभिवादन।

जिहादी मानसिकता और बाबासाहब आंबेडकर

बाबासाहब का समग्र विचार करने पर हमारे ध्यान में आता है कि इस उच्चकोटि के मनीषी के संपूर्ण जीवन का केंद्र बिंदु तो सामाजिक विषमता मिटाकर, समाज में समता-ममता और समरसता के आधार पर हिंदू समाज को शक्तिशाली बनाना था, मगर उनका अंत:करण भारत भक्ति से आकंठभरा हुआ था। उन्होंने अपने भारत समर्पण और भारत भक्ति का परिचय एक ही वाक्य में दिया था—पहले भी देश और अंत में भी देश··· राष्ट्र व्यक्ति से महान् है, व्यक्ति चाहे कितना भी बड़ा क्यों न हो, वह राष्ट्र के समक्ष तो छोटा ही है··· राष्ट्र की रक्षा के लिए मैं अपना सर्वस्व समर्पित करने को भी तैयार हूँ।

मगर भारत भक्ति से ओत-प्रोत डॉ. बाबासाहब आंबेडकर के विचारों को जान-बूझकर दबाकर रखा गया है। छद्मसेकुलर, ढोंगी आंबेडकरवादी और मार्क्सवादी शक्तियाँ जानती हैं कि डॉ. बाबासाहब आंबेडकर के इन विचारों के नजदीक जितना अधिक जाएँगे, उतने ही भयानक बिजली के झटके लगेंगे। स्वतंत्रता के बाद देश के तथाकथित बुद्धिजीवियों ने डॉ. आंबेडकर की इन शक्तियों को जान-बूझकर अप्रचारित रखा।

आज पूरे विश्व में फैले इसलामी कट्टवाद का सही प्रेक्षण डॉ. बाबासाहब आंबेडकर ने आज से 75 वर्ष पूर्व कर लिया था। डॉ. बाबासाहब ने जिस प्रकार अपनी निर्भीकता से हिंदू समाज में व्याप्त कट्टर रूढ़िवादिता और छुआछूत का विरोध किया, वैसे ही मुसलिम समुदाय की मजहबी कट्टरवाद से प्रेरित राजनीति का भी विरोध किया। जब हम उनके प्रसिद्ध ग्रंथ 'थॉट्स ऑन पाकिस्तान' को पढ़ते हैं, तब ध्यान में आता है कि पाकिस्तान के सृजन के पीछे कौन सी मानसिकता जिम्मेदार थी, सोमनाथ का प्रसिद्ध मंदिर क्यों तोड़ा गया था, किन उद्देश्यों से सदियों तक मुसलिम आक्रांताओं ने इस देश पर आक्रमण कर इसको तहस-नहस कर दिया, हिंदू-मुसलिम दंगे क्यों होते रहते हैं, देश का नेतृत्व क्यों मुसलिम कट्टवाद के आगे झुकता गया? आज भी हिंदुस्तान और पूरे विश्व में जिहादी आतंकवाद क्यों फैला है? इन सभी सवालों के जवाब हमें बाबासाहब आंबेडकर के विचारों में मिलते हैं। आज भी इसलामी कट्टरवाद और मुसलिम समस्या ज्यों-की-त्यों

है, ऐसे में बाबासाहब आंबेडकर के विचारों को समझना जरूरी है।

बाबासाहब आंबेडकर का इसलामी कट्टरवाद के बारे में दृष्टिकोण हमेशा एकदम स्पष्ट था। जब देश का राष्ट्रीय नेतृत्व हिंदू-मुसलिम एकता की आड़ में मुसलिम तुष्टीकरण में लगा था, उस समय 18 जनवरी, 1929 के 'बहिष्कृत भारत' के संपादकीय में डॉ. बाबासाहब ने लिखा, 'मुसलिम लोगों का झुकाव मुसलिम संस्कृति के राष्ट्रों की तरफ रहना स्वाभाविक है, लेकिन वह झुकाव हद से ज्यादा बढ़ गया है। मुसलिम संस्कृति का प्रसारकर मुसलिम राष्ट्रों का संघ बनाना और जितना हो सके काफिर देशों पर उनका अलम चलाना, यही उनका लक्ष्य बन गया है। इसी सोच के कारण उनके पैर हिंदुस्तान में होकर भी उनकी आँखें तुर्किस्तान अथवा अफगानिस्तान की ओर लगी हैं। हिंदुस्तान मेरा देश है, ऐसा जिनको अभिमान नहीं है और अपने निकटवर्ती हिंदू बंधुओं के बारे में जिनकी बिल्कुल भी आत्मीयता नहीं है, ऐसे मुसलमान लोग मुसलमानी आक्रमण से हिंदुस्तान की सुरक्षा करने हेतु सिद्ध हो जाएँगे, ऐसा मानना खतरनाक है। ऐसा हमें लगता है।'

मुसलिम कट्टरवाद, असहिष्णुता, आक्रामकता और हठधर्मिता के कारण ही अखंड भारत खंडित हुआ और भारतभूमि पर पाकिस्तान नामक एक देश का सृजन हुआ, यही धारणा डॉ. बाबासाहब आंबेडकर की थी, जिसे उन्होंने अपनी पुस्तक 'थॉट्स ऑन पाकिस्तान' (1941) में प्रस्तुत किया। उन दिनों अपने विषय की यह पहली पुस्तक थी, जिसने बाबासाहब के दूरगामी राजनीतिक दृष्टिकोण का सच और लोहा मनवा लिया था। यह पुस्तक बाद में दूसरे संस्करण में 'पाकिस्तान एंड पार्टिशन ऑफ इंडिया' नाम से 1945 में प्रकाशित हुई।

जब मुसलिम लीग ने मुहम्मद अली जिन्ना के नेतृत्व में 1940 में अलग पाकिस्तान का प्रस्ताव अपने लाहौर अधिवेशन में प्रस्तुत किया, जब देश के सभी बड़े राजनेता इसे कोरी कल्पना बता रहे थे, बकवास कहते थे, मगर बाबासाहब की दूरदृष्टि ने जान लिया था कि इसे कोई रोक नहीं सकता, क्योंकि बाबासाहब ने मुसलिम कट्टरवाद और इसलाम के राजनीतिक स्वरूप का गहराई से अध्ययन किया था। डॉ. बाबासाहब इसलामी सोच के साथ-साथ अंग्रेज साम्राज्य की कूटनीति को भी जानते थे। डॉ. बाबासाहब कहते थे, 'इस बारे में कोई सवाल नहीं उठ सकता कि पाकिस्तान के संबंध में योजना पर ध्यान देना ही पड़ेगा। मुसलमान इस योजना पर विचार करने के लिए दबाव डालेंगे...राजनीतिक शक्ति के हस्तांतरण पर अपनी सहमति देने से पहले ब्रिटेन हिंदुओं और मुसलमानों के बीच किसी-न-किसी प्रकार समझौते का आग्रह करेगा।...बहरहाल हिंदुओं की यह आशा व्यर्थ है

कि ब्रिटेन पाकिस्तान की माँग को दबाने के लिए बलप्रयोग करेगा, जो कि असंभव है।' मुसलिम मानसिकता की असहिष्णुता, आक्रामकता और हठधर्मिता के कारण पाकिस्तान का सृजन हुआ। डॉ. बाबाबासाहब की यही धारणा थी, जिसे उन्होंने निर्भीकता से प्रस्तुत किया। हिंदू-मुसलिम एकता एक भ्रम और सेकुलरवाद की बातें व्यर्थ हैं, ऐसा बाबासाहब का मत था। उन्होंने कहा है, "मेरे तर्कों का बहुत बड़ा भाग हिंदुओं को संबोधित है। इसका एक स्पष्ट कारण है, जो किसी की भी समझ में आ जाएगा। हिंदू बहुसंख्या में हैं। इस नाते उनके दृष्टिकोण का महत्त्व होना ही चाहिए। उनकी आपत्तियों को, चाहे वे तर्कसम्मत हों या भावुकतापूर्ण, दूर किए बना (हिंदू-मुसलिम वैमनस्य की) समस्या का शांतिपूर्ण हल संभव नहीं है। मैं अनुभव करता हूँ कि जो हिंदू जन अपने बाँधवों के भाग्यों का पथ-प्रदर्शन कर रहे हैं, उनकी देखने में सक्षम आँख (कार्लाइल के शब्द-प्रयोगानुसार) लुप्त हो गई है और वे कुछ खोखले भ्रमजालों की चमक ओढ़े घूम रहे हैं। मुझे भय है कि इसके परिणाम हिंदुओं के लिए घातक होंगे। हिंदुओं को यह बोध नहीं होता, यद्यपि यह अनुभव सिद्ध है कि हिंदू व मुसलमान न तो स्वभाव में एक हैं, न आध्यात्मिक अनुभव में और न ही राजनीतिक एकता की इच्छा में। जिन कुछ थोड़े क्षणों में वे सौहार्द संबंधों की ओर बढ़े, तब भी ये संबंध तनावपूर्ण थे। फिर भी हिंदू इसी भ्रम को प्रसन्नतापूर्वक अपनाए रहेंगे कि पिछले अनुभवों के बावजूद हिंदुओं व मुसलमानों में घनिष्ठता बनाने के लिए दोनों के बीच लक्ष्यों, भावनाओं व नीतियों की व्यापक एवं वास्तविक एकता की पर्याप्त मात्रा बची हुई है।"

उस समय का कांग्रेसी नेतृत्व पाकिस्तान के विचार को जिन्ना की सनक बता रहा था, मगर बाबासाहेब ऐसे भ्रम में नहीं थे। उनके विचार से हिंदू इसी भ्रम को पाले हैं कि पाकिस्तान मात्र जिन्ना की ही एक सनक है और इसका समर्थन न मुसलिम जनसाधारण में है, न ही अन्य मुसलिम नेताओं में। वे इस भ्रम से चिपके हुए इसलिए हैं कि सर सिकंदर हयात खान और मिस्टर फजलुलहक जिन्ना का खुला समर्थन नहीं कर रहे हैं। हिंदू यदि अपना कर्तव्य नहीं निभाते तो वे वही परिणाम भुगतेंगे, जिनके लिए वे आज यूरोप पर हँस रहे हैं और यूरोप की ही भाँति नष्ट भी हो जाएँगे। हिंदू जिस भूमि को युगों-युगों से अपनी पुण्यभूमि भारत वर्ष मानते रहे हैं, उसके दो टुकड़े करके एक मुसलिम राष्ट्र और एक गैर मुसलिम राष्ट्र बनाने की माँग उठने पर वे भौचक रह गए। वे मुसलिम समुदाय के इस कथन से रुष्ट थे कि भारत के मुसलमान एक अलग राष्ट्र हैं। हिंदुओं को लगता रहा है कि भारतीय सामाजिक जीवन की कुछ विशेषताएँ दोनों समुदायों के बीच एकता के

तारों का काम करती हैं, पर क्या इतना ही पर्याप्त था? डॉ. आंबेडकर कहते हैं, ''यह निर्विवाद है कि अधिकांश मुसलमान उसी जाति के हैं, जिसके हिंदू हैं। इस बात से भी इनकार नहीं किया जा सकता कि सभी मुसलमान एक ही भाषा नहीं बोलते और बहुत से तो वही बोलते हैं, जो हिंदू बोलते हैं। दोनों समुदायों में कई सामाजिक रिवाज भी एक समान हैं। यह भी सत्य हैं कि कुछ धार्मिक सत्य व प्रथाएँ दोनों समुदायों में एक से हैं, परंतु प्रश्न यह है कि क्या इन सभी तत्त्वों से ही हिंदू व मुसलमान एक राष्ट्र बन जाते हैं या कि क्या इनसे उनमें एक-दूसरे से जुड़ने की इच्छा पैदा हुई है?'' 'डॉ. आंबेडकर, पाकिस्तान एंड पार्टिशन ऑफ इंडिया', पृष्ठ 15 में उन्होंने कहा कि पहली बात तो यह है कि दोनों समुदायों में जो समान विशेषताएँ इंगित की जाती हैं, वे दोनों समुदायों में सामाजिक ऐक्य स्थापित करने हेतु एक-दूसरे के तौर-तरीकों को अपनाने या उन्हें आत्मसात करने के लिए किए गए किन्हीं सचेतन प्रयासों का परिणाम नहीं हैं। सच्चाई यह है कि ये समानताएँ कुछ अनसोचे कारणों का परिणाम हैं। कुछ तो ये मतांतरण की प्रक्रिया के अधूरी रह जाने से हैं। भारत जैसे देश में, जहाँ अधिकांश मुसलमान सवर्ण या असवर्ण हिंदुओं में से बनाए गए हैं, इन मतांतरित लोगों का इसलामीकरण न तो पूर्ण हो सका, न प्रभावी। इसका कारण, परिवर्तित व्यक्तियों द्वारा विद्रोह का भय भी हो सकता है और मतांतरण के लिए मान जाने की स्थिति तक पहुँचाने का तरीका या मौलवियों की अपर्याप्त संख्या के कारण मजहबी पाठ पढ़ाने में रह गई कमी भी हो सकती है। इसलिए कोई आश्चर्य नहीं कि मुसलिम समुदाय का बहुत बड़ा हिस्सा अपने धार्मिक-सामाजिक जीवन में यहाँ-वहाँ अपने हिंदू मूल को प्रकट कर देता है और कुछ यह सैकड़ों वर्षों तक एक ही वातावरण में साथ रहने का भी प्रभाव है। समान वातावरण में समान प्रतिक्रियाएँ पैदा होना अवश्यंभावी हैं और उस वातावरण के प्रति एक ही प्रकार की प्रतिक्रया देते-देते व्यक्ति की एक ही किस्म बन ही जाती है।

क्या कोई ऐसा ऐतिहासिक घटनाक्रम है, जिसे हिंदू और मुसलमान समान रूप से गौरव या व्यथा के विषय के रूप में याद रखे हुए हैं? समस्या की जड़ में यही प्रश्न है। यदि हिंदू स्वयं को और मुसलमानों को एक ही राष्ट्र का अंग मानना चाहते हैं, तो उन्हें इसी प्रश्न का उत्तर देना होगा। दोनों समुदायों के बीच संबंधों के इस पक्ष पर दृष्टि डालें तो यही सामने आएगा कि वे तो बस एक-दूसरे से युद्ध में रत दो सेनाओं की भाँति रहे हैं। उनके बीच किसी साझी उपलब्धि की प्राप्ति के लिए मिले-जुले प्रयासों का कोई युग नहीं रहा। जैसा कि भाई परमानंद ने अपनी पुस्तिका

'हिंदू राष्ट्रवादी आंदोलन' में उल्लेख किया है, 'हिंदू अपने इतिहास में पृथ्वीराज, राणा प्रताप, शिवाजी और बंदा बैरागी के प्रति श्रद्धा रखते हैं, जिन्होंने इस भूमि की रक्षा और सम्मान के लिए मुसलमानों से संघर्ष किया, जबकि मुसलमान मुहम्मद बिन कासिम जैसे विदेशी हमलावरों और औरंगजेब जैसे शासकों को अपना राष्ट्रनायक मानते हैं। धार्मिक क्षेत्र में हिंदू रामायण, महाभारत और गीता से प्रेरणा पाते हैं, दूसरी ओर, मुसलमान अपनी प्रेरणाएँ कुरान और हदीस से प्राप्त करते हैं। अत: जो बातें उन्हें एक सूत्र में बाँधती हैं, उनसे अधिक शक्तिशाली वे बातें हैं, जो उन्हें बाँटती हैं। हिंदुओं और मुसलमानों के सामाजिक जीवन की कुछ विशेषताओं—समान जाति, भाषा व देश जैसी कुछ बातों पर निर्भर करके हिंदू उन बातो को आधारभूत और महत्त्वपूर्ण मानने की गलती कर रहे हैं, जो केवल संयोगजनित और ऊपरी हैं। ये समानताएँ तथाकथित और ऊपरी हैं। हिंदुओं और मुसलमानों को जितना ये तथाकथित समानताएँ मिलाती हैं, राजनीतिक व सांप्रदायिक शत्रुताएँ उससे कहीं अधिक बाँटती हैं। दोनों समुदाय अपना अतीत यदि भूल पाते तो शायद संभावनाएँ कुछ और होतीं।' (पृ.17-18) डॉ. आंबेडकर की मान्यता थी कि हिंदू-मुसलिम संबंधों की आज की कड़वी सच्चाई जिस इतिहास में से निकली है, उसे समझना बहुत आवश्यक है। उनका विश्वास था कि सन् 711 में मुहम्मद बिन कासिम द्वारा सिंध पर किए गए आक्रमण से आरंभ हुए मुसलिम सेनाओं के निरंतर आक्रमणों और आक्रमणकारियों द्वारा अपनाए गए तौर-तरीकों ने हिंदुओं और मुसलमानों के बीच ऐसी गहरी कड़वाहट पैदा कर रखी है, जिसे लगभग एक शताब्दी की राजनीतिक काररवाईयों ने भी न तो शांत किया है, न ही जिसे लोग भूल पाए हैं।

बाबासाहब लिखते हैं, क्योंकि, हमलों के साथ-साथ मंदिरों को नष्ट-भ्रष्ट किया गया, बलपूर्वक मतांतरण कराए गए, धन-संपत्ति की लूट, अपमानित किया गया या गुलाम बना दिया गया। इसलिए इसमें आश्चर्य की बात क्या है कि इन आक्रमणों की स्मृतियाँ सदा ही बनी रहीं और मुसलमान उन्हें गर्व से तथा हिंदू लज्जा एवं ग्लानि के साथ याद करते रहे हैं।

नि:संदेह मुसलिम हमलावर हिंदुओं के विरुद्ध नफरत के गीत गाते हुए ही भारत की ओर आए थे, किंतु वे केवल नफरत के ये गीत गाकर और मार्ग में पड़ने वाले मंदिर तोड़कर ही वापस नहीं चले गए। ऐसा हुआ होता, तो यह वरदान होता। वे अपने अभियानों के इतने अस्थायी परिणामों से संतुष्ट नहीं थे। उन्होंने एक स्थायी कार्य भी किया, वह था इसलाम का बीज बोने का कार्य। इस पौधे का असाधारण फैलाव हुआ है। (पृ. 47-48) डॉ. आंबेडकर ने डॉ. टाइटस की पुस्तक 'इंडियन

इसलाम-ए-रिलीजस हिस्ट्री ऑफ इसलाम इन इंडिया' और लेनपूल की 'मेडिवल इंडिया अंदर मोहमडन रूल' से उद्धरण लेकर निम्न विवरण प्रस्तुत किया है। (पृ. 36-46) सन् 711 का मुहम्मद बिन कासिम का पहला आक्रमण देश पर उनका स्थायी कब्जा नहीं करवा पाया, क्योंकि बगदाद का खलीफा, जिसके हुक्म से यह आक्रमण किया गया था, नौवीं सदी के मध्य में इस दूर-दराज के प्रदेश सिंध से अपना सीधा नियंत्रण हटाने को विवश हो गया। इस वापसी के कुछ ही समय बाद सन् 1001 में महमूद गजनवी के भयंकर आक्रमण प्रारंभ हो गए, जो एक के बाद एक होते रहे। महमूद गजनबी की सन् 1030 में मृत्यु हो गई, परंतु 30 वर्ष के अल्पकाल में उसने भारत पर सत्रह बार हमले किए। महमूद के बाद आया मुहम्मद गोरी, जिसने बर्बर आक्रमणों का अपना अभियान 1173 ई. में आरंभ किया। सन् 1206 में वह मारा गया। 30 वर्ष महमूद गजनवी ने भारत का विनाश किया और तीस वर्ष तक मुहम्मद गोरी ने भी इस देश को वैसा ही उजाड़ा। उसके बाद चंगेज खान के मुगल गिरोहों के हमले होने लगे। ये गिरोह सर्वप्रथम सन् 1221 में आए। उस समय शीतऋतु में वे भारत की सीमा पर ही रुके रहे और अंदर प्रविष्ट नहीं हुए। उसके बीस वर्ष बाद उन्होंने लाहौर पर धावा बोला और उसे लूट लिया। उनका सबसे भयंकर हमला सन् 1368 में तैमूर की अगुआई में हुआ था। फिर, 1526 में बाबर के रूप में एक नया हमलावर सामने आया। बाबर के बाद भी भारत पर आक्रमण रुके नहीं। दो हमले और हुए। 1738 में नादिरशाह की हमलावर सेनाओं ने धावा बोला, जो सागर के रौद्र रूप जैसा था। उसके बाद सन् 1761 में अहमदशाह अब्दाली का आक्रमण हुआ, जिसने पानीपत के युद्ध में मराठा सेनाओं को परास्तकर हिंदुओं द्वारा अपनी हारी हुई धरती को वापस छीनने के प्रयास सदा के लिए समाप्त कर दिए।

ये मुसलिम आक्रमण केवल लूटपाट और विजय की लालसा से ही नहीं किए गए थे, इनके पीछे एक और उद्देश्य था। मुहम्मद बिन कासिम का अभियान यों तो दंडात्मक स्वरूप का था और सिंध के राजा दाहिर को दंडित करने के उद्देश्य से किया गया था, क्योंकि उसने सिंध के बंदरगाह देवल पर अरब के एक समुद्री जहाज को जब्त करने के बाद उसके लिए मुआवजा देने से इनकार कर दिया था, पर इसमें भी कोई संदेह नहीं कि इस अभियान का एक उद्देश्य हिंदुओं की मूर्ति-पूजा और उनके बहुदेववाद पर करारा प्रहार था। राजा दाहिर के भतीजे, उसके योद्धाओं और बड़े अधिकारियों को मार डाला गया तथा काफिरों को या तो इसलाम कबूल करवा दिया गया या उनका वध कर दिया गया। मूर्तियों और अन्य इबादतगाह बना दिए,

खुत्बा पढ़ा जाता, अजान दी जाती ताकि नमाज सही वक्त पर हो सके। सुबह-शाम तकबीर और अल्लाह-ओ-अकबर की तारीफ अता की जाती है। (डॉ. टाइटस की पुस्तक 'इंडियन इसलाम-ए रिलीजस हिस्ट्री ऑफ इसलाम इन इंडिया' के पृ. 10 में उद्धृत) यह संदेश, जिसके साथ राजा दाहिर का कटा सिर भी था, प्राप्त होने पर अज्जाज ने अपने सेनापति को यह उत्तर भेजा—खुदा का हुक्म है...काफिरों को कोई पनाह न दो, सिर्फ उनकी गरदनें काटो। यह जान लो कि यह महान् खुदा का हुक्म है।

बाबासाहब लिखते हैं—महमूद गजनवी भी भारत पर अपने अनेक हमलों को जिहाद के रूप में ही देखता था। महमूद गजनवी के इतिहासकार अल-उत्बी ने इन हमलों का वर्णन करते हुए लिखा है—

उसने मूर्तियोंवाले मंदिरों को ध्वस्त कर डाला और इसलाम को स्थापित किया। उसने नगरों पर कब्जा किया, दूषित मान्यताओंवाले नीच लोगों को मार डाला, मूर्ति-पूजकों को नष्ट किया और मुसलमानों को संतोष प्रदान किया। फिर वह घर वापस हो लिया और इसलाम की खातिर प्राप्त की गई अपनी फतहों का ऐलान किया और यह कसम खाई कि वह हिंद के खिलाफ हर साल जिहाद छेड़ेगा। (संदर्भ वही, पृ. 11)

मोहम्मद गौरी भी भारत पर अपने हमलों में इसी मजहबी उत्साह से प्रेरित होता था। इतिहासकार हसन निजामी ने उसके कारनामों का वर्णन इस प्रकार किया है—

उसने अपनी तलवार के जोर पर हिंद की जमीन से काफिरत और पापाचार की गंदगी का सफाया कर दिया और उस सारे मुल्क को बहु ईश्वरवाद के काँटे व मूर्ति-पूजा की जलालत से छुटकारा दिलाया और अपने शाही जलवे तथा बेखौफ बहादुरी से एक भी मंदिर खड़ा नहीं छोड़ा। (संदर्भ वही, पृ. 11)

तैमूर ने अपने संस्मरणों में बताया है कि भारत पर उसके हमलों का कारण क्या था—हिंदुस्तान पर हमलों का मेरा उद्देश्य काफिरों के खिलाफ एक अभियान चलाना और उसके द्वारा उनकी काफिरत छुड़ाकर उन से मुहम्मद के हुक्म के अनुसार सच्चाई मान कबूल करवाना, उस जमीन से कुविश्वास और बहुदेववाद की गंदगी साफकर उसे पाक बनाना तथा मंदिरों और मूर्तियों को उखाड़ फेंकना है, जिससे हम खुदा के सामने ईमान का साथ देने और उसके लिए लड़नेवाले गाजी और मुजाहिद बन जाएँगे। (लेन पूल की पुस्तक मेडिवल इंडिया के पृ. 155 पर उद्धृत)

महमूद गजनवी ने प्रारंभ से ही ऐसे तरीके अपनाए, जो हिंदुओं के हृदयों में आतंक पैदा करें सन् 1001 में राजा जयपाल की पराजय के बाद महमूद ने आदेश दिया कि राजा जयपाल को गलियों में घुमाया जाए ताकि उसके पुत्र और अन्य

सरदार उसे लज्जा, दासत्व के बंधन और अपमान की अवस्था में देखें तथा इसलाम का खौफ काफिरों के देश में होता हुआ चारों ओर फैल जाए।

लगता है, काफिरों के कत्लेआम से महमूद गजनवी को विशेष खुशी मिलती थी। सन् 1019 में चांद राय पर एक आक्रमण में अनेक काफिरों और सूर्य एवं अग्नि के उपासकों की हत्याएँ करते-करते वे तृप्त नहीं हो गए। इतिहासकार इसके आगे नादानी में लिखता है कि हिंदू सेनाओं के हाथ खुद-बखुद मूर्तियों को त्यागकर इसलाम की खिदमत को श्रेष्ठ मानते हुए महमूद के पास आ गए। (इंडियन इसलाम, पृ. 22)

डॉ. बाबासाहब ने इस प्रकार इसलामी आक्रांताओं की क्रूरता का वर्णन करते हुए लिखा—कुतबुद्दीन ऐबक ने भी कहा जाता है लगभग एक हजार मंदिर गिराए और उनके स्थान पर मसजिदें बनवाईं। उसने दिल्ली की जामा मसजिद बनवाई और उस पर हाथियों द्वारा गिरवाए गए मंदिरों से प्राप्त पत्थर और सोना जड़वाया तथा उन पर (कुरान के) खुदाई फरमान खुदवाए। इस आततायी तरीके का योजनाबद्ध ढंग से प्रयोग किए जाने का सबूत दिल्ली की इसी मसजिद के पूर्वी प्रवेश द्वार पर विद्यमान उत्कीर्णन से मिलता है, जिसमें लिखा है कि सत्ताईस मंदिरों के मलबे से इस मसजिद को बनाया गया। (इंडियन इसलाम)

अमीर खुसरो बताते हैं कि अलाउद्दीन ने कुतुबुद्दीन द्वारा बनवाई गई मीनार के समकक्ष एक दूसरी मीनार बनाने के उत्साह में, न केवल पहाड़ों से पत्थर खुदवाए, बल्कि काफिरों के मंदिर तोड़कर भी सामग्री प्राप्त की। अपनी दक्षिण विजय के दौरान, अलाउद्दीन ने मंदिर विध्वंस का अभियान उसी प्रकार चालू रखा, जैसे अनेक पूर्ववर्ती हमलावरों ने उत्तर भारत में किया था।

सुलतान फिरोहशाह ने अपनी फतुहात में बहुत सजीव चित्र कर के बताया है कि उन हिंदुओं का उसने क्या किया, जिन्होंने अपने लिए नए मंदिर बना लेने का दुस्साहस किया था। जब हिंदुओं ने नगर (दिल्ली) में और आसपास ऐसा किया (दुबारा मंदिर बनाए), जो कि पैगंबर के कानून के खिलाफ था, जिसमें ऐसा सहन न करने को कहा गया है, मैंने खुदाई मार्गदर्शन में इन भवनों को तोड़ डाला और उन काफिरों के नेताओं को कत्ल कर दिया और बाकी को कोड़ों की सजा दी, जब तक कि वह बुराई पूरी तरह समाप्त नहीं हो गई और जहाँ पर काफिर मूर्ति पूजक मूर्तियों की पूजा करते थे, वहाँ अब खुदा की मेहरबानी से मुसलमान सच्चे खुदा की इबादत करते हैं।

यहाँ तक कि शाहजहाँ के शासनकाल में भी उन मंदिरों के विध्वंस का वर्णन

हम पढ़ते हैं, जिन्हें हिंदुओं ने दुबारा बनाना प्रारंभ किया। हिंदुओं के पवित्र स्थलों पर सीधे आक्रमणों का वर्णन करते हुए कहा गया है कि बादशाह (अकबर) के शासनकाल में काफिरों के गढ़ बनारस में कई मंदिर बनाने प्रारंभ किए गए थे, पर पूरे नहीं हो सके थे। उन मंदिरों को काफिर अब पूरा करना चाहते हैं। बादशाह ने हुक्म दिया कि बनारस में और उनकी सल्तनत में आनेवाले सारे क्षेत्र में किसी भी स्थान पर जो भी मंदिर बनाने प्रारंभ किए गए थे, वे सब गिरा दिए जाएँ। इलाहाबाद सूबे से सूचना मिली कि बनारस जिले में 76 मंदिर ध्वस्त कर दिए गए। (इंडियन इसलाम)

मूर्ति पूजा को उखाड़ फेंकने का अंतिम दुष्प्रयास औरंगजेब को करना था। मा अतहिर-ए-आलमगीरी के लेखक ने हिंदुओं के धार्मिक कथा-उपदेश समाप्त करने और मंदिरों को नष्ट करने के औरंगजेब के प्रयत्नों का वर्णन दर्प से फूलते इन शब्दों में किया है।

'अप्रैल, 1669 में औरंगजेब को पता लगा कि थट्ठा, मुल्तान और बनारस सूबों में, विशेषकर बनारस में, मूर्ख ब्राह्मण अपने विद्यालयों में फिजूल की किताबें पढ़ाया करते हैं और वहाँ मुसलमान व हिंदू दोनों ही दूर-दूर से अध्ययन के लिए आया करते हैं। ईमान के संचालक ने सूबों के गवर्नरों को हुक्म जारी किया कि काफिरों के सभी विद्यालयों और मंदिरों को पक्के इरादे से गिरा दिया जाए, उन्हें हुक्म हुआ कि मूर्ति पूजा की शिक्षा और प्रथा को पूर्णतया रोका जाए। बाद में बादशाह को बताया गया कि शाही अधिकारियों ने बनारस का विश्वनाथ मंदिर गिरा दिया है।'

जैसा कि डॉ. टाइटस ने लिखा है, महमूद गजनवी और तैमूर जैसे आक्रमणकारियों की रुचि बलात् मतांतरण से भी अधिक मूर्तिभंजन, लूटपाट, हिंदुओं को गुलाम बनाने या इसलामी तलवार से उन्हें दोजख (नरक) में झोंकने में थी, परंतु जब मुसलिम राजसत्ता स्थायी रूप से स्थापित हो गई, तब अधिक-से-अधिक हिंदुओं को मुसलमान बनाना पहली आवश्यकता बन गई। इसलाम को पूरे भारत का मजहब बनाना राज्यनीति का अंग बन गया।

कुतुबुद्दीन ने, जिसकी मंदिरों के विध्वंस के लिए लगभग गजनी के महमूद जैसी ही बहुत बड़ी प्रसिद्धि थी, बारहवीं शती के अंतिम भाग और तेरहवीं शती के प्रारंभ में मतांतरण कराने के लिए बारंबार बल प्रयोग अवश्य किया होगा। एक उदाहरण लिया जा सकता है। सन् 1194 में वह कोइल (अलीगढ़) के निकट पहुँचा तो किले में जो बुद्धिमान एवं प्रखर लोग थे, उन्हें मुसलमान बना लिया गया और शेष सभी तलवार से काट डाले गए।'

बाबासाहब लिखते हैं, 'महमूद ने न केवल मंदिर तोड़े, बल्कि उसने जीते गए

हिंदुओं को गुलाम बनाने की नीति ही बना रखी थी।' डॉ. टाइटस के शब्दों में—

"भारत में इसलाम के प्रवेश के प्रारंभिक काल में, न केवल काफिरों के कत्लेआम और मंदिर तोड़ने का काम किया गया, बल्कि जैसा कि हम देख चुके हैं, बहुत से पराजित हिंदुओं को गुलामी में धकेला गया। इन अभियानों में हमलावर सरदारों और सामान्य सैनिकों के लिए एक विशेष आकर्षण लूट के माल को बाँट लेना होता था। ऐसा प्रतीत होता है कि महमूद ने काफिरों का नरसंहार उनके मंदिरों का विध्वंस, उन्हें पकड़ कर गुलाम बनाना, लोगों की और विशेषकर मंदिरों एवं पुजारियों की संपति लूटना अपने अभियानों का मुख्य उद्देश्य बना रखा था। कहा जाता है कि अपने प्रथम आक्रमण के समय लूट का बहुत माल उसके हाथ लगा और पाँच लाख सुंदर हिंदू पुरुषों व महिलाओं को गुलाम बनाकर गजनी ले जाया गया।

'महमूद ने जब सन् 1017 में कन्नौज को लूटा तो वह इतनी संपदा और इतने लोगों को बंदी बनाकर ले गया कि गिननेवालों की अंगुलियाँ थक गई होंगी।

'कोई भी हिंदू सिर उठाकर नहीं चल सकता था। लगान वसूलने के लिए पिटाई, कैद और बेड़ियाँ, ये सब तरीके काम में लाए जाते थे।'

तो ऐसी है महमूद गजनवी के आने से लेकर अहमद शाह अब्दाली की वापसी (1763) तक के 762 वर्षों की कहानी (पाकिस्तान एंड पार्टिशन ऑफ इंडिया पृ. 36-46)

इसलाम की मूलभूत राजनीतिक प्रेरणाओं के बारे में डॉ. बाबासाहब आंबेडकर लिखते हैं, 'मुसलिम कानून के अनुसार दुनिया दो पक्षों में बँटी हैं—दारुल इसलाम और दारुल हरब। वह देश दारुल इसलाम कहलाता है, जहाँ मुसलमानों का राज हो। दारुल हरब के देश हैं, जहाँ मुसलमान रहते तो हैं, पर वे वहाँ के शासक नहीं हैं। इसलामी कानून के अनुसार भारत देश हिंदुओं और मुसलमानों की साझी मातृभूति नहीं हो सकता है। वह मुसलमानों की जमीन तो हो सकती है, पर बराबरी से रहते हिंदुओं और मुसलमानों की भूमि नहीं हो सकती। यह मुसलमानों की जमीन भी केवल तब हो सकती है, जब इस पर मुसलमानों का राज हो। जिस क्षण इस भूमि पर किसी गैर-मुसलिम का अधिकार हो जाता है, यह मुसलमानों की जमीन नहीं रहती। दारुल इसलाम के स्थान पर यह दारुल हरब हो जाती है।'

यह न समझा जाए कि ऐसा विचार कोरी किताबी अभिरुचि की बात है, क्योंकि इसमें मसुलमानों के व्यवहार को प्रभावित करनेवाली कारगर शक्ति बनने की क्षमता है। इस विचार ने मुसलमानों के व्यवहार पर उस समय भी बड़ा प्रभाव डाला था, जब अंग्रेजों ने भारत पर कब्जा किया। ब्रिटिश कब्जे से हिंदुओं के मनों में तो कोई

पाप-आशंका नहीं उत्पन्न हुई, किंतु मुसलमानों के सामने तुरंत यह प्रश्न उठ खड़ा हुआ है कि क्या अब हिंदुस्तान मुसलमानों के निवास करने योग्य देश रह गया है? मुसलिम समुदाय के भीतर यह चर्चा प्रारंभ की गई, जो डॉ. टाइटस कहते हैं, लगभग चार वर्ष तक यह बहस चली कि भारत दारुल हरब है या दारुल इसलाम? कुछ अधिक उत्साही तत्त्वों ने सैयद अहम दशाहिद के नेतृत्व में सचमुच ही जिहाद की घोषणा कर दी, उन्होंने मुसलमानों को सिखाया कि हिजरत करके मुसलिम राजवाले देशों को चले जाओ और हिंदुस्तान भर में अपना आंदोलन चलाया।

बाबासाहब ने एएमयू के संस्थापक पर सैयद अहमद का सांप्रदायिक चेहरा भी बेनकाब किया है। बाबासाहब लिखते हैं, 'सर सैयद अहमद ने अपनी सारी प्रतिभा लगाकर मुसलमानों को यह समझाया कि वे हिंदुस्तान को दारुल-हरब केवल इस कारण न मान लें कि यहाँ अब मुसलिम राज नहीं रहा। उन्होंने मुसलमानों से आग्रह किया कि हिंदुस्तान को दारुल-इसलाम ही मानें, क्योंकि उन्हें अपने मजहब के अनुसार सभी रस्मो-रिवाज पूरे करने की आजादी है। हिजरत करने का आंदोलन कुछ समय के लिए दब गया, परंतु हिंदुस्तान दारुल हरब है, यह सिद्धांत छोड़ नहीं दिया गया...यह भी उल्लेखनीय है कि दारुल हरब से अपने आपको मुक्त करने के लिए मुसलमानों के पास केवल हिजरत ही एकमात्र मार्ग नहीं है। मुसलिम कानून का एक और आदेश है—जिहाद छेड़ने का, जिसके द्वारा मुसलिम शासक कर्तव्यबद्ध हैं कि वे इसलाम के राज को तब तक फैलाएँ, जब तक कि पूरी दुनिया इस की हुकूमत में नहीं आ जाती। सारे संसार को जब दो पक्षों में बाँट दिया है—एक दारुल इसलाम और दूसरा दारुल हरब तो सभी देश दो में से किसी एक श्रेणी में आएँगे ही। दारुल हरब को दारुल इसलाम में बदलना हर उस मुसलिम शासक का कर्तव्य है, जिसमें ऐसा करने का सामर्थ्य हो।

1857 में मुसलमानों ने तो विद्रोह कर के भारत को फिर से दारुल इसलाम में परिणित करने का प्रयास किया था (हिंदुओं के लिए भले ही वह देश की स्वाधीनता का संग्राम रहा हो)

डॉ. आंबेडकर कहते हैं, "वे जिहाद केवल छेड़ ही नहीं सकते, बल्कि जिहाद की सफलता के लिए विदेशी मुसलिम शक्ति को सहायता के लिए बुला भी सकते हैं और इसी प्रकार यदि भारत के विरुद्ध कोई विदेशी मुसलिम शक्ति ही जिहाद छेड़ना चाहती है, तो मुसलमान उसके प्रयास की सफलता के लिए सहायता भी कर सकते हैं।"

एक तीसरा सिंद्धांत, जिसकी चर्चा करना प्रासंगिक होगा, यह है कि इसलाम

भूक्षेत्रीय नातों को नहीं मानता। इसके रिश्ते-नाते सामाजिक और मजहबी होते हैं, अतः दैशिक सीमाओं को नहीं मानते। अंतराष्ट्रीय इसलाम का यही आधार है। इसी से प्रेरित हिंदुस्तान का हर मुसलमान कहता है कि वह मुसलमान पहले है और हिंदुस्तानी बाद में। यही है वह भावना जो स्पष्ट कर देती है कि क्यों भारतीय मुसलमानों ने भारत की प्रगति के कामों में इतना कम भाग लिया है, जबकि वे मुसलिम देशों के पक्ष का समर्थन करने में अपनी सारी शक्ति लगा देते हैं और क्यों उनके खयालों में मुसलिम देशों का स्थान पहला और भारत का दूसरा है।''' यदि अंतरराष्ट्रीय इसलामवाद का यह मजहबपरस्त रूप एक अंतरराष्ट्रीय इसलामी राजनीतिक स्वरूप अपनाने की ओर बढ़ता है तो इसे अस्वाभाविक नहीं कहा जा सकता। (पाकिस्तान एंड पार्टिशन ऑफ इंडिया, पृ. 287-91)

इस प्रकार की अपनी वैचारिक प्रेरणाओं के प्रभाव में रहते हुए मुसलमान किस सीमा तक ऐसी सरकार की सत्ता को स्वीकारेंगे, जिसको बनाने और चलानेवाले हिंदू होंगे? यह प्रश्न भी बाबासाहब डॉ. आंबेडकर ने उठाया। इस संदर्भ में उन्होंने इस बात का वर्णन किया कि मुसलमान हिंदुओं को किस दृष्टि से देखते हैं।'''मुसलमान की दृष्टि में हिंदू काफिर है और काफिर सम्मान के योग्य नहीं होता। वह निष्ट जन्मा और प्रतिष्ठाहीन होता है। इसीलिए काफिर द्वारा शासित देश मुसलमान के लिए दारुल हरब होता है। (संदर्भ वही, पृ. 294)

डॉ. आंबेडकर कुछ उदाहरण भी देते हैं—खिलाफत आंदोलन के दिनों में भी, जब हिंदू लोग मुसलमानों की इतनी अधिक सहायता कर रहे थे, मुसलमान यह मानना नहीं भूले कि उनकी तुलना में हिंदू नीची और घटिया जाति के हैं। 1924 में श्री गांधी के कारागार से मुक्त होने पर हर्ष मनाने के लिए आयोजित एक समारोह में घटी एक अनोखी घटना का विवरण समाचार पत्रों में छपा। समारोह हकीम अजमल खाँ द्वारा दिल्ली में संचालित यूनानी तिब्बिया कॉलेज में हुआ। समाचार के अनुसार एक हिंदू छात्र ने गांधीजी की तुलना हजरत ईसा मसीह से कर दी। मुसलिम भावनाओं को ठेस पहुँचानेवाली इस बात से सारे मुसलिम छात्र भड़क उठे और उस हिंदू छात्र को हिंसक परिणामों की धमकी दी। कहा जाता है कि मुसलिम प्राध्यापक तक भी अपने फिरके के छात्रों के साथ अपनी आहत भावनाओं के इस प्रदर्शन में सम्मिलित हो गए। (पृ. 294-5)

खिलाफती नेता और गांधीजी के निकट सहयोगी मुहम्मद अली ने 1923 में कांग्रेस अधिवेशन की अध्यक्षता करते हुए गांधीजी के लिए महात्मा जैसे श्रद्धापूर्ण शब्दों का प्रयोग किया और उनकी तुलना ईसा मसीह से की। उसके एक वर्ष बाद

अलीगढ़ और अजमेर में दी गई तकरीर में बोलते हुए मुहम्मद अली ने कहा—

"गांधीजी का चरित्र कितना ही निर्मल क्यों न हो, मजहबी दृष्टि से वे मुझे किसी भी मुसलमान से, चाहे वह चरित्रहीन ही क्यों न हो, निष्ट ही दिखेंगे।"

मुहम्मद अली एक बार लखनऊ के अमीनाबाद पार्क की एक बैठक में बोल रहे थे तो उनसे पूछा गया कि जो कहा जा रहा है कि उन्होंने श्री गांधी के विरुद्ध भवनाएँ व्यक्त कीं, क्या यह सत्य है? मुहम्मद अली ने बिना किसी झिझक या खेद के उत्तर दिया, 'हाँ, मेरे मजहब और मत के अनुसार मैं किसी भी व्यभिचारी और चरित्रहीन मुसलमान को गांधी से बेहतर मानता हूँ।' (पृ. 146) बाबासाहब आंबेडकर ने गांधीजी को इस बात के लिए दोषी बताया कि उन्होंने इन हत्याओं की निंदा नहीं की और वह भी इसलिए कि कहीं ऐसी निंदा से हिंदू-मुसलमान एकता के प्रयासों को धक्का न पहुँचे। मुसलमानों की किसी भी गलती को माफ कर देने की इस प्रवृत्ति के भी डॉ. आंबेडकर आलोचक थे।

बाबासाहब मानते थे कि हिंदू-मुसलिम एकता भ्रामक है और दंगों में मुसलिम कट्टरपंथियों के शामिल होने के स्पष्ट प्रणाम के बावजूद कांग्रेस और गांधीजी ने उनको दोषी नहीं माना। बाबासाहब ने कहा, गांधीजी ने मुसलिमों द्वारा हिंदुओं के विरुद्ध घोर अपराध किए जाने पर भी मुसलमानों से उनके कारण नहीं पूछे।

गांधीजी के हिंदू-मुसलिम एकता स्थापित करने के इन प्रयासों का फल क्या निकला? डॉ. आंबेडकर के विचार में इस प्रश्न का उत्तर जानने के लिए यह आवश्यक होगा कि सन् 1920 से 1940 तक के वर्षों में, जो कि श्री गांधी द्वारा हिंदू-मुसलिम एकता के लिए किए गए कठिन परिश्रम के वर्ष थे, दोनों समुदायों के बीच रहे संबंधों की परख की जाए। इन संबंधों का विस्तृत वर्णन भारत सरकार द्वारा संसद् में भारत की वस्तु स्थिति के बारे में प्रस्तुत वार्षिक प्रतिवेदनों में उपलब्ध है। (पृ. 153) इन प्रतिवेदनों में दोनों समुदायों के बीच हुए खूनी दंगों के विवरण मिलते हैं। इन्हीं दंगों में से एक है 1920 की मोपला हिंसा, जो (केरल के) मालाबार क्षेत्र में मोपलों (मुसलमानों) द्वारा हिंदुओं के ऊपर खून जमा देनेवाले अत्याचारों की हृदयविदारक कथा है। (पृ. 147) सामूहिक हत्याएँ, बलात् मतांतरण, मंदिरों को अपवित्र करना, महिलाओं का कुत्सित अपमान, लूटपाट, आगजनी, विनाश किया गया। संक्षेप में मोपलों ने हिंदुओं के विरुद्ध पाशविक और बेलगाम बर्बरता से जुड़े सभी घिनौने कार्य बेरोक-टोक किए। (पृ. 153)

हिंसा के इन विवरणों को यदि श्री गांधी द्वारा हिंदू-मुसलिम एकता के व्यग्र प्रयासों के साथ-साथ देखा जाए तो यह बहुत ही कष्टदायी और हृदयविदारक

अध्याय होगा। यह कहना कोई अतिशयोक्ति नहीं होगी कि यह विवरण हिंदुओं और मुसलमानों के बीच गृहयुद्ध के बीस वर्ष का अभिलेख है, जिसके बीच-बीच में हथियारबंद शांति भी हो जाती थी। (पृ. 175)

उर्दू को भारत की राष्ट्रभाषा बनाने, गोवध का आग्रह और मसजिदों के आगे बाजे-गाजे की मनाही जैसे विषयों पर मुसलमानों की जिद पर बाबासाहब ने कहा, उर्दू को भारत की राष्ट्रभाषा बनाने की उनकी माँग विवेकहीन है। 6.8 करोड़ मुसलमानों में से मात्र 2.8 करोड़ ही उर्दू बोलते हैं। (पृ. 268)

ध्यान देनेवाली दूसरी बात हिंदुओं की कमजोरियों से लाभ उठाने की मुसलमानों की भावना है। अनुचित लाभ उठाने की इस प्रवृत्ति का एक और प्रमाण मुसलमानों द्वारा गोहत्या के अधिकार और मसजिदों के पास बाजे-गाजे की मनाही की माँग से मिलता है। धार्मिक उद्देश्य से गौबलि के लिए मुसलिम कानूनों में कोई बल नहीं दिया गया है और जब वह मक्का और मदीना हज पर जाता है, गौबलि नहीं करता है, परंतु भारत में दूसरे किसी पशु की बलि देकर वे संतुष्ट नहीं होते हैं। तीसरी बात, मुसलमानों द्वारा राजनीति में अपराधियों के तौर-तरीके अपनाए जाते हैं। (पृ. 269)

एकता के इन प्रयासों की विफलता के कारण क्या हैं ? बाबासाहब कहते हैं, ''हिंदू-मुसलिम एकता की विफलता की वास्तविक व्याख्या यह है कि इस बात को समझा ही नहीं गया है कि दोनों समुदायों के बीच की समस्या केवल मतभेद की दीवार खड़ी होना नहीं है और दोनों की शत्रुता के पीछे भौतिक कारण नहीं है। यह शत्रुता आध्यात्मिक स्वरूप की है। यह ऐसे कारणों से उत्पन्न हुई है, जिनकी जड़ें ऐतिहासिक, सांप्रदायिक, सांस्कृतिक और सामाजिक विद्वेष में हैं तथा राजनीतिक विद्वेष जिनकी एक परछाई मात्र है। इन कारणों ने असंतोष की गहरी नदी का निर्माण किया है, जो अपने उक्त स्रोतों से और भी जल प्राप्त करती हुई सदा उफनती रहती है और सामान्य प्रवाह से बाहर उमड़ती रहती है।''

बाबासाहब डॉ. आंबेडकर ने अपनी पुस्तक 'थॉट्स ऑन पाकिस्तान' में मुसलिम राजनीति के सांप्रदायिक आधार का विस्तृत वर्णन किया है। इस वर्णन से मुसलिम राजनीति के दो आयाम दृष्टिगोचर होते हैं—आक्रामकता और अलगाववाद। बाबासाहब आंबेडकर ने कहा, ''सरसरी दृष्टि से देखने पर भी यह बात स्पष्ट हो जाएगी कि मुसलमानों के प्रति हिंदू मनोवृत्ति और हिंदुओं के प्रति मुसलिम मनोवृत्ति में एक मूलभूत आक्रामक भाव विद्यमान रहता है। हिंदुओं का आक्रामक भाव एक नई प्रवृत्ति है, जिसे उन्होंने हाल ही में विकसित करना प्रारंभ

किया है। मुसलमानों की आक्रामक भावना उनकी जन्मजात पूँजी है और हिंदुओं की तुलना में बहुत प्राचीनकाल से उनके पास है। ऐसा नहीं है कि हिंदू समय के साथ-साथ अधिक गति अपनाकर मुसलमान को इस योग्यता में पीछे छोड़ नहीं सकता, परंतु आज जैसी स्थिति है, मुसलमान इस आक्रामक भाव के प्रदर्शन में हिंदू को बहुत पीछे छोड़े हुए हैं।''

अधिक-से-अधिक राजनीतिक सुविधाएँ प्राप्त करने की मुसलिम इच्छा को तृप्त करना कितना कठिन है, इसका वर्णन डॉ. आंबेडकर ने इस प्रकार किया है, ''गोलमेज सम्मेलन में मुसलमानों ने जिनती माँगे रखीं और जो उनको दे दिया गया, उसे देखते हुए कोई भी यही सोचता कि मुसलिम माँगें अपनी अंतिम सीमा प्राप्त कर चुकी हैं और 1932 का यह समझौता निर्णायक ही होगा, परंतु ऐसा प्रतीत होता है कि मुसलमान इससे भी संतुष्ट नहीं हुए हैं। मुसलिम हितों को सुरक्षित करने के लिए एक और नई सूची भी तैयार लगती है।

दूसरी समझने योग्य बात है, मुसलमानों में हिंदुओं की दुर्बलताओं का अनुचित लाभ उठाने की भावना। यदि हिंदू किसी बात पर आपत्ति करते हैं तो मुसलमान उसी बात पर आग्रह करने की नीति बनाने लगते हैं और यह आग्रह तभी छोड़ने को तैयार होते हैं, जब हिंदू उसके बदले किसी अन्य सुविधा के रूप में उसका मूल्य चुकाने को तैयार हो जाते हैं। (पृ. 256)

तीसरी समझने योग्य बात है, मुसलमानों द्वारा राजनीति में हिंसक कार्य पद्धति अपनाना। हिंसक उपद्रव इस बात का पर्याप्त संकेत है कि गुंडागर्दी राजनीति में उनकी रणनीति का स्थायी भाग बन चुकी है। ऐसा लगता है कि वे सोचे-समझे ढंग से उन्हीं रीति-नीतियों का अनुकरण कर रहे हैं, जो सुडेटन जर्मन लोगों ने चेक लोगों के विरुद्ध अपनाए थे। (पृ. 256-60)

डॉ. बाबासाहब आंबेडकर कहते हैं कि कांग्रेस ने मुसलमानों को राजनीतिक और अन्य रियासतें देकर उन्हें सहने करने और खुश रखने की नीति अपनाई है, क्योंकि वे समझते हैं कि मुसलमानों के समर्थन के बिना वे अपने मनोवांछित लक्ष्य स्वतंत्रता को पा नहीं सकते। मुझे लगता है कि कांग्रेस ने दो बातें समझी नहीं हैं। पहली तो यह कि तुष्टीकरण और समझौते में अंतर होता है और यह एक महत्त्वपूर्ण अंतर है। तुष्टीकरण का अर्थ है एक आक्रामक व्यक्ति या समुदाय को मूल्य देकर अपनी ओर करना और यह मूल्य होता है उस आक्रामणकारी द्वारा निर्दोष लोगों की हत्या, बलात्कार, लूटपाट और आगजनी जैसे अत्याचारों को अनदेखा करना।

दूसरी बात, जो कांग्रेस समझ नहीं पाई है, यह है कि छूट देने की नीति ने

मुसलिम आक्रामकता को बढ़ावा दिया है और अधिक शोचनीय बात यह है कि मुसलमान इन रियायतों का अर्थ लगाते हैं हिंदुओं की पराजित मानसिकता और सामना करने की इच्छाशक्ति का अभाव। तुष्टीकरण की यह नीति हिंदुओं को उसी भयावह स्थिति में फंसा देगी, जिसमें मित्र देश (द्वितीय विश्व युद्ध में ब्रिटेन, फ्रांस आदि) हिटलर के प्रति तुष्टीकरण की नीति अपनाकर स्वयं को पाते थे। (पृ. 260-261)

डॉ. बाबासाहब आंबेडकर ने रवींद्रनाथ ठाकुर के एक साक्षात्मकार का उल्लेख कर अपनी पुस्तक में लिखा है—1924 में एक बँगला समाचार पत्र के संपादक ने कविवर रवींद्रनाथ ठाकुर से एक साक्षात्कार किया। इस साक्षात्कार के वृत्त में लिखा है—

'कवि के विचार में एक अन्य बहुत महत्त्वपूर्ण कारण, जो हिंदू-मुसलिम एकता को एक यथार्थ बनाना असंभव किए हुए है, यह है कि मुसलमान अपनी राष्ट्रभक्ति किसी एक देश तक सीमित नहीं रख सकते। रवींद्रनाथ ने कहा कि उन्होंने कई मुसलमानों से स्पष्ट शब्दों में पूछा कि क्या किसी मुसलिम देश द्वारा भारत पर आक्रमण होने पर वे हिंदुओं के साथ मिलकर अपने साझे स्वदेश की रक्षा के लिए आगे आएँगे ? वे उनके उत्तर से संतुष्ट नहीं हो पाए।' (पृ. 266-67)

बाबासाहब आंबेडकर हिंदुओं व मुसलमानों के बीच विद्यमान गहरे वैमनस्य से बहुत चिंतित रहते थे, क्योंकि इसके कारण आए दिन सांप्रदायिक दंगे होते रहते थे। वे इस सांप्रदायिक वैमनस्य को दूर करना बहुत आवश्यक समझते थे ताकि लोग अपने बहुआयामी विकास के लिए परिश्रम करने के अवसर पा सकें। मगर उनका मन आशंकित था। उनकी मान्यता थी कि पाकिस्तान निर्माण से भी मुसलिम मन संतुष्ट नहीं होगा।

बाबासाहब का स्पष्ट मत था कि पाकिस्तान निर्माण से भारत में सांप्रदायिक समस्या का हल नहीं होगा—जो भी हो, हिंदुओं का संबंध इस प्रश्न से नहीं है। जिस प्रश्न से उसका संबंध है, वह यह है कि किस सीमा तक भारत में सांप्रदायिक समस्या पाकिस्तान के बन जाने से दूर हो पाएगी ? यह बहुत उचित प्रश्न है और इस पर विचार होना ही चाहिए। यह मानना पड़ेगा कि पाकिस्तान बनने से भारत की सांप्रदायिक समस्या दूर नहीं हो पाएगी। जब कि सीमाओं के पुनर्निर्धारण से पाकिस्तान को जनता के स्वरूप की दृष्टि से एकरूप बनाया जा सकता है, हिंदुस्तान तो मिश्रित देश ही रहेगा। हिंदुस्तान में मुसलमान देश भर में फैले हुए हैं और यद्यपि उनका अधिकांश भाग नगरों-कस्बों में है, किसी भी प्रकार का सीमा पुनर्निर्धारण

हिंदुस्तान को एकरूप नहीं बना सकता। हिंदुस्तान को एकरूप बनाने का एकमात्र उपाय है जनसंख्या का आदान-प्रदान। जब तक ऐसा नहीं होता, मानना पड़ेगा कि पाकिस्तान बनाकर भी हिंदुस्तान में बहुसंख्यक-अल्पसंख्यक की समस्या पहले जैसी ही बनी रहेगी और हिंदुस्तान की राजनीति में टकराव पैदा करती रहेगी। (पृ. 102-4)

जो लोग जनसंख्या की अदला-बदली के विचार पर नाक-भौंह चढ़ाते हैं, अच्छा होगा, वे तुर्की, ग्रीस और बल्गारिया के बीच उठी अल्पसंख्यकों की समस्या के इतिहास का अध्ययन करे। वे पाएँगे कि इन देशों ने समझ लिया था कि अल्पसंख्यकों की समस्या का प्रभावी समाधान जनसंख्या की अदला-बदली में ही है। इन तीन देशों ने जो बीड़ा उठाया, वह कोई साधारण कार्य नहीं था। इस कार्य में उन्हें दो करोड़ लोगों को एक स्थान से हटाकर दूसरे स्थान पर बसाना था, परंतु बिना धैर्य खोए।

बाबासाहब की दृष्टि में सांप्रदायिक समस्या का समाधान तभी होगा, जब भारत के सभी मुसलमान पाकिस्तान चले जाएँ। बाबासाहब ने कहा, मैं भारत का मुसलिम, ऐसे दो भागों में बँटवारा पसंद करूँगा, क्योंकि दोनों की सुरक्षा का सबसे निश्चित और निष्कंटक उपाय यही है। (पृ. 368)

पाकिस्तान बनाने की मुसलिम माँग का हिंदुओं ने व्यापक विरोध किया था। डॉ. आंबेडकर ने इस विषय के विभिन्न पार्श्वों और पक्षों का विस्तृत विश्लेषण किया और अपना निश्चित मत प्रस्तुत किया कि हिंदुस्तान के करोड़ों हिंदुओं के हित में यही होगा कि भारत का दो भागों में बँटवारा करके एक भाग मुसलिम पाकिस्तान और दूसरा गैर मुसलिम हिंदुस्तान बना दिया जाए। उनके अनुसार पाकिस्तान बनाने की योजना लागू न होने की स्थिति में हिंदुओं को दो गंभीर दुष्परिणाम भुगतने पड़ेंगे।

1. भारत की सुरक्षा संकट में रहेगी।
2. देश में सांप्रदायिक वैमनस्य की समस्या गंभीर बनी रहेगी।

डॉ. आंबेडकर ने प्रथम विश्वयुद्ध के बाद भारतीय सेना की सांप्रदायिक मिश्रणयुक्त संरचना के आँकड़ों का अध्ययन किया और इस निष्कर्ष पर पहुँचे कि भारतीय सेना में मुसलमानों का अंश सर्वाधिक था और यह अनुपात स्वतंत्र अविभाजित भारत में भी बदल नहीं पाता। उन्होंने यह प्रश्न उठाया कि क्या भारतीय सेना के इस मुसलिम भाग पर उस स्थिति में भारत की रक्षा करने का भरोसा किया जा सकता है, यदि इस पर कोई मुसलिम देश जैसे अफगानिस्तानप आक्रमण कर दे?

डॉ. आंबेडकर ने लिखा, 'किसी देश की स्वतंत्रता की निर्णायक उसकी

निष्कंटक सेना होती है—एक ऐसी सेना, जिस पर हर समय और हर संकट में देश की रक्षा हेतु लड़ने का भरोसा किया जा सकता है। यदि भारत पर विदेशी आक्रमण होता है तो क्या सेना के मुसलिम भाग पर देश की रक्षा करने का विश्वास किया जा सकता है? मान लीजिए, आक्रमणकारी भी मुसलमान ही हैं, तो क्या मुसलमान आक्रमणकारियों का साथ देंगे या उनके विरुद्ध खड़े होकर भारत की रक्षा करेंगे?'

'प्रश्न यह है कि क्या भारतवासी स्वतंत्र भारत की रक्षा कर पाएँगे? इसका उत्तर मैं फिर से कहता हूँ, केवल एक ही है कि भारतवासी (अविभाजित) स्वतंत्र भारत की रक्षा केवल एक ही शर्त पर कर पाएँगे कि भारतीय सेना अराजनीतिक और पाकिस्तान के विषय में अछूती रहे। क्या सरकार सेना में सम्मिलित मुसलमानों पर विश्वास कर सकती है कि वे मुसलिम विद्रोहियों पर गोली चला देंगे? यह भी इसी बात पर निर्भर है कि सेना में सम्मिलित मुसलमानों पर राष्ट्रवाद का कितना प्रभाव है। यदि उनमें इसका प्रभाव है तो भारत में निरापद और सुरक्षित सरकार बन नहीं पाएगी।' (पृ. 360-61)

बाबासाहब डॉ. आंबेडकर ने दोनों विश्व युद्धों के बीच के काल में भारतीय सेना की मिश्रित सांप्रदायिक रचना के आंकड़ों का ब्योरा प्रस्तुत किया। इस मिश्रम के भारत की सुरक्षा तैयारियों पर पड़नेवाले संभावित प्रभाव के बारे में उन्होंने निम्नलिखित विचार प्रस्तुत किए—

'इस सर्वेक्षण से दो सुस्पष्ट तथ्य सामने आते हैं। एक तो यह कि आज भी भारतीय सेना अपनी संरचना में मुसलिम प्रधान है। दूसरा यह कि इन मुसलमान सैनिकों में भी सबसे अधिक पंजाब और उत्तर-पश्चिमी सीमांत प्रदेश के मुसलमान हैं। भारतीय सेना की इस संरचना का अर्थ यह है कि पंजाब और सीमांत प्रदेश के मुसलमान ही विदेशी आक्रमणों से भारत के मुख्य रक्षक बन गए हैं। यह तथ्य इतना स्पष्ट हो गया है कि इन क्षेत्रों के मुसलमानों को अंग्रेजों द्वारा किन्हीं भी कारणों से उन्हें प्रदान की गई इस गौरवपूर्ण स्थिति का पूरा आभास है, क्योंकि वे प्राय: स्वयं को भारत के द्वारपाल कहते सुने जाते हैं। इसी महत्त्वपूर्ण तथ्य के प्रकाश में भारत की सुरक्षा की समस्या पर हिंदुओं को विचार करना चाहिए।'

यह भारत की स्वतंत्रता और स्वाधीनता पर निर्भर होगा कि हिंदू किस सीमा तक इन द्वारपालों पर निर्भर रह सकते हैं? इसका उत्तर इस बात पर निर्भर होगा कि भारतीय सीमा-द्वारों को बलपूर्वक खोलकर घुसने का प्रयत्न करनेवाला होगा कौन? स्पष्टत: भारत की उत्तर-पश्चिमी सीमा से आक्रमण होने की संभावना दो ही देशों से हो सकती है, वे हैं—अफगानिस्तान और रूस, जिनकी सीमाएँ वहाँ

भारतीय सीमा का स्पर्श करती हैं। इनमें से भारत पर आक्रमण कौन करेगा और कब? निश्चयपूर्वक कहा नहीं जा सकता, किंतु यदि आक्रमण रूस का हुआ तो आशा और निष्ठावान बने रहेंगे और आक्रमणकारी को बाहर ही रोकेंगे, परंतु मान लीजिए, अफगानिस्तान अकेले या अन्य मुसलिम देशों के साथ मिलकर भारत पर चढ़ाई कर देता है तो क्या ये द्वारपाल आक्रमणकारियों को बाहर रोकेंगे या सीमा द्वार खोलकर उन्हें भीतर आने देंगे? यह ऐसा प्रश्न है, जिसकी उपेक्षा कोई भी हिंदू नहीं कर सकता। इस प्रश्न के बारे में हिंदू का आश्वस्त होना आवश्यक है, क्योंकि यह बहुत ही निर्णायक प्रश्न है।

डॉ. बाबासाहब आंबेडकर का राष्ट्रवादी हृदय चाहता था कि हिंदू समाज में सुधार हो, हिंदू समाज एकात्म बने। वे हमेशा एक बात से दुःखी रहे कि हिंदू समाज जात-पात के कारण असंगठित है। इसी कारण यह देश विदेशी आक्रांताओं का शिकार बना।

आज पूरा विश्व धार्मिक कट्टरवाद से परेशान है। भारत एक हजार वर्ष से इस कट्टरवाद को झेलता आया है। बाबासाहब का एक-एक शब्द आज भी शत-प्रतिशत उतना ही सच है। डॉ. बाबासाहब ने हिंदू-मुसलिम समस्या की जड़ में जाकर ऐसा निष्कर्ष निकाला, जो आज भी उपयोगी है। सेकुलरवाद की नकाब को बाबासाहब ने बड़ी स्पष्टता से नकार दिया है। आंबेडकर का राष्ट्रवादी अंतःकरण कितना भारत भक्त होगा कि निर्भयता से ऐसे विचार व्यक्त कर सके। जिहादी मानसिकता और धार्मिक कट्टरवाद पूरी मानवजाति और विश्व के लिए जोखिम है। बाबासाहब द्वारा लगभग 75 वर्ष पूर्व व्यक्त किए ये विचार पूरी मानव जाति के लिए उपयोगी हैं।

□

अनुपम राष्ट्रभक्त

—भागय्या

अर्थशास्त्र, न्यायशास्त्र, सामाजिक, राजनीतिकशास्त्र तथा धार्मिक और सांस्कृतिक विषयों का गहन ज्ञान रखनेवाले पूज्य बाबासाहब उच्च कोटि के राष्ट्रभक्त थे।

संविधान निर्माता

संविधान निर्माण में उनका महत्त्वपूर्ण योगदान था। संविधान सभा के ज्येष्ठ सम्मानीय सदस्य श्री टी.टी. कृष्णामाचारी कहते हैं, 'संविधान निर्माण समिति में सात सदस्यों की नियुक्ति हुई। एक सज्जन के त्यागपत्र दे दिया, उनके स्थान पर दूसरे सदस्य नियुक्त हुए और एक सदस्य का देहांत हो गया। एक सदस्य भरती नहीं हुआ और एक सदस्य अमेरिका में थे। एक राज्य के प्रशासन कार्य में लगे थे और दो लोग दिल्ली के बाहर रहते थे तथा अस्वस्थता के कारण बैठकों में नहीं आ सकते थे। इसलिए अंतत: सारा काम आंबेडकरजी को ही करना पड़ा। स्वास्थ्य बहुत ठीक न होने पर भी वे लगन से पूरी शक्ति लगाकर संविधान का काम करते थे। इसलिए हम सब उनको धन्यवाद देते हैं।' वहीं बाबू राजेंद्र प्रसाद कहते हैं, 'राष्ट्रजीवन के सभी पहलुओं को ध्यान में रखते हुए तथा जनता के अधिकार और कर्तव्यों को भी ध्यान में रखकर उन्होंने इस महान् कार्य को पूरा किया था।'

प्रखर राष्ट्रभक्ति का हृदय

1946 में 9 दिसंबर को संविधान सभा का काम प्रारंभ हुआ। 11 दिसंबर को डॉ. राजेंद्र प्रसाद संविधान सभा के अध्यक्ष चुने गए। 13 दिसंबर को जवाहरलाल

नेहरू ने संविधान सभा के उद्देश्यों को सभा के सामने रखा—नेहरू जी के वक्तव्य में तीसरे परिच्छेद में, स्वतंत्र भारत में ब्रिटिश इंडिया के साथ मिलनेवाले शेष सभी राज संस्थानों के बारे में बोलते हुए कहा गया—

'उक्त शासित प्रदेशों को, चाहे उनकी वर्तमान सीमाओं में अथवा संविधान सभा और उसके बाद में संविधान के कानून के अनुसार निर्धारित सीमाओं में, स्वायत्त इकाई की स्थिति प्राप्त होगी और बनी रहेगी, जिसमें उनकी शेष शक्तियाँ भी होंगी और वे सरकार तथा प्रशासन की सभी शक्तियों और कार्यों का प्रयोग करेंगे, सिवाय ऐसी शक्तियों और कार्यों के, जो संघ में निहित हैं या संघ के लिए निर्धारित हैं, या संघ में चली आ रही हैं या अंतरनिहित हैं...'

सभा में तनाव का वातावरण था। सारे देश को स्वतंत्र भारत में एक राष्ट्र के नाते आगे बढ़ना है परंतु ब्रिटिश इंडिया के बाहर सभी जनवाड़ों को retain the status of autonomous प्रावधान देने का विरोध था। ऐसे में बाबू राजेंद्र प्रसाद को अचानक बाबासाहब से बात करने के लिए बुलाया गया।

बाबासाहब संविधान सभा के सदस्य के नाते, कांग्रेस विरोध के कारण मुंबई से हार गए थे, इसलिए वे बंगाल से चुनकर आए थे।

सभा का गठन और संचालन का सारा काम कांग्रेस के हाथों में था। अन्य रियासतों से भी कांग्रेस का संबंध ठीक नहीं था।

जब बाबासाहब का वक्तव्य शुरू हुआ तो सारे सदस्य अत्यंत श्रद्धा से सुन रहे थे। वक्तव्य ऐतिहासिक था। वर्षों बाद स्वतंत्रता पानेवाले देश के लिए यह भाषण राष्ट्रीय एकात्मता की दृष्टि से और देश की एकता बनाए रखने के लिए था।

श्री एन.वी. गाडगिल, जो प्रत्यक्ष सुन रहे थे, इस वक्तव्य के बारे में बताते हैं—उनका वक्तव्य एक श्रेष्ठ राष्ट्रभक्त का था, एकात्मबोध का था, भेदभाव लेशमात्र नहीं था। प्रखरता थी, शब्द उनके हृदयातरंग से आ रहे थे, इसलिए सभी हर्ष से उनका स्वागत कर रहे थे।

बाबासाहब ने अपने महत्त्वपूर्ण ऐतिहासिक वक्तव्य में कहा—

श्रीमान, इस महान् देश की भावी सामाजिक, राजनीतिक, आर्थिक संरचना के विकास और उसकी परम उन्नति को लेकर मेरे मन में जरा भी संदेह नहीं है। मुझे पता है कि आज हम राजनीतिक, सामाजिक और आर्थिक रूप से विभाजित हैं। हम झगड़ालुओं के शिविरों का एक झुंड हैं और मैं यह स्वीकार करने की हद तक जा सकता हूँ कि मैं शायद ऐसे एक शिविर के नेताओं में से हूँ। लेकिन इस सब के बावजूद, मैं पूर्ण आश्वस्त हूँ कि समय और परिस्थितियाँ मिलने के बाद,

दुनिया में कोई ताकत देश को एक बनने से नहीं रोकेगी। हमारी सभी जातियों और आस्थाओं के बावजूद, मुझे जरा भी संकोच नहीं है कि हम किसी-न-किसी रूप में एकजुट लोगों की तरह होंगे।

बाबासाहब की विद्वत्ता

वे सदस्यों से पूछते हैं कि परिच्छेद में बताए अनुसार प्रस्ताव पारित करने का अधिकार सभा को हो सकता है, परंतु देश की समग्रता के लिए यह ठीक है क्या? यह भाषण बाबासाहब के अंत:करण को दर्शाता है। उनके इस भाषण से मातृभूमि के प्रति अत्यंत भक्तिभाव और देश की हजारों वर्षों की परंपरा के प्रति विश्वास और श्रद्धा उजागर होती है।

निष्पक्ष और उदार हृदय

संविधान सभा के काम का सिंहावलोकन करते हुए वे कहते हैं, 'संविधान की प्रारूप समिति में सब व्यवस्थित चलने का श्रेय कांग्रेस को है। कांग्रेस के अनुशासन के कारण ही मैंने प्रारूप निर्माण किया। कांग्रेस के अनुशासन के कारण ही प्रारूप समिति, संविधान समिति में प्रत्येक धारा व प्रत्येक संशोधन के भविय की विश्वासपूर्ण जानकारी के आधार पर संविधान के मार्गदर्शक का काम कर सकी।'

साम्यवादी व समाजवादी संविधान का ज्यादातर विरोध करते थे। साम्यवादी दल को श्रमिक वर्ग की तानाशाही पर आधारित संविधान चाहिए था। समाजवादी लोग दो कारणों से विरोध करते थे। पहला कारण यह कि यदि वे अधिकार (सत्ता) में आते हैं तो मुआवजा न देते हुए निजी संपत्ति का राष्ट्रीयकरण अथवा सामाजिकीकरण करने की स्वतंत्रता होनी चाहिए। दूसरा यह कि संविधान में मूलभूत अधिकार निरंकुश व अमर्यादित होने चाहिए यानी यदि उनका दल सत्ता में नहीं आता है तो उन्हें केवल आलोचना करने की नहीं, बल्कि राजसत्ता उलटने की स्वतंत्रता चाहिए।

वे कहते हैं कि राष्ट्र के उपयोग के लिए स्थापित संस्थाओं और उन्हें चलाने के लिए जनता के विश्वास से नियुक्त लोग प्रामाणिक होंगे, ऐसा मानकर चला जाता है, लेकिन आगे आनेवाली पीढ़ी को राष्ट्रहित में जो भी संशोधन करने की आवश्यकता होगी, इसके लिए प्रावधान रखा गया है।

केंद्र और राज्यों के संबंध तथा अधिकारों के बारे में वे बताते हैं—आपातकाल

में सत्ता के दावों से संघर्ष उत्पन्न हो सकता है। कोई संदेह नहीं कि शेष निष्ठा राज्यों पर न होकर केंद्र पर होनी चाहिए, क्योंकि संयुक्त अधिकार के लिए अंतिम रूप से संपूर्ण दो के सामूहिक हितसंबंध के लिए काम करनेाला केंद्र ही होता है। आपातकाल में राज्य सरकार को हटाने का अधिकार केवल केंद्र को ही होता है। संपूर्ण देश की सुरक्षा और अखंडता तथा एकता के लिए यह आवश्यक है।

ऐतिहासिक दूरदर्शिता

भारत के भविष्य को लेकर उनके मन में बहुत चिंता थी। इस चिंता का कारण उनकी मातृभूमि पर निष्ठा ही थी। संविधान सभा में दिए अपने अंतिम भाषण में वे कहते हैं—

'26 जनवरी, 1950 को भारत एक स्वतंत्र राष्ट्र हो जाएगा। (जयघोष) उनकी स्वतंत्रता का क्या होगा? वह अपनी स्वतंत्रता की रक्षा करेगा कि उसे पुनः खो देगा? इस संबंध में मेरे मन में पहला विचार यह आता है। ऐसा नहीं है कि भारत कभी स्वतंत्र राष्ट्र नहीं रहा है। मुद्दा यह है कि पहले जो स्वतंत्रता थी, उसे उसने गँवाया। क्या वह उसे फिर से गँवा देगा? कारण—वह (उसने) अपनी जनता में से कुछ की अप्रामाणिकता व विश्वासघात के कारण स्वतंत्रता गँवाई थी। मोहम्मद बिन कासिम ने सिंध पर आक्रमण किया, तब दाहिर के सेनापति ने कासिम के दलाल से रिश्वत ली और अपने राजा की तरफ से लड़ने से इनकार कर दिया। मोहम्मद गौरी को भारत पर आक्रमण करने के लिए व पृथ्वीराज से लड़ने का निमंत्रण देनेवाला सोलंकी राजा जयचंद था। जब शिवाजी हिंदुओं की मुक्ति के लिए संघर्ष कर रहे थे, उस समय बाकी मराठा सरदार और राजपूत मुगल बादशाह की तरफ से लड़ रहे थे। जब ब्रिटिशों ने सिख राजकर्ताओं को नष्ट करने का प्रयास किया, तब सेनापति गुलाब सिंह चुप बैठा रहा।'

1857 में भारत के बड़े भाग में ब्रिटिशों के खिलाफ स्वतंत्रता संग्राम की घोषणा की गई। उस समय सिख प्रेक्षक बने रहे। क्या इतिहास की पुनरावृत्ति होगी? यही विचार मुझे व्यग्र करता है। इस व्यग्रता को तीव्र करनेवाला कारण यह है कि जाति व संप्रदाय के अपने पुराने शत्रुओं के साथ अब परस्पर विरोधी व विभिन्न राजनीतिक प्रणालीवाले अनेक राजनीतिक दलों का सामना करना पड़ेगा। भारत के लोग राष्ट्र को अपने राजनीतिक संप्रदाय से श्रेष्ठ मानेंगे अथवा अपने राजनीतिक संप्रदाय को राष्ट्र से श्रेष्ठ मानेंगे? यदि दलों ने अपनी राजनीतिक प्रणाली को राष्ट्र से श्रेष्ठ

माना तो स्वतंत्रता फिर खतरे में पड़ सकती है। इससे अपने देश की रक्षा करनी है।

समता, स्वतंत्रता, बंधुता के आधा पर लोकतांत्रिक व्यवस्था की रक्षा हो सकती है। इसमें समता और स्वतंत्रता दोनों की रक्षा के लिए बंधुता अत्यंत आधारभूत है। आज बंधुता के आधार पर ही संपूर्ण समाज को संगठित किया जा सकता है और स्वतंत्रता की रक्षा की जा सकती है।

लोकशिक्षक बाबासाहब

उच्च शिक्षा के पहले चरण में इंग्लैंड से भारत आने पर बाबासाहब ने मुंबई के सिडेहॅम महाविद्यालय में दो साल अर्थशास्त्र का अध्यापन किया। बाद में एक निजी संस्था में प्रोफेसर ऑफ मर्केन्टाईल के पद पर कार्य किया। सन् 1928 में वे शासकीय विधि महाविद्यालय में प्राध्यापक के पद पर नियुक्त हो गए। आगे चलकर इसी महाविद्यालय में सन् 1935 में प्राचार्य पद पर उनकी नियुक्ति हुई। इस पूरी अवधि में उन्होंने एक सव्यसाची, विद्यार्थीप्रिय, प्राध्यापक और अनुशासनप्रिय प्रशासक के रूप में ख्याति प्राप्त की। अध्यापन, विषय का गहरा ज्ञान, चौतरफा वाचन और अत्यंत व्यामिश्र जीवनानुभव से उनका अध्यापन प्रभावी और वजनदार था। उनकी अध्यापन शैली में संवाद कुशलता, भाषा की शान और गहरा ज्ञान था। अंग्रेजी भाषा पर उनका अनूठा प्रभुत्व था। उन्हें विद्यार्थियों को विषय, क्रमिक पुस्तक पढ़ाने का जैसे अहसास था, वैसे ही उनका चरित्रनिर्माण करना है, साथ-साथ मार्गदर्शन करना है, इसका भी ज्ञान था। महाविद्यालय के प्राचार्य के नाते, मुंबई विश्वविद्यालय के कामकाज पर उन्होंने अमिट छाप छोड़ी थी।

अध्यापन लौकिक पेशा था और उसके साथ-साथ वे व्यावहारिक कुशलता सिखाने का, लोकशिक्षक का काम भी करते थे। सामाजिक, राजनीतिक समस्याओं की उन्हें गहरी समझ थी। 'मूकनायक', 'बहिष्कृत भारत', 'जनता' आदि नियतकालिकों (पीरियाडिकल्स) से उन्होंने इन समस्याओं की कठोर चिकित्सा की और उनके बारे में दिग्दर्शन भी किया। बहिष्कृत हितकारिणी सभा, समाज समता संघ आदि संस्थाओं से उन्होंने समाज परिवर्तन को गति दी। दलित और अस्पृश्य समाज की अनेक परिषदों में उन्होंने अपने प्रभाव भाषणों के माध्यम से समाज का मार्गदशर्न किया। सन् 1927 में महाड में हुई परिषद और चवदार तालाब सत्याग्रह के समय उनके भाषण विशेष रूप से मशहूर हुए। उन्होंने दलित मुक्त आंदोलन की नींव डाली। मुंबई, दिल्ली, बीबीसी लंदन और वायस ऑफ

अमेरिका आदि रेडियो केंद्रों से उन्होंने विचार करने को बाध्य करनेाले प्रभावी भाषण दिए। अनेक शासकीय समितियों और मंचों से विचार व्यक्त किए। प्रांतीय और राष्ट्रीय स्तर पर शासकीय यंत्रणाओं में जिम्मेदारी के पद को विभूषित करते हुए किया हुआ कार्य और व्यक्त किए विचार, व्यापक अर्थ से लोकशिक्षा ही है। उनमें जो कालनिरपेक्षता और चिरनूतनता है, वह दर्शनीय तो है ही, पर सच्चे अर्थों में समाजमन पर किए गए जादू जैसी है। लोकशिक्षक के रूप में बाबासाहब का किया हुआ काम चिरस्मरणीय है।

पीपुल्स एजुकेशन सोसाइटी की स्थापना करके उन्होंने दलित समाज के विद्यार्थियों के लिए मुंबई और औरंगाबाद में उच्च शिक्षा महाविद्यालयों की स्थापना की। ये महाविद्यालय उपेक्षित समाज के विद्यार्थियों के लिए ज्ञान के मुक्तद्वार थे। संस्था संचालन करते हुए उन्होंने दूरदर्शिता, तत्त्वनिष्ठा और पारदर्शी व्यवहार पर बल दिया। इन संस्थाओं में आर्थिक अनुशासन और सच्चाई पर जोर दिया गया। सार्वजनिक पैसे का भलीभाँति हिसाब रखकर, उसे समय-समय पर जनता को दिखाना और इसे पवित्र कर्तव्य समझना, उनकी संस्था व्यवहार के बारे में संकल्पना थी।

उन्होंने दलित विद्यार्थियों के लिए छात्रावास, उत्तम ग्रंथालय और प्रयोगशाला आदि सुविधाओं की भी व्यवस्था की। शिक्षण संस्थाओं में अध्यापकों की नियुक्ति करते समय उन्होंने जाति को नहीं, बल्कि योग्यता को महत्त्व दिया। उनका आग्रह था कि मेरे विद्यार्थियों को गुणी अध्यापकों से सर्वोत्तम ज्ञान मिलना चाहिए। बाबासाहब के समय इन शिक्षा संस्थाओं में कार्यरत रहे प्राध्यापकों की और प्राचार्यों की नामावली देखी जाए तो वे कितने उच्च स्तर के नामवर थे, इसका उदाहरण मिलता है। वे समाज को तत्त्वनिष्ठ व्यवहार और उत्कृष्ट विचार देकर रुके नहीं। आदर्श शिक्षा केंद्र कैसा होना चाहिए, उसका एक आदर्श उन्होंने समाज के सामने रखा।

महाविद्यालय के प्राध्यापकों को संबोधित करते हुए वे कहते हैं, 'अध्ययन और अध्यापन के काम में प्राध्यापक इतने जुट जाएँ कि अपने घर की ओर देखने के लिए भी उनको वक्त न मिले। अध्ययन और अध्यापन के साथ अनुसंधान भी आ जाता है। उनका केवल विद्वान होना ही अपेक्षित नहीं, वे बहुश्रुत भी हों, उनमें विषय को रंजक बनाने की कला और उत्साह हो। इनमें से कुछ गुण तो आप में होंगे ही, पर कुछ अध्ययन और अनुभवों के द्वारा साध्य करने होंगे।'

अध्यापकों को संबोधित करते हुए वे कहते हैं, 'प्रत्येक पीढ़ी एक स्वतंत्र राष्ट्र है, ऐसा हम मानें। हर पीढ़ी को बहुमत से स्वयं को बंधित करने का हक है। दूसरे

देश पर बंधन लादने का अधिकार जैसे उन्हें नहीं, वैसे ही अपने पीछे आनेवाली पीढ़ी पर बंधन डालने का भी उन्हें हक नहीं है।' इन विचारों से बाबासाहब ने सच्चे लोकतंत्र का सार हमारे सामने रखा है।

पाठशाला और शिक्षा संस्था

डॉ. आंबेडकर कहते हैं कि पाठशाला एक पवित्र संस्था है। वहाँ छात्रों के मन सुसंस्कृत होते हैं। इसीलिए पाठशाला का कारोबार अनुशासन से चलना चाहिए। अन्य जगहों पर अंधाधुंध कारोबार से सार्वजनिक पैसे की हानि होगी, परंतु शिक्षा के कारोबार में अगर अंधाधुंध गड़बड़ी हो जाए तो नई पीढ़ी का नुकसान होगा। इस भेद और धोखे को कोई भी, कभी भी न भूले। 'बहिष्कृत भारत' के एक लेख में वे कहते हैं, ''पाठशाला के छात्रों के मन को समाजहित के लिए मोड़ देना चाहिए। पाठशाला उत्तम नागरिक बनाने का कारखाना है अर्थात् इस कारखाने में फोरमैन जितना कुशल, उतना अच्छा माल कारखाने में तैयार होगा।'' अध्यापकों और संस्था चालकों के लिए कारोबार का बाबासाहब का दिशादर्शन है यह।

बाबासाहब ने शिक्षा क्षेत्र की आदर्श संस्था का श्रीगणेश पीपुल्स एजुकेशन सोसाइटी की स्थापना करके किया। शिक्षा संस्था के संचालन की जो नियमावली बाबासाहब ने तैयार की, उससे शिक्षा संस्था के आदर्श कारोबार और व्यवहार के बारे में उनका दृष्टिकोण स्पष्ट होता है। वे शिक्षा संस्थाओं में अध्यापक-प्राध्यापकों की नियुक्ति करते समय जाति-पाँति का नहीं, उच्च योग्यता का आग्रह करते हैं। वे कहते हैं कि मेरी शिक्षा संस्थाओं में पिछड़े वर्ग के छात्रों के प्रवेश को सर्वाधिक प्रधानता है, परंतु उन्हें पढ़ानेवाला अध्यापक वर्ग केवल उच्च योग्यतावाला ही हो, भले ही वह किसी भी जाति का क्यों न हो। उनका मानना था कि राजनीतिक दलों को भी शिक्षा कार्य करना चाहिए और उसके लिए शिक्षा संस्थाओं का जाल तैयार करना चाहिए। इसी वजह से उन्होंने शे.का. फेडरेशन के घोषणा पत्र में इस विषय का स्पष्ट उल्लेख करनेवाली धारा को समाविष्ट किया।

बाबासाहब सहशिक्षा के समर्थक थे। उन्होंने कहा है कि स्त्रियों को पुरुषों की बराबरी में एक साथ शिक्षा प्राप्त हो। वे कहते हैं कि स्त्रियों के साथ रहकर भी जो पुरुष अपना मन काबू में रखते हैं और पुरुषों के संग में रहकर भी जो स्त्रियाँ अपना पाँव न फिसले, इस बारे में सजग रहती हैं, उन्हें नीतिमान कहना चाहिए। बाबासाहब का स्पष्ट मत था कि संस्था चालकों को सहशिक्षा को प्रोत्साहन देना चाहिए।

छात्रों का दायित्व

बाबासाहब स्वयं अनेक वर्षों तक प्राध्यापक रहे थे, अतः छात्रगण से उनका गाढ़ा परिचय था। शिक्षा से छात्रों का आत्मविश्वास जागना चाहिए, इस विचार को स्पष्ट करते हुए वे कहते हैं—आत्मविश्वास जैसी दूसरी दैवी शक्ति नहीं, हमें अपना आत्मविश्वास कभी गँवाना नहीं चाहिए। बाबासाहब मूल्य शिक्षा पर बल देते हुए कहते थे कि विद्या, विनय, शील और कड़ा अनुशासन, सब छात्रों को आत्मसात् करना चाहिए। विद्या के साथ शील चाहिए, क्योंकि शील के बिना विद्या व्यर्थ है। वे कहते थे कि शिक्षा से छात्रों की सामाजिक संवेदनाएँ भी सजग होनी चाहिए। छात्रों को राजनीति में दखलअंदाजी नहीं करनी चाहिए। अगर वे अध्ययन छोड़कर राजनीति को अपनाने लगेंगे, तो जीवनभर उनकी हानि होगी।

उपाधि की सीमाएँ स्पष्ट करते हुए बाबासाहब कहते हैं कि केवल उपाधि धारण करके कुछ भी साध्य नहीं होगा, क्योंकि विश्वविद्यालयों की उपाधियों और बुद्धिमत्ता में अन्योन्य संबंध होता तो, ऐसा नहीं है। परीक्षा में सफल होना और उपाधि पाना अलग है और सुशिक्षित और ज्ञानी होना अलग है अर्थात् उनकी छात्रों से यह अपेक्षा थी कि छात्रों का भारवेत्ता होने से ज्ञानवेत्ता होना ज्यादा जरूरी है।

छात्रों की कमियों को सही ढंग से जानते हुए बाबासाहब कहते हैं कि विषय की जड़ तक पहुँचकर सम्यक् ज्ञान का मार्मिक आकलन करके उसकी भली-भाँति रचना करने की योग्यता, सर्वसाधारण ज्ञान की बुनियादी अवस्था, युक्तिवाद, निर्दोष मत प्रदर्शन, प्रश्नों के तर्क की कसौटी पर उत्तर खोजना, मन के विचारों को सुस्पष्टता से रखना, आदि बातें छात्रों में आजकल कम मात्रा में दिखाई देती हैं।

सिद्धार्थ महाविद्यालय के छात्रों को संबोधित करते हुए बाबासाहब कहते हैं, ''शिक्षा से आपके मन, दृष्टि, विचारशक्ति, समस्या सुलझाने की ताकत आदि का विकास होना चाहिए। आज हमारा देश जिन समस्याओं से जूझ रहा है, उन समस्याओं के बारे में इस शक्ति के माध्यम से अपना अभिमत बनाने में उस शक्ति का, दृष्टि का पूर्ण उपयोग करना चाहिए। इतना ही नहीं, राजनीतिज्ञों को इन समस्याओं को सुलझाने में आपके इस ज्ञान का उपयोग करना चाहिए। आपकी सहकारिता से वे उत्तर खोजे जाने चाहिए। अगर वे कहीं गलती कर रहे हैं तो निडरता से, स्पष्टता से उन्हें बताने का साहस शिक्षा से प्राप्त होना चाहिए।'' इतनी बड़ी अपेक्षा वे छात्रों से रखते थे।

अध्यापकों की योग्यता

स्वयं एक उत्कृष्ट अध्यापक रहे बाबासाहब की अध्यापक वर्ग से क्या अपेक्षाएँ थीं। उनका कहना था कि शिक्षा एक निरंतर चलनेवाली प्रक्रिया है और अध्यापक उसका मुख्य आधार है। इसीलिए शिक्षा और योग्यता उनकी ज्ञानपिपासा, विद्याव्यासंग, आत्मीयता और ध्येयासक्त जीवनदृष्टि इन बातों पर निर्भर है। बाबासाहब ने अपनी ज्ञानसाधना में वाचन-मनन, चिंतन और अध्ययन के त्रिसूत्र को अपनाया था। इसी वजह से वे स्वयं एक उत्कृष्ट अध्यापक और व्यापक अर्थ में समाजशिक्षक बन पाए। इस संदर्भ में उनकी भूमिका पहले करनी बाद में कथनी थी।

अध्यापक को बहुश्रुत होना आवश्यक है। उसे अपने विचारों का विन्यास अच्छी तरह करना जरूरी है, अपने और दूसरों के विचार जाँचना जरूरी है, तभी वे छात्रों को अध्ययन करने तथा विचार करने के लिए प्रवृत्त कर सकेंगे। वह तेज बुद्धि का और चयनशील वृत्ति का हो। उसमें चिकित्सक वृत्ति तथा मर्मज्ञता हो। उनकी दृष्टि में अध्यापक वर्ग राष्ट्र का सारथी है, क्योंकि उनके हाथों में शिक्षा की बागडोर होती है। अत: पाठशालाओं में संबुद्धिवाले, उदात्त विचारों से भरपूर और विशाल हृदय के अध्यापक होना जरूरी है।

शिक्षा नीति

डॉ. आंबेडकर ने अपनी शिक्षा विषयक नीति क्रमबद्ध रूप से ग्रंथित नहीं की। इस संदर्भ में उनके रखे विचार, अन्य स्थानों पर अलग-अलग माध्यमों द्वारा व्यक्त हुए हैं। उनकी संपादिपत पत्रिकाएँ, स्थापित की हुई सामाजिक और शिक्षा संस्थाओं के ध्येय और नीतियों से उनके विचारों का पता चलता है। उनके अन्यान्य शासकीय समितियों, आयोगों के सामने दिए गए साक्ष्य, प्रस्तुत किए गए पत्र-प्रपत्र इनके माध्यम से भी शिक्षा नीति का चिंतन सामने आता है। विविध परिषदों में, सम्मेलनों में, महाविद्यालयों तथा शिक्षण संस्थाओं में दिए भाषणों के द्वारा भी विचार प्रस्तुत हुए हैं। वैधानिक क्षेत्र अर्थात् बंबई विद्यापीठ सीनेट, शिक्षण संस्थानों में उनके भाषणों में भी विचार प्रस्तुत हुए। मुंबई विधिमंडल, महाराज्यपाल की मंत्रिपरिषद्, संविधान सभा, लोकसभा आदि में हुई चर्चाओं में उन्होंने शिक्षा नीति के अनेक मुद्दों पर विशद विचार व्यक्त किए हैं। उनके विस्तृत चिंतन में शिक्षा क्षेत्र की सामाजिक विषमताएँ, उस पर उपाय, साक्षरता प्रसार और विकास की आवश्यकता, प्राथमिक शिक्षा, उच्च शिक्षा और संशोधन, व्यवसाय प्रशिक्षण, तंत्र

शिक्षा जैसे विषय विविध स्तरों के संदर्भ में दिखाई देते हैं। उनके व्यापक चिंतन में से कुछ विशेष मुद्दों पर विचार इस प्रकार हैं—

एकसूत्रीय राष्ट्रीय नीति

केंद्रीय सत्ता की परिकल्पित एकसूत्रीय राष्ट्रीय नीति से ही सार्वजनिक शिक्षा की समस्या, यह खंड-खंड करके सुलझनेवाला प्रश्न नहीं है, बल्कि यह प्रश्न एकसूत्री नीति से ही सुलझ सकता है, क्योंकि शिक्ष निरंतर चलनेवाली प्रदीर्घ प्रक्रिया है। शिक्षा क्षेत्र को सच्चे अर्थों में स्वतंत्र होना चाहिए, उस पर व्यक्ति की सत्ता धोखादायक है। शिक्षा की जिम्मेदारी स्थानिक स्वराज्य संस्थाओं को न सौंपे। वे कहते हैं, शिक्षा गटर साफ करने जैसी बातों से भिन्न है, यहाँ कारोबार उपयुक्त नहीं।

शिक्षा अन्न के सम्मान

साक्षरता प्रसार और विकास तथा सार्वत्रिक शिक्षा के उद्देश्य पर बल देते हुए बाबासाहब कहते हैं कि एक बार बच्चे ने प्राथमिक पाठशाला में प्रवेश ले लिया, तो वह साक्षर हो गया, ऐसा नहीं है। जब तक उसमें जीवनभर साक्षर रहने की क्षमता विकसित नहीं होती, तब तक वह प्राथमिक शाला या साक्षरता वर्ग न छोड़े। उनकी दृष्टि में शिक्षा अन्न के समान है, उसकी आवश्यकता जीवनभर होती है। उनका दृढ मत था कि इस संदर्भ में पूरी जिम्मेदारी शासन को ही उठानी होगी।

सामाजिक विषमता

शिक्षा क्षेत्र में व्याप्त सामाजिक विषमता के बारे में बाबासाहब का मत अत्यंत स्पष्ट है। सन् 1927 में मुंबई विधिमंडल में दिए भाषण में उन्होंने इस संदर्भ में प्राथमिक, माध्यमिक और उच्च शिक्षा स्तर पर जो विषमता है, उसकी सांख्यिकी प्रस्तुत की। उस पर आधारित निष्कर्ष थे—समूचे हिंदू समाज में निरक्षरता का परिणाम 82.5 प्रतिशत है, उसमें भी पिछड़े समाज में वह 98 प्रतिशत जैसा भयंकर है। माध्यमिक और उच्च शिक्षा के स्तर पर पिछड़े वर्ग की अवस्था अत्यंत दयनीय है। शैक्षिक विषमता की जड़ सही मायने में सामाजिक और आर्थिक विषमता में है।

उपाय

इस परिस्थितियों के उपाय बताते हुए वे कहते हैं कि असमान बर्ताव तत्त्व

को स्वीकार करके कुछ वर्गों को विशेष सहलियतें देने की आवश्यकता है। जो निम्नस्तरीय हैं, उन्हें विशेष दर्जा और सहूलियत देने के अलावा कोई विकल्प नहीं है। वे कहते हैं, केवल छात्रवृत्ति देने में पिछड़े वर्ग की समस्या नहीं सुलझ जाएगी। छात्रावास, अभ्यासगृह, बालवाड़ी, संस्कार केंद्र आदि उसे उनके लिए उचित, प्रेरणादायी सामाजिक वायुमंडल का निर्माण करनप आवश्यक है। आगे चलकर भारतीय संविधान में शामिल हुए आरक्षण नीति के बीज उनके इस भाषण में मिलते हैं।

समाज परिवर्तन एक निरंतर चलनेवाली प्रक्रिया है। शिक्षा से समाज परिवर्तन का मार्ग प्रशस्त होता है। बाबासाहब कहते हैं कि परिवर्तन की इस प्रक्रिया को गति देने के लिए समाज मानस में परिवर्तनवादी विचार दृढ होना आवश्यक है। व्यापक एवं सार्वजनिक शिक्षा द्वारा ये विचार समाज में दृढ बन सकते हैं। शिक्षा का सामाजिक आशय कभी भी आँखों से ओझल नहीं होना चाहिए। शिक्षा की संकल्पना के अंतर्गत 'पढ़ो और पढ़ाओ' की प्रक्रिया अभिप्रेरित होती है। इसी से समाज की प्रगति संभव होती है। बाबासाहब कहते हैं कि शिक्षा के बिना किसी भी समाज में संवेदनशीलता, प्रतीति या सजगता निर्मित नहीं होगी तथा बिना जागृति के समाज की उन्नति भी नहीं होती। शिक्षा का आशय खासकर ऐहिक होना चाहिए। उनकी व्यवहारिक अपेक्षा थी कि समाज में जो विषमताएँ हैं, वे शिक्षा के माध्यम से दूर हों। वे एक आदर्शवादी विचार सामने रखते हैं कि शिक्षा किसी के व्यक्तित्व में निहित सुप्त शक्तियों को मुक्त करती है और मनुष्य को पशुता से मनुष्यत्व की ओर ले जाती है। बाबासाहब यह कहने से भी नहीं चूकते थे कि शिक्षा का हेतु व्यक्ति का सामाजिकीकरण और नैतिकीकरण करना है, क्योंकि सभ्यता और संस्कृति की बुनियाद शिक्षा ही है।

बाबासाहब की ज्ञान की संकल्पना बड़ी ही व्यापक और आदर्श है। वे कहते हैं कि विद्या, प्रज्ञा, करुणा, शील और मित्रता इन पंचतत्त्वों के अनुसार हर एक को अपना चरित्र निर्माण करना चाहिए। वे कहते हैं कि विद्या के साथ शील भी चाहिए, शील के बिना विद्या व्यर्थ है। विद्या तलवार के समान है, इसीलिए जो उसे धारण करे, उस पर उसकी महत्ता अवलंबित है। बुदिध और चतुराई को सदाचार अर्थात् शील का साथ मिलना चाहिए। बगैर शील के अगर शिक्षित लोग निर्मित होने लगेंगे, तो उनकी शिक्षा से राष्ट्र और समाज का नाश होगा। मनुष्य का निर्माण करे, वह शिक्षा। ज्ञान और प्रज्ञा का सुचारू मेल माने शिक्षा। व्यक्ति को स्वत्व की प्रतीति कराना शिक्षा का कार्य है।

ज्ञान का अर्थ है प्रकाश। गौतम बुद्ध की दी हुई शिक्षा की परिभाषा बाबासाहब को भाती है। यह प्रकाश सामाजिक, आर्थिक, राजकीय क्रांति का आधार बनना चाहिए। प्रकाश शब्द का विश्लेषण वे इस प्रकार करते हैं—शिक्षा का संदर्भ सामाजिक होना चाहिए, शिक्षा शोषणमुक्ति का महामार्ग है, अतः समाज में जो पीड़ित, उपेक्षित, शोषित घटक हैं, उनकी दैन्यावस्था मिटानेवाला अचूक उपाय है शिक्षा। उनकी दृष्टि से समाज में दो पददलित हैं, उनकी आत्मनिर्भरता और आत्मसम्मान का आंदोलन है शिक्षा। वे समाज के निम्नस्तर को उच्चस्तर तक उठाने के लिए शिक्षा और शिक्षा में आरक्षण के दोहरे उपायों के कठोर क्रियान्वयन की जरूरत मानते हैं। समताधिष्ठित, मूल्याधिष्ठित और नीतिमान समाज; यह सफल लोकतंत्र की पूर्वशर्त हैं और यह संस्कार केवल शिक्षा के माध्यम से ही हम पा सकते हैं। उनका यह प्रतिपादन चिंतनीय है।

समाज में निरक्षरता के परिणाम के बारे में चिंता व्यक्त करते हुए बाबासाहब कहते हैं कि इसी निरक्षरता ने जनता को मानसिक दृष्टि से गुलाम, आर्थिक दृष्टि से दरिद्र, सांस्कृतिक दृष्टि से लूला-लँगड़ा और सामाजिक दृष्टि से पिछड़ा बना दिया। इसी वजह से समाज विदेशी आक्रमकों के विरुद्ध संघर्ष करने की ताकत खो बैठा है। उनके इस अभिप्राय का भावार्थ समझने की आवश्यकता है। बाबासाहब ने शिक्षा और शिक्षाशास्त्र की केवल तात्विक चर्चा नहीं की है। उनका शिक्षा संबंधी ध्येय यह है कि औपचारिक शिक्षा को नैतिकता का साथ मिलना चाहिए।

मुंबई विश्वविद्यालय से बी.ए. की उपाधि पाने के लिए सन् 1913 में वे उच्च शिक्षा हेतु अमेरिका गए। कोलंबिया विश्वविद्यालय से उन्होंने एम.ए. और पीएच.डी. की उपाधि प्राप्त की। अनेक चर्चा सत्रों में उन्होंने शोध निबंध भी प्रस्तुत किए। बाद में इंग्लैंड जाने के बाद उन्होंने लंदन विश्वविद्यालय, लंदन स्कूल ऑफ इकोनॉमिक्स तथा ग्रेज इन नामक विश्वमान्य संस्थाओं में अध्ययन किया। वहाँ उन्होंने एम.एससी., डीएसी., एलएलडी, बार एट लॉ, ये उपाधियाँ सम्मान सहित प्राप्त की। सन् 1952 में कोलंबिया विश्वविद्यालय ने उन्हें डी.लिट. की उपाधि सम्मान के साथ प्रदान की। हर उपाधि के लिए उन्होंने ज्ञानसाधनाकर स्वतंत्र संशोधन ग्रंथ लिखे और वे ग्रंथ विश्वविख्यात हुए। इनमें प्रमुख रूप से सामाजिक, आर्थिक और वित्तीय विषयों के ग्रंथों का समावेश है। विदेश से वापस आने पर देश के सामने जो अनेक समस्याएँ थीं, उन पर अध्ययन करके उन्होंने अनेक ग्रंथ लिखे। उनका अध्ययन और लेखन निर्बाध गति से सदा चलता रहा। सड़सठ साल की उम्र में उनकी जीवनयात्रा समाप्त हुई। उससे कुछ दिन पूर्व उन्होंने 'बुद्ध और धम्म'

नामक महत्त्वपूर्ण ग्रंथ लिखकर पूरा किया था। उनका समग्र साहित्य 22 खंडों में 15,000 पृष्ठों में ग्रंथित हुआ है। बाबासाहब के इस योगदान का परामर्श लेना एक स्वतंत्र अध्ययन का विषय है।

बाबासाहब ने वैचारिक विश्व में जो परिवर्तन किया, उसका प्रमुख आधार रहा उनका अखंड ग्रंथ पठन। वे विदेशी विश्वविद्यालयों के ग्रंथालयों में प्याला भर दूध और ब्रेड के दो चार टुकड़े खाकर 18-18 घंटे अध्ययन करनेवाले विद्यार्थी थे। पेट काटकर उन्होंने, 35,000 ग्रंथ खरीदे और तो और हर ग्रंथ बारीकी से पढ़ा हुआ और हाशिए में टिप्पणी किया हुआ था। ग्रंथ तो मानो उनके प्राण ही थे। पं. मदनमोहन मालवीय ने बनारस हिंदू विश्वविद्यालय के लिए इन ग्रंथों की माँग की थी। वे उन ग्रंथों के लिए मुँहमाँगा दाम देने के लिए तैयार थे। उसे बड़ी नम्रता से अस्वीकार करते हुए बाबासाहब ने कहा, 'आप तो मानो मेरे प्राण ही माँग रहे हैं।'

शिक्षा विषय चिंतन

शिक्षा लो, संगठित हो और संघर्ष करो—बाबासाहब ने प्रगति का यह मूलमंत्र समाज को दिया। इस मूलमंत्र में शिक्षा का प्रथम स्थान है, परंतु उनका शिक्षा विषयक चिंतन, सुसंगठित रूप से, प्रबंध रूप में उपलब्ध नहीं, बल्कि अन्यान्य रचनाओं में बिखरा पड़ा है। सम्मेलनों और परिषदों में किए हुए भाषण, पत्रवांग्मय, पत्रिकाओं में छपे लेख, शिक्षा संस्थानों को दी भेंट, प्रांतिक या केंद्रीय विधिमंडलों में तथा विश्वविद्यालयों में किए भाषण, अन्यान्य वर्गों के सामने दिए साक्ष्य आदि में से विचार व्यक्त हुए हैं। अपने समग्र चिंतन में शिक्षा का तत्त्वज्ञान, ध्येयवाद, शिक्षा का सामाजिक आशय, पाठ्यक्रम का स्वरूप और ध्येय, विद्यार्थियों का दायित्व, अध्यापकों की पात्रता, पाठशाला तथा महाविद्यालयों की जिम्मेदारी, शिक्षा क्षेत्र में रखे गए आरक्षण और उनकी मीमांसा जैसे शिक्षा विषयक अलग-अलग पहलुओं पर उन्होंने भाष्य किया है। प्राथमिक शिक्षा, उच्च शिक्षा, विश्वविद्यालयों का कारोबार, साक्षरता प्रसार, सार्वत्रिक शिक्षा की अनिवार्यता आदि बातों की भी उन्होंने चर्चा की है। उन्होंने सैद्धांतिक रचना के साथ व्यवाहारिकता को भी महत्त्व दिया। हम अब उनकी इसी विचारसंपन्नता का संक्षिप्त लेखा-जोखा लेंगे।

बाबासाहब का मत था कि शिक्षा और ससाज का एक अटूट रिश्ता होता है, क्योंकि शिक्षा ही समाज के सांस्कृतिक उन्नयन का आधार होती है। वे कहते हैं कि समाज द्वारा अपना स्तर अधिक-से-अधिक ऊँचा उठाने के लिए

सामूहिक पद्धति से किया प्रयास शिक्षा होता है। समताधिष्ठित समाजनिर्मित के लिए शिक्षा जैसा दूसरा कोई साधन नहीं है। समता के लिए सबको शिक्षा मिलना जरूरी है। समता के सिवाय स्वतंत्रता माने परतंत्रता को आमंत्रण। अपना यह मुद्दा स्पष्ट करते हुए बाबासाहब कहते हैं कि सामाजिक समानता और स्वतंत्रता की रक्षा करने के लिए आवश्यक होनेवाली शक्ति शिक्षा है। वे यह भी कहते हैं कि व्यक्ति की स्वतंत्रता को अबाधित रखने और उसकी रक्षा के लिए काम आनेवाली ताकत शिक्षा से ही प्राप्त हो सकती है। इससे उनका शिक्षा विषयक विस्तृत दृष्टिकोण स्पष्ट होता है।

□

विदेश नीति पर आंबेडकर की दृष्टि

—प्रफुल्ल केतकर

जो इतिहास को भूल जाते हैं, वे इतिहास नहीं बना सकते। भारतीय सेना में मुसलमानों के दबदबे को कम करने के लिए और सेना को सुरक्षित बनाने के लिए, इन शत्रुतापूर्ण तत्त्वों को बाहर जाने देने में ही बुद्धिमानी है। अपनी धरती की रक्षा हम करेंगे। इस गलतफहमी में न रहें कि पाकिस्तान अपने मुसलिम साम्राज्य का विस्तार भारत में करने में सक्षम हो जाएगा। हिंदू उसे धूल चटा देंगे। मैं स्वीकार करता हूँ कि कुछ बिंदुओं पर सवर्ण जातियों के हिंदुओं के साथ मेरा झगड़ा है, लेकिन मैं आपके सामने यह संकल्प ले सकता हूँ कि अपने देश की रक्षा में अपना प्राण न्यौछावर कर दूँगा। (पृ. सं. 340-341)

हमारी (नेहरूवादी) विदेश नीति का महत्त्वपूर्ण बिंदु है अन्य देशों की समस्याओं को हल करना और अपने देश की समस्याओं का समाधान न करना। डॉ. बी.आर. आंबेडकर (बाबासाहब आंबेडकर, धनंजय कीर, पृ. 456)

किसी नव स्वतंत्र राष्ट्र के लिए विदेश नीति बनाना महत्त्वपूर्ण होता है और स्वतंत्र भारत की विदेश नीति का वास्तुकार नेहरू को मानने की प्रवृत्ति अभी भी है। अगर नेहरूवादी अवधि के दौरान विदेश नीति की धारणाओं को सबसे बड़ी दूरदर्शी चुनौती किसी ने प्रस्तुत की थी, तो वह डॉ. आंबेडकर थे। चाहे वह गुटनिरपेक्षता की नीति हो, पड़ोसियों के प्रति नीति हो, रक्षा तैयारियाँ हों या इसलामी देशों के साथ संबंधों की समस्या हो, आंबेडकर ऐसी दूरदर्शी अंतदृष्टि प्रदान करते हैं, जो आज भी प्रासंगिक है। कोई संदेह नहीं कि दलित वर्गों के लिए उत्थान और उनका सम्मानजनक जीवन सुनिश्चित करने में आंबेडकर का योगदान भारतीय संदर्भ में अद्वितीय है, लेकिन अगर विदेश नीति का अर्थ दूसरे देशों के साथ संबंधों में राष्ट्रीय हितों की सुरक्षा सुनिश्चित करना माना जाए तो

डॉ. आंबेडकर की दृष्टि हमें वह वैकल्पिक विचार प्रदान करती है, जो नेहरू के आदर्शवादी ढाँचे को चुनौती देते हैं।

यथार्थवाद की नींव—बाबासाहब ने कई मोरचों पर नेहरू की नीतियों की आलोचना की थी। नेहरू की विदेश नीति की सबसे प्रबल आलोचना उन्होंने मंत्री पद से इस्तीफा देते समय की। वे स्वतंत्र भारत की विदेश नीति की दिशा से न केवल असंतुष्ट थे, बल्कि उन्होंने वास्तविक बेचैनी और चिंता भी व्यक्त की थी। अपने भाषण में उन्होंने कहा था कि जिसने भी हमारी विदेश नीति की दशा-दिशा पर ध्यान दिया है और भारत के प्रति अन्य देशों के रवैये पर गौर किया है, वह इस बात का एहसास किए बिना रह ही नहीं सकता है कि हमारे प्रति उनके दृष्टिकोण में अचानक परिवर्तन आ चुका है। 15 अगस्त, 1947 को, जब हमने एक स्वतंत्र देश के रूप में अपना जीवन शुरू किया, तब कोई भी देश ऐसा नहीं था, जिसने हमारा बुरा सोचा हो। दुनिया का हर देश हमारा दोस्त था। आज, चार साल बाद, हमारे सभी दोस्त हमें छोड़ चुके हैं। हमारा कोई दोस्त नहीं बचा है··· हम एक सुनसान राह पर चल रहे हैं, जिसमें संयुक्त राष्ट्र में हमारे प्रस्तावों का समर्थन करने के लिए भी कोई नहीं है। जब मैं विदेश नीति के बारे में सोचता हूँ, तो याद आता है कि बिस्मार्क और बर्नार्ड शॉ ने क्या कहा था। बिस्मार्क ने कहा था—राजनीति आदर्शों को साकार करने का खेल नहीं है, राजनीति संभावनाओं का खेल है। बर्नार्ड शॉ ने कहा था कि अच्छे आदर्श अच्छे होते हैं, लेकिन आपको यह नहीं भूलना चाहिए कि बहुत अच्छा होना भी अकसर खतरनाक होता है। हमारी विदेश नीति विश्व के इन दो महान् लोगों द्वारा बताई गई बातों के ठीक विपरीत है। इससे स्पष्ट होता है कि आंबेडकर यथार्थवादी विदेश नीति के पक्ष में थे, जो राष्ट्रीय हितों की रक्षा की नींव पर आधारित हो और उनकी दृढ राय थी कि नेहरू द्वारा प्रतिपादित आदर्शवादी नीतियों का कोई परिणाम नहीं निकलेगा।

स्वतंत्र भारत की विदेश नीति जिन तीन विचारों पर रची गई थी, आंबेडकर को उन तीनों में भारी त्रुटि नजर आती थी। इन तीन विचारों में एक शांति थी, दूसरा कम्युनिज्म और लोकतंत्र के बीच सह-अस्तित्व था और तीसरा सीटो का विरोध करना था।

शांति की रट लगाने की आलोचना करते हुए उनका मानना था कि विदेशी संबंधों में बलप्रयोग अपरिहार्य है और इस कारण भारत की रक्षा तैयारियों की उपेक्षा नहीं करनी चाहिए। उन्होंने कहा—बुराई की जड़ बल प्रयोग में नहीं, बल्कि

जीत के दुरुपयोग में है, यहाँ तक कि द्वितीय विश्वयुद्ध के दौरान भी उन्होंने इस बात पर जोर दिया कि ब्रिटेन भारतीयों को अपने स्वयं के बचाव के लिए तैयार करे। लखनऊ विश्वविद्यालय के छात्रों को संबोधित करते हुए नवंबर 1951 में उन्होंने कहा—सरकार की विदेश नीति भारत को मजबूत बनाने में असफल रही है। भारत को सुरक्षा परिषद् में स्थायी सीट क्यों नहीं मिलनी चाहिए, प्रधानमंत्री ने इसके लिए कोशिश क्यों नहीं की ? भारत को संसदीय लोकतंत्र और तानाशाही के कम्युनिस्ट रास्ते के बीच चयन कर लेना चाहिए और एक अंतिम निष्कर्ष निकाल लेना चाहिए।

लोकतांत्रिक गुट के बजाय कम्युनिस्ट अधिक पसंद—गुटनिरपेक्षता के बोल बोलते हुए, कम्युनिस्ट गुट की ओर नेहरू का झुकाव सभी जानते हैं। आंबेडकर मानते थे कि दीर्घकाल में यह भारत के लिए और संविधान की लोकतांत्रिक भावना के लिए घातक साबित होगा। कम्युनिस्ट रूस की विस्तारवादी नीति का जिक्र करते हुए आंबेडकर ने कहा—यह एक ऐसा विशाल देश है, जो अन्य लोगों को नष्ट करने में, उन पर कब्जा करके अपने आपमें अवशोषित कर लेने में निरंतर लगा हुआ है और सिद्धांत रूप में वह उन्हें मुक्त कर रहा है। उन्होंने विचार व्यक्त किया कि—कम्युनिज्म जंगल की आग की तरह है; यह जलती जाती है और जो कुछ भी इसके रास्ते में आता है, उस सबको निगलती जाती है। जंगल की आग के आसपास के क्षेत्र में रहनेवाले देश खतरे में थे। वे मानते थे कि गुटनिरपेक्षता का सिद्धांत बेतुका है, क्योंकि वह इस तथ्य पर आधारित है कि कम्युनिज्म और लोकतंत्र एक साथ रह सकते हैं।

शीत युद्ध के बाद की अवधि में जब अमेरिका के साथ भारत के संबंधों में काफी सुधार हुआ, तो आंबेडकर की ही बात सही साबित हुई, जिन्होंने कहा था कि भारत को शीत युद्ध में कम्युनिस्ट गुट के बजाय लोकतांत्रिक गुट का साथ देना चाहिए था। अमेरिका के नेतृत्ववाले सीटो के बारे में आंबेडकर का मानना था कि यह किसी देश पर आक्रमण करने के लिए बनाया गया संगठन नहीं है, बल्कि रूस और चीन को और आगे आक्रमण करने से रोकने और मुक्त दुनिया के किसी भी और भाग पर कब्जे करने से रोकने के लिए बना संगठन है। भारत की गुटनिरपेक्षता की नीति का प्राथमिक कारण अमेरीका के बारे में नेहरू का संदेह और इस बात का भय था कि अगर भारत सीटो में शामिल हो गया तो रूस क्या सोचेगा, न कि कोई सैद्धांतिक बातें। आंबेडकर महसूस करते थे कि लोकतांत्रिक देशों की नैसर्गिक निकटता और भारत-अमेरिका करीबी संबंध भारत

की विदेश नीति के मार्गदर्शक सिद्धांत होने चाहिए। आंबेडकर ने एशिया में और उसके आगे लोकतांत्रिक देशों की एक लीग की वांछनीयता व्यक्त की थी, जो पूर्व की ओर देखो और पूर्व दिशा में काम करो, की वर्तमान नीति के अनुरूप थी।

भू-रणनैतिक विचार—बाबासाहब की विदेश नीति की भू-रणनैतिक समझ किसी परिपक्व राजनेता की तरह की थी। वे मानते थे कि किसी देश की विदेश नीति में भौगोलिक पक्ष सबसे महत्त्वपूर्ण पहलुओं में से एक है। उनका दृढ विश्वास था कि प्रत्येक देश अपनी भौगोलिक स्थिति के आधार पर अपनी विदेश नीति निर्धारित करता है। संसद् में बोलते हुए उन्होंने इस तथ्य की ओर सदन का ध्यान आकर्षित किया कि भारत एक तरफ से पाकिस्तान और अन्य मुसलिम देशों द्वारा पूरी तरह घेर लिया गया है और दूसरी तरफ उसने चीन को ल्हासा का कब्जा करने दिया है। आंबेडकर ने कहा, ''प्रधानमंत्रीजी, इसने व्यावहारिक रूप से चीन को अपनी सीमा भारतीय सीमा तक ले आने में मदद दी है। इन बातों को देखते हुए मुझे लगता है कि ऐसा न मानना बचकाना होगा कि आक्रमण अगर ठीक अभी भारत पर नहीं हुआ है, तो भारत आक्रमण होने के नजदीक पहुँच चुका है और यह आक्रमण उन लोगों द्वारा किया जा सकता है, जो हमेशा आक्रमण करने के आदी हैं।''

आंबेडकर ने कहा प्रधानमंत्री को माओ द्वारा स्वीकार किए गए और अनाक्रमण की तिब्बत संधि में दर्ज किए गए पंचशील पर निर्भर नहीं होना चाहिए। उन्होंने यह भी कहा कि अगर माओ को पंचशील में जरा भी विश्वास था, जो बौद्ध धर्म का अनिवार्य हिस्सा है, तो वह निश्चित रूप से अपने ही देश में बौद्ध धर्म से एक बहुत ही अलग तरह से पेश आया होता। उन्होंने कहा—एक तो राजनीति में पंचशील के लिए कोई जगह नहीं है और दूसरी बात किसी कम्युनिस्ट देश की राजनीति में जरा भी नहीं है। ये चेतावनी भरे शब्द बताते हैं कि भारत की चीन नीति के संदर्भ में वह कितने दूरदर्शी थे।

पाकिस्तान और इसलाम दुनिया का आकलन—आज पूरी दुनिया इसलामी आतंकवाद के खतरे का सामना कर रही है और पाकिस्तान ऐसी आतंकवादी गतिविधियों की जड़ माना जाता है, तब ऐसे वैश्विक इसलामी आतंकवाद की पूर्व चेतावनी देनेवालों में सावरकर के साथ-साथ आंबेडकर भी थे।

'अपनी पुस्तक पाकिस्तान ऑर द पार्टीशन ऑफ इंडिया' और 10 अक्तूबर, 1951 को अपने इस्तीफे पर संसद् में दिए भाषण में आंबेडकर इस आकलन की

एक स्पष्ट तसवीर प्रस्तुत करते हैं। उनकी ऐतिहासिक पुस्तक मुसलमानों की सुधारवाद विरोधी प्रवृत्ति की कठोर आलोचना करती है। वे कहते हैं—मुसलमानों पर लोकतंत्र का प्रभाव नहीं है। मुसलमानों की मुख्य रुचि मजहब में है, उनकी राजनीति मूल रूप से मौलवियों पर निर्भर है। उनकी किताब कहती है···किसी मुसलिम के लिए इसलाम एक विश्व मजहब है, जो सभी लोगों के लिए हर समय के लिए और सभी स्थितियों के लिए उपयुक्त है। इसलाम का भाईचारा मनुष्यता का सार्वभौमिक भाईचारा नहीं है। यह केवल मुसलमानों का मुसलमानों के लिए भाईचारा है। गैर मुसलमानों के लिए इसमें अवमानना और शत्रुता के अलावा कुछ भी नहीं है। मुसलमानों की निष्ठा उस राष्ट्र के प्रति है, जो किसी मुसलिम द्वारा शासित हो; जिस देश पर किसी मुसलिम का शासन नहीं है, वह उनका दुश्मन देश है। पुस्तक में आंबेडकर निष्कर्ष निकालते हैं कि इसलाम कभी किसी सच्चे मुसलमान को भारत को अपनी मातृभूमि और हिंदुओं को अपने बंधुओं-बाँधवों के रूप में अपनाने की अनुमति नहीं दे सकता है। आक्रामकता की भावना मुसलिमों की स्वाभाविक प्रवृत्ति है। उन्होंने कहा कि मुसलमान हिंदुओं की कमजोरी का फायदा उठाते हैं और गुंडागर्दी करते हैं।

क्या यह आकलन आंबेडकर को मुसलिम विरोधी या सांप्रदायिक बनाता है? उन्होंने इसलाम की उस समस्या का वर्णन किया है, जो विभाजन से भी पहले ही दिखाई दे रही थी और संभावित नतीजों के बारे में चेतावनी दी है।

पाकिस्तान के प्रति नीति स्पष्ट करते हुए वे कहते हैं कि पाकिस्तान के साथ हमारा झगड़ा हमारी विदेश नीति का एक हिस्सा है, जिसके बारे में मैं गहराई से असंतुष्ट महसूस करता है। पाकिस्तान के साथ हमारे संबंध दो आधारों पर खराब हुए हैं। एक है कश्मीर और दूसरा है पूर्वी बंगाल में हमारे लोगों की दुर्दशा। मुझे लगता है कि हमें पूर्वी बंगाल के बारे में और अधिक गहराई से चिंतित होना चाहिए, जहाँ सभी अखबारों से लगता है कि हमारे लोगों की हालत कश्मीर के साथ तुलना में ज्यादा असहनीय है। इसके बावजूद हम कश्मीर मुद्दे पर अपना सभी कुछ दाँव पर लगाते जा रहे हैं। फिर भी मुझे लगता है कि कि हम एक अस्वास्तविक मुद्दे पर लड़ रहे हैं। मेरे दिमाग में असली मुद्दा यह नहीं है कि कौन सही है, बल्कि मुद्दा यह है कि क्या सही है। इस आधार पर वे मानते हैं कि अगर विभाजन होता है तो हिंदुओं और मुसलमानों की आबादी पूरी तरह स्थानांतरित होनी चाहिए।

इस प्रकार विदेश नीति की आंबेडकर की दृष्टि समस्या के समाधान की

थी। उनके विदेश नीति संबंधी विचारों के मूल सिद्धांतो लोकतंत्र और विकास और रणनीतिक विकल्पों की वृद्धि करना था। दुनिया की राजनीति के बारे में उनकी समझ एक यथार्थवादी की थी और पूरी तरह विशुद्ध राष्ट्रीय राष्ट्रीय हितों की रक्षा पर आधारित थी। यह सत्य है कि श्रम और कानून मंत्री के रूप में उनकी प्रतिबद्धता की वजह से और भारतीय संविधान का मसौदा तैयार करने में उनकी अधिकांश ऊर्जा खर्च हुई और इस कारण वे विदेश नीति से संबंधित मुद्दों पर अधिक ध्यान नहीं दे सके, जिनके बारे में वे काफी चिंतित थे। इसके बावजूद, विदेश नीति के निर्माण और उसके आधारभूत सिद्धांतों के बारे में उनकी अंतर्दृष्टि आज भी प्रासंगिक है।

□

वे जानते थे पसीने का मोल

—अनुपम

किसी भी महापुरुष के प्रारंभिक जीवन की चुनौतियों, परिस्थितियों, समय एवं स्थान का प्रभाव उसके विचारों में स्पष्ट रूप से दिखाई देता है। ऐसे कालखंड में जब भारत में मजदूर आंदोलन कुछ महत्त्वपूर्ण दौर में था, उस समय बाबासाहब ने श्रमिक वर्ग के अधिकारों तथा उनकी परिस्थितियों के प्रति उन्हें जागरूक किया एवं इसके लिए वे सतत संघर्षरत रहे।

1920 के दशक में भारत में कम्युनिस्ट मजदूर संगठनों का प्रभाव था। इन संगठनों ने मुंबई के कपड़ा मिल मजदूरों का 1924, 1925, 1928 एवं 1929 में मिलों में हड़ताल के लिए आह्वान किया। 43 कपड़ा मिलों के लगभग 75000 कर्मचारियों ने हड़ताल में हिस्सा लिया। इसके बाद दूसरे बड़े आंदोलन के तहत श्रमिकों ने अप्रैल, 1934 में कपड़ा मिलों में हड़ताल की।

डॉ. आंबेडकर ने अपने 'बहिष्कृत भारत' तथा 'जनता' पत्रों के माध्यम से श्रमिकों को इन हड़तालों से दूरी बनाए रखने को कहा, क्योंकि ये राजनीति-प्रेरित थीं एवं श्रमिकों की आर्थिक तथा सामाजिक स्थिाति ऐसी नहीं है कि वे इन हड़तालों पर जाएँ, क्योंकि इससे उन्हें तुरंत भुखमरी का सामना करना पड़ता है। सो, कम्युनिस्टों ने डॉ. आंबेडकर को मजदूरों का शत्रु घोषित कर दिया।

स्वतंत्र मजदूर दल—1937 के प्रारंभ में भारत सरकार के 1935 के कानून के अनुसार प्रांतों को स्वायत्तता मिलने और नया राज्य शासन शुरू होने की संभावना से हर दल चुनाव लड़ने की तैयारी में था। डॉ. आंबेडकर ने भी सहयोगियों से विचारकर अगस्त, 1936 में स्वतंत्र मजदूर दल स्थापित किया। उन्होंने उसका घोषणा पत्र भी जारी किया, जिसमें आश्वासन दिया गया कि, श्रमिकों के लिए कानून बनाना, नौकरियाँ देना, पदच्युत करना, कारखानों में बढ़ती देना, काम के

अधिकतम घंटे व वेतन श्रेणी, अर्जित छुट्टी देना, सस्ते और आरोग्यदायी आवासों की व्यवस्था इत्यादि के बारे में कानून बनाए जाएँगे।

रेलवे मजदूरों का संगठन—12 फरवरी, 1938 को मनमाड में अस्पृश्य रेलवे मजदूरों की एक परिषद् में 20,000 मजदूरों की उपस्थिति में बाबासाहब ने कहा—किशोरावस्था में मैंने अपने रिश्तेदारों को खाने के डिब्बे पहुँचाने का काम किया था, मजदूरों की समस्या के बारे में मुझे सूक्ष्म जानकारी है। उन्होंने कहा, "आज तक हम अस्पृश्य या दलित के रूप में इकट्ठे होते थे, लेकिन आज हम मजदूरों के रूप में इकट्ठा हुए हैं। कहा जाता है कि मैं मजदूरों का दुश्मन हूँ। वास्तव में ब्राह्मणशाही और पूँजीवाद ही मजदूरों का दुश्मन है। स्वतंत्रता, समता और बंधुभाव का अभाव यानी ब्राह्मणशाही।"

अस्पृश्य मजदूरों की समस्या—डॉ. साहब कहते हैं कि ऐसी अनेक नौकरियाँ होती हैं, जहाँ अस्पृश्यता के कारण अस्पृश्य मजदूरों को उनसे अलग किया जाता है। कपड़ा मिलों में कुछ विभागों में अस्पृश्य मजदूर नहीं लिये जाते। रेलवे में तो गैंग-मैन की नौकरी में ही सड़ते रहना उनकी तकदीर है। इतना ही नहीं, उन्हें कुली भी नियुक्त नहीं किया जाता। अस्पृश्य मजदूरों को सबसे कम मजदूरी पर रखा जाता है, कोई उन्नति नहीं होती, किंतु जैसे ही मंदी आती है, उनको सबसे पहले निकाला जाता है और जब माँग बढ़ती है, तब सबसे अंत में रोजगार मिलता है। (डॉ. आंबेडकर और सामाजिक क्रांति की यात्रा, पृ. 253)

कार्लमार्क्स का सिद्धांत भारत में अनुपयुक्त—बाबा साहब बताते हैं कि जिस प्रकार कार्लमार्क्स ने समाज को मालिक और मजदूर के नाम से दो वर्गों में बाँटा था, भारतीय परिस्थितियों में यह नितांत गलत है। इस तरह का विभाजन भारत में नहीं हो सकता। सभी मजदूरों को मिलाकर एक वर्ग समूह बन जाता है, वह यहाँ संभव नहीं है। हम सभी मजदूरों का मिलाकर एक संगठित समूह यहाँ कैसे बना सकते हैं? मजदूरों के अंदर एक सामूहिक एकता लाने के लिए उनको यह समझाना होगा कि उनके आपस की जो सामाजिक दूरियाँ और अशुद्ध भेदभाव हैं, वे दूर होने चाहिए। मैंने किसी भी श्रमिक नेता को इस सामाजिक भेदभाव के विरोध में बोलते हुए नहीं देखा। कम्युनिस्टों द्वारा चलाए गए मजदूर आंदोलन के बारे में उन्होंने कहा, 'मेरा कम्युनिस्टों से संबंध रखना बिल्कुल संभव नहीं है। मैं कम्युनिस्टों का कट्टर दुश्मन हूँ।' उनका ठोस मत था कि कम्युनिस्ट राजनीतिक ध्येय सिद्धि के लिए मजदूरों का शोषण करते हैं। (बाबासाहब आंबेडकर : जीवन चरित, पेज संख्या 282)

कांग्रेस के साथ मत भिन्नता—16 मई, 1938 को चिपलूण की सभा में उन्होंने कहा कि गांधी की मोहिनी विद्या मुझ पर प्रभाव नहीं डाल सकी। जवाहर लाल नेहरू और सुभाषचंद्र बोस गांधी की शरण में गए, लेकिन मैं गांधी की शरण में कभी नहीं जाऊँगा। अगर किसी समय कांग्रेस में गया तो खुद की गुणवत्ता से वहाँ भी प्रभाव डालूँगा।

पिछले दस मास से मेरा खोती उन्मूलन विधेयक कांग्रेस ने जान-बूझकर पीछे छोड़ रखा है। इसी दरम्यान मध्य प्रांत के कांग्रेस के बड़े नेताओं में डॉ. ना.भा. खरे को जबरदस्ती उपद्रवी ठहराकर खारिज कर दिया गया। डॉ. खरे को एक हरिजन मंत्री के बतौर लेने के संदर्भ में गांधीजी का विरोध था, जबकि गांधीजी ने डॉ. खरे के साथ मध्य प्रांत में हरिजन कार्य के लिए दौरा किया, फिर भी गांधीजी ने डॉ. खरे को हरिजन मंत्री के रूप में लेने का कड़ा विरोध किया। स्वेंट ऑफ इंडिया सोसाइटी में आयोजित सभा की अध्यक्षता करते हुए डॉ. खरे ने कहा, 'बहुमत के कारण राज्य शासन चलानेवाला दल भ्रष्ट बनता है। अपरिमित बहुमत से यह पूरी तरह समाप्त हो जाता है।' इस राजनीतिक सूक्ति की उन्होंने भी याद दिलाई।

औद्योगिक कलह विधेयक 1938—15 सितंबर, 1938 को मुंबई विधानसभा में यह विधेयक प्रस्तुत किया गया, जिसका विरोध करते हुए डॉ. आंबेडकर ने कहा कि यह नया कानून मजदूरों द्वारा की जानेवाली हड़तालों को गैर कानूनी बताकर प्रतिबंध लगा देगा, यह उचित तरीका नहीं होगा।

यह विधेयक श्रमिकों के मौलिक अधिकारों का हनन करेगा और यह असंवैधानिक है। डॉ. आंबेडकरजी ने उस समय की अन्य मजदूर यूनियनों के साथ मिलकर संघर्षकर हड़ताल की और सफलता प्राप्त की।

इस कार्य के लिए उन्होंने कम्युनिस्टों की शक्ति को भी साल लेकर मजदूरों का हड़ताल के लिए आह्वान किया, लेकिन कांग्रेस मंत्रिमंडल ने ठान लिया था कि यह विधेयक किसी भी हालत में मंजूर करना लेना है और उन्होंने विधानसभा से उसे मंजूर करा ही लिया। कांग्रेस की इस दुराग्रही वृत्ति का मजदूर संघों ने 'काला कानून' कहकर विरोध किया।

7 नवंबर, 1938 को स्वतंत्र मजदूर दल और मिल मजदूर यूनियन एवं अन्य 60 विभिन्न मजदूर संघों ने मिलकर हड़ताल का शंखनाद किया।

हड़ताल के एक दिन पहले सायंकाल लगभग 80,000 मजदूरों की एक प्रचंड सभा मजदूर मैदान, मुंबई में हुई। उसकी नियंत्रण समिति में जमनादास अध्यक्ष व डॉ. आंबेडकर, डांगे, निमकर मिस्रकर और प्रधान इस समिति के सदस्य चुने गए।

90 प्रतिशत स्वयंसेवक आंबेडकर के स्वतंत्र मजदूर दल के ही थे। 7 नंवबर की हड़ताल का महत्त्व इतना बढ़ गया कि संयुक्त प्रांत (अब उत्तर प्रदेश) के विख्यात किसान नेता स्वामी सहजानंद डॉ. आंबेडकर से मुंबई में उनके निवास स्थान पर मिलने आए। उन्होंने उनसे ब्रिटिश साम्राज्यवाद के खिलाफ एकता के लिए कांग्रेस के साथ मिलने का आग्रह किया।

डॉ. आंबेडकर ने कहा—कांग्रेस ने ब्रिटिश साम्राज्यवाद के खिलाफ युद्ध पुकार होता, तो मैं उस दल में मिल जाता, लेकिन यथार्थ में ऐसा नहीं है। कांग्रेस दल अपने हाथ में आए संविधानात्मक शासनतंत्र को पूँजीवादी और निरंतर स्वार्थ में लिप्त लोगों के कल्याण के लिए ही कार्यान्वित कर रहा है। उसने किसान और मजदूर के कल्याण की बलि दे दी है। इस तरह के संगठनों में मैं शामिल नहीं हो सकता।

संविधान निर्माता के पूर्व श्रम मंत्री—बाबासाहब आंबेडकर 1942-1946 के काल में वायसराय की काउंसिल में श्रम मंत्री के रूप में कार्य करते रहे।

इस सीमित कालखंड में बाबासाहब ने दलित श्रमिक वर्ग के कल्याण हेतु अपनी महत्त्वपूर्ण भूमिका का निर्वहन किया।

श्रम मंत्री के रूप में उन्होंने मजदूर तथा मालिकों को मिलाकर औद्योगिक क्षेत्र के लिए नई-नई नीतियाँ स्थापित कीं। इनमें से प्रमुख हैं—

1. मजदूरों की सामाजिक सुरक्षा हेतु नीतियाँ
2. श्रम नीति के नियमों को लेकर श्रमिकों एवं उद्योग मालिकों के मध्य विचार विनिमय की योजनाएँ।
3. श्रम कानूनों को ठीक प्रकार से तैयार करके उनको उचित ढंग से लागू करना। मजदूर तथा मालिक के झगड़ों को ठीक प्रकार से निपटाने का प्रयास।

बाबासाहब चाहते थे कि सरकार की श्रम नीति निश्चित करने में मजदूरों का सहभाग होना चाहिए। श्रम मंत्री के रूप में उनके कार्यकाल (1942-46) में चार त्रिपक्षीय सम्मेलन हुए।

इन सम्मेलनों में मजदूरों के जीवनस्तर को उठाने के लिए इन सुविधाओं पर विचार-विमर्श किया गया—

मजदूरों का न्यूनतम वेतन

काम के घंटे फैक्ट्री एक्ट के अनुसार

मजदूरों की भविष्य निधि

अधिक समय तक कार्य के बदले अतिरिक्त समय की व्यवस्था

सस्ते मूल्य के अनाज की व्यवस्था

कारखानों में जलपानगृह

विश्राम आदि की सुविधाएँ

अपने इन न्यूनतम पाँच वर्षों के कार्यकाल में उन्होंने मजदूरों के हित में 25 कानूनों का क्रियान्वयन करवाया। उन्हीं के प्रयासों से मुख्य श्रम आयुक्त, प्रदेश श्रमायुक्त, श्रम निरीक्षक की नियुक्तियाँ प्रारंभ हुईं।

श्रम मंत्री के नाते बाबासाहब ने जो कार्य किया, दुर्भाग्य से उसका योग्य मूल्यांकन नहीं हो सका। महिलाओं के लिए भी उन्होंने अनेक सुविधाएँ यथा मातृत्व अवकाश के रूप में अवकाश देने का प्रावधान रखा। बाबासाहब ने 1928 के मेटेरनिटी बेनिफिट बिल के पक्ष में विचार रखे।

आज भी बाबासाहब के विचार व कार्य मजदूरों के बीच में तथा पूरे संगठित क्षेत्र एवं असंगठित क्षेत्र में सभी के लिए प्रासंगिक हैं। उस परिप्रेक्ष्य में हम आज की परिस्थितियों में कैसा तादात्म्य बैठा सकते हैं, यह विचार का विषय है।

□

महात्मा गांधी और देश के बाबा

—डॉ. सुवर्णा रावल

भारत का भविष्य तय करने में जिनकी भूमिका अहम रही है, उसमें राष्ट्रपिता गांधी और भारतरत्न बाबासाहब डॉ. आंबेडकर का नाम अग्रगण्य है। भारतवर्ष एवं विदेशों में भी इन दोनों व्यक्तियों का प्रभाव है। इन दोनों के जीवन से प्रेरणा लेनेवाला समाज अलग-अलग है। गांधीजी का नाम भारत के स्वतंत्रता संग्राम के साथ जोड़ा जाता है, वहीं आंबेडकरजी का नाम भारतीय समाज की मूल व्याधि—अस्पृश्यता निवारण, सामाजिक न्याय, स्वातंत्र्य, समता, बंधुता के प्रणेता होने के नाते इनके साथ जोड़ा जाता है। गांधीजी के स्वातंत्र्य आंदोलन का पथ क्षेत्र राजकीय था तो डॉ. आंबेडकरजी का भारत को दलित शाप से मुक्त करने का पथ क्षेत्र सामाजिक था। गांधीजी प्रस्थापितों के प्रतिनिधि थे तो डॉ. आंबेडकर दलितों के प्रतिनिधि माने जाते थे।

सद्यस्थिति में भी इन दोनों व्यक्तित्वों के विविध पहलुओं को चर्चा का विषय बनाया जाता है। जहाँ सवर्ण समाज के विचारवंतों का झुकाव गांधीजी की तरफ है, वहीं दलित विचारवंतों का झुकाव डॉ. बाबासाहब की तरफ होता है। दलित विचारवंत डॉ. बाबसाहब का विचार रखते समय आक्रामकता के भाव मोड़ पर आते-आते ममत्व, अत्यधिक आदर, जीवन प्रेरणा के आधार भाव में बदल जाते हैं। उनमें भावुकता की लय होती है। डॉ. बाबासाहब को, उनके विचारों को सही समय पर न्याय नहीं मिला, इसका दु:ख उनकी वाणी में होता है। इस दु:ख का परिणाम रोष में दिखाई देता है।

गांधीजी ने कांग्रेस नामक आंदोलन का नेतृत्व किया। वे खुद धार्मिक वृत्ति के थे। सनातनी हिंदू थे, चातुर्वर्ण को माननेवाले थे। अस्पृश्यता की वजह से हिंदू समाज खोखला हो गया था, टुकड़ों में बँटा हुआ था, लेकिन इस वास्तविकता से

निपटना उनका प्रधान कार्य नहीं था। उनका विश्वास था कि अस्पृश्यों की समस्या देश की अंदरूनी समस्या है, जिसे देश की स्वतंत्रता के बाद सुलझा लिया जाएगा। सर्वसाधारण समाज में भी यही सोच थी। गांधीजी के व्यक्तित्व का प्रभाव और अपनापन सर्वत्र माना गया है। डॉ. आंबेडकरजी का भी प्रभाव सर्वत्र है, लेकिन अपनापन ज्यादातर दलित समाज में है।

सभी सामाजिक संगठन गांधीजी को जानते भी हैं और मानते भी हैं, परंतु कार्य के आधार स्तर पर गांधीजी के जीवन के प्रभाव की तुलना में उनके कार्य का प्रभाव ज्यादा होता है। देश का कोई भी सर्वजन समावेशक संगठन डॉ. आंबेडकर के विचारों से परे चल ही नहीं सकता। डॉ. आंबेडकर के विचार, उनकी सोच और उनका दर्शन विविध सामाजिक घटकों के बीच काम करनेवाले और सामाजिक न्याय के लिए लड़नेवाले संगठनों का आधार, प्रेरणा और चयन हैं।

ऐसी परिस्थितियों में एक मान्यता समान है कि गांधीजी और आंबेडकरजी दोनों ही राष्ट्रपुरुष हैं। राष्ट्रहित ही दोनों का लक्ष्य था, लेकिन विषयों के प्राधान्य क्रम में फर्क था और देश की सामाजिक स्थिति को समझने का तरीका अलग-अलग था।

डॉ. आंबेडकर अस्पृश्य समाज में जनमे थे। भीमराव से बाबासाहब बनने का उनका सफर बहुत की क्लेशकारी, रोमांचकारी और आश्चर्यजनक है। मुझे हमेशा लगता रहा है कि इस सफर में बाबासाहब के बचपन में आए कुछ प्रसंगों से उनके मन में इस विषयों का बीजारोपण हुआ और आगे जिंदगी में उनके जीवन का यही लक्ष्य दृढ हुआ। उनके मन में अपने बचपन को लेकर यह प्रश्न आया कि अस्पृश्य व्यक्ति और अन्य समाज के व्यक्ति में क्या फर्क है? ईश्वर ने तो इस भूतल पर भेजते वक्त सभी इनसानों को समान स्वरूप देकर भेजा है, फिर क्या फर्क है, मुझमें और अन्य बच्चों में तथा मुझमें और अन्य व्यक्तियों में? उन्होंने इस प्रश्न का उत्तर ढूँढ़ा। बाबासाहब ने शिक्षा, प्रज्ञा, ज्ञान प्राप्त करने हेतु असंख्य अवसरों पर भूख, कष्ट झेलकर अपार, अविरत कष्ट-प्रयासों से अव्वल दर्जा प्राप्त किया। उच्च विद्याविभूषित होकर लंदन से लौटने के बाद भी उनके हिस्से में अपमानित जिंदगी आई, तब बाबासाहब की सहनशीलता का बाँध टूट गया। उनकी आँखों में आँसू आए, उन्होंने खुद से प्रश्न पूछा कि मैं अस्पृश्य समाज में जन्मा हूँ, केवल इस कारण उच्च विद्याविभूषित व्यक्ति का यह हाल है तो मेरे समाज के लाखों अनपढ़, गँवार, भाई-बहनों का क्या हाल होगा? यहाँ जानवरों को सम्मान मिलता है और अस्पृश्य मानवों के साथ उनसे बदतर व्यवहार किया जाता है।

यह पृष्ठभूमि बाबासाहब के सामाजिक कार्यों की, आंदोलन वृत्ति की विषय

सूची तैयार होने की है। इन विषयों पर जब भी मैं बोलती, लिखती हूँ, तो मेरे हृदय में पीड़ा-यातना होती है। बार-बार मेरा हृदय रो पड़ता है। बाबासाहब ने अपने जीवन में जिन विषयों को प्रधानता देते हुए अपनी कार्य सूची निर्धारित की, वह भारतीय समाज की जड़ हो चुकी मूल व्याधि के निवारण की विषय सूची थी। उनका प्रयास अपने संपूर्ण भारतीय समाज को, संपूर्ण सामाजिक दृढता को पुष्ट करने का था। उन्होंने समाज को निष्कलंक करने का यशस्वी प्रयास किया।

गांधीजी ने 1920 में एक साल में स्वराज्य की माँग की घोषणा करें ब्रिटिश शासन से असहकार का नारा दिया। सुराज्य के ध्येय को लेकर स्वातंत्रता प्राप्ति के आंदोलन से देश के प्रत्येक व्यक्ति को जोड़ने का गांधीजी का प्रयास अद्‍भुत था। उस समय सभी नेता कांग्रेस से जुड़े थे। कारण—कांग्रेस ही स्वतंत्रता प्राप्ति के आंदोलन का एकमात्र संगठन था। स्वतंत्रता पूर्व कांग्रेस एक राष्ट्रीय प्रवाह था, जिसका नेतृत्व गांधीजी कर रहे थे। इसी कांग्रेस को हिंदू आंदोलन के नजरिए से देखा जाता था। डॉ. बाबासाहब जिन लोगों से संघर्ष कर रहे थे, वे सभी प्रस्थापित कांग्रेस के सदस्य थे। गांधीजी खुद संवदेनशील, धार्मिक वृत्ति के सनातनी हिंदू थे। चातुर्वर्ण, जाति-प्रथा के संबंध में गांधीजी की धारणा थी, 'चार वर्णों के अतिरिक्त वर्ण नहीं है। वर्ण जन्म से ही तय होता है, जो जिस वर्ण में जनमा, वह उसी वर्ण में मरेगा, जो अपने वर्ण का पालन नहीं करेगा, वह शूद्र योनि में जनमेगा। वर्णाश्रम मानवीय प्रकृति का ही भाग है, हिंदू धर्म ने उसे शास्त्र का स्वरूप दिया है, कोई भी व्यक्ति अपने मन से वर्ण नहीं बदल सकता, जो व्यक्ति अपने जन्म के वर्ण का पालन नहीं करता, इसका मतलब है कि वह अपनी आनुवांशिकता को अमान्य कर रहा है।'

इस विचार के बावजूद दक्षिण अफ्रिका में वहाँ के हिंदू बांधवों को वर्ण भेद की तकलीफ सहनी पड़ रही थी, उससे गांधीजी व्यथित हुए थे। 22 मई, 1894 को नैटाल इंडियन कांग्रेस की स्थापना हुई। गांधीजी उसके कार्यवाहक अध्यक्ष थे। इस नाते उन्होंने वहाँ की विधानसभा और विधान परिषद् के सभासदों को एक खुला पत्र लिखा। उसमें उन्होंने लिखा था, 'वर्णभेद के कारण यहाँ के हिंदी लोगों को जो तकलीफ, कठिनाई सहनी पड़ रही है, उसके बारे में तकरारस्वरूप निवेदन किया था।' इस पर गोरे लोगों की अलग-अलग प्रतिक्रिया आई थी। उसी में एक खुला पत्र आया था, जिसमें लिखा था कि गोरे लोग हिंदी लोगों पर जो अन्याय कर रहे हैं, उसका कोई समर्थन नहीं कर सकता, अफ्रीका में उदारमतवादी भी हैं। उनको आपके पत्र का निवेदन मान्य होगा ही, लेकिन हिंदुस्तान में उच्च वर्गों के लोगों

निचले वर्ग के लोगों के साथ कैसा व्यवहार कर रहे हैं, शूद्रों के साथ कैसा व्यवहार किया जा रहा है ? पत्र लेखक ने लिखा कि पहले अपने देश के बाँधवों को न्याय का पाठ पढ़ाना चाहिए और उसके बाद दूसरे देश के गोरे लोगों को उपदेश देना चाहिए। यह पत्र पढ़कर गांधीजी एकदम अंतर्मुखी बन गए थे। विरोधियों के प्रतिपादन में तथ्यांश हो, तो उसे स्वीकार करना गांधीजी की स्वाभावित वृत्ति थी, उन्होंने उसी समय से अस्पृश्यता की रूढ़ि को समूल नष्ट करने का निश्चय किया, लेकिन यह विषय उनकी कार्यसूची में अग्र क्रम का विषय नहीं था। गांधीजी पापक्षालन हेतु जीवन भर अपने आरम में व्रतस्थी भावना से भंगी काम करते रहे। गांधीजी की विचारसृष्टि का आधार सत्य और अहिंसा का मूलभूत तत्त्व थे।

गांधीजी और डॉ. आंबेडकर दोनों विभूतिपूजा में विश्वास नहीं रखते थे। राष्ट्र निर्माण में गांधीजी के योगदान को कोई नकार नहीं सकता, विवाद तो उनके ईश्वर प्रार्थना, अंतर्नाद, व्रतग्रहण, पापक्षालन, उपोषण ऐसे धार्मिक विचारों का जिक्र उनकी लेखनी में होने पर है।

डॉ. आंबेडकर के व्यक्तित्व और विचारों में वैज्ञानिक निष्ठा, उद्योग प्रधानता और आधुनिक संस्कृति का समाहित दृष्टिकोण था। उन्होंने देश-विदेश में रहकर शिक्षा ली थी, चिकित्सक वृत्ति और भारत के प्रति समर्पित भाव होने के कारण उकने मन में यही विचार होता था कि मेरे भारत के सभी लोग ऐसे विकसित जीवन का अनुभव लें। उन्हें अनेक विषयों का अभ्यास था, उनमें समाजशास्त्र सबसे रुचिवाला विषय था। इसके साथ उन्होंने अर्थशास्त्र, राज्यशास्त्र, मानवविज्ञान, इतिहास, तत्त्वज्ञान, कार्य पद्धति इत्यादि विषयों का ज्ञानार्जन किया था, इसलिए उनके मन में देश के भविष्य का जो चित्र था, वह विविध अंगों से विचारोस्थित था। उनके कार्यों में देश के प्रति, दलित जनता के प्रति मातृभाव और स्पष्ट दृष्टिकोण झलकता था। कोई भी व्यक्ति, जो आंबेडकरजी के विचारों का, आंदोलनों का गहराई से अध्ययन करता है, उसे डॉ. आंबेडकरजी के सामाजिक तत्त्वों में मगन होने का अहसास होता है। स्वातंत्र्यवीर सावरकरजी ने एक व्याख्यान में कहा था, ''अस्पृश्य समाज में जन्म के कारण उसे स्वभाव में ही स्नेह-प्रेम, जिद और कट्टरता दिखाई देती है, यह गुण हम जैसे सवर्णों में जन्मे लोगों में कभी दिखाई नहीं देगा।'' सावरकरजी ने डॉ. आंबेडकरजी के हर आंदोलन की सराहना की और लोगों को अस्पृश्यता भाव से मुक्त करने पर तीखे शब्दों में अपना निषेध समय-समय पर व्यक्त किया है।

दलितोत्थान को लेकर आंबेडकरजी का दृष्टिकोण एकदम स्पष्ट था। वे कहते थे, ''दलितोन्नति का कार्य राष्ट्रकार्य है। देश के एक पंचमांश जनसमूह को

विकलांग (सामाजिक रूढ़ि से) रखना देशहित और विकास में बाधक होगा। हिंदू धर्म की अस्पृश्यता रूढ़ि का असर मुसलमान, क्रिश्चियन आदि धर्मों पर भी हुआ है। इस प्रथा का समूल उच्चाटन होने से समाज में संगठित शक्ति को पुष्टि मिलेगी, उसके अलावा अन्य धर्मावलंबियों की मनोवृत्ति में भी फर्क आ जाएगा। मेरे कार्य की प्रेरणा केवल तात्कालिक देशहित नहीं है, वह भारत की मूलगामी सामाजिक क्रांति से जुड़ी है। यह व्यक्ति-व्यक्ति के संबंधों की स्वतंत्रता, समता और बंधुभाव इन तत्त्वों को दृढ़ करनेवाला है। अस्पृश्यता निवारण का हमारा कार्य सामाजिक क्रांति का पहला कदम है। दलित मुक्ति आंदोलन समता प्रस्थापित करने के लिए था। इसके लिए उन्होंने प्रतिकार और बहिष्कार दोनों मार्गों का अवलंबन किया।''

बाबासाहब के जीवन में आंदोलनों का विशेष महत्त्व है। उन्होंने जितने भी आंदोलन चलाए, उनका मूलतत्त्व सामाजिक न्याय था। वे कहते थे कि हमारा कार्यक्रम सवर्णों द्वारा जातीय भावना के आधार पर दलितों पर (अस्पृश्यों पर) जो अन्याय होता है, उसे दूर (नष्ट) करने हेतु है। इसमें किसी को जातीयता का रंग दिखाई देगा। इसमें दिखाई देनेवाली जातीयता संरक्षण स्वरूप की है। हमारी माँग समान अधिकारों की है, अपितु हमारा झगड़ा विशेषाधिकार के तत्त्व के विरुद्ध है। हमें ज्ञात है कि महाड के तालाब के पानी में कोई अमृत नहीं है, जिसे प्राप्त करने के लिए अस्पृश्य आतुर हैं। इसी तरह कालाराम मंदिर प्रवेश हमारी स्वतंत्रता प्राप्ति हेतु है। इससे कोई मोक्षप्राप्ति नहीं होनेवाली है। हम इस देश के नागरिक हैं, हिंदू समाज के घटक हैं। इसलिए सवर्ण समाज को जैसे सार्वजनिक स्थानों पर मुक्त व्यवहार की अनुमति है, वैसी ही अनुमति अस्पृश्यों को भी मिलनी चाहिए। उन्होंने गोलमेज परिषद् में अस्पृश्यों के लिए अलग मतदाता संघ की माँग की, जिस पर गांधीजी को सख्त एतराज था। गांधीजी राजकीय धुरंधर थे तो डॉ. आंबेडकर सामाजिक क्रांति के अग्रणी थे, मसीहा थे। इस बात को लेकर गांधीजी और आंबेडकरजी में मतभेद हुए। गांधीजी के अनशन और आंबेडकरजी के आग्रह पर पूरे देश में चर्चा चल रही थी। गांधीजी के अनशन के कारण पूरे देश में चिंता का वातावरण था। लोग बाबसाहब पर लांछन लगा रहे थे। गांधीजी के प्राणों के लिए डॉ. आंबेडकर ने स्वतंत्र मतदार संघ (मतदाता संघ) का अपना आग्रह वापस ले लिया।

'यरवडा करार' को 'पुणे करार' के नाम से भी जाना जाता है। गांधीजी का यरवडा जेल में अनशन समाप्त हुआ, लेकिन डॉ. आंबेडकरजी के स्वतंत्र मतदार संघ की माँग पर गांधीजी के मन में विचार मंथन चलता रहा। दलित वर्ग परिषद् के माध्यम से भी इस विषय पर चर्चा होती रही। इसी के परिणामस्वरूप गांधीजी

ने यरवडा जेल से सम्युअल होअर को जो पत्र लिया था, उसमें वे लिखते हैं, 'मैं अस्पृश्यों को विधिमंडल में प्रतिनिधित्व देने के विरुद्ध नहीं हूँ। मैं सभी प्रौढ़ व्यक्तियों का मताधिकार न होते हुए भी अस्पृश्य समाज में से हर एक प्रौढ़ व्यक्ति का नाम, उसकी शिक्षा, संपत्ति का प्रश्न उपस्थित न करते हुए उसका नाम मतदाताओं की सूची में समाविष्ट करने के लिए अनुकूल हूँ, परंतु हिंदू समाज से यह जनसमूह न हटे, इसलिए मेरा यह आग्रह है।' यहाँ कोई भी यह सोच सकता है कि बाबासाहब की स्वतंत्र मतदार संघ की माँग के बदले यह गांधी द्वारा चुकाई गई कीमत है।

इससे यह ज्ञात होता है कि डॉ. आंबेडकर और गांधीजी दोनों के मन में हिंदू समाज की एकजुटता के लिए विविध तरह के विचार थे और दोनों ने इसके लिए अथक प्रयास किया। इन दोनों महापुरुषों में एक और समानता थी। धर्म के प्रति निष्ठा। धर्म हमारे समाज और शासन का मूल आधार है, इस तथ्य को लेकर उनमें एकवाक्यता थी।

धर्मातंर्गत विचारों में गांधीजी का अधिष्ठान दलितपूरक नहीं था तो डॉ. आंबेडकरजी का धर्म विचार सवर्ण हिंदुओं के लिए प्रेरणास्पद नहीं था। गांधीजी के वर्णाश्रम और जाति प्रथा से जुड़े विचार डॉ. आंबेडकरजी को मान्य होना संभव नहीं थे। वे वर्णाश्रम और जातिप्रथा के विरोधी थे। 'कांग्रेस और गांधीजी ने अस्पृश्यों के लिए क्या किया' शीर्षक ग्रंथ में बाबासाहब ने गांधीजी के मतों का खंडन किया है, वे लिखते हैं, 'गांधीवाद का सामाजिक आदर्श जाति पद्धति और वर्ण प्रद्धति में से एक है। इसमें कौन सा आदर्श गांधीवाद को चाहिए, यह कहना कठिन है, लेकिन सामाजिक आदर्श लोकशाही नहीं है, इसमें कोई दो राय नहीं है, क्योंकि जाति और वर्ण-पद्धति की लोकशाही से तुलना करेंगे तो यह ध्यान में आएगा कि ये दोनों पद्धतियाँ लोकशाही विरोधी हैं।' सो, गांधीवाद अस्पृश्यों के लिए आशा निर्माण नहीं कर सकता। इसकी पुष्टि में बाबासाहब लिखते हैं कि गांधीवाद अस्पृश्यों के लिए काली कोठरी जैसा है।

'अस्पृश्यता हिंदू धर्म पर कलंक है' गांधीजी के इस विचार का डॉ. आंबेडकर ने अपने 'मुक्ति कोन पथे' भाषण में जिक्र किया है। कुछ लोगों का कहना है कि अस्पृश्यता हिंदू धर्म पर कलंक है, लेकिन इन बातों का कोई मतलब नहीं। दुर्भाग्य यह है कि एक भी हिंदू यह नहीं मानता कि हिंदू धर्म कलंकित है। इस कलंक को साफ करने का काम अस्पृश्यों को ही करना पड़ेगा। इस तरह बाबासाहब ने अस्पृश्यों में आत्मसम्मान, अस्मिता, आत्मभान जागृति का काम किया। गांधीजी ने अस्पृश्यों को आत्मशुद्धि की सलाह दी थी। बाबासाहब ने बहिष्कार का शस्त्र

प्रयुक्त किया। डॉ. आंबेडकर ने गांधीजी के दिए हुए हरिजन शब्द का निषेध कड़े शब्दों में किया और उसे नकारा।

स्पृश्य-अस्पृश्य लोगों में व्याप्त भेदभाव को मिटाने हेतु बाबासाहब ने अपने उपाय सुझाए। उनका विचार था कि एकतरफा अस्पृश्यता निवारण से सुदृढ वातावरण निर्मित नहीं हो सकता। सवर्ण समाज के मन में अस्पृश्यों के प्रति घृणा न हो। अस्पृश्यों के मन का डर दूर होना चाहिए। आत्मविश्वास निर्माण व्यक्ति-व्यक्ति में परस्पर संबंध और इस भावना की पुष्टि के लिए सहवास का निर्माण होना चाहिए। सार्वजनिक स्तर के वातावरण में भी बदलाव लाना जरूरी है। इसके लिए सार्वजनिक स्तर पर अस्पृश्यों से मुक्त व्यवहार होने जैसा वातावरण निर्मित करने की आवश्यकता है।

अगर हम सूक्ष्म स्तर पर गांधीजी और डॉ. आंबेडकरजी के विचारों और व्यवहार का आकलन करें तो ध्यान में आता है कि दोनों प्रखर राष्ट्रनिष्ठ थे। दोनों को देश की सामाजिक कुरीतियों का गहन आकलन था। सामाजिक न्याय दोनों की सूची में प्रथम स्थान पर था, लेकिन उनका कार्य कारण भाव भिन्न था। सामाजिक स्तर के सभी विषय को लेकर उनमें मतभिन्नता था। गांधीजी राजकीय पथ के लीडर थे तो डॉ. आंबेडकर ज्ञान और सामाजिक पथ के लीडर थे। दोनों एक-दूसरे की श्रेष्ठता को जानते थे। गांधीजी को सर्वस्तर और धनिक लोगों से सभी प्रकार का बल मिला था, वहीं बाबासाहब ने सर्वसामान्य समाज के एक-एक व्यक्ति के मन में अपने ज्ञान और कार्यशैली से उत्तेजना और आशा का निर्माण किया एवं समाज से बल कमाया।

गांधीजी और आंबेडकर एक-दूसरे की श्रेष्ठता को जानते थे। इसी कारण 1935 में कालाराम मंदिर प्रवेश के आंदोलन के अंत में गुस्से में डॉ. बाबासाहब ने घोषणा की थी, 'मैं हिंदू नाम से जनमा हूँ, लेकिन हिंदू रहकर मरूँगा नहीं।' इस घोषणा से सारा देश हड़बड़ा गया था। समाज के अलग-अलग तबकों में गुस्सा, द्वेष, क्लेश, अवहेलना, डर, नाराजगी का माहौल बन गया था। गांधीजी ने डॉ. आंबेडकरजी को समझाया, संयम बरतने को कहा। अस्पृश्यों के आत्मसम्मान के लिए पूरा सहयोग देने का वचन दिया। डॉ. आंबेडकरजी ने भी गांधीजी को वचन दिया कि मैं हिंदू धर्म छोड़ूँगा, लेकिन उसका कम-से-कम नुकसान हो, यह जरूर ध्यान में रखूँगा। डॉ. आंबेडकरजी ने वचन का पालन किया और जब उन्होंने नागपुर दीक्षा भूमि में अपने अनुयायियों के साथ धम्मदीक्षा ली, तब उन्होंने यह कहा कि मैंने गांधीजी को दिए वचन का पालन किया।

गांधीजी भी डॉ. आंबेडकरजी के ज्ञान, बड़प्पन को गहरे जानते थे। ब्रिटिश इस देश से चले गए। देश स्वतंत्र हो गया। अपने देश को खुद के संविधान निर्माण की बात आई। पं. नेहरू, सरदार पटेल आदि लोगों के सामने यह प्रश्न था कि देश का संविधान कौन लिखेगा। बाहर के देश से विद्वान् बुलाने की तैयारी चल रही थी। गांधीजी के ध्यान में बात आई। उन्होंने पं. नेहरू से पूछा कि इतने बड़े देश में आपको ऐसा विद्वान् दिखाई नहीं देता, जो अपने देश का संविधान लिख सके। यह कहकर उन्होंने बैरिस्टर डॉ. आंबेडकरजी का नाम का सुझाव दिया और कहा— डॉ. आंबेडकर लिखेंगे अपने देश का संविधान। बाबासाहब भी गांधीजी के विश्वास पर खरे उतरे। उन्होंने दिन-रात एक करके इस देश के आगे का रास्ता तय किया। उनके मन में इस देश के लोगों के प्रति जिस उज्ज्वल भविष्य का सपना था, उसके लिए उन्होंने एक ब्लू प्रिंट तैयार किया या कहें कि कालबाह्य मनुस्मृति उन्होंने जलाई थी। नई मनुस्मृति या कहें, भीमस्मृति का निर्माण किया। इस भीमस्मृति की वजह से आज तक देश अनेक संकटों से बचा है। इस लोकतांत्रिक देश को बाबासाहब ने संविधान देकर उपकृत किया है।

□

विष पिया, अमृत दिया

—हितेश शंकर

मैं एक बिंदु, परिपूर्ण सिंधु,
है ये मेरा हिंदू समाज।
मैं तो स्मष्टि के लिए व्यष्टि का,
कर सकता बलिदान अभय।

'पांचजन्य' के प्रथम संपादक और भारत के पूर्व प्रधानमंत्री श्री अटल बिहारी वाजपेयी की ये पंक्तियाँ डॉ. भीमराव आंबेडकर के व्यक्तित्व के लिए एकदम खरी बैठती हैं।

कुछ लोग पहली बार में उखड़ सकते हैं। आपत्ति जता सकते हैं। विवाद खड़ा करने का प्रयास भी कर सकते हैं। उन्हें हिंदू द्वेषी और समाज विभाजक ठहरा सकते हैं।

परंतु ठहरिए, डॉ. आंबेडकर का जीवन इसी उखाड़-पछाड़, आपत्ति-अनापत्ति, विवाद-संवाद में सींझा हुआ जीवन है।

डॉ. आंबेडकर का जीवन सरस-समतल-सपाट नहीं है। यह बार-बार अपमान की चिनगारियों पर तपता और जगह-जगह सम्मान के छीटों से शांत होता, ऐसा विराट् व्यक्तित्व है, जिसकी दृढता विपरीत अपुभवों को सहते-समझते हुए कदम-ब-कदम बढ़ती जाती है। आंबेडकर को यह मजबूती तत्कालीन परिस्थितियों ने दी है। उन से घृणा करनेवालों ने दी है। खुद उस समाज ने दी है, जिसका हिस्सा बाबासाहब थे।

इस दृढता का विलक्षण पक्ष यह है कि आंबेडकर चोट खाते हैं और हर चोट के साथ सामाजिक मजबूती के काम में और जोश-खरोश से जुट जाते हैं। समाज की व्यवस्थागत गलन और गंदगी पर बड़बड़ाते हैं, लेकिन जहाँ इस राष्ट्र और समाज की अखंडता पर कोई हमला होता है, डॉ. आंबेडकर बाबासाहब बन जाते

हैं। इस समाज के अनुभवी बुजुर्ग की तरह व्यवहार करते हैं। एकरस समाज और मजबूत राष्ट्र के प्रबल पक्षधर हो जाते हैं। इसका 'कवच' बनकर खड़े हो जाते हैं।

बालक भीम का डॉ. आंबेडकर होने से लेकर बाबसाहब रूपी राष्ट्ररक्षक कवच में ढलना ऐसी परिघटना है, जो सबके जीवन में नहीं घटती है तो उस यंत्रणा को झेलना सबके बस की बात नहीं। इस महामानव के जीवन की छोटी-छोटी घटनाओं को तत्कालीन परिस्थितियों के संदर्भ में और खुद बाबासाहब की नजर से देखना जरूरी है।

छोटे से बच्चे का अन्य बच्चों के साथ खेलने के लिए मचलना और विवशता से भरी माँ द्वारा उसे यह कहकर गोद में उठा लेना कि सूबेदार मेजर का बेटा होने के अलावा तू महार भी है, बालमन पर कैसी चोट लगी होगी! बंधनों में जकड़े बचपन की उस छटपटाहट और आँसुओं में डूबे इस सबक को बच्चे की नजर से समझना होगा। बच्चे तो सब बच्चे हैं, बालकों में फर्क होता है क्या? यह जीवन का पहला झटका, पहला सवाल है, जो भीम के मन में उथल-पुथल मचाता है। और उसे इस नन्ही उम्र में प्रश्नों की बजाय उत्तर खोजने की तरफ मोड़ देता है।

अन्य छात्रों-शिक्षकों के जूतों के पास बैठकर पढ़ने की शर्त पर विद्यालय में दाखिला मिलना। पिता अपमान और ग्लानि से भरे हैं, माँ की आँखों में आँसू हैं, किंतु छह वर्ष का बच्चा कहता है, 'माँ मेरा दाखिला करा दो, मैं जूतों के पास बैठकर पढ़ूँगा।' बच्चों में फर्क देखनेवाले बड़े लोगों के समाज को भीम का यह पहला उत्तर है।

माँ भीमाबाई स्थिति को समझती है और उसकी आँखें अपने नन्हें बेटे की असीम संभावनाओं को पहचानती भी हैं। वह कहती है, 'बेटा तुम्हें समाज में बहुत अपमान सहना पड़ेगा, बड़ी घृणा झेलनी पड़ेगी। इस सबकी परवाह न करना। किसी से उलझना नहीं। तुम्हें पढ़ना है। बिना पढ़े कोई बड़ा आदमी नहीं बन सकता। जब तुम बड़े आदमी बन जाओ, तब समाज की इस गंदी रीत को बदल डालना, यही मेरी इच्छा है।'

माँ का सपना भीम के मन का संकल्प बनता है। घर से अपनी अलग टाट-पट्टी साथ ले जाना। जूतों के बीच, दहलीज पर बैठकर पढ़ना। आधी छुट्टी में दीवार की ओर मुँह करके पेट भरना...उलाहनों को पीते, विषमताओं में जीते हुए लक्ष्य पर ध्यान केंद्रित किए भीम का समाज को दूसरा उत्तर है—परिस्थिति से ज्यादा महत्त्वपूर्ण है परिणाम।

जिस माँ की आँखों में अपने भीम को पढ़ाने और बढ़ा आदमी देखने का सपना

था, उस माँ को इस कारण रोग से प्राण छोड़ते देखना कि अछूत के घर श्रेष्ठ वैद्य आने को तैयार नहीं, दिल बैठने लगता है। आँसू सूख जाते हैं, भूख मर जाती है, बच्चे के लिए मानो पूरी दुनिया ही निष्प्राण हो जाती है, मगर वह फिर खड़ा होता है। यह भीम की जिजीविषा है। नीच और कुलीन के अन्यायपूर्ण प्रश्नों में झूलते समाज को उत्तर देना ही होगा। बैठने से काम नहीं चलेगा। माँ जिस रोग से गईं उससे बड़ा रोग समाज को लगा है। मैं समाज के रोग का इलाज करूँगा, आंबेडकर का यह मूक प्रण सामाजिक निष्ठुरताओं को उनका तीसरा उत्तर है।

आंबेडकर बड़े हैं तो बाधाएँ पार करने के कारण। बाबासाहब का व्यक्तित्व विराट् है तो इस कारण कि कदम-कदम पर अपमान का विष पीने के बाद भी इस व्यक्ति के मन में घृणा नहीं उपजती। ऐसी नहीं है कि आंबेडकर को क्रोध नहीं आता। वे परिस्थितियों पर झुँझलाते हैं, मुट्ठियाँ भींचते हैं, अकेले में रोते हैं, जाति की छोटी सी जंजीरों को, जो गलत करता है, उसे खुलकर फटकारते भी हैं, लेकिन इन सभी मानवीय गुणों के साथ वे विलक्षण हैं तो इसलिए कि वे कभी भी अपनी सदाशयता नहीं छोड़ते। शब्द कैसे भी हों, उनका आशय सदा अच्छा बना रहता है। जिन्होंने अच्छा किया, आंबेडकर उनकी अच्छाई नहीं भूलते।

रामजी सकपाल के पुत्र का नाम भीम है। उपनाम सकपाल है, किंतु प्राथमिक शाला के जिन ब्राह्मण मुख्याध्यापक ने भीम के लिए सबसे पहले शिक्षा मंदिर के दरवाजे खोले, इस छात्र की अनुपम मेधा को पहचाना, प्यार से अपना उपनाम दिया, बाबासाहब ने वह ब्राह्मण उपनाम आंबेडकर अंत तक अपने हृदय से लगाए रखा। बड़ौदा नरेश महाराज गायकवाड़ का पूरा सहयोग इस मेधावी छात्र को मिला। उच्च शिक्षा के लिए छात्रवृत्ति मिली, रियासत को सेवा देते हुए लेफ्टिनेंट का ओहदा मिला, मगर जब मृत्यु शैया पर पड़े पिता की सेवा के लिए छुट्टी न देनेवाले अधिकारी का कड़वा व्यवहार मिलता है तो आंबेडकर महाराज से गुहार नहीं लगाते। संबंधों का लाभ नहीं उठाते। कोई कटुता नहीं पालते। वे पिता की सेवा के लिए रियासत की रौबदार नौकरी सहज ही छोड़ देते हैं। मान-अपमान की लड़ाई की बजाय वे अनुशासन और भारतीय संस्कार की लीक पकड़ते हैं। बाद में महाराज गायकवाड़ से मुलाकात होती है, परंतु दोनों ओर से वही सहजता, वही सहयोग और सम्मान मिलता है। विषम परिस्थितियों से जूझने के बाद भी चीजों को बिगड़ने न देना, यह डॉ. आंबेडकर की विशेषता है। सोचिए, जो लोग बाबासाहब के वर्ग हितैषी, सवर्ण शत्रु और विद्रोही व्यक्तित्व का चित्र खींचते हैं, उनका चित्र कितना अधूरा और धूर्तता भरा है।

कुल लोग डॉ. आंबेडकर को सिर्फ तत्कालीन अछूत वर्ग का क्रांतिकारी नेता सिद्ध करने की कोशिश करते हैं। यह बाबासाहब की विराट् सर्व समावेशी दृष्टि को संकीर्ण दायरे में बाँधने का कुंठित प्रयास है। यह उस व्यक्ति के साथ सरासर अन्याय है, जिसने सामाजिक विषमताओं का दंश झेलने के बावजूद इस समाज की सामूहिक शक्ति को पहचाना और सबसे राष्ट्रहित में एक रहने का आह्वान किया। सबसे पहले देश, आंबेडकर की सोच यही है। यहाँ जाति, वर्ग और पंथों के विभाजन की नहीं, एकात्म की कल्पना है। देश की एकता और स्वतंत्रता के लिए छोटी-बड़ी जातियों में बँटे वर्गों को एकजुट होना चाहिए और मजहब, पंथ, जाति ये देश से बड़े नहीं हो सकते, यह बाबासाहब का स्पष्ट मत था। यह विचार डॉ. आंबेडकर ने सन् 1949 के अंत में एक भाषण में सामने रखा था। भाषण का शीर्षक था, 'Country must be placed above community' सामाजिक कटुता बाँटती है और नुकसान पूरे देश, पूरे समाज का होता है, यह बात आंबेडकर ने अपमान के घूँट पीने के बाद भी कैसे मन में बैठाई होगी! क्या यह आसान था?

सन् 1917 में कोलंबिया विश्वविद्यालय से पढ़कर लौटे डॉ. आंबेडकर को महाराज गायकवाड तो सैन्य सचिव का ऊँचा ओहदा देते हैं, लेकिन जातिगत श्रेष्ठता के बँधनों को ढोते उनके अमलदारों में से कोई बाबासाहब को लेने रेलवे स्टेशन तक नहीं पहुँचता। उच्च जाति का चपरासी, सैन्य सचिव को फाइलें पकड़ाता नहीं, दूर से पटकता है। इस अधिकारी के पानी माँगने पर मातहत साफ-साफ मना कर देते हैं! कोई घर देने को तैयार नहीं, पहचान छिपाकर कमरा ले भी लिया तो सामान सड़क पर पटक दिया जाता है। दिल में दर्द उमड़ता है, आँखों में आँसू आते हैं, किंतु आंबेडकर का बड़प्पन कि वे ऐसी तुच्छताओं को अपनी क्षमा की चादर से ढक लेते हैं। यही आंबेडकर नवंबर, 1918 में बंबई (अब मुंबई) के सिडनहम कॉलेज ऑफ कॉमर्स एंड इकोनॉमिक्स में राजनीति और अर्थशास्त्र के शिक्षक होकर आते हैं, तो एक रोज प्यास से गला सूखने पर घड़ा छूते भर हैं कि बवाल हो जाता है—अछूत ने घड़ा छू दिया, घड़ा फोड़ो, इसे दूर करो।

मेधा, शिक्षा, डिग्री सब व्यर्थ!! क्या सनातनी कस्बे, क्या पारसी धर्मशाला, क्या ईसाई कॉलेज? सब जगह वही सोच का छोटापन, वही विष! महामानव हर कदम पर हलाहल पीता है, मगर अपने भीतर किसी के लिए कोई जहर नहीं पालता।

उपरोक्त घटनाओं के साथ और इनके बाद आंबेडकर की प्रतिक्रियाओं के रूप में सामने आता उनका व्यक्तित्व अपने आप अपना स्थान बताता है, किंतु इन सबके साथ 25 नवंबर, 1949 को भीमराव आंबेडकर का एक भाषण तुलनात्मक संदर्भ के

तौर पर जरूर पढ़ा जाना चाहिए। यह भाषण बाबासाहब की सांस्कृतिक चेतना का दस्तावेज तो है ही, यह भी दिखाता है कि तुच्छ व्यवहार ने बाबासाहब को आहत जरूर किया था, परंतु उनकी समझ को कुंठित करने में असफल रहा था। इस रोज संविधान सभा के लिए डॉ. आंबेडकर ने देश को झकझोरा था। वह आह्वान, वह चेतावनी आज भी पूरी तरह प्रासंगिक है। इस भाषण में देश के सांस्कृतिक अतीत और इस पर आक्रमणों का पूरा लेखा उन्होंने देश के सामने रखा था। आंबेडकर ने याद दिलाया कि जब मुहम्मद बिन कासिम भारत पर आक्रमण के लिए उत्तर-पश्चिम की सीमा पर आया, तब राजा दाहिर ने मुकाबला करने का निर्णय लिया, किंतु दुर्भाग्य से राजा दाहिर पराजित हुआ और मुहम्मद बिन कासिम जीत गया। वीर होने के बाद भी दाहिरसेन की हार हुई, क्योंकि उनका सेनापति देशद्रोही निकला।

उस महामानव के जीवन की घटनाओं, घटनाओं की प्रतिक्रियाओं और इस सबसे पककर निकली सोच को सामने रखती ये कुछ झलकियाँ भर हैं। वास्तव में तो डॉ. आंबेडकर का सारा जीवन समाज के कटुतम प्रश्नों का सरलतम और सटीक उत्तर है।

मनोवैज्ञानिक तौर पर 'जैसे को तैसा' यह सहज मानवीय व्यवहार है, लेकिन डॉ. आंबेडकर ने, कोई कैसा है, के सामने किसी व्यक्ति और व्यवस्था को कैसा होना चाहिए, यह उदाहरण और व्याख्याएँ सामने रखते हुए, आम मनोवैज्ञानिक धारणाएँ झुठला दी थीं। वे जुझारू थे, दबते नहीं थे, इसलिए उन्होंने 'अखिल भारतीय शेड्यूल्ड कास्ट फेडरेशन' बनाई थी। यह रणनीतिक फैसला था। उनका साफ मानना था कि अस्पृश्यता और अन्याय के विरुद्ध लड़ना है तो यह घर के भीतर की बात है और यह लड़ाई बाकी हिंदू समाज से कटे रहकर नहीं लड़ी जा सकती और न ही दलितों को हाशिए पर पड़े रहने देना इसका इलाज है। प्रसिद्ध कामगार मैदान सभा में उन्होंने कहा था कि इच्छा से हो या अनिच्छा से, दलित वर्ग हिंदू समाज का ही अंग है। हमने महाड और नासिक में जो सत्याग्रह संघर्ष किया, वह हिंदुओं पर इस बात पर दबाव डालने के लिए ही था कि वे दलितों को बराबरी के स्तर पर स्वीकार करें।

उनकी व्यवस्थावादी सोच में अस्पष्टता नहीं थी। न्याय व्यवस्था के बारे में राष्ट्रीय स्तर पर मतैक्य स्थापित करना यह उनकी चाह थी। भले ही स्वयं उन्होंने कुछ भी झेला हो, लेकिन इसके बाद भी समाज से अन्याय को दूर करने के लिए सबको सहमति तक पहुँचाने का प्रयास करते रहना, निरंतर जूझना, यही उनके जीवन का ध्येय था। कई चिंतक मानते हैं कि सांस्कृतिक राष्ट्रवाद और आंबेडकर जी का मानववाद समानार्थी विचार है।

आंबेडकर यकीनन बड़े हैं, लेकिन वे बड़े हैं बड़ी बाधाएँ पार करने के कारण। बाबासाहब का व्यक्तित्व विराट् है तो इस कारण कि कदम-कदम पर अपमान का विष पीने के बाद भी इस व्यक्ति के मन में घृणा नहीं उपजती। कुछ लोग बाबासाहब के जीवन को सिर्फ कुछ लोगों की चिंता और अन्य से नफरत का पुलिंदा बनाकर पेश करते हैं। ऐसे प्रयास अपने आप में घृणित हैं, क्योंकि यह एक बड़े व्यक्ति को बौना साबित करने की कोशिश है। चिंदियों को तस्वीर की तरह दिखाना उस विराट् चित्र का अपमान है, जिसमें इस संपूर्ण राष्ट्र, इसकी चुनौतियों और अपने सहोदर समाज की परिस्थितियों का स्पंदन है।

समझनेवाली बात यह है कि डॉ. आंबेडकर के जीवन में समाज के साथ उठापटक और उलझाव तो खूब है, लेकिन दुराव नहीं है। यदि डॉ. आंबेडकर तत्कालीन भारतीय समाज की बुराइयों को काटनेवाली तलवार की तरह तीखे हैं तो इस समाज की साझा शक्ति को पहचानने, बचानेवाली ढाल भी हैं।

भारतीय संस्कृति में तप बड़ी चीज है। व्यक्ति को शक्ति और तेज देनेवाली तपस्या की राह कभी आसान नहीं होती। आंबेडकर का जीवन सरलताओं का सुगम पथ नहीं है। यह विपरीतताओं के काँटों और अपमान के अंगारों पर चलकर उन्हें कुचलकर तय की गई एक दुर्गम यात्रा है। भौगोलिक, सामाजिक अखंडता को समाज का अभिन्न अंग और समाज के हित को सर्वोपरि मानते हुए खुद को गला देना कम बड़ी बात नहीं है। यह तपस्या है। व्यष्टि यानी व्यक्ति समष्टि यानी संपूर्ण समाज के लिए कैसे अपना जीवन होम कर सकता है, इस बात की झाँकी है डॉ. आंबेडकर का तपमय जीवन।

□

बाबा साहब के निष्ठावान सहयोगी

—डॉ. मिलिंद शेजवल

जुलाई, 1923 को बाबासाहब डॉ. आंबेडकर बैरिस्टर होकर विलायत से भारत लौटे। वे अपनी वकालत के साथ-साथ सामाजिक काम और दलितों में जागृति एवं आत्मसम्मान निर्माण करने के कार्य में भी सक्रिय रहे। अस्पृश्य समाज के वे पहले उच्च शिक्षित व्यक्ति थे। समाज उन्हें आदर से देखता था। उनके भाषणों को ध्यान से सुनता था। अपने समाज की सदियों से चली आई हुई कठिनाइयाँ सिर्फ डॉ. बाबासाहब दूर कर सकेंगे, ऐसा विश्वास उनके समाज में निर्मित होने लगा। यह विश्वास सिर्फ उनकी महार जाति के लोगों में ही नहीं, बल्कि अस्पृश्य कहलाई जानेवाली कई जातियों के लोगों में तेजी से बढ़ने लगा। डॉ. आंबेडकर अस्पृश्यों के और दलितों के मसीहा बन गए। हजारों स्कूलों के बच्चों और युवाओं ने उन्हें अपना आदर्श माना और खुद भी बाबासाहब की तरह उच्च शिक्षित होने का संकल्प किया। अस्पृश्यों में आत्मसम्मान जगाने के इस महान् कार्य में डॉ. आंबेडकर के अस्पृश्य समाज के साथ-साथ स्पृश्य समाज के पढ़े-लिखे अनेक लोक शामिल थे। इन लोगों ने अपने संपूर्ण जीवनकाल में बाबासाहब के सामाजिक और शैक्षणिक कार्य में खुद को समर्पित किया।

24 जुलाई, 1924 को बहिष्कृत हितकारिणी सभा की स्थापना हुई। उसके अधिकतम पदाधिकारी सवर्ण समाज के पढ़े-लिखे और संपन्न लोग थे। सर चिमनलाल सीतलवाड अध्यक्ष थे और मेयर नस्सीम जेपी, रुस्तमजी जिनवाला सॉलिसिटर, जी.के. नरीमन, डॉ. वि.पा. चव्हाण, डॉ. र.पु. परांजपे और बा.ग. खरे उपाध्यक्ष थे। सीताराम शिवतकर कार्यवाह तो निवृत्ति जाधव कोषाध्यक्ष थे। स्वयं बाबासाहब कार्याध्यक्ष थे। बहिष्कृत समाज में शिक्षा का प्रसार हो और उनकी सांस्कृतिक एवं आर्थिक उन्नति हो, इस उद्‌देश्य से संस्था की स्थापना की गई थी।

समाज के सवर्ण, संपन्न और आस्था रखनेवाले लोगों की मदद के सिवा अछूत वर्ण की उन्नति नहीं हो सकती, ऐसा बाबासाहब का मानना था। अपने सामाजिक और राजकीय जीवन में उन्हें पूरे अछूत वर्ग का साथ तो मिला ही, लेकिन सवर्ण वर्ग के भी अनगिनत निष्ठावान सहयोगी थे, जिन्होंने जीवनभर बाबासाहब के विचारों का और उनके अछूत उन्नति कार्य का समर्थन किया।

दादासाहब गायकवाड और बाबासाहब की पहली मुलाकात सन् 1926 में नासिक के शाहू छत्रपति बोर्डिंग में हुई। दादासाहब वहाँ सुपरिटेंडेंट थे। युवा दादासाहब, बाबासाहब के व्यक्तित्व और विचारों से इतने प्रभावित हुए कि उन्होंने जीवनभर उनकी सेवा में रहने का संकल्प किया।

उन दिनों नासिक रोड को अस्पृश्यों की गतिविधियों का गढ़ माना जाता था और दादासाहब गायकवाड इन गतिविधियों के मार्गदर्शक थे। नासिक रोड के वाइन डिस्टिलरी कारखाने, इंडिया सिक्यूरिटी प्रेस, कंरसी नोट प्रेस और सेंट्रल जेल में अस्पृश्य कामगारों की संख्या लगभग तीन हजार थी। ये सारे कामगार उसी क्षेत्र में सरकारी निवास में अपने परिवारों के साथ रहते थे। इन बस्तियों में दादासाहब गायकवाड का नियमिति रूप से आना-जाना था। हर रविवार को एक कार्यकर्ता के घर पर बैठक में बाबासाहब के विचारों और कार्यक्रमों की विस्तृत चर्चा होती थी। इस बस्ती में स्काउट पथक और बैंड पथ में भी था और वह नियमित रूप से कवायद करता था। कैप्टन बापूराव शेजवल स्काउट पथक को शारीरिक व्यायाम, लाठी-काठी, दांड-पट्टा आदि का प्रशिक्षण देते थे। स्काउट पथक के सदस्यों की संख्या लगभग 500 थी। यह स्काउट पथक कई साल तक बाबासाहब के नासिक प्रवास में उनकी सुरक्षा का काम करता रहा। बाबासाहब जब नासिक रोड स्टेशन पर उतरते थे तो उनका जयजयकार करके जोरदार स्वागत किया जाता था। स्टेशन के बाहर स्काउट पथक और बैंड पथक की ओर से गार्ड ऑफ ऑनर दिया जाता था। नासिक रोड से माधवराम अहिरे, गणपत शिंदे, शंकर लोखंडे, किसनराव शेजवल, किसनराव लोखंडे, रामभाऊ जाधव, रघुनाथ भालेराव, सीताराम बर्वे, सीताराम गांगुर्डे, संभाजी सोनावणे, बापू बर्वे, यादव बर्वे, बहणाजी तपासे, अण्णा रिपोटे, धनजी दोंद, जेल रोड के शंकर गायकवाड, देवलाजी कैंप के देवराम डांगले, नासिक शहर के लिंबा मित्री, नाशोठ चंद्रमोरे सावलाराम दाणी, तुलसीराम काले, संभाजी रोकडे, अमृतराव रणखांबे आदि सक्रिय आंबेडकर कार्यकर्ता थे। इन सबको सक्रिय करने और संगठन खड़ा करने में दादासाहब गायकवाड का बड़ा योगदान था।

19 और 20 मार्च, 1927 को महाड़ में कुलाबा जिला बहिष्कृत परिषद् का

आयोजन किया गया था। इस परिषद् के आयोजन में दादासाहब गायकवाड ने सक्रिय हिस्सा लिया था। मुंबई, नागपुर और कोंकण घाट से लगभग पाँच हजार प्रतिनिधियों ने इस परिषद् में हिस्सा लिया। इसमें महिलाओं और छोटे बच्चों का भी समावेश था। इस परिषद् में बाबसाहब का स्फूर्तिदायक भाषण हुआ, साथ में ग.भी. सहस्रबुद्धे, कमलाकांत चित्रे और सुरभा टिपणीस आदि का भी मार्गदर्शन हुआ। अगले दिन 20 मार्च को चवदार तालाब का पानी प्राशन करके सत्याग्रह किया गया। पहले बाबासाहब डॉ. आंबेडकर ने चवदार तालाब का पानी प्राशन किया, उसके बाद अनुयायियों ने उनका अनुकरण किया। उधर महाड गाँव में अफवाह फैली कि महार लोग तालाब को अपवित्र करनेवाले हैं। इस अफवाह के कारण असामाजिक तत्त्वों ने सभा मंडप पर हमला बोल दिया। महिलाओं और छोटे बच्चों सहित अनेक कार्यकर्ता घायल हो गए। स्थिति काबू के बाहर जा रही थी, ऐसी स्थिति में बाबासाहब और उनके सहयोगियों ने संयम रखा। सभा मंडल में घायल लोगों में कुछ रिटायर्ड सैनिक भी थे, जो जान की बाजी लगाकर असामाजिक तत्त्वों का प्रतिकार कर सकते थे, लेकिन वे बाबासाहब के आदेश की राह देख रहे थे। बाबासाहब ने उन सबको शांत किया और हिंसा का जवाब ताकत होते हुए भी अहिंसा से दिया गया। 20 मार्च, 1927 के इस सत्याग्रह को अस्पृश्य आंदोलन का नींव का पत्थर माना गया। अगले तीन दशक तक बाबासाहब के नेतृत्व में उनके अनुयायियों ने अनेक सफल आंदोलन किए।

25 दिसंबर, 1927 को समाज में विषमता फैलानेवाले और अस्पृश्यों पर अन्याय करनेवाले मनुस्मृति ग्रंथ का सार्वजनिक दहन किया गया। बाबासाहब के साथ इस सभा में दादासाहब गायकवाड, गंगूबाई सावंत, एनटी जाधव आदि ने स्फूर्तिदायक भाषण किया। मनुस्मृति के दहन का प्रस्ताव सवर्ण वर्ग के ग.भि. सहस्रबुद्धे ने रखा और अनुमोदन पा.ना. राजभोज ने किया।

2 मार्च, 1930 को कालाराम मंदिर सत्याग्रह की शुरुआत हुई। दादासाहब गायकवाड सत्याग्रह कमिटी के सेक्रेटरी थे। सुबह 10 बजे बाबासाहब की अध्यक्षता में नासिक रोड पर परिषद् का आयोजन हुआ। दोपहर 3 बजे सत्याग्रहियों का जुलूस निकला, जिसमें 15,000 सत्याग्रही शामिल थे। आगे बैंड पथक, उसके पीछे बाँसुरी, शहनाई और तुतारी का घोष, फिर बालवीर पथक और महिला मोरचा आने गाते हुए चले। उनके पीछे बैरागी और वारकरी संप्रदाय के सत्याग्रही भजन गा रहे थे। जुलूस का एक छोर गोदावरी पुल के पास था तो अंतिम छोर देवलाली नाके पर था। ऐसा जुलूस नासिकवालों ने शायद पहले कभी देखा नहीं होगा। इस

अनुशासनप्रिय जुलूस का सारा श्रेय दादासाहब गायकवाड और उनके साथियों को जाता है। पुजारियों ने रामजी को मंदिर में बंदकर रखा। जुलूस का रूपांतर महासभा में हुआ। बाबासाहब डॉ. आंबेडकर ने सभा को संबोधित किया। इस सत्याग्रह में समाज समता संघ के नेता देवराव नाईक, द.वि. प्रधान, कवली, सहस्रबुद्धे, पा.ना. राजभोर, शिवतकर, पतितपावनदास, अमृतराव रणखंबे शामिल थे। सत्याग्रह कई साल चला। रामनवी के दिन अस्पृश्यों को रथ खींचने को बुलाया गया, लेकिन असल में रथयात्रा दूसरे रास्ते से निकाली गई। इससे भगदड़ मच गई और सत्याग्रही भास्करराव कद्रेकर बुरी तरह घायल हुए।

जिन पुजारियों ने 1930 में अस्पृश्यों को राम मंदिर प्रवेश करने से नकारा था, उनके पोतों ने सन् 2005 में समरसता मंच की ओर से निकली समरसता यात्रा की शुरुआत कालाराम मंदिर से करवाई। दादा इदातेजी के मार्गदर्शन और डॉ. सुवर्णा रावल के नेतृत्व में समरसता यात्रा कालाराम मंदिर से शुरू हुई। यह बदलाव 75 साल में आया था, लेकिन इसकी नींव बाबासाहब और उनके निष्ठावान् अनुयायियों ने 1930 में डाली थी।

कालाराम मंदिर सत्याग्रह के दरम्यान बाबासाहब की जान को खतरा है, ऐसी अफवाहें आने लगीं। ऐसे समय स्काउट पथक के जवानों ने आँखों में तेल डालकर डॉ. बाबासाहब की रक्षा की। कालाराम मंदिर सत्याग्रह ने अस्पृश्यों के आत्मसम्मान और आत्मविश्वास को बढ़ाया।

उन दिनों दादासाहब गायकवाड हर झुग्गी-झोंपड़े में और गाँव में जाते और लोगों से संवाद बढ़ाते। उनकी कठिनाइयों को सुनते और उन्हें बाबासाहब के कार्य के बारे में बताते थे। उन दिनों अस्पृश्य समाज के कवि गायक अपने गानों का जलसा रखते थे। इन जलसों से वे बाबासाहब डॉ. आंबेडकर के कार्य का और उनके विचारों का प्रसार करते थे। जलसे में शामिल होने के लिए गाँव-गाँव में अच्छी भीड़ लगती थी। लोक शायर भीमराव कर्डक इन जलसाकारों में सबसे ज्यादा योगदानवाले शायर थे।

दादासाहब गायकवाड के मार्गदर्शन में आंबेडकर के अनुयायियों ने नासिक रोड स्टेशन के बाहर एक वाचनालय का निर्माण किया। यह पूरा निर्माण अस्पृश्यों ने अपने श्रमदान से और पैसों से किया। एक ईंट भट्ठे के मालिक फकीर राव ने हजारों ईंटों का दान दिया। कॉन्ट्रेक्टर भवानी बागूल ने महत्त्वपूर्ण योगदान दिया। शनिवार, रविवार इन छुट्टी के दिनों में हर कार्यकर्ता ने सहयोग दिया और वाचनालय का निर्माण हुआ। इसका नाम दीनबंधु बाबासाहब डॉ. आंबेडकर वाचनालय रखा गया। 1937 में इस वाचनालय का उद्घाटन स्वयं बाबासाहब ने किया।

इन सभी गतिविधियों के कारण नासिक में और मुंबई प्रेजीडेंसी के बाकी इलाकों के युवकों में जागृति निर्माण के साथ शिक्षा का प्रसार हुआ। हर युवा बाबासाहब को अपना आदर्श मानता था और उनकी तरह उच्च शिक्षा पाने की कोशिश करता था।

बाबासाहब के विश्वस्त सहकारी होने के नाते शेड्यूल कास्ट फेडरेशन पक्ष के संगठन की जिम्मेदारी भी दादासाहब गायकवाड पर थी। 1952 के सार्वत्रिक चुनाव से पहले उन्होंने पूरे भारत का भ्रमण करके पक्ष कार्य बढ़ाने और राजकीय ताकत बढ़ाने का कार्य किया। 1952 के चुनाव में शेड्यूल कास्ट फेडरेशन को बुरी हार का सामना करना पड़ा। बाबासाहब डॉ. आंबेडकर मुंबई से लोकसभा चुनाव हार गए। उनके कई साथियों को भी हार का सामना करना पड़ा। चुनाव की राजनीति में बाबासाहब और उनकी पार्टी को राजकीय अछूत माना गया। संविधान में 26 जनवरी, 1950 को आरक्षण तो लागू हुआ, लेकिन समाज के मन में अस्पृश्यों के लिए और बाबासाहब डॉ. आंबेडकर के प्रति जो द्वेष छुपा था, चुनाव में प्रकट हुआ। इन सभी चीजों से सबक लेते हुए बाबासाहब ने व्यापक प्रतिनिधित्ववाली रिपब्लिकन पार्टी ऑफ इंडिया के गठन के बारे में सोचना शुरू किया। दुर्भाग्य से इसकी शुरुआत होने से पहले ही उनका महापरिनिर्वाण हो गया। दादासाहब और अन्य नेताओं ने रिपब्लिकन पार्टी ऑफ इंडिया की स्थापना की, लेकिन 1957 में हुए चुनाव के अलावा इस पार्टी को कभी अच्छा यश नहीं मिला। बाबासाहब के पश्चात् हम एक न रह सके और यह प्रक्रिया आज भी चालू है। भूमिहीनों का आंदोलन, मातोश्री रमाबाई छात्रनिवास, नासिक में 10 एकड़ जमीन पर आंबेडकर नगर नाम से अस्पृश्यों की सहकारी सोसाइटी का निर्माण, रमाबाई आंबेडकर के नाम से भव्य सभागृह, ऐसे अनेक सकारात्मक कार्य दादासाहब गायकवाड के हाथ से हुए, लेकिन उनका कांग्रेस के साथ जाना आंबेडकर के अनुयायियों को अच्छा नहीं लगा। 'कांग्रेस एक जलता हुआ घर है' ऐसा बाबासाहब कहा करते थे। दादासाहब का निर्णय आज गलत लगता है, लेकिन उनकी गुरुभक्ति और अस्पृश्यों की उन्नति के बारे में उनका लगाव सौ प्रतिशत सच्चा था। 29 दिसंबर, 1971 को दादासाहब गायकवाड का निर्वाण हुआ।

दादासाहब के अलावा अनेक कार्यकर्ता हैं, जिन्होंने बाबासाहब के विचारों से प्रेरित होकर अपना पूरा जीवन उनके मिशन के लिए समर्पित कर दिया। इनमें से कुछ का जीवन परिचय और कार्यों का विवरण यहाँ प्रस्तुत है—

वामनराव गोडबोले—14 अक्तूबर, 1956 को नागपुर में संपन्न दीक्षा

समारोह की समिति के कार्यवाह थे। जब धर्मांतरण की तारीख 14 अक्तूबर तय हो गई तो शुरुआत में इस समारोह को बंबई में आयोजित करने बात सोची गई थी। बाबासाहेब के विश्वास पात्र नागपुर के समता सैनिक दल के मुख वामनराव गोडबोले और उनके साथियों ने उनसे चर्चा करके दीक्षा समारोह को नागपुर में ही रखने की विनती की। नागपुर बुद्धधर्मीया नाग लोगों की पुण्यभूमि है। वामनराव गोडबोले और उनके सहयोगी ने वहाँ पर दीक्षा समारोह अच्छी तरह से आयोजित करने की जिम्मेदारी ली। समारोह से दो माह पहले बाबासाहब ने वामनराव को दिल्ली बुलाकर उनसे दीक्षा समारोह के बारे में विस्तृत रूप से चर्चा की। वामनराव और उनके साथी रेवाराम कवाडे, नारनवरे, नारायण साखरे, पंचभाई, सोमकुवर, तिरपुडे, रायपुरे, रामटेके, शेंडे ने दिन-रात मेहनत करके दीक्षा समारोह का शानदार तरीके से आयोजन किया। लगभग 3 लाख से ज्यादा लोगों ने दीक्षा भूमि पर दीक्षा ली। सभी अनुयायी सफेद वस्त्र धारण करके दीक्षा भूमि आएँ, ऐसा पत्रक भारतीय बौद्धजन समिति ने निकाला था। 3 लाख अनुयायियों ने उस आदेश का पालन किया और एक ऐतिहासिक दीक्षा समारोह संपन्न हुआ। दीक्षा समारोह को सफल बनाने में वामनराव गोडबोले का महत्त्वपूर्ण योगदान रहा।

बाबासाहब के महानिर्वाण के बाद वामनराव गोडबोलेजी ने लगभग 50 वर्ष तक उनकी स्मृति को जिलाए रखने का महत्त्वपूर्ण काम किया। उन्होंने नागपुर शहर से 17 किलोमीटर दूर काटोल रोड पर चिंचोली गाँव में शांतिवन का निर्माण किया। 14 एकड़ जगह में बसे इस शांतिवन में धर्म प्रसार प्रशिक्षण केंद्र, बाबासाहब डॉ. आंबेडकर वस्तु संग्रहालय, बुद्धविहार, विश्रामगृह, प्रिंटिंग प्रेस और कार्यालय का निर्माण किया गया। इस संग्रहालय में बाबासाहब के स्पर्श से पावन हुई 4,000 वस्तुओं का संग्रह है। इनमें से दीक्षा समारोह की बुद्ध मूर्ति, बुद्ध एंड हिज धर्म नामक ग्रंथ जिस टाइपराइटर से टाइप हुआ था, वह टाइपराइटर, वह पेन, घड़ी, ग्रामोफोन, रेकॉर्ड्स, छाता, हैट, सूट, जैकेट, कुर्ता जो बाबासाहब इस्तेमाल करते थे, इन सारी चीजों का समावेश है। इन सभी चीजों का ढंग से जतन करना, इन्हें खराब होने से बचाना, उनका नियमित रूप से फ्युमिगेशन करना, ये सब काम वामनरावजी जान लगाकर करते थे। इन सब चीजों को भलीभाँति सुरक्षित रखने पर काफी पैसा खर्च होता था।

नानकचंद रत्तू—नानकचंद बाबासाहब के वैयक्तिक सहायक थे। व्यक्तिगत सहायक होने के नाते उनको बाबासाहब को नजदीक से देखने का, उनकी सेवा करने का मौका मिला। नानकचंद साए की तरह बाबासाहब के साथ रहा करते थे। उनके कार्यक्रम निश्चित करना, उनके पत्रों और पुस्तक के निर्माण का नोटेशन

लेना, उनसे मिलनेवाले मेहमानों की देखभाल करना ऐसे कई काम नानकचंद श्रद्धा से करते थे।

अक्टूबर, 1956 के दीक्षा समारोह के दौरान डॉ. बाबासाहब की तबीयत अच्छी नहीं थी। उस वक्त नानकचंद उन्हें अपने कंधों का सहारा देकर स्टेज पर लेकर आए। 1 दिसंबर, 1956 से 5 दिसंबर, 1956 में पाँच दिन बाबासाहब की तबीयत अच्छी नहीं थी, फिर भी उन्होंने काफी सार्वत्रिक कार्यक्रमों में हिस्सा लिया। 2 दिसंबर, 1956 को आदरणीय दलाई लामा के सम्मानार्थ हुए अशोक विहार के कार्यक्रम में बाबासाहब उपस्थित रहे। 4 दिसंबर को वे राज्यसभा में उपस्थित थे। वहाँ पर उन्होंने कई साथियों से चर्चा की। उस दिन बाबासाहब आखिरी बार राज्यसभा गए। इसके बाद घर आकर उन्होंने महाराष्ट्र के दो कांग्रेस विरोधी नेताओं आचार्य प्रह्लाद केशव अत्रे और एम.एस. जोशी को संकल्पित रिपब्लिकन पार्टी में शामिल होने के बारे में लिखने के खत का नोटेशन दिया। 5 दिसंबर की रात वे जैन प्रतिनिधिमंडल से मिले। इसके बाद नानकचंद ने उनके पैरों की मालिश की, उनके सिर पर तेल लगाया। वे बुद्धम् शरणम् गच्छामि गाने लगे। रात 11 बजे तक नानकचंद उनके साथे थे। उसके बाद वे अपने घर गए और कुछ ही देर बाद बाबासाहब का नींद में ही महानिर्वाण हुआ। नानकचंद रत्तू को एक महान् कर्मयोगी की सेवा करने का मौका मिला और उन्होंने यह काम पूरी श्रद्धा से किया।

अस्पृश्य विद्यार्थियों को अच्छी तरह शिक्षा मिले, इस उद्देश्य से डॉ. आंबेडकर ने पीपुल्स एजुकेशन सोसाइटी की स्थापना की। इसके कार्यकारी मंडल में वी.जी. राव, अ.बा. गजेंद्रगडकर, आचार्य मो.वा. दोंदे, रावबहादुर के.सी. बोले, डी.जी. जाधव और कमलाकर चित्रे शामिल थे। इस संस्था की ओर से 1946 में सिद्धार्थ कॉलेज ऑफ आट्‌र्स एंड साइंस की शुरुआत की गई। अस्पृश्य छात्रों की उच्च शिक्षा के लिए सिद्धार्थ कॉलेज बड़ा सहारा था। इन छात्रों के रहने की व्यवस्था चर्नी रोड के छात्रालय और दादर के राजगृह में थी। आगे चलकर पीपुल्स एजुकेशन सोसाइटी का कारोबार काफी बढ़ा। सिद्धार्थ कॉमर्स कॉलेज, मिलिंद कॉलेज, औरंगाबाद का स्कूल 380 एकड़ जमीन में बसा हुआ है। वडाला में आंबेडकर कॉलेज और छात्रालय, महाड में आंबेडकर कॉलेज में इन सभी के निर्माण में सवर्ण और अस्पृश्य समाज के आंबेडकर के अनुयायियों का महत्त्वपूर्ण योगदान रहा, जिनमें कुछ प्रमख नाम हैं—

प्रिंसिपल हेमंत कर्णिक—इन्होंने अपनी विद्यार्थी अवस्था में बाबासाहब को ठाणे रेलवे स्टेशन पर देखा था। वे उनके व्यक्तित्व से इतने प्रभावित हुए कि

यह सोचने लगे कि ऐसे व्यक्ति के साथ जीवनभर काम करने का मौका मिला तो कितना अच्छा होगा। कुछ समय बाद वे बाबासाहब के संपर्क में आए और उन्होंने अपना सारा जीवन बाबासाहब द्वारा स्थापित शिक्षा संस्थाओं की उन्नति में लगा दिया। उन्होंने ही पीपुल्स एजुकेशन सोसाइटी के सिद्धार्थ कॉलेज को एक अच्छे कॉलेज का दर्जा दिलवाया। वे काफी सालों तक कॉलेज के प्रधानाचार्य रहे। उनके कार्यकाल में सिद्धार्थ कॉलेज को अकादमिक, सांस्कृतिक और खेल गतिविधियों के लिए अव्वल माना जाता था। उनके बाद प्रिंसिपल डॉ. जे.वी. देशपांडे और पी.एन. चौधरी ने भी इस कॉलेज को एक अलग ऊँचाई पर ले जाने की कोशिश की।

शंकरराव शेजवल—नासिक रोड पर पढ़नेवाले शंकरराव शेजवल बाबासाहब के भाषणों से काफी प्रभावित थे। बाबासाहब जैसा उच्च शिक्षण लेने की बात मन में ठान ली। आठ भाई-बहनों में उनका दूसरा नंबर था। पिताजी किसनराव इंडिया सिक्यूरिटी प्रेस में कामगार थे। गरीबी से जूझते हुए उन्होंने मैट्रिक पास किया। 1947 में वे अगली पढ़ाई के लिए सिद्धार्थ कॉलेज में आए। साइंस का छात्र होने के कारण वे नौकरी भी नहीं कर पाते थे। गरीबी से जूझते हुए उन्होंने बी.एससी. डिग्री हासिल की। इस दौरान उन्हें बाबासाहब को नजदीक से देखने-सुनने का कई बार मौका मिला। उनके विचारों से प्रभावित होकर उन्होंने सरकारी नौकरी में न जाते हुए सिद्धार्थ कॉलेज में विद्यादान का पवित्र काम किया। 37 साल (1951-1988) तक सिद्धार्थ कॉलेज से जुड़े रहे। वे कैमिस्ट्री के एक अच्छे प्राध्यापक थे। उन्होंने जीवनभर बाबासाहब की 'चिंतन और अध्ययन' सीख का पालन किया। अपने जीवनकाल में उन्होंने अनेक गरीब विद्यार्थियों को उच्च शिक्षा के लिए प्रोत्साहित किया और मदद की। 30 दिसंबर, 1996 को उनका निर्वाण हुआ।

विश्वनाथ देवराव गायकवाड—ये पीपुल्स एजुकेशन सोसायटी से जुड़े और एक निष्ठावान कार्यकर्ता हैं। माटुंगा लेबर कैंप में बचपन गुजारनेवाले विश्वनाथ सन् 1959 में मैट्रिक हुए और सिद्धार्थ कॉलेज में दाखिला लिया। बाबासाहब के द्वारा स्थापित विद्यार्थी फेडरेशन के वे अध्यक्ष थे। बीए., बी.एड. करने के कुछ समय बाद उन्होंने इन्कमटैक्स डिपार्टमेंट में नौकरी की। सन् 1964 में उन्होंने पीपुल्स एजुकेशन सोसायटी में असिस्टेंट सेक्रेटरी के बतौर नौकरी की शुरुआत की। संस्था का शिक्षा का कारोबार बढ़ाने में उनका महत्त्वपूर्ण योगदान है। 1975 में उनका तबादला औरंगाबाद के मिलिंद कॉलेज में हुआ। उन्होंने इस कॉलेज

का विस्तार, उसकी 380 एकड़ जमीन का सरकारी दफ्तर में ठीक रजिस्ट्रेशन करना, उसे अतिक्रमण से बचाना आदि महत्त्वपूर्ण काम किए। बी.एड. कॉलेज, शारीरिक शिक्षण कॉलेज, इंजीनियरिंग कॉलेज आदि के निर्माण में उनका महत्त्वपूर्ण योगदान रहा। आज 10,000 छात्र स्कूल से लेकर कॉलेज तक की शिक्षा वहाँ से ले रहे हैं। 1990 में वे सेवानिवृत्त हुए। उसके पश्चात उन्होंने परेल में नाइट हाई स्कूल का निर्माण किया और माटुंगा लेबर कैंप में प्रौढ़ शिक्षा वर्ग शुरू किया। 2001 में उनका निर्वाण हुआ।

14 अक्तूबर, 1956 को पाँच लाख अनुयायियों के साथ डॉ. आंबेडकर ने बौद्ध धर्म की दीक्षा ली। उनमें राजकोट जिले के 5 गुजराती भाषिक अनुयायी शामिल थे। भीम बाघा रावलिया मोजा बाप्पा, सोम्दावार मूलदास बापू धर्मबंधु और पागलबापा इन्होंने नागपुर में दीक्षा ली। भीम बाप्पा रावलिया बौद्ध धर्म के कट्टर समर्थक रहे। उन्हें परमार गुरुजी के माध्यम से बाबासाहब की सेवा करने का मौका मिला। इसलिए वे खुद को भाग्यशाली समझते थे। हाल ही में सौराष्ट्र में अनेक भाइयों ने बौद्ध धर्म की दीक्षा ली। उस कार्यक्रम में भीम बाप्पा के सुपुत्र सक्रिय थे।

हाँ, आखिरी अनुयायी जरा अलग है। मार्च, 1939 में सोनबा येलवे पनवेल के एक छोटे से होटल में लकड़ियाँ तोड़ने का काम करता था। वह दोपहर को काम खत्म करके होटल के सामने झाड़ के नीचे आराम कर रहा था। इतने में एक मोटरगाड़ी वहाँ रुकी। गाड़ी से गडकरी वकील बाहर निकले और उन्होंने होटल के सवर्ण मालिक को दो चाय का आर्डर दिया और वहाँ पानी पीकर गाड़ी में बैठे बाबासाहब आंबेडकर को पानी देने को कहा। होटल मालिक ने जवाब दिया, 'डॉ. आंबेडकर अछूत हैं। उन्हें पानी नहीं दूंगा।' यह सुनकर बाबासाहब की आखों में आँसू आ गए। बिना कुछ कहे वे और गडकरी वकील वहाँ से निकल गए। सोनबा येलवे यह सब देख रहा था। वह भागते हुए अपने घर गया और वहाँ से घड़े में पानी भरकर लेकर आया। तब तक बाबासाहब की गाड़ी दूर चली गई थी। सोनबा इस घटना से व्यथित हो गया। बाबासाहब को दलित समाज भगवान् मानता है, उनके फोटो की पूजा करता है, ऐसे बाबासाहब का एक गिलास पानी के लिए अपमान हुआ, यह उससे बरदाश्त नहीं हुआ। फिर से ऐसा अपमान न हो, इसलिए वह रोज़ सुबह से शाम तक पानी का घड़ा लेकर होटल के सामने बैठा रहता था। उसने काम-धँधा छोड़ दिया था। दिल में एक ही इच्छा थी कि अगली बार बाबासाहब यहाँ से गये तो पानी के लिए उनका

अपमान न हो। दिन बीते, महीने बीते, साल बीते, लेकिन वह दिन आया नहीं कि सोनबा अपने बाबासाहब को पानी पिला सके। इस दौरान उसकी तबीयत गिरती गई, लोग उसे पागल समझने लगे, लेकिन सोनबा ने घड़े में पानी लेकर बाबासाहब की राह देखना नहीं छोड़ा। यह सिलसिला 7 साल चला। फरवरी, 1946 में सोनबा येलवे का निर्वाण हुआ। धन्य हैं बाबासाहब और धन्य हैं उनके निष्ठावान अनुयायी।

□

विद्या उपासक

—श्याम अत्रे

उच्च शिक्षा के पहले चरण में इंग्लैंड से भारत वापस आने पर बाबासाहब ने मुंबई के सीडे हॅम महाविद्यालय में दो साल तक अर्थशास्त्र का अध्यापन किया। बाद में एक निजी संस्था में प्रोफेसर ऑफ मर्केंटाइल लॉ पद पर कार्य किया। सन् 1928 में वे शासकीय विधि महाविद्यालय में प्राध्यापक बने। सन् 1935 में वे इसी महाविद्यालय में प्राचार्य बने। इस अवधि में उन्होंने एक सव्यसाची, विद्यार्थी, प्रिय प्राध्यापक और अनुशासनप्रिय प्रशासक के रूप में ख्याति प्राप्त की। गहन अध्यापन, गहन ज्ञान, चौतरफा वाचन और अत्यंत व्यापक जीवनानुभव से उनका अध्यापक प्रभावी और वजनदार था। उत्तम वक्ता होने के कारण उनकी अध्यापन शैली में संवाद कुशलता, भाषा की शान और गहरा ज्ञान था। अंग्रेजी भाषा पर उनकी अनूठी पकड़ थी। जैसे उन्हें अपने विद्यार्थियों को विषय पुस्तक पढ़ाने का अहसास था, वैसे ही उनका चरित्र-निर्माण और मार्गदर्शन करने का भी ज्ञान था। उन्होंने मुंबई विश्वविद्यालय के कारोबार पर भी अमित छाप छोड़ी थी।

अध्यापन पेशा लौकिक था। वे इसके साथ-साथ व्यावहारिक कुशलता सिखाने का, लोकशिक्षक का काम भी करते थे। समाज की स्थिति, सामाजिक राजनीतिक समस्याओं की उन्हें गहरी समझ थी। 'मूकनायक', 'बहिष्कृत भारत', 'जनता' आदि नियतकालिक पत्रिकाओं से उन्होंने इन समस्याओं की कठोर चिकित्सा की और उनके बारे में दिग्दर्शन भी किया। बहिष्कृत हितकारिणी सभा, समाज समता संघ आदि संस्थाओं का भार वहन करके उन्होंने समाज परिवर्तन को गति दी। दलित और अस्पृश्य समाज की अनेक परिषदों में उन्होंने प्रभावी भाषणों के माध्यम से समाज का मार्गदर्शन किया। सन् 1927 में महाड में हुई परिषद् और चवदार तालाब सत्याग्रह के समय उनके भाषण विशेष मशहूर हुए। उन्होंने दलित मुक्ति आंदोलन

की नींव डाली। मुंबई, दिल्ली, बीबीसी लंदन और वॉयस ऑफ अमेरिका आदि रेडियो केंद्रों से उन्होंने प्रभावी विचारोत्तेजक भाषण दिए। अनेक शासकीय समितियों और मंचों से उन्होंने विचार व्यक्त किए। ये सारी बातें समाज के राजनीतिक और सामाजिक प्रश्नों से संबंधित रही हैं। शासकीय यंत्रणाओं में प्रांतिक और राष्ट्रीय स्तर पर जिम्मेदारी के पद विभूषित करते हुए किया हुआ कार्य और व्यक्त विचार व्यापक अर्थ से लोकशिक्षा के ही काम हैं। देश और समाज के गठन में उनका दिया योगदान महत्त्वपूर्ण है। उनकी कालनिरपेक्षता और चिरनूतनता सच्चे अर्थों में समाजमन पर किए जादू जैसी है। लोक शिक्षक के रूप में बाबासाहब का काम चिरस्मरणीय है।

उन्होंने पीपुल्स एजुकेशन सोसाइटी की स्थापना कर मुंबई और औरंगाबाद में दलित समाज के विद्यार्थियों के लिए उच्च शिक्षा महाविद्यालयों की स्थापना की और इन संस्थाओं के माध्यम से शिक्षा के प्रति अपने चिंतन को व्यवहार में रूपांतरित किया। ये महाविद्यालय उपेक्षित समाज के विद्यार्थियों के लिए ज्ञान के मुक्तद्वार थे। संस्था संचालन करते हुए उन्होंने दूरदर्शिता, तत्त्वनिष्ठा और पारदर्शी व्यवहार पर बल दिया। संस्था के आर्थिक अनुशासन और सच्चाई पर जोर दिया गया। सार्वजनिक पैसे का हिसाब भलीभाँति रखकर, समय-समय पर जनता को दिखाना और इसे पवित्र कर्तव्य समझने की धारणा संस्था व्यवहार के बारे में उनकी संकल्पना थी।

उन्होंने दलित विद्यार्थियों के लिए छात्रावास, उत्तम ग्रंथालय और प्रयोगशाला आदि सुविधाओं की व्यवस्था की। इन शिक्षा संस्थाओं में अध्यापकों की नियुक्ति करते समय उन्होंने जाति को नहीं, योग्यता को महत्त्व दिया। उनका अग्रह था कि मेरे विद्यार्थियों को गुणी अध्यापकों से सर्वोत्तम ज्ञान मिलना चाहिए। बाबासाहब के समय इन शिक्षा संस्थाओं में कार्यरत रहे प्राध्यापकों की और प्राचार्यों की नामावली देखी जाए तो वे कितने उच्च स्तर के नामवर थे, इसका प्रमाण मिलता है। वे तत्त्वनिष्ठ व्यवहार और उत्कृष्ट विचार समाज को देकर ही नहीं रुके, बल्कि आदर्श शिक्षा केंद्र कैसा होना चाहिए, इसका एक आदर्श शिक्षा क्षेत्र के कार्य से उन्होंने समाज के सामने रखा।

महाविद्यालयीन प्राध्यापकों को संबोधित करते वे कहते हैं, ''अध्ययन और अध्यापन काम में प्राध्यापक इतने जुट जाएँ कि अपने घर की ओर देखने के लिए भी उनको वक्त मिले। अध्ययन और अध्यापन के साथ अनुसंधान भी है। केवल विद्वान् होना ही अपेक्षित नहीं, वे बहुश्रुत भी हों, विषय को रंचक बनाने की कला और उत्साह उनमें हो। इनमें से कुछ गुण आपमें होंगे, कुछ अध्ययन और अनुभवों द्वारा साध्य करने होंगे।''

संपूर्ण पीढ़ी को संस्कारित करने की जिम्मेदारी का पक्ष रखते हुए अध्यापकों को संबोधन में वे कहते हैं कि प्रत्येक पीढ़ी एक स्वतंत्र राष्ट्र है, ऐसा हम मानें। हर पीढ़ी को बहुमत से केवल स्वयं को बंधित करने का हक है। दूसरे देश पर बंधन लादने का अधिकार जैसे उन्हें नहीं, वैसे ही अपने पीछे आनेवाली पीढ़ी पर बंधन डालने का भी उन्हें हक नहीं है। स्पष्ट है कि अध्यापकों से जुड़ी अपेक्षाओं से संबंधित संकल्पना का बाबासाहब का आकलन कितना विस्तृत है।

पाठशाला और शिक्षा संस्था

पाठशाला और शिक्षा संस्था के कारोबार के बारे में डॉ. आंबेडकर कहते हैं कि पाठशाला एक पवित्र संस्था है। वहाँ छात्रों के मन सुसंस्कृत होते हैं। इसीलिए पाठशाला का कारोबार अनुशासन से चलना चाहिए। शिक्षा भी साफ, शुद्ध होनी चाहिए। अन्य जगहों पर अंधाधुंध कारोबार से सार्वजनिक पैसे की हानि होगी, परंतु शिक्षा के कारोबार में अगर अंधाधुंध गड़बड़ी हो जाए तो नई पीढ़ी का नुकसान होगा। 'बहिष्कृत भारत' के एक लेख में वे कहते हैं, 'पाठशाला के छात्रों के मन को समाजहित के लिए मोड़ देना चाहिए। पाठशाला उत्तम नागरिक बनाने का कारखाना है अर्थात् इस कारखाने में फोरमैन जितना कुशल होगा, कारखाने में इतना अच्छा माल तैयार होगा।'

आदर्श और व्यावहारिक शिक्षा

बाबासाहब ने पीपुल्स एजुकेशन सोसाइटी की स्थापना करके पाठशाला और महाविद्यालयों का निर्माण किया। यह शिक्षा क्षेत्र की आदर्श संस्था का श्रीगणेश था। उनकी शिक्षा संस्था के संचालन की जो नियमावली बाबासाहब ने तैयार की, वह शिक्षा संस्था के आदर्श कारोबार और व्यवहार के बारे में उनका दृष्टिकोण स्पष्ट करती है। शिक्षा संस्थाओं में अध्यापक-प्राध्यापकों की नियुक्ति करते समय वे जाति-पाँति का नहीं, बल्कि उच्च योग्यता का आग्रह रखते हैं। वे कहते हैं कि मेरी शिक्षा संस्थाओं में पिछड़े वर्ग के छात्रों के प्रवेश को सर्वाधिक प्रधानता है, परंतु उन्हें पढ़ानेवाला अध्यापक वर्ग केवल उच्च योग्यतावाला ही हो, भले ही वह किसी भी जाति-पाँति का क्यों न हो। राजनीतिक दलों को भी शिक्षा का कार्य करना चाहिए और उसके लिए शिक्षा संस्थाओं का जाल तैयार करना चाहिए, ऐसा उनका मानना था। इसी वजह से उन्होंने शे.का. फेडरेशन के घोषणापत्र में इस विषय का

स्पष्ट उल्लेख क़रनेवाली धारा को समाविष्ट किया है।

बाबासाहब ने शिक्षा में सहशिक्षा का पक्ष लिया है। उन्होंने कहा है कि स्त्रियों को पुरुषों की बराबरी में एक साथ शिक्षा प्राप्त हो। वे तर्क देते हैं कि स्त्रियों के साथ रहकर भी जो पुरुष अपना मन काबू में रखते हैं और पुरुषों के संग रहकर भी जो स्त्रियाँ अपना पाँव न फिसले, इस बारे में सजग रहती हैं, उन्हें नीतिमान कहना चाहिए। बाबासाहब का स्पष्ट मत था कि संस्था चालकों को सहशिक्षा को प्रोत्साहन देना चाहिए।

छात्रों का दायित्व

बाबासाहब स्वयं अनेक वर्ष तक प्राध्यापक रहे थे, अतः छात्रों से उनका गाढ़ा परिचय था। शिक्षा से छात्रों का आत्मविश्वास जागना चाहिए, इस विचार को स्पष्ट करते हुए वे कहते हैं, 'आत्मविश्वास जैसी दूसरी दैवी शक्ति नहीं, हमें अपनां आत्मविश्वास कभी गँवाना नहीं चाहिए।' वे मूल्य शिक्षा पर बल देते हुए कहते थे कि विद्या, विनय, शील और कड़ा अनुशासन सबकुछ छात्रों को आत्मसात् करना चाहिए। विद्या के साथ शील चाहिए, क्योंकि शील के बिना विद्या व्यर्थ है। वे कहते थे कि शिक्षा से छात्रों की सामाजिक संवदेनाएँ भी सजग होनी चाहिए। विद्यार्थी काल में छात्रों को राजनीति में दखलअंदाजी नहीं करनी चाहिए। अगर वे अध्ययन छोड़कर राजनीति को अपनाने लगेंगे तो जीवनभर उनकी हानि होगी।

उपाधि की सीमाएँ स्पष्ट करते हुए बाबासाहब कहते हैं कि केवल उपाधि धारण करके कुछ भी साध्य नहीं होगा, क्योंकि उपाधियों और बुद्धिमत्ता में अन्योन्य संबंध नहीं होता। परीक्षा में सफल होना और उपाधि पाना अलग है और सुशिक्षित और ज्ञानी होना अलग है। छात्रों का भारवेत्ता होने से ज्ञानवेत्ता होना ज्यादा जरूरी है।

छात्रों की कमियों को सही ढंग से जानते हुए बाबासाहब कहते हैं, "विषय की जड़ तक पहुँचकर सम्यक् ज्ञान का मार्मिक आकलन करके, उसकी भली-भाँति रचना करने की योग्यता, सर्वसाधारण ज्ञान की बुनियादी अवस्था, युक्तिवाद, निर्दोष मत प्रदर्शन, प्रश्नों के तर्क की कसौटी पर उत्तर खोजना, मन के विचारों को सुस्पष्टता से रखना आदि बातें छात्रों में आजकल कम मात्रा में दिखाई देती हैं।" इस टिप्पणी से वे यह स्पष्ट करते हैं कि छात्रों का बौद्धिक गठन कैसा होना चाहिए।

सिद्धार्थ महाविद्यालय के छात्रों को संबोधित करते हुए बाबासाहब कहते हैं कि शिक्षा से आपके मन, दृष्टि, विचारशक्ति, समस्या सुलझाने की ताकत आदि

का विकास होना चाहिए। इतना ही नहीं, राजनीतिज्ञों को देश को सतानेवाली इन समस्याओं को सुलझाने में आपके इस ज्ञान का उपयोग करना होगा, आपकी सहकारिता से वे उत्तर खोजे जाने चाहिए। अगर वे कहीं गलती कर रहे हैं तो निडरता से, स्पष्टता से उन्हें बताने का साहस शिक्षा से प्राप्त होना चाहिए। इतनी बड़ी अपेक्षा वे छात्रों से रखते थे।

अध्यापकों की योग्यता

अब देखें कि स्वयं उत्कृष्ट अध्यापक रहे बाबासाहब की अध्यापक वर्ग से क्या अपेक्षाएँ थीं। उनका कहना था कि शिक्षा एक निरंतर चलनेवाली प्रक्रिया है और अध्यापक उसका मुख्य आधार हैं। इसीलिए अध्यापकों की ज्ञानपिपासा, विद्याव्यासंग, आत्मीयता और ध्येयासक्त जीवनदृष्टि, इन बातों पर अध्यापकों की शिक्षा और योग्यता निर्भर है। बाबासाहब की ज्ञानसाधना में हमने देखा कि उन्होंने अध्ययन की त्रिसूत्री—वाचन, मनन और चिंतन अपनाई थी। इसी से वे स्वयं एक उत्कृष्ट अध्यापक और व्यापक अर्थ में समाजशिक्षक बने। उनकी भूमिका पहले करनी, बाद में कथनी थी।

अध्यापक की संकल्पना के बारे में वे कहते हैं कि अध्यापक को बहुश्रुत होना आवश्यक है, उसे अपने विचारों का विन्यास अच्छी तरह से करना जरूरी है, अपने और दूसरों के विचार जाँचना जरूरी है, तभी वे छात्रों को अध्ययन करने तथा विचार करने के लिए प्रवृत्त कर सकेंगे। वह तेज बुद्धि का और चयनशील वृत्ति का हो। उसमें चिकित्सक वृत्ति तथा मर्मज्ञता हो। उनकी दृष्टि में अध्यापक वर्ग राष्ट्र का सारथी है, क्योंकि उनके हाथों में शिक्षा की बागडोर होती है। पाठशाला सुसंस्कृत मन के नागरिक निर्माण करने का पवित्र तीर्थ है। अतः पाठशालाओं में समबुद्धिवाले, उदात्त विचारों से भरपूर और विशाल हृदय के अध्यापक होना जरूरी है।

शिक्षा नीति

डॉ. आंबेडकर ने अपनी शिक्षा विषयक नीति क्रमबद्ध रूप से ग्रंथित नहीं की है। इस संदर्भ में उनके विचार अलग-अलग माध्यमों द्वारा व्यक्त हुए हैं। उनके संपादित किए नियतकालिक (पीरियॉडिकल), स्थापित की हुई सामाजिक और शिक्षा संस्थाओं के ध्येय और नीतियाँ, इनके माध्यम से वे व्यक्त हुए हैं। उन्होंने अन्यान्य शासकीय समितियों, आयोग, उनके सामने दिए साक्ष्य प्रस्तुत किए पत्र-प्रपत्र इनके

माध्यम से भी शिक्षा नीति का ऊहापोह उजागर किया। विविध परिषदों में, सम्मेलनों में, महाविद्यालयों तथा शिक्षण संस्थाओं में किए भाषणों द्वारा भी उनके विचार प्रस्तुत हुए हैं। मुंबई विद्यापीठ सीनेट, शिक्षण संस्थाओं में किए भाषणों द्वारा भी उनके विचार प्रस्तुत हुए हैं। उन्होंने वैधानिक क्षेत्र अर्थात् मुंबई विद्यापीठ सीनेट, मुंबई विधिमंडल, महाराज्यपाल की मंत्रि परिषद्, संविधान सभा, लोकसभा आदि में हुई चर्चाओं के जरिए अध्ययनपूर्वक सहभागी होते शिक्षा नीति के अनेक मुद्दे विशद किए हैं। उनके विस्तृत चिंतन में शिक्षा क्षेत्र की समाजिक विषमताएँ, उस पर उपाय, साक्षरता प्रसार और विकास की आवश्यकता, प्राथमिक शिक्षा, उच्च शिक्षा और संशोधन, व्यवसाय प्रशिक्षण, तंत्र शिक्षा जैसे विषय विविध स्तरों के संदर्भ में दिखाई देते हैं। यहाँ हम उनके व्यापक चिंतन में से कुछ विशेष मुद्दों का विचार कर रहे हैं।

1. केंद्रीय सत्ता की परिकल्पित की हुई एकसूत्री राष्ट्रीय नीति से ही शिक्षा की समस्या—यह खंड-खंड करके सुलझानेवाला प्रश्न नहीं है, बल्कि यह प्रश्न एकसूत्री नीति से ही सुलझ सकता है, क्योंकि शिक्षा एक निरंतर चलनेवाली प्रदीर्घ प्रक्रिया है। वे कहते हैं कि शिक्षा क्षेत्र को सच्चे अर्थों में स्वतंत्र और स्वाधीन होना चाहिए, उस पर व्यक्ति की सत्ता होना धोखादायक है। शिक्षा की जिम्मेदारी स्थानिक स्वराज्य संस्थाओं के पास नहीं होनी चाहिए। यह मुद्दा स्पष्ट करते हुए वे कहते हैं—शिक्षा की बात गटर साफ करने जैसी बातों से भिन्न है, यहाँ कारोबार उपयुक्त नहीं। इस प्रकार की चेतावनी भी वे देते हैं।

साक्षरता प्रसार और विकास तथा सार्वत्रिक शिक्षा के उद्देश्य पर बल देते हुए बाबासाहब कहते हैं कि एक बार एक बच्चे ने प्राथमिकशाला में प्रवेश ले लिया, तो वह साक्षर हो गया, ऐसा नहीं है। जब तक उसमें जीवनभर साक्षर रहने की क्षमता विकसित नहीं होती, तब तक वह प्राथमिकशाला या साक्षरता वर्ग न छोड़े। उनकी दृष्टि में शिक्षा अन्न के समान है, उसकी आवश्यकता जीवनभर होती है। उनका दृढ मत था कि इस संदर्भ में पूरी जिम्मेदारी शासन को ही उठानी होगी।

शिक्षा क्षेत्र में सामाजिक विषमता के बारे में बाबासाहब का मत अत्यंत स्पष्ट है। सन् 1927 में मुंबई विधिमंडल में दिए भाषण में उन्होंने प्राथमिक, माध्यमिक और उच्च शिक्षा में विषमता की जो सांख्यिकी प्रस्तुत की, वह अत्यंत चिंताजनक है। उसके निष्कर्ष चौंकानेवाले हैं—समूचे हिंदू समाज में निरक्षरता 82.5 प्रतिशत है, वहीं पिछड़े समाज में 98 प्रतिशत। माध्यमिक और उच्च शिक्षा के स्तर पर पिछड़े वर्ग की अवस्था अत्यंत दयनीय है। शैक्षिक विषमता की जड़ सही मायने में सामाजिक और आर्थिक विषमता में है।

इसका उपाय बताते हुए वे कहते हैं कि असमान बर्ताव तत्त्व को स्वीकारकर कुछ वर्गों को विशेष सहूलियतें देने की आवश्यकता है। जो निम्नस्तरीय हैं, उन्हें विशेष दर्जा और सहूलियत देने के अलावा और कोई विकल्प नहीं है। इस सूत्र को अधिक स्पष्ट करते हुए वे कहते हैं, "केवल छात्रवृत्ति देकर पिछड़े वर्ग की समस्या सुलझ नहीं पाएगी। छात्रावास, अभ्यासगृह, बालवाड़ी, संस्कार केंद्र आदि भी योजना करके उनके लिए उचित प्रेरणादायी सामाजिक वातावरण का निर्माण करना आवश्यक है।" आगे चलकर भारतीय संविधान में शामिल हुई आरक्षण विषयक नीति के बीज उनके इस भाषण में मिलते हैं।

समाज परिवर्तन एक निरंतर चलनेवाली प्रक्रिया है। शिक्षा द्वारा समाज परिवर्तन का मार्ग प्रशस्त होता है। बाबासाहब कहते हैं कि परिवर्तन की इस प्रक्रिया को गति देने के लिए समाज मानस में परिवर्तनवादी विचार दृढ होना आवश्यक है। व्यापक एवं सार्वत्रिक शिक्षा द्वारा ये विचार समाज में दृढ़ बन सकते हैं। शिक्षा का सामाजिक आशय कभी भी आँख से ओझल नहीं होना चाहिए। शिक्षा की संकल्पना के अंतर्गत 'पढ़ो और पढ़ाओ' की प्रक्रिया अभिप्रेत होती है। उसी से समाज की प्रगति संभव होती है। शिक्षा के बिना किसी समाज में संवदेनशीलता प्रतीति या सजगता निर्मित नहीं होगी तथा बिना जागृति के समाज की उन्नति भी नहीं होती। शिक्षा का आश्य खासकर ऐहिक होना चाहिए। समाज में जो-जो विषमताएँ हैं, वे शिक्षा के माध्यम से दूर हों, ऐसी व्यावहारिक अपेक्षाएँ वे व्यक्त करते हैं। वे एक आदर्शवादी विचार भी सामने रखते हैं कि शिक्षा किसी के व्यक्तित्व में सनी हुई सुप्त शक्तियों को मुक्त करती है और मनुष्य को पशुता से मनुष्यत्व की ओर ले जाती है। वे यह कहने से भी नहीं चूकते कि शिक्षा का हेतु व्यक्ति का सामाजिकीकरण और नैतिकीकरण करना है, क्योंकि सभ्यता और संस्कृति की बुनियाद शिक्षा ही है।

बाबासाहब की अभिप्रेत ज्ञान की संकल्पना बड़ी ही व्यापक और आदर्शमय है। वे कहते हैं कि विद्या, प्रज्ञा, करुणा, शील और मित्रता, इन पंचतत्त्वों के अनुसार प्रत्येक को अपना चरित्र निर्माण करना चाहिए। विद्या के साथ शील भी चाहिए, शील के बिना विद्या व्यर्थ है। विद्या तलवार के समान है, इसलिए जो उसे धारण करे, उस पर उसकी महत्ता अवलंबित है। बुद्धि और चतुराई को सदाचार अर्थात् शील का साथ मिलना चाहिए। बगैर शील के अगर शिक्षित लोग निर्मित होने लगेंगे, तो उनकी शिक्षा से राष्ट्र और समाज का नाश होगा। ज्ञान और प्रज्ञा का सुचारु मेल माने शिक्षा। ऐसी शिक्षा मनुष्य का निर्माण करती है। व्यक्ति को स्वत्व की प्रतीति कराना शिक्षा का कार्य है। शिक्षा मूल्याधिष्ठित माने व्यक्ति में नैतिक आचरण निर्माण

करनेवाली है। ऐसे शिक्षाविषयक सूत्र उन्होंने हमारे सामने रखे हैं।

ज्ञान का अर्थ है प्रकाश। गौतम बुद्ध की शिक्षा की यह परिभाषा बाबासाहब को भाती है, परंतु यह प्रकाश सामाजिक, आर्थिक, राजकीय क्रांति का आधार बनना चाहिए। प्रकाश शब्द का विश्लेषण करते हुए वे बताते हैं—शिक्षा के सामाजिक संदर्भ होने चाहिए। शिक्षा शिक्षणमुक्ति का महामार्ग है, अत: समाज में जो पीड़ित, उपेक्षित, शोषित घटक हैं, उनकी दैन्यावस्था को मिटानेवाला अचूक उपाय है शिक्षा। उनकी दृष्टि से समाज में जो पददलित हैं, उनकी आत्मनिर्भरता और आत्मसम्मान का आंदोलन है शिक्षा। समाज के निम्नस्तर को उच्चस्तर तक ऊँचा उठाने के लिए शिक्षा और शिक्षा में आरक्षण—इस तरह के दोहरे उपायों का कठोर कार्यान्वयन करने की जरूरत वे मानते हैं। समताधिष्ठित, मूल्याधिष्ठित और नीतिमान समाज सफल लोकतंत्र की पूर्वशर्त है। यह संस्कार केवल शिक्षा ही दे सकती है।

समाज की निरक्षरता पर चिंता जताते बाबासाहब कहते हैं, इसी निरक्षरता ने जनता को मानसिक दृष्टि से गुलाम, आर्थिक दृष्टि से दरिद्र, सांस्कृतिक दृष्टि से लूला-लँगड़ा और सामाजिक दृष्टि से पिछड़ा बना दिया। इसी वजह से समाज विदेशी आक्रामकों के विरुद्ध संघर्ष करने की ताकत खो बैठा है। इसका भावार्थ समझने की आवश्यकता है। शिक्षा और शिक्षाशास्त्र की केवल तात्विक चर्चा न करते हुए उन्होंने औपचारिक शिक्षा को नैतिकता से जोड़ने का ध्येय रखा। इस प्रकार उन्होंने अपने शिक्षा चिंतन को एक व्यापक आदर्शवादी, सैद्धांतिक धरातल पर रखा।

मुंबई विश्वविद्यालय से बी.ए. की उपाधि पाने के बाद सन् 1913 में उच्च शिक्षा हेतु वे अमेरिका गए। कोलंबिया विश्वविद्यालय से उन्होंने एम.ए. और पी-एच.डी. की उपाधियाँ प्राप्त कीं। अनेक चर्चा सत्रों में उन्होंने शोध निबंध भी प्रस्तुत किए। बाद में इंग्लैंड जाने के बाद उन्होंने लंदन विश्वविद्यालय, लंदन स्कूल ऑफ इकोनॉमिक्स तथा ग्रेज इन नामक विश्वमान्य संस्थाओं में अध्ययन किया। वहाँ उन्होंने एम.एस.सी., डी.एस.सी., एल.एल.डी., बार एट लॉ की उपाधियाँ सम्मान सहित प्राप्त कीं। सन् 1952 में कोलंबिया विश्वविद्यालय ने उन्हें डी.लिट. की उपाधि सम्मान के साथ प्रदान की। हर उपाधि के लिए उन्होंने स्वतंत्र संशोधन ग्रंथ लिखे, जो विश्वविख्यात हुए। इनमें प्रमुख रूप में सामाजिक, आर्थिक, वित्तीय विषयों के ग्रंथों का समावेश है। भारत आने पर देश के सामने मौजूद समस्याओं का अध्ययन करके उन्होंने अनेक ग्रंथ लिखे। उनका अध्ययन और लेखन निर्बाध गति से सदा चलता रहा। 67 साल की उम्र में जीवनयात्रा समाप्त होने से कुछ दिन

पूर्व उन्होंने महत्त्वपूर्ण ग्रंथ 'बुद्ध और धम्म' पूरा किया था। उनका समग्र साहित्य 22 खंडों में 15,000 पृष्ठों में ग्रंथित है।

बाबासाहब ने वैचारिक विश्व में जो परिवर्तन किया, उसका प्रमुख आधार रहा उनका अखंड ग्रंथ पठन। ग्रंथों की ऐसी भूख रखनेवाला ज्ञानमार्गी विरला ही होगा। विदेशी विश्वविद्यालयों के छात्रावासों में प्याला भर दूध और ब्रेड के दो-चार टुकड़े खाकर 18-18 घंटे अध्ययन करनेवाला यह विद्यार्थी। पेट काटकर उन्होंने 35,000 ग्रंथ खरीदे। हर ग्रंथ बारीकी से पढ़ा हुआ और हाशिए में टिप्पणी किया हुआ था। ग्रंथ तो मानो उनके बहिश्वर प्राण थे। बनारस हिंदू विश्वविद्यालय के लिए पं. मदनमोहन मालवीयजी ने इन ग्रंथों की माँग की थी। वे इन ग्रंथों के लिए मुँहमाँगा दाम देने के लिए तैयार थे। उसे बड़ी नम्रता से अस्वीकार करते हुए बाबासाहब ने कहा, 'आप तो मानो मेरे प्राण ही माँग रहे हैं।' बाबासाहब के भक्तों, उनके विरोधियों और समाज के युवकों ने उनकी ज्ञानसाधना के शतांश का भी अनुसरण किया होता, तो यह देश प्रगति के शिखर पर जा पहुँचता।

शिक्षा विषयक चिंतन

बाबासाहब ने समाज को शिक्षा लो, संगठन करो और संघर्ष करो, का मूलमंत्र दिया। इस मूलमंत्र में शिक्षा का प्रथम स्थान है। दुर्भाग्य से उनका शिक्षा विषयक चिंतन, सुसंगठित रूप में, प्रबंध रूप से उपलब्ध नहीं है। वह अन्यान्य रचनाओं में बिखरा पड़ा है। सभा-सम्मेलनों में और परिषदों में किए हुए भाषण, पत्रवांगमय, नियतकालिकों में छपे लेख, शिक्षा संस्थाओं को दी भेंट, प्रांतिक या केंद्रीय विधिमंडलों में तथा विश्वविद्यालयों में किए भाषण, अन्यान्य आयोगों के सामने दिए गए साक्ष्य आदि में ये विचार व्यक्त हुए हैं। शिक्षा का तत्त्वज्ञान, ध्येयवाद, शिक्षा का सामाजिक आशय, पाठ्यक्रम का स्वरूप और ध्येय, विद्यार्थियों का दायित्व, अध्यापकों की पात्रता, पाठशाला तथा महाविद्यालयों की जिम्मेदारी, शिक्षा क्षेत्र में आरक्षण और उसकी मीमांसा, ऐसे अलग-अलग पहलुओं पर चिंतन के साथ-साथ उन्होंने गहरे उतरकर भाष्य किया है। प्राथमिक शिक्षा, उच्च शिक्षा, विश्वविद्यालयों का कारोबार, साक्षरता, सार्वत्रिक शिक्षा की अनिवार्यता आदि बातों की भी उन्होंने चर्चा की है। अपने चिंतन में उन्होंने सिद्धांतों के साथ व्यावहारिकता को भी महत्त्व दिया है। बाबासाहब का स्पष्ट मत था कि शिक्षा और समाज का एक अटूट रिश्ता है, क्योंकि शिक्षा ही समाज के सांस्कृतिक उन्नयन का आधार है। वे कहते हैं कि

समाज अपना स्तर ऊँचा उठाने के लिए सामूहिक पद्धति से जो प्रयास करता है, वह शिक्षा है। समताधिष्ठित समाज निर्माण के लिए शिक्षा के लिए शिक्षा जैसा दूसरा साधन नहीं है। समता के लिए सबको शिक्षा मिलनी जरूरी है। बाबासाहब कहते हैं, 'शिक्षा सामाजिक समानता और स्वतंत्रता की रक्षा के लिए आवश्यक शक्ति है।' वे कहते हैं कि व्यक्ति की स्वतंत्रता को अबाधित रखने और उसकी रक्षा के लिए काम आनेवाली ताकत शिक्षा से ही प्राप्त होती है।

□

जिन्हें सत्ता नहीं, समाज चाहिए था

—डॉ. सुषमा यादव

भीमराव रामोजी आंबेडकर आधुनिक काल के एक विशिष्ट चिंतक के रूप में सम्मानित हैं। वे लोकतंत्र इत्यादि पश्चिमी अवधारणाओं से सहमत नहीं थे। इन अवधारणाओं की गहराई में जाकर उन्होंने यह रेखांकित किया कि किसी समाज के संदर्भ में इन अवधारणाओं की व्याख्या तभी तर्कसंगत होगी, जब इन व्याख्याओं में जनता की भावनाओं को महत्व दिया जाए। उनका दृढ मत था कि सभी मनुष्य समान हैं, इसलिए वे चाहते थे कि समाज में समानता की भावना को लागू किया जाए। उनके स्वतंत्रता एवं मानवता संबंधी विचार सभी मनुष्य के विवेक और नैतिकता संबंधी क्षमताओं पर आधारित हैं।

डॉ. आंबेडकर के अनुसार भ्रातृत्व अर्थात् भाईचारा मानव के उस गुण का नाम है, जिसके अनुसार वह समाज के अन्य व्यक्तियों के साथ प्यार व सम्मान का भाव रखता है और उनके साथ एकरस होने की इच्छा रखता है। भाईचारे को अनुभव करते हुए उन्होंने कहा कि भाईचारे से सामाजिकता मजबूत होती है और इससे प्रत्येक व्यक्ति में एक ऐसा प्रभावशाली लगाव पैदा होता है, जिसके माध्यम से वह व्यावहारिक रूप से दूसरे के कल्याण के बारे में सोचता है। इससे वह दूसरों की भलाई में अपनी भावनाओं को अधिक-से-अधिक जोड़ता है या कम-से-कम इसके लिए व्यावहारिक रवैया अपनाता है। भाईचारे की मनोवृत्ति उसे सहजता से सचेत करती है कि वह उस व्यक्ति के समान है, जो दूसरों को सम्मान देता है। दूसरों की भलाई उसके लिए उनती ही स्वाभाविक हो जाती है, जितनी कि हमारे अस्तित्व के लिए कोई भौतिक अवस्था आवश्यक होती है। जहाँ लोग दूसरों के साथ सहानुभूति की संपूर्णता का अनुभव नहीं करते हैं, उनके आचरण में समरसता असंभव होती है। जिस व्यक्ति में सामाजिक भावना का अभाव होता है, वह दूसरों के बारे में इसके

अलावा कुछ नहीं सोच सकता कि वे उसके प्रतिद्वंद्वी हैं। इसलिए वह अपनी खुशियों के लिए उन्हें पराजित करने की चेष्टा में लगा रहता है।

राजनीतिक दर्शन : इन विचारों के प्रकाश में आंबेडकर ने भारतीय सामाजिक परिस्थितियों को परिभाषित किया। वे इस निष्कर्ष पर पहुँचे कि अगर मानव व उसके मूल्य के सम्मान की अवधारणा को प्रचलित समाज व्यवस्था के संदर्भ में स्थापित न किया जाए, तो वह एक कल्पना मात्र रह सकती है। इन सामाजिक तथ्यों के अवलोकन ने उनके राजनैतिक दर्शन को समृद्ध किया तथा नैतिक परंपराओं के प्रयोग से उन्होंने अपने विचार को और विकसित किया। उनके दार्शनिक विचारों की जड़ राजनीति में न होकर धर्म में थी, क्योंकि उन्होंने पाया कि भारत में सामाजिक आदर्शवाद और राजनैतिक आदर्शवाद व्यवहार में एक-दूसरे के परस्पर विरोधी हैं। उदाहरण के लिए लोकतंत्र समता और स्वतंत्रता को मान्यता देता है, जबकि प्रचलित समाज व्यवस्था उसे नकार देती है। अत: उनका स्पष्ट मत था कि राजनैतिक लोकतंत्र स्थापित किया जाए और साथ-ही-साथ सामाजिक न्याय के प्रावधानों को भी सुदृढ किया जाए। सामाजिक परिवर्तन के लिए आंबेडकर ने शांति, अनुनय और विधान जैसे कारकों की संस्तुति की। अस्पृश्यता की समस्या के समाधान के लिए और हिंदू समाज में सामाजिक परिवर्तन लाने के लिए उन्होंने संस्तुति की कि स्पृश्य और अस्पृश्य दोनों को कानून द्वारा एक साथ नहीं रखा जा सकता, केवल एक ही चीज प्रेम—दोनों को एक साथ रख सकती है। स्पष्ट है कि शीघ्र सामाजिक परिवर्तन के लिए जब शांति और अनुनय-विनय की युक्तियाँ असफल सिद्ध हों तो विधानों की शक्ति द्वारा सामाजिक परिवर्तन लाया जा सकता है। राजनैतिक परिवर्तनों के लिए उन्होंने जन शिक्षा और दो दलीय प्रणाली लाने का प्रस्ताव प्रस्तुत किया। धार्मिक मामलों में उन्होंने विधान द्वारा मौलिक परिवर्तन लाने का प्रस्ताव प्रस्तुत किया। उनका विश्वास मनुष्य के पुन: सुधार और हृदय परिवर्तन पर था और बहुत गहरा विश्वास संवैधानिक साधनों से लाए गए सामाजिक परिवर्तनों पर था।

विवेकपूर्ण आर्थिक समानता की वकालत : आंबेडकर के दर्शन में स्वतंत्रता, समानता और भ्रातृत्व के लिए आवश्यक तत्त्व सामाजिक न्याय और आर्थिक प्रगति थे। आार्थिक मामलों में उनका दर्शन सामाजिक मानवतावाद का था, जिसके अनुसार समाज के विभिन्न वर्गों में विवेकपूर्ण आर्थिक समानता होनी चाहिए। इसके लिए उन्होंने लोकतंत्र को आवश्यक माना। वह समाज, जिसका लोकतंत्र में विश्वास नहीं हो, वह लोगों को प्रसन्नता, शांति और समृद्धि का जीवन जीने के लिए विवेकपूर्ण मानवीय संबंध प्रदान नहीं कर सकता। लोकतंत्र समाज के प्रत्येक व्यक्ति के जीवन

में अवकाश और सांस्कृतिक विकास का अवसर प्रदान करता है। मशीनीकरण और आधुनिक सभ्यता ही प्रत्येक व्यक्ति को कुछ अवकाश प्रदान कर सकती है, जिससे उसका मस्तिष्क उर्वर बन सकता है और वह आध्यात्मिक आनंद की प्राप्ति कर सकता है। उनकी मानव संबंधी अवधारणा दन शब्दों में परिलक्षित होती हैं, ''यह सत्य है कि मनुष्य बनावट और प्रकार्यों में पशुओं के समान पोषण, जनन, इत्यादि में रूचि लेता है, लेकिन वे विशिष्ट रूप से मानवीय कार्य नहीं है। मनुष्य का विशिष्ट कार्य तर्क है, जिसका उद्देश्य निरीक्षण, ध्यान, ज्ञान, ब्रह्मांड के स्वरूप का अध्ययन और खोज, जीवन में सौदंर्य व वृद्धि और आदित तत्त्वों का नियंत्रण है। प्राणी जगत् में मनुष्य इस प्रकार सबसे ऊँचा स्थान प्राप्त करता है। अगर यह सही है तो यह निष्कर्ष निकलता है कि जंगली जीवन का अंतिम उद्देश्य शारीरिक भूखों की संतुष्टि है, जबकि मानवीय अस्तित्व का अंतिम लक्ष्य तब तक प्राप्त नहीं किया जा सकता, जब तक कि वह अपने मनुष्यत्व का पूर्ण विकास न कर ले। संक्षेप में जो जंगली और मनुष्य में अंतर करता है, वह संस्कृति है। जंगली के लिए संस्कृति संभव नहीं है, लेकिन मनुष्य के लिए आवश्यक है। अगर ऐसा है तो मानव समाज का उद्देश्य होना चाहिए कि प्रत्येक मनुष्य को सांस्कृतिक जीवन जीने योग्य बनाए, जिसका तात्पर्य मानसिक उर्वरा से है, जो केवल शारीरिक आवश्यकताओं की संतुष्टि से भिन्न है।'

इस संदर्भ में आंबेडकर ने गांधीवाद का विरोध किया और स्थापित किया कि समाज के लिए आधुनिक सभ्यता आवश्यक है। सामाजिक और आर्थिक संस्थाओं का परिष्कार आवश्यक है। उन्होंने समाज की वर्गीय संरचना का विरोध किया। उनके अनुसार वर्गीय संरचना लोगों को गुलाम बनाती है और उन मनोवैज्ञानिक जटिलताओं को जन्म देती हैं, जो गुलाम मानसिकता से उपजी हैं, लेकिन सुविधा प्राप्त वर्ग को प्रभावित करती है। सामाजिक संरचना में पृथक्कीकरण और बहिष्कार, सुविधा प्राप्त वर्गों में एक अपराधी समूह व असामाजिक भावना का निर्माण करते हैं। वे सोचते हैं कि उनके स्वार्थ हैं और उन्हें प्रत्येक व्यक्ति से बचाना है, यहाँ तक कि राज्यों के हितों के विरुद्ध जाकर भी। यह उनकी संस्कृति को निष्फल और उनकी कला को दिखावटी बनाता है, उनके धन को अस्वच्छ और उनके आचार को दुराध्य बनाता है। व्यावहारिक रूप से वर्गीय संरचना एक तरफ है जिसके साथ क्रूर शासन, अहंकार, घमंड, अभिमान, लालच, स्वार्थ हैं और दूसरी तरफ अनिश्चितता, निर्धनता, सम्मान की हानि, स्वतंत्रता की हानि, आत्मनिर्भरता, सम्मान और स्वाभिमान है।

आंबेडकर ने मार्क्सवादी जीवन पद्धति की संस्तुति भी नहीं की, क्योंकि यह मानव जीवन में आर्थिक प्रवृत्ति को आवश्यकता से ज्यादा महत्त्व देती है। मार्क्सवादी

विश्वास करते हैं कि आज तक के सामाजिक अस्तित्व का इतिहास उनके वर्ग संघर्षों का इतिहास है। वर्ग संघर्षों के इतिहास में गरीब व शोषित समाज शक्तिशाली वर्ग द्वारा गुलाम बनाए जाते हैं। इस शोषण को दूर करने का उपाय निजी संपत्ति का विनाश है। इन विचारों का सारतत्व आंबेडकर के अनुसार बौद्ध धर्म में है, जिसमें सामाजिक परिवर्तन के लिए हिंसात्मक साधनों का भी निषेध किया गया है। उन्होंने कहा कि प्रेम, अहिंसा ही गरीब, वंचित और निर्बल को मानव समाज में समृद्ध बना सकते हैं।

चिंतनशील राजनीतिज्ञ : आंबेडकर केवल एक बौद्धि चिंतक ही नहीं थे, बल्कि चिंतनशील राजनीतिज्ञ भी थे। उन्होंने भारतीय राजनीति को परंपरागत राजनीति से अलग करने का प्रयास किया। जनता की स्वतंत्रता के आधार पर उन्होंने भारतीय स्वतंत्रता को वैधानिक स्वरूप प्रदान किया। एक राजनीतिज्ञ और चिंतक के रूप में उन्होंने भारत के राजनैतिक विकास में प्रभावी योगदान दिया। वे अमेरिका के महान् शिक्षाशास्त्री प्रो. जॉन डी.वी. के शिष्य थे, जिन्होंने उनको बहुत प्रभावित किया। प्रोफेसर जॉन डी.वी. प्रयोजनवादी थे और प्रयोजनवादी की भावना एक युवा, साहसी और प्रयोगवादी की भाँवना है। राजनीति विज्ञान की यथार्थवादी विचारधारा ने डॉ. आंबेडकर की विचारधारा को विशिष्ट स्वरूप प्रदान किया। आंबेडकर के अनुसार यदि राजनीति वास्तविकताओं पर आधारित नहीं है तो वह कुछ नहीं है। अत: राजनीति की किसी योजना पर निर्णय देने से पूर्व यह आवश्यक है कि इसकी जमीनी योजना पर विचार कर लिया जाए। कोई मुझसे यह पूछ सकता है कि जमीनी योजना से क्या तात्पर्य है ? मेरे लिए जमीनी योजना से तात्पर्य समुदाय की सामाजिक संरचना से है, जिस पर राजनीतिक योजना को लागू करना है। इस बात को सिद्ध करने के लिए किसी तर्क की जरूरत नहीं है कि राजनैतिक संरचना, सामाजिक संरचना पर निर्भर करती है। वास्तव में, सामाजिक संरचना का राजनैतिक संरचना पर बहुत गहरा असर होता है। यह इसकी कार्यप्रणाली में सुधारकर सकती है, यह इसे शून्य बना सकती है, यह इसका मजाक उड़ा सकती है।

आंबेडकर का अनुभव था कि जाति प्रथा का भारतीय राजनीति पर गहरा असर है। उनका यह विश्वास था कि जातिप्रथा और लोकतांत्रिक जीवन साथ-साथ नहीं चल सकते। आंबेडकर ने लोकतंत्र को एक जीवन दर्शन के रूप में लिया। उनके लिए यह मानव सम्मान और अधिकारों के वातावरण के निर्माण का महत्त्वपूर्ण साधन है। लोकतंत्र व्यक्ति के सामाजिक अंत:रसाकर्षण, मूल्यवाद, विधान के पीछे विधान, साधनों की कुलीनता और सभी मानवी संबंधों में समानता पर जोर देता है।

एक विवेकी अनुभववादी के रूप में उन्होंने टिप्पणी की, 'कुछ भी निश्चित नहीं, कुछ भी शाश्वत नहीं है, कुछ भी सनातन नहीं है, प्रत्येक चीज बदल रही है और परिवर्तन ही मनुष्य और समाज का विधान है।'

राज्य सिर्फ एक उपकरण है : राज्य की तुलना में उन्होंने समाज को अधिक महत्त्व दिया। उनकी मानवीय जीवन संबंधी परियोजना में राज्य का स्थान गौण है। आंबेडकर ने स्वयं प्रस्तावित किया है कि कोई भी राज्य ऐसी कोई विधि या प्रथा न बनाएगा, न परिवर्तित करेगा; जो नागरिकों के विशेषाधिकारों या उन्मुक्तियों को कम करती हो, न ही कोई राज्य विधि की सम्यक प्रक्रिया के बिना किसी व्यक्ति को जीवन, स्वाधीनता और संपत्ति से वंचित करेगा और न ही अपने क्षेत्राधिकार के भीतर किसी व्यक्ति को विधियों के समान संरक्षण से वंचित करेगा। उनके अनुसार जीवन, स्वतंत्रता और संपत्ति का वैयक्तिक अधिकार राज्य द्वारा व्यक्ति को दिया गया उपहार नहीं है। ये व्यक्ति के मौलिक अधिकार हैं, जिनको उनसे छीना नहीं जा सकता। राज्य का विधिक प्रकार्य इन अधिकारों का सृजन नहीं, बल्कि लोगों की भलाई के लिए इनकी व्याख्या और सुरक्षा है। उनका विचार था कि राज्य को एक उपकरण के रूप में कार्य करना चाहिए और वह राज्य के विधान, राज्य के हितों की रक्षा के लिए होना चाहिए। यही राज्य की पृष्ठभूमि के सिद्धांत की अवधारणा है। उन्होंने यह अवधारणा अमेरिकी संविधान से ली, जिसने उनको बहुत प्रभावित किया था। उनका विचार था कि लोकतंत्र के विवादास्पद मुद्दों का समाधान वाद-विवाद और आम सहमति के द्वारा किया जाना चाहिए। उनका यह भी विचार था कि लोकतंत्र की सफलता के लिए नैतिक व्यवस्था जरूरी है। उन्होंने आम जनमत की जरूरत पर भी बल दिया। सामाजिक लोकतंत्र की आवश्यकता पर बल देते हुए उन्होंने कहा कि बिना आर्थिक और सामाजिक लोकतंत्र के राजनैतिक लोकतंत्र, समस्या और खतरे को आमंत्रित करेगा।

डॉ. आंबेडकर के लिए व्यक्ति का स्थान सर्वोपरि था। समाज और राज्य उनके लिए गौण थे। वे व्यक्ति के अधिकार, उनकी नैतिकता और वैधानिक क्रिया-कलापों को राज्य के अधिनायकवादी अधिकारों से तथा समाज की त्रुटिपूर्ण संरचना से सुरक्षित रखना चाहते थे। राज्य और समाज की रक्षा के लिए और समाज के बेहतर भविष्य के लिए ठीक ढंग से काम करना है तो उनके लिए सामाजिक जनतंत्र के आवश्यक तत्त्व प्रेम, स्वतंत्रता, ईमानदारी, आत्मसम्मान, शांति और न्याय, समता और भाईचारा हैं। यही वे आवश्यक प्रत्यय हैं, जिनके आधार पर डॉ. आंबेडकर ने भलाई की अवधारणा विकसित की है।

समाज का रूपांतरण : वे यह भी नहीं चाहते कि नैतिकता, कानून और धर्म, व्यक्ति के शोषण के हथियार बन जाएँ। आंबेडकर ने अपने सामाजिक, आर्थिक और राजनैतिक विचारों को नैतिक आधारों पर गढ़ा है। वे सामाजिक स्तर पर लोगों में एकता चाहते थे और समता, स्वतंत्रता, भाईचारा, प्रेम और सहानुभूति के आधार पर समाज का रूपांतरण चाहते थे। नैतिक आदर्शों का आधार केवल सहअस्तित्व नहीं है, बल्कि उनका उद्देश्य सामूहिक उत्तरादायित्व के आधार पर मानव समाज में सामाजिक एकता की अनुभूति है।

मानव समाज को सामाजिक सेवा और व्यक्तिगत स्वार्थों की तिलांजलि पर आधारित धर्म द्वारा बेहतर बनाया जा सकता है। उन्होंने भौतिक समृद्धि को समुचित महत्त्व दिया है, लेकिन साथ ही उन्होंने धार्मिक-नैतिक मूल्यों को और अधिक महत्त्व दिया है। उनका विश्वास था कि मानव संबंधों को लोकतांत्रिक आधार पर स्थापित करने के लिए मानव की नैतिक मुक्ति आवश्यक है। आंबेडकर का विचार था कि चूँकि ईश्वर नहीं है, इसलिए नैतिकता को ही जीवन का विधान होना चाहिए।

आंबेडकर विवेकवादी थे और उनका विचार था कि अच्छाई या बुराई के निर्णय करने का अंतिम साधन तर्क है। वे परंपरागत धर्मों के मौलिक रूप से असहमत थे। वे अच्छे जीवन, सामाजिक न्याय और सामाजिक सुधार की खोज में थे। उनके लिए मानव की भलाई सर्वोपरि थी। उनका मानना था कि मानवीय अनुभव ही मौलिक ज्ञान और नैतिक मूल्यों का केंद्र है। वे एक सहनशील, खुले मस्तिष्क के, तार्किक मानवतावादी थे और हमेशा विचार-विमर्श और आलोचना के लिए तैयार रहते थे। आंबेडकर के विचारों को यदि सही संदर्भों में समझकर लागू करने का प्रयास किया जाए तो भारत में सौहार्दपूर्ण समरस समाज का विकास संभव है।

□

बाबासाहब की बौद्धिक प्रामाणिकता

—उदित राज

डॉ. भीमराव आंबेडकर का विचार ईमानदारी का दूसरा पर्याय है। उन्होंने गलत को गलत और सही को सही, कहा चाहे उसका अंजाम जो भी हो। नारी मुक्ति की बात हो, जातिविहीन समाज की स्थापना, देश की सीमा की रक्षा या अंधविश्वास उन्होंने कहीं भी रंच मात्र समझौता नहीं किया।

1950 के दशक में बेटियों को पैतृक संपत्ति में अधिकार देने की बात करना आसान नहीं था। नेहरूजी से परामर्श लेकर आंबेडकर ने संसद् में हिंदू कोड बिल पेश किया। विधेयक का मूल मकसद था, बेटियों को पैतृक संपत्ति में बेटों जैसा अधिकार देना। देश से भारी विरोध के कारण प्रचंड बहुमत के बाद भी कांग्रेस को पीछे हटना पड़ा और विधेयक गिर गया। जिसे लोकप्रिय और महान् बनने की चाहत हो वह ऐसा जोखिम क्यों लेगा।

इसी तरह शेख अब्दुल्ला और कुछ लोगों ने नेहरूजी पर दबाव बनाया कि संविधान में जम्मू-कश्मीर के लिए अलग से प्रावधान किया जाए। उन्होंने कहा कि अगर आंबेडकर मान जाएँ तो उन्हें कोई आपत्ति नहीं है। अब्दुल्ला आंबेडकर से मिले तो उन्होंने दो टूक मना कर दिया और कहा कि यदि जम्मू-कश्मीर सीमा प्रदेश है तो राजस्थान, पंजाब, उत्तरप्रदेश, बिहार और पूर्वोत्तर के राज्य भी सीमा से लगे हैं। उनके लिए ऐसे प्रावधान क्यों नहीं किए जाएँ? आखिरकार अनुच्छेद 370 किसी और से पेश कराया गया। अभी तक किसी जाति से ऐसी आवाज नहीं निकली कि अपनी जाति के ऊपर गर्व न करे, लेकिन आंबेडकर किसी की परवाह किए बिना जाति प्रथा तोड़ने के लिए संघर्ष करते रहे। 12 दिसंबर, 1935 को जात-पाँत तोड़क मंडल, लाहौर ने एक सम्मेलन किया और आंबेडकर को उसका अध्यक्ष बनाने की पेशकश करते हुए आमंत्रित किया। मंडल चाहता था कि आंबेडकर जो बोलनेवाले हैं, उसे

पहले ही भेज दें और 'जाति भेद का बीज नाश', नामक यह निंबंध लाहौर में छपे, लेकिन आंबेडकर ने इनकार कर दिया। उन्होंने यह निबंध मुंबई में ही छपवा दिया। उनका यह निबंध पढ़ने के लिए मंडल ने अपने प्रतिनिधि हर भगवान को मुंबई भेजा। जब उन्होंने इसे पढ़ा तो विचलित हो गए और संशोधन करने के लिए कहा, लेकिन आंबेडकर अपने मत पर दृढ रहे। आखिर मंडल ने सम्मेलन ही निरस्त कर दिया।

गौरतलब है कि लाहौर उस समय उत्तर-पश्चिम भारत का केंद्र था और मंडल की तरफ से सुझाव था कि अगर बाबासाहब संशोधन के लिए तैयार हो जाएँ तो बहुत बड़ा सवर्ण तबका उन्हें अपना नेता मानकर आगे समाज सुधार की लड़ाई लड़ेगा, लेकिन वे इस प्रलोभन में नहीं आए। आंबेडकर को इस सच ने परेशान ही नहीं किया, लेकिन जाति व्यवस्था की लड़ाई में उनकी आज तक जीत नहीं हुई है। अब तो उन्हें माननेवाली जातियाँ भी राजनीतिक लाभ लेने के लिए जाति की पहचान को और मजबूत बनाने के प्रयास में रहती हैं।

व्यावस्था परिवर्तन बलिदान माँगता है, लेकिन मानव स्वभाव प्राय: बदलाव के विरुद्ध होता है। इतिहास में ऐसे कई महान् लोगों ने बौद्धिक ईमानदारी दिखाई, लेकिन जरूरी नहीं कि उनके अनुयायी भी उसे अपने जीवन में उतारकर दिखाएँ। कबीर का उदाहरण हमारे सामने हैं। जो सच आंबेडकर को परेशान करता रहा, वह दबे-कुचलों को आज भी कर रहा है। कम-से-कम ये दबे-कुचले आंबेडकर के सच के साथ होते तो पूरी नहीं तो आंशिक रूप से इसकी जीत हो गई होती। इंतजार है उस दिन का, जब जातिविहीन समाज की स्थापना होगी और भारत दुनिया के विकसित देशों की कतार में खड़ा होगा।

□

लेखनी के साधक

—डॉ. बी.आर. जाटव

19वीं शताब्दी से ही राष्ट्रीय आंदोलन में कुछ ऐसे महापुरुष थे, जो न केवल महान् राजनीतिज्ञ, बल्कि साथ-ही-साथ प्रकांड विद्वान् भी थे। उनकी राजनीति एवं विद्वत्ता एकदूसरे को निखारती थीं। इनमें कुछेक तो उच्च कोटि के लेखक एवं साहित्यकार भी थे। राजनीतिक और साथ ही विद्वान् होने की परंपरा अधिक दिनों तक चली; पर आज वह लुप्त होती जा रही है, क्योंकि अब स्वार्थ एवं बेईमानी की राजनीति रह गई है। विद्वान्-राजनीतिज्ञों की श्रेणी में डॉ. आंबेडकर अग्रणी थे। ऐसे महान् व्यक्तियों का साहित्य भी बड़ा उत्तेजनात्मक एवं प्रेरणात्मक था, जिसने जन-समुदायों को बहुत सीमा तक प्रभावित किया। डॉ. साहब की कई जीवनियाँ हिंदी-अंग्रेजी में प्रकाशित हुई हैं; पर उनके साहित्यिक व्यक्तित्व को किसी में भी अभिव्यक्त नहीं किया गया। वह उच्च कोटि के वक्ता ही नहीं; परंतु लेखक भी थे। अत: उनके साहित्यिक गुणों का यहाँ विश्लेषण प्रस्तुत है।

साहित्यकार के रूप में

प्रगतिशील एवं क्रांतिकारी साहित्यकार के रूप में डॉ. आंबेडकर का स्थान महत्त्वपूर्ण था। उच्च कोटि के लेखक होने के लिए डॉ. साहब को जिन कठिनाइयों का सामना करना पड़ा और उन्होंने जितनी श्रम-साधना की, पाठकों को उसका ज्ञान उनके जीवन एवं कृतित्व से हो गया होगा। वैसे बहुत से लोगों ने उनके संबंध में कुछ इधर-उधर से सुन-सुनाकर धारणाएँ बना ली थीं। न तो उनके साहित्य को पढ़ा और न ही कुछ गंभीरता से जानने का प्रयास किया। जब तक कोई उनके साहित्य को भली-भाँति नहीं पढ़ेगा, तब तक डॉ. साहब के विषय में समुचित निर्णय देना

उसके लिए संभव नहीं होगा। उनकी कृतियों में जो जीवन-दर्शन अथवा विचारधारा सन्निहित है, उसे पाठक बिना पढ़े कैसे खोज पाएगा? जहाँ तक मैं समझ सका हूँ, डॉ. साहब की रचनाएँ सामयिक परिस्थितियों की ठोस अभिव्यक्तियाँ हैं, उनके जीवन के अनुभवों एवं विचारों का संगम हैं। धनाभाव के कारण, उन्हें कितना कष्ट उठाना पड़ा, यह तो सभी जानते हैं; पर उनकी प्रतिभा, परिश्रम एवं लक्ष्य ने निरंतर उनको बोलने एवं लिखने के लिए प्रोत्साहित किया, यह उनके व्यक्तिव का महत्त्वपूर्ण पक्ष है।

डॉ. आंबेडकर एक अभावपूर्ण स्तर से उठकर, असामान्य श्रेणी के व्यक्ति में पहुँच गए। उनका साहित्यिक व्यक्तित्व कष्ट एवं वेदना की अग्नि में तपकर निखरा। उनकी अपने जीवन में कटु-से-कटु अनुभवों का सामना करना पड़ा। उनका अछूत होना एक बड़ा अभिशाप था। छुआछूत एवं जातिवाद, ब्राह्मणवाद एवं हिंदूवाद ने उनके जीवन को झकझोर दिया। वे वर्णाश्रम व्यवस्था के कारण उन सुविधाओं से वंचित रहे, जो किसी ब्राह्मण या क्षत्रिय को मिल पाती थीं। इन सभी के प्रति उन्होंने विद्रोह किया। इस प्रकार उन्होंने विद्रोही एवं क्रांतिकारी के साहस तथा निर्भीकता की नींव पर साहित्यिक भवन का निर्माण किया। इस दृष्टि से, डॉ. साहब का समस्त साहित्य एवं विद्रोही व्यक्तित्व परस्पर संबद्ध है। निश्चय ही वे कलम एवं कटार चलाने में बड़े माहिर थे। दोनों में उन्हें प्रशंसनीय सफलता प्राप्त हुई। अछूतोद्धार आंदोलन प्रारंभ करने के पश्चात्, उनकी कलम कभी नहीं रुकी और साथ ही, वे विद्रोहरूपी कटार भी चलाते रहे। जहाँ जिसकी उन्हें जरूरत पड़ी, वह उन्होंने चलाई और विरोधियों के छक्के छुड़ा दिए।

उनकी साहित्यिक प्रतिभा के प्रेरक तत्त्व कई थे। प्रारंभिक जीवन में डॉ. साहब की पढ़ाई-लिखाई में कोई विशेष रुचि नहीं थी। उनके पिता, रामजी सकपाल का उनके साहित्यिक विकास में बड़ा भारी योगदान रहा, जो एक शिक्षक थे और उन्हें अंग्रेजी का अच्छा अभ्यास था। अत: सकपालजी ने बालक आंबेडकर को अंग्रेजी भाषा की ग्रामर तथा शब्दों से अच्छा परिचय करवाया। डॉ. साहब को ऐसा पारिवारिक वातावरण मिला कि वे अपने पिता की सहायता से अंग्रेजी भाषा में रुचि बढ़ाते चले गए और मराठी तो उनकी मातृभाषा थी ही, जिसमें वे बहुत अच्छा लिखते और बोलते थे। बंबई के एल्फिंस्टन स्कूल एवं कॉलेज में पढ़ने के बाद तो अंग्रेजी के प्रति उनका मोह अधिक बढ़ गया और वे अंग्रेजी में बोलने के लिए प्रशंसित किए जाने लगे। दूसरे, वे अपने कोर्स के अतिरिक्त अन्य पुस्तकों का गंभीरता से अध्ययन करते थे। फलत: उनमें लिखने की लालसा पैदा हो गई

और वे जीवन के अंतिम क्षणों तक लिखते रहे।

धार्मिक विषमताओं में पोषित, सामाजिक एवं धार्मिक परिस्थितियों से पीड़ित होने पर भी डॉ. साहब ने पढ़ने-लिखने की प्रवृत्ति को अच्छी तरह विकसित किया। जब कभी भी वे किसी नई पुस्तक की माँग करते, तब रामजी सकपाल के सामने समस्या उठ खड़ी हो जाती। वे कहीं से उधार पैसा लेते अथवा कोई गहना गिरवी रखते और आंबेडकर की इच्छापूर्ति करते। आंबेडकर की साहित्यिक प्रतिभा का विकास वास्तव में अमेरिका में हुआ। सन् 1915 उनके लेखन का शुभारंभ था। उसी वर्ष उन्होंने कोलंबिया विश्वविद्यालय से एम.ए. किया था। अगले वर्ष उन्होंने प्रोफेसर गोल्डनवीजर की मानव-शास्त्रीय गोष्ठी में 'भारत में जातियाँ' नामक लेख पढ़ा, जो आगे चलकर 'इंडियन एंटिक्वेरी' के मई, 9917 के अंक में प्रकाशित हुआ। यह लेख डॉ. साहब की प्रथम पुस्त्क बनी, जिसकी समाजशास्त्र के क्षेत्र में बड़ी प्रशंसा हुई। उनमें आत्म-विश्वास बढ़ा और निरंतर लेखन कार्य में वे लीन रहने लगे। अनेक विषम परिस्थितियों का उन्हें सामना करना पड़ा। अनेक विघ्न-बाधाएँ उन्हें झेलनी पड़ी; परंतु उनकी साहित्यिक रुचि कभी क्षीण नहीं हुई। सुविधा एवं संपत्ति होने पर तो कोई भी व्यक्ति महान् बन सकता है; पर डॉ. आंबेडकर तो केवल प्रतिभा एवं अथक परिश्रम के बल पर ही नेतृत्व एवं साहित्य की उच्च सीढ़ी पर पहुँच सके। यह उनके साहित्यिक व्यक्तित्व का महान् गुण है।

विदेशों से शिक्षा प्राप्त करने के पश्चात्, आंबेडकर के सामने मुख्य समस्या जीविकोपार्जन की थी, क्योंकि पिता और बड़े भाई आनंदराम की मृत्यु हो चुकी थी। डॉ. साहब को लिखने का शौक तो था ही, पर उससे वह अपना तथा परिवार का निर्वाह नहीं कर सकते थे। साहित्यिक प्रयास से जीविका कमाना उनके लिए असंभव था। वे उपन्यास आदि नहीं लिखते थे और न ही वे जनता के मनोरंजन के लिए ही ऐसा करते थे। अतः उन्होंने जीविकोपार्जन के लिए वकालत को उचित समझा। कुछ पार्ट-टाइम अध्यापक कार्य भी करने लगे थे। आर्थिक अभाव के बावजूद वे अपने पढ़ने-लिखने का कार्य निरंतर करते रहे, ताकि वैचारिक एवं साहित्यिक रुचि ज्यों-की-त्यों बनी रहे और अपने समाज को भी कोई ठोस चीज दे सकें।

डॉ. आंबेडकर की साहित्यिक-सृष्टि का विवेचन करना बड़ा ही गूढ़ एवं गंभीर विषय है, क्योंकि उनके साहित्य के अनेकानेक पक्ष हैं। उन्होंने सामाजिक, राजनीतिक, आर्थिक तथा धार्मिक ग्रंथों की रचना करके अपनी बहुमुखी प्रतिभा का परिचय दिया। उनके साहित्य-सृजन का लक्ष्य, लेखन-प्रक्रिया शैली, रचनाओं के प्रेरणा-स्रोत आदि का समुचित विश्लेषण एक प्रकार की गवेषणा है, क्योंकि वे

साहित्यकार के रूप में सामने कभी नहीं आए; अपितु समाज-सुधारक, राजनीतिज्ञ, विधिवेत्ता आदि रूपों में कार्यरत रहे। फिर भी उनकी रचनाओं के अध्ययन के पश्चात् यह कहा जा सकता है कि वे अपनी अभिव्यक्तियों में कहीं रूखे और कड़वे हैं; पर कहीं मीठे एवं सरस भी हैं। कहीं कठोर, कहीं कोमल, तो कहीं गंभीर भी हैं। तथ्यात्मक होते हुए भी, उनके साहित्य की प्रमुख विशेषता यह है कि नीरसता तथा शुष्कता नहीं है। यही कारण है कि पाठक तन्मय होकर उनके ग्रंथों को पढ़ जाता है। वह कुछ समय के बाद फिर पढ़ने के लिए लालायित होता है। डॉ. साहब ने सीधी, सरल तथा सहज भाषा का प्रयोग करके, वास्तविकताओं को चित्रित किया है। इस प्रकार उनकी कुछ निजी विशेषताएँ अनायास ही पाठकों का ध्यान अपनी ओर आकर्षित कर लेती हैं। उनके साहित्यिक व्यक्तित्व में मानवता, आदर्शवादिता एवं यथार्थता का संगम समाहित है।

पत्रिकाओं में रुचि

बचपन से ही आंबेडकर गरीबी की अवस्था में पले। धन-संपत्ति का कोई आधार नहीं था। शिक्षा-प्राप्ति के बाद उनकी आर्थिक स्थिति और शोचनीय हो चली थी; परंतु उन्होंने दलितों के उत्थान को अपने जीवन का मूल उद्देश्य बना लिया, जिसके कारण वे हर मुसीबत का सामना आसानी से करने के लिए तैयार रहते थे। इसी उद्देश्य की पूर्ति के लिए डॉ. साहब ने पत्रिकाओं में अभिरुचि पैदा की और अपने साधनों के अनुसार तीन पत्रिकाओं का समयानुसार काम करना प्रारंभ किया। जिसका परिणाम दलितों के हित में ही निकला।

महाराजा कोल्हापुर से कुछ आर्थिक सहायता प्राप्त करने के पश्चात् आंबेडकर ने सर्वप्रथम जनवरी, 1920 में, 'मूकनायक' साप्ताहिक पत्र (मराठी) प्रारंभ किया। आंबेडकर 'मूकनायक' के अधिकृत संपादक नहीं थे; पर वही पत्र की जान थे। पत्र उन्हीं की आवाज का दूसरा लिखित रूप था। सारा काम विभिन्न रूपों में उन्हीं के मिशन की पूर्ति के लिए होता था। आर्थिक अभाव में पत्र का प्रकाशन कार्य कठिन था; परंतु डॉ. साहब ने उसे आगे बढ़ाने में भारी योगदान किया। डॉ. साहब पत्रिका के प्रकाशन में इसलिए अपनी कर्तव्य-निष्ठा दिखा सके कि इस कार्य में एक ओर उनकी सृजनवृत्ति चरितार्थ होती थी और दूसरी ओर उन्हें अपने विद्रोही एवं क्रांतिकारी विचारों के प्रचार का अवसर भी मिलता था। उसके माध्यम से अपने विरोधियों को वे उत्तर भी देते थे।

मूकनायक के प्रथम अंक में डॉ. आंबेडकर ने बड़ी विद्वत्तापूर्वक पत्र के उद्‌देश्य को सरल, स्पष्ट एवं प्रभावशाली भाषा में बतलाया। उन्होंने कहा कि भारत असमानता का घर है। हिंदू-समाज एक ऐसी बहुमंजिली इमारत है, जिसमें कोई प्रवेश-द्वार नहीं है और न ही एक मंजिल से दूसरी मंजिल तक जाने के लिए कोई पैड़ी है। जो व्यक्ति जिस मंजिल में पैदा हुआ, उसी में उसे मरना है। हिंदू-समाज में तीन प्रमुख भाग हैं—ब्राह्मण, गैर-ब्राह्मण और अछूत। डॉ. साहब ने उन विद्वानों पर दया दिखाई, जो यह मानते हैं कि ईश्वर का अस्तित्व है। जो मानव-प्राणियों तथा पशुओं में समान रूप से है; पर वे अपने ही धर्म-भाइयों को अछूत मानते हैं। ब्राह्मणों का उद्‌देश्य ज्ञान का प्रसार एवं शिक्षा का प्रचार कभी नहीं रहा। उनके जीवन का एकमात्र उद्‌देश्य संचय एवं एकाधिकार रहा है। गैर-ब्राह्मणों के पिछड़ेपन का मुख्य कारण शिक्षा एवं शक्ति का अभाव था। दलित वर्गों की सुरक्षा के लिए उन्हें दासता, गरीबी और अशिक्षा से बचाने के लिए अथक प्रयत्न करना आवश्यक है। उनको उनकी अयोग्यताओं के बारे में सचेत करना परमावश्यक है ताकि उन्हें मुक्त किया जा सके।

मूकनायक के एक और लेख में आंबेडकर ने यह प्रतिपादित किया कि भारत को मात्र एक स्वतंत्र देश ही नहीं होना चाहिए, बल्कि एक अच्छा राज्य भी बनना चाहिए, ताकि यहाँ के सभी नागरिकों को धार्मिक, सामाजिक एवं राजनीतिक मामलों में समान अधिकार प्राप्त हों। सभी स्त्री-पुरुषों को प्रगति के समान अवसर मिलें। डॉ. साहब ने पत्रिका के माध्यम से लोगों का ध्यान आकर्षित किया और कहा यदि ब्राह्मणों को ब्रिटिश शासन के प्रति विरोध है तो अछूतों को भी ब्राह्मणों के हाथों में शक्ति हस्तांतरित करने के प्रति विरोध का अधिकार है। उनका विरोध न्यायोचित होगा। स्वतंत्र भारत में, यदि अछूतों को कोई संरक्षण नहीं दिया गया तो उनको और कुचल दिया जाएगा। एक अन्य लेख में डॉ. साहब ने जोरदार भाषा में कहा कि स्वराज में यदि अछूतों को मौलिक अधिकार नहीं मिले तो वह उनके लिए, स्वराज नहीं होगा। उनके लिए वह दासता की एक नई अवस्था होगी।

इस प्रकार यदि डॉ. आंबेडकर अपनी ओर से लेखादि के रूप में 'मूकनायक' के लिए निरंतर सामग्री नहीं जुटाते तो संभवतः वह चल नहीं पाता। पत्रिका जीविका का साधन तो नहीं थी, पर डॉ. साहब ने उसके माध्यम से अपने जीवन की विचारधारा को स्पष्ट किया। दलितों में जागृति एवं विरोध की लहरें दौड़ा दीं। कई बार पत्र का अस्तित्व संकट में पड़ा, पर उनके सत्यप्रयत्नों से पत्रिका बहुत दिनों तक चली। अंत में वह बंद हो गई, क्योंकि भारी धनाभाव पैदा हो गया था।

जैसे ही डॉ. आंबेडकर ने अपने विचारों को स्पष्ट किया, वैसे ही चारों ओर से उनकी आलोचनाएँ होने लगीं। अत: फिर से उन्होंने एक और पत्रिका की आवश्यकता महसूस की। अपने आंदोलन के सही दृष्टिकोण को प्रस्तुत करने के लिए, किसी पत्रिका को चलाना आवश्यक था अन्यथा भ्रांतियों के बीच आंदोलन ही ठप्प हो सकता था। डॉ. आंबेडकर जैसे नेता के लिए तो पत्रिका और भी अनिवार्य थी, क्योंकि वह विद्रोही एवं क्रांतिकारी थे। कोई नेता, अपनी पत्रिका के बिना, पंखविहीन चिड़िया के समान है, जो किसी दिशा में अपनी उड़ान नहीं भर सकती। अत: अपनी पाक्षिक पत्रिका 'बहिष्कृत भारत' (मराठी) 3 अप्रैल, 1927 को उन्होंने मुंबई से प्रारंभ किया। पत्रिका का उद्देश्य बतलाते हुए उन्होंने कहा कि वह वकालत के पेशे को अच्छा समझते हैं, क्योंकि दलितों के कल्याण के लिए पत्र-पत्रिका चलाना किसी स्वतंत्र जीविकोपार्जन के पेशे के साथ ही संभव हो सकता है। सरकारी नौकरी इस मार्ग में बड़ी बाधा है। यही कारण है कि उन्होंने डिस्ट्रिक्ट जज की अपनी नियुक्ति को कतई पसंद नहीं किया था। बहुत पहले ही, उन्होंने अनुभव कर लिया था कि आर्थिक स्वतंत्रता किसी जन-सेवी के कार्य को सुगम बना देती है। यह बात सही है कि भारत में अच्छी आर्थिक स्थिति के बिना पत्र-पत्रिका चलाना उन दिनों बड़ा कठिन था और आज भी उतना ही कठिन है। केवल धनाढ्य लोग ही पत्रिकाओं का भली-भाँति प्रबंध कर सकते हैं।

पत्रिका के औचित्य को स्थापित करते हुए डॉ. साहब ने कहा कि देश में विविध प्रकार के राजनीतिक एवं सामाजिक परिवर्तन हो रहे हैं। सन् 1930 तक उन्हें आशा थी कि भारत में बड़े-बड़े राजनीतिक सुधार होंगे। ऐसी स्थिति में आवश्यक है कि अछूतों को अपनी जनसंख्या के अनुसार अधिकार मिलें अर्थात् उनकी राजनीतिक सुरक्षा के समुचित प्रबंध हों। अतएव समस्त अछूत समुदाय को इन सब बातों से अवगत कराए रखना परमावश्यक था। उन्हें यह पता होना चाहिए कि उनकी क्या तकलीफें हैं। उनके राजनीतिक सुधारों के प्रति क्या विचार या प्रतिक्रियाएँ हैं, ताकि उन्हें सही रूप से सरकार के समक्ष रखा जा सके। इसी उद्देश्य को लेकर डॉ. साहब ने 'बहिष्कृत भारत' को प्रारंभ किया। डॉ. साहब ही उसके संपादक थे। उन्होंने अपनी नई पत्रिका के माध्यम से अपने आंदोलन के आलोचकों को उत्तर देना आरंभ किया। एक संपादकीय के बाद दूसरे संपादकीय में, डॉ. साहब ने वकालत की कि सभी तालाब और मंदिर अछूतों के लिए खुले होने चाहिए, क्योंकि वे भी हिंदू हैं। अपनी तीखी एवं निर्भीक भाषा में, उन्होंने बॉम्बे सरकार से आग्रह किया कि वह 'वोले प्रस्ताव' को व्यवहार में लागू करे

जिसके अंतर्गत सभी तालाबों को अछूतों के लिए खोला गया था, ताकि वे भी उनमें से पानी पी सकें। उन्होंने अपनी पत्रिका के माध्यम से सरकार से यह भी आग्रह किया कि उस प्रस्ताव का विरोध करनेवालों को दंडित किया जाए। उन्हें कानून के उल्लंघन का सबक सिखाया जाए।

जब डॉ. आंबेडकर ने 'बहिष्कृत भारत' के माध्यम से अपने विचारों को स्पष्ट किया तो हिंदू पत्र-पत्रिकाएँ उनकी आलोचना में जुट गए। उन्होंने लिखा कि डॉ. आंबेडकर ने अछूतों की समस्याओं को लेकर एक सैनिकवादी नीति अपना रखी है। वह ऐसी स्थिति में क्या करते जब अदूतों का सम्मान और अधिकार दिन प्रति दिन पैरों तले रौंदे जा रहे थे ? यदि तिलक अछूतों के बीच पैदा हुए होते तो वह यह नारा नहीं लगाते कि 'स्वराज मेरा जन्मसिद्ध अधिकार है।' इस प्रकार डॉ. साहब ने अपने एक संपादकीय में तर्क प्रस्तुत किया तो चारों ओर तहलका मच गया। अछूतों में जागृति की लहर दौड़ गई। उन्होंने दलितों से आगे बढ़ने के लिए प्रभावशाली ढंग से अपील की, ताकि वे सवर्ण हिंदुओं को यह दिखला दें कि छुआ-छूत करना उतना ही खतरनाक है, जितना कि जीभ पर जलता हुआ कोयला रखना। निरंतर संघर्ष करते रहना उनके सामाजिक जीवन का एक लक्ष्य होना चाहिए।

पत्रिका के माध्यम से डॉ. आंबेडकर का नाम चारों ओर प्रसिद्ध हो गया। जनता से भी काफी संपर्क स्थापित हो गया। उनके आंदोलन को चलाने के लिए, उनके शिष्यों एवं भक्तों ने अच्छा धन इकट्ठा कर लिया। उन्होंने यह कहा कि अब 'बहिष्कृत भारत' के स्थान पर 'जनता' नाम की साप्ताहिक पत्रिका निकाली जाए। अत: उनके दो साथियों, देवराव नाइक तथा कदरेकर की सहायता से दिसंबर, 1930 में 'जनता' पत्रिका का शुभारंभ हो गया। निश्चय ही यदि डॉ. आंबेडकर उस समय आर्थिक परेशानियों से परास्त होकर किसी अन्य व्यवसाय या सरकारी विभाग में नौकरी करके जीविका के लिए प्रयत्न करते तो उनकी साहित्यिक प्रतिभा ऑफिस की चारदीवारों में बंद होकर केवल सरकारी कागजों में उलझ गई होती।

पत्रिकाओं के माध्यम से, डॉ. आंबेडकर ने सामाजिक एवं राजनीतिक क्षेत्रों में जो जन-जागृति की, उसका एक निश्चित रूप से विकास हुआ। उन्होंने अपनी प्रथम पत्रिका का नाम 'मूकनायक', गूँगे वर्गों का नेता, दूसरी का नाम 'बहिष्कृत भारत' रखा। डॉ. आंबेडकर ने अपने तीसरी पत्रिका का नाम 'इक्वेलिटी' और चौथी का नाम 'जनता' रखा। मूकनायक ने समस्त दलितों के दु:ख-दर्दों को उजागर किया और हिंदू समाज में तहलका मचा दिया। तीसरी पत्रिका 'इक्वेलिटी' ने दलितों की समानता की इच्छा का प्रदर्शन किया, ताकि उनके साथ अन्य मानव प्राणियों की

भाँति समानता का व्यवहार हो। चौथी पत्रिका के माध्यम से आंबेडकर ने दलितों की उस अभिलाषा का विश्लेषण किया, जिसके अंतर्गत वे हिंदू समाज में ही, समानता, स्वतंत्रता एवं भ्रातृत्व के सिद्धांतों के आधार पर रहना पसंद करेंगे। इन पत्रिकाओं में 'विद्रोह' या 'क्रांति' से अभिप्राय समाज में आवश्यक परिवर्तन लाना तो था, परंतु शस्त्रों की शक्ति द्वारा कदापि नहीं, अपितु आवश्यक सामाजिक एवं राजनीतिक परिवर्तनों के लिए विचारधारा और मनोवृत्ति उत्पन्न करना था। फलतः समयानुसार उपरोक्त सभी पत्रिकाएँ जनप्रिय हो गईं। अपनी विचारधारा तथा परिस्थितियों के अनुकूल; पत्रिकाओं के नाम डॉ. साहब बदलते रहे। कालांतर में उन पत्रिकाओं के प्रकाशन विशेष कठिनाईयों के कारण बंद होते चले गए, जैसा कि आज भी दलितों की अनेक पत्रिकाएँ प्रारंभ होने के थोड़े समय पश्चात् ही बंद हो जाती हैं।

साहित्य-सृजन का लक्ष्य

प्रत्येक लेखक या साहित्यकार के अस्तित्व की कुछ अपनी विशेषताएँ होती हैं, जिन्हें समझना उसके व्यक्तित्व को ही समझने के बराबर है। उनका वर्णन करना आवश्यक है। ये प्रमुख विशेषताएँ, डॉ. बाबासाहब के साहित्य-सृजन का उद्देश्य, उनकी लेखन शैली तथा उनकी विचारधारा के प्रेरणा-स्रोत आदि हैं। सर्वप्रथम यह देखा जाए कि बाबासाहब के साहित्य-सृजन का लक्ष्य क्या था?

जब भी कोई लेखक लिखता है, तब कई प्रश्न सामने आते हैं, जैसे वह क्यों लिखता है अर्थात् उसके साहित्य का उद्देश्य क्या है? सामान्यतः कोई व्यक्ति अपने जीवन-निर्वाह के लिए लिखता है, या फिर अपनी आत्म-संतुष्टि के लिए रचना करता है अथवा समाज तक अपनी विचारधारा को पहुँचाने के लिए वह लिखता है, ताकि सामाजिक तथा राजनीतिक परिवर्तनों को वह प्रभावित कर सके। अपने साहित्य से समाज में क्रांति ला सके। ऐसे कुछ विचार प्रत्येक लेखक या साहित्यकार के मन में होते हैं, जिन्हें वह प्रकाशन के माध्यम से ही प्रदर्शित कर सकता है। अतः लक्ष्य के अभाव में किसी का भी साहित्य अधूरा होता है।

जीवन-निर्वाह करना प्रत्येक व्यक्ति की समस्या है, जिसे सुलझाना परमावश्यक होता है। डॉ. बाबासाहब ने इसे स्वीकार किया कि लेखक जीविकोपार्जन के लिए लिखता है। यदि किसी लेखक के पास और कोई योग्यता या पेशा न हो तो वह लेखन के द्वारा ही जीविका कमाने का प्रयास करता है। इसमें कोई बुराई भी नहीं है, कि व्यक्ति जीने के लिए लिखता है। वह चाहे तो ऐसी स्थिति में साहित्य द्वारा

समाज का पथ-प्रदर्शन कर सकता है। यह उसकी व्यक्तिगत क्षमता पर निर्भर है। डॉ. आंबेडकर ने जीविकोपार्जन के लिए नहीं लिखा, क्योंकि वे बैरिस्टर भी थे और कुछ ही दिनों में उनकी अच्छी वकालत चल गई थी। यदि वह जीविका-निर्वाह के लिए लिखते भी तो संभवत: सफल नहीं हो पाते, क्योंकि वह एक अछूत परिवार में जनमे थे। उनका साहित्य बाजार में कैसे बिकता? वकालत के पेशे में ही उनके सामने अनेक बाधाएँ उत्पन्न की गईं, परंतु वे तो अपने आत्म-विश्वास तथा साहस के साथ काम करते रहे और अंत में सफल हुए।

अपने 65 वर्ष के जीवनकाल में डॉ. आंबेडकर ने लगभग दो दर्जन महत्त्वपूर्ण ग्रंथों की रचना की, जो प्रत्येक दृष्टि से आज उतने ही सजीव तथा सशक्त हैं, जितने कि वे उनके समय में थे। उनमें विषय की व्यापकता, गंभीरता तथा रोचकता समाहित है। उनमें अपने निर्धारित लक्ष्य की धारा सदैव बहती रहती है। इन ग्रंथों के अतिरिक्त उनके बहुत से लेख हैं, जो विभिन्न पत्रिकाओं में प्रकाशित हुए। मराठी भाषा में तो उनके मौलिक विचार पहले भी पत्रिकाओं के माध्यम से प्रकाशित हुए, जिन्हें पढ़कर कोई डॉ. आंबेडकर के लेखन क्षेत्र तथा साहित्यिक अभिरुचि का पता आसानी से लगा सकता है।

डॉ. आंबेडकर ने धन कमाने के लक्ष्य से अपनी रचनाएँ नहीं लिखीं, हालाँकि उन्हें अपनी पुस्तकों में अच्छी आमदनी हो गई थी। उनके सामने मौजूदा समाज में दलितों की समस्याएँ प्रमुख थी, जिन पर वह अपनी किशोरावस्था से ही चिंतन करते चले आ रहे थे। डॉ. साहब के समक्ष व्यवसाय के लिए लिखने की कोई समस्या नहीं थी, हालाँकि लेखकों को जीविकोपार्जन के लिए भी लिखना पड़ जाता है। बाबासाहब ने तो अपनी कलम को दलितों के प्रति हो रहे अन्यायों एवं अत्याचारों के विरुद्ध उठाया। समाज-उत्थान की प्रवृत्ति उस कलम में निहित थी। उन्होंने जो भी साहित्यिक-सृजन किया, उसमें दलित, दीन-हीन, स्त्री-पुरुषों की दर्दनाक घटनाएँ हैं। उनके हितों की रक्षा की प्रभावशाली वकालत है। उनका साहित्य आमोद-प्रमोद का साधन नहीं है। उसमें गहनतम विचार हैं, जिन्हें पढ़कर कोई भी व्यक्ति आंदोलित हो उठता है, उनके पक्ष में या फिर उनके विरोध में। पाठक उनकी रचनाओं के अध्ययन के पश्चात् शांत, चुपचाप नहीं बैठक सकता है, क्योंकि उनमें उल्लेखित विचार वर्तमान व्यवस्था, अन्याय, शोषण एवं दमन पर कड़ा प्रहार हैं, जिसे निरंतर बनाए रखना समाज के हित में है।

बाबासाहब की रचनाओं का लक्ष्य न केवल सामाजिक एवं राजनीतिक, बल्कि नैतिक, धार्मिक एवं आध्यात्मिक भी था। उनकी सबसे बड़ी सफलता इस बात में

थी कि उन्होंने अपनी अनुभूति को गहराई एवं स्पष्टता से अभिव्यक्त किया। बड़ी निर्भीकता से वे आगे बढ़े। उन्हें किसी का भी भय नहीं था। भय की स्वीकार की गई कला कभी प्रगतिशील एवं प्रभावशाली नहीं हो सकती। डॉ. साहब के सामने, दलितों के उत्थान के सिवाय और कोई लक्ष्य नहीं था अपने साहित्य-सृजन में उनका अपना कोई निजी स्वार्थ नहीं था अन्यथा उनकी रचनाओं में वह प्रभावशीलता नहीं आ पाती, जो अब है। इससे डॉ. साहब के साहित्यिक व्यक्तित्व पर प्रकाश पड़ता है। अनेक कठिनाइयों का सामना करने के बाद, हिंदू समाज में गालियों की बौछार सहने के पश्चात् भी उनकी साहित्य-साधना अनवरत चलती रही, जिसके फलस्वरूप उन्हें अपने लक्ष्य की प्राप्ति में सफलता मिली। उन्होंने जो ठोस सुझाव अपनी रचनाओं के माध्यम से सरकार या समाज को दिए, उनका परिपालन या तो सरकार या समाज ने स्वत: किया या उन्हें विवश होकर मानना पड़ा। उनके साहित्य में जो प्रभावशीलता अथवा सउद्देश्यता थी, उसे उपेक्षित नहीं किया जा सकता और आज भी उनका साहित्य उतना ही सजीव तथा प्रेरणास्पद है, जितना पहले था।

अपने परिवार की आर्थिक समस्या हल करने के बाद, डॉ. साहब ने अपना सारा समय समाज-सुधार, राजनीतिक जागृति तथा साहित्य-सृजन में ही लगाया। अपने इन कामों में बाबासाहब ने आत्म-संतोष का गहरा अनुभव किया। उन्हें अपनी प्रकाशित रचनाओं को देखकर एक प्रकार की प्रसन्नता होती, क्योंकि जीवन की आवश्यकताओं की पूर्ति हो जाने के बाद, वे एकाग्रचित्त होकर उसी दिशा में लीन हो जाते थे। उनका मन पढ़ने-लिखने में रम जाता था। यही कारण है कि बाबासाहब को अपने साहित्य से पूर्ण संतुष्टि प्राप्त होती थी। पुस्तकें लिखने में, उन्हें जीवन के लिए चिंतन और प्रयत्न की इच्छा को अभिव्यक्ति दे सकने का संतोष अनुभव होता था। डॉ. साहब बहुत वृद्ध हो चले थे। मधुमेह के रोग से निरंतर पीड़ित भी रहते थे। चलने-फिरने से मजबूर हो गए थे, परंतु साहित्य-सृजन की प्रवृत्ति को वे रोक नहीं पाए। अपने अदम्य साहस के साथ वे लिखते रहे, न केवल आत्म-संतोष की अनुभूति के लिए, अपितु दलितों तथा अन्य प्रगतिशील व्यक्तियों तथा समाजों को नई दिशा प्रदान करने के लिए। वे कलम के धनी तो थे ही, उनके पास भौतिक धन-संपत्ति भी बहुत कुछ हो गई थी और उनको प्रसिद्धि भी व्यापक रूप से मिल चुकी थी, पर वह वैभव उनकी कलम पर हावी नहीं हो पाया। वे निरंतर सामाजिक-दार्शनिक साहित्य-जगत् को कुछ-न-कुछ देने में ही शांति एवं संतुष्टि अनुभव किया करते थे। जिस रात को उनका देहावसान हुआ, उस रात को सोने से पूर्व अपने महान् ग्रंथ 'भगवान् बुद्ध और उनका धम्म' की भूमिका और उसे टाइप

करवाकर अपनी टेबिल पर रखा। ऐसी गहन उनकी अभिरुचि थी साहित्य-सृजन में।

डॉ. आंबेडकर का अपना एक सिद्धांत था कि जिस प्रकार आप जीना चाहते हो, उसी प्रकार अन्य लोगों को भी जीवन-निर्वाह करने दो अर्थात् भ्रातृत्व सिद्धांत की भावना से ओतप्रोत सभी लोग एक-दूसरे के प्रति आचरण करें। डॉ. साहब निरंतर समाज में होनेवाले परिवर्तनों को भलीभाँति अनुभव करते रहते। वे अपने व्याख्यानों एवं लेखों द्वारा दलितों को विश्लेषित करते थे, ताकि उनमें जागृति एवं प्रगति के विचारों का संचार होता रहे। जिन कटु अनुभवों को उन्होंने सहन किया, जो कुछ भी उचित-अनुचित देखा, अपनी कलम की शक्ति से वह समाज को बतलाते रहे और इस प्रकार वे दलित समाज के जितने निकट पहुँच सके, शायद ही कोई दूसरा पहुँचा हो। उन्होंने अपनी लेखनी से दलितों के बिगड़े भाग्य को सँभाला और उसे उत्साहपूर्ण जीवन के मार्ग पर ला रखा। बाबा ने दलितों का साथ जीवनभर दिया। उनकी कठिनाइयों को सही रूप से समझने के बाद, उनका बुद्धिमत्तापूर्ण प्रतिनिधित्व भी किया। वैसे डॉ. साहब एक ऐसी वैभवशाली स्थिति में पहुँच गए थे, जहाँ से दलित उनकी दृष्टि से ओझल हो सकते थे, पर वे अपने विचारों और अनुभूतियों को उनके उत्थान हेतु अर्पित करते रहे। उनकी साहित्य-साधना निरंतर बनी रही।

साहित्य रचना के दौरान डॉ. आंबेडकर अपने पवित्र ध्येय के प्रति सदैव अडिग बने रहे। वे जहाँ कहीं भी रहे, जो कुछ भी उन्होंने लिखा और पढ़ा, उनको दलितों का ध्यान निरंतर बना रहा, उसी प्रकार जिस प्रकार माँ को अपने बच्चों का। इस लक्ष्य की प्राप्ति के लिए उन्होंने धन, वैभव, पद तथा गौरव की कभी परवाह नहीं की। वे सस्ती लोकप्रियता से दूर रहे और स्वार्थपूर्ण आलोचना को तुच्छ समझते रहे। अपने संपूर्ण साहित्य में, उन्होंने यही प्रतिपादित किया कि 'अपने अधिकारों' के लिए झगड़ो। अधिक-से-अधिक त्याग करो और मुसीबतों की परवाह किए बिना, सतत् संघर्ष करते रहो।" जैसा बाबासाहब का जीवन तथा दर्शन रहा, वैसा ही उनका साहित्य रहा। उनके व्यक्तित्व एवं साहित्य में जो साम्य है, वह मुश्किल से कुछेक महान् व्यक्तियों में ही मिल पाता है। उनके आचार-विचार तथा साहित्य में पूर्ण समरूपता मिलती है, जो उनके व्यक्तित्व की गंभीर विशेषता थी।

जहाँ तक मैंने डॉ. साहब के साहित्य का अध्ययन किया है, मैं समझ पाया हूँ कि उनके साहित्य में उनका महान् विद्रोही व्यक्तित्व ही झलकता है। वे जन्मजात विद्रोही थे। उनका समस्त साहित्य विद्रोह का ही साकार रूप है। उनकी पंक्ति-पंक्ति में विद्रोह एवं क्रांति का एक रक्त प्रवाहित है। हिंदू-समाज एवं धर्म के वर्णभेद, जातिवाद, छुआछूत, पाखंड, आडंबर और मिथ्याचार के प्रति उनके ग्रंथों में तीव्र

विद्रोह की भावना मिलती है। वे सदैव साहित्य रूपी बाण अन्याय एवं अत्याचार के प्रति चलाते रहे। उनकी कलम बलवान् थी, उनका आक्रोश न्यायोचित था। उनकी कलम और वाणी तीक्ष्णता तथा उग्रता बड़ी स्वाभाविक थी, क्योंकि उन्होंने असमानता पर आधारित समाज का विरोध किया। उनके साहित्य में, दलितों के उत्थान हेतु, हिंदूवाद, गांधीवाद, कांग्रेस आदि के प्रति बगावत मिलती है। बगावत एवं विद्रोह के बावजूद, उनके साहित्य में विध्वंसक प्रवृत्ति नहीं मिलती। उनका रुख विधायक है और सारी रचनाएँ एक नए निर्माण की ओर प्रेरित करती हैं।

इसलिए साहित्य-सृजन के लक्ष्य को स्पष्ट करते हुए डॉ. आंबेडकर ने साहित्यकारों को संबोधित करते हुए कहा, "हम अपने जीवन की ओर, अपने कर्तव्यों की ओर तथा अपनी संस्कृति की तरफ ध्यान नहीं देते हैं। थोड़ा सा इनकी ओर ध्यान करें तो हमें पता चलेगा कि हमारे जीवन-मूल्य और हमारे सांस्कृतिक मूल्य किस प्रकार नष्ट-विनष्ट किए जा रहे हैं। कारण कुछ भी हों; हम अध:पतन और अवनति के मार्ग पर बढ़ रहे हैं। इसलिए साहित्यकारों का कर्त्तव्य है कि वे तत्परता से और सावधानीपूर्वक इन जीवन-मूल्यों की रक्षा करें, उनमें तेज पैदा करें; उनका विकास करें···मुझे साहित्यकारों से अपनी सारी शक्ति लगाकर कहना है कि आप अपने साहित्य-निर्माण द्वारा उदात्त जीवन-मूल्यों और सांस्कृतिक मूल्यों को विकसित करें। अपने विचार संकुचित और सीमित न रखें, उन्हें विशाल बनाएँ। अपनी वाणी को चारदीवारी से बाहर निकलने दें। अपनी लेखनी का प्रकाश अपने आंगन में ही न रोकें, उसका तेज गाँव-गाँव के गहन अंधकार को दूर करने के लिए फैलने दें। यह भूल न जाएँ कि अपने इस देश में उपेक्षितों, दलितों और दुखियों का अपना अलग संसार है। उनके दु:ख, उनकी व्यथा, समझें और अपनी सृजन-शक्ति, जीवन को उन्नत करने के लिए होम दें। यही सच्ची मानवता होगी।"

लेखक-प्रक्रिया एवं शैली

प्रत्येक लेखक अपनी विलक्षणता के लिए प्रसिद्ध होता है अथवा हर एक साहित्यकार की कुछ निजी विशेषताएँ होती हैं, जिनके कारण वह अन्य सामान्य लोगों से अलग होता है। वैसे आंबेडकर सामान्य लोगों में ही रहे। वे अपने को उनसे बिल्कुल पृथक् नहीं कर पाए। फिर भी उनका व्यक्तिगत असाधारण था। वे महान् नेता बन गए; किंतु उनके यहाँ कहीं, जब कभी भी समय मिला, लिखने-पढ़ने में लीन रहे। उनके लिखने का कोई नियत स्थान नहीं था, कोई विशेष समय भी निश्चित नहीं था। साहित्य-सृजन की प्रवृत्ति, उनके व्यक्तित्व का एक अंग बन गई

थी। निरंतर पढ़ते-लिखते रहना ही उनके साहित्यिक व्यक्तित्व की विलक्षणता थी।

वैसे वे समय मिलने पर लिखते-पढ़ते रहते थे; पर उनका अपना एक ढंग था। डॉ. साहब एक ही साथ, कई पुस्तकों की रचना में व्यस्त रहते थे। उनकी कोठी में कई स्थानों पर अच्छी-अच्छी मेजें रखी रहती थीं, जो नवीन पुस्तकों से लदी रहती थीं। जब डॉ. साहब चाहते किसी मेज पर बैठ जाते और उस मेज पर रखे अधूरे अध्याय को पूरा करने में लग जाते। यदि वहाँ से ऊब जाते तो किसी अन्य मेज पर बैठ जाते और फिर वहाँ लिखने-पढ़ने लग जाते। खूब देर तक पढ़ते-लिखते रहते। थकने पर चाय पीते। रात को थकने पर वे कॉफी का घूँट पीते थे, जो उनकी मेज पर थरमस में भरी रहती थी। उनकी मेज पर मिठाई की तश्तरी भी रखी रहती और यदि वे थक जाते या नींद आती, तब उसमें से चखकर स्फूर्ति प्राप्त करते। अच्छी तरह थकने के बाद ही वे पढ़ने-लिखने का काम छोड़ते थे, उससे पहले कतई नहीं।

डॉ. आंबेडकर दिन-रात अपने अध्ययन-कक्ष में जमे रहते थे। उनके पास मिलनेवाले भी बहुत आते थे, जिनसे मिलना वे आवश्यक समझते थे। लेखन-कार्य करते समय भी यदि मिलनेवाले मेहमान आते तो वे उनका सहर्ष स्वागत करते और फिर लेखन-कार्य में लीन हो जाते। आगंतुकों का आगमन उनकी लेखनक्रिया में बाधक सिद्ध नहीं होता था। उल्टे वे लोग तो उनके मनोरंजन का काम करते थे। वे उनसे बातचीत भी करते जाते और बीच-बीच में अपनी पुस्तकों में निगाहें दौड़ाते रहते थे। उनकी एक और विशेषता थी कि यदि विशेष मेहमान आते तो उनसे खूब बातचीत भी करते रहते और उनके जाने के बाद वे अपना काम वहीं से प्रारंभ करते, जहाँ से छोड़ा था। जब वे किसी को मिलने का समय निश्चित कर देते तब उसके न आने पर उसका थोड़ा इंतजार करते और घर में बार-बार पूछते कि वह आए नहीं क्या? यह एक ऐसा समय होता, जब उन्हें सुस्ता लेने का अवसर मिल जाता था।

यह बात सही है कि डॉ. साहब का लिखने-पढ़ने का निश्चित समय नहीं था। जब वे वाइसराय की काउंसिल में और उसके बाद जब वे नेहरू मंत्रिमंडल में कानूनमंत्री बने, तब उन उन्हें दिन में समय कम मिलता था। अत: वे रात में अधिक काम करते थे। उनकी यह आदत अमेरिका और लंदन में अध्ययन के समय से ही बन गई थी। वे लंबे-लंबे नोट्स तैयार करते, जिन्हें वे परीक्षा में काम लेते थे। लंदन में तो साथी सो जाते और वे रात भर लिखते-पढ़ते रहते थे। उनकी वहीं ऐसी आदत बन गई थी जो जीवन भर उनके साथ चलती रही। विद्यार्थी-जीवन में तो प्राय: सभी अपने ही हाथों से लिखते हैं; पर धन-संपत्ति प्राप्त करने के बाद वे 'स्टेनो' रख सकते थे; परंतु उन्होंने ऐसा नहीं किया। उन्हें अपने हाथों से लिखने

पर ही आनंद आता था। लिखते समय वे अपार संतुष्टि की अनुभूति करते थे। महीने-दो महीने की बात ही क्या, उन्होंने 'भगवान् बुद्ध और उनका धम्म' लिखने में, कहते हैं, कई वर्ष लगा दिए। बार-बार लिखना, काटना उनका क्रम था ताकि रचना सब दृष्टि से उत्तम सिद्ध हो और निश्चय ही उनकी किसी रचना को जैसे ही पढ़ना प्रारंभ कर दिया जाए, वैसे ही शीघ्र छोड़ना मुश्किल होता है। डॉ. आंबेडकर की विशेषता यह थी कि वे भावावेश या आक्रोश में नहीं लिखते थे। वे एक बैरिस्टर थे। फलतः यूँ ही लिखना उनका शौक नहीं था। उनकी हर रचना में तार्किक संगति है और तथ्यों भी भरमार होती है। विचारों का आधारभूत लक्ष्य उनके पास हर समय विद्यमान रहता था। उनके साथ मूड, भावावेश या उत्तेजना की समस्या नहीं थी। भावनात्मकता की अपेक्षा उनमें विचारों का संचय, उद्देश्यशीलता अधिक थी। उनकी लेखन क्रिया दलितों की समस्या में लीन होती थी।

वे अपने विचारों का संकलन अपने ही ढंग से किया करते थे। सर्वप्रथम यदि दलित के हितों का कोई प्रश्न आता तो उनके मन रूपी सागर में भरे पड़े विचार उमड़ पड़ते थे। उन्हें अधिक सोचने-समझने की आवश्यकता नहीं पड़ती थी। अपने कटु अनुभवों तथा यातनाओं से उनके विचार मँज गए थे। दलितों के हितों की रक्षा करना उनकी कलम का लक्ष्य था और उनकी कलम ने अछूतोद्धार के आंदोलन में जो सफलता प्राप्त की, शायद ही किसी की कलम ने की हो। किसी साहित्यकार के लिए मेहमानों का आना-जाना कोई बंधन नहीं होता है। डॉ. साहब अपने भक्तों से मिलने पर आनंदित होते और उनके साथ वार्त्तालाप के बीच, नए विचारों में डूब जाना उनकी बड़ी भारी विशेषता थी। वार्त्तालाप में कोई विघ्न भी नहीं पड़ता था और डॉ. साहब को उनकी कठिनाइयाँ दूर करने का विचार मिल जाता था। जब वे बातें प्रारंभ करते तो शायद रुकना मुश्किल होता; लेकिन सुननेवाला कभी बुरा महसुस नहीं करता था। वह बड़ा प्रसन्न होता और चाहता कि बाबासाहब निरंतर बोलते रहें। उनसे मिलनेवालों ने बतलाया कि लोग बातें करते, जब वे या तो पढ़ते रहते या फिर कुछ सोचने की मुद्रा में होते थे। वे अपने भक्तों की बातें भी सुनते रहते और उनका चिंतन भी जारी रहता था। वे कभी भी अपने सामने बैठे लोगों को बोलने से टोकते नहीं थे। उनकी कठिनाइयों को वे आसानी से समझ जाते और फिर उनके साथ अनवरत वार्त्तालाप करते रहते थे।

जहाँ तक डॉ. आंबेडकर की भाषा-शैली का प्रश्न है, उसके समझने में कोई कठिनाई नहीं है। साहित्य में कला-पक्ष का होना उतना ही आवश्यक है, जितना कि विचार-पक्ष। उनके साहित्य में कला-पक्ष और विचार-पक्ष; दोनों का अनुपम संगम

है। विचार-पक्ष जितना ही सुदृढ़ होगा, वाक्यों की रचना भी उतनी सरस होगी। साहित्य में केवल एक ही पक्ष का होना एक कमी है, क्योंकि विचार और शैली दोनों की समन्वित एवं संतुलित संबद्धात्मकता ही किसी लेखक की सफलता की कसौटी है। डॉ. साहब के साहित्य में यह विशेषता मिलती है। लेखक के व्यक्तित्व पर निश्चय ही वर्तमान स्थितियों का प्रभाव पड़ता है और उसी के अनुरूप, वह अपना लिखने का एक ढंग विकसित कर लेता है। उसका अपना एक स्टाइल बन जाता है, जिसके माध्यम से वह वैचारिक क्षेत्र में दूर-दूर तक विचरण करता है। प्रत्येक लेखक की अपनी भाषा-शैली होती है। उसके अभाव में उसका साहित्य नीरस बन जाता है।

भाषा-शैली में सर्वप्रथम यह देखना पड़ता है कि लेखक ने कौन सी भाषा का प्रयोग किया, उसने किस शैली को अपनाया? वैसे डॉ. साहब का संस्कृत, उर्दू, फारसी, गुजराती, जर्मन भाषाओं पर अच्छा अधिकार था; पर उन्होंने दो ही भाषाओं को अपने विचारों की अभिव्यक्ति का माध्यम बनाया। ये दो भाषाएँ मराठी और अंग्रेजी थीं। डॉ. आंबेडकर ने अपने साहित्य में सामान्य रूप से समझी जानेवाली मराठी भाषा के प्रचलित रूप को अपनाया। कड़े शब्दों के प्रयोग ही अपेक्षा, उन्होंने बोल-चाल की सरल और स्वाभाविक शैली के साथ-साथ, दलितों के हृदय पर अपने विचारों का मनोवांछित प्रभाव भी तो डालना था। अपने विचारों की पूर्ण अभिव्यक्ति के लिए पाठकों को अपनी तार्किक युक्तियों से प्रभावित करने के लिए, भाषा को सरल एवं स्पष्ट तो बनाया ही; अपितु उसे यथास्थान पर अलंकृत भी किया, सहज और सरस भी बनाया। अंग्रेजी भाषा पर तो उनका इतना अधिकार था जितना कि किसी का अपनी मातृ-भाषा पर होता है। जब डॉ. साहब अंग्रेजी में बोलते या लिखते, उनमें वही सरसता, सहजता और स्वाभाविकता मिलती, जो उनके मराठी साहित्य में। एक ओर उनकी भाषा में अत्यधिक मिठास है, तो दूसरी ओर गंभीर तीखापन, क्योंकि वे न केवल उद्धारक; अपितु एक विद्रोही भी थे।

डॉ. आंबेडकर की मराठी एवं अंग्रेजी दोनों भाषाओं की शैली बड़ी प्रभावपूर्ण है। उसमें सजीवता है। वह मात्र वर्णनात्मक नहीं है, बल्कि विशेलषणात्मक भी है और साथ-ही-साथ ऐतिहासिक भी। डॉ. साहब के संपूर्ण साहित्य को देखकर कहा जा सकता है कि उनकी भाषा-शैली चिंतन प्रधान, आलोचनात्मक एवं तर्क-वितर्क प्रधान शैली है। उनकी शैली का साधना-पक्ष बड़ा ही प्रबल एवं प्रेरणात्मक रहा है।

डॉ. आंबेडकर कोई उपन्यासकार तथा कहानीकार तो थे नहीं। उनके समक्ष सामाजिक, राजनीतिक एवं धार्मिक समस्याएँ अधिक थीं। उनका मूल उद्देश्य

दलितोद्धार था। अत: उन्होंने जहाँ-जहाँ अपने साहित्य में राजनीति एवं समाज की समस्याओं तथा विषयों की सिद्धांतवादी व्याख्या की है, वहाँ-वहाँ उनका स्तर गंभीर हो गया। भाषा भी सामान्य स्तर से ऊपर उठकर बौद्धिक वर्ग की भाषा हो गई है। उनके वाक्य भी सुरचित और विचारगर्भित हैं। 'पाकिस्तान और द पार्टीशन ऑफ इंडिया' और 'ह्वाट कांग्रेस एंड गांधी हैव डन टू द् अन्टचेबिल्स' में राजनीति एवं समाज की समस्याओं को लेकर चिंतन-प्रधान शैली का रूप धारण किया है। पाठक जब उनके विचारों की गंभीरता का अवलोकन करता है तो आश्चर्यचकित हो जाता है कि उन्होंने कितने व्यापक ढंग से अपने मंतव्य को प्रकट किया है। योग्य पाठक को उनके गंभीर विचारों में अनावश्यक रूप से उलझना नहीं पड़ता। अपनी बात को स्पष्ट करने के लिए डॉ. साहब ने संस्कृत भाषा में पंक्तियों को उद्धृत किया है जैसा कि 'एनिहिलेशन ऑफ कास्ट' में मिलता है। वे विभिन्न प्रकार के वादों से अपने पाठक को परिचित करवाते हैं और फिर चिंतन करते-करते, अपने उद्देश्य पर आ पहुँचते थे।

चिंतन-प्रधान शैली में जहाँ अन्य की बात को काटना और अपनी बात को सही सिद्ध करना पड़ता है, वहाँ आग्रह एवं जोश प्रबल हो जाता है। फलत: वहाँ शैली आलोचनात्मक हो जाती है। लेखक अपने विरोधियों की बात को बड़ी दृढ़ता से खंडित करने का प्रयास करता है। जो लेखक विद्रोही हो, समाज क्रांतिकारी हो तो उसकी भाषा-शैली तो निश्चय ही आलोचनात्मक होगी। डॉ. साहब की इस शैली में कहीं उग्रता है तो कहीं सरसता एवं रोचकता भी है। डॉ. साहब प्रारंभ से ही कांग्रेस, गांधी और हिंदू प्रतिक्रियावादियों के कट्टर विरोधी थे। अत: अपने संपूर्ण साहित्य में, उन्होंने इनके साथ कहीं भी समझौता नहीं किया। कांग्रेस एवं गांधी को एक ही थैली के चट्टे-बट्टे बतलाया, क्योंकि दोनों ने अपनी राजनीति में दलितों और अछूतों को सदैव साधन के रूप में प्रयुक्त किया। कांग्रेस-गांधी का मूल उद्देश्य यह कभी नहीं रहा कि वे स्वतंत्र होकर प्रगति करें। अपने साहित्य में डॉ. आंबेडकर ने कांग्रेस एवं गांधी की जितनी आलोचना की, शायद ही उतनी किसी समकालीन राजनीतिज्ञ ने की हो। उन्होंने जीवन भर कांग्रेस एवं गांधी की डटकर आलोचना की, जिसके फलस्वरूप उनकी भाषा-शैली कठोर एवं तीखी हो हई।

डॉ. आंबेडकर ने हिंदू समाज तथा धर्म की भी अपने साहित्य में बड़ी कड़ी आलोचना की है। हिंदू समाज व्यवस्था और रूढ़ियों की आलोचना करते समय, उनकी शैली बड़ी मर्मभेदी, रोचक एवं सहज है। उनकी आलोचनात्मक शैली मात्र आलोचना के लिए नहीं थी, अपितु उसको उन्होंने न्यायोचित ठहराने का प्रयास भी

किया है। अपने साहित्य में डॉ. साहब ने प्रत्येक व्यक्ति को आलोचना का विषय नहीं बनाया। उन्होंने एक स्थान पर स्पष्ट कहा कि वह केवल उन्हीं आलोचकों के साथ अपना संघर्ष करते हैं, जो प्रसिद्ध हैं अन्यथा सामान्य आलोचक के साथ उलझना उचित नहीं। उनकी आलोचनात्मक शैली बड़ी ठोस है। उसमें बौद्धिकता एवं ऐतिहासिकता दोनों का समावेश है। उनकी आलोचना में भी रोचक व्याख्याओं एवं घटनाओं का सही-सही चित्रण होता है। उनके द्वारा किसी व्यक्ति तथा बात की आलोचना मात्र नकारात्मक नहीं होती, उसमें विधायक चिंतन भी सन्निहित होता है।

डॉ. साहब के साहित्य को पढ़ने के बाद, यह स्पष्ट हो जाता है कि उनकी शैली तार्किक या तर्क-वितर्क प्रधान शैली है। वह एक बड़े वकील थे और व्यावहारिकता का उन्हें बड़ा अनुभव था अत: भावावेश में लिखना उनके लिए संभव नहीं था। जो कुछ भी उन्होंने लिखा, उसमें अपनी बात को उपयुक्त उद्धरणों से प्रमाणित किया और साथ ही अनेक प्रकार से तर्कों को प्रस्तुत किया। यहाँ डॉ. साहब की शैली में आत्मीयता एवं बोधगम्यता अधिक है। जहाँ वे उद्धरण तथा तर्क देते चले जाते हैं, वहाँ कोई नीरसता नहीं आती। नीरसता केवल अयोग्य पाठक को ही महसूस हो सकती है। तर्क-वितर्क करना तो उनके व्यक्तित्व का एक अंग था। वह विशेषता उन्होंने अपने वकालती जीवन से ही ग्रहण कर ली थी। वे अपने ग्रंथों में बहुत से स्थलों पर प्रश्नवाचक वाक्य स्वयं गढ़ देते हैं और उसका उत्तर भी स्वयं देते हैं। अत: उनकी भाषा-शैली प्रश्नात्मक के साथ-साथ उत्तरात्मक भी है। 'एनिहिलेशन ऑफ कास्ट' में जो वर्णवाद के विरुद्ध तर्क दिए गए हैं और जो प्रश्न उठाए गए हैं, वे अकाट्य हैं। जब गांधी के साथ कुछ राजनीति के प्रश्नों को लेकर वार्त्तालाप हुआ तो वाद-विवाद में डॉ. साहब खरे उतरे। गांधी ने उनकी बौद्धिकता, तार्किक शक्ति की प्रशंसा की। डॉ. साहब की तर्क-वितर्क शैली ठोस एवं ऐतिहासिक है। उन्हें कानून तथा न्याय के सिद्धांतों का अच्छा ज्ञान था। अत: उनकी शैली में निरर्थकता का नितांत अभाव मिलता है।

इसके अतिरिक्त, बाबासाहब की भाषा शैली व्यंग्यात्मक भी है। चिंतन-प्रधान शैली में यह गुण आवश्यक नहीं, पर चूँकि आलोचक भी थे, इसलिए उनकी भाषा में समयानुसार व्यंग्यों का आना स्वाभाविक ही था। उनके सीधे एवं स्पष्ट व्यंग्य अपनी बात को भी सरल एवं समझने योग्य बनाते हैं। उनके व्यंग्य ठोस, सशक्त एवं सारगर्भित होते हैं। वार्त्तालाप में भी वह व्यंग्यों को प्रयोग करते थे और जिस पर वह व्यंग्य कसते, उसकी ओर खूब हँसते भी थे। कभी-कभी तो उनके व्यंग्य इतने कटु एवं कर्कश हुआ करते कि सुननेवाला तिलमिला जाए। इनमें भी उनके

विचारों की गंभीरता टपकती थी। परंपराओं, रूढ़ियों, आस्थाओं, विचारों आदि पर अपनी कलम की नोक से प्रहार करना, डॉ. आंबेडकर को विशेष प्रिय था। उनकी भाषा शैली में न केवल व्यंग्य होते हैं, बल्कि मुहावरों की भी कमी नहीं होती। उन्होंने जिन मुहावरों का प्रयोग किया, वे बड़े ही ठोस एवं समयानुकूल होते थे। मुहावरों के साथ-साथ अपने साहित्य में उन्होंने उपमाएँ भी अच्छी तरह दी हैं, जैसे वर्णव्यवस्था के नियमों पर चलना नाक की नोक पर चलने के समान है। इन सब बातों से यह स्पष्ट है कि डॉ. आंबेडकर को एक लेखक या साहित्यकार के रूप में सफलता मिली और उनकी रचनाओं को पढ़ना, विचारों के सागर में गीता लगाने के सदृश्य है।

डॉ. आंबेडकर का शब्द-चयन बहुत विस्तृत और समृद्ध ज्ञान का परिचायक है। उन्होंने व्यावहारिक भाषा के साथ-साथ, कुछ लैटिन एवं फ्रेंच भाषाओं के शब्दों का प्रयोग भी किया है, लेकिन भाषा वैसी ही सरल एवं सहज रही जैसी कि अपनी मातृ-भाषा होती है। डॉ. साहब के साहित्य में भाषा-शैली के विविध रूप उपलब्ध हैं। ग्राम जनता शैली की सरस अभिव्यक्ति से लेकर विचार-प्रधान गंभीर शैली तक के समस्त रूप उनके साहित्य में वर्तमान हैं। यथार्थ जगत् से अपने उपनामों को ग्रहण करना लेखक की भाषा के प्रति कलात्मक रुचि और मानववादी मनोवृत्ति की ओर संकेत करता है। यह तो नहीं कहा जा सकता कि डॉ. साहब ने अपनी भाषा को अलंकृत करने का ही एकमात्र ध्यान रखा हो, पर भाषा अपनी अभिव्यक्ति के साथ-साथ सुंदर एवं सरल हो, जन-सामान्य की भाषा हो, ऐसा उनका प्रयास अवश्य रहा। डॉ. साहब मूलत: मानववादी लेखक थे, इसलिए उनका ध्यान भाषा को सहज और सरस बनाने के साथ-साथ, यथार्थ और व्यावहारिक रूप देने की ओर भी अधिक रहा। कहीं-कहीं उनकी लेखनी में आदर्श स्थिति का चित्रण भी मिलता है; किंतु उसमें लेखक की कपोल-कल्पित उड़ान नहीं है, उसमें चमत्कार नहीं है, केवल यथार्थ रूप से भावों की अभिव्यक्ति है। उसमें मानववादी एवं यथार्थवादी विचारों का सम्मिश्रण है।

रचनाओं के प्रेरणा स्रोत

प्रत्येक लेखक का अपना व्यक्तित्व होता है और उसका अपना मिशन भी होता है। साहित्य-रचना के लिए, लेखक को किसी-न-किसी रूप में प्रेरणा प्राप्त होती है और वही उसकी साहित्यिक रचना का आधार बन जाती है। मिशन के बिना, साहित्यिक रचना कुछ निरर्थक सी लगती है। किसी प्रेरणा या मिशन के

अभाव में साहित्य रचना करना कठीन ही नहीं वरन् असंभव भी है। यह आवश्यक नहीं है, वह प्रेरणा सदैव एक सी बनी रहे। यह परिवर्तित भी हो सकती है, क्योंकि परिस्थितियाँ बदलती रहती हैं और साहित्यकार अपनी दृष्टि को भी बदल सकता है। चाहे जिस उद्देश्य से लिखा जाए, लिखने का लक्ष्य तो अवश्य होना चाहिए।

वैसे अधिकतर साहित्यकारों की प्रेरणाएँ समयानुसार बदलती रहती हैं अथवा उनकी प्रेरणाएँ समय-समय पर बिल्कुल अलग ढंग की हो सकती हैं, पर डॉ. आंबेडकर की प्रेरणा का स्रोत प्रारंभ से लकर अंत तक एक ही रहा। लेखक अपने अंतर्मन की अनुभूतियों को अच्छे रोचक ढंग से रखने का प्रयास करता है। डॉ. साहब ने ऐसा ही किया; परंतु उसमें व्यक्ति की प्रधानता के स्थान पर समाज की स्थिति का चित्रण है। उनकी अंतर्दृष्टि, अदम्य साहस के साथ, एक समस्या के समाधान की ओर केंद्रित हो गई, जिसने उनकी लेखनी को एक नवीन दिशा तथा नवीन प्रेरणा प्रदान की। उन्होंने अपना मिशन विद्यार्थी जीवन से ही निश्चित कर लिया था। फलतः वे उसमें लीन हो गए और जो कुछ भी लिखा, कहीं भी प्रकाशित हुआ, वह उसी प्रेरणा के चारों ओर घूमता रहा। डॉ. साहब को जिन भौतिक, धार्मिक एवं सामाजिक परिस्थितियों, व्यवस्था, आचार-व्यवहार तथा राजनीतिक हालातों ने घेरा, वे उन्हीं के अध्ययन के पश्चात्, दलितोद्धार की प्रेरणा को लेकर, जीवनपर्यंत लिखते रहे और तदनुसार कार्यरत भी रहे।

डॉ. आंबेडकर ने वर्तमान समाज की परिस्थतियों का न केवल गहन अध्ययन किया, बल्कि कटु अनुभवों का सामना भी किया। जाति एवं छुआछूत के अभिशापों के वे शिकार बने। उन्होंने एक बहुत बड़े मानवी हिस्से को अपमान, दमन एवं अन्याय से पीड़ित रहते हुए देखा। उनका हृदय हिल गया। अतः डॉ. साहब ने परिस्थितियों के अनुकूल जीने के बजाय, उन्हें परिवर्तित करने का निश्चय किया। यही प्रेरणा उन्हें दलितोद्धार की ओर खींच ले गई। उन्होंने अपने मिशन का कार्य अपनी लेखनी से ही प्रारंभ किया। अतः उनकी प्रेरणा का स्रोत वे दलित मानव प्राणी थे, जिन्हें समाज में सभी तरह से पीड़ित एवं अपमानित रखा गया। उनकी प्रेरणा का मुख्य स्रोत समाज को बदलना, स्थापित व्यवस्था के प्रति विद्रोह रहा ताकि सभी मानव प्राणियों को समानता तथा स्वतंत्रता का स्तर प्राप्त हो। दलितोद्धार की प्रेरणा से यह नहीं कहा जा सकता कि उनका प्रेरणा-क्षेत्र सीमित था। उपेक्षित मानवों को जाग्रत् करना, उन्हें प्रगति के पथ पर लाना और उन्हें आंदोलित करना, एक बहुत बड़ी सामाजिक क्रांति की ओर संपूर्ण समाज को ले जाने के बराबर है। सामाजिक क्रांति तथा विद्रोह ही तो उनकी साहित्य रचना का मूल-स्रोत था, जिसका अर्थ है

वर्तमान व्यवस्था को पूर्णत: बदलना।

विद्वान् डॉक्टर ने यह ठीक ही समझा कि आदमी अपनी पुरानी परंपराओं तथा रीति-रिवाजों का दास बनने का यत्न न करे, बल्कि उन्हें बदलने के लिए संघर्ष करे। अत: डॉ. साहब ने मनुष्य की परिस्थितियों में परिवर्तन करने के लिए अपनी सशक्त लेख़नी द्वारा ऐसे विषयों को चुना और उन पर इस प्रकार वाद-विवाद प्रारंभ किया, ताकि एक नवीन समाज की रचना में अच्छा योगदान हो। आधुनिक स्वतंत्र विचारों का कोई भी व्यक्ति, उनके साहित्य से अवश्य ही प्रभावित होगा। निश्चित रूप से सामाजिक प्रेरणा तो उनके साहित्य में प्रारंभ से अंत तक है ही, पर डॉ. साहब को साहित्य सृजन के लिए प्रेरणा स्वयं अपने जीवन और विचारों से भी प्राप्त हुई। यदि वे महार जाति के अछूत परिवार में पैदा नहीं होते और उनको छुआछूत का कटु अनुभव नहीं हुआ होता, तो संभवत: उनकी लेखनी कुछ और ही होती। स्पष्टत: डॉ. साहब ही रचनाओं के प्रेरणा स्रोत वे स्वयं और सामजिक परिस्थितियाँ रहीं। वे अपनी बात को आकर्षक ढंग से तो कहते ही हैं, उसमें मिशन भाव का भी सन्निवेश होता है, जिसे वे अभिव्यक्त करना चाहते थे। उन्होंने दलितों, दीन-हीनों की व्यापक समस्या को अपनी रचनाओं का आधार बनाया। यही कारण है कि उन्होंने अनुकूल परिस्थितियों को ढूँढ़ने का प्रयत्न नहीं किया, बल्कि हर स्थिति में वे लिखने में रत रहे।

यथार्थ जीवन के पृथक् होकर विचारों की कल्पना करना या कपोल-कल्पित क्षेत्र में भ्रमण करके साहित्य रचना, डॉ. आंबेडकर के लिए असंभव था। बाबा साहब साहित्यकार जीवन की वास्तविकता, सामाजिक विषमता, आर्थिक अन्याय, राजनीतिक दमन तथा धार्मिक भेदभाव से मुँह मोड़कर अनंत पथ के पथिक बनना नहीं चाहते थे। उन्हें अपनी बात को रोचक ढंग से कहने में ही संतोष नहीं होता था; वे संघर्ष तथा विद्रोह की तीव्र भावना व्यक्त करते और अपनी विचारधारा की कसौटी पर हर बात को परखते थे। यही कारण है कि विभिन्न वर्षों में लिखे गए, उनके साहित्य में एक तारतम्य मिलता है। एक निश्चित जीवन-पद्धति की ओर संकेत मिलता है; जो समस्त दलित वर्गों के उत्थान के लिए परम आवश्यक थी। विकास एवं प्रगति की ओर उन्मुख दलितों को प्रेरित करना, उनके साहित्य की एक बड़ी विशेषता है। उनके साहित्य में, उस समस्त साहित्य के प्रति विरोध मिलता है, जो अन्याय, दमन, असमानता, छुआछूत, जातिवाद, ब्राह्मणवाद आदि को किसी भी तरह का संरक्षण प्रदान करता है; भले ही वह साहित्य सामाजिक हो या धार्मिक। इस प्रकार आरंभ से डॉ. आंबेडकर की प्रेरणा का स्रोत एक ऐसी दलितों

की विषम और विकट समस्या का समाधान रहा, जो सदियों से चली आ रही थी और जिसकी ओर बहुत कम विद्वानों तथा सुधारकों ने ध्यान दिया था। अंत तक डॉ. साहब की दृष्टि जीवन की कटु समस्याओं और दलितों के इर्द-गिर्द होनेवाली विषम परिस्थितियों पर ही टिकी रही ताकि उनका न्यायोचित्त समाधान ढूँढ़ा जा सके।

भारत की असहाय पददलित मानवता की अंतः पुकार को मूर्तरूप देनेवाले, उसके मूक करुणा क्रंदन को वाणी देकर मुखरित करनेवाले और कुंभकर्णी निद्रा में सदियों से अचेतन सामाजिक व्यवस्था को झकझोरकर जाग्रत् करनेवाले डॉ. आंबेडकर की साहित्यिक सृष्टि उपेक्षित तथा तिरस्कृत अछूत वर्ग की ही देन थी। उनकी रचनाओं का प्रेरणा-स्रोत अथवा प्रेरक तत्त्व कोई विधि का विधान नहीं था, अपितु आत्म-रक्षात्मक एवं आत्म-विश्वास, सामाजिक संचेतना तथा मानवीयता की स्वतः प्रस्फुटित होनेवाली नैसर्गिक प्रक्रिया थी। असहाय एवं निर्बल वर्ग के प्रति उनकी सतत करुणा एवं मैत्री, उनके समस्त साहित्य का अलंकार है। यही कारण है कि उनके ग्रंथों को आज बड़ी पवित्र भावना से देखा-पढ़ा जाता है। डॉ. आंबेडकर के साहित्य में, जो उनके ही अनवरत संघर्ष, तप और साधना से शक्ति संचारित हुई, घनीभूत निद्रा से सुषुप्त भारतीय जनमानस को झकझोर देने में पर्याप्त सशक्त सिद्ध हुई। एक स्थान पर उन्होंने लिखा, ''हमें जीने के लिए स्थान दो। हमें भी प्रगति के अवसर प्रदान करो। हमारी आत्मा को आत्मा का सम्मान दो। हमें सामाजिक, आर्थिक एवं मानसिक दासता से मुक्त करो। अपने अस्तित्व एवं अपनी एकता के लिए हमें सामाजिक स्वतंत्रता का अधिकार दो। स्वयं जिओ और हमें भी जीने दो।' यह थी उनकी साहित्य रचना की मधुर वाणी, उनके साहित्य की अभिव्यक्ति जो आज भी सभी के लिए, शक्ति सिद्ध महामंत्र है, जिसमें आत्म-विश्वास, दृढता, साहस तथा सम्मान का समावेश है। संक्षेप में डॉ. साहब के साहित्य में मानव-प्राणियों को जाग्रत् एवं सक्रिय कर देने की क्षमता अंतर्निहित है और उसको पढ़ने के पश्चात् आमदनी आंदोलित हुए बिना नहीं रह पाता। यही उनके साहित्य-सृजन का चमत्कार है।

मूल ग्रंथों के विषय

डॉ. आंबेडकर ने जिस साहित्य की रचना की, उसकी मूल प्रेरणा तो एक ही है, पर विभिन्न रचनाओं के विषय अलग-अलग हैं। जिन ग्रंथों का यहाँ विवरण प्रस्तुत है, वे हैं—कास्ट्स इन इंडिया (1917), स्मॉल होल्डिंग इन इंडिया एंड

देयर रिमेडीज (1917), द प्रॉब्लम ऑफ द् रूपी (1923); इवॉल्यूशन ऑफ द प्रोविंशियल फाइनेंस इन ब्रिटिश इंडिया (1925); एनिहिलेशन ऑफ कास्ट (1936); फेडरेशन वर्सेस फ्रीडम (1940); मि. गांधी एंड द् इमेंसीपेशन ऑफ द अनटचेबिल्स (1943); रानाडे, गांधी एंड जिन्ना (1943); थॉट्स ऑन पाकिस्तान (1945); व्हॉट कांग्रेस एंड गांधी हैव इनटू द अंटेचेबिल्स (1945); हू वर द शूद्राज (1946); स्टेट्स एंड माइनॉर्टीज (1947); द अंटचेबिल्स (1948); थॉट्स ऑन लिंग्विस्टिक स्टेट्स (1955); और बुद्ध एंड हिज धम्म (1957);।

1. 'कास्ट्स इन इंडिया' नामक लेख डॉ. आंबेडकर ने कोलंबिया यूनिवर्सिटी में डॉ. गोल्डिनवीजर के आंथ्रॉपॉलाजी सेमिनार के समक्ष मई, 1916 में पढ़ा था, जो सन् 1917 में पुस्तक के रूप में प्रकाशित हुआ। इसके अंतर्गत भारत में जातियों की उत्पत्ति, गठन एवं विकास पर प्रकाश डाला गया है। डॉ. साहब ने यह बतलाया है कि जातियों का मूलाधार सगोत्र या सजातीय विवाह पद्धति है। उनकी दृष्टि में जाति एक ऐसा परिबद्ध वर्ग है, जो अपने तक सीमित रहता है। मनु के पूर्व भी जातियाँ विद्यमान थीं। मनु ने तो उस समय विद्यमान जातियों के संबंधों को कानूनी रूप प्रदान किया। जातिगत नियमों को उसने कठोर बनाया। डॉ. साहब ने कहा कि एक वचन में जाति की सत्ता अवास्तविक है, जातियाँ केवल बहुवचन में ही विद्यमान होती हैं। मनु ने जातियों को धार्मिक आधार प्रदान किया अर्थात् अपने समूह या वर्ण के बाहर विवाह करना ईश्वर इच्छा का उल्लंघन है, महामपा है। जाति नियमों को तोड़नेवाले कड़े दंड निर्धारित किए गए। यह इसलिए किया गया कि कोई सजातीय विवाह परंपरा का उल्लंघन न करे और अपने समूह के अंतर्गत ही रहे।

डॉ. आंबेडकर की दृष्टि से यह बड़ा ही कठिन लगता है कि सजातीय विवाह प्रवृत्तियों को पूर्णतः नियंत्रित कर लिया गए। हिंदू समाज व्यवस्था में जाति नियमों के उल्लंघनकर्त्ता को किसी प्रकार की छूट नहीं थी। यदि कोई उन शास्त्रों का विरोध करता है, जिनमें जाति प्रथा का समर्थन है तो उसे दंड भोगना ही पड़ेगा। ऐसे व्यक्ति के लिए निर्धारित दंड 'जाति बहिष्कार' होता है अर्थात् उसे मूल जाति-बिरादरी से निष्कासित कर दिया जाता है। ऐसे ही व्यक्तियों ने मूल जाति के अंतर्गत अपने अलग समूह बना लिये। वस्तुतः ऐसा हुआ और अब होता है; लेकिन ऐसे अलग समूह का मूल जाति के साथ कोई संपर्क नहीं रखा जाता था। फलतः ये समूह स्थायी बन जाते थे, जो विभिन्न जातियों के रूप में विकसित हो जाते थे। संक्षेप में सजातीय विवाह के नियम का जितना ही उल्लंघन हुआ, उतने ही नए परिबद्ध समूहों की उत्पत्ति एवं विकास हुआ। कालांतर में इन परिबद्ध समूहों में भी विभाजन

हुआ, जिसके फलस्वरूप हिंदू समाज में जातियों में जातियों का स्थायी विकास होने लगा। इस प्रकार आंबेडकर के अनुसार, ''जाति जनसंख्या में से एक ऐसा बनावटी पृथक् कारण है, जो निश्चित एवं सीमित इकाइयों में फैल जाती है और प्रत्येक इकाई एक दूसरे से सजातीय विवाह के नियम के अंतर्गत, पृथक् बने रहना ठीक समझती हैं।'' अर्थात् जातियों में पारस्परिक वैवाहिक संपर्क नहीं रह पाता।

2. डॉ. आंबेडकर की सन् 1927 में एक और छोटी सी विचार-उत्तेजक पुस्तक—'स्मॉल होल्डिंग्स इन इंडिया एंड देअर रिमेडीज' प्रकाशित हुई। उस समय इस विषय पर विशेषज्ञें द्वारा बड़ी चर्चा चल रही थी। उनका यह विचार था कि जब तक छोटी और बिखरी हुई जोतने योग्य भूमि का विस्तार एवं चकबंदी नहीं होगी, तब तक भारत के कृषि-सुधार में प्रगति नहीं होगी, लेकिन डॉ. साहब ने इन विशेषज्ञों की आलोचना करते हुए अपनी पुस्तक में लिखा है, ''यह किसी चुनौती के भय के बिना कहा जा सकता है कि औद्योगिकरण छोटी-छोटी जोतों के विस्तार को बढ़ावा देगा और उनके विस्तार को भी संभव बनाएगा, हालाँकि यह हो सकता है कि उससे चकबंदी न आ पाए। यह एक विवादहीन तथ्य है कि जब तक भूमि पर अधिशुल्क लगा रहेगा, तब तक चकबंदी आसान नहीं हो पाएगी। अत: चकबंदी करने के पूर्व, समस्त भारत में औद्योगीकरण होना चाहिए।'' इस प्रकार डॉ. साहब ने कृषि-सुधार को औद्योगीकरण के साथ जोड़ा ताकि ग्रामीण एवं शहरी प्रगति में एक प्रकार का संपर्क बना रहे और वास्तव में दोनों ही कृषि एवं उद्योग, एक-दूसरे के पूरक क्षेत्र हैं। डॉ. साहब ने जो बात सन् 1917 में कही, उसे भारत सरकार तथा देश-विदेश के विशेषज्ञों ने सन् 1950 के पश्चात् स्वीकार किया और यह महसूस किया कि भारत की आर्थिक प्रगति के लिए न केवल कृषि-सुधार, बल्कि साथ ही समूचे भारत में औद्योगीकरण की भी परमावश्यकता है।

3. 'द प्रॉब्लस ऑफ द रूपी' डॉ. आंबेडकर का वह शोध-प्रबंध है, जिसे उन्होंने अक्टूबर, 1922 में यूनिवर्सिटी ऑफ लंदन में डॉक्टर ऑफ साइंस (डी.एससी.) के लिए प्रस्तुत किया था। यही थीसिस दिसंबर, 1923 में एक पुस्तक के रूप में प्रकाशित हुई। डॉ. साहब ने इस ग्रंथ को अपने पूज्य माता-पिता की पुण्य स्मृति में सादर समर्पित किया। उनके ही शिक्षक प्रोफेसर एडविन कैनन ने उसकी भूमिका लिखी। हालाँकि वह कई बातों से सहमत नहीं थे, पर डॉ. साहब के विचारों एवं दृष्टियों में सन्निहित ताजगी एवं उत्तेजना की उन्होंने भूरि-भूरि प्रशंसा की।

इस पुस्तक में डॉ. आंबेडकर ने यह स्पष्ट रूप से विश्लेषित किया कि मुद्रा समस्या के अंतिम निर्णय में किस प्रकार ब्रिटिश शासकों ने भारतीय रुपए की

कीमत को पाउंड के साथ जोड़कर, अपने अधिकतम लाभ का मार्ग चुना। उनकी इस हेरा-फेरी ने भी सभी भारतीय लोगों को गंभीर आर्थिक कठिनाइयों में ढकेल दिया क्योंकि भारतीय धन का ब्रिटिश खजाने की ओर निरंतर बहाव हो गया। कई ढंगों से यहाँ का धन ब्रिटिश सरकार तथा जनता के लाभ में ही जाने लगा। फलतः यहाँ के लोगों पर निर्धनता को लाद दिया गया। इस तथ्य के उद्‌घाटन से आर्थिक जगत् में तहलका मच गया, लेकिन इस तथ्यात्मक विश्लेषण से डॉ. आंबेडकर के ब्रिटिश परीक्षक बड़े नाराज हुए। फलतः उन्हें अपने शोधप्रबंध में कुछ परिवर्तन करने के आदेश मिले, जो उन्हें करने पड़े। तत्पश्चात् ही, उन्हें उस पर डी.एससी. की डिग्री प्रदान की गई। उनकी पुस्तक 'द प्रॉब्लम ऑफ द रूपी' सन् 1956 में पुनः 'हिस्ट्री ऑफ इंडियन करेंसी एंड बैंकिंग' भाग-1, नाम से प्रकाशित हुई।

4. डॉ. आंबेडकर ने कोलंबिया यूनीवर्सिटी में एक शोध-प्रबंध, 'नेशनल डिवीडेंट ऑफ इंडिया—ए हिस्टोरिक एंड एनेलिटिकल स्टडी' प्रस्तुत किया, जिस पर उन्हें सन् 1916 में, पी-एच.डी. की डिग्री प्रदान की गई। यही शोध-प्रबंध सन् 1925 में एक नए शीर्षक—'द इवॉल्यूशन ऑफ प्राविंशियल फाइनेंस इन ब्रिटिश इंडिया' के अंतर्गत प्रकाशित हुआ। डॉ. साहब ने इस पुस्तक को श्री सयाजीराव गायकवाड, महाराजा बड़ौदा को सादर समर्पित किया, क्योंकि महाराजा ने उनकी शिक्षा-दीक्षा में सराहनीय योगदान किया था। इस ग्रंथ की भूमिका उनके शिक्षक प्रोफेसर एडविन आर.ए.सेलिंगमन ने लिखी, जिन्होंने आंबेडकर द्वारा पब्लिक फाइनेंस की उत्तम व्याख्या के लिए उनकी बड़ी प्रशंसा की। पब्लिक फाइनेंस में डॉ. आंबेडकर बहुत बड़े विशेषज्ञ सिद्ध हुए।

अपनी इस पुस्तक में आंबेडकर ने साम्राज्यवादी व्यवस्था के अंतर्गत सन् 1833 के एक्ट से आगे के वित्तीय प्रबंधों के विकास का इतिहास प्रस्तुत किया है। बजट पर कुछ अध्यायों में, प्रांतीयों वित्तीय स्थितियों के स्वरूप एवं विस्तार का विवरण प्रस्तुत है, जो शिक्षात्मक एवं प्रदर्शनात्मक पहलुओं पर आधारित थे। दस, ग्यारह एवं बारहवें अध्यायों में डॉ. साहब ने बुद्धिमत्तापूर्ण व्याख्या दी और अपने लेखक व्यक्तित्व को देशभक्ति के साथ जोड़ दिया। निर्भय होकर उन्होंने ब्रिटिश नौकरशाही का बुरी तरह भंडाफोड़ किया, साम्राज्यवादी व्यवस्था के लक्ष्यों एवं इरादों की निंदा की और अपने देश में सक्रिय प्रतिक्रियावादी तत्त्वों की कड़ी आलोचना की। अपने इस ग्रंथ में आंबेडकर ने यह स्वीकार किया कि भारत में कुछ सीमा तक भौतिक प्रगति तो हुई, पर संसार में कोई भी राष्ट्र मात्र शांति एवं व्यवस्था के लाभों से अधिक दिनों तक संतुष्ट नहीं रह सकता, क्योंकि वहाँ के

स्त्री-पुरुष बहरे-गूँगे बुद्धिहीन पशु तो नहीं होते। वे अपने सम्मान को भी पहचानते हैं। डॉ. साहब को लगा कि यह सर्वविदित है कि भारत की संपूर्ण नीति ब्रिटिश उद्योगों और उत्पादकों के हितों की दृष्टि से ही निर्धारित एवं संचालित होती थी। फलतः यहाँ के लोगों को आर्थिक कठिनाइयों का सामना करना पड़ता। वर्षों तक आर्थिक अभाव से पीड़ित रहे। विद्वान् डॉक्टर ने यह स्वीकार किया कि प्रत्येक देश में कुछ निर्धन समूह होते हैं, जो सामाजिक दमन और सामाजिक अन्याय के शिकार बने रहते हैं, लेकिन उस कारण, उस देश को राजनीतिक शक्ति से वंचित रखना कोई न्यायोचित स्थिति नहीं है। अपने समय की वस्तु-स्थिति का डॉ. साहब ने ऐसा विश्लेषण किया जो बिल्कुल सही था।

अपनी इस पुस्तक में आंबेडकर ने यह बतलाया कि सत्ता स्वतः अपनी आत्महत्या मुश्किल से ही करती है। अपने काल में ब्रिटिश सरकार ने बहुत से दमनकारी कदमों को उठाया। डॉ. साहब ने भारत में ब्रिटिश प्रशासन की इन शब्दों में आलोचना की, ''केवल उस शक्ति से संतुष्ट न होते हुए जो कार्यपालिका में क्रिमिनल तथा पीनल कोड्स की धाराओं द्वारा निहित थी, सरकार ने इंडियन स्टेट्यूट बुक में उन दमनकारी कानूनों को संलग्न किया, जिन्हें दुनिया के किसी देश में पाना कठिन था।'' विद्वान् डॉक्टर ने उस समय की शासकीय नौकरशाही को अनुदार, दमनकारी तथा गैर-उत्तरदायी कहकर आलोचित किया और कहा कि उसने जितना अधिक धन सेवाओं पर खर्च किया है, उतना शिक्षा एवं उद्योग पर नहीं किया। सन् 1910 के इंडियन प्रेस एक्ट ने भारतीय लोगों की स्वतंत्रता का हनन किया। विचार एवं विवाद की स्वतंत्रता का दमन किया तथा अन्य अधिकारों पर प्रतिबंध लगाए। उसकी भी उन्होंने कड़ी आलोचना की।

मॉरले मिंटो सुधारों के प्रति अपनी प्रतिक्रियाएँ व्यक्त करते हुए डॉ. आंबेडकर ने अपनी उपर्युक्त पुस्तक में भारत में हुए संविधानवाद के विकास की विभिन्न अवस्थाओं जैसे 1853 का एक्ट, 1861 का एक्ट, 1862 का एक्ट और 1909 का एक्ट का विश्लेषण किया और यह बतलाया कि ब्रिटिश सरकार ने सदैव यह प्रदर्शित किया कि भारत में विधान पालिका को स्वतंत्र बनाया जाए, पर साथ ही उसका मुँह बंद भी रखने का प्रयत्न किया। डॉ. साहब ने यह भी विश्लेषित किया कि भारतीय संसदीय व्यवस्था खोखली क्यों बनी रही। इसका मुख्य कारण यह था कि वह संसदीय व्यवस्था थी, पर जनतंत्रीय कार्यपालिका का उसमें अभाव था। इसका अर्थ यह था कि विधानपालिका कार्यपालिका को न तो बना सकती थी और न ही उसे मिटा सकती थी। भारत में कार्यपालिका ने उन कुछेक कार्यों को नहीं

किया, जो प्रगति के लिए आवश्यक थे, क्योंकि उसका चरित्र, हित तथा भावना ऐसी थी, जिसकी भारतीय समाज में सक्रिय तत्त्वों के साथ कोई सहानुभूमि नहीं थी। ब्रिटिश निर्मित कार्यपालिका ने यहाँ की आवश्यकताओं, दुःखों, अभिलाषाओं तथा भावनाओं को भलीभाँति समझने का प्रयास नहीं किया। यहाँ के नागरिकों की महत्त्वकांक्षाओं को सदैव नजरअंदाज किया। शिक्षा का अच्छा प्रचार नहीं किया, स्वदेश वस्तुओं को निंदनीय दृष्टि से देखा और उस प्रत्येक बात का प्रतिरोध किया, जिसमें तनिक भी राष्ट्रवाद की गंध उसे प्रतीत हुई। ब्रिटिश कार्यपालिका ने यह सब इसलिए किया कि ये बातें उनके शासन के हित में नहीं थीं।

इस प्रकार डॉ. आंबेडकर ने अपनी पुस्तक 'द इवाल्यूशन ऑफ प्राविंशियल फाइनेंस इन ब्रिटिश इंडिया' में भारत में ब्रिटिश नौकरशाही पर कड़ा प्रहार किया। यही पुस्तक ब्रिटिश शासनकाल में इंडियन लेजिस्लेटिव काउंसिल तथा सेंट्रल असेंबली के सदस्यों के लिए बहुत ही लाभकर सिद्ध हुई, क्योंकि उसमें वाद-विवाद के लिए बहुत अच्छी सामग्री मिल जाती है। इस पुस्तक के प्रकाशन के थोड़े दिनों के पश्चात्, आंबेडकर को भारतीय मुद्रा के संदर्भ में रॉयल कमीशन ऑन इंडियन करेंसी के समक्ष गवाही देने उपस्थित होना पड़ा। जब डॉ. साहब ने यह देखा कि उनकी उक्त पुस्तक की एक-एक प्रति हर एक सदस्य के हाथ में है तो उनकी खुशी का ठिकाना न रहा। उन दिनों, इतना महत्त्वपूर्ण था उनका यह ग्रंथ।

5. 'एनिहिलेशन ऑफ कास्ट' नामक पुस्तक एक विचित्र स्थिति की उपज है। लाहौर के जात-पाँत-तोड़क मंडल में डॉ. आंबेडकर को जनवरी, 1936 में वार्षिक अधिवेशन में अध्यक्षीय पद के लिए आमंत्रित किया था। बड़ी मुश्किल से डॉ. साहब ने यह आमंत्रण स्वीकार किया; लेकिन जब मंडल के सदस्यों ने उनके टाइप किए हुए अध्यक्षीय भाषण को पढ़ा, तब उन्होंने सुझाया कि उसमें से उन कुछ अंशों को निकाल दिया जाए, जिनमें हिंदू शास्त्रों की कड़ी आलोचना की गई है। विद्वान् डॉक्टर ने यह स्वीकार नहीं किया। फलतः आंबेडकर को उपक्षित करने के लिए मंडल के अधिकारियों ने वार्षिक अधिवेशन को स्थगित कर दिया। उनका अध्यक्षीय भाषण ज्यों-का-त्यों बना रहा। यही भाषण 'एनिहिलेशन ऑफ कास्ट' नामक ग्रंथ के रूप में प्रकाशित हुआ, जो संक्षिप्त, किंतु बड़ा ही गंभीर है।

इस पुस्तक में डॉ. आंबेडकर ने यह लिखा है कि हिंदू-समाज मूलतः चार वर्गों में विभाजित है, जिन्हें चार वर्ण—ब्राह्मण, क्षत्रिय, वैश्य एवं शूद्र भी कहते हैं। यह चातुर्वर्ण व्यवस्था ही जातिवाद का आधार है। यह वर्ण-व्यवस्था न केवल एक ही जाति (Race) के लोगों का सामाजिक विभाजन है, बल्कि वह श्रमिकों का

भी एक कठोर विभाजन है और वह प्रत्येक मजदूर को उस काम को करने के लिए बाध्य करती है, जो उन्हें अधिकतर पसंद नहीं होते। वह पैतृक धंधों पर अधिक बल देती है। वर्ण-व्यवस्था आर्थिक अनुशासन को बनाए रखने की बजाय, आर्थिक अकुशलता उत्पन्न करती है। आज हजारों जातियाँ एवं उप-जातियाँ हैं, जिन्हें चार वर्णों में पुन: संगठित करना कठिन ही नहीं; वरन् असंभव है। वर्ण-व्यवस्था में छोटी-छोटी जातियों में विभक्त होने की प्रवृत्ति है। इसलिए वर्णवाद तथा जातिवाद को एक-दूसरे से पृथक् नहीं किया जा सकता।

वर्ण-व्यवस्था ने शूद्रों को शिक्षा-प्राप्ति से रोका, उन्हें ज्ञान से अलग रखा, अज्ञान तथा अशिक्षा की काल-कोठरियों में सदियों तक बंद रखा। उनको आर्थिक स्वतंत्रता से वंचित रखा और सामाजिक अधिकार उनसे छीन लिये गए। अत: यह व्यवस्था समाज के एक बहुत बड़े भाग को पंगु बना देती है। उसे मृत कर देती है। उसमें एक ही वर्ग की प्रभुसत्ता को स्थान दिया गया है, जो अन्य सभी वर्गों को हीन मानता है। नैतिक दृष्टि से भी, इस व्यवस्था ने हिंदुओं को स्वार्थी एवं पतित बनाया है। वह जन-सहयोग तथा जनमत का गला घोंटती है। नैतिकता या सद्‌गुण जातिगत बन गया है। एक जाति के लोग अन्य जाति के लोगों के गुणों की प्रशंसा नहीं कर सकते। जाति ने हिंदू धर्म की उदारता को नष्ट कर दिया है। वर्ण-व्यवस्था या जातिवाद हिंदू-समाज को कमजोर बनाता है और संगठन के अभाव में, कोई भी समाज सुदृढ नहीं हो सकता। प्रत्येक जाति अपने तक सीमित है। अपने ही हितों की रक्षा करती है। सहयोग एवं संगठन, प्रेम एवं सद्‌भावना उसमें नहीं मिलती है। इसी जाति-व्यवस्था के कारण हिंदुओं का जीवन निरंतर अपमान तथा हार का इतिहास रहा है। वर्ण-व्यवस्था ने हिंदू जाति को तबाह किया है, उसे निर्जीव और निरुत्साह बना दिया है। उसने हिंदुओं को भारत का रोगग्रस्त जनसमुदाय बनाया है।

इसी वर्ण-व्यवस्था या जातिवाद के विनाश का मार्ग आंबेडकर ने 'एनिहिलेशन ऑफ कास्ट' में सुझाया है। वह मार्ग क्या है? अंतरजातीय विवाह। अंतरजातीय-भोज जातिवाद की भावना एवं प्रेरणा को नष्ट करने में सफल नहीं हुआ है। केवल रक्त संबंध ही सगे-संबंधी होने की वास्तविक भावना पैदा कर सकता है और जब तक अलगाव की भावना, एक-दूसरे को गैर या विदेशी समझने की प्रवृत्ति, जो जाति-व्यवस्था से भिन्न होती है, समाप्त नहीं होंगी। जाति एवं वर्ण-व्यवस्था के पार्श्व में वे बातें निहित हैं, जो अंतरजातीय-विवाह को अव्यावहारिक बना देती हैं। अतएव प्रश्न यह है कि अंतरजातीय-विवाह को व्यावहारिक तथा कारगर किस प्रकार बनाए जाए?

जाति एक धारणा, एक मानसिक स्थिति है। इसके विनाश का अर्थ होगा एक विचारात्मक या मानसिक परिवर्तन। हिंदू लोग जाति-व्यवस्था को इसलिए नहीं मानते कि वे अमानुषिक तथा पागल हैं। वे मुख्यत: अपने धार्मिक स्वभाव के कारण, जातिगत व्यवहार करते हैं। उनकी सामाजिक व्यवस्था में ही जातिगत व्यवहार के नियम निहित हैं। इसलिए जातियों को मानने में वे गलत नहीं है, तो फिर गलत क्या है ? उनका धर्म दोषयुक्त है, जो जाति-भावना पैदा करता है। हिंदुओं के वास्तविक शत्रु उनके शास्त्र हैं, जो उनके लिए जातियों के धर्म का प्रतिपादन करते हैं। इसीलिए डॉ. आंबेडकर ने यह सुझाया कि शास्त्रों की पवित्रता की भावना को नष्ट करो; शास्त्रों तथा वेदों की सत्ता, दैविकता और पवित्रता का विनाश करो। प्रत्येक स्त्री-पुरुष को शास्त्रों तथा वेदों की दासता से मुक्त करो और वे किसी के कहे बिना, निर्भय होकर, अंतरजातीय विवाह अवश्यक करने लगेंगे।

डॉ. आंबेडकर ने आगे लिखा कि ब्राह्मण वर्ग, जो हिंदुओं का स्वाभाविक नेतृत्व करता है, इस आंदोलन का अगुआ नहीं बनेगा। ब्राह्मण लोग नहीं चाहेंगे कि उनकी प्रतिष्ठा और शक्ति छिन्न-भिन्न हो। उनके हाथों में पैतृक पंडा-पुजारी बनने के रूप में धार्मिक धरोहर आती है। वही लोग पुरोहित बनते हैं। इसलिए डॉ. साहब ने यह सुझाया कि पैतृक पुरोहिताई का विनाश किया जाए और पुरोहितों के पेशों का जनतंत्रीकरण भी किया जाए, अर्थात् सभी वर्ग के लोगों को पुरोहित बनने का अवसर प्राप्त हो। इसके लिए निश्चित परीक्षा पास करने पर राज्य द्वारा योग्य पुरोहितों को सनदे बाँटी जाएँ। इस प्रकार ब्राह्मणवाद का विनाश करके हिंदूधर्म को बचाया जाए। डॉ. साहब ने यह भी सुझाया कि हिंदुओं को केवल एक धार्मिक ग्रंथ का प्रतिपादन करना चाहिए और हिंदू-समाज को नैतिक दृष्टि से शुद्ध बनाया जाए।

इसका अर्थ है कि हिंदू समाज को एक नया वैचारिक आधार प्रदान किया जाए। वह आधार, जो स्वतंत्रता, समानता तथा भ्रातृत्व, संक्षेप में, जनतंत्र के साथ मेल खाता हो। इस परिवर्तन की पुष्टि के लिए, जीवन के मूल विचारों को पूर्णत: बदलना होगा; जीवन के मूल्यों, दृष्टियों तथा प्रवृत्तियों में क्रांति लानी होगी। अतएव विद्वान् डॉक्टर ने लिखा कि हिंदू लोग भारत के रोगग्रस्त प्राणी हैं और जब तक हिंदू समाज एक जातिविहीन समाज नहीं बनता, उसमें अपनी सुरक्षा करने की शक्ति नहीं आ सकती। ऐसी आंतरिक शक्ति के बिना, हिंदुओं के लिए स्वराज एक अन्य प्रकार की दासता की स्थिति सिद्ध हो सकती है।

महात्मा गांधी ने उपर्युक्त पुस्तक में निहित विचारों की कड़ी आलोचना की। गांधी द्वारा डॉ. आंबेडकर पर अभ्यारोपण तथा डॉक्टर द्वारा प्रति-प्रत्युत्तर, पुस्तक

के अंत में दिए गए हैं, जो बड़े ही रोचक हैं, जिन्हें पढ़कर गांधीवाद की सामाजिक भावना का पता लगता है।

6. सन् 1939-40 के दौरान, भारत में संघ राज्य की स्थापना का विचार जोर पकड़ रहा था। ब्रिटिश राजनेताओं ने भारतीय रियासतों (राज्यों) को, प्रादेशिक सरकारों का जनतंत्रीकरण किए बना, संघ में आबद्ध करने का प्रस्ताव रखा था, जिसका डॉ. आंबेडकर ने कड़ा विरोध किया, क्योंकि प्रस्तावित संघ में राज्यों की स्वतंत्रता का हनन होता था। इसी विषय का विश्लेषण आंबेडकर ने अपनी पुस्तक 'फेडरेशन वर्सेज फ्रीडम' में किया है। इसके माध्यम से उन्होंने फेडरल स्कीम के प्रति विरोध में अपनी आवाज बुलंद की। इस विषय पर डॉ. साहब ने 'गोखले इंस्टीट्यूट ऑफ पॉलिटिक्स', पूना में भाषण दिया था, जो बाद में इस पुस्तक के रूप में प्रकाशित हुआ।

डॉ. आंबेडकर की दृष्टि से प्रथम वह प्रस्तावित संघ देश को स्वतंत्र बनाने की बजाय, स्वतंत्रता के मार्ग को स्थायी रूप में अवरुद्ध कर देगा। कारण यह था कि एक और ब्रिटिश भारतीय प्रतिनिधि स्वतंत्र होंगे, जबकि दूसरी ओर राज्य के प्रतिनिधि ब्रिटिश प्रशासकों के हाथों में कठपुतली बनकर रहेंगे, क्योंकि ब्रिटिश प्रशासक राज्यों में महाराजाओं को उनके द्वारा चुने जानेवाले प्रतिनिधियों के चुनाव में उन्हें अपनी इच्छानुसार निर्देशित करेंगे। दूसरे इस प्रस्तावित संघ में सामान्य नागरिकता का कोई प्रावधान नहीं था। सभी स्त्री-पुरुषों को राज्यों का ही नागरिक रहना पड़ता और इस प्रकार संघोय सरकार उनकी समस्याओं को सीधे नहीं सुलझा सकती थी। फेडरल स्कीम की अपेक्षा, आंबेडकर ने एकात्मक सरकार को अधिक पसंद किया, क्योंकि राष्ट्रवाद की भावना पैदा करना उस समय की माँग थी और इस भावना की जागृति संघीय सरकार की अपेक्षा, एकात्मक सरकार भलीभाँति कर सकती थी। तीसरे, वह संघ भारत को संगठित भारत नहीं बना पाता, क्योंकि राज्यों को यह छूट थी कि वे चाहें तो संघ में शामिल हों अथवा न हों। चौथे वह संघ उत्तरदायी सरकार की स्थापना करने में सफल नहीं होता, क्योंकि संघ की शक्तियाँ रक्षा और विदेशी मामलों पर लागू नहीं थीं।

वे ब्रिटिश सरकार के हाथों में थीं। अत: इस प्रकार का संघ भारत में जनतंत्र स्थापित नहीं कर पाएगा। उलटे जो कुछ जनतांत्रिक स्वतंत्रता है, उसे भी वह प्रस्तावित संघीय व्यवस्था नष्ट कर देगी। डॉ. आंबेडकर द्वारा इस प्रकार के विश्लेषण से उस समय की राजनीति में एक तहलका मच गया। फलत: भारतीय नेताओं एवं विद्वानों ने उनकी बड़ी प्रशंसा की और कहा कि डॉ. साहब ने अपनी

देशभक्ति का ठोस प्रमाण दिया है।

7. जनवरी 1943 में डॉ. आंबेडकर ने पूना में एम.जी. रानाडे के जन्म समारोह के उपलक्ष्य में एक व्याख्यान दिया, जो आगे चलकर 'रानाडे, गांधी एंड जिन्ना' के रूप में प्रकाशित हुआ। पुस्तक की भूमिका में डॉ. साहब ने बतलाया कि कोई भी व्यक्ति अपने समय की स्थिति को तब तक प्रभावित नहीं कर पाता, जब तक वह अपने उन सिद्धांतों के प्रति प्रगाढ़ प्रेम और अन्याय के प्रति घृणा का भाव न रखता हो, जिन्हें वह मानता है। उन्होंने लिखा है, ''मैं अन्याय, दमन, आडंबर तथा छल-कपट को घृणा करता हूँ और वे सभी मेरी घृणा के पात्र हैं, जो इन बुराइयों से ग्रस्त हैं। मैं अपने आलोचकों को यह बतला देना चाहता हूँ कि मेरी घृणा की भावनाएँ एक वास्तविक शक्ति हैं। वे उस प्रेम की अभिव्यक्तियाँ हैं, जो उन कार्यों के प्रति है, जिनमें मैं विश्वास करता हूँ।'' डॉ. साहब ने आशा व्यक्त की कि उनके देशवासी किसी दिन यह अवश्य महसूस करेंगे कि देश व्यक्ति से कहीं बढ़कर होता है।

डॉ. आंबेडकर ने महान् व्यक्ति की धारणा का विश्लेषण किया और इसी संदर्भ में तीन सिद्धांतों का मूल्यांकन किया। ऑगस्टाइन सिद्धांत यह मानता है कि इतिहास दैविक विधान है, जिसमें मानवता युद्ध एवं दुःख के मध्य चलते हुए, उस समय तक कार्यरत रही है, जब तक अंतिम निर्णय का दिन नहीं आ जाता। डॉ. साहब ने कहा कि यह मात्र विश्वास है, जिसे केवल धर्मशास्त्री ही मानते हैं। बर्कले के सिद्धांत में, जो यह मानता है कि इतिहास भूगोल तथा भौतिकशास्त्र से निर्मित है और मार्क्स के सिद्धांत में कि इतिहास आर्थिक तत्त्वों का परिणाम है, पूर्ण सत्य नहीं मिलता। उनकी यह मान्यता कि अप्राण शक्तियाँ ही सब कुछ हैं और इतिहास के निर्माण में मनुष्यों की कोई भूमिका नहीं है, दोषयुक्त है। डॉ. साहब की धारणा है कि इतिहास के निर्माण में आदमी का महत्त्वपूर्ण स्थान है, क्योंकि अग्नि पैदा करने के लिए दो पत्थरों के टुकड़ों को रगड़ने के लिए सर्वप्रथम आदमी ही आया होगा।

सैनिक नेताओं को भी महान् कहना कठिन है, क्योंकि उन्होंने अपने राष्ट्रों को पहले से छोटा ही बनाया और समाज को मौलिक रूप से प्रभावित नहीं किया। कार्लाइल ने ईमानदारी तथा निष्कपटता को मनुष्य के महान् होने के गुण बतलाया है। रोजबरी ने महान् आदमी उसे कहा जो दुनिया में एक महान् प्राकृतिक या चमत्कारिक शक्ति बनकर पैदा होता है और शुद्धि का काम करता है। डॉ. आंबेडकर ने इन सभी विचारों को पूर्णतः सत्य नहीं माना। वे आंशिक रूप से ही सही हो सकते हैं। उनकी दृष्टि में महान् व्यक्ति वह होता है, जो किसी महान् सामाजिक लक्ष्य से प्रेरित होकर समाज के लिए, एक कोड़े तथा शुद्धिकर्ता के रूप में काम

करता है। वह सामाजिक बुराइयों का अंत करने के लिए कटिबद्ध होता है। न केवल इस मानदंड की दृष्टि से, बल्कि किसी भी दृष्टि से डॉ. आंबेडकर ने कहा, रानाडे एक महान् व्यक्ति थे। रानाडे का जीवन सामाजिक अन्याय, सामाजिक बुराइयों और सामाजिक सुधारों के प्रति एक निरंतर संघर्ष का जीवन था। रानाडे ने मानव अधिकारों के लिए संघर्ष किया; हिंदू समाज के अंत:करण को, जो दूषित एवं रोगग्रस्त हो गया था, पुनर्जीवित किया। रानाडे ने सामाजिक जनतंत्र के वातावरण को पैदा करने में अच्छी भूमिका अदा की।

डॉ. आंबेडकर ने रानाडे की गांधी एवं जिन्ना से तुलना की और यह तर्क दिया कि दुनिया में ऐसे दो विरोधी व्यक्ति मुश्किल से ही मिल पाएँगे, जो अपने घोर स्वार्थ या अहं में डूबे हुए हों। गांधी एवं जिन्ना के लिए वैयक्तिक प्रभुता प्रथम थी और संगठित देश का हित तो टेबल पर मात्र एक पटल के समान था। उनके लिए दोनों ही व्यक्ति अपने प्रशंसकों से घिरे रहते थे। उनका विचार था कि उनका चमत्कारिक व्यक्तित्व है और इसलिए वे अपने को अकाट्य तथा निर्दोष मानते थे। इसी संदर्भ में डॉ. आंबेडकर ने नायक-पूजा (हीरो-वर्शिप) को निंदनीय कहा, क्योंकि वह समाज तथा देश के हितों के लिए हानिकारक होती है। यदि किसी नेता के प्रति प्रशंसा या कृतज्ञता प्रकट की जाए तो वह न्यायोचित हो सकती हैं; परंतु किसी नेता का अंधानुकरण किया जाए, उसे देवता माना जाए और उसे अकाट्य समझा जाए, वह उचित नहीं, क्योंकि उस नेता विशेष को बहुत सी गलतफहमियाँ हो जाती हैं, जिनसे समाज तथा राष्ट्र दोनों का अहित होता है। इस प्रकार डॉ. आंबेडकर ने अपनी उपर्युक्त पुस्तक में महान् व्यक्तियों की तुलना करते हुए सामाजिक राजनीति तथा राष्ट्रीय आंदोलन में व्याप्त गलत धारणाओं का अच्छा विश्लेषण किया है।

8 दिसंबर, 1942 में आंबेडकर को पेसिफिक रिलेशंस कमेटी (यू.एस.ए.) ने 'भारत में अछूतों की समस्या' विषय पर व्याख्यान देने के लिए आमंत्रित किया। कमेटी का अधिवेशन क्यूबेक में संपन्न हुआ। डॉ. साहब उस अधिवेशन में बीमारी के कारण नहीं जा पाए। उनके स्थान पर श्री एन. शिवराज गए, जिन्होंने उनके लेख को अधिवेशन में पढ़ा। यही लेख सन् 1973 में एक पुस्तक—'मि. गांधी एंड द इमेंसीपेशन ऑफ अनटचेबिल्स' के नाम से प्रकाशित हुआ।

इस पुस्तक में डॉ. आंबेडकर ने इस बात पर खेद प्रकट किया कि यद्यपि दुनिया के विभिन्न देशों में दासता, बेगार तथा दमन की स्थिति अधिकतर समाप्त हो चली है, परंतु भारत में छुआछूत की स्थिति ज्यों-की-त्यों बनी है। अछूतों पर नीच-से-नीच जुल्म ढाए जाते हैं। उनके साथ अमानुषिक व्यवहार होता है। उनका

साया भी तथाकथित उच्च वर्ण के लोगों को दूषित करता है। उनके रहने के स्थान गंदे-संदे होते हैं। उन्हें वहीं रखा जाता है, जहाँ पर्याप्त रोशनी न हो और जहाँ का सारा वातावरण अस्वस्थ हो। ऐसी स्थिति में, अछूतों को मानव अधिकारों से वंचित रखा जाता है, यहाँ तक कि उनको शिक्षा पाने का अधिकार भी नहीं है। सभी तरह से उन्हें अर्द्ध मानव की स्थिति में रखा जाता है और पशुओं से भी बदतर उनके साथ व्यवहार होता है।

एक ओर तो ऐसी स्थिति थी अछूतों की भारत में, दूसरी ओर कांग्रेस हिंदू प्रोपेगेंडा इतना किया जा रहा था कि भारत में मानो अछूतों की कोई समस्या ही नहीं थी। मानो उनकी दासता, दमन, परतंत्रता, अन्याय तथा शोषण, संक्षेप में, छुआछूत ही समाप्त हो गई हो। इसलिए डॉ. आंबेडकर ने अपने लेख के माध्यम से अमेरिकी लोगों को चेतावनी दी कि वे कांग्रेस हिंदू प्रोपेगेंडा से भ्रमित न हों और कहा कि उन्हें यह स्वीकार करना चाहिए कि हिंदुओं द्वारा स्वतंत्रता संग्राम उन करोड़ों लोगों की स्वतंत्रता का दुश्मन नहीं बनेगा, जिन्हें इस देश में अछूतों के रूप में गिना जाता है। अछूतों को वे सभी अधिकार प्राप्त हों तथा अन्य सुविधाएँ मिलें, जो भारत में अन्य सभी नागरिकों को सुलभ हैं।

9. डॉ. आंबेडकर द्वारा 'थॉट्स ऑन पाकिस्तान' उस समय प्रकाशित हुई जब भारत के विभाजन का प्रश्न विद्वानों एवं राजनीतिज्ञों के मन में काफी हलचल मचाए हुए था। वाद-विवाद के उस वातावरण में पुस्तक ने एक बम का काम किया। पुस्तक इस विचार पर आधारित थी कि हिंदुओं की समृद्धि, शांति एवं मुक्ति भारत के विभाजन में ही निहित है। डॉ. साहब ने यह तर्क प्रस्तुत किया कि किसी वितंडा के बिना, मुसलमानों को एक राष्ट्र के रूप में स्वीकार किया जाना चाहिए, क्योंकि उनका अपना धर्म, भाषा, संस्कृति तथा स्वतंत्र समाज व्यवस्था है, जो हिंदुओं के धर्म, भाषा, संस्कृति तथा समाज व्यवस्था से पृथक् है। डॉ. आंबेडकर ने हिंदुओं को सलाह दी कि वे पाकिस्तान के जन्म से भयभीत न हों, क्योंकि आधुनिक दुनिया में किसी देश के शक्तिशाली होने में (या दो राष्ट्रों की सीमाएँ मिलने से) भौगोलिक स्थितियों का ही मात्र हाथ नहीं होता। चूँकि भारत के प्राकृतिक तथा अन्य स्रोत पाकिस्तान से कहीं बढ़कर होंगे, इसलिए पाकिस्तान के जन्म से भारत कमजोर स्थिति में नहीं रहेगा। ......इसलिए यह अच्छा होगा कि उन्हें पृथक् राष्ट्र मानकर पृथक् देश सौंप दिया जाए, लेकिन डॉ. साहब ने साथ ही यह भी सुझाया कि पाकिस्तान से हिंदुओं को और हिंदुस्तान से मुसलमानों को पूर्णतः अदल-बदलकर दिया जाए, ताकि सांप्रदायिक दंगों का भय भी सदैव के

लिए समाप्त हो जाए। जनसंख्या की अदल-बदल उसी प्रकार संभव हो सकती है, जिस प्रकार टर्की, ग्रीस और बल्गेरिया में हुआ।

डॉ. आंबेडकर ने अपनी पुस्तक में यह लिखा कि मुसलिम समाज का प्रधान तत्त्व जनतंत्र नहीं है, बल्कि उनका धर्म है। उनकी राजनीति भी धर्म के अधीन है। मुसलमान लोग सामाजिक सुधार का हृदय से स्वागत नहीं करते। दुनिया भर में उनकी स्थिति अप्रगतिशील है। उनके लिए इसलाम ही सार्वभौमिक धर्म है। वह सभी लोगों के लिए और सभी स्थितियों में उपयुक्त हैं, लेकिन इसलाम या भाईचारा सार्वभौमिक नहीं है। इसलाम का भाईचारा मुसलमानों तक सीमित है। गैर-मुसलमानों के लिए दुश्मनी तथा घृणा के अलावा और कुछ नहीं है। मुसलमान लोग केवल उसी राष्ट्र के प्रति वफादार होते हैं, जहाँ का शासक मुसलमान हो। उसी को वे अपनी मातृभूमि मानते हैं। जहाँ का शासक मुसलमान न हो, वे उसे शत्रु की भूमि मानते हैं। इसलिए अपनी पुस्तक में डॉ. आंबेडकर यह सारांश निकालते हैं कि इसलाम किसी भी सच्चे मुसलमान के लिए भारत को अपनी मातृभूमि स्वीकार करने की और हिंदुओं को अपने सगे-संबंधी मानने की कभी इजाजत नहीं देगा। अतिक्रमण की भावना मुसलमान का स्वभाव है। वह हिंदुओं की कमजोरी का लाभ उठाने के लिए तत्पर रहता है और अपने को एक विशेष गुट में संगठित कर लेता है।

'थॉट्स ऑन पाकिस्तान' में यह भी माना गया है कि अब मुसलमान लोग एक नए जीवन के प्रति सजग हो गए हैं। उनमें एक राष्ट्र बनने का दृढ संकल्प है। अभी तक भारत में, वे अपने को एक अल्पसंख्यक के रूप में समझते चले आए; परंतु अब उन्होंने अपने नए भाग्य के उदय को खोज लिया है। वह मुसलिम नासमझ होगा, जो इस नए भाग्य के सुनहरे दिनों की ओर आकर्षित नहीं होता। इस प्रकार पाकिस्तान को डॉ. साहब ने मुसलमानों के नए भावी भाग्य के रूप में चित्रित किया। उन्होंने हिंदुओं से भी पूछा कि बिगड़ती स्थिति में संगठित भारत के लिए संघर्ष कहाँ तक न्यायोचित होगा। यदि हिंदू लोग विभाजन को स्वीकार करते हैं तो यह हिंदुओं तथा मुसलमानों दोनों को एक-दूसरे के अतिक्रमण के भय से मुक्ति दिला देगा। सांप्रदायिक दंगे या दमन कोई स्थायी उपाय नहीं है। हिंदुओं को चाहिए कि वे टर्की, ग्रीस तथा अन्य देशों के गंभीर अध्ययन से लाभ उठाएँ और भारत को हिंदुस्तान तथा पाकिस्तान में विभाजित करके हिंदू तथा मुसलिम जनसमुदायों को पारस्परिक दंगों की विभीषिका से बचाएँ।

किसी जहाज को सागर के बीचो-बीच डूबने से बचाने के लिए यह आवश्यक है कि उसमें भरे अनुपयुक्त सामान को फेंक दिया जाए। अतएव एक सुदृढ केंद्रीय

सरकार की स्थापना के लिए भारत का विभाजन परमावश्यक है अन्यथा जबरन भारत संघ की स्थापना के भयंकर परिणाम हो सकते हैं। उससे समस्त प्रगति में बाधा उत्पन्न होगी। भारत की स्वतंत्रता की आशाएँ बिल्कुल धूमिल हो जाएँगी। यदि इस बात पर अधिक बल दिया कि भारत को अखंड रखना है तो यह उसका दुर्भाग्य सिद्ध होगा। अखंड भारत कभी भी संगठित नहीं रह पाएगा, क्योंकि सांप्रदायिक दंगों का बीज अच्छी तरह जम चुका है। अखंड भारत से एक तीसरे पक्ष, ब्रिटिश शासन का समाधान भी नहीं निकल पाएगा। हिंदू एवं मुसलिम द्वैतवाद की बीमारी दिनोदिन बढ़ती रहेगी। भारत एक रोगग्रस्त राज्य बना रहेगा। अतः बुद्धिमत्ता इसी में होगी कि भारत का हिंदुस्तान तथा पाकिस्तान में विभाजन कर दिया जाए। विभाजन एक नए मार्ग को प्रशस्त करेगा और प्रत्येक देश अपने अनुसार अपने भाग्य का निर्णय कर लेगा कि उसे स्वतंत्र रहना है अथवा ब्रिटिश शासन का ही अंग बने रहना है।

उपर्युक्त पुस्तक का प्रभाव बड़ा ही व्यापक हुआ। उसने कई हिंदू राजनीतिज्ञों के मस्तिष्क को छिन्न-भिन्न कर दिया। लगभग एक दशक तक डॉ. साहब की पुस्तक ने भारतीय राजनीति को उत्तेजित बनाए रखा। मुसलमानों ने उसका स्वागत किया; परंतु हिंदुओं ने उसे निंदा की दृष्टि से देखा। शांत मन से डॉ. साहब ने भारत के रोग का विश्लेषण किया। पुस्तक की सामग्री को इस ढंग से विवेचित किया गया है कि उसमें उनकी स्पष्टवादिता, सामर्थ्य, ज्ञान, साहस एवं पद्धति की छाप मिलती है। निश्चय ही, 'थॉट्स ऑन पाकिस्तान' एक ऐसा ग्रंथ है, जिसमें ज्ञान एवं चिंतन का समन्वित रूप मिलता है। उनकी पद्धति बड़ी ही आकर्षक है, वाक्य रचना बड़ी रोचक है, उसका स्टाइल थोड़ा कठोर है और अपने स्वरूप में वह बड़ी उत्तेजनात्मक पुस्तक है। किसी प्रचार को वैज्ञानिक ढंग से प्रस्तुत करने की विधि उसमें निहित है। यह पुस्तक इतनी प्रसिद्ध हुई कि उसे महत्त्वपूर्ण दस्तावेज की संज्ञा दी गई। थॉट्स ऑन पाकिस्तान पुनः सन् 1945 में 'पाकिस्तान और हिंदुस्तान पार्टिशन ऑफ इंडिया' शीर्षक के अंतर्गत प्रकाशित हुई। पुस्तक का ऐतिहासिक महत्त्व अब भी बहुत है। एक और नया अध्याय उसमें जोड़ा गया था, जिसे डॉ. आंबेडकर ने बड़े अच्छे ढंग से लिखा।

10 जून, 1946 में डॉ. आंबेडकर का एक और महत्त्वपूर्ण एवं ठोस ग्रंथ 'व्हॉट कांग्रेस एंड गांधी हैव डन टू द अनटचेबिल्स' प्रकाशित होकर आ गया। विषय सामग्री में विवादात्मक, स्टॉइल में उत्तेजनात्मक, अपील में बड़ी प्रभावशाली महत्त्वपूर्ण सांख्यकी से परिपूर्ण और न्यायसंगत युक्तियों से सुसज्जित इस पुस्तक ने कांग्रेस पार्टी पर एक बम की तरह फूटने का काम किया।

इस पुस्तक का प्रमुख विषय अछूतों की समस्याओं तथा अयोग्यताओं का विश्लेषण है। यह भी उसमें विवेचित है कि किस प्रकार कांग्रेस पार्टी ने अछूतोद्धार की समस्या को अपने अन्य लक्ष्यों की प्राप्ति का साधन बनाया है। कांग्रेस पार्टी ने अछूतोद्धार को सन् 1917 में अपने कार्यक्रमों में शामिल किया; परंतु जितना उसका प्रचार किया गया, उतना काम नहीं हुआ। कांग्रेस पार्टी का लक्ष्य मूलत: यह नहीं था कि अछूतों की अयोग्यताओं तथा पीड़ाओं का वास्तविक अंत किया जाए; बल्कि यह था कि उन्हें राष्ट्रीय जीवन में एक प्रभावशाली पृथक् तत्त्व विकसित होने से कैसे रोका जाए, ताकि वे कांग्रेस के लिए कोई खतरा न बन सकें। वैयक्तिक दृष्टि से स्वामी श्रद्धानंद कहीं अधिक प्रशंसा के पात्र थे, क्योंकि उन्होंने अछूतोद्धार आंदोलन में सराहनीय काम किया था।

इस ग्रंथ का महत्त्वपूर्ण भाग वह है, जिसमें दलित वर्गों से यह निवेदन किया गया है कि वे 'गांधी एवं गांधीवाद' से सावधान रहें। डॉ. आंबेडकर के अनुसार गांधीवाद में कोई नवीन चीज नहीं है। वह ग्रामीण जीवन, जंगली जीवन तथा पशु जीवन की ओर एक मोड़ है। गांधीवाद आधुनिक संस्कृति एवं मशीन युग का कट्टर विरोधी है। वह कहीं पूँजीवाद का समर्थन करता है तो कहीं आर्थिक खुशहाली का। गांधीवाद आर्थिक समानता का समर्थक कतई नहीं है। वह सामाजिक तथा आर्थिक, दोनों दृष्टिकोणों से प्रतिक्रियावादी दर्शन है। उसमें पुरातनवाद का नारा है। यदि दुनिया में ऐसा कोई वाद है, जिसने लोगों को शांत करने के लिए धर्म को अफीम के रूप में प्रयोग किया है, उन्हें गलत धारणाओं तथा झूठे वायदों में फँसाया है, वह गांधीवाद है। गांधीवाद अछूतों के साथ छल-कपट है। अत: आंबेडकर ने अछूतों को गांधीवाद से सावधान रहने की कड़ी चेतावनी दी।

डॉ. आंबेडकर ने अछूतों की सामाजिक, राजनीतिक तथा धार्मिक स्थितियों का बड़ा ही रोचक वर्णन इस पुस्तक में किया है। अछूतों को सभी दृष्टि से पृथक् माना ही नहीं जाता, बल्कि उन्हें हिंदू-समाज की मुख्य जीवनधारा से अलग ही रखा जाता है। उच्च हिंदुओं का अछूतों के साथ कोई खान-पान, शादी-विवाह नहीं है। उनके बीच धार्मिक भाईचारे की भावना का पूर्ण अभाव है। इसलिए आंबेडकर ने युक्ति दी कि यदि सामाजिक एवं धार्मिक दृष्टियों से अछूतों को पृथक् रखा जाता है तो क्यों न उन्हें राजनीतिक दृष्टि से भी पृथक् कर दिया जाए, क्यों न उन्हें राष्ट्रीय जीवन में एक पृथक् तत्त्व माना जाए, क्यों न उन्हें पृथक्-निर्वाचन का अधिकार स्वीकृत किया जाए? इसी संदर्भ में डॉ. साहब ने कहा कि उनके आवास स्थान भी सवर्ण हिंदुओं से पृथक् कर दिए जाएँ, ताकि वे अपनी एक नई दुनिया बसा

लें। कांग्रेस एवं गांधी ने अछूतों की समस्या का कोई स्थायी समाधान नहीं ढूँढ़ा, बल्कि अछूतोद्धार का ढोंग रचा ताकि उन्हें उनका निरंतर समर्थन प्राप्त होता रहे और कांग्रेस दल अपना उल्लू सीधा करता रहे। इसलिए आंबेडकर ने अमेरिकी एवं ब्रिटिश प्रगतिवादियों से निवेदन किया कि वे भारतीय अनुदारवादियों के कथनों से भ्रमित न हो, क्योंकि वे स्वतंत्रता के नारे द्वारा न केवल अछूतों को, बल्कि दुनिया को भी मूर्ख बना रहे हैं। कांग्रेस पार्टी या गांधी के लिए छुआछूत का उन्मूलन मात्र एक मंच है, कोई कार्यक्रम नहीं है। गांधी चाहते थे कि अछूत हिंदू समाज तथा धर्म में ही बने रहें और वह भी चौथे वर्ण (शूद्र) में। अतएव गांधीवाद अछूतों के लिए एक धोखा है। डॉ. साहब की पुस्तक में गांधी को अछूतों का उद्धारक स्वीकार नहीं किया गया, क्योंकि गांधी के अछूतोद्धार अभियान में प्रोपेगेंडा अधिक था। उसकी आड़ में राजनीतिक स्वार्थों को पूरा करने का ध्येय था, जिसे डॉ. आंबेडकर जैसे मनीषी ही भलीभाँति समझ पाए थे।

11. सन् 1946 में प्रकाशित—'हू वर द शूद्राज?', डॉ. आंबेडकर की विद्वत्तापूर्ण तथा खोजपूर्ण पुस्तक है, जिसे उन्होंने महात्मा ज्योतिबा फुले के प्रति सादर समर्पित किया है। महात्माजी को वे एक महान् सुधारक मानते थे, क्योंकि महाराष्ट्र में उन्होंने सर्वप्रथम अछूतों के लिए स्कूल स्थापित किए। यह ग्रंथ लंबे परिश्रम तथा शोध का परिणाम है। इसमें तथ्यों को बड़े ही रोचक ढंग से प्रस्तुत किया है।

डॉ. आंबेडकर ने अपने इस ग्रंथ में शूद्रों की उत्पत्ति के इतिहास का विश्लेषण किया है। शूद्रों का विशेष विवरण ऋग्वेद के 'पुरुष-सूक्त' में मिलता है, जिसमें यह कहा गया है कि ईश्वर ने समस्त मानव प्राणियों को चार वर्णों—ब्राह्मण, क्षत्रिय, वैश्य एवं शूद्र में विभाजित किया। यह चातुर्वर्ण व्यवस्था है, जिसे सभी हिंदू ग्रंथ पवित्र तथा अकाट्य मानते हैं। यह ईश्वरकृत है। इस वर्ण व्यवस्था को सभी प्रकार की आलोचना तथा परिवर्तन से परे रखा गया, ताकि उसका कोई विरोध न कर सके। डॉ. आंबेडकर ने 'पुरुष सुक्त' को क्षेपक माना और शूद्रों की उन्नति को इस प्रकार रखा—

1. शूद्रों का सूर्यवंशी जाति के आर्य समुदायों में स्थान था। वे सूर्यवंशी आर्य जाति के ही लोग थे और इंडो-आर्यन समाज में उन्हें क्षत्रिय माना जाता था।
2. एक ऐसा समय था, जब आर्यसमाज में केवल तीन—ब्राह्मण, क्षत्रिय और वैश्य वर्ण थे। शूद्रों का कोई पृथक् वर्ण नहीं था। वे क्षत्रिय वर्ण के ही अभिन्न अंग थे।

3. शूद्र नामक राजाओं तथा ब्राह्मणों राजाओं के बीच निरंतर संघर्ष बना रहता था। जिसमें अधिकतर ये सूर्यवंशी क्षत्रिय ही विजयी होते थे। फलतः ब्राह्मणों का दमन कर दिया जाता था। उनको विभिन्न अयोग्यताओं तथा अपमानों का शिकार होना पड़ता था।
4. लेकिन कभी-कभी ब्राह्मणों के अनुकूल भी समय आता था, जब ये ब्राह्मण लोग अपने अपमानों का बदला लेने की इच्छा से सूर्यवंशी क्षत्रियों का उपनयन संस्कार नहीं करते थे। उस समय उपनयन संस्कार इतना महत्त्वपूर्ण था कि उसके बिना किसी भी आर्य समुदाय का जीवन पतित समझा जाता था। उपनयन संस्कार व्यक्ति का दूसरा जन्म समझा जाता था।
5. उपनयन संस्कार ही सूर्यवंशी क्षत्रियों के लिए अभिशाप सिद्ध हुआ। जब उनके लिए यह संस्कार नहीं किया गया, तब उन्हें सामाजिक दृष्टि से पतित माना जाने लगा। फलतः उनका सामजिक स्तर वैश्यों से नीचा हो गया और उन्हें शूद्र 'अपवित्र' माना जाने लगा। इस प्रकार चौथे वर्ण की उत्पत्ति हुई।

'शूद्र' शब्द की उत्पत्ति मात्र शब्दिक नहीं है। उसका ऐतिहासिक संबंध है। प्राचीन युग में 'सूदास' नाम का राजा था, जो आर्य सूर्यवंशी था। ये आर्य सूर्यवंशी क्षत्री बड़े ही बुद्धिमान, चतुर तथा साहसी थे, जिनसे ब्राह्मण, पुरोहित तथा राजा ईर्ष्या रखते थे। उनके लिए उपनयन संस्कार फिर भी होता था और उन्हें वैश्य से उच्च सामाजिक स्तर पर रखा जाता था। उपनयन संस्कार उस समय समाज में सर्वोच्च संस्कार था, जिसका न होना समुदाय विशेष के लिए अभिशाप था। सूदास राजा ने ब्राह्मणों को अन्याय तथा शोषण करने के लिए पनपने नहीं दिया था। इसलिए समस्त ब्राह्मण वर्ग उससे ईर्ष्या रखता था। कालांतर में, जब सूदास राजा भी कमजोर हो गया और उधर ब्राह्मणों को अवसर मिला, उन्होंने सूदास राजा की आनेवाली संतानों का उपनयन संस्कार बंद कर दिया। उपनयन संस्कार के अभाव में, उन्हें अपवित्र कहा जाने लगा। अपवित्रता को 'शूद्र' शब्द के साथ जोड़ दिया गया। शूद्रों को घृणा की दृष्टि से देखा जाने लगा और इस प्रकार सूदास राजा की सूर्यवंशी संतान चातुर्वर्ण व्यवस्था के चौथे स्तर पर रख दी गई। संक्षेप में, आज जिन्हें शूद्र कहा जाता है, वे सूर्यवंशी आर्य क्षत्रिय लोग थे।

12. संविधानसभा के समक्ष अपने संवैधानिक विचार प्रस्तुत करने के लिए, डॉ. आंबेडकर ने मार्च, 1947 में एक स्मरण-पत्र 'स्टेट्स एंड मॉयनोरटीज' नाम

से प्रकाशित करवाया, जिसमें उन्होंने यह प्रस्तावित किया कि जिन चुनाव क्षेत्रों में सुरक्षित स्थान है, वहाँ पृथक्-निर्वाचन प्रणाली हो और अन्य क्षेत्रों में संयुक्त प्रणाली का ही प्रयोग किया जाए। इस छोटी सी पुस्तक में भारतीय संघ के लिए संवैधानिक प्रारूप प्रस्तुत किया गया है। पुस्तक बड़ी ही रोचक एवं शिक्षात्मक है, जिसमें आंबेडकर के राजनीतिक-दर्शन का परिचय मिलता है।

'स्टेट्स एंड मॉयनोर्टीज' में आंबेडकर ने मूलत: समाजवादी व्यवस्था का प्रारूप तैयार किया था। 'राज्य-समाजवाद' में उनकी आस्था थी। 'राज-समाजवाद' भारत में शीघ्रतम: औद्योगीकरण के लिए परमावश्यक है। निजी जोखिम ऐसा नहीं कर सकता और यदि उसमें ऐसा किया भी, तो वह उन आर्थिक असमानताओं को पैदा करेगा, जिन्हें निजी पूँजीवाद ने यूरोप में उत्पन्न किया है। भारतीयों को इससे सावधान रहना चाहिए। चकबंदी तथा खेतिहर कानूनों का निर्माण भी लाभकर सिद्ध नहीं होगा। उनसे कृषि क्षेत्र में कोई खुशहाली नहीं आ सकती। भारत में रहनेवाले करोड़ों अछूतों को न तो चकबंदी से लाभ होगा और न ही कृषि-कानून उनको सहायता कर सकते हैं, क्योंकि अधिकतर वे भूमिहीन मजदूर हैं। केवल सामूहिक फार्म ही उन्हें लाभकर हो सकते हैं।

यह मानते हुए कि आधारभूत लोगों का स्वामित्व राज्य के हाथ में हों; आंबेडकर ने लिखा, 'इंश्योरेंस भी राज्य के हाथ में नहीं चाहिए। कृषि को राज्य उद्योग बनाया जाए। सारी कृषि भूमि राज्य के हाथ में हो और उसे जाति या धर्म के भेदभाव के बिना गाँववालों को सौंपा जाए, एक ऐसे ढंग से कि न कोई जमींदार रहे, न किराएदार और न ही कोई भूमिहीन मजदूर।'

इस प्रकार डॉ. आंबेडकर ने अपनी पुस्तक में समाज की समाजवादी रूपरेखा प्रस्तुत की, साथ ही उन्होंने यह आग्रह भी किया कि राज्य समाजवाद को संविधान की धाराओं द्वारा स्थापित किया जाए, ताकि विधायिका तथा कार्यपालिका के सामान्य कार्य उन्हें परिवर्तित न कर सकें। राज्य समाजवाद का व्यावहारिक रूप संसदीय जनतंत्र द्वारा लाया जाना चाहिए, क्योंकि संसदीय जनतंत्र समाज के लिए सरकार की न्यायोचित व्यवस्था है। केवल इसी पद्धति द्वारा हम तीन महत्त्वपूर्ण लक्ष्यों की प्राप्ति कर सकते हैं अर्थात् समाज की स्थापना, संसदीय जनतंत्र को बनाए रखना और तानाशाही की उपेक्षा, संभव हो सकेंगे। ''लेकिन यदि जनतंत्र को 'एक व्यक्ति, एक मूल्य' के सिद्धांत तक जीवित रखना है तो संविधान के कानूनों द्वारा न केवल राजनीतिक ढाँचे के स्वरूप एवं संरचना का निर्धारण होना चाहिए, बल्कि समाज के आर्थिक ढाँचे के स्वरूप एवं संरचना का भी निर्धारण हो।'' अतएव संविधान

द्वारा समाज के राजनीतिक एवं आर्थिक स्वरूप का निर्माण किया जाना चाहिए।

डॉ. साहब ने राज्य समाजवाद के साथ मौलिक अधिकारों, विशेषकर जनतंत्र, समानता तथा स्वतंत्रता को जोड़ने का प्रयास किया। उनकी आस्था समाजवाद में अवश्य थी, पर वैयक्तिक स्वतंत्रता के विरोध में वे नहीं थे। इसलिए राज्य समाजवाद की उनकी धारणा, मानव समाज की तीन आर्थिक प्रक्रियाओं पर अधिक बल देती है—

1. समाज के निर्धन वर्गों की माँगों तथा आवश्यकताओं की पूर्ति करने के लिए आधारभूत उद्योगों का राष्ट्रीयकरण किया जाए और समस्त कृषि योग्य भूमि को राज्य के अधिकार में लिया जाए।
2. समस्त उत्पादक स्रोतों का स्वामित्व राज्य के हाथों में हो और
3. जाति तथा धर्म के भेदभाव के बिना, उत्पादित वस्तुओं का वितरण सभी वर्गों के लोगों में न्यायोचित ढंग से हो।

13. सन् 1948 में प्रकाशित—'द अनटचेबिल्स' डॉ. आंबेडकर की एक और खोजपूर्ण कृति है, जिसमें उन्होंने छुआछूत के विकास का प्रारंभ 400ए.डी. से माना है। छुआछूत की उत्पत्ति को उन्होंने बौद्धधर्म एवं ब्राह्मणवाद के बीच संघर्ष के साथ जोड़ा है। पुस्तक में उनके विचार, भाषा तथा तर्क की शक्ति का प्रमाण मिलता है। विषय का विश्लेषण बड़ा ही सरल एवं स्पष्ट है। पुस्तक में इतिहास की खोई हुई कड़ियों को जोड़ा है, जिनसे डॉ. साहब ने नवीन निष्कर्षों का अवतरण किया है।

पुस्तक में छुआछूत की उत्पत्ति के सिद्धांतों का मूल्यांकन मिलता है। दो प्रमुख सिद्धांत सामान्यत: पाए जाते हैं—1. छुआछूत की उत्पत्ति का जातिगत सिद्धांत (रेसिंयलथ्योरी) तथा 2. छुआछूत की उत्पत्ति का पेशेगत सिद्धांत। प्रथम सिद्धांत यह मानता है कि अछूत गैर-आर्य तथा गैर-द्रविड़ लोग थे। वे यहाँ के आदिवासी थे, जिन्हें द्रविड़ लोगों ने पराजित करके दास बना लिया और कालांतर में, वे अछूत बन गए। दूसरा सिद्धांत यह मानता है कि जो लोग गंदे पेशे या धंधे करते थे, उन्हें अछूत बना दिया गया। आंबेडकर ने इन दोनों सिद्धांतों को स्वीकार नहीं किया। इसका कोई प्रमाण नहीं मिलता कि अछूत गैर-आर्य या गैर-द्रविड़ लोग थे, क्योंकि उनक शारीरिक विशेषताएँ अन्य भारतीयों से भिन्न नहीं हैं। यह कहना भी गलत है कि गंदे पेशे करनेवालों को अछूत बना दिया। जिन्हें गंदे पेशों की संज्ञा दी जाती हैं, उन्हें दुनिया के सभी समाजों में किया जाता है। यदि वही छुआछूत का कारण होते तो निश्चय ही अन्य समाजों में भी अछूत होते; लेकिन ऐसा नहीं मिलता। केवल भारत में ही और वह भी हिंदू समाज में अछूत पाए जाते हैं।

डॉ. आंबेडकर ने अपनी पुस्तक में, अपने द्वारा प्रतिपादित दो विचारों को छुआछूत की उत्पत्ति का कारण बतलाया—

1. बौद्धधर्म के प्रति ब्राह्मणों द्वारा घृणा की भवना पैदा करना छुआछूत का कारण बना और
2. गौमांस-खाना छुआछूत की उत्पत्ति का कारण बना।

बौद्धधर्म के पूर्व, ब्राह्मण लोग गौमांस खाते थे। भगवान् बुद्ध के आगमन से, जीवों के प्रति दया की भावना पैदा हो गई और पशु-बलिदान को अनैतिक कृत्य माना जाने लगा। बौद्ध धर्म का जितना ही प्रचार एवं प्रसार हुआ, उतना ही ब्राह्मण धर्म का महत्त्व घटा। फलतः ब्राह्मणों के मन में बौद्धों के प्रति बैर तथा ईर्ष्या हो गई और वे सदैव बदला लेने पर उतारू रहने लगे। ब्राह्मण समाज में जिन घुमक्कड़ लोगों के लिए कोई स्थान तथा प्रेम नहीं था, वे बौद्ध हो गए और अच्छी तरह जीवनयापन करने लगे। ब्राह्मण लोग इनसे ईर्ष्या रखने लगे। उधर यह आश्चर्य की बात थी कि ब्राह्मणों ने गौमांस खाना त्याग दिया। इतना ही नहीं, उन्होंने गाय को 'पवित्र पशु' घोषित कर दिया। ऐसा करने में ब्राह्मणों का यही लक्ष्य था कि अपनी खोई हुई प्रतिष्ठा को पुनः प्राप्त किया जाए। उन्होंने भगवान् बुद्ध की शिक्षाओं का अनुकरण भी प्रारंभ कर दिया। सभी बौद्ध-भिक्षुओं ने गोमांस त्याग दिया था, पर बौद्ध उपासक ऐसा नहीं कर पाए, क्योंकि वे निर्धन थे और न ही उनके पास कृषि योग्य भूमि थी। मजबूरन उन्हें गौमांस खाना पड़ा। ब्राह्मणों ने इस कमजोरी का लाभ उठाकर उन्हें घृणित तथा पतित करना आरंभ कर दिया। कालांतर में उन्हें अछूत कहा जाने लगा।

छुआछूत की उत्पत्ति से संबंधित विचारों को डॉ. आंबेडकर ने निम्न ढंग से प्रस्तुत किया है—

1. हिंदुओं तथा अछूतों में कोई जातिगत भेद नहीं है;
2. छुआछूत की उत्पत्ति के पूर्व हिंदुओं तथा अछूतों के बीच मूलतः भेद कबीला लोगों तथा 'बिखरे लोगों' के रूप में था। दोनों ही कबीलों के रूप में एक-दूसरे से भिन्न थे। कालांतर में ये बिखरे-लोग ही अछूतों में परिणत हो गए;
3. छुआछूत का कोई जातिगत आधार नहीं है और न ही उसका संबंध गंदे पेशों से है;
4. केवल दो कारणों से छुआछूत की उत्पत्ति हुई—

   (अ) बौद्धों के रूप में बिखरे लोगों के प्रति ब्राह्मणों द्वारा अपमान तथा

घृणा और

(ब) बौद्धों के रूप में बिखरे लोगों द्वारा गौमांस खाने की आदत को निरंतर बनाए रखना।

14. 'थॉट्स ऑन लिंग्विस्टिक स्टेट्स' (1955) में डॉ. आंबेडकर ने इस प्रकार राज्यों के भाषायी गठन का चित्रण किया है, जो भारतीय संघ में आवश्यक था। उन्होंने 'एक राज्य, एक भाषा' के सार्वभौमिक सिद्धांत को स्वीकार किया। जहाँ-जहाँ इस सिद्धांत का उल्लंघन किया गया, वहाँ-वहाँ राज्य के लिए खतरा पैदा हो गया। बहुभाषी राज्य कमजोर होता है। अतः भारतीय राज्यों के गठन में 'एक भाषा, एक राज्य' के नियम का पालन करना अत्यधिक लाभकर सिद्ध होगा।

कोई राज्य डॉ. साहब के अनुसार, लोगों की पारस्परिक सद्भावना पर आधारित होता है। यह एकत्व की भावना है। जिन लोगों में यह भावना होती है, वे संगठित हो जाते हैं और आर्थिक तथा सामाजिक भेदभावों को भुलाकर वे शांतिपूर्वक रहने का प्रयत्न करते हैं। अतएव यह भावना, एक राज्य, एक भाषा, एक जनतांत्रिक तथा सुदृढ राज्य की आधारशिला है। इसके अतिरिक्त डॉ आंबेडकर ने दो और कारण प्रस्तुत किए, इस समर्थन में कि 'एक राज्य, एक भाषा' का नियम क्यों अच्छा है—

1. जनतंत्र में, भाईचारे की भावना परमावश्यक है। जनतंत्र में भाईचारे की भावना के साथ-साथ विरोध भी आवश्यक होता है। विरोध के बिना कोई जनतंत्र कार्य नहीं कर सकता। बहुभाषायी राज्यों में, यही जनतांत्रिक विरोध शत्रुता का रूप धारण कर सकता है। भाषायी दंगे भी हो सकते हैं। भाषायी राजनीति एवं नेतृत्व भी उभर सकता है और प्रशासन में भेदभाव पैदा हो सकता है। अतएव इन बुराइयों के लिए एक भाषायी राज्य की स्थापना कहीं अधिक उपयुक्त है।

2. एक भाषायी राज्य जातिगत एवं सांस्कृतिक झगड़ों का एकमात्र उपाय है। यदि एक ही राज्य में विभिन्न भाषाओं के बोलनेवाले हों, उनके सांस्कृतिक मूल्य भिन्न हों, तो यह स्वाभाविक है कि उनमें झगड़े-फसाद अवश्य होंगे। प्रशासन, राजनीति तथा शिक्षा में, पृथक्-पृथक् दिशाओं में जाने का प्रयास करेंगे। चूँकि उनके जातिगत एवं सांस्कृतिक हित अलग-अलग होंगे, उस राज्य में शांति-व्यवस्था की संभावनाएँ कम होंगी। इसलिए एक मिश्रित राज्य सदैव दोनों पक्षों के लिए, खतरा बना रहेगा। दोनों एक-दूसरे पर अपना प्रभुत्व स्थापित करने का यत्न करेंगे। इस खतरे को कम करने के लिए, 'एक राज्य, एक भाषा' के नियम को लागू करना अच्छा सिद्ध होगा।

उपर्युक्त पुस्तक में डॉ. आंबेडकर ने हिंदी भाषा को संपूर्ण राष्ट्र की राजकीय

भाषा बनाए जाने पर बल दिया, हालाँकि वे क्षेत्रीय भाषाओं के विकास के विपक्ष में नहीं थे। एक भाषा राष्ट्र को संगठित रख सकती है और संपूर्ण राष्ट्र में शांति तथा विचार-संचार को आसान बना सकती है। वैसे डॉ. आंबेडकर की मातृ-भाषा मराठी थी, पर हिंदी को उन्होंने प्रमुख स्थान दिया और कहा, ''कोई भी भारतीय, जो हिंदी भाषा को भाषायी राज्यों में राजकीय भाषा मानने को तैयार नहीं है, उसे भारतीय कहलाने का अधिकार नहीं है। वह असली अर्थ में भारतीय नहीं हो सकता, केवल भौगालिक अर्थ में वह अपने को भारतीय कह सकता है। क्षेत्रीय भाषाओं को सरकारी भाषाएँ मानने से भारत को संगठित राष्ट्र और भारतीयों को भारतीय प्रथम तथा भारतीय अंतिम मानने का आदर्श धूमिल हो जाएगा।''

भाषायी राज्यों के अतिरिक्त डॉ. आंबेडकर ने इस बात पर भी बल दिया कि छोटे-छोटे राज्यों का निर्माण किया जाए ताकि अल्प-संख्यकों के हितों की सुरक्षा आसानी से की जा सके। यह आवश्यक नहीं कि एक भाषा बोलनेवाले सभी लोगों तथा क्षेत्रों को एक ही राज्य में मिला दिया जाए। हिंदू बोलनेवालों को कई छोटे-छोटे प्रांतों में विभाजित किया जा सकता है। उसमें 'एक राज्य, एक भाषा' का नियम तो बना ही रहेगा और अल्पसंख्यकों के हितों की सुरक्षा भी आसानी से हो सकेगी। इसी दृष्टि से डॉ. आंबेडकर ने बांबे, उत्तर प्रदेश, मध्य प्रदेश, बिहार, पंजाब आदि प्रदेशों के विभाजन का विचार प्रस्तुत किया था। बांबे राज्य तो गुजरात तथा महाराष्ट्र प्रदेशों में बँट गया। उधर पंजाब भी हरियाणा तथा पंजाब में विभाजित हो गया। उत्तर प्रदेश तथा मध्यप्रदेश जैसे बड़े-बड़े प्रांत अब भी विद्यमान हैं। उन्हें छोटे-छोटे राज्यों में विभाजित करवाने की माँग निरंतर बनी है, क्योंकि इतने बड़े प्रदेशों में क्षेत्रीय हितों की सुरक्षा नहीं हो पाती और प्रशासन भी कारगर सिद्ध नहीं हो पा रहा है।

15. डॉ. आंबेडकर द्वारा कुछ ऐसे लेख (प्रकाशित तथा टाइप पेपर्स) हैं, जो साहित्यिक एवं विषय की दृष्टि से बड़े महत्त्वपूर्ण हैं, जैसे—1. लेबर एवं पार्लियामेंट्री डिमॉक्रेसी (1943), 2. कम्यूनल डैडलॉक एंड ए वे टू साल्व इट (1954), 3. बुद्ध एंड दि फ्यूचर ऑफ हिज रिलीजन (1954), 4. फ्यूचर ऑफ पार्लियामेंट्री डिमॉक्रेसी (1951), 5. एसेंशियल कंडीशंस प्रीसीडेंट फॉर द सक्सेसफुल वर्किंग ऑफ डिमॉक्रेसी (1951), 6. लिंग्विस्टिक स्टेट्स नीड फॉर चेक्स एंड बेलेंसिज (1953), 7. माइ पर्सनल फिलॉस्फी (1954) और 8. बुद्धिज्म एंड कम्यूनिज्म (1956), इन सभी लेखों तथा व्याख्यानों में राजनीति-दर्शन से संबंधित रोचक सामग्री निहित है। डॉ. साहब के मूल दर्शन की झाँकियाँ इनमें स्पष्ट रूप से विश्लेषित हैं।

संसदीय जनतंत्र में श्रम तथा श्रमिकों की क्या स्थिति हो, ऐसा विवेचन हमें

डॉ. आंबेडकर के प्रथम लेख में मिलता है। दलितों के लिए कुछ सुरक्षित स्थानों को लेकर; स्वतंत्रता संग्रम के आंदोलन तथा राजनीति में एक बहुत बड़ा गतिरोध पैदा हो गया था, जिसके समाधान हेतु उन्होंने अपनी द्वितीय छोटी सी पुस्तक में विचारों को प्रस्तुत किया। अपने तृतीय लेख में डॉ. आंबेउकर ने सच्चे धर्म की चार कसौटियों का विश्लेषण क्रिया। उनकी दृष्टि में अन्य धर्मों की तुलना में बौद्ध धर्म ही सच्चा धर्म है, जिसका सीधा संबंध समाज, मनुष्य, नैतिकता एवं बौद्धिकता से है। चौथे लेख में भारत में संसदीय व्यवस्था में भविष्य की संभावनाओं पर विचार-विमर्श किया है और अपने पँचवें लेख में डॉ. साहब ने जनतंत्र की सफलता के लिए कुछ पूर्व-शर्तों को परमावश्यक बतलाया है, जैसे सत्ता में परिवर्तन होता रहे। अर्थात् एक ही दल के हाथों में सत्ता निरंतर न बनी रहे, स्वस्थ विरोधी दल या विरोध हो, प्रशासनिक कानून के समक्ष समानता का व्यवहार हो, संवैधानिक नैतिकता का पालन किया जाए, निष्पक्ष चुनाव हो और समाज में जन चेतना हो। छठे लेख में डॉ. साहब ने भाषायी राज्यों की आवश्यकता पर बल दिया है। अपने वैयक्तिक दर्शन के अंतर्गत उन्होंने अपने समाज दर्शन की मौलिक मान्यताओं का विवेचन किया और कहा कि उनके दर्शन के मूल तत्त्व—स्वतंत्रता, समानता तथा भ्रातृत्व है। उनका समाज-दर्शन वर्णाश्रम धर्म का निषेध करता है। समाज में रहनेवाले मानव प्राणियों के बीच संबंधों का मूलाधार कानून की अपेक्षा नैतिकता कहीं अधिक व्यापक है। भ्रातृभाव ही सामाजिक जीवन का आधार है। बुद्धिज्म तथा कम्यूनिज्म में डॉ. साहब ने भगवान् बुद्ध व कार्लमार्क्स के दर्शनों का एक तुलनात्मक अध्ययन प्रस्तुत किया है, जो दार्शनिक दृष्टि से बड़ा ही गूढ़ एवं गंभीर है। मार्क्स की कई मान्यताएँ डॉ. साहब ने स्वीकार की, पर बुद्धवादी मार्ग व्यक्तिगत तथा सामाजिक दोनों दृष्टि से उन्हें सबसे अधिक पसंद आया। वह भगवान् बुद्ध के सच्चे अनुयायी एवं भक्त हो गए और एक ऐसे ग्रंथ की रचना की, जिसमें बुद्ध के दर्शन था धर्म को नए ढंग से प्रस्तुत किया गया है।

महान् ग्रंथ की रचना

डॉ. आंबेडकर की पूर्व-उल्लिखित पुस्तकें नि:संदेह महत्त्वपूर्ण हैं, पर उनसे भी अधिक महत्त्वपूर्ण एवं चिरस्थायी ग्रंथ; 'दि बुद्ध एंड हिज धम्म' है, जो उनकी मृत्युपरांत सन् 1957 में प्रकाशित हुआ। यह एक स्मरणीय एवं विशाल ग्रंथ है। इसके अंतर्गत डॉ. साहब ने बौद्धधर्म को, अपनी बौद्धिक विवेचना सहित, नए ढंग से विश्लेषित किया है। ग्रंथ निष्पक्ष, स्पष्ट एवं सरल है। उसकी भाषा ओजस्वी और

सारगर्भित है। ग्रंथ में विद्वान् डॉक्टर की प्रतिभा और व्यक्तित्व की छाप है। बौद्धिक युक्तियों से वह सुसज्जित है। प्रत्येक महान् ग्रंथाकार की भाँति, 'भगवान् बुद्ध एवं उनका धम्म' में डॉ. आंबेडकर के व्यक्तित्व एवं दर्शन का समन्वित रूप निहित है। बौद्ध विद्वानों, देशों और संस्थाओं ने उनके इस ग्रंथ का हार्दिक स्वागत किया है।

यह ग्रंथ कई मौलिक प्रश्नों को प्रस्तुत करता है, जिनका डॉ. आंबेडकर ने बड़ी बुद्धिमत्ता के साथ उत्तर दिया है। सर्वप्रथम उन्होंने हीनयान तथा महायान में विभाजित बौद्ध धर्म को कोई महत्त्व नहीं दिया। बौद्ध धर्म, भगवान् बुद्ध का धम्म एक ही है। दार्शनिक व्याख्याएँ भिन्न हो सकती हैं। धर्म के रूप में बौद्ध धर्म एक ही है। दो बौद्धधर्म होना संभव नहीं है।

पहला प्रश्न डॉ. आंबेडकर ने बुद्ध के जीवन से संबंधित उठाया है। बुद्ध ने प्रवज्या क्यों ग्रहण की? परंपरागत कथन कि 'सिद्धार्थ' गौतम ने एक वृद्ध पुरुष, एक रोगी व्यक्ति तथा एक मुर्दे की लाश को देखा, इसलिए घर को छोड़कर चले गए। डॉ. साहब ने इसे स्वीकार नहीं किया, बल्कि उन राजनीतिक एवं सामाजिक परिस्थितियों को उत्तरदायी बतलाया, जो उस समय उनके समक्ष उठ खड़ी हुई थीं। सिद्धार्थ चुपचाप घर से निकलकर नहीं गए, वरन् अपने परिवारवालों की आज्ञा लेकर, उन्होंने घर-त्याग किया। उनके घर-त्याग की घटना को डॉ. साहब ने बड़े ही आकर्षक एवं ऐतिहासिक ढंग से प्रस्तुत किया है।

दूसरा प्रश्न यह है कि विद्वानों ने अधिकतर यही लिखा है कि 'जीवन स्वभावतः दुःख है।' इसे बौद्धधर्म की मूल मान्यता कहा गया है। यह कथन बौद्ध धर्म की जड़ पर ही कुठाराघात करता है, क्योंकि जब जीवन ही दुःख है तो जीते जी दुःख का अंत कैसे संभव होगा? धर्म का उद्देश्य ही समाप्त हो जाता है। इसलिए डॉ. साहब ने इस तरह पैदा की गई उलझन का स्पष्टीकरण किया है। उन्होंने कहा कि बुद्ध ने जीवन में दुःख की व्यापकता को स्वीकारकर उसका अंत करने का मार्ग प्रस्तुत किया। जीवन स्वभावतः दुःख है, ऐसा नहीं है, बल्कि जीवन में दुःख है, ऐसा समझना चाहिए।

तीसरा प्रश्न डॉ. आंबेडकर ने आत्मा, कर्म तथा पुनर्जन्म को लेकर उठाया है, क्योंकि न केवल बौद्ध विद्वानों, बल्कि अन्य विद्वानों के मन में इन विषयों को लेकर बड़ी गंभीर भ्रांतियाँ विद्यमान हैं। कुछ विद्वान मानते हैं कि बुद्ध ने 'आत्मा' को स्वीकार किया; परंतु यह गलत है। उन्होंने किसी आत्मा को स्वीकार नहीं किया। आत्मा की प्रचलित धारणा का तो बुद्ध ने खंडन किया था, पर 'कर्म' और 'पुनर्जन्म' के सिद्धांत को उन्होंने स्वीकार किया। प्रश्न पैदा होता है, 'आत्मा ही नहीं

तो कर्म कैसा', 'आत्मा ही नहीं तो पुनर्जन्म कैसा ?' निःसंदेह, ये बड़े ही टेढ़े एवं गंभीर प्रश्न हैं, पर आंबेडकर ने गहन अध्ययन के पश्चात् इनका उत्तर पूर्ण संगति के साथ दिया है। उन्होंने यह समझाया है कि किस प्रकार हिंदू-धर्म में विद्यमान आत्मा, कर्म एवं आवागमन के विचारों को बौद्ध धर्म में उलझा दिया गया। बौद्ध धर्म के इन विचारों को डॉ. साहब ने हिंदू धर्म के इनसे संबंधित विचारों से स्पष्ट किया है, ताकि लंबे समय से चली आ रही भ्रांतियाँ दूर हो सकें।

चौथा प्रश्न भिक्षु संघ से संबंधित है। बुद्ध ने भिक्षु संघ की स्थापना क्यों की, क्या वह भिक्षु संघ को समाज से पृथक् रखना चाहते थे अथवा उनका उद्देश्य भिक्षुओं के रूप में आदर्श समाज सेवक पैदा करना था ? भिक्षु संघ पर ही तो बौद्ध धर्म का अस्तित्व निर्भर है। अतएव आंबेडकर ने भिक्षु संघ के कर्तव्यों तथा आदर्शों का विश्लेषण किया है ताकि बौद्ध भिक्षु सामान्य उपासकों के मार्गदर्शक तथा मित्र-दार्शनिक बनें। यदि भिक्षु अपने ही कल्याण में रत रहता है तो वह 'स्वार्थी व्यक्ति' है। भिक्षु का यह कर्तव्य नहीं है। वह तो मूलतः समाज-सेवी है। भिक्षु की यही धारणा बौद्ध धर्म के आदर्श से मेल खाती है। इन बातों का डॉ. साहब ने बड़ा विद्वत्तापूर्ण विवेचन किया है।

डॉ. आंबेडकर ने संपूर्ण ग्रंथ में सिद्धार्थ गौतम-बोधिसत्त्व किस प्रकार बुद्ध बने, धर्म दीक्षाओं का आंदोलन, बुद्ध ने क्या सिखा, मजहब एवं धर्म में अंतर, भिक्षु संघ की रूपरेखा एवं कर्त्तव्य, भगवान् बुद्ध और उनके समकालीन, महान् परिव्राजक की अंति चारिका और महामानव सिद्धार्थ गौतम, विषयों का विशद विवेचन किया है। इन्हीं विषयों के अंतर्गत डॉ. साहब ने धर्म क्या है, अधर्म क्या है, सद्धर्म क्या है ? धर्म तथा नैतिकता, पुनर्जन्म, कर्म, आत्मा, ईश्वर, अहिंसा आदि धारणाओं का स्पष्ट एवं सरल विश्लेषण प्रस्तुत किया है। हिंदू विद्वानों द्वारा बौद्धधर्म में आरोपित विचारों का उन्होंने खंडन किया है, ताकि दोनों धर्मों को एक कहने की भ्रांति का अंत हो सके। आधुनिक परिस्थितियों में, मूल बौद्धधर्म के विचारों तथा विश्वासों का वैज्ञानिक दृष्टिकोण डॉ. आंबेडकर ने स्पष्ट करने का प्रयास किया है।

पाँचवाँ प्रश्न, आंबेडकर ने बौद्धधर्म में 'अहिंसा' के विचार को लेकर उठाया है। इस धारणा को लेकर भी कई भ्रांतियाँ फैली हुई हैं। उन्होंने अहिंसा के नाना अर्थों तथा व्यवहारों का विश्लेषणकर, बौद्धधर्म में अहिंसा की धारणा का स्पष्ट विवेचन किया है, जो बुद्ध के मध्यम मार्ग से बिल्कुल मेल खाता है। बौद्ध धर्म में अहिंसा सिद्धांत को उन्होंने हिंदू तथा जैन धर्मों में तत्संबंधित विचारों से बिल्कुल भिन्न बतलाया है। बुद्ध द्वारा प्रतिपादित अहिंसा का आदर्श मध्यममार्गी है, जबकि

इनका अहिंसा का सिद्धांत अतिवादी है। इस प्रकार अहिंसा की नई व्याख्या डॉ. साहब के महान् ग्रंथ में की गई है।

वंचित साहित्य के प्रणेता

भारत में राष्ट्रीय आंदोलन की तीव्रता के साथ-साथ दलित चेतना का आविर्भाव भी हुआ, जिसे साहित्यिक स्वरूप एक ऐसे व्यक्ति ने दिया, जो स्वयं दलित समाज से ही शोषण एवं अन्याय के विरोध में उभरकर सामने आया। वह व्यक्ति डॉ. आंबेडकर ही थे। उन्होंने अपनी पत्रिकाओं एवं पुस्तकों के माध्यम से दलित चेतना को साहित्य तथा राजनीति से जोड़ा। दलित समाज की मूक-वाणी, चीख-पुकार, यातनापूर्ण जीवन को मुखरित करनेवाले डॉ. आंबेडकर को दलित साहित्य का प्रणेता कहा जाए तो अतिशयोक्ति नहीं होगी, क्योंकि उनकी विचारधारा के अंतर्गत दलित चेतना एवं साहित्य की सशक्त रूप से अभिव्यक्ति हुई।

प्राय: सभी युगों में, दलित चेतना तो थी और उसका स्वरूप अधिकतर नैतिक एवं आध्यात्मिक था; किंतु सामाजिक तथा राजनीतिक दृष्टि से स्वयं दलित समाज सुसुप्त एवं दिशाविहीन रहा। दलितों के प्रति संवेदना प्रकट करते हुए अन्य लोगों ने उन्हें सँभालने का प्रयत्न किया, लेकिन अधिक कुछ हुआ नहीं, क्योंकि उन्हें स्वयं अपने अस्तित्व का सही-सही ज्ञान नहीं था। वे अस्तित्व में होते हुए भी अपने को अस्तित्वहीन ही मानते रहे। फलत: डॉ. आंबेडकर के पूर्व उनकी जो सामाजिक तथा आर्थिक स्थिति रही, वह बड़ी ही दयनीय तथा चिंतनीय थी। राष्ट्रीय आंदोलन के दौरान जिस दलित चेतना का उदय हुआ, वह सामाजिक तथा राजनीतिक उत्थान के प्रति उत्कंठा में प्रस्फुटित हुई, जो पहले कभी नहीं थी। दलित चेतना ने जो राजनीतिक आधार ग्रहण किया, वह उसकी महत्त्वपूर्ण उपलब्धि थी, क्योंकि उससे उसे व्यापक समर्थन मिला और न केवल अन्यों ने उस चेतना की सत्ता एवं महत्ता को पहचाना, अपितु स्वंय दलित उठने, जागने तथा भिड़ने की प्रक्रिया में आ खड़े हुए। उनमें संघर्ष की तीव्र भावना पैदा हो गई। वे अपने अधिकारों की माँग और देश की धन संपत्ति में भी हिस्सा-बाँट की बात करने लगे। डॉ. आंबेडकर ने तो न केवल दलितों की उनके अस्तित्व का अहसास करवाया, बल्कि उन्हें राष्ट्रीय धारा में एक विशेष तत्त्व के रूप में सिद्ध कर दिया और कहा कि दलित इसी देश के मूल निवासी हैं, जिन्हें यहाँ की राजनीतिक सत्ता में न्यायोचित स्थान मिलना चाहिए। ऐसी व्यापक एवं सशक्त-दलित चेतना का नेतृत्व डॉ. आंबेडकर ने किया। दलितों को राष्ट्रीय आंदोलन की धारा से जोड़ने का श्रेय डॉ. साहब को ही मिलता है। दलितों

के राजनीतिक अस्तित्व का महत्त्व एवं मूल्य यहीं से प्रारंभ हुआ।

दलित अस्तित्व को निरंतर राष्ट्रीय चेतना, संघर्ष तथा आंदोलन के साथ जोड़े रखना कोई मामूली बात नहीं थी, लेकिन डॉ. आंबेडकर ने यह संभव बना दिया। उन्होंने न केवल यह सिद्ध कर दिया कि दलित जाग उठे हैं, अपितु दलितों को अब अधिक उपेक्षित नहीं किया जा सकता। यह उन्होंने मात्र अपने भाषणों से ही नहीं किया, बल्कि एक ऐसे साहित्य का सूत्रपात किया, जिसने दलित चेतना को संघर्ष के मार्ग पर ला दिया। उसे बेचैन एवं आंदोलित कर दिया ताकि वह पुनः सुसुप्त अवस्था में न चली जाए। डॉ. आंबेडकर के विचारतंत्र के अंतर्गत ही दलित साहित्य का प्रादुर्भाव हुआ। उन्होंने अपने साहित्य में दलित, पीड़ित, शोषित और उपेक्षित समाज पर होनेवाले भीषण अन्याय, शोषण, विषमता तथा विपन्नता को प्रकाशित कर अपने दलित साहित्य की रचना की। उनका दलित साहित्य दो रूपों में अभिव्यक्त हुआ विभिन्न पत्रिकाओं के माध्यम से और उनके ही मौलिक ग्रंथों के द्वारा, जिनका पर्याप्त विवेचन अन्यत्र किया जा चुका है। उनका साहित्य मुख्यतः दो भाषाओं, मराठी एवं अंग्रेजी में मूलतः प्रकाशित हुआ।

डॉ. आंबेडकर के साहित्य को दलित-साहित्य क्यों माना जाए? उनका साहित्य दलित चेतना का सतत स्रोत है। वस्तुतः उनका साहित्य समाज एवं राष्ट्र की स्थितियों का विश्लेषण प्रस्तुत करता है, पर उसके प्राण दलितोद्धार में ही अंतर्निहित हैं। उनकी सभी रचनाओं में भारत की असहाय पददलित मानवता को आर्त पुकार है। उन्होंने दलितों के मूक क्रंदन को वाणी प्रदान की और कुंभकरणी नींद से युगों-युगों से अचेतन सामाजिक व्यवस्था को झकझोर कर जाग्रत् किया। उनके साहित्य में, भले ही वह अधिकतर अंग्रेजी में है, उपेक्षित, पीड़ित और प्रताड़ित अछूत वर्ग की आवाज गूँजती है। उनके साहित्य में 'नायक-नायिका' वे नहीं हैं, जो अति प्राकृतिक शक्तियों से संपन्न हों; बल्कि वे नर-नारी हैं, जो दीन-हीन, अनपढ़ एवं अस्पृश्य हैं; किंतु वे व्यवस्था के प्रति विद्रोह की आग अपने मन में संजोए रहते हैं। उनके लिए, डॉ. आंबेडकर ने अपने साहित्य में मुक्ति एवं समानता के जो मंत्र सिद्ध किए, वे अत्यंत प्रभावपूर्ण थे। उनका साहित्य शक्तिसिद्ध महामंत्र है, जिसमें आत्म-विश्वास और दृढता का समावेश है, तपस्या एवं पवित्रता का बल निहित है और जिसमें दलितों को निरंतर आंदोलित करते रहने की क्षमता विद्यमान है। इसलिए उनका साहित्य दलित साहित्य का मूल प्रेरक रूप है।

दलित साहित्य का स्वरूप कुछ ऐसा है, जिसमें जातिव्यवस्था, अस्पृश्यता की भीषणता, वर्णाधारित ग्रंथ, अन्यायपूर्ण परंपरा, ब्राह्मणवाद, पूँजीवाद, सामंतवाद,

निकृष्ट हिंदू मनोवृत्ति के प्रति निरंतर विद्रोह भावना अंतर्निहित है। उसमें टकराव तथा संघर्ष का चित्रण विशेष महत्त्व रखता है। दलितों की वाणी उसमें मुखरित होती है। दलित साहित्य, चाहे वह किसी भी भाषा में हो, डॉ. आंबेडकर के साहित्य से प्रभावित हुए बिना नहीं रहता। वस्तुत: उनकी विचारधारा के साथ, आज का दलित साहित्य अपने अंदर स्वयं-स्फूर्ति की अनुभूति कर रहा है। दलित साहित्य के प्रणेता के रूप में डॉ. आंबेडकर दलित लेखक, कवि तथा कलाकार को निरंतर प्रेरित एवं उत्साहित करते रहते हैं। दलित साहित्य, चाहे गद्य में हो या पद्य में, वह जीर्ण-शीर्ण भारतीय समाज का नव-निर्माण चाहता है, जहाँ मानव-मानव में अनुचित भेदभाव न हो, वर्ण तथा जाति का आंतक न हो, दलितों के प्रति घृणा और तिरस्कार न हो, और संपूर्ण समाज में पारस्परिक प्रेम, स्वतंत्रता, समानता तथा भ्रातृत्वभाव हो। यह प्रेरणा केवल डॉ. आंबेडकर के व्यक्तित्व, साहित्य एवं दर्शन की देन है।

आज दलित साहित्य की विभिन्न भाषाओं एवं रूपों में जो अभिव्यक्तियाँ हो रही हैं, उन सब में डॉ. आंबेडकर की विचारधारा, शैली तथा संप्रेरणा परिलक्षित हो रही है। व्यवस्था के प्रति विद्रोह; अन्याय एवं अनाचार के प्रति संघर्ष; पीड़ा तथा दु:ख का साहसपूर्ण मुकाबला; अपने सम्मान एवं अधिकार की रक्षा करना, जाति-वर्ण, धर्म, परंपरा आदि के बंधनों को तोड़ना, यथार्थ स्थिति का चरित्र-चित्रण करना और नए आदर्श, मूल्य एवं परंपरा में स्थापित करना, दलित साहित्य की कुछ मौलिक विशेषताएँ हैं, जो दलित लेखकों, कवियों तथा कलाकारों को डॉ. आंबेडकर के साहित्य में धरोहर के रूप में सुलभ हैं। अत: संपूर्ण दलित साहित्य में इन गुणों, दशाओं एवं दिशाओं की प्रतिध्वनि एक स्वाभाविक प्रक्रिया है। उसमें आंबेडकर जैसी स्पष्टवादिता, साहस तथा संचेतना की स्फूर्ति निश्चित रूप से विद्यमान रहती है। दलित साहित्य अन्य साहित्यिक धाराओं से कुछ हटकर है, क्योंकि वह प्रतिबद्ध, लक्ष्योन्मुख और दलितोद्धारक है; जबकि अन्य साहित्य, विशेषकर हिंदी साहित्य विकृत, परंपरावादी, आदर्शवादी और अवसरवादी है। दलित साहित्य एक मिशन है, साध्य है, मात्र साधन नहीं है, क्योंकि उसमें डॉ. आंबेडकर की मूल प्रेरणा अंतर्निहित है, जो स्वार्थी एवं अवसरवादी भावनाओं से परे है।

इस प्रकार डॉ. आंबेडकर के आगमन से राष्ट्रीयधारा में दलितों के अधिकार अटल हो गए। उनके प्रखर साहित्य, गंभीर तथा व्यापक आंदोलन ने दलितों का सत्ता, गति प्रगति की ओर ध्यान आकर्षित किया। डॉ. साहब ने अपने साहित्य के माध्यम से दलितों को सामाजिक स्तर पर प्रतिष्ठापित किया, उन्हें राजनीतिक क्षितिज पर लाए और राष्ट्रीय धारा से जोड़ा। दलित साहित्य एक ऐसे प्रवाह के

समान है, जिसमें परिवर्तन एवं विद्रोह की दाहकता निरंतर रूप से बहती रहती है। वह जड़वादी तथा ईश्वरवादी दृष्टिकोण से भिन्न, मानवतावादी दर्शन एवं चेतना से उद्‌भूत होता है। वह मनुष्य को प्रकृति या नियति के हाथों का खिलौना मानकर नहीं चलता। मनुष्य अपनी व्यवस्था के लिए स्वयं निर्णायक एवं उत्तरदायी है। अतः दलित साहित्य केवल सामाजिक, आर्थिक और राजनीतिक अधिकारों के लिए संघर्ष नहीं है, अपितु नैतिक, सांस्कृतिक तथा दार्शनिक दृष्टिकोण को बदलने की एक साहसिक प्रक्रिया है, जो संपूर्ण मानवजीवन के मूल्यांकन की द्योतक है और जिसमें डॉ. आंबेडकर के व्यक्तित्व एवं कृतित्व के विविध रूप परिलक्षित होते हैं। संक्षेप में, दलित साहित्य की सतत धारा, मानवीय दृष्किोण का सजग-सशक्त अभिव्यक्ति है।

□

राष्ट्रपुरुष बाबासाहब आंबेडकर

—दादा इदाते

भारतरत्न बाबासाहब के जीवन तथा कार्य के संबंध में आज विभिन्न प्रकार विचारमंथन आरंभ हुआ है। बाईस वर्ष के थे, तब 9 मई, 1918 को कोलंबिया विश्वविद्यालय में मानववंशशास्त्र विभाग के अभ्यास मंडल के समक्ष पढ़े हुए 'भारत में जातियाँ' इस निबंध से लेकर सारनाथ में 1956 में दिए गए आपके 'अंतिम भाषण' तक आपका विचारधन प्रचुर मात्रा में उपलब्ध है। उसमें अनुसंधानात्मक ग्रंथ हैं, आम सभाओं में दिए भाषण हैं, आंदोलनों के दौरान का मार्गदर्शन है, हक तथा अधिकारों का भान करा देनेवाली समृद्ध विचार संपदा है। मंडन-खंडन है, आत्मसम्मान के हेतु कठोर आत्मक्लेश का प्रत्यक्ष दर्शन है। किसी भी महापुरुष के संबंध में शाश्वत तथा तात्कालिक, इस प्रकार विचारों के दो हिस्से जिस प्रकार करने पड़ते हैं, वैसे डॉ. बाबासाहब आंबेडकर के संबंध में भी किया जाना संभव है, लेकिन इस प्रदीर्घ संघर्ष की कालावधि में आपके समूचे विचारों का संदर्भ रहा है—'देश की एकात्मा'। देश, राष्ट्र, संस्कृति, धर्म इन सभी के बारे में आपका किया हुआ मूलगामी चिंतन हमारा निरंतर मार्गदर्शक होगा। हर कदम पर दिखाई देता है कि राष्ट्रहित का भान आपने हमेशा रखा था। समूचे चिंतन का मूलाधार यहाँ की मिट्टी में, इस संस्कृति में, धर्म में आपका खोजा हुआ दिखाई देता है। राष्ट्रहित के हेतु कभी-कभी आपके विचारों को भी मोड़ दिया हुआ लगता है। आपका राष्ट्रचिंतन अपने देश के लिए एक अमूल्य धरोहर है।

बाबासाहब ने जीवनभर यह जो दृष्टिकोण रखा, उन बाबासाहब के इस विचारधन का सही लिहाज आज अपने देश में नहीं है। अज्ञानवश, अहंकारवश डॉ. आंबेडकर के ऊपर बड़ी विकृत टिप्पणी भी की गई। परिणामस्वरूप बहुत से लोगों ने आपके कार्य की ओर उचित दृष्टि से देखा ही नहीं, परंतु बाबासाहब

ठहरे सच्चे राष्ट्रनिष्ठ। बाबासाहब का आंदोलन द्वेष भावना-आधारित है, ऐसा कहनेवालों के समक्ष आपने साफ शब्दों में कहा था, "Had my mind been seized with hatred and revenge, I would have brought disaster upon this land in less than five Year." (यदि मेरे मन में द्वेष भाव और बदले का भाव होता, तो महज पाँच सालों में मैं देश का सत्यानाश कर देता।) (बाबासाहब डॉ. आंबेडकर-एक प्रेरक व्यक्तित्व—द.बा. ठेंगड़ी पृ. 11-12)

देशहित का भाव ही निरंतर आपके मन में होने से आप ने ऐसा अविवेक नहीं किया। इसी कारण आपकी योग्यता का सही लिहाजकर ही आपके कार्य का मूल्यमापन करना चाहिए। समाज की एकता के आपके विचार को देखकर ही आपके 73वें जन्मदिवस पर, 1963 में तत्कालीन सरसंघचालक श्री गुरुजी ने 'भीमराव साहित्य संघ' मुंबई के अध्यक्ष श्री शिरीष कडलाक के नाम पत्र लिखकर अपनी भावनाएँ व्यक्त की हैं। आप लिखते हैं, 'वंदनीय डॉ. आंबेडकर की पवित्र स्मृति को अभिवादन करना यह मेरा स्वाभाविक कर्तव्य है। भारत के दिव्य संदेश की गर्जना द्वारा जिन्होंने सारी दुनिया में खलबली मचाई, उन श्रीमत् स्वामी विवेकानंद ने दीन, दुर्बल, दरिद्र, अज्ञान में डूबे भारतवासी ये ही मेरे लिए ईश्वरीय स्वरूप हैं, उनकी सेवा करना और उनके अंदर के सूक्ष्म चैतन्य को जगाकर उनका ऐहिक जीवन भी सुखपूर्ण तथा उन्नत करना यही सच्ची ईश्वरसेवा है, ऐसा कहते हुए, अपने समाज को 'छुओ मत' इस अनिष्ट रूढ़ि देखकर उसपर तथा उस प्रवृत्ति से संलग्न सभी रूढ़ियों के ऊपर कठोर प्रहारकर समूचे समाज को फिर से नई रचना करने के उद्देश्य से जगाकर आह्वान किया। उसी आवाहन को प्रत्यक्ष समर्थन—दूसरे शब्दों में भिन्न मार्गों से राजनीतिक और सामाजिक अवहेलना से क्षुब्ध होकर बाबासाहब डॉ. आंबेडकर ने बड़े जोश से किया और अज्ञान के दु:खों से वे कर्दम में लोट रहे तथा अपमानित अपने समाज के बड़े और महत्त्वपूर्ण हिस्से को आत्मसम्मानपूर्वक खड़ा किया। यह आपकी करामात असाधारण है। आपने राष्ट्र के ऊपर असीम उपकार किए हैं। वे ऐसे श्रेष्ठ हैं कि उनसे उऋण होना कठिन है।

स्वामी विवेकानंद ने श्रीमत् शंकराचार्य की कुशाग्र बुद्धि तथा भगवान् बुद्ध का परम कारुणिक विशाल हृदय इनका मिलाप करने से ही भारत का सही उद्धार हो सकता है, ऐसा मार्गदर्शन किया है। बौद्ध मत का स्वीकार और पुरस्कारकर इस मार्गदर्शन के महत्त्वपूर्ण हिस्से को पूर्ण करने के कार्य को डॉ. आंबेडकर ने अच्छी गति प्रदान की है, ऐसा कहना चाहिए। आपकी विवचेक तथा कुशाग्र बुद्धि दार्शनिक दृष्टि से बौद्ध मत की त्रुटियों को देख रही थी और आपने उनका निर्देश भी

किया है। फिर भी व्यवहार में समानता, शुचिता तथा एक-दूसरे के लिए करुणापूर्ण स्नेहमयता आदि सभी गुणों द्वारा प्राप्त हो रही मानवसेवा की विशुद्ध प्रेरणा ये बौद्धमत की श्रद्धा में से उद्भूत लाभ राष्ट्र की ओर साथ ही मानवता की उन्नति के लिए अत्यावश्यक हैं, इसका खयालकर ही आपने इस मत को बड़े आग्रहपूर्वक समर्थन दिया हुआ लगता है। उस समय समाज सुधार के उद्देश्य से और धर्म के स्वरूप को विशुद्ध बनाने के हेतु भगवान् बुद्ध ने तत्कालीन समाजधारणा के ऊपर टिप्पणी की, अलग होने के लिए नहीं और वर्तमान काल में भी डॉ. बाबासाहब ने समाज के भले के लिए धर्म के हित में, अपना चिरंजीव समाज दोषरहित तथा सुदृढ बने, इसी उद्देश्य से कार्य किया —समाज से अलग होकर अपना मित्र पंथ बनाने के इरादे से नहीं, यही मेरी श्रद्धा है और इस युग में भगवान् बुद्ध के उत्तराधिकारी, इस नाते आपकी पवित्र स्मृति में मैं अंतःकरणपूर्वक अभिवादन कर रहा हूँ। (पत्ररुप श्री गुरुजी - पृष्ठ 244)

डॉ. बाबासाहब आंबेडकर की जन्मशताब्दी वर्ष का प्रारंभ दि. 14 अप्रैल, 1990 के दिन हुआ। उस उपलक्ष्य में प्रकाशित किए हुए निवेदन में सरसंघचालक श्री बालासाहब देवरस कहते हैं, "अपना देश एक नाजुक हालत में से गुजर रहा है, उसी समय महान् देशभक्त, सामाजिक समरसता के समर्थक तथा भारतीय संविधान के शिल्पकार पूजनीय बाबासाहब आंबेडकर की जन्मशताब्दी का वर्ष दि. 14 अप्रैल, 1990 से आरम्भ हो रहा है। आज की कठिन परिस्थिति में बाबासाहब आंबेडकर के विचारों से तथा जीवन से प्रेरणा लेकर भारतीय जनतंत्र. राष्ट्रीय एकात्मता और सामाजिक एकता को मजबूत बनाने का प्रयास समाज को करना चाहिए।" इतने निर्मल मन से डॉक्टरजी के कार्य का मूल्यमापन करना चाहिए।

दलित बंधुओं से हो रहे अन्याय को मुखरितकर उन्हें न्याय दिलाना इस धारणा से आपने जो प्रयत्नों की पराकाष्ठा की, उसका भी प्रमुख कारण देश की एकता ही थी। यदि देश कुछ अच्छे दिन देखे, ऐसा किसी को लगा, तो जातिभेद समाज में से नष्ट होना चाहिए और उसके लिए जाति का उच्चाटन होना चाहिए, ऐसी थी आपकी धारणा। आपकी इस धारणा का प्रतिपादन करते हुए श्री दत्तोपंत ठेंगडीजी ने आपके एक कथन का संदर्भ दिया है। बाबासाहब कहा करते थे—"So long as castes remain, Hindu religion cannot be made a missionary religion and shuddhi will be both folly and futility. So long as castes remain there would be no 'Sangathan' and so long as there is no 'Sangathan', the Hindus would remain weak and meek. Caste has made sangathan and co-operation even for a good cause impossible. There is no Hindu consciousness in every Hindu, the cousciusness that exits is the consciousness of the castes." (अपने समाज के भविष्य के बारे में अपेक्षाएँ—कल की और आज की, पृ. 74)

बाबासाहब के राष्ट्रचिंतन को लेकर सोचना हो, तो हिंदू समाज का विचार अपरिहार्य बनता है। इतना ही नहीं, तो हिंदू समाज में अगर सुधार हो नहीं पाए, आवश्यक परिवर्तन समाज में हुआ नहीं, तो देश कमजोर बना रहेगा। इसका आपको खयाल था। इसलिए हिंदू समाज में सुधार लाने के आप अविरल प्रयास कर रहे थे। आपके इन प्रयासों का वर्णन 'डॉ. आबेडकर और हिंदू कोड बिल' नामक चांगदेव ख़ैरमोडे की लिखी पुस्तक में द्वारका खैरमोडे ने किया है। वे कहती हैं, "अपने आदोलन के आरंभ से ही —माने सन् 1924 से बाबासाहब डॉ. आंबेडकर के, सामाजिक समता के हित में, जिससे हिंदू समाज एकात्म होगा; प्रयास जारी थे, वे सीधे आपके जीवन के अंत तक जारी रहे। हिंदू समाज के कल्याण के लिए आवश्यक एकात्मता की विचार प्रणाली और उसकी पूर्ति के हेतु हो रहा कार्य इसको आपके जीवनकाल में लोगों ने ठीक समझ ही न लिया। (पृष्ठ 1) ऐसी इस अवस्था ने बिल (हिंदू कोड बिल) लोकसभा में पेश करना रद्द करके पं. नेहरू ने वचनभंग कर बाबासाहब को घोर निराशा किया और इस हद तक आगे बढ़े कि इस मामले में त्यागपत्र देते समय (मंत्रिमंडल का) कर रहे निवेदन पर रोक लगाकर उपसभापति महोदय ने बाबासाहब को तथा आपकी प्रगाढ़ विद्वत्ता को अपमानित किया। समूचा हिंदूसमाज सम्मानपूर्वक चिरकाल जी सके, भारत की स्वाधीनता अक्षुण्ण रहे, इसके लिए जी-तोड़ मेहनत करनेवाले और सम्मानीय अवस्था प्राप्त करा देनेवाले बाबासाहब को अपमानित होकर लोकसभा छोड़नी पड़ी। कैसी रही यह दैव की गत!" (पृ. 4)।

बाबासाहब की जन्मशताब्दी के अवसर पर प्रसारित निवेदन में रा.स्व.संघ के सरसंघचालक श्री बालासाहब देवरस इसी भाव को व्यक्त कर कहते हैं, "डॉ. बाबासाहब आंबेडकर, जिन्हें अपने गुरु मानकर सम्मान देते थे, उन महात्मा फुले का भी अब स्मृति शताब्दी वर्ष है। म. फुले तथा बाबासाहब डॉ. आंबेडकर ने अपना सारा आंदोलन हिंदू समाज में सुधार हो, इसलिए ही चलाया था। हिंदू समाज एकात्म तथा एकरस बने, इसलिए उन्होंने विभिन्न आंदोलन भी छेड़े। इसीलिए हिंदू समाज कृतज्ञतापूर्वक आपके विचारों तथा कार्य का स्मरण करे, यह स्वाभाविक ही है।" 'बाबासाहब आंबेडकर' इस ग्रंथ के लेखक श्री धनंजय कीर ने स्पष्ट

शब्दों से कहा है कि बाबासाहब का आंदोलन हिंदू समाज का पुनरुज्जीवन करने के उद्‌देश्य से ही था। आपके आंदोलन में उभर आनेवाले मूल्यों को लक्षित कर आप कहते हैं, "इस कारण आंबेडकरजी का जीवन यह हिंदू धर्म के पुनरुज्जीवन और हिंदुओं के सामाजिक परितर्वन के संदर्भ में एक महत्त्वपूर्ण अवस्था है, ऐसी विचारवान लोगों की मान्यता थी तथा 'एक महान् प्रॉटेस्टेंट हिंदू नेता' इस प्रकार वे आंबेडकरजी का वर्णन किया करते थे। (पृष्ठ 482)। आगे चलेकर श्री कीर ने हिंदू समाज के आज तक के मार्गक्रमण का जायजा लेकर कहा है, "हिंदू समाज का पहला पुनरुज्जीवन उपनिषदों ने किया है। म. बुद्ध ने दूसरी बार यह पुनरुज्जीवन किया। रामानुज, चक्रधर, कबीर, रामानंद, नानक, चैतन्य, ज्ञानदेव आदि संतों ने हिंदू समाज का तीसरा पुनरुज्जीवन किया। राजा राम मोहन राय, म. फुले, स्वामी दयानंद, न्यायमूर्ति रानडे आदि ने हिंदू समाज का चौथा पुनरुज्जीवन किया और आगे पाँचवाँ पुनरुज्जीवन डॉ. आंबेडकर ने शुरू कर दिया है।"

श्री धनंजय कीर आगे कहते हैं, "आंबेडकरजी के आंदोलन से पुनरुज्जीवन के पाँचवें स्थित्यंतर का तथा हिदुओं के सामाजिक पुनर्गठन का प्रारंभ हुआ। हिंदू धर्म तथा हिंदू समाज इनके विरोध में आंबेडकरजी का छेड़ा हुआ विद्रोह भूचाल के समान झटका देनेवाला था। उसका स्वरूप बुद्ध से लेकर सावरकर तक के क्रांतिवीरों ने जिस प्रकार का विद्रोह छेड़ा था, उससे भिन्न था, क्योंकि पिछले पच्चीस वर्षों में आंबेडकरजी पददलित समाज में पैदा हुए पहल महान् क्रांतिकारी थे। आपने हिदुओं की समाज रचना तथा हिंदू धर्म इनके विरोध में विद्रोह छेड़ा। इतना ही नहीं, तो आपने हिंदू धर्म के इतिहास में अभूतपूर्व क्रांति का पर्व आरंभ किया। उस क्रांति का उद्‌देश्य हिंदू धर्म का शुद्धिकरणकर उसमें क्रांति लाना, हिंदू समाज का पुनर्गठन कर उसका पुनरुज्जीवन करना और उसकी अवनति तथा अवहेलना रोकना, यही था। इस दिशा में आपने हिंदूधर्म और हिंदुस्तान इनके संबंध में जो काम किया है, वह आधुनिक भारत के पुनरुज्जीवन के कार्य में बड़ा हिस्सा उठानेवाले राममोहन राय, ज्योतिराव फुले, स्वामी दयानंद, स्वामी विवेकानंद और रानडे, इन सभी के कार्य की अपेक्षा अधिक महनीय और चिंतनीय है। इसका कारण यह है कि आंबेडकरजी ने भारत की सांविधानिक, राजनीतिक और सामाजिक विचारों में दिया हुआ योगदान अमूल्य है। इसमें कोई संदेह नहीं।

"डॉ. आंबेडकरजी हिंदू समाज की पुनर्रचना स्वतंत्रता, समता और बंधुभाव इस तत्त्वत्रयी पर आधारित हो, ऐसा चाहते थे। आंबेडकरजी के सामाजिक दर्शन के अनुसार प्रत्येक हिंदू को अपने धर्मबंधुओं के साथ सभी प्रकार के निर्बंधों के

अधीन रहकर संबंध जोड़ने की स्वाधीनता मिलनी चाहिए। हिंदुओं को चाहिए कि वे सबके लिए समान इस प्रकार की सामाजिक संहिता की रचना करें। यदि अपने धर्मबंधुओं को विवाह करने की, सभी के साथ भोजन करने की तथा जीवन के सभी क्षेत्रों में साथ-साथ काम करने की स्वाधीनता होती, तो हिंदू समाज अखंड बनकर स्वयं शक्तिशाली होने में और दूसरे लोगों को अपने धर्म में स्वीकारकर आत्मसात् करने में समर्थ बन जाता। 'हिंदी' ही अपनी राष्ट्रभाषा हो, ऐसा आपका निश्चित मत था। नागरी लिपि के आप बड़े समर्थक थे। (पृष्ठ 483)

बाबासाहब डॉ. आंबेडकर इस देश की एकात्मता के ही प्रेमी कैसे थे, यह आपके 'शूद्र मूलतः कौन थे?' इस पुस्तक में आपके किए हुए विवेचन से आसानी से स्पष्ट होता है। वस्तुतः इस ग्रंथ में व्यक्त हुआ आपका असीम पठन-वाचन, विवेचन शैली, प्रमाण देने की कुशलता तथा निष्कर्ष के प्रति पहुँचने के लिए की हुई रचना, यह सब चकित करा देनेवाला है। इसका प्रमुख आशय यही कि शूद्र ये क्षत्रिय थे, यह अनगिनत प्रमाणों के आधार पर सिद्ध किया हुआ सिद्धांत है। वास्तव में आपको यदि इस देश में गड़बड़ी मचानी होती, हिंदू समाज से रिश्ता तोड़ना होता, तो इतने सारे प्रयास आप करते ही नहीं। इससे भी आगे बढ़कर हम यह कह सकते हैं कि आर्यों के मूल निवासस्थान के संबंध में आपका प्रतिपादित सिद्धांत प्रखर राष्ट्रभक्ति का ही एक उदाहरण है। जिन्हें आपने 'गुरु' माना था, उन्होंने—म.फुले ने 'आर्य इस देश में बाहर से आए, इसका प्रतिपादन किया था। अछूतोद्धारक आंदोलन के आद्य प्रणेता गोपालबाबा वलंगजी ने सिद्धांत रखा था कि अछूत ये मूल यहाँ के होकर वे अनार्य थे और आर्यों ने बाहर से आकर उनपर आक्रमण किया। इन दोनों के साथ ही हिंदू संस्कृति के श्रेष्ठ अध्येता और भारतीय असंतोष के जनक लो. तिलक ने भी 'आर्यों का मूल निवास स्थान' उत्तरी ध्रुव था, यही ग्रंथों के आधार पर तथा अपने ग्रंथ द्वारा प्रतिपादित किया है। ऐसी स्थिति में आर्यों का मूल निवासस्थान हिंदुस्तान ही होकर दलित भी आर्य ही हैं, इस प्रकार आग्रही वृत्ति से, अध्ययन के आधार पर और अनुसंधानात्मक रूप में प्रतिपादित करने की कोई आवश्यकता डॉ. आंबेडकर को नहीं थी। शूद्र मूल में कौन थे? इस ग्रंथ में से 'शूद्र तथा आर्य इनमें संघर्ष' इस चौथे अध्याय में यूरोपियन ग्रंथकारों ने खोज निकाले निष्कर्ष डॉ. आंबेडकरजी निम्न प्रकार देते हैं—

1. वैदिक वाड्मय जिन्होंने तैयार किया, वे लोग आर्य वंश के थे।
2. ये लोग मूलतः हिंदुस्तान के बाहर के, उन्होंने हिंदुस्तान पर आक्रमण किया।

3. हिंदुस्तान के मूल निवासी दास और दस्यू नाम से पहचाने जाते। उनका वंश और आर्यों का वंश भिन्न था।
4. आर्यों का वर्ण गोरा था। दास और दस्यू वर्ण से काले थे।
5. आर्यों ने दास और दस्यू इन्हें अपने अधीन बनाया।
6. दास और दस्यू इन्हें जीतने पर आर्यों ने उन्हें गुलाम बनाया और 'शूद्र' यह नाम दिया।
7. आर्यों के मन में काले वंश के लोगों लिए तिरस्कार की भावना पैदा हुई और वर्णभेद की नींव पर उन्होंने चातुर्वर्ण्य खड़ा किया। उद्‌देश्य यही कि आर्यों का गोरा वंश और दास तथा दस्युओं का काला वंश, ये एक दूसरे से भिन्न रहे।

उपरोक्त सभी मुद्‌दों को आपने अपने इस ग्रंथ में काट दिया है। आर्य शब्द वेदों में कुल 33 बार प्रयुक्त हुआ है, वह किन-किन अर्थों में प्रयुक्त हुआ, इसको स्पष्ट करते हुए 'आर्य' शब्द वंशवाचक न होकर गुणवाचक शब्द है, यह आपने साबित कर दिखाया है। आपका यह अनुसंधान 'राष्ट्रीय' दृष्टि से बड़ा मोल रखता है, एकात्मता के दृढीकरण के लिए अत्यंत महत्त्वपूर्ण है। इस अध्याय का समापन करते हुए डॉ. आंबेडकर निष्कर्ष बताते हैं, वह सारांशरूप इस प्रकार है—

1. आर्यवंश का अस्तित्व था, इसके प्रमाण वेदों में मिलते नहीं हैं।
2. आर्य वंशीय लोगों ने हिंदुस्थान के ऊपर आक्रमण किया और वहाँ के मूलनिवासी दास एवं दस्यु इनको जीत लिया, इसके वेदों में कहीं प्रमाण नहीं मिलते।
3. आर्य, दास और दस्यु इनके बीच वांशिक भेद था, यह दर्शानेवाला प्रमाण वेदों में नहीं मिलता।
4. आर्य वर्ण से दास और दस्युओं से भिन्न थे, यह दर्शानेवाला प्रमाण वेदों में नहीं है। (पृ. 86)

डॉ. बाबासाहब की यह धारणा कायम बनी हुई थी। दि. 3 जून, 1927 को 'अस्पृश्यता निवारण का खिलवाड़' नामक अपने अग्रलेख में हिंदू महासभा के बारे में विचार व्यक्त करते समय आप कहते हैं, "इस हिंदूमहासभा का उद्‌गम स्थल माने आर्यों का मूल निवासस्थान जो पंजाब है, वहीं है।" (डॉ. बाबासाहब आंबेडकर के बहुचर्चित अग्रलेख-प्रकाशक गजेंद्र रघुवंशी-पृ. 10)

हिंदू धर्म तथा हिंदू राष्ट्र, इनकी त्रुटियों के कारण इस देश को पराधीनता भुगतनी पड़ी, यह आपने कई बार स्पष्ट किया है। आप आग्रहपूर्वक कहते हैं कि

हमारे भीतर होनेवाले सामाजिक दोष और उन्हें मिल रहा धार्मिक आधार, ये जब तक नष्ट नहीं होते, तब तक दिन अच्छे नहीं होंगे। आपके इस 'हिंदूराष्ट्र' चिंतन पर ध्यान देने की आवश्यकता है। दि. 21 सितंबर, 1928 को 'बहिष्कृत भारत' में 'हिंदुओं का धर्मशास्त्र' नामक एक अग्रलेख आपने लिखा है। उसमें आप कहते हैं, "अतिप्राचीन काल में उदय हुए राष्ट्रों में से एक हिंदूराष्ट्र है। यह तथ्य इतना विख्यात है कि उसका स्मरण किसी को करा देने की कोई आवश्यकता नहीं। उसके साथ रहे इजिप्ट, असीरिया, रोम, ग्रीस आदि राष्ट्र नामशेष हुए, यह भी सत्य है, परंतु हिंदुओं का राष्ट्र इतने दिनों तक सजीव रूप से बना रहा, इसका कारण वह बलशाली है, ऐसा कहना आत्मश्लाघा का और विचारशून्यता का भी लक्षण है, ऐसा हमें लगता है···हिंदूराष्ट्र जीवित रहा, इसमें उसका पराक्रम न होकर, जिन लोगों ने उन्हें जीत लिया, उनकी बुद्धिमानी है। (पृष्ठ 16)···हिंदुराष्ट्र की असफलता की परंपरा का कारण उसकी विपरीत रचना है, यह निर्विवाद है तथा जिस कारण उसकी रचना धर्मशास्त्र के अनुरूप है, उस कारण हिंदूराष्ट्र का अध:पतन उसके धर्मशास्त्र के कारण हुआ है, यह उसी क्रम में दिखाई देता है। (पृष्ठ 17)"

वास्तव में डॉ. बाबासाहब आंबेडकर धर्म विरोधी नहीं थे, वे सच्चे धर्म के समर्थक थे। लोकमान्य तिलक की मान्यता रखनेवाली 'धारणात् धर्ममित्याहुः। धर्मो धारयति प्रजाः॥' यह धर्म की परिभाषा की आपकी पूर्ण रूप से मान्यता थी। उसमें से जो प्रजा की धारणा करता है उसे धर्म कहते हैं, इसमें होनेवाले एकात्मता भाव को आपने पूर्णतया स्वीकार किया। आपने कुठाराघात किया, वह आचरण में होनेवाली भ्रष्टता के कारण निर्माण हुई विषमता के ऊपर। हिंदू समाज में मूलतः होनेवाली सांस्कृतिक एकता के संबंध में भरोसा रखकर भी आचरण के स्तर पर होनेवाले अमानुष बर्ताव को लेकर आपकी नाराजगी थी। 'भारत की जातियाँ' अपने निबंध में आप कहते हैं, 'वंशशास्त्र की दृष्टि से समूचे लोकसमूह के एक होने के लिए सांस्कृतिक एकता यही उनके एकत्व का चिह्न होता है। यह कथन स्वीकृत हुआ तो मैं एक विधान साहसपूर्वक करना चाहता हूँ कि लोगों की सांस्कृतिक एकता को लेकर दूसरा कोई भी देश भारत की बराबरी नहीं कर सकता। केवल भौगोलिक दृष्टि से भारत एक है, यही नहीं, तो एकता के अन्य किसी भी लक्षण की अपेक्षा भारत की अधिक मूलभूत रही सांस्कृतिक एकता एक सिरे से दूसरे सिरे तक दिखाई देती है। फिर भी इस एकता के कारण ही 'जाति समस्या' को स्पष्ट करना और भी कठिन हो जाता है। यदि हिंदू समाज केवल एक-दूसरे से भिन्न इस प्रकार की जातियों का समूह होता, तो यह विषय बड़ा ही आसान बन जाता,

लेकिन पहले से ही एकरूप समाज का 'जाति' एक हिस्सा है, इसीलिए जातियों की उत्पत्ति का स्पष्टीकरण जटिल बना है।'' (डॉ. बाबासाहब आंबेडकर के बहुचर्चित लेख—प्रकाशक—गजेंद्र रघुवंशी पृ. 58)

इस सांस्कृतिक एकता के अंदर, आगे चलकर जो विकृति पैदा हुई, वह धर्म के उद्देश्य से असंगत आचार पद्धति तथा रूढ़ियाँ निर्माण हुई उसी कारण। बाबासाहब का तो यहाँ तक कहना था, ''धर्म की आवश्यकता गरीबों के लिए है। पीड़ित लोगों को धर्म की गरज है। गरीब आदमी जीता है वह आशा के आधार पर, जीवन का मूल आशा में है। वह आशा ही यदि नष्ट हुई तो क्या होगा? धर्म आशावादी बनाता है और पीड़ितों को, गरीबों को संदेश देता है, 'घबराओ मत, जीवन आशादायी बनेगा।' (डॉ. बाबासाहब का विचारधन-म.श्री दीक्षित पृ. 40)''

बाबासाहब सद्धर्म चाहते थे। बौद्ध धर्म का स्वीकार करते समय भी उसमें से महायान-हीनयान इन पंथों से भिन्न रचना आपको अभिप्रेत थी। इसलिए आपके मत को बहुत से लोगों ने 'भीमयान' अथवा 'नवयान' यह संज्ञा दी हुई दिखाई देती है। स्वतंत्रता, समता, बंधुता इस तत्त्वत्रयी के संबंध में बोलते समय भी आपने यह स्पष्ट किया, ''इस तत्त्वत्रयी का स्वीकार मैंने फ्रांस की राज्यक्रांति से न करते हुए मेरे धार्मिक गुरु भगवान् बुद्ध के उपदेशों से किया है। मेरे इन तत्त्वों का आधार राज्यशास्त्र में न होकर धर्मशास्त्र में है।'' इससे आपकी विचारधारा इस मिट्टी से कैसी जुड़ी हुई है, यह समझ सकते हैं। बौद्ध धर्म यह भारतीय संस्कृति का ही एक अंग है, इसके बारे में आपके मन में कभी भी संदेह नहीं था। इसीलिए मुलमान और इसाइयों से घिरे रहने पर भी गाडगे महाराज के साथ चर्चा करने पर आपने बौद्ध धर्म का स्वीकार किया। इस देश की सांस्कृतिक नाल की आपने हमेशा रक्षा की है। 'बाबासाहब डॉ. आंबेडकर के आंदोलन की पार्श्वभूमि' इस ग्रंथ में लेखक चांगदेव खैरमोडे कहते हैं, ''जैन तथा बौद्ध यह हिंदू धर्म का विनाश करने में सफल नहीं हुए। इसका कारण यह कि इन दोनों धर्मों ने वेद तथा ब्राह्मण वर्ग को दूर हटा दिया, तो भी वे धर्म हिंदू धर्म से सर्वथा भिन्न धर्म नहीं थे, तो वे हिंदू धर्म के ही अंश थे, क्योंकि मानवीय विकास को बढ़ावा देनेवाले जो तत्त्व हिंदू धर्म में थे, उन तत्त्वों के आधार पर ही जैन तथा बौद्ध धर्म रचना की गई थी।'' (पृष्ठ 22)

सन् 1935 तक डॉ. बाबासाहब ने येवला में धर्मांतरण की घोषणा की। तब तक एकात्म हिंदू समाज के लिए हर तरह के प्रयास किए। सन् 1927 का महाड के चवदार तालाब का सत्याग्रह व सन् 1930 से 1935 तक जारी रहा। नासिक के

कालाराम मंदिर का प्रवेश संघर्ष। इस पूरी कालावधि में आपके प्रदीर्घ संघर्ष के दौरान हिंदू समाज आपके साथ में न रहा, आपको उपहास किया। इसलिए बड़ी उद्विग्नता से आपने धर्मांतरण की उद्घोषणा की और उसके पश्चात् की कालावधि में दलित बंधुओं को भिन्न मार्ग से ले जाने का प्रयास किया। उनकी मानसिकता बन जाए इसलिए लगातार लेखन किया, भाषण दिए। अछूत प्रथा हिंदू धर्म के लिए कलंक है, जब तक हम मान रहे थे, तब तक उसको दूर हटाने के लिए सभी को प्रयत्नशील होना चाहिए, ऐसा हम मानते थे, परंतु अछूत प्रथा हिंदू धर्म के ऊपर का कलंक न होकर हमारे शरीर के ऊपर का कलंक है, ऐसा स्वीकारकर उस कलंक को हटा देने के प्रयत्न हमें ही करने चाहिए, ऐसा हमने तय किया है, यह आपने लोगों को बताया। इस संबंध में अपने जो सुझाव दिए हैं, वे भले कठोर भाषा में हों, तो भी समूचे राष्ट्र के हित में ही थे, यह आज सभी समझ सकते हैं। 'दलितों के बाबा' आचार्य अत्रेजी के लेखों का संकलन भाऊसाहब अडसूल ने सन् 1960 में किया है। उस पुस्तक में बाबासाहब का एक मंतव्य संग्रहीत हैं, वह इस प्रकार, ''मैं हिंदू धर्म का शत्रु हूँ, विध्वंसक हूँ, इस प्रकार मुझे लेकर टिप्पणी होती है, लेकिन एक दिन ऐसा निकल आएगा कि मैं हिंदू समाज का उपकारकर्ता हूँ, इन्हीं शब्दों में हिंदू लोग मुझे धन्यवाद देंगे।'' (पृष्ठ 96) आज हिंदू संगठन करनेवाले प्रमुख संस्था-संगठनों ने बाबासाहब के विचार स्वीकार किए हैं, यह विभिन्न प्रकार स्पष्ट हो रहा है।

सन् 1936 में लाहौर के 'जात-पात तोड़क' मंडल के समझ देने के लिए जो भाषण आपने तैयार किया था, वह भाषण वास्तव में हो न सका। फिर भी वह पुस्तक रूप में 'एनिहिलेशन ऑफ कास्ट' नाम से प्रकाशित हुआ। उसको लेकर महात्मा गांधीजी ने हरिजन में दि. 11 जुलाई, 1936 को कुछ प्रश्न उपस्थित किए थे। बाबासाहब ने उन प्रश्नों के उत्तर दिए थे। इस पुस्तक का मराठी अनुवाद 'जातिवाद निर्मूलन' नाम से श्री फटमांजरे ने किया है। उसके परिशिष्ट 2 में यह उत्तर संकलित है। अपने उपस्थित किए हुए सवालों को महात्मा गांधी ने स्पर्श तक किया नहीं है, ऐसा कहते हुए बाबासाहब लिखते हैं—जिन प्रमुख मुद्दों को अपने भाषण में मैंने साबित करने का प्रयास किया है, वे संक्षेप में इस प्रकार हैं—

1. जातिवाद ने हिंदुओं का सर्वनाश किया।
2. चातुर्वर्ण के आधार पर हिंदू समाज का पुनर्संगठन असंभव है।
3. हिंदू समाज का चातुर्वर्ण के आधार पर पुनर्संगठन करना हानिकारक है, क्योंकि साधारण जनता के ज्ञानार्जन के अधिकार को नामंजूरकर वह उसे

अधोगति की ओर ले चलता है और शस्त्र धारण करने का अधिकार नामंजूरकर उसे पौरुषहीन बनाता है।

4. हिंदू समाज का पुनर्संगठन ऐसे धर्मतत्त्वों के आधार पर करना चाहिए कि जिनका संबंध समता, स्वतंत्रता और बंधुभाव इनके साथ जुड़ सके।
5. इस उद्देश्य को सफल बनाने के लिए जातिभेद और वर्ण, इनका धार्मिक अधिष्ठान नष्ट करना चाहिए।
6. जब शास्त्रों को भगवद् वाणी मानना बंद होगा, तभी जाति और वर्ण का धार्मिक अधिष्ठान नष्ट हो सकेगा।

डॉ. बाबासाहब के प्रतिपादित उपरोक्त सूत्रों की पृष्ठभूमि में होनेवाली एकात्म राष्ट्रजीवन की संकल्पना आज मान्यता पा रही है, यह साफ-साफ दिखाई दे रहा है। चातुर्वर्ण यह एक व्यवस्था न होकर वह एक अव्यवस्था है। इसलिए सभी को मिलकर उसे शीघ्रातिशीघ्र हटानी चाहिए। It must go lock, stock and barrel. इस प्रकार साफ शब्दों में अंतरजातीय विवाहों का पुरस्कार करनेवाले सरसंघचालक श्री बालासाहब देवरसजी का सन् 1948 में पुणे की वसंत व्याख्यानमाला में 'सामाजिक समता और हिंदूसंगठन' विषय पर भाषण, तलजाई में 35,000 स्वयंसेवकों के समक्ष दिए हुए भाषण में 'समतायुक्त तथा शोषणमुक्त हिंदू समाज का निर्माण यही हमारा ध्येय है ।' इस प्रकार का उद्घोष (1983), विवेकानंद शिला स्मारक के शिल्पकार एकनाथजी रानडे ने अपनी 'सेवा साधना' नामक पुस्तक में पृष्ठ 67 पर लिखा हुआ—'इस वर्णाश्रम व्यवस्था का भी विकृत एवं विरूप जातिवाद में अध:पतन हुआ आज दिखाई देता है और इसके लिए जिम्मेदार हैं काल की पद्चाप अनसुनी कर समाज व्यवस्था में नए प्राण भर देने के संबंध में लापरवाह रहे हमारे सामाजिक नेता, विश्व हिंदू परिषद् की एकात्मता रथ यात्रा में 'वर्ण एक हिंदू ही' 'जाति एक हिंदू ही' 'ममता द्वारा समता' आदि की गई उद्घोषाएँ तथा प्रत्यक्ष गंगाजल पूजन के लिए अपने दलित बंधुओं को दिया हुआ अग्रपूजा का सम्मान, सन् 1969 में कर्नाटक के उडपी नगर में धर्माचार्यों की उपस्थिति में संपन्न हुई विद्वत् परिषद् में 'न हिंदू: पतितो भवेत्। हिंदव: सहोदरा: सर्वो॥' अस्पृश्यता का अस्वीकार करनेवाली ऐतिहासिक उद्घोषणा, 'We are jagdaguru and Daits include in the jagad'।

इस प्रकार घोषित कर दलित बंधुओं की झुग्गी-झोंपड़ियों में स्वयं गए हुए जगदगुरु शंकराचार्य, इस दशक के प्रारंभ में कांची कामकोटी शंकराचार्य जयेंद्रस्वामीजी ने केरल के गुरुवायूर में अपने चातुर्मास निवास के दौरान 25 इलवा,

2 मुकुवा और 2 परया कुल 29 व्यक्तियों को पौरहित्य का प्रशिक्षण दिया तथा अंत में 40,000 की जनसभा में उन्हें रुद्राक्षमाला पहनाकर कांची कामकोटी पीठ की अधिकृत मुद्रा से अंकितकर इन सभी को पौरहित्य-कुशलता के प्रमाण-पत्र प्रदानकर जाति का बहानाकर किसी को भी पौरहित्य के अधिकार से वंचित किया नहीं जाएगा, यह प्रत्यक्ष कर दिखाया। उसका प्रमाण (अपने समाज से भविष्य के संबंध में अपेक्षाएँ-दत्तोपंत ठेंगडी-पृष्ठ 96), डॉ. हेडगेवार जन्मशताब्दी वर्ष में जव्हार में संपन्न हुए, 34,000 वनवासियों के सम्मेलन में पधारे करवीर के जगद्गुरु शंकराचार्य का दि. 24 अप्रैल को डॉ. आंबेडकर की प्रतिमा को माल्यार्पण कर कार्यक्रम में सहभागी होना, श्रीराम शिलापूजन कार्यक्रम के अंत में प्रत्यक्ष शिलान्यास हुआ (9 नवंबर, 1989) तब संत, महंत, धर्माचार्य, पू. शंकराचार्य आदि की साक्षी में बिहार के एक दलित दंपत्ति ने स्थापित की हुई पहली शिला (ईंट)—इस प्रकार कितनी सारी घटनाएँ बताई जा सकती हैं कि बाबासाहब आंबेडकर जिस मूल्य के हेतु जीवनभर जूझते रहे, उस राष्ट्रीय एकात्मता के लिए आज आपके चिंतन का आचरण किया जा रहा, हम आज देख रहे हैं। कारण यह कि इसी में पूरे देश का हित है, यह सभी जान गए हैं। यह एक अर्थ में आपके राष्ट्रचिंतन को प्राप्त हुई स्वीकृति ही है।

हमें यह दिखाई देता है कि बाबासाहब के संपूर्ण आचरण में इस राष्ट्रभाषा का भान है। यह संघर्ष करते समय बाबासाहब ने एकात्मता का सूत्र कभी छोड़ा नहीं। सन् 1927 के महाड के चवदार तालाब के सत्याग्रह के अवसर पर जवलकर और जेधे; इन ब्राह्मणेत्तर नेताओं ने आपके नाम भेजे हुए पत्र की प्रतिक्रिया सभी को अंतमुर्ख बनानेवाली हैं। बाबासाहब कहते हैं, "महाड का सत्याग्रह किस प्रकार किया जाए, इस संबंध में श्री जवलकर और जेधे इन दोनों ने जो मत प्रदर्शित किए हैं, उन पर ध्यान देना हमें आवश्यक मालूम होता है। श्री जेधे और जवलकर ने ऐसी शर्त रखी है कि इस सत्याग्रह में 'किसी भी ब्राह्मण जाति के व्यक्ति को सम्मिलित किया न जाए।' हम इस शर्त का हरगिज स्वीकार नहीं कर सकते। हम प्रकट करना चाहते हैं कि हम ब्राह्मणों के विरोध में नहीं हैं। हमारा आक्षेप है ब्राह्मण्य के लिए। ब्राह्मण लोग हमारे बैरी न होकर ब्राह्मण्यग्रस्त लोग हमारे बैरी हैं, ऐसा हम मानते हैं। इस भावना से प्रेरित होने से ब्राह्मण्यग्रस्त ब्राह्मण हमें पराया लगता है और ब्राह्मण्य विरहित ब्राह्मण को हम अपना मानते हैं। हमारे मन में इस प्रकार की धारणा होने से हमारे आयोजित सत्याग्रह में हर एक व्यक्ति को पूरा अवसर होगा, चाहे वह व्यक्ति किसी भी जाति का हो।" (डॉ. बाबासाहब आंबेडकर के

बहुचर्चित अग्रलेख–पृ. 24) बाबासाहब के उपरोक्त कथन पर किसी प्रकार टिप्पणी करने की आवश्यकता नहीं है।

जिस कालखंड में दुनियाभर में कम्युनिज्म का बवंडर मचा हुआ था, उस कालखंड में अपने देश के महापुरुषों ने उस तत्त्वज्ञान को रोकने में सफलता पाई। उनमें बाबासाहब प्रमुख हैं। दुनिया के मजदूरो एक हो जाओ, दलित, पीड़ित, शोषित जनता बगावत कर उठें, प्रस्थापितों को ध्वस्त कर दिया जाए, संस्कृति के साथ का रिश्ता तोड़ डाला जाए, धर्म या अफीम की टिकिया है, अगर तुमने इकट्ठा होकर संघर्ष किया तो तुम्हारी बेड़ियाँ टूट पड़ेंगी, तुम्हें गँवाना तो कुछ नहीं होगा, You have nothing to lose but your chains. इस प्रकार का लुभावना तत्त्वज्ञान और उसके पीछे रही सन् 1917 की रशियन क्रांति का आकर्षण इन सभी बातों का खयाल करते दिखाई देता है कि भारत का 'अस्पृश्य' समाज निश्चित रूप से इस तत्त्वज्ञान का शिकार बन जाता, परंतु बाबासाहब डॉ. आंबेडकर ने उसे रोककर बड़ा भारी राष्ट्रकार्य किया है। नेपाल के काठमांडू में सन् 1956 में 'कम्युनिज्म और बुद्धिज्म' इस विषय पर दिया भाषण महत्त्वपूर्ण है। इतना ही नहीं तो, कम्युनिज्म का स्वीकार माने राष्ट्रवाद, धर्म, संस्कृति आदि को तिलांजलि देना इसका समाज को आपने अहसास करा दिया। धर्मांतरण का अंतिम निर्णय हुआ, तब संघ के प्रचारक श्री दत्तोपंत ठेंगड़ी आपसे मिलने गए थे। चर्चा के दौरान बाबासाहब ने उनसे कहा, ''मेरे सामने सवाल यह है कि मेरे देहावसान के पहले मुझे समाज के लिए कोई भी Definate direction देना चाहिए, क्योंकि यह समाज अभी तक दलित, पीड़ित, शोषित बना रहा है। इसलिए अब उसमें जो नवजागृति का निर्माण हो रही है, उसमें एक प्रकार की चिढ़, जोश का होना सहज है और इस प्रकार का जो समाज होता है, वह कम्युनिज्म का भक्ष्य बनता है। It is connon fodder for communism और मैं नहीं चाहता कि अपना यह समाज कम्युनिज्म के अधीन बने। इसलिए उसे कहीं-न-कहीं Direct करना यह राष्ट्र की दृष्टि से मैं आवश्यक मानता हूँ। तुम संघवाले राष्ट्र की दृष्टि से प्रयास करते हो, लेकिन एक बात समझ लो—Between scheduled castes adn communism Ambedkar is the barrier and between castes Hindus and communism Golwalkar may be a barriers.'' (डॉ. बाबासाहब आंबेडकर–द.बा. ठेंगडी–पृष्ठ 16)

मुसलिम या ईसाई बनना माने Denationalise होना, राष्ट्रीयता से रिश्ता तोड़ना है, ऐसा आप निःसंदिग्ध रूप से मानते थे। इसलिए इस संबंध में गाडगे महाराज की सलाह अपने शिरोधर्य मानी। इस देश से धोखा हो, ऐसा मैं कुछ भी न

करूँगा, ऐसा आपने वादा किया। मुसलिमों के बारे में आप कहते हैं, "मुसलमानों के मन पर जनतंत्र का कोई प्रभाव नहीं होता। मुमसलमानों के मन में यदि किसी चीज को लेकर प्रबल आस्था होगी तो वह होती है धर्म के संबंध में ही। उनकी राजनीति मूल में धर्मनिष्ठ है। मुसलमान समाजसुधार-विरोधक है और दुनियाभर में वह प्रतिगामी प्रवृत्ति से ही पेश आ रहा है। मुसलमानों की निष्ठा मुसलमान शासन चलाते देशों के लिए की होती है, जिस देश पर मुसलमान शासन नहीं चलाते, वह उनके लिए शत्रुभूमि होती है। इसलिए इसलाम धर्म सच्चे मुसलमानों को हिंदुस्तान यह मातृभूमि है और हिंदू, यह अपना इष्टमित्र है, इस प्रकार के विचार उनके मन को स्पर्श तक करने नहीं देगा।" जिसकी भारतनिष्ठा संदेहपूर्ण है, उन मुसलमानों का हिंदुस्तान में रहकर शत्रुत्व करते रहने की अपेक्षा हिंदुस्तान के बाहर रहकर वे शत्रुत्व करते रहें तो बरदाश्त होगा। मुसलमानों का प्रभाव न होनेवाला सेनादल अपने पास होना यह सुरक्षित सीमा से बढ़कर अच्छा होता है। स्पृश्य हिंदुओं के साथ कुछ बातों पर मेरा झगड़ा है, परंतु अपने देश की स्वाधीनता की रक्षा करने के लिए मैं प्राण निछावर करूँगा।" (डॉ. बाबासाहब आंबेडकर का विचारधन-म. श्री दीक्षित-पृ. 10)

इतना ही नहीं तो हिंदुओं की भूलों के परिणामस्वरूप धर्मांतरण कर जो मुसलमान अथवा ईसाई बन रहे हैं, उनके बारे मैं ऊहापोहकर आप हिंदू समाज को सतर्क करने का प्रयास करते हुए दिखाई देते हैं। आपका कहना है, "हिंदुओं के दुष्ट रीतिरिवाजों के कारण उनमें से कुछ लोग हिंदू धर्म से ऊबरकर परधर्म में प्रवेश कर रहे हैं। ईसाई समाज और मुसलमान समाज जो बढ़े हुए दिखाई दे रहे हैं, उसके मूल में हिंदुओं में से असंतुष्ट लोग जाकर उनसे मिल रहे हैं, यही है। उसके विपरीत परधर्म में से लोग हिंदू धर्म में स्वीकार करने कोई प्रावधान नहीं। दूसरे धर्म में किसी का शुद्धीकरण कर उसे हिंदू धर्म में अपनाना तय हुआ तो पहले उसे किस जाति में स्वीकार करें, यही सवाल खड़ा होता है क्योंकि जाति यह जन्म से प्राप्त होती है। जो किसी जाति में पैदा होता है। वही उसकी जाति यह हिंदू समाज में परिपाटी होने से नए शुद्धीकृत हिंदू को कोई भी जाति स्वीकार नहीं कर सकती। जिस समाज में जाति बिना गति नहीं और जन्न के बिना जाति नहीं, उस समाज में दूसरे धर्म का कोई भी व्यक्ति आने का साहस नहीं करता। अपना बाहर जाने का मार्ग हिंदू धर्म ने खुला रखा है, लेकिन बाहरवाले को अंदर आने के लिए मार्ग बंद रखा गया है। इस तरीके से पानी अंदर लेने की टोंटी बंद, पर पानी बाहर छोड़ने की टोटी खुली होनेवाली टंकी आखिर सूख जाकर उसमें पानी की एक

भी बूँद नहीं बचती, उस प्रकार की अवस्था हिंदू समाज की न हो और आनेवाला अनर्थ टाला जाए, ऐसा अगर हम चाहते हैं, तो जातिभेद को हटाना निहायत जरूरी है'' (डॉ. आंबेडकर के बहुचर्चित अग्रलेख-पृष्ठ 13)

धर्मांतरण के पूर्व आपने किस तरह चिंतन किया था, यह इस विवेचन के आधार पर आसानी से समझ सकते हैं और किसी भी हालत में इस देश को खतरा पैदा होना नहीं चाहिए, यह उसका दृष्टिकोण हमेशा जँचता है तथा संगठित भारत यही किस प्रकार आपका लक्ष्य था, यह भी स्पष्ट होता है।'' 'अपने समाज के भविष्य के संबंध में अपेक्षाएँ' अपनी इस पुस्तक में श्री दत्तोपंत ठेंगड़ी बाबासाहब का चिंतन हमारे समक्ष रखते हैं, वह इस प्रकार, ''यह समाज अनेक जातियों और पंथ इनके कारण विभाजित हुआ है और अल्पसंख्यकों की रक्षा के लिए संविधानात्मक प्रावधान किए बगैर संगठित, स्वयंशासित समाज इस रूप में खड़ा हो नहीं पाएगा, इसके संबंध में किसी को कोई आपत्ति नहीं होगी, लेकिन अल्पसंख्यकों को खयाल रखना चाहिए कि जब भी हम विभिन जातियाँ और पंथ इनमें विभाजित हुए हो तथा छोटे-छोटे टुकड़ों में बिखरे हुए हों तो भी संगठित भारत रहे, यही हमारा ध्येय है। इस उद्देश्य को जानते-न-जानते धोखा देनेवाली इस प्रकार की कोई भी माँग अल्पसंख्यकों द्वारा आग बढ़ाई न जाए।'' (पृ. 72) धनंजय कीर के लिखे, 'डॉ. बाबासाहब आंबेडकर' इस चरित्रग्रंथ में आपके ये ही विचार ग्रथित किए हुए दिखाई देते हैं। बाबासाहब कहते हैं, ''आज राष्ट्र के लिए अगर किसी चीज की गरज है, तो वह जनता के मन में एकराष्ट्रीयत्व की भावना निर्माण करने की होगी। हम पहले भारतीय होकर बाद में हिंदू, मुसलमान, सिंधी या कन्नड, ऐसी भावना निर्माण करने की बजाय हम पहले भारतीय और बाद में भी भारतीय ही हैं, इस प्रकार की भावना निर्माण करनी चाहिए। इस आदर्श को आँखों के समक्ष रखना होगा तो जिससे संकुचित प्रांताभिमान और पक्षाभिमान पढ़ेगा, इस प्रकार की सभी बातों को जानबूझकर टालना चाहिए, यह तो क्रमप्राप्त ही होगा।'' (पृ. 128)

देश के सामने रखी गई, विभिन्न योजनाओं पर विचार भी बाबासाहब ने इसी एकात्मभाव से किया हैं। उसके लिए आवश्यक स्पष्टवादिता तथा निर्भीकता भी आपने जताई है। उस संदर्भ में अपने सामने कौन है, इसकी आपने कभी फिक्र नहीं की। सन् 1916 में किए गए लखनऊ समझौते द्वारा मुसलमानों को जो कई सहूलियतें बहाल की गई, उनके संबंध में आपने बड़ी कड़वाहट भरी प्रतिक्रियाएँ व्यक्त कीं और यदि सहूलियतें देनी ही थीं, तो वे अस्पृश्यों को देना जरूरी था, मुसलमानों को नहीं, यह आपने साफ-साफ कहा है। 'नेहरू कमेटी' की रिपार्ट

पर भी आपने करारी टिप्पणी की थी और उसका प्रमुख कारण यही कि उस रिपोर्ट ने स्वीकार की हुई मुसलिम तुष्टीकरण की नीति। उसी प्रकार भाषावार प्रांतरचना के मूल में यही 'नेहरू कमेटी' की मानसिकता। यह मुसलिमों के हित में अधिक सोचनेवाली तथा हिंदुओं के लिए अन्यायकारक है यह आपने साफ बताया था। आपकी स्वीकार की हुई यह धारणा केवल देशहित को सोचकर ही थी। 'नेहरू कमेटी की योजना और हिंदुस्तान का भविष्य' इस शीर्षक से दि. 18 जनवरी, 1929 को 'बहिष्कृत भारत' में प्रकाशित लेख में आप कहते हैं, "भाषावार प्रांतरचना का तत्त्व अच्छा है, परंतु उस पर अमल करने से देश की असीम हानि होगी, यह हमारा स्पष्ट मत है। इस देश में अगर किसी चीज की कमी है, तो वह राष्ट्रीय भावना की है। यह राष्ट्रीय भावना इस देश में उभर नहीं आई, उसके जो अनेक कारण है, उनमें से प्रमुख कारण है अनेक भाषाएँ। इस कारण को नष्ट किए बिना राष्ट्र की एकता का भाव जनता के मन में पैदा होना संभव नहीं। भाषावार प्रांतरचना करना माने एकता की भावना की जड़ में ही कुठाराघात करने जैसा है, क्योंकि जितनी मात्रा में प्रांतिक भावना का पोषण कया जाएगा, उतनी मात्रा में राष्ट्रीय भावना का अंकुर मुरझा जानेवाला है। भाषावार प्रांतरचना करने के बजाय समूचे राष्ट्र को एक भाषा प्राप्त होगी, ऐसे प्रयास करने में सही राष्ट्रहित है, ऐसा हम सोचते हैं। भाषावार प्रांतरचना के तत्त्व का कमेटी यदि सच्चाई से अनुसरण करती, तो इस देश के क्षेत्र में प्रांतश: 171 टुकड़े करने की योजना कमेटी ने बनाई होती, क्योंकि इस देश में उतनी संख्या में भाषाएँ बोलनेवाले लोग हैं।" (बाबासाहब डॉ. आंबेडकर के बहुचर्चित लेख-प्रकाशक—गजेंद्र रघुवंशी, पृ. 86) जिस योजना से हिंदुओं के लिए खतरा पैदा होता है, वह योजना किस काम की? (पृ. 88) ऐसा सवाल पूछकर इस नेहरू कमेटी की रिपोर्ट की आप धज्जियाँ उड़ाते हैं। अपने इसी लेख के अंत में आप कहते हैं, "हमारी अपने देशबंधुओं से प्रार्थना है कि नेहरू कमेटी की योजना की हमने जो छान-बीन की है, उस पर वे पूर्णरूप से विचार करें। हमने इस कमेटी की योजना का विरोध किया है, वह इसलिए कि उस कमेटी ने अस्पृश्यों की अवहेलना की है, इसलिए नहीं उसमें हिंदुओं के लिए खतरा है और साथ ही हिंदुस्तान के योजना में कोई खतरा नहीं यह देखकर कुछ उसे समर्थन देते होंगे, तो कोई खतरा है, यह जानते हुए समर्थन देते होंगे। इन गुटों के अतिरिक्त एक बड़ा सा गुट ऐसा है, कि जो इसमें कुछ खतरा है, इसकी जानकारी न होने से इस योजना को समर्थन दे रहा है। इस गुट का सही बोधन हो, इसलिए यह प्रयास है।

इस प्रयास की सफलता के लिए अत्यधिक स्पष्ट बोलना हमें अनिवार्य हुआ

है। इस अग्रलेख में से स्पष्टोक्ति देखकर कुछ लोग हमें दोषी ठहराएँगे। व्यवहार में से कुछ प्रसंगों में सत्य को छिपा रखना फायदेमंद होता है। उसके विपरीत कुछ प्रसंगों में सत्य प्रकट न करने जैसा बड़ा पातक नहीं होता। आज का यह प्रसंग इनमें से दूसरे प्रकार का होने से इस कोटि की स्पष्टोक्ति करना हमारे लिए अनिवार्य है। इसके अतिरिक्त भीख मिली तो ठीक, पर संकोच भंग न हो, ऐसी कृति चारों ओर की जा रही है, वहाँ किसी को तो भी तो निर्भीकता से जो कुछ सत्य हो, वह जनता के समक्ष प्रस्तुत करना चाहिए। हिंदू समाज हमसे नाराज है ही। उसमें मुसलमान समाज भी जोड़ा जाए, यह ठीक नहीं, यह हम जानते हैं, परंतु हमारे देश का अकल्याण जिसमें होगा, उसमें हमारा भी अकल्याण होगा। इसका सही भान होने से यह जोखिम हमने अपने सिर पर उठा लिया है। उसे दाद मिलकर लोकमत सही दिशा में मुड़ेगा, इसकी हमें आशा है।'' (पृ. 95)

बाबासाहब डॉ. आंबेडकर ने किसी भी हालत-अवस्था में राष्ट्रीय एकात्मता का यह सूत्र मजबूती से पकड़ रखा है, इसलिए आपकी इस देशभक्ति का वर्णन 'परिस्थिति निरेपक्ष राष्ट्रभक्ति' इस प्रकार किया गया। आपके सभी आंदोलनों का तथा राजनीति का वही सूत्र था। तभी तो उस उद्देश्य से आपने पूरे समाज को बार-बार सतर्क किया है। आपकी ज्वलंजहाल राष्ट्रभक्ति का दर्शन हम कर सकते हैं, आपके संविधान समिति में दिए हुए अंतिम भाषण में। इस भाषण का उत्तरार्ध भारत की स्वाधीनता की चिंता से ओत-प्रोत है। बड़ी ही मेहनत से प्राप्त की हुई स्वाधीनता आपके हाथों से खिसक तो नहीं जाएगी, इस आशंका से आप भयभीत होते हैं और फिर इस बार इस राष्ट्र भावना को जगाने के उद्देश्य से आप देश को सावधानी की चेतावनी देते हैं। दि. 25 नवंबर, 1949 को दिल्ली में संविधान समिति में दिए हुए अपने अंतिम भाषण में आप कहते हैं, ''भारत दि. 26 जनवरी, 1950 को स्वाधीन की रक्षा करेगा या उससे फिर से हाथ धो बैठेगा? देश के भविष्य को लेकर मुझे अधिक अखरनेवाली बात यह है कि भारत ने अपनी स्वाधीनता पहले एक बार गँवाई थी, वह हिंदुस्तान के कुछ निवासियों के कपटपूर्ण षड्यंत्रों के कारण यह तथ्य असहनीय लता है।''

मुहम्मद बिन कासिम ने सिंध के ऊपर जब आक्रमण किया, तब सिंध को राजा दाहीर के सेनापतियों ने मुहम्मद बिन कासिम के कारिंदों द्वारा दी हुई रिश्वतों को स्वीकार किया और हम आपके पक्ष में नहीं लड़ेंगे, ऐसा उन्होंने दाहीर को साफ बता दिया। भारत के ऊपर आक्रमण करने का और पृथ्वीराज के विरोध में लड़ाई लड़ने का निमंत्रण जयचंद ने मुहमद गौरी को दिया तथा इस काम में स्वयं

एक सोलंकी खानदान के राजा तुम्हारी मदद करेंगे, इस प्रकार जयचंद ने मुहम्मद गौरी को आश्वासन दिया।

शिवाजी राजा हिंदुओं के स्वराज्य के लिए लड़ रहे थे, तब मराठा सरदार और राजपूत राजा ये मुगल बादशाह के पक्ष में से लड़ रहे थे। ब्रिटिश लोग सिख राजाओं को परास्त करने में जुटे थे, तब सिखों का प्रधान सेनापति आराम फरमा रहा था। ब्रिटिशों के शिकंजे में से राजपूत राजाओं को मुक्त कराने का तनिक भी प्रयास उसने नहीं किया। सन् 1856 में भारत के कई हिस्सों ने ब्रिटिश सत्ता के खिलाफ बगावत का झंडा फहराया, तब सिख लोग शांति से बैठकर तमाशा देखते रहे। साधारण लोगों के समान बगावत का सारा नजारा देखते रहे।

भारत के इतिहास में जितनी सारी घटनाएँ घटीं, क्या उनकी पुनरावृत्ति तो नहीं होगी ? इस प्रश्न से मेरा मन भारी बना है। जातिभेद और धर्मभेद ये अपने काफी पुराने शत्रु हैं। नए-नए और विभिन्न ध्येय अपने समक्ष रखकर जो राजनीतिक दल निर्माण हुए हैं और आगे चलकर होंगे, वे अब अपने पुराने शत्रुओं में जोड़े जानेवाले हैं। इसका अहसास मेरे मन में होने से अपने देश का भविष्यकाल कैसे गुजरेगा, इसकी मुझे चिंता लगी हुई है। हिंदू लोग अपने दल की मतप्रणाली की तुलना में अपने देश को अधिक महत्त्व देंगे या अपने दल की मतप्रणाली को देंगे, यह मैं कह नहीं सकता, लेकिन यह स्पष्ट है कि विभिन्न दल अगर अपनी मतप्रणाली को ही अधिक महत्त्वपूर्ण मानेंगे, तो अपनी स्वाधीनता फिर से एक बार मुसीबत में फंसेगी और शायद हमेशा के लिए समाप्त होगी। इस प्रकार की मुसीबत हमारे ऊपर बरसे नहीं, इसलिए हम सभी को पूरी तरह तैयार रहना चाहिए। अपने शरीर में रक्त की आखिरी बूँद होगी, तब तक हम अपनी स्वाधीनता की रक्षा जी-जान से करेंगे। इस प्रकार हमारा दृढ़ निश्चय होना चाहिए। (डॉ. आंबेडकर के भाषण, खंड पहला संपादक प्रा.मा.फ. गांजरे-पृ. 173) इसी कारण जनतांत्रिक प्रणाली की चर्चा आपने की है और इतना सारा करते समय व्यक्तिपूजा से अलिप्त रहने का आह्वान आपने किया है। आपका कहना है, ''जॉन स्टुअर्ट के संदेश का हमें पालन करना चाहिए। वह संदेश इस प्रकार है-'हममें से कोई व्यक्ति कितना ही बड़ा क्यों न हो, उसके चरणों पर अपने व्यक्तिस्वतंत्रता के पुष्प समर्पित करने नहीं चाहिए।' महान् व्यक्ति के बारे में कृतज्ञता व्यक्त करना कहीं गलत नहीं, परंतु कृतज्ञता व्यक्त करने की कुछ सीमाएँ हैं। आयरलैंड के देशभक्त डॅनियलकेओ कोनेल ने बड़ी मार्मिकता से कहा है कि, 'स्वाभिमान की बलि चढ़ाकर कोई भी आदमी कृतज्ञता व्यक्त नहीं कर सकता। शील की बलि देकर कोई भी स्त्री कृतज्ञ नहीं रह सकती

और स्वाधीनता की बलि देकर कोई राष्ट्र कृतज्ञता व्यक्त नहीं कर सकता। इस भयसूचक संदेश की गरज अन्य किसी भी देश से अधिक है, तो वहभारत देश के लिए। इसका कारण यह कि भारत के राजनीतिक क्षेत्र में भक्ति या व्यक्तिमहात्म्य पूजा की भावना जैसे मचलती है, उतनी दुनिया के किसी भी दूसरे देश में नहीं। अगर किसी ने धार्मिक संदर्भ में भक्तिभावना व्यक्त की, तो वह उसको जन्म-मरण के फेरे से हमेशा के लिए मुक्ति दिला सकेगी, लेकिन कोई राजनीति में भक्ति अथवा व्यक्ति महात्म्य पूजा व्यक्त करे, तो वह उस राजनीतिक पंथ में तानाशाही आधारित सत्ता प्रस्थापित करेगा।'' (पृ. 176)

डॉ. बाबासाहब की दी हुई उपरोक्त चेतावनी में से अपना द्रष्टा होना क्या स्पष्ट रूप से महसूस नहीं होता?

ऐसे इस द्रष्टा राष्ट्रपुरुष द्वारा हमारे समक्ष प्रस्तुत किया राष्ट्रचिंतन हमने आजतक दुर्लक्षित रखा है। यदि इस देश को सामर्थ्य संपन्न, सुगंठित और एकात्म बनाना हो तो बाबासाहब के व्यक्त किए हुए राष्ट्रविचार, दी हुई चेतावनी, दिखाए हुए मार्ग इनका ठीक-ठीक आकलन करा लेना चाहिए। अपने शाश्वत विचारों को स्वीकार कर, सभी देशवासियों के समक्ष अपने विचार प्रभावी ढंग से रखने चाहिए। उन विचारों के प्रकाश में आचारों को गतिमान बनाना चाहिए। आपको विचारधन यह अपनी राष्ट्रीय धरोहर है। उन विचारों को दुर्लक्षित रखने से ही आप अपने देश के सामने चिंताजनक परिस्थति पर हावी होने का सुष्ट सामर्थ्य जो हममें है, जो तेज है, उसे प्रकट करें तथा विजय और केवल विजय की दिशा में ही आगे कदम बढ़ाएँ। यही सही अर्थ में भारतरत्न डॉ. बाबासाहब आंबेडकर से हमें मिली हुई 'वैचारिक धरोहर' है।

□

कश्मीर, धारा 370 और बाबासाहब

—डॉ. कुलदीप चंद्र अग्निहोत्री

जम्मू-कश्मीर आज फिर देश की राजनीति के केंद्र बिंदु में है और इसी कारण जम्मू-कश्मीर को लेकर भीमराव आंबेडकर के विचारों पर आज फिर चर्चा आरंभ हो गई है। इस विषय पर पं. नेहरू, डॉ. श्यामाप्रसाद मुखर्जी, सरदार पटेल, डॉ. राजेंद्र प्रसाद के विचार महत्त्वपूर्ण हैं। इसके साथ महाराजा हरि सिंह और शेख अब्दुल्ला के विचार भी महत्त्वपूर्ण हैं। जिन्ना के भी इस विषय पर निश्चित विचार थे। जम्मू-कश्मीर की सारी चर्चा मुख्य तौर पर इन लोगों के इर्द-गिर्द ही होती है। इस सबके बीच डॉ. आंबेडकर के जम्मू-कश्मीर को लेकर विचार अति महत्त्वपूर्ण हैं। सबसे पहले विवाद की पृष्ठभूमि।

जम्मू-कश्मीर विवाद शुरू होने का मुख्य कारण यह था कि पंडित नेहरू इस रियासत को दूसरी रियासतों से अलग मानते थे। अलग मानने का उनका कारण यह था कि इस रियासत में मुसलमानों की संख्या हिंदू-सिखों, गुज्जरों, शियाओं और जनजातियों से ज्यादा थी। नेहरू इसे हिंदू और मुसलमान के अनुपात के हिसाब से देखते थे, जबकि डॉ. भीमराव आंबेडकर मानते थे कि कांग्रेस की यह दृष्टि दूषित है और इसी के चलते कांग्रेस मुसलमानों का तुष्टीकरण करते-करते देश विभाजन तक पहुँच गई। कांग्रेस और नेहरू की शुरू से ही यह राय थी कि भारतीय रियासतों के लोगों की राय जान लेनी चाहिए कि वे वहाँ लोकतांत्रिक सरकार चाहते हैं या फिर परंपरागत राजशाही? नेहरू ने बाद में जम्मू-कश्मीर के महाराजा को एक पत्र भी लिखा, जिसमें लोकमत की यह नीति स्पष्ट की गई थी, लेकिन साथ ही यह भी लिखा कि अन्य रियासतों का अधिमिलन का प्रस्ताव इसलिए बिना किसी विवाद के स्वीकार कर लिया गया है, क्योंकि वहाँ के लोगों की राय कमोबेश ज्ञात ही थी, लेकिन जम्मू-कश्मीर के मामले में ऐसा नहीं था। इसलिए भारत सरकार ने

जम्मू-कश्मीर के लोगों से वायदा किया है कि अधिमिलन को लेकर उनकी राय जानी जाएगी और इसी के आधार पर कोई अंतिम निर्णय लिया जाएगा।

नेहरू का यह पत्र सर्वाधिक महत्त्वपूर्ण है। इससे उनकी भीतरी सोच स्पष्ट होती है। बाकी जो रियासतें देश की नई संघीय सांविधानिक व्यवस्था में शामिल हुई थीं, उनमें से किसी में भी जनता की राय नहीं ली गई थी। फिर नेहरू ने कैसे कहा कि उन सभी रियासतों के लोगों की राय का पता ही था? आखिर बिना मतदान करवाए नेहरू को लोगों की राय का पता कैसे चल गया? उसका यही उत्तर है कि चूँकि इन सभी रियासतों में रहनेवाले लोग हिंदू थे, इसलिए नेहरू ने स्वाभाविक ही मान लिया कि हिंदू तो भारत की संघीय संविधानिक व्यवस्था में ही शामिल होगा। फिर जम्मू-कश्मीर के मामले में नेहरू ऐसा क्यों नहीं मानते थे? क्योंकि जम्मू-कश्मीर में मुसलमानों का बहुमत था। इसका मतलब नेहरू मानकर चल रहे थे कि मुसलमान सामान्यत: हिंदुस्तान में शामिल होने के लिए तैयार नहीं हैं।

हूबहू यही सोच मुम्मद अली जिन्ना की थी। वे भी मानकर चलते थे कि मुसलमान हिंदुस्तान में नहीं रह सकते। इसलिए उन्हें पाकिस्तान नाम से अलग देश चाहिए था। मोटे तौर पर नेहरू और जिन्ना दोनों ही हिंदू-मुसलमान के प्रश्न पर एक ही तरीके से सोच रहे थे, पर अपनी सोच में दोनों ही गलत थे। जिन इलाकों में मुसलमान बहुमत में थे, वे तो हिंदुस्तान बिल्कुल ही अलग नहीं होना चाहते थे। यही कारण था कि जब मुसलिम लीग पाकिस्तान बनाने की माँग को लेकर चुनाव लड़ रही थी तो वह मुसलिमबहुल क्षेत्रों खैबर पख्तूनख्वा और पंजाब दोनों ही जगह पराजित हुई और वहाँ कांग्रेस जीती थी, जो पाकिस्तान बनाने का विरोध कर रही थी। यदि ये दोनों मुसलिमबहुल इलाके पाकिस्तान विरोधी थे तो जम्मू-कश्मीर के मुसलमान पाकिस्तान में जाने के समर्थक कैसे हो सकते थे? नेहरू को जैसे अन्य रियासतों के लोकमत का स्वाभाविक ही पता चल गया तो वह सूत्र तो जम्मू-कश्मीर पर और आसानी से लागू होता था। नेहरू ऊपर से अपनी छवि चाहे जैसी बनाकर रखते हों, भीतर वे यही मानकर चलते थे कि आम मुसलमान पाकिस्तान के साथ है, लेकिन उनकी यह इच्छा थी कि जम्मू-कश्मीर हिंदुस्तान का हिस्सा बने। इसमें कोई दिक्कत नहीं थी। महाराजा हरि सिंह कश्मीर के शासक थे और वैधानिक दृष्टि से निर्णय लेने के अधिकारी थे, वे भी भारत में ही रहने के इच्छुक थे और कश्मीर घाटी के लोग भी पाकिस्तान में जाने के बिल्कुल पक्ष में नहीं थे, लेकिन नेहरू अपनी उसी सांप्रदायिक सोच के कारण यह मान कर चल रहे थे कि वे मुसलमान होने के कारण पाकिस्तान जाने के इच्छुक हैं। ऐसी मानसिक

अवस्था में उन्हें कोई ऐसा मुसलमान चाहिए था, जो उन्हें विश्वास दिला दे कि कश्मीर घाटी के लोग हिंदुस्तान में रहने के इच्छुक हैं। यदि कोई ऐसा मुसलमान उन्हें मिल जाता तो उसे वे मुँहमाँगा इनाम देने के लिए तैयार थे।

इस हालत में उन्हें शेख अब्दुल्ला मिल गए। शेख अब्दुल्ला ने उन्हें विश्वास दिलाया कि वे कश्मीर घाटी के मुसलमानों को हिंदुस्तान में ही रहने के लिए तैयार कर सकते हैं। नेहरू ने शेख अब्दुल्ला को आगे करके नीति और निर्णय दोनों क्षेत्रों में काम शुरू कर दिया और शेख अब्दुल्ला ने इसकी मुँहमाँगी कीमत माँगनी और लेनी शुरू कर दी। नेहरू यह भूल गए कि कश्मीर घाटी के लोग भारत में रहने के लिए तैयार थे, इसका कारण शेख अब्दुल्ला नहीं थे, बल्कि इसका कारण कश्मीर घाटी का इतिहास और वहाँ के लोगों का मनोविज्ञान था। जम्मू-कश्मीर रियासत के भारतीय सांविधानिक व्यवस्था में अधिमिलन के लिए प्रयास तो सितंबर से महाराजा हरि सिंह भी कर रहे थे, लेकिन नेहरू उनके हाथों यह अधिमिलन स्वीकार करने के लिए तैयार नहीं थे, क्योंकि उनको तो शेख अब्दुल्ला के हाथों अधिमिलन का प्रस्ताव चाहिए था, ताकि वे यह सिद्ध कर सकें कि एक मुसलमान नेता, मुसलिम बहुल रियासत को, मुसलिम राज्य पाकिस्तान को छोड़कर हिंदुस्तान में अधिमिलन के लिए प्रस्ताव कर रहा है। नेहरू इसे अपने व्यक्तित्व का मुसलमानों पर प्रभाव समझ रहे थे और इस चमत्कार को इस प्रभाव का परिणाम मान रहे थे। यदि महाराजा हरिसिंह के प्रस्ताव को स्वीकार कर लिया जाता तो यह चमत्कार नहीं कहला सकता था। फिर यही कहा जाता कि एक हिंदू राजा भारत छोड़कर कहाँ जाता ? नेहरू राजनीति के मैदान में जिन्ना से बुरी तरह पराजित हो गए थे, लेकिन अब शेख अब्दुल्ला के माध्यम से कश्मीर के अधिमिलन का प्रस्ताव स्वीकार करके सिद्धांत के स्तर पर उसे पराजित करना चाह रहे थे। शेख अपनी इस भूमिका के लिए कीमत वसूलते जा रहे थे। नेहरू के इस प्रयोग के कारण पूरा जम्मू-कश्मीर ही खतरे में पड़ गया था, लेकिन नेहरू जम्मू-कश्मीर में भी मुसलमानों के तुष्टीकरण की पुरानी नीति पर चल पड़े थे।

आंबेडकर जम्मू-कश्मीर के लिए संघीय संविधान में अनुच्छेद 370 के प्रावधान के पक्ष में नहीं थे। जब नेहरू के सुझाव पर शेख अब्दुल्ला आंबेडकर के पास गए ताकि उन्हें अनुच्छेद के लिए सहमत कर सकें तो उन्होंने शेख को उलटे पाँव लौटा दिया। आंबेडकर ने कहा कि मैं विधि मंत्री भारत का हूँ। मैं उसके राष्ट्रीय हितों के साथ विश्वासघात नहीं करूँगा। संविधान सभा में यह प्रस्ताव गोपालस्वामी आयंगर को रखना पड़ा।

केंद्रीय मंत्रिमंडल से त्यागपत्र देने के बाद अक्तूबर में आंबेडकर ने त्यागपत्र के कारणों को लेकर जो वक्तव्य दिया, उसमें नेहरू की इस कश्मीर नीति पर ही सवाल उठाए गए हैं। आंबेडकर ने अपने लंबे वक्तव्य में लिखा कि प्रधानमंत्री का सारा समय और ध्यान केवल मुसलमानों की सुरक्षा पर जाता है। मैं इसके विरुद्ध नहीं हूँ, परंतु क्या हिंदुस्तान में केवल मुसलमान ही बचे हैं जिन्हें सुरक्षा की जरूरत है, अनुसूचित जाति-जनजाति के लोगों का क्या होगा? इनको मुसलमानों से भी ज्यादा सुरक्षा चाहिए। आंबेडकर की भाषा चाहे नर्म है, लेकिन वेदना पुरानी है, जब उन्होंने महात्मा गांधी से कहा था कि आप मुसलमानों को तो कोरे चैक पर हस्ताक्षर करके सबकुछ देने के लिए तैयार हैं, लेकिन दलित समाज के लिए हाथ क्यों खींच लेते हैं? लेकिन इस बार आंबेडकर यह प्रश्न इसलिए उठा रहे थे, क्योंकि उनको लगता था कि नेहरू जम्मू-कश्मीर में तुष्टीकरण की नीति का खेल-खेल रहे थे।

नेहरू अपने आदर्शवाद में जम्मू-कश्मीर के प्रश्न को संयुक्त राष्ट्र संघ ले गए थे। आंबेडकर इसके भी पक्ष में नहीं थे। भारत का पक्ष न्यायपूर्ण होते हुए भी एक भी देश संयुक्त राष्ट्र में भारत के पक्ष में खड़ा नहीं हुआ। भारत की विदेश नीति, जिसके जनक स्वयं नेहरू थे, संयुक्त राष्ट्र में अपनी असफलता पर रो रही थी। आंबेडकर अपने वक्तव्य में कहते हैं, ''जिसने मुझे केवल असंतोष ही नहीं, बल्कि सचमुच चिंता में डाल दिया है, वह देश की विदेश नीति है।...सभी देशों की नीति में भारत को लेकर अचानक परिवर्तन हुआ है। 15 अगस्त, 1947 को जब हमने आजाद देश के तौर पर अपनी यात्रा प्रारंभ की थी तो सभी देशों की सद्भावना हमारे साथ थी। दुनिया का हर देश हमारा मित्र था। आज केवल चार साल के बाद ही हमारे सभी मित्र हमें छोड़ गए हैं।...संयुक्त राष्ट्र संघ में हमारे प्रस्तावों का समर्थन करनेवाला एक भी देश नहीं है।...मुझे बिस्मार्क और बर्नार्ड शॉ के शब्द ध्यान में आते हैं। बिस्मार्क ने कहा था कि राजनीति आदर्श स्थिति की प्राप्ति का खेल नहीं है, बल्कि वह संभावनाओं की प्राप्ति का खेल है।...बर्नार्ड शॉ ने कहा था कि अच्छे आदर्शों की सराहना की जानी चाहिए, लेकिन यह कभी नहीं भूलना चाहिए कि कभी-कभी बहुत अच्छा बनना भी बहुत खतरनाक सिद्ध होता है। हमारी विदेश नीति विश्व की इन दो महान् विभूतियों की नसीहत के बिल्कुल विपरीत है।'' जाहिर है कि बाबासाहब जिस विदेश नीति की विफलता पर चिंता प्रकट कर रहे हैं, वह जम्मू-कश्मीर के प्रश्न को लेकर ही है।

आंबेडकर ने अपने वक्तव्य में लिखा, ''पाकिस्तान से हमारी लड़ाई हमारी

विदेश नीति का ही हिस्सा है, जिससे मैं पूरी तरह असंतुष्ट हूँ। पाकिस्तान के साथ हमारे खराब रिश्तों के दो मुख्य कारण है। पहला कश्मीर और दूसरा पूर्वी बंगाल में हमारे लोगों की दयनीय स्थिति।'' आंबेडकर कहते हैं कि भारत सरकार कश्मीर के मामले को वरीयता दे रही है, जबकि उसे वरीयता पूर्वी बंगाल के मसले को देनी चाहिए। समाचार पत्रों में जो खबरें छप रही हैं, उनके अनुसार पूर्वी बंगाल में हमारे लोगों की स्थिति कश्मीर से भी ज्यादा असहनीय होती जा रही है। पूर्वी बंगाल में हिंदुओं की स्थिति पर चिंता के बाद वे कश्मीर की ओर आते हैं। कश्मीर पर उनके बयान को निम्न खंडों में विभाजित किया जा सकता है—

''कश्मीर में विवाद का मुख्य मुद्दा, कौन गलत है और कौन ठीक है, इसी को लेकर है, लेकिन मेरे विचार में मुख्य प्रश्न यह नहीं है कि कौन ठीक है, मुख्य प्रश्न है कि क्या ठीक है? यदि यह सिद्धांत मान लिया जाए कि क्या ठीक है तो मेरी राय में, कश्मीर का विभाजन ही ठीक है। जैसे हमने हिंदू और मुसलमान के आधार पर देश को ही बाँट लिया है, उसी के आधार पर हिंदू-बौद्ध हिस्से भारत में रहें और मुसलिम हिस्से पाकिस्तान में चले जाएँ। हमें कश्मीर के मुसलिम हिस्से की चिंता नहीं करनी चाहिए। यह कश्मीर के मुसलमानों और पाकिस्तान के बीच का मामला है। यदि आपको टीक लगता है, तो पूरा क्षेत्र तीन हिस्सों में बाँटा जा सकता है। युद्ध विराम जोन, कश्मीर घाटी और जम्मू-लद्दाख जोन। इसमें से भी जनमत संग्रह केवल कश्मीर घाटी में ही करवाया जाना चाहिए। मुझे सबसे ज्यादा डर इस बात का है कि प्रस्तावित जनमत संग्रह में तो, जो समग्र जनमत संग्रह बन जाता है, हिंदुओं और बौद्धों को बिना उनकी इच्छा के बलपूर्वक पाकिस्तान में धकेल देना ही माना जा सकता है। इससे हमें कश्मीर में भी उन्हीं समस्याओं का सामना करना पड़ सकता है, जिनका हम इतने अरसे से पूर्वी बंगाल में सामना कर रहे थे।''

आंबेडकर के उपरोक्त बयान के अनुसार—जम्मू और लद्दाख को छोड़कर केवल कश्मीर घाटी में जनमत संग्रह करवाना चाहिए। कश्मीर के विभाजन का भी सुझाव है, लेकिन इस सुझाव के पीछे कारण क्या है? आंबेडकर को डर था कि यदि सारे जम्मू-कश्मीर में जनमत संग्रह करवाया जाता है तो उसका परिणाम पाकिस्तान के पक्ष में जा सकता है और इससे सारा जम्मू-कश्मीर ही पाकिस्तान को देना पड़ेगा। इससे राज्य के हिंदुओं और बौद्धों की हालत पूर्वी बंगाल के हिंदुओं से भी बदतर हो जाएगी।

नेहरू की कश्मीर नीति के चलते लगभग सभी को यही डर था। जम्मू-कश्मीर के एक राजनैतिक दल प्रजा परिषद् ने इन्हीं आशंकाओं के चलते पूरे राज्य

में आंदोलन छेड़ रखा था। डॉ. श्यामा प्रसाद मुखर्जी तक इन आशंकाओं से चिंतित थे। यह चिंता इसलिए भी बढ़ गई कि भारत के गवर्नर जनरल लॉर्ड माउंटबेटन खुद किसी भी कीमत पर जम्मू-कश्मीर पाकिस्तान को देने के षड्यंत्र रचते रहते थे। माउंटबेटन परिवार से नेहरू की पारिवारिक मित्रता के चलते सदा खतरा बना रहता था कि रियासत में कुछ भी हो सकता है। वैसे भी पंजाब और बंगाल पूरा का पूरा पाकिस्तान में जाए, यही ब्रिटिश नीति थी। यह तो मास्टर तारा सिंह और डॉ. श्यामाप्रसाद मुखर्जी को श्रेय जाता है कि उन्होंने पंजाब और बंगाल को पाकिस्तान में जाने से बचाने के लिए उन्हें विभाजित करवाया और आधा-आधा प्रांत भारत में ही बना रह सका। डॉ. आंबेडकर पंजाब-बंगाल की तर्ज पर जम्मू-कश्मीर का भी विभाजन कर उसके बौद्ध और हिंदू हिस्से बचा लेना चाहते थे।

साधारण परिस्थितियों में महाराजा हरि सिंह द्वारा रियासत को वैधानिक तरीके से देश की नई सांविधानिक व्यवस्था में शामिल किए जाने के पश्चात् जम्मू-कश्मीर का प्रश्न खत्म हो जाना चाहिए था, क्योंकि कानून के अनुसार यह अधिकार महाराजा हरि सिंह के पास ही था, लेकिन दुर्भाग्य से पंडित नेहरू ने इस स्पष्ट स्थिति के बाद भी जम्मू-कश्मीर मसले को उलझा नहीं दिया था, बल्कि उस पर निर्णय लेने का अधिकार भी संयुक्त राष्ट्र संघ में शीत युद्ध लड़ रही शक्तियों के हाथों में दे दिया था। जनमत संग्रह की अवधारणा तो संघीय संविधान की आधारभूत भावना के ही विपरीत थी। नेहरू देश में घूम-घूमकर घोषणा कर रहे थे कि यदि जनमत संग्रह का परिणाम विपरीत गया तो जम्मू-कश्मीर भारत में नहीं रहेगा। इस कारण डॉ. बाबासाहब ही नहीं, अनेक अन्य राष्ट्रभक्त नेताओं के मन में जम्मू-कश्मीर के भविष्य को लेकर, खासकर वहाँ के हिंदू-सिख, बौद्ध, गुज्जर, शिया इत्यादि के भविष्य को लेकर चिंता होने लगी थी। उन हालात में रियासत के विभाजन का सुझाव देकर आंबेडकर अपनी यथार्थ चिंताओं को ही अभिव्यक्त कर रहे थे।

उन दिनों अपने भाषणों में आंबेडकर बार-बार कहा करते थे कि यदि हम पूरे कश्मीर को नहीं बचा सकते तो कम-से-कम हम अपने बंधु-बाँधवों को तो बचा लें। जम्मू व लद्दाख को वे बंधु-बाँधव ही मानते थे। बाबासाहब कहा करते थे कि कश्मीर पर शूद्र वंश का राज्य था, इसलिए कश्मीर शूद्रों के लिए महत्त्वपूर्ण है। उन दिनों देश में आम चर्चा थी कि नेहरू माउंटबेटन और शेख अब्दुल्ला के चक्कर में पड़कर सारी रिसायत को खो देंगे। जिस रियासत को पाकिस्तान के चंगुल से बचाने के लिए महाराजा हरि सिंह ने वायसराय का जबरदस्त दबाव झेला, जिन्ना की धमकियों, मुसलिम लीग और मुसलिम कॉन्फ्रेंस की धमकियों को झेला, जिसके

लिए जम्मू-कश्मीर के सेनापति राजेंद्र सिंह ने अपने प्राणा अर्पित किए, मकबूल शेरवानी कबायलियों की गोलियों के शिकार हुए, उस रियासत का, माउंटबेटन और लेडी माउंटबेटन के चक्कर में नेहरू ने युद्ध विराम संधि से पहले ही विभाजन कर दिया था। गिलगित, बाल्टिस्तान और पुंछ से नौशहरा तक ही पंजाबीभाषी पट्टी पाकिस्तान के कब्जे में रहने दी थी और शेख अब्दुल्ला की अति महत्त्वाकांक्षाओं के चलते मुसलिम तुष्टीकरण अपना रहे थे। सभी को आशंका थी कि नेहरू सारा जम्मू-कश्मीर गँवा बैठेंगे और भारत का पश्चिमोत्तर फिर असुरक्षित हो जाएगा।

उस समय आंबेडकर रियासत के विभाजन की जो बात कर रहे थे, वह इन्हीं आशंकाओं के चलते पैदा हुई थी। ये आशंकाएँ केवल बाबासाहब आंबेडकर की ही नहीं थीं, बल्कि डॉ. श्यामा प्रसाद मुखर्जी, डॉ. राजेंद्र प्रसाद, मास्टर तारा सिंह, प्रेम नाथ डोगरा, सभी की थी। नेहरू कश्मीर के लोगों से संवाद नहीं कर रहे थे, बल्कि शेख अब्दुल्ला जैसे बिचौलियों के माध्यम से कश्मीर से संवाद करना चाह रहे थे। बिचौलिए इसकी कीमत वसूल रहे थे और कश्मीर के लोग स्वयं को अपमानित महसूस कर रहे थे। बाबासाहब आंबेडकर सीधे संवाद के पक्ष में थे। वे कश्मीर के मुसलमानों की चर्चा इसी संदर्भ में करते प्रतीत होते हैं। बाबासाहब मानते हैं कि जम्मू-कश्मीर में मुसलिम तुष्टीकरण से समाधान नहीं निकलेगा, बल्कि इस सांप्रदायिकता से बचकर ही समाधान निकल सकता है।

□

आज भी दिखाते हैं राह

—डॉ. रामशंकर कठेरिया

भारतरत्न बाबासाहब भीमराव आंबेडकर सही अर्थों में कालजयी युगदृष्टा थे। आज के दौर में सामाजिक, राष्ट्रीय एवं सांस्कृतिक परिप्रेक्ष्य में जो गंभीर समस्याएँ और विडंबनाएँ हमारे सामने हैं, उनके कारगर समाधान बाबासाहब के चिंतन में मौजूद हैं। खेद है कि उनके चिंतन को कभी व्यापक दृष्टि से नहीं देखा गया। उन्हें भी जातिवादी चश्मे में देखकर उनका अधिमूल्यन अथव अवमूल्यन किया गया। यदि उनके व्यक्तित्व चिंतन और साधना का राष्ट्रीय संदर्भों में मूल्यांकन किया जाता तो हम अपनी बहुत सी गंभीर समस्याओं का समाधान प्राप्त कर सकते थे। बाबासाहब समय-समय पर अपने सामाजिक, राजनीतिक, आर्थिक, शिक्षा-संबंधी विचारों से समाज और देश का मार्गदर्शन करते रहे। उनके विचारों में जो मौलिकता, प्रगतिशीलता एवं वैज्ञानिक अंतर्दृष्टि है, वह उन्हें विश्व चिंतकों में विशिष्ट स्थान प्रदान करती है।

सामाजिक परिप्रेक्ष्य में बाबासाहब की आधारभूत चिंता सामाजिक असमानता थी। उन्होंने अपने समूचे जीवन में मानव-मात्र की समानता पर बल दिया। उनका दृढ विश्वास था कि किसी व्यक्ति को मात्र जन्म या प्रथा के आधार पर सामाजिक और आर्थिक न्याय से वंचित नहीं किया जा सकता। वे जाति-विभाजन को श्रम-विभाजन से पूरी तरह भिन्न मानते थे। लाहौर जात-पाँत तोड़क मंडल 1936 के वार्षिक अधिवेशन में अपने विचार प्रस्तुत करते हुए उन्होंने कहा, ‘‘जाति प्रथा मात्र श्रमिकों का विभाजन एक के ऊपर दूसरे के क्रम में होता है।’’ जाति-प्रथा के भावी दुष्परिणामों से वे भलीभाँति अवगत थे। इसी भाषण में उन्होंने इस ओर संकेत करते हुए कहा, ‘‘जाति-प्रथा से आर्थिक उन्नति नहीं

होती। जाति प्रथा से नस्ल या प्रजाति में न सुधार हुआ है और न होगा। इससे एक बात अवश्य सिद्ध हुई है कि इससे हिंदू समाज पूरी तरह छिन्न-भिन्न और हताश हो गया है।'' आज के दौर में जाति-प्रथा जिस भी रूप में मौजूद है, उससे सामाजिक समरसता को किस हद तक क्षति पहुँचती है, उससे हम सभी अवगत हैं। 31 मई, 1936 को मुंबई में दिए गए अपने अविस्मरणीय भाषण में उन्होंने दलित वर्ग की राजनीतिक स्वतंत्रता पर सामाजिक स्वतंत्रता को तरजीह देते हुए घोषित किया, 'अस्पृश्यों को राजनीतिक स्वतंत्रता की अपेक्षा सामाजिक स्वतंत्रता की त्वरित आवश्यकता है। जब तक आपको सामाजिक स्वतंत्रता नहीं मिलती, तब तक आपकी स्वतंत्रता के लिए बनाए गए कानूनी प्रावधानों का कोई उपयोग नहीं है।'' प्रगति और विकास के सारे दावों और सारे संवैधानिक एवं विधिक प्रावधानों के बावजूद सामाजिक न्याय की दिशा में हम कितना आगे बढ़ सके हैं, यह यक्ष प्रश्न अभी भी हमारे सामने मुँह बाए खड़ा है।

बाबासाहब का आर्थिक चिंतन न केवल प्रगतिशील है, बल्कि पूरी तरह व्यावहारिक है। शैक्षिक दृष्टि से अर्थशास्त्र उनकी विशेषज्ञता का क्षेत्र था। उन्होंने कोलंबिया विश्वविद्यालय से जो पीएच.डी. और डी.एससी. की उपाधि प्राप्त कीं, वे अर्थशास्त्र में ही थीं। अपने सार्वजनिक जीवन में दिए गए उनके भाषणों से उनकी आर्थिक विचारधारा पूरी तरह स्पष्ट हो जाती है। वे 1942 से 1946 तक वाइसराय की एग्जीक्यूटिव काउंसिल में श्रम तथा ऊर्जा विभाग के प्रभारी थे। इस दौरान उन्होंने श्रमिकों से जुड़े मुद्दों के साथ-साथ विद्युत ऊर्जा के विकास, नदियों के विकास आदि पर अपने रचनात्मक विचार प्रस्तुत किए। वे मानते थे कि जलमार्गों के लिए बहुउद्देश्यीय नीतियों का निर्माण आवश्यक है, जिससे जल स्रोतों का बहुआयामी उपयोग हो सके। बॉम्बे लेजिस्लेटिव काउंसिल में 24 फरवरी, 1927 की बहस में भाग लेते हुए उन्होंने कहा, 'लोगों की समृद्धि ही राज्य की सबसे बड़ी धरोहर होती है। उन्हें उनको दयनीय या भिखारी नहीं बना देना चाहिए। जो राज्य अपनी जनता को भिखारी बना देता है, अंततः वह खुद भिखारी हो जाता है।'' कृषि के क्षेत्र में अलाभकारी जोतों से लिये जानेवाले कर को लेकर उन्होंने अनेक बार चिंता व्यक्त की। इसी बहस में उन्होंने अपना दृष्टिकोण प्रतिपादित करते हुए कहा, ''हमारा अंतिम उद्देश्य अलाभकारी जोतों पर से कर को खत्म करना है। फिर भी शुरू में हम यह आवश्यक समझते हैं कि बड़ी कृषि-आय पर श्रेणीत कर लगाया जाए।

वास्तविक खोती करनेवालों के हाथों से संपत्तिहरण प्रक्रिया के कारण बहुत सी भूमि उन हाथों में पहुँच गई हैं, जो खेती नहीं करते, भाड़ा खाते हैं।'' इस प्रकार के विचार उनकी प्रगतिशील आर्थिक दृष्टि का जीता-जागता प्रमाण हैं।

बाबासाहब की राजनीतिक दृष्टि सामाजिक न्याय की अवधारणा पर आधारित थी। प्रजातंत्र उनकी दृष्टि में आदर्श शासन-व्यवस्था है, किंतु वे सामाजिक प्रजातंत्र के पक्षधर थे। यह सामाजिक प्रजातंत्र संपूर्ण सामाजिक समानता से प्राण-रस ग्रहण करता है। इसलिए वे मानते थे कि संसदीय लोकतंत्र की कामयाबी की सबसे पहली शर्त यह है कि समाज में किसी तरह की असमानता नहीं होनी चाहिए। कोई दलित वर्ग न हो और कोई शोषित वर्ग भी न हो। ऐसा कोई वर्ग न हो, जिसके सिर पर सारा बोझ हो। इस तरह का वर्ग-भेद हिंसक क्रांति को जन्म देता है और लोकतंत्र भी उसका उपचार नहीं कर सकता। प्रजातंत्र के वास्तविक स्वरूप को उद्घाटित करते हुए उन्होंने 15 सितंबर, 1938 को अपने भाषण में शुद्ध राजनीतिक प्रजातंत्र का खंडन करते हुए कहा, 'ऐसा प्रजातंत्र, जो श्रमिकों को अपना दास बना ले, उन्हें संगठन, शक्ति और बुद्धि से वंचित कर दे, तो मैं कहूँगा कि वह प्रजातंत्र नहीं, बल्कि प्रजातंत्र का उपहास है।' आज लोकतंत्र के माहौल में हम जिस दिशा में बढ़ रहे हैं, उस पर बाबासाहब के राजनीतिक विचारों के परिप्रेक्ष्य में पुनर्विचार की आवश्यकता है।

बाबासाहब एक विश्वविख्यात अर्थशास्त्री होने के साथ-साथ जाने-माने शिक्षाविद् भी थे। उन्होंने अपने शिक्षा-संबंधी विचारों में प्राथमिक शिक्षा से लेकर विश्वविद्यालयीय स्तर की शिक्षा को अपने ध्यान में रखा। बांबे लेजिस्लेटिव काउंसिल में बहस के बीच उन्होंने प्राथमिक शिक्षा का उद्देश्य स्पष्ट करते हुए कहा, ''प्राथमिक शिक्षा का उद्देश्य यह है कि प्राथमिक विद्यालय में दाखिल होनेवाला बच्चा स्कूल तभी छोड़े, जब वह साक्षर हो जाए और अपने शेष जीवन में साक्षर बना रहे।'' शिक्षा के क्षेत्र के व्यवसायीकरण की आलोचना करते हुए इसी बहस में उन्होंने कहा, ''शिक्षा विभाग ऐसा नहीं है, जो इस आधार पर चलाया जाए कि जितना वह खर्च करता है, उतना विद्यार्थियों से वसूल लिया जाए। शिक्षा को सभी संभव उपायों से व्यापक रूप से सस्ता बनाया जाना चाहिए।'' वे छात्रवृत्ति देने की प्रचलित पद्धति को उचित नहीं मानते थे, क्योंकि बच्चों के गरीब माता-पिता इसे बच्चों की शिक्षा पर खर्च करने की बजाय परिवार की आवश्यकताओं की पूर्ति करते हैं। वे इसकी बजाय

ऐसे छात्रावास बनाए जाने के पक्ष में थे, जिन्हें सरकार या पिछड़ी जातियों को बढ़ावा देनेवाली संस्थाएँ चलाएँ। उच्च शिक्षा के क्षेत्र में उन्होंने इसी बहस में कुछ महत्त्वपूर्ण सुझाव प्रस्तुत किए—

1. विश्वविद्यालय और महाविद्यालयों के उद्देश्य भिन्न-भिन्न हों।
2. विश्वविद्यालय पूर्व तक कक्षाओं का भार अपने ऊपर लें।
3. विद्यार्थी किसी भी कॉलेज में जाकर किसी भी प्राध्यापक का व्याख्यान सुनने को स्वतंत्र हों।

वे समय-समय पर ऐसे बहुत से रचनात्मक सुझाव देते रहते थे। आज आवश्कयता एक बात की है कि इन सुझावों की गंभीर समीक्षा करके इनका उचित क्रियान्वयन किया जाए।

समय आ गया है कि बाबासाहब के विचार-सागर का गहन मंथनकर उनके विचार-रत्नों से इस राष्ट्र को समृद्ध किया जाए। उन्हें संकुचित सीमाओं में देखे जाने से हमारे समाज और राष्ट्र की गंभीर क्षति हुई है। उनके विचार जिस अनुपात में सार्थक और रचनात्मक हैं, उसी अनुपात में प्रासंगिक भी। उनके विचार समय बदलने के साथ और भी महत्त्वपूर्ण होते जा रहे हैं। इसलिए राष्ट्र-निर्माण में उनके विचारों के अनुसरण को एक आंदोलन का रूप दिए जाने की आवश्यकता है।

डॉ. आंबेडकर के संपूर्ण जीवन की संघर्षगाथा को उन सभी विषम परिस्थितियों को ध्यान में रखकर समग्रता के साथ देखने की जरूरत है, जिन परिस्थितियों में वे संघर्ष करते रहे। डॉ. आंबेडकर असमानता के विरुद्ध अपने जीवन को समर्पितकर समाज की समानता के लिए, वंचितों के अधिकार के लिए, अशिक्षा से मुक्ति के लिए, गरीबों के उत्थान के लिए और सामाजिक समरसता के लिए संघर्षरत भारत को एक मजबूत, संगठित राष्ट्र देखना चाहते थे। उनका मानना था कि जब तक कमजोर समाज बँटा हुआ समाज रहेगा, तब तक शक्तिशाली राष्ट्र की परिकल्पना करना व्यर्थ है। इसलिए उन्होंने जीवन भर के सामाजिक आंदोलन में, सामाजिक समानता को और राष्ट्रीय एकता को अत्यधिक महत्त्व दिया। आज देश का दुर्भाग्य है कि दलित समाज डॉ. आंबेडकर को केवल अपना नेता मानता है और शेष समाज भी उन्हें केवल दलितों का नेता मान बैठा है। उनके जीवन भर के सामाजिक समानता के संघर्ष को कुछ विचारकों, लेखकों ने एकपक्षीय दृष्टिकोण से देखकर उन्हें संपूर्ण देश, संपूर्ण समाज और

हिंदू समाज से काटकर उनके विराट् व्यक्तित्व के साथ न्याय नहीं किया।

आज उनके इसी व्यक्तित्व को समझना होगा। वे संपूर्ण मानवता, संपूर्ण समाज और संपूर्ण देश के महानायक थे। उनके संपूर्ण जीवन को समग्रता के रूप में स्वीकारकर उनके मूल विचारों को देश की एकता और समाज की समरसता की प्रासंगिकता के मद्देनजर आज के परिप्रेक्ष्य में समझना अति आवश्यक है। □

बाबासाहब का उद्देश्य : सामाजिक न्याय बलवान राष्ट्र

—रमेश पतंगे

बाबासाहब डॉ. आंबेडकरजी का उल्लेख 'सामाजिक न्याय के महान् योद्धा' इन शब्दों में किया जा सकता है। वैसे उनके नाम के पहले अनेक विशेषण लगाने की प्रथा है, जैसे दलितोधारक, भारतीय संविधान के शिल्पकार, अस्पृश्यता रूढ़ि के नाशक, समता के प्रवर्तक, धम्मप्रवर्तक आदि। ये सारे विशेषण उनके जीवन के विभिन्न पहलुओं को उजागर करते हैं, लेकिन कोई भी एक शब्द समग्रता से उनका बोध नहीं कराता है, ऐसा मेरा नम्र मत है। बाबासाहब के व्यक्तित्व और कृतित्व के साथ जो विशेषण नत्थी किए जाते हैं, उसके सारे भाव सामाजिक न्याय शब्द में समाहित हैं। अस्पृश्यता की रूढ़ि अन्यायकारक है, वह समाप्त हो जानी चाहिए, एक ही धर्म के लोगों को आपस में समता का व्यवहार करना चाहिए, समता के लिए संवैधानिक व्यवस्था होनी चाहिए, जातिभेद, अस्पृश्यता के पीछे धर्म मान्यता खड़ी करना अधर्म है, उसे समाप्त करना चाहिए, ऐसे सारे विषय 'सामाजिक न्याय' नामक दो शब्दों में आ जाते हैं।

'सामाजिक न्याय' और 'राष्ट्रवाद' एक ही सिक्के के दो पहलू हैं, इसलिए पूज्य बाबासाहबजी को आधुनिक भारतीय राष्ट्रवाद के शिल्पकार के रूप में प्रस्तुत करना चाहिए। राष्ट्र का अर्थ होता है जन, भूमि और संस्कृति। जन, भूमि के आधार पर संस्कृति का विकास होता है और यह संस्कृति राष्ट्र को जोड़ने का काम करती है। बाबासाहबजी ने 1916 में कोलंबिया विश्वविद्यालय में 'कास्ट इन इंडिया' प्रबंध पेश किया, जिसमें वे लिखते हैं, 'भारत में सर्वव्यापी सांस्कृतिक एकता है। यद्यपि समाज अनगिनत जातियों में बँटा है, फिर भी वह एक संस्कृति से बँधा हुआ

है।' बाबासाहबजी का कहना है कि राष्ट्र केवल एक संस्कृति से खड़ा नहीं होता, राष्ट्र के खड़े होने के लिए सांस्कृतिक एकता के साथ-साथ सामाजिक एकता का भी इतना ही महत्त्व है। जब समाज विभिन्न जातियों में आपस में बँट जाता है, तब उसके आदर्श अलग-अलग होते हैं और वे एक-दूसरे से टकराते हैं। समाज का एकवर्णीय होना बहुत महत्त्वपूर्ण है। इसीलिए बाबासाहब 'भगवान् बुद्ध और उनका धम्म' शीर्षक ग्रंथ में आदर्श समाज के बारे में विस्तार से बताते हैं। इस ग्रंथ के पृष्ठ 232 पर बाबासाहब लिखते हैं कि धर्म को सद्धर्म का स्वरूप देने के लिए धर्म में सामाजिक भेद में उत्पन्न सभी कानून नष्ट कर देने चाहिए। ब्राह्मण सबसे श्रेष्ठ और शूद्र सबसे कनिष्ठ, इस प्रकार की बात से राष्ट्र खड़ा नहीं होगा। राष्ट्र के खड़े होने के लिए 'जैसे दूसरे, वैसा ही मैं। जैसे हम, वैसे ही दूसरे। इस विचार से दूसरों के साथ समरस हो जाओ।' इस विचारणा को खुले हृदय से अपनाना होगा, यह भगवान् बुद्ध का उपदेश है। (भगवान बुद्ध और उनका धम्म, पृ. 236)।

सामाजिक न्याय और सोशल जस्टिस : सामाजिक न्याय अर्वाचीन शब्द है। यह अंग्रेजी शब्द 'सोशल जस्टिस' का पर्याय है। 'सोशल जस्टिस' शब्द का प्रथम प्रयोग जेसुइट लुईगी टपपारेल्ली ने 1840 में किया। उस समय मार्क्स के साम्यवादी तत्त्वज्ञान का यूरो में बहुत बोलबाला था। औद्योगिक क्रांति के कारण जो नई सामाजिक-आर्थिक रचना हुई, उसमें पूँजीपतियों के हाथ में असीम सत्ता आ गई और उन्होंने इस सत्ता के माध्यम से आम आदमी का भीषण शोषण किया। कष्ट सहन करनेवाली जनता बहुत दुर्बल बन गई। मार्क्स ने शोषित लोगों से कहा, 'आप जग जाओ, संगठित बनो और पूँजीपतियों को समाप्त कर दो। आर्थिक न्याय की प्रस्थापना करो। सामाजिक समता का युग लाओ।' मार्क्स ने पंथसत्ता का भी आह्वान दिया। इस आह्वान को स्वीकारते हुए ईसाई मिशनरियों ने बाइबिल का नए ढंग से इंटरप्रिटेशन आरंभ कर दिया और कहना प्रारंभ किया कि बाइबिल में सोशल जस्टिस यानी सामाजिक न्याय का जिक्र किया गया है। आगे चलकर यूरोपीय समाज में परिवर्तन होते गए और उन्होंने अपने समाज में सामाजिक न्याय की स्थापना करने की दृष्टि से राजनीतिक, आर्थिक और धार्मिक सुधार किए।

सामाजिक न्याय पद-युग्म में न्याय शब्द के अर्थ के बारे में विवरण देना आवश्यक है। इसके लिए अंग्रेजी प्रतिशब्द है जस्टिस। भारतीय विचार परंपरा में न्याय शब्द का अर्थ केवल जस्टिस नहीं होता। न्याय को धर्म से जोड़ा गया है, सत्य से जोड़ा गया है। धर्म यानी न्याय, सत्य यानी न्याय। इस प्रकार से न्याय शब्द को अपने यहाँ परिभाषित किया जाता है। जब कोई कहता है कि यह धर्म का काम

है तो उसका मतलब होता है कि यह न्याय का काम है और न्याय का काम होने के कारण यह सत्य का काम भी है, ऐसा अर्थ लिया जाता है। आमतौर पर आम आदमी न्याय के अर्थ को न्यायालयों में चलनेवाले मुकदमों के साथ जोड़ता है। ये मुकदमे राज्य द्वारा बनाए कानून के आधार पर पर तय किए जाते हैं और उसमें जो निर्णय होता है, उसे न्याय कहा जाता है। उसमें न्याय होता ही है, ऐसा नहीं है और कई बार न्याय का क्रूर मजाक भी होता है। इस प्रकार सामाजिक न्याय शब्द को राज्य निर्धारित कानून, मुकदमे, न्यायालय के ही संदर्भ में नहीं देखा जा सकता। यह बहुत व्यापक संकल्पना है और उसके अंतर्गत राज्य के कानून और न्यायालयी संस्था का भी अंतर्भाव होता है।

जब न्याय के पहले सामाजिक शब्द को जोड़ा जाता है, तब उसका एक और विशिष्ट अर्थ बनता है। इस अर्थ को भी हमको समझना पड़ेगा। समाज कुछ रचना बनाकर मार्गक्रमण करता है। पश्चिम में समाज की रचना वर्गाधारित है। हिंदू समाज में समाज की रचना पहले वर्णाधारित और बाद में जाति आधारित बनी। वर्ग और वर्ण व्यवस्था में कुछ मौलिक अंतर है। वर्गरचना जन्माधारित नहीं होती, वर्णरचना जन्माधारित होती है, जातिप्रथा भी जन्माधारित होती है, जबकि वर्गरचना में एक वर्ग से दूसरे वर्ग में जाया जा सकता है। वर्णव्यवस्था और जाति व्यवस्था में जो जिस जाति और वर्ण का है, मरते दम तक उसी स्थान पर रहता है। वर्णव्यवस्था श्रमिकों का विभाजन नहीं करती, लेकिन जातिव्यवस्था श्रमिकों को भी बाँट देती है। जाति व्यवस्था में व्यवसायबंदी, ज्ञानबंदी, रोटीबंदी, मंदिरबंदी, परस्पर संबंध पर पाबंदी होती हैं। वर्गव्यवस्था धर्माधारित नहीं होती, वर्ण और जाति व्यवस्था के पीछे धर्म का आधार खड़ा किया जाता है, पाप और पुण्य की कल्पना खड़ी की जाती है, इसलिए उसमें परिवर्तन लाना कठिन कर्म बन जाता है।

अन्यायों की जननी : वर्ण-जाति व्यवस्था : वर्ण-जाति व्यवस्था अनगिनत प्रकार के अन्यायों की जननी होती है—1. आर्थिक अन्याय, 2. सामाजिक अन्याय, 3. राजनीतिक अन्याय, 4. धार्मिक अन्याय, 5. सांस्कृतिक अन्याय। हम सभी जानते हैं कि बाबासाहब का जन्म एक अछूत जाति में हुआ। बाल्यकाल से ही उनको पाँचों प्रकार के अन्याय सहन करने पड़े और इन अन्यायों ने जीवन के अंत तक किसी-न-किसी रूप में उनका पीछा नहीं छोड़ा। अछूत होने के कारण अछूत जातियों को कोई भी अच्छा काम करने के लिए समाज की मनाही थी। उन पर असंख्य बंधन लगाए गए। अंग्रेजों ने अछूतों को सेना में, पुलिस में भर्ती करना भी बंद कर दिया था। वे व्यापार नहीं कर सकते थे। कोई दुकानदारी नहीं कर सकते थे। होटलिंग

व्यवसाय भी उनके लिए वर्जित था। अल्पशिक्षित होने के कारण अच्छी नौकरियों से उन्हें दूर ही रहना पड़ता था।

उन पर सैकड़ों सालों से अनेक प्रकार के राजनीतिक अन्याय होते रहे हैं। कोई अछूत कभी राजा नहीं बन सकता था। इसी प्रकार कोई अछूत कभी सेनापति नहीं बन सकता था। अंग्रेजों ने भी उन्हें कोई विशेष राजनीतिक अधिकार नहीं दिए थे। प्रजातंत्र में मतदान का अधिकार, चुनाव में खड़े होने का अधिकार, राजनीतिक संगठन बनाने के अधिकार प्राप्त होते हैं। अंग्रेजी शासनकाल में इन सारे अधिकारों पर अनेक प्रकार के छुपे निर्बंध रहा रहते थे। आंबेडकरजी ने कई प्रकार के धार्मिक अन्याय सहन किए। उनके कालखंड में अछूत मंदिरों में प्रवेश नहीं कर सकते थे। उन्हें सार्वजनिक जलस्रोतों से पानी नहीं भरने दिया जाता था। उनके श्मशान भी अलग हुआ करते थे। उनको वेदविद्या नहीं सिखाई जाती थी। संस्कृत भाषा से उनको दूर रखा गया था। कोई अछूत अगर हिम्मत करके परंपरागत कानून तोड़ता था, तो उस पर सामाजिक बहिष्कार का अस्त्र चलाया जाता था। सामाजिक बहिष्कार का मतबल होता है बहिष्कृत व्यक्ति, सवर्ण समाज को उस परिवार या जाति के साथ किसी भी प्रकार का लेन–देन का व्यवहार नहीं करना चाहिए। यह सामाजिक अन्याय का सब से भयानक और कारगर शस्त्र होता था।

आंबेडकरजी की वास्तव प्रतिमा : बाबासाहबजी ने यहाँ बताए पाँच प्रकार के अन्याय के विरोध में जीवनपर्यंत कठोर संघर्ष किया। उनके संघर्ष की कुछ विशेषताएँ हमको ध्यान में रखनी पड़ेंगी। दुर्भाग्य से जो लोग खुद को प्रगतिशील समझते हैं और आंबेडकर दर्शन के भाष्यकार समझे जाते हैं, इस विषय में कुछ लिखते नहीं और तोड़–मरोड़कर आंबेडकरजी को प्रस्तुत करते हैं। बाबासाहबजी ने सामाजिक न्याय के संघर्ष को राष्ट्रकार्य से जोड़ा है। महाड चवदार तालाब सत्याग्रह की भूमिका का विशद वर्णन करते समय उन्होंने भाषण और लेखों में आग्रहपूर्वक कहा, "अस्पृश्यता की रूढ़ि से मुक्त होकर अगर उन्हें आत्मस्वातंत्र्य प्राप्त होता है, तो इससे वे केवल अपनी ही उन्नति नहीं करेंगे, बल्कि अपने पराक्रम से, बुद्धि से देश की उन्नति के लिए कारण सिद्ध होंगे। हमारा आंदोलन केवल पतितोद्धार का नहीं है, उसमें लोक संग्रह की भूमिका है।...हमने जो कार्य हाथ में लिया है, वह केवल अपने उद्धार के लिए नहीं, हिंदू धर्म के उद्धार के लिए है और यह सत्य है और यही राष्ट्रकार्य है।" (बाबासाहब डॉ. आंबेडकर, धनंजय कीर, पृ. 97)।

ऐसा भी नहीं है कि वे केवल अस्पृश्यों के ही हितों का विचार करते थे। यद्यपि उनका आंदोलन अस्पृश्यता मुक्ति के लिए ही चला था और अस्पृश्यता

मुक्ति के लिए उन्होंने हिंदू धर्माचार्यों, हिंदू धर्मग्रंथ, हिंदू तत्त्वज्ञान, सनातनी लोग, ब्राह्मण्यग्रस्त ब्राह्मण, इन पर बहुत कठोर प्रकार किए हैं। महाड में उन्होंने मनुस्मृति का दहन किया और आगे चलकर यह भी कहा, 'हिंदू धर्म धर्म नहीं है, यह अधर्म है और मैं इस अधर्म में नहीं रहूँगा। मैं धर्मांतरण करूँगा।' कुछ लोग इन्हीं बातों पर बल देकर बाबासाहब का चित्रण हिंदू विध्वंसक के रूप में करते हैं। ये लोग उनकी वैदिक धर्मनाशक छवि बनाने पर तुले हैं।

प्रजातंत्र का मूलाधार-ब्रह्म सिद्धांत : केवल अस्पृश्यता से मुक्ति ही उनके जीवन का एकमात्र मकसद नहीं था। केवल इतना ही होता तो, बात आसान हो जाती। वे हिंदू धर्म को त्यागकर मुसलमान या ईसाई बन जाते, लेकिन उनके जीवनकार्य का यह मतलब नहीं था। वे अस्पृश्यता विरोधी आंदोलन को माध्यम बनाकर स्वतंत्रता, समता और बंधुता; इन तीन आधार पर समग्र हिंदू समाज का पुनर्गठन या पुनर्रचना करना चाहते थे। उनके सामाजिक न्याय का अर्थ था स्वतंत्रता, समता और बंधुता। स्वतंत्रता से उनका मतलब था—जन्म से प्रत्येक व्यक्ति समान है और उसे समान अवसर मिलना चाहिए। समाज, धर्मसत्ता और राजसत्ता को उसकी उन्नति में बाधक किसी भी नियम को समाप्त कर देना चाहिए। ऐसे सभी नियमों को त्याग देना चाहिए। समता से उनका मतलब समस्त समाज के लिए था। वे केवल अस्पृश्यों के लिए समता नहीं चाहते थे। वे सारे समाज के लिए समता चाहते थे। बंधुभाव से उनका मतलब यह नहीं था कि अस्पृश्यों जातियों को आपस में बंधुभाव का व्यवहार करना चाहिए। उनकी बंधुता की कल्पना समाजव्यापी थी। वे हिंदू धर्म के कड़े आलोचक जरूर थे, लेकिन उसके दो प्रकार हैं। एक प्रकार इसलामी और ईसाइयत के विरोध का है, जो अपनी मूल्य परंपरा, जीवन परंपरा को ही समाप्त करना चाहते थे और दूसरा प्रकार धर्म में मूलगामी परिवर्तन लाने का है।

धर्म के मूलगामी परिवर्तन के दो अर्थ होते हैं। एक अर्थ है धर्म के मूलभूत सिद्धांतों में परिवर्तन और दूसरा अर्थ है धर्म के आचार संबंधी, व्यवहार संबंधी नियमों में परिवर्तन। बाबासाहब का संघर्ष धर्म के मूलभूत सिद्धांतों में परिवर्तन करने का नहीं था, इस बात को उचित प्रकार से अधोरेखित करना चाहिए। हिंदू धर्म में ब्रह्म की कल्पना की गई है। ब्रह्म यानी वह अंतिम सत्य, जिसके कारण सारी सृष्टि की उत्पत्ति हुई है। 'रिडल्स इन हिंदुइज्म' नामक ग्रंथ में बाबासाहब लिखते हैं कि यह सत्य है कि हम ब्रह्म को देख नहीं सकते, लेकिन प्रजातंत्र के मूलाधार के लिए ब्रह्मसिद्धांत का बहुत महत्त्व है। जब प्रत्येक व्यक्ति ब्रह्म का ही अंश है, तब प्रत्येक को समता प्राप्त होती है और प्रजातंत्र का यही मतलब होता

है। इसीलिए प्रजातंत्र के लिए ब्रह्म सिद्धांत एक बुनियादी सिद्धांत बन जाता है।

आमूलचूल बदलाव का संघर्ष : बाबासाहबजी का जीवन संघर्ष हिंदू समाज के व्यवहार में अमूलचूल बदलाव के लिए था, धर्म नष्ट करने के लिए नहीं था। वे धर्मनिष्ठ थे और धर्म का महत्त्व अच्छी तरह से जानते थे। उनके अनुसार धर्म को अगर नष्ट किया तो समाज में अराजकता फैलेगी। वे तो धर्माधारित समाज के पक्षधर थे। 'गौतम बुद्ध और उनका धम्म' में वे लिखते हैं—'अकेले व्यक्ति को धर्म की आवश्यकता नहीं होती है, लेकिन जब दो व्यक्ति जुड़ते हैं' तब परस्पर व्यवहार के लिए धर्म की आवश्यकता होती है। समाज धर्म के बिना जीवित नहीं रह सकता। समाज ने धर्म को त्याग दिया तो उसके सामने तीन विकल्प बचते हैं, एक—अराजकता, दो—तानाशाही और तीन—मैजिस्ट्रेट आधारित न्याय को स्वीकार कर समाज का चलन करना। सामाजिक न्याय तीसरी व्यवस्था में ही संभव है। अराजकता में डार्विन का सिद्धांत काम करता है। तानाशाही में स्वतंत्रता का विनाश हो जाता है और संविधानाधारित समाज रचना में सामाजिक न्याय तथा स्वतंत्रता का रक्षण होता है।'

बाबासाहबजी ने केवल अस्पृश्य वर्ण पर विचार नहीं किया है, बल्कि सभी जातियों का विचार किया है, जिसमें ब्राह्मण भी आते हैं। उसी प्रकार उन्होंने समाज के भिन्न-भिन्न वर्गों पर विचार किया है। समाज में श्रमिक, काश्तकार, महिला आदि वर्ग होते हैं। वर्ग या इकाई से उनकी समस्याएँ अलग-अलग होती हैं। श्रमिक, काश्तकार और महिलाओं पर विभिन्न प्रकार के अन्याय होते रहते हैं। श्रमिक जितनी मेहनत करता है, उसके अनुपात में उसे वेतन नहीं मिलता। पूँजीपति श्रमिकों के अतिरिक्त मूल्य का हरण करते हैं। काश्तकार भी सरकारी नियमों के कारण, दलालों के कारण, मार्केट आधारित अर्थव्यवस्था के कारण पीड़ित रहता है। समाज में महिलाओं को दोयम दर्जा दिया जाता है। उन्हें पुश्तैनी जायदाद में हिस्सा न देने की अपनी परंपरा थी। वे विवाह विच्छेद नहीं कर सकती थीं। बाबासाहबजी ने ऐसे सारे वर्ग के प्रश्न पर विचार किया है।

श्रमिकों की सुरक्षा : उन्होंने 1936 में इंडिपेंडेंट लेबर पार्टी का गठन किया और इस पार्टी के नाम में ही लेबर यानी श्रमिक है। बाबासाहब श्रमिकों के पक्षधर थे। उन्होंने अपनी पार्टी का जो घोषणापत्र प्रकाशित किया, उसमें श्रमिक और काश्तकारों के लिए हम लोग क्या करना चाहते हैं, इसकी सूची दी है। इसमें वेतनवृद्धि, काम का योग्य वेतन, काम करने के घंटों की मर्यादा, बीमारी अथवा अन्य आकस्मिक संकट में श्रमिकों को योग्य मुआवजा, इत्यादि विषय आते हैं।

उन्होंने 1938 में मुंबई के विधिमंडल में कांग्रेस द्वारा लाए गए श्रमिक विरोधी बिल का डटकर विरोध किया था। यह बिल ऐसा था कि जिसके पास होने के बाद श्रमिक वर्ग हड़ताल नहीं कर सकता था, अगर वह हड़ताल करेगा तो उस पर कानूनी काररवाई होगी। बाबासाहब ने इस बिल के विरोध में 7 नवंबर, 1938 को मुंबई के अन्य श्रमिक संगठनों के साथ मिलकर एक दिन की सफल हड़ताल की। इसके कारण बाबासाहब श्रमिक नेता की श्रेणी में आ गए। श्रमिकों की समस्याओं के संदर्भ में उनका मूलगामी चिंतन रहा था। श्रमिक में केवल अस्पृश्य ही नहीं, सभी जाति वर्ग के लोग होते हैं। बाबासाहब की महानता इसमें है कि सामाजिक न्याय की प्रस्थापना की लड़ाई में समाज के जिन-जिन घटकों पर अन्याय होता है, वे उनका पक्ष लेते दिखाई देते हैं।

काश्तकारों की हितरक्षा : काश्तकारों की समस्याओं के बारे में भी उनका चिंतन मूलगामी है। मुंबई विधिमंडल में 1927 को लघु भूधारकों के हित में एक बिल लाया गया था। इसी समय जर्नल ऑफ इंडियन इकोनॉमिक्स सोसाइटी में उन्होंने 'स्मॉल होल्डिंग्स इन इंडिया एंड देयर रेमेडिज' शीर्षक लेख लिखा था। उस समय की चर्चा का विषय था कि खेती छोटे-छोटे टुकड़ों में बँटती है, इस कारण वह फायदेमंद नहीं होती। खेती का यह बँटवारा बंद कर देना चाहिए और छोटे टुकड़ों को एकसाथ जोड़ना चाहिए। इस विचार का खंडन करते समय बाबासाहब ने कुछ मूलभूत सवाल खड़े किए। वे कहते हैं कि खेती का लाभदायी अथवा नुकसानदेह होना उसके आकार पर निर्भर नहीं है। खेती के लिए मजदूर, पूँजी, औजार, बीज और उर्वरकों की आवश्यकता होती है। अगर काश्तकार के पास पर्याप्त मजदूर और पूँजी रहते हुए भी खेती घाटे में जाती है, तब ही उसका विचार करना चाहिए। खेती के कारण ग्रामीण दरिद्रता, बेरोजगारी बढ़ती जा रही है, यह भी गलत सिद्धांत है। उसे खारित करते हुए उन्होंने कहा कि अपने देश का औद्योगिकीकरण होना चाहिए। श्रमिक अगर उद्योग में लगेंगे तो अपनी आय बचा कर वे खेती के लिए पूँजी का संचय कर सकते हैं। खेती का बँटवारा बंद कर देना चाहिए, इस सोच को भी बाबासाहब ने यह कहकर नकार दिया कि हिंदुओं को विरासत में मिला हक का कानून के कारण धनिकशाही पर प्रतिबंध लगा है। इस विरासत के हक के कारण अपनी जायदाद में हरेक को कुछ-न-कुछ हिस्सा मिलता है और इसके चलते वे आर्थिक दृष्टि से स्वतंत्र रहते हैं। यह आर्थिक स्वतंत्रता छीन लेना अन्याय है, ऐसा उनका मत था।

महिला उत्थान : इसी प्रकार डॉ. बाबासाहब ने महिला वर्ग की समस्याओं

पर गहराई से विचार किया है। महिलाओं की समस्याओं के बारे में दो प्रकार से विचार किया जा सकता है। एक—अस्पृश्य समाज की महिलाओं की समस्या और दो—अस्पृश्येत्तर समाज की महिलाओं की समस्या। अपनी अस्पृश्य भगिनियों को बाबासाहब ने कहा, "अपने को अस्पृश्य नहीं समझना। अपना घर स्वच्छ रखो। जैसे स्पृश्य स्त्रियाँ वस्त्र पहनती हैं, उसी प्रकार से वस्त्र पहनना। आपको प्रतिज्ञा करनी होगी कि हम कलंक की स्थिति में नहीं रहेंगी। अपनी पुरानी और तुच्छ आदतें छोड़ देनी चाहिए। शरीर पर हो सके तो स्वर्ण का ही अलंकार पहनना चाहिए। अपनी पहचान बतानेवाले अन्य गहने नहीं पहनने चाहिए। मृत जानवर का मांस खाना बंद करो। शराबी पति और पुत्र को खाना देना बंद करो, इत्यादि।"

स्त्रियों का संगठन होना चाहिए, ऐसा उनका मत था। कन्या अथवा पुत्र का विवाह कम उम्र में नहीं करना चाहिए, उन्हें शिक्षा देनी चाहिए। शिक्षा के लिए पैसा नहीं होगा तो एक समय का खाना बंद कर पैसा शिक्षा में खर्च करना चाहिए, ऐसी उनकी सीख थी। महाराष्ट्र में हम यह देख पाएँगे कि बाबासाहबजी के उपदेश का यथावत पालन हमारी सभी माता-भगिनियों ने किया है। इस प्रकार बाबासाहब ने समाज के एक वर्ग को उन्नत करने का अद्‍भुत कार्य किया।

लेकिन ऐसा नहीं है कि बाबासाहब ने केवल अस्पृश्य वर्गों की महिलाओं की समस्याओं पर विचार किया। महिलाओं को लेकर उनके विचार ऐसे थे—'स्त्री वर्ग को योग्य सम्मान देकर ही विश्व के देशों ने उन्नति की है। जिस देश में अथवा जिस जाति में स्त्री वर्ग का यथोचित सम्मान नहीं होता, वह देश अथवा जाति कभी भी उन्नतावस्था प्राप्त नहीं कर सकती। स्त्री वर्ग अगर पढ़ा-लिखा होगा तो उनकी संतान भी वैसी बनेगी और उन्हीं के माध्यम से देश में विद्या, ज्ञान, शक्ति, भक्ति की जागृति होगी।'

हिंदू कोड बिल का निर्माण : उन्नीसवीं और बीसवीं सदी के प्रारंभिक काल में हिंदू नारियों की अवस्था दयनीय थी। बालविवाह, सतीप्रथा, पुनर्विवाह बंदी, शिक्षा बंदी, संपत्ति के अधिकार पर रोक इत्यादि उनकी दयनीय परिस्थिति के लक्षण थे। इस में मूलग्राही बदलाव के लिए देश में राजा राममोहन राय, ईश्वरचंद्र विद्यासागर, महात्मा ज्योतिबा फुले, सावित्रीबाई फुले, स्वामी दयानंद, स्वामी विवेकानंद आदि ने जमकर प्रयास किए। इसके फलस्वरूप स्त्रीविषयक जागृति का एक कालखंड अपने देश में आया। बाबासाहब डॉ. आंबेडकरजी ने इस प्रक्रिया को और अधिक गतिमान किया है। इस संदर्भ में उन्होंने हिंदू कोड बिल के माध्यम से जो कानूनी प्रयास किए हैं, वे ऐतिहासिक स्वरूप के हैं। इस

हिंदू कोड बिल के पाँच भाग थे—1. विवाह, 2. विवाह विच्छेद, 3. विरासत, 4. गुजारा भत्ता, 5. दत्तक।

इस कोड बिल में हिंदू स्त्री और पुरुष की विवाहयोग्य आयु निर्धारित कर दी गई। विशिष्ट परिस्थिति में हिंदू स्त्री को विवाहविच्छेद का अधिकार मिला, उसे जायदाद में विरासत का अधिकार भी मिला, द्विभार्या प्रतिबंधक कानून बना। बाबासाहब ने जिस प्रकार हिंदू कोड बिल को प्रस्तुत किया था, उस प्रकार एक कोड के रूप में वह पारित न हो पाया, लेकिन आगे चलकर टुकड़ेकर उसके स्वतंत्र कानून बनाए गए। आज प्रत्येक हिंदू स्त्री को जो अधिकार मिले हैं और समाज में उसे जो स्वतंत्र गरिमा मिली है, उसकी बुनियाद बाबासाहब डॉ. आंबेडकर ने ही रखी है। यह विषय भी सामाजिक न्याय के अंतर्गत आता है। सामाजिक न्याय के तहत दुर्बल घटकों को न्याय, समान अवसर मिले, उनका पिछड़ापन उनकी दुर्बलता न बने, इसकी व्यवस्था, उनके लिए विशेष संवैधानिक संरक्षण, सामाजिक और राजनीतिक क्षेत्र में समता का व्यवहार इत्यादि सारे विषयों को जोड़ना पड़ता है।

संविधान की देन : इन विषयों पर विचार करते हुए बाबासाहब ने देश को जो संविधान दिया है, उसका अनन्य महत्त्व है। भारतीय संविधान सामाजिक न्याय की बुनियाद पर खड़ा है। केशवानंद भारतीय मुकदमा बहुत प्रसिद्ध है। यह मुकदमा भारतीय संविधान के संदर्भ में कुछ बुनियादी तत्त्वों को रखता है। उसमें से एक है मूलभूत ढाँचे का सिद्धांत। इस मुकदमे का फैसला मूलभूत ढाँचा क्या है, यह नहीं बताता, लेकिन मूलभूत ढाँचे को तोड़ा या मरोड़ा नहीं जा सकता, यह इस फैसले से ज्ञात होता है। इस मूलभूत ढाँचे में सामाजिक न्याय से जुड़ी संकल्पना आती है। हम संविधान के तीन खंडों में इसका दर्शन कर सकते हैं। पहला खंड है उद्देशिका, जिसमें स्पष्ट कहा गया है कि स्वतंत्रता, समता, बंधुता और न्याय के लिए इस संविधान को हम स्वीकार करते हैं। दूसरा खंड है मूलभूत अधिकारों का, जिसमें प्रत्येक नागरिक को विभिन्न प्रकार की स्वतंत्रता की, समानता की, समान अवसर की और भेदभावरहित बर्ताव की गारंटी दी गई है, जिसे हम न्यायालय में जाकर भी प्रस्थापित कर सकते हैं। और तीसरा खंड है संविधान के डायरेक्टिव प्रिंसिपल ऑफ स्टेट पॉलिसी का, जिसमें राज्य को समाज के अंदर सामाजिक और आर्थिक मूलगामी बदलाव लाने के लिए क्या-क्या आवश्यक कदम उठाने चाहिए, यह बताया गया है। इस पर अमल करना केंद्र और राज्य सरकारों को बंधनकारक है। इसी कारण समाज के अनाथ, अपंग, बेसहारा, बीमार आदि लोगों की चिंता करने का दायित्व राज्य को सौंपा गया है और अपना राज्य इस दायित्व को निभा भी रहा है।

चेतावनी : बाबासाहब डॉ. आंबेडकरजी ने अपने जीवन की शुरुआत तो अस्पृश्यता निवारण के कार्य से की और उसका समापन हम संविधान की निर्मिति में देखते हैं। वे जब जीवित थे, तब लोगों ने उनकी ओर एक दलित नेता की दृष्टि से देखा। आगे चलकर कुछ मतलबी विद्वानों ने उनकी इस छवि को और गहरा करने का काम शुरू किया। उनके नाम से राजनीति चलानेवाले भी बाबासाहबजी को ओर इसी दृष्टि से देखते हैं। उनके राष्ट्रीय कार्य की कोई चिंता नहीं करता। वे किस प्रकार समग्र राष्ट्र का विचार करते थे, इस पर बहुत कम लोग बल देते हैं। भारत के जलस्रोतों के बारे में उन्होंने कहा था कि जल राष्ट्रीय संपत्ति है। भारत की नदियों को जोड़ना चाहिए। इसके कारण जलमार्ग से यातायात भी बढ़ेगा और व्यापार भी बढ़ेगा। भारत का विकास नियोजन करने से ही होगा। बाढ़ को रोकने के लिए उत्तम योजना बनाकर बाँध का निर्माण करना चाहिए, जिसके कारण बिजली मिलेगी और खेती के लिए पानी भी मिलेगा। इस प्रकार से वे आर्थिक न्याय के संदर्भ में सोचते हैं। वे सही मायनों में राष्ट्रपुरुष थे।

बाबासाहबजी ने अपने महती कार्यों से भारतवर्ष को बलवान किया है। सामाजिक न्याय का एक बिंदु होता है, सहभागिता की भावना। बाबासाहब ने वैचारिक परिवर्तन के माध्यम से, आंदोलन के माध्यम से, संविधान के माध्यम से इस सहभागिता की भावना पर बहुत बल दिया है। सामाजिक न्याय के तहत वह संपूर्ण राष्ट्र को बलशाली राष्ट्र के रूप में देखना चाहते थे।

□

जिनके मर्म में धर्म था

—भीमराव भोसले

डॉ. बाबासाहब आंबेडकर के धर्मचिंतन में हिन्दुत्व, बौद्धपंथ और लोकतंत्र के मानवीय मूल्यों का एक विराट् त्रिसूत्रीय संगम नजर आता है। जीवन से वर्गकलह को रोकना और मानवीय दु:खों का समूल उच्चाटन करके सदाचारी और शांतिमय जीवन निर्मित करना ही धर्म का लक्ष्य है। धर्म शासन तथा कानून से बहुत बलवान है, लेकिन राष्ट्र तथा कम्युनिटी जब न्याय के पक्ष में आवाज बुलंद करते हैं, तो राष्ट्र तथा कम्युनिटी सर्वत: धर्म पर भारी पड़ते हैं। धर्म व्यक्ति के लिए होता है। डॉ. आंबेडकर धर्म सुधार के पक्ष में थे। मार्क्स अधिनायकवादी और हिंसाचारी क्रांति को इसका उपाय बताते हैं। वहीं इसकी तुलना में उन्हें बुद्ध का पंचशील तथा अष्टांगमार्ग सिद्धांत उचित लगता है। जगत् में शांति और सदाचार के निर्माण के लिए आंबेडकरजी की पद्धति में विज्ञान, लोकतंत्र और सुधारवाद का त्रिसूत्रीय संगम दिखाई देता है। धर्म के स्वरूप के अंतरविद्याशाखीय होने के कारण आंबेडकरजी के दृष्टिकोण से धर्म क्या है, रिलीजन और धर्म में क्या अंतर है तथा कार्ल मार्क्स, बुद्ध, धर्मनिरपेक्षता, आदर्श समाज की उनकी संकल्पना, लोकतंत्र का आधार, बंधुत्व, उन्होंने आखिर बौद्ध धर्म क्यों स्वीकार किया और हिंदुत्व, बौद्धपंथ और लोकतंत्र के सामाजिक उच्चतम मानवीय मूल्यों के किन त्रिसूत्रों का संगम एक नए भारतीय समाज के निर्माण की वकालत करता है, यह समझना दिलचस्प है।

धर्म—आंबेडकर बहुश्रुत धर्म चिंतकों के चिंतन सार पर आधारित धर्म की व्याख्या इन शब्दों में करते हैं—

लोग जिसके द्वारा शासित होते हैं, वही धर्म है। धर्म और तत्वधान में फर्क होता है। धर्म का स्वरूप निश्चित है, पर तत्वधान में कुछ भी निश्चित नहीं होता। दोनों एक-दूसरे के स्पर्धक जरूर हैं, पर विरोधी नहीं हैं।

धर्म सिर्फ सिद्धांत रूप में होता है, उसमें नियमों का कोई स्थान नहीं होता। जब धर्म नियमों का आधार बन जाता है, धर्म और कानून की मिलावट हो जाती है और धर्म के नाम पर कानून की वकालत बलप्रयोग से की जाती है तो वह धर्म पूर्णतः नष्ट हो जाता है, क्योंकि जवाबदेही लोकोत्तर नहीं रह जाती।

धर्म और कानून दो शक्तियाँ है, जो मनुष्य को नियंत्रित करती हैं। कभी-कभी दोनों में समन्वय होता है तो कभी-कभी दोनों एक-दूसरे को चेक और बैलेंस भी करती हैं। दोनों में एक फर्क है—कानून 'पर्सनल' होता है, इसलिए वह भेद-भाव, अन्याय या विषमता को बढ़ावा दे सकता है, पर धर्म पूर्णतः 'इंपर्सनल' होता है, जिसके कारण वह भेद-भाव, अन्याय और विषमता को पराजित कर सकता है। धर्म ढाल और तलवार दोनों ही रूप में एक बढ़िया साधन है।

राष्ट्र और कम्युनिटी धर्म से ज्यादा शक्तिमान है। जब न्याय की पुकार होती है, तब राष्ट्र और कम्युनिटी की सुरक्षा के हित धर्म को सुधार के लिए तत्पर होना ही पड़ता है। धर्म का लक्ष्य न्याय और शांति ही होता है।

धर्म शासन पर भारी होता है। धर्म मानवता के लिए अनिवार्य होता है। धर्म से हीन समाज का अंत तय है। धर्म लोगों को इकट्ठा रखने का महत्त्वपूर्ण कार्य करता है। धर्म ही लोगों की रक्षा करता है तथा अनुशासन सिखाता है। समाज में अगर उसकी नैसर्गिक एकरूपता के कारण एकरूपता नहीं है, तो वह समाज ही नहीं है। इसलिए धर्म मानवीय समाज का हृदय होता है।

डॉ. आंबेडकर के अनुसार धर्म उत्क्रांत होता है, जैसे भाषाओं की तरह धर्म का उत्कांक चार खंडों (युगों) में हुआ है।

पहला, धर्म मनुष्यमात्र की आत्मा की मुक्ति का विषय है। दूसरा, धर्म बंधुत्व का आचरण है, जो नीति-आधारित लोकशासन से संचरित होता है। तीसरा, धर्म धर्मवीरों की भक्ति, श्रद्धा तथा पूजापाठ होता है, जो उसकी रक्षा के लिए समर्पित कार्य में लगे होते हैं।

चौथा, धर्म उन धर्मवीरों की भक्ति, श्रद्धा तथा पूजापाठ होता है, जो चमत्कार करते हैं।

धर्म के चार वैशिष्ट्य : आंबेडकर के अनुसार, धर्म की चार विशेषताएँ हैं। पहली यह कि समाज को एकत्रित रखने के लिए कोई कानून या कोई नैतिकता जरूरी होती है अन्यथा समाज टुकड़ों में बिखर जाता है। दूसरी विशेषता यह है कि धर्म का आधार तर्क विज्ञान है। धर्म का आधार नैतिकता हो, यह तीसरा वैशिष्ट्य है, यह जरूरी है, पर यही परिपूर्ण नहीं है। नैतिकता के साथ-साथ लोकतंत्र के

मूलभूत त्रिसूत्रों—स्वातंत्र्य, समता और बंधुत्व का अनुसरण अनिवार्य होता है। चौथी खासियत है कि धर्म को कभी भी दारिद्रय का गुणगान तथा महिमामंडन नहीं करना चाहिए।

धर्म भाषा की तरह सामाजिक होता है। धर्म को आधार बनाकर समाज में भेदभाव करना आंबेडकर को मंजूर नहीं है। हम अपने ही धर्मबंधुओं के साथ जानवर की तरह व्यवहार करें और अन्याय-अत्याचार करें, यह बात उन्हें मान्य नहीं है। वे कहते हैं—धर्म और गुलामी साथ-साथ नहीं चल सकते। धर्म कभी वैयक्तिक नहीं होता।

सभी रिलीजन अलग-अलग होते हैं। सभी धर्मों के मार्ग और पद्धति अलग-अलग होते हैं। दो धर्म कभी पूर्णत: समान नहीं रहते। सभी धर्म समान और अच्छे होते हैं, ऐसा समझना गलत है और धोखा देनेवाला है। धर्म एक संस्था और प्रभाव होता है। धर्म फलदायी या उपद्रवी हो, यह उस धर्म पर निर्भर करता है।

धर्म 'ग्लानि' क्यों होती है ? नागसेन और मिलिंद (मिलिंद प्रश्न) का उदाहरण देकर आंबेडकर कहते हैं कि धर्म के विनाश के तीन प्रमुख कारण हैं—पहला, धर्म की आधारशिला का ही अपरिपक्व होना। दूसरा, परिपूर्ण ज्ञानी धर्मप्रचारक न होना। तीसरा, धर्म तथा धर्म सिद्धांत सिर्फ चुनिंदा ज्ञानी लोगों के लिए हो और आम साधारण लोग जब मंदिर-विहार तक ही सीमित रहें, तो धर्म का विनाश निश्चित है।

बुद्ध और उनका धर्म— 'बुद्ध तथा अका धम्म' ग्रंथ के अनुसार बुद्ध रेशनल, डेमोक्रेटिक, मॉरल और साइंटिफिक हैं।

धर्म क्या ? जीवन मंगल रखना धर्म है। जीवन में पूर्णता पाना धर्म है। सक्रियता और निर्वाण में जीना धर्म है। तृष्णा से मुक्त होकर जीना धर्म है। सभी यौगिक वस्तुएँ क्षणिक हैं, ऐसा विश्वास करना धर्म है। कर्म ही नैतिक नियमों का साधन है, ऐसा विश्वास करना धर्म है।

धर्म क्या नहीं है ? पारलौकिक पर विश्वास करना धर्म नहीं है। ईश्वर पर विश्वास करना धर्म का आवश्यक अंग नहीं है। ब्रह्म पर आधारित धर्म असत्य धर्म है। आत्मा में विश्वास करना धर्म नहीं है। बलिदानों पर विश्वास करना धर्म नहीं है। परिकल्पना पर विश्वास करना धर्म नहीं है। धर्म की किताबें पढ़ना धर्म नहीं है। धर्म किताबें होती हैं, ऐसा विश्वास करना धर्म नहीं है।

सधर्म या धर्म का कार्य क्या है ?

मन को शुद्ध रखना। विश्व को सदाचारी राज्य बनाना। धर्म सद्धम बनने हेतु प्रज्ञा को बढ़ावा देना। शिक्षा को सभी के लिए खुली रखना।

सिर्फ कोरी शिक्षा सबकुछ नहीं, इसलिए प्रज्ञा का होना जरूरी है। प्रज्ञा का मतलब है साक्षात् अनुभव, जो प्रयोगसिद्ध हो, यह अनुभव सार्वजनिक हो और सच्चे तथ्यों पर आधारित हो।

धर्म को सद्धम यानी सद्धर्म बनने हेतु, मैत्री को बढ़ावान देना। प्रज्ञा से ज्यादा शील हो। शील से ज्यादा करुणा हो। करुणा से ज्यादा मैत्री हो। यहाँ यह ध्यान रखें कि इनका मूल्य बढ़ते क्रम में है जैसे प्रज्ञा-शील-करुणा-मैत्री।

सामाजिक समता, समाजिक एकता के लिए मैत्रीपूर्ण और कारुणिक चरित्र बहुत आवश्यक है इसलिए व्यक्ति की गुणवत्ता व चरित्र प्रमाण है, न कि उसका जन्म।

धर्म सद्धम बनने हेतु व्यक्ति-व्यक्ति के बीच में से सभी सामाजिक दीवारें हटा देना जरूरी है। व्यक्ति को दर्जा उसकी गुणवत्ता पर हो, न कि उसके जन्म पर। व्यक्ति-व्यक्ति के बीच में समता को बढ़ाएँ। समाज और गुणवत्ता से समाज में एकता और बंधुत्व को बढ़ावा मिलता है। सब एक हैं तो समाज है।

धर्म का उद्देश्य—पहले यह बात समझ लें कि समाज में चारों ओर दुःख व्याप्त है, समाज को दुःख से मुक्त करें। दुःख के कारण का निवारण करें। दुःख को उचित उपाय करके सुख-शांति, बंधुत्व और मैत्री को बढ़ाएँ।

धर्म का मार्ग मंगल है, पंचशील का मार्ग मंगल है। पंचशील का अनुकरण करें। हिंसा न करें। चोरी न करें। व्याभिचार न करें। झूठ न बोलें। मद्य आदि मादक पदार्थों का सेवन न करें।

धर्म का मार्ग सदाचार है। इसके आठ अंग हैं—सम्यक् दृष्टि, सम्यक् वाचा, सम्यक् संकल्प, सम्यक् व्यायाम, सम्यक् कर्म, सम्यक् आजीविका, सम्यक् स्मृति, सम्यक् समाधि।

इस मार्ग पर प्रयास करने के लिए मिच्छा (पाली भाषा में इसका अर्थ अधर्म है) दृष्टि को सम्यक् समाधि से हटाना होता है। यह मार्ग चार आर्य सत्यों का दर्शन है। यहाँ पर विज्ञान और नैतिकता का उचित प्रयोग होने से सामाजिक कल्याण और एकता का कार्य बढ़ सकता है। सम्मा, समाधि और श्रद्धा को बल देता है। सम्मा समाधि मन को मंगल, अचल और एकाग्र रखता है, जिससे व्यक्ति की क्षमता व गुणवत्ता बढ़ती है। बुद्ध दस सद्गुण और दस पारमिता की भी बात करते हैं, जिसकी आंबेडकर ने विस्तार से चर्चा की है।

दस सद्गुण हैं—शील, दान, प्रज्ञा, उपेक्षा, निष्काम कर्म, वीर्य, क्रांति, सच, अधिष्ठान, मैत्री बढ़ते मूल्यों के क्रमानुसार दस पारमिता हैं—मुदिता, विमल,

प्रभाचारी, (चकाचक प्रकाश), अर्चिस्मृति (अग्नि की तरह बुद्धि), सुदूरजय, अभिमुखी, दुरंगम, अचल, साधुमति, धर्ममेध (धर्म की तीसरी आँख, बुद्धत्व)

बुद्ध के अनुसार निब्बान यानी निर्वाण सर्वोच्च फलनिष्पति है। निब्बान उच्चतम आनंद और सुख है। इसकी तुलना किसी भी भौतिक सुख में नहीं हो सकती।

मार्क्सवाद—आंबेडकर बुद्ध और मार्क्स की तुलना करते हैं। दोनों में इस बात पर सहमति है कि जीवन दुःख है और दुःख का कारण है वर्गकलह। वर्गकलह को कैसे रोकें और दुःख का क्या उपाय करें। मार्क्स ने वर्गकलह रोकने और दुःख दूर करने के लिए हिंसा का उपाय बताया है। डॉ. आंबेडकर के अनुसार बुद्ध और मार्क्स दोनों दुःख दूर करने के पक्ष में हैं, पर दुःख को दूर करने के उपाय के लिए बुद्ध ने पंचशील और अष्टांगमार्ग का सुझाव दिया है। बुद्ध हिंसा के पक्ष में नहीं हैं। बुद्ध शांति के मार्ग से क्रांति समर्थक हैं। आंबेडकरजी को शांति मार्ग पसंद है, जो भारतीय धर्म और संस्कृति का अनिवार्य अंग है।

सेकुलर स्टेट—आजकल हर कोई सेकुलर शब्द का अपने-अपने दृष्टिकोण से उपयोग करता है। बाबासाहब के अनुसार इसका एक स्पष्ट अर्थ है कि संसद् को एक धर्म को दूसरे लोगों पर लादने का अधिकार नहीं है और भारतीय संविधान यह मर्यादा मानता है।

उनके मुताबिक लोगों का अस्पृश्यता और सामाजिक विषमता को धर्मसम्मत माननेवाले हिंदू धर्म का त्याग करना चाहिए। आंबेडकरजी ने जिस हिंदू धर्म का अनुभव किया, वह विषमता को प्रमाण माननेवाला था। भारतीय समाज में हिंदू धर्म को आधार बनाकर अस्पृश्यता का समर्थन किया गया था, जिसके कारण करोड़ों बंधु सामाजिक, आर्थिक और राजनीतिक गुलामी में जीवन व्यतीत करते थे। इसलिए बाबासाहब का कथन था कि अस्पृश्यता और सामाजिक विषमता को धर्मसंगत माननेवाले हिंदू धर्म का त्याग करना चाहिए। यहाँ पर यह बात समझना उचित होता कि वे निधर्मवादी, अधर्मवादी आदि नहीं थे। धर्म में उनकी गहरी आस्था थी। इसलिए उन्होंने हिंदू शब्द का त्याग करके बौद्ध शब्द का प्रयोग किया।

आंबेडकर बुद्धिज्म क्यों चाहते थे? बाबासाहब कहते हैं कि उन्हें बुद्धिज्म के तीन तत्त्व बहुत पसंद हैं—प्रज्ञा, करुणा और समता। बुद्ध सिर्फ मार्गदाता हैं, मुक्तिदाता नहीं। बाकी सभी धर्म मुक्ति दिलाने का दावा करते हैं, मगर बुद्धिज्म में पंचशील और अष्टांगमार्ग का अनुसरण करके जीवन में मंगल, कारुणिक और मैत्रीपूर्ण व्यवहार करके शांति प्राप्त करने का प्रयास करने का आह्वान किया गया

है। इससे हर व्यक्ति को मंगल जीवन तथा सामाजिक एकता को भी बल मिलता है। समाज को बचाना धर्म है, मगर उसका विनाश करना अधर्म है।

भारत को सर्वोत्तम भेंट—बौद्धधर्म भारतीय संस्कृति का अंग है। यह सत्य और अहिंसा का प्रेरक है। इससे भारतीय संस्कृति और परंपरा का रक्षण होगा। इसीलिए आंबेडकर ने बौद्ध धर्म को स्वीकार किया है।

आदर्श समाज—आंबेडकरजी की दृष्टि से एक आदर्श समाज वह है, जहाँ स्वातंत्र्य, समता, बंधुत्व और सामाजिकता हो। आदर्श समाज को परिवर्तनीय होना चाहिए। उसमें खुलापन हो। मुक्त संवाद व साहचर्य हो। सबके बीच हित का आदान-प्रदान हो। सबका अनुभाव-सहभाव सहयोग हो। यहाँ यह बात उल्लेखनीय है कि आंबेडकर ऐसे समाज के निर्माण के लिए कानून बनाने की वकालत भी करते हैं।

लोकतंत्र का मूलमंत्र बंधुत्व है—इसका त्रिसूत्र हैं—स्वातंत्र्य, समता और बंधुत्व। आंबेडकर की दृष्टि से बंधुत्व ही उच्चतम मूल्य है। बंधुत्व है तो ही समाज में समता तथा स्वातंत्र्य रह सकता है।

शांति, मैत्री और न्याय के माध्यम से हिंदुत्व वैश्विक शांति का संदेश देता है। प्रज्ञा, शील, करुणा के माध्यम से बौद्धधर्म वैश्विक मैत्री का संदेश देता है। समता, बंधुत्व और न्याय के जरिए लोकतंत्र वैश्विक न्याय का संदेश देता है। हिंदुत्व की शांति, बुद्धिज्म की मैत्री और लोकतंत्र का न्याय, यह त्रिसूत्रीय संगम हो तो यह विश्व एक नए आदर्श समाज के निर्माण की संभावना बन सकता है। यही आंबेडकरजी का मानना है।

□

आओ चलें, स्वप्न पूरा करें!

—रमेश पतंगे

परम पूज्य डॉ. बाबासाहब आंबेडकर स्वप्नरंजन करनेवाले विचारक नहीं थे। उसी प्रकार आरामकुरसी पर बैठकर विचार करनेवाले विचारक नहीं थे, साथ-साथ व्हाइट कॉलर प्रोफेसरपंथी विचारक भी नहीं थे। वे कृतिशील विचारक थे। उनकी हरेक कृति के पीछे विचार था और हरेक विचार का अनुसरण कृति करती थी। इसीलिए 'कृतिशील विचारक' यह विशेषण उन पर सही मायने में लागू होता है।

बाबासाहब आंबेडकर डॉग्मॅटिक विचारक नहीं थे। डॉग्मॅटिक का मतलब होता है कि किसी ग्रंथ को प्रमाण मानकर उसी के अनुसार चलना। उनके काल के सबसे बड़े डॉग्मॅटिक विचारक थे, कम्युनिस्ट। मार्क्स ने क्या लिखा है, लेनिन ने क्या लिखा है, उसी को प्रमाण मानकर कम्युनिस्ट चलते थे और आज भी चलते हैं। वे धरातल का विचार नहीं करते हैं। लंबी बहस करना और लंबे-लंबे प्रबंध लिखना इसी में उनकी शक्ति का व्यय होता रहता है। लंबे भाषण और प्रबंध का सामाजिक, राजनीतिक, आर्थिक आंदोलन में बहुत सीमित उपयोग होता है। भारत में कम्युनिस्ट आंदोलन यशस्वी नहीं हो पाया। इसके अनेक कारणों में से यह एक कारण है।

बाबासाहब प्रागतिक विचारक थे। वे कहते थे भगवान् गौतम बुद्ध, महात्मा कबीर और महात्मा ज्योतिबा फुले मेरे गुरु हैं, लेकिन बाबासाहब ने 'बाबा वाक्यं प्रमाणं' इस कहावत के अनुसार 'गुरु वाक्यं प्रमाणं' नहीं माना। वे काल के अनुसार उसमें संशोधन करते गए और काल की माँग के अनुसार उसमें नई-नई बातें जोड़ते गए। भगवान् गौतम बुद्ध के चार आर्य सत्यों को वे अस्वीकार करते हैं। साथ-साथ जनम दुःखमय है इस सिद्धांत को भी वे स्वीकारते नहीं। भगवान् गौतम बुद्ध के विचारों को उन्होंने नए ढंग से 'गौतम बुद्ध और उनका धम्म' इस ग्रंथ में प्रस्तुत किया है।

प्रत्येक विचारक अपने सामने कुछ आदर्श रखता है, कुछ सपने देखता है और समाज जीवन की रचना कैसी हो, इसका रेखांकन करता है। ज्येष्ठ विचारक मार्क्स ने ऐसा एक सपना देखा था। मार्क्स का सपना था वर्गविहीन समाजरचना का। मार्क्स की मान्यता थी कि समाज में दो वर्ग होते हैं—1. पूँजीपति और 2. सर्वहारा। पूँजीपति अपनी पूँजी के आधार पर मजदूर वर्ग का, मतलब सर्वहारा वर्ग का शोषण करता है। अपनी पूँजी के आधार पर वह राज्यसत्ता को भी अपने अनुकूल बना लेता है। धर्मसत्ता भी पूँजीपति की दास बनती है। मार्क्स ने दो सिद्धांत रखे, 1. राज्यसत्ता का विलय होना चाहिए , 2. धर्मसत्ता का विलय होना चाहिए। धर्म अफीम की गोली है।

राज्यसत्ता का विलय कैसे होगा ? मार्क्स बताता है कि विलय के पूर्व सर्वहारा की सत्ता आएगी। पूँजीपति समाप्त कर दिए जाएँगे। हिंसक क्रांति होगी। सर्वहारा की सत्ता आने के बाद प्रत्येक व्यक्ति को उसकी मूलभूत आवश्यकता के अनुसार सबकुछ मिलेगा। उसके भरण-पोषण की चिंता राज्य करेगा। धीरे-धीरे राज्य समाप्त हो जाएगा और राज्यविहीन समाज रचना निर्माण होगी, जिसमें पुलिस, सेना आदि दंडशक्ति की आवश्यकता नहीं रहेगी। मार्क्स ने आदर्श समाज का यह चित्र प्रस्तुत किया। इसका क्रियान्वयन करने के लिए उसने मजदूरों से कहा, "मजदूरों संगठित हो जाओ। संघर्ष करो। आपको केवल अपनी बेड़ियाँ ही तोड़नी हैं और कुछ गँवाना नहीं है।"

मार्क्स के कालखंड में औद्योगिक क्रांति हो चुकी थी और पूँजीपतियों द्वारा प्रचुर मात्रा में संपत्ति का निर्माण हो रहा था। संपत्ति का बँटवारा विषम ढंग से हो रहा था। गरीब अधिक गरीब बनते जा रहे थे और पैसेवाले अधिक पैसेवाले बनते जा रहे थे। इस विषमता की खाई के कारण आम जनता पीड़ित थी। युवा वर्ग पीड़ित था। बुद्धिवादी पीड़ित थे। उन सबको मार्क्स का तत्त्वज्ञान आकृष्ट कर गया। इसलिए उस समय एक कहावत बनी थी, 'युवा रहते मार्क्सवादी नहीं बनना यानी दिमाग नहीं होना।' भारत में हम देखते हैं कि 19वीं सदी के प्रारंभ में ही भारत का युवा वर्ग मार्क्सवादी बन चुका था। विवेकानंदजी को भी एक बार कहना पड़ा कि मैं समाजवादी हूँ। यद्यपि के तत्वत: समाजवादी नहीं, बल्कि वेदांती थे। राजनीति में पंडित नेहरू, लोहिया, जयप्रकाश, डांगे, रणदिवे आदि नाम हम जानते हैं। उसी प्रकार साहित्य के क्षेत्र में पंडित राहुल सांकृत्यायन, शरद्चंद्र, मुक्तिबोध, ऐसे कई नाम आते हैं।

बाबासाहब डॉ. आंबेडकरजी ने मार्क्सवाद का गहरा अध्ययन किया था, लेकिन वे मार्क्सवादी नहीं बने। उसके दो कारण थे। पहला कारण वे कट्टर

धार्मिक थे। यहाँ कट्टर धार्मिक का मतलब पूजापाठ, उपवास, व्रत, तीर्थयात्रा करनेवाला, इससे नहीं है। इन सारी बातों पर आंबेडकरजी का विश्वास नहीं था। समाज की धारणा के लिए धर्म आवश्यक है, धर्म के बिना आदमी पशु बन जाता है, ऐसी उनकी मान्यता थी। मार्क्सवाद में धर्म को कोई स्थान नहीं था। दूसरा कारण बाबासाहब स्वतंत्र प्रज्ञा के विचारक थे। उनकी प्रज्ञा की जड़ें भारतीय थीं। अपनी संस्कृति और विरासत में ये जड़ें खूब गहराई तक गई थीं। उनकी बुद्धि को वहाँ से जीवनरस प्राप्त होता था। विदेशी विचार उनकी जीवन की प्रेरणा कभी नहीं बना। यद्यपि उन्होंने विदेश से आए सभी अच्छे विचारों का खुले दिल से स्वागत किया है, लेकिन उनका अंधानुकरण नहीं किया, जो कि पंडित नेहरू करते थे।

मार्क्स की वर्गवाद की कल्पना को बाबासाहब ने ठुकरा दिया। भारत में वर्ग नहीं है। भारत में जातियाँ हैं। वर्ग और जाति समव्याप्त नहीं हैं। अंग्रेजों के शासनकाल में पूँजीपतियों का वर्ग सीमित था। जीवन के सभी क्षेत्रों पर वह हावी नहीं था। राज्य शासन पूँजीपति नहीं चलाते थे, अंग्रेज चलाते थे। धर्म शासन स्वयंभू और स्वायत्त था। उसे पूँजीपति नहीं चलाते थे। भारत के मार्क्सवादी भारत की वर्णव्यवस्था और जातिव्यवस्था को समझ नहीं पा रहे थे। वे पोंगापंडित जैसी तोते की रट लगाते थे कि वर्ग के आधार पर समाज का संगठन हो जाने से जातिभावना अपने आप समाप्त हो जाएगी। वर्ग अनुभूति, यह जाति अनुभूति को खा जाएगी, ऐसी उनकी मान्यता थी।

आंबेडकरजी का कहना इससे उल्टा था। वे कहते थे कि जाति अनुभूति, वर्ग अनुभूति को खा जाएगी, क्योंकि वर्ग का निर्माण तो अभी-अभी हो रहा है और जातियों का निर्माण हजारों साल पुराना है। मजदूर के सामने अगर संघर्ष खड़ा होता है कि वह जाति को प्रमाण माने या वर्ग को प्रमाण माने, तब मजदूर जाति को प्रमाण मानेगा, वर्ग को नहीं। इस तथ्य की अनुभूति हम आज भी समाज के अंदर कर सकते हैं। डॉ. बाबासाहब मुंबई की मिल का उदाहरण दिया करते थे। उस समय मुंबई में कपड़ों की मिलें बहुत थीं। उसमें काम करनेवाले मजदूर जाति के आधार पर ही बँट चुके थे। अस्पृश्यों को एक विशिष्ट विभाग में काम करने नहीं दिया जाता था। यूनियनें तो कम्युनिस्टों की थीं, लेकिन किसी भी कम्युनिस्ट नेता ने इस अन्याय को दूर करने का प्रयास नहीं किया।

मार्क्स के समान डॉ. बाबासाहबजी ने आदर्श समाज का एक सपना देखा था। बाबासाहबजी की आँखों के सामने हिंदू समाज था। हिंदू समाज की समाज रचना चातुर्वर्ण्य और जातिभेदों के आधार पर हुई। चातुर्वर्ण्य ने पहले समाज का

विभाजन चार वर्णों में किया—ब्राह्मण, क्षत्रिय, वैश्य, शूद्र। पुरुष सूक्त में यह कहा गया कि, ब्राह्मण ब्रह्मा के मुख से, क्षत्रिय बाहू से, वैश्य जंघा से और शूद्र पैरों से उत्पन्न हुए हैं। इस चातुर्वर्ण्य ने ब्राह्मणों को असीम अधिकार दिए थे। थोड़े कम अधिकार क्षत्रियों को दिए, उससे थोड़े कम वैश्यों को दिए और शूद्रों को समाज की सेवा करने को कहा। इस चातुर्वर्ण्य से आगे चलकर जातियाँ बनती चली गईं। भिन्न-भिन्न व्यवास करनेवालें लोकसमूह एक-एक जाति के बन गए।

बाबासाहब कहते हैं कि जाति निर्माण का श्रेय न तो ब्राह्मणों को जाता है, न ही मनु को जाता है। जाति जैसी जगत् व्यापी संस्था का निर्माण किसी एक व्यक्ति अथवा व्यक्तिसमूह के परे है। जाति निर्माण होने के कुछ कारण बाबासाहब बताते हैं। 1. अपनी ही जाति में विवाह, 2. जन्म से जाति का निर्धारण, 3. जाति का अपरिवर्तनीय स्वरूप। इस जाति संस्था ने अस्पृश्य वर्ग को जन्म दिया। चातुर्वर्ण्य के बाहर उनको रखा गया और उनकी भी अलग-अलग जातियाँ बनाईं। साफ-सफाई, मृत जानवरों को ढोना तथा उनकी खाल निकालना और भिन्न-भिन्न प्रकार के गंदे काम इनको दिए गए। इन गंदे कामों से वे अस्पृश्य बन गए। उन पर कड़े सामाजिक निर्बंध लगाए गए। सभी प्रकार के अधिकारों से उनको दूर रखा गया। सामाजिक दासता की एक अमानवीय संस्था का जन्म हुआ। ऐसे ही एक अछूत जाति में बाबासाहबजी का जन्म हुआ था और बाल्यकाल से ही अछूतेपन के दुःख को उनको सहन करना पड़ा है।

जातिभेद और अस्पृश्यता ने अपने राष्ट्र का अपरिमित नुकसान किया है। इस बात को बाबासाहब बार-बार बताते रहे और उसके खिलाफ संघर्ष करते रहे। संघर्ष की एक वैचारिक पृष्ठभूमि उन्होंने तैयार की। उस पृष्ठभूमि का सबसे महत्त्वपूर्ण सिद्धांत है कि हिंदू समाज एकवंशीय समाज है। आर्य बाहर से आए और उन्होंने यहाँ के मूल निवासियों को जीत लिया। इस सिद्धांत का जबरदस्त खंडन उन्होंने 'शूद्र पहले कौन थे?' इस पुस्तक में किया है। इसी पुस्तक में उन्होंने यह साबित कर दिया है कि पूर्वकाल में केवल तीन वर्ण थे। ब्राह्मण और क्षत्रिय का लंबा संघर्ष चला। इस संघर्ष में ब्राह्मणों ने क्षत्रियों का उपनयन संस्कार बंद कर दिया। उसके कारण वे शूद्र बन गए। शूद्र राजाओं की लंबी सूची भी बाबासाहबजी ने पुस्तक में दी है।

इस एकवंशीय समाज की संस्कृति भी एक है। वे अपने 'कास्ट इन इंडिया' प्रबंध में लिखते हैं, 'सांस्कृतिक एकता के संदर्भ में भारत की बराबरी कर सके, ऐसा एक भी देश विश्व में नहीं है। भारत में भौगोलिक एकता के सिवा अत्यंत गहरी

मूलभूत एकता है, जिसका प्रभाव देश के एक छोर से दूसरे छोर तक रहता है।'

हम जातिपाति में बँट जाने के कारण असंगठित हो गए। जाति निर्मूलन इस प्रबंध में बाबासाहबजी लिखते हैं कि जब तक हिंदू समाज में जातियाँ हैं, तब तक हिंदू समाज में जातियाँ हैं। तब तक हिंदू समाज बँटा रहेगा और बँटा रहने के कारण दुर्बल रहेगा और दुर्बल रहने के कारण अन्य संगठित समाज से मार खाता रहेगा। वे और भी लिखते हैं कि किसी एक समय हिंदू धर्म प्रचारकी धर्म था, लेकिन अब वह सिकुड़ गया है। उसकी अवस्था दो नलवाले पानी की टंकी जैसी बन गई। पानी की टंकी घर के ऊपर रहती है और उस टंकी में पानी लानेवाला एक नल रहता है और घर में उपयोग के लिए अन्य नल रहते हैं। हिंदू समाज ने पानी की टंकी भरनेवाला नल बंद कर दिया है और पानी बाहर छोड़नेवाले नल को चालू रखा है। हिंदू धर्म में आने के सारे रास्ते बंद हैं, बारह जाने के सारे मार्ग खुले हैं। इसके कारण हिंदू समाज का संख्याबल तेज गति से घट रहा है। यह हिंदू समाज के लिए खतरे की घंटी है। इस बात को भी बाबासाहबजी ने बताया है।

मार्क्स के सामने प्रश्न था पूँजीवाद को खत्म करने का। बाबासाहबजी के सामने प्रश्न था जातिभेद और विषमता को समाप्त करने का। वे चाहते थे कि समाज का पुनर्निर्माण स्वतंत्रता, समता और बंधुता के आधार पर हो। वे सामाजिक प्रजातंत्र की बात करते हैं। उनके लिए प्रजातंत्र केवल राजनीतिक प्रजातंत्र नहीं था। राजनीतिक प्रजातंत्र में सभी नागरिकों को वोट देने का अधिकार होता है। राजनीतिक दल बनाने का अधिकार होता है। चुनाव में खड़े रहने का अधिकार होता है। सामाजिक प्रजातंत्र में सामाजिक आवागमन पर कोई बंधन नहीं रहता है। उदारणार्थ, हिंदू समाज में शादियाँ आज भी जाति में ही होती हैं। अंतरजातीय विवाह अब भी सर्वमान्य नहीं हुए हैं। बाबासाहबजी की कल्पना थी कि अगर सामाजिक प्रजातंत्र का अनुभव करना है तो अनुरूप युवक-युवतियाँ आपस में विवाह करें। इसमें जाति बंधन कोई बाधा नहीं रहनी चाहिए। उसी प्रकार सभी को व्यवसाय स्वंतत्रता हो। चमार जाति में जनमा व्यक्ति अगर कपड़े की दुकान डालने की क्षमता रखता है तो वैसी उसे स्वतंत्रता रहनी चाहिए और महार जाति का व्यक्ति अगर होटल खोलना चाहता है तो उसे होटल खोलने की अनुमति मिलनी चाहिए।

लेकिन केवल अनुमति देने से काम नहीं चलता है। अनुमति कानून से दी जा सकती है। उसे सामाजिक मान्यता भी मिलनी चाहिए। सामाजिक मान्यता का मतलब होता है, समाज को उस प्रकार से व्यवहार करना चाहिए। चर्मकार अगर कपड़े की दुकान डालता है तो लोगों को वहाँ जाना चाहिए और कोई अछूत

उपाहारगृह खोलता है तो वहाँ भी जाना चाहिए। इस मान्यता के बिना समाज परिवर्तन होना संभवनीय नहीं है। जाति निर्मूलन होना चाहिए, ऐसी केवल घोषणा करने से जाति निर्मूलन नहीं होगा। हम लोग नारेबाजी तो बहुत करते हैं, लेकिन उस प्रकार से व्यवहार करने में चूक जाते हैं। यह हमारे सामाजिक जीवन की विसंगति और विडंबना है।

सामाजिक व्यवहार में परिवर्तन लाने के लिए मानसिक परिवर्तन की आवश्यकता होती है। मानसिक परिर्वन राज्यसत्ता के कानून द्वारा कभी नहीं होता। राज्यसत्ता अगर कानून बनाती है कि शराब नहीं पीनी चाहिए तो लोग शराब पीना छोड़ देंगे, ऐसा नहीं होता है। वे तो चोरी–छुपे शराब पीते रहते हैं। परिवर्तन लाने के लिए समाज के मानस में परिवर्तन करना पड़ता है। समाज के मानस में परिवर्तन लाना इस शरीर के कपड़े बदलने जैसा आसान काम नहीं है। साल–दो–साल में हम घर का फर्निचर बदल सकते हैं और कुछ बदलाव घर में कर सकते हैं। यह काम आसान है, लेकिन करोड़ों लोगों के मन के भीतर परिवर्तन लाना यह आसान काम नहीं है।

परिवर्तन के बाबासाहबजी के कुछ सिद्धांत हैं। वे जानते थे कि सामान्य व्यक्ति परंपराओं पर चलनेवाला होता है। परंपरा से उसे प्यार होता है। रूढ़िवादिता से उसे लगाव रहता है। एक प्रकार के संरक्षण की भावना उसके अंदर रहती है। इसको बदलना कठिन काम होता है। बाबासाहब कहते थे कि अन्याय परंपरा से चलता आया है, इसलिए उसे सहन करना चाहिए, यह विचारधारा गलत है, क्योंकि अन्याय की कोई परंपरा नहीं होती। परंपरा की आड़ में अन्याय का समर्थन नहीं हो सकता है। उसे बदलना चाहिए। लोग जाति से क्यों चिपके रहते हैं, अस्पृश्यता का पालन क्यों करते हैं, पशु से भी हीन बर्ताव मनुष्य के साथ क्यों करते हैं, क्या हिंदू समाज के व्यक्ति दुष्ट स्वभाव के हैं ? बाबासाहब कहते हैं कि हिंदू व्यक्ति दुष्ट स्वभाव का नहीं होता है, लेकिन उसे ऐसा लगता है कि जाति से चिपके रहना यह मेरा धर्म है, अस्पृश्यता का पालन करना यह मेरा धर्म है, यह धर्माज्ञा है।

धर्म के इस गलत अर्थ को बाबासाहबजी ने नकारा है और ऐसे धर्म पर उन्होंने कठोर प्रहार किया है। उनका कहना था कि धर्म का काम समाज का बँटवारा जातियों में करना नहीं है। धर्म का काम एक व्यक्ति का दूसरे व्यक्ति के साथ संबंध किस प्रकार हो, यह बताना है। धर्म को समाज की धारणा करनी चाहिए और धारण करते समय ऐसे नियम बनाने चाहिए, जो सबको समान न्याय दें। नियमों के आधार स्वतंत्रता, समता और बंधुता होना चाहिए। प्रत्येक व्यक्ति को व्यवसाय

चुनने की और अपनी उन्नति करने की अमर्याद स्वतंत्रता होनी चाहिए। सभी प्रकार के कृत्रिम बंधनों को हटा देना चाहिए, साथ-साथ समाज के सभी अंगों में समता चाहिए। जन्म से कोई छोटा या बड़ा नहीं होता। वर्ण के कारण कोई उच्च नहीं होता, कोई नीच नहीं होता। व्यक्ति का मूल्य स्वयंभू है, उसे मूल्यहीन बनाने का काम किसी व्यवस्था को नहीं करना चाहिए। इसी के साथ-साथ समाज में व्यक्ति का स्तर उसके गुण और कर्तृत्व के आधार पर निर्धारित हो।

बाबासाहब जानते थे कि जन्मत: सब समान नहीं होते, प्रत्येक की गुणसंपदा समान नहीं होती। रंग भी हर एक का समान नहीं होता, हर एक की बुद्धि भी समान नहीं होती, लेकिन ऐसे सभी लोगों को जीवन संघर्ष में उतरना पड़ता है। डार्विन का सिद्धांत है कि जीवन संघर्ष में जो बलवान है, वह टिकेगा। जो दुर्बल है, वह समाप्त होगा। सामाजिक व्यवस्था में भी इस सिद्धांत को लागू करने का काम कुछ लोग करते हैं, लेकिन यह सरासर गलत है। बाबासाहबजी ने इस सोशियल डार्विनिज्म को पूर्णरूपेण नकार दिया है। उनका प्रश्न है कि क्या समाज को योग्यतम (बलवान) व्यक्ति की या श्रेष्ठतम व्यक्ति की जरूरत होती है। बाबासाहब उत्तर देते हैं कि समाज को श्रेष्ठतम व्यक्ति की जरूरत होती है। श्रेष्ठतम व्यक्ति भले ही आर्थिक दृष्टि से या अन्य किसी कारण से दुर्बल क्यों न हो, समाज को उसकी आवश्यकता या जरूरत होती है।

स्वतंत्रता और समता के साथ-साथ समाज में भाईचारे का माहौल होना चाहिए। केवल संस्कृति एक है, देश एक है, वंश एक है, इसके कारण राष्ट्र नहीं बनता। राष्ट्र बनने के लिए भाईचारे का रिश्ता होना आवश्यक है। सभी भारतीय मेरे भाई हैं, यह भावना हर एक के मन में रहनी चाहिए। हम परस्पर संलग्न हैं, परस्पर पूरक हैं, इसलिए हमें परस्परानुकूल व्यवहार करना चाहिए। इसी को भाईचारा कहते हैं। समाज को जोड़नावाला यह सीमेंट है।

बाबासाहबजी ने एक आदर्श समाज का सपना देखा था। वे ऐसा समाज जीवन देखना चाहते थे, जिसमें किसी भी प्रकार का जातिभेद नहीं होगा, कोई भी स्पृश्य नहीं होगा, अपनी उन्नति करने के समान अवसर सब को मिलेंगे और समाज आपसी प्रेम और भाईचारे में बँधा रहेगा। बाबासाहब जी की आदर्श समाज की यह कल्पना मार्क्स के वर्गविहीन समाज से भिन्न है। मार्क्स का रास्ता हिंसा का है, डॉ. आंबेडकर का रास्ता मन परिवर्तन का है। मार्क्स का रास्ता धर्म को त्यागने का रास्ता है, डॉ. आंबेडकरजी का रास्ता धर्म के आधार पर समाज के पुनरुत्थान का रास्ता है। इसलिए उनको भगवान गौतम बुद्ध का बुद्ध धर्म प्रिय लगा। उनको

ऐसे लगा कि इसी धर्म में स्वतंत्रता, समता तथा भाईचारा है और भारतीय लोगों को भगवान् बुद्ध के विचारों का अनुसरण करना चाहिए।

बाबासाहबजी की आदर्श समाज की संकल्पना आज कितनी व्यवहार में आई है, इस पर हमें विचार करना चाहिए। विचार करते अगर यह सिद्ध होता है कि आदर्श समाज की यह संकल्पना राष्ट्र के हित में है और मानव जाति के हित में भी है तो उस आदर्श समाज की ओर हमें जाना पड़ेगा। वैसे प्रयास करने पड़ेंगे। मार्ग में जो बाधाएँ आती हैं, उन्हें दूर करना पड़ेगा। समाज के मानसिक परिवर्तन के मार्ग पर चलना पड़ेगा। बहुजन हिताय, बहुजन सुखाए मंत्र जपते हुए निरंतर चलते रहना पड़ेगा। हमारा संविधान ऐसे समाज का दिशादर्शन करता है, लेकिन केवल संविधान बनने से या संवैधानिक कानून बनने से सामाजिक परिवर्तन नहीं होता। सामाजिक परिवर्तन के लिए बुद्धि परिवर्तन, मानसिक परिवर्तन, व्यावहारिक परिवर्तन लाना पड़ता है।

इस दृष्टि से विचार करें तो हम यह कह सकते हैं कि हमने आदर्श समाज की ओर अब तक कई कदम उठाए हैं। लक्ष्य बहुत दूर है, मार्ग बहुत लंबा है, कठिन भी है, लेकिन उसे पार करना पड़ेगा। यह काम शायद अनेक पीढ़ियों को करना पड़ेगा और प्रत्येक पीढ़ी को लक्ष्य प्राप्ति की दिशा को पकड़ते हुए हमें क्या करना है, क्या करना चाहिए, इस पर चिंतन, मनन करना चाहिए। बाबासाहब आंबेडकर केवल दलित चिंतक नहीं थे। वे एक महान् समाज चिंतक थे, राष्ट्र चिंतक थे और मार्क्स के समान एक दार्शनिक चिंतक थे। उनके दर्शन को जाति-पाति के बंधन से ऊपर उठकर समझना पड़ेगा। 21वीं सदी और सशक्त भारत की बात सब लोग करते हैं। सशक्त भारत केवल आर्थिक कारणों से या सैनिकी कारणों से नहीं बनेगा। भारत की शक्ति उसकी समाजरचना में है। उसके धर्म में है। इन दोनों में युगानुकूल परिवर्तन करना आज की आवश्यकता है। और इस दिशा में हमको चलना पड़ेगा।

□

संदर्भ सूची

- बाबासाहब डॉ. आंबेडकर संपूर्ण वाङ्मय,
  डॉ. आंबेडकर प्रतिष्ठान
- डॉ. आंबेडकर : जीवन और कार्य
  (लेखक : धनंजय कीर)
- डॉ. आंबेडकर और सामाजिक क्रांति की यात्रा
  (लेखक : दत्तोपंत ठेंगडी)
- डॉ. आंबेडकर का सामाजिक दर्शन
  (डॉ. डी.आर. जाटव)
- संघर्ष महामानव का
  (लेखक : रमेश पतंगे)
- सामाजिक क्रांति के महानायक : डॉ. बाबासाहब आंबेडकर
  (लेखक : किशोर मकवाणा)
- डॉ. आंबेडकर : आत्मकथा एवं जनसंवाद, डॉ. आंबेडकर : सामाजिक विचार एवं दर्शन, डॉ. आंबेडकर : राजनीति, धर्म और संविधान विचार, डॉ. आंबेडकर : आर्थिक विचार एवं दर्शन
  (लेखन-संपादन : डॉ. नरेंद्र जाधव)
- सामाजिक समरसता
  (चिंतन-आस्वाद : नरेंद्र मोदी-संपादन : किशोर मकवाणा)
- सामाजिक क्रांति का दर्शन
  (संपादक : राकेश सिन्हा)
- डॉ. आंबेडकर विशेषांक, पाञ्चजन्य साप्ताहिक

□□□